HEYNE
BÜCHER

Fantasy

Herausgegeben von Wolfgang Jeschke

Von JAMES P. BLAYLOCK erschienen in der Reihe
HEYNE SCIENCE FICTION & FANTASY:

Land der Träume · 06/4674
Homunculus · 06/4699
Die letzte Münze · 06/4823

Der Elfen-Zyklus:
Das Elfenschiff · 06/5152
Die Festung des Selznak · 06/5288 (in Vorb.)

JAMES P.
BLAYLOCK

Das Elfenschiff

Erster Roman des Elfen-Zyklus

Fantasy

Deutsche Erstausgabe

WILHELM HEYNE VERLAG
MÜNCHEN

HEYNE SCIENCE FICTION & FANTASY
Band 06/5152

Titel der Originalausgabe
THE ELFIN SHIP
Übersetzung aus dem Amerikanischen
von Andreas Brandhorst
Das Umschlagbild malte Dieter Rottermund

Redaktion: F. Stanya

Die Originalausgabe erschien bei Ballantine Books,
a division of Random House, Inc., New York (»A Del Rey Book«)

Printed in Germany 1994
Umschlaggestaltung: Atelier Ingrid Schütz, München
Technische Betreuung: Manfred Spinola
Satz: Schaber Satz- und Datentechnik, Wels
Druck und Bindung: Presse-Druck, Augsburg

ISBN 3-453-07794-6

Inhalt

Für Vicki

»Und hinter dem dichten Wald?« fragte er. »Was befindet sich dort, wo alles blau und trüb ist, wo man Hügel zu sehen glaubt, die es vielleicht gar nicht gibt, wo man den Schornsteinrauch von Städten sieht – oder handelt es sich nur um Wolkenschleier?«

»Hinter dem Dichten Wald kommt die Weite Welt«, antwortete die Ratte. »Und sie ist weder etwas für mich noch für dich. Ich bin nie dort gewesen, und ich habe auch nicht die Absicht, sie zu besuchen. Du solltest dich ebenfalls davon fernhalten, wenn du noch alle Sinne beisammen hast.«

KENNETH GRAHAME
Der Wind im Weidenwald

1. KAPITEL

Gilroy Bastable und das Luftschiff

Wie in jedem Jahr war der Sommer irgendwie in den Herbst übergegangen, und im Oktober begann es anhaltend zu regnen. Regen ist gar nicht so schlecht – vorausgesetzt, man hat ein Dach über dem Kopf. Der blaue Himmel und die weißen Wolken waren nach Süden gezogen, ebenso wie die Gänse vor einigen Wochen, und ihren Platz nahmen nun große graue Massen ein, die vom Wind rasch übers Firmament geweht wurden.

Weiter oben im Tal hörte man ein dumpfes Grollen – ein Geräusch, das irgendwo zwischen dem Keuchen eines Riesen und dem knirschenden Widerhallen eines Felsens angesiedelt war, der in die Schlucht stürzte. Vom Dorf aus gesehen, hatte es den Anschein, als träfen sich die Berge dort, wo der Orielstrom ins Meer mündete. Aber der Grund für diesen Eindruck war natürlich die große Entfernung bis zu jenem Ort. Dort wuchs der Fluß so in die Breite, daß seine Fluten sich mit dem Grau des Himmels zu vereinen schienen. Von Twomblytief aus sah man es zwar nicht, aber jenseits der Berge erweiterte sich das Tal und wurde dann von grünen Hügeln gesäumt, die sich bis zum Meer erstreckten.

Jetzt löste der kalte Wind die Blätter von Ästen und Zweigen, und von jenen, die noch an den Bäumen verblieben, waren nur wenige grün. Die meisten glänzten braun und rot und in goldfarbenen Tönen. Nach und nach sammelten sie sich auf dem Boden zu einer weichen Decke an, und wenn der Regen sie durchnäßte, verströmten sie einen sehr angenehmen Geruch. Aber es war auch ein Duft von Einsamkeit und muffiger Melancholie.

Große graue Wolken und das Grollen in der Ferne bedeuteten in der Regel, daß der Regen nicht mehr lange auf sich warten ließ. Jonathan Bing saß in seinem alten Baststuhl, der unter dieser Art von Wetter schon sehr gelitten hatte, und sann über den Wechsel der Jahreszeiten nach. Er roch das modrige Aroma des Waldes, dessen Rand sich links von ihm befand und nur einen Steinwurf entfernt war, und er sah drei Boote auf dem dunklen Fluß unterhalb des Dorfes. Jedes von ihnen hielt nun auf den Schutz des Ufers zu. Die ersten dicken Tropfen fielen aus dem schiefergrauen Himmel, gleich Boten eines heftigen Schauers. Sie wurden rasch zu einem dichten Vorhang aus Nässe, und es dauerte nicht lange, bis das Schindeldach über Jonathan fröhlich knarrte.

Er nickte sich gleichsam bestätigend zu, klopfte seinem Hund auf die Schulter und nahm einen großen Schluck von dem heißen Punsch, den er eigens für diese Gelegenheit vorbereitet hatte. Aus irgendeinem Grund bewirkte die einfache Tatsache, daß die Leute in den Booten inzwischen sicher völlig durchnäßt waren, dazu, daß Jonathans Punsch noch mehr nach Punsch schmeckte und er sich in seiner Wolljacke wohler fühlte, als es sonst vielleicht der Fall gewesen wäre. Höchste Zeit für die Pfeife, dachte er. Er zündete sie an, und anschließend paffte er mit solcher Hingabe, als könne der Rauch eine dunstige Barriere zum Schutz vor Wind und Regen bilden.

Sein alter Hund Ahab – er hatte ihn nach dem siebten König des Landes-jenseits-des-Flusses benannt – war ziemlich fett. Tatsächlich sah er überhaupt nicht wie ein Hund aus. Der Kopf schien viel zu groß für den Körper zu sein und war so rund wie ein Teller. Die Augen erinnerten ein wenig an die eines Schweins und saßen zu weit auseinander – so als sei Ahab irgendwann einmal in einen Sturm geraten, dessen Böen ihm den Schädel plattgedrückt hatten. Der Leib sah aus, als wäre er wie ein Hefeteig aufgequollen, und in dem weißen Fell zeigten sich überall graue und braune Flecken. Die Beine waren kurz und dick. Aber er konnte sie erstaunlich schnell bewegen, und was die Geschwindigkeit anging, wäre er dazu in der Lage gewesen, es in der Dorfbäckerei mit jeder Ratte aufzunehmen. Allerdings hatte Ahab nichts gegen Ratten, und aus diesem Grund hätte er sich wohl kaum zu einer entsprechenden Verfolgungsjagd bemüht. Um das gutmütige Wesen seines Hundes zu beweisen, behauptete Jonathan immer wieder im Scherz, im Stall mit drei oder vier Ratten sowie einer Krähe Karten gespielt und Ahab dabei gewonnen zu haben.

Ahab und er lebten schon recht lange im Dorf, ebenso wie fast alle anderen Bewohner. Jonathan stellte Käse her. Man kannte ihn als einen Meisterkäser, obgleich ihn viele Leute einfach nur den Käser nannten.

Hinter seiner Hütte, auf halbem Wege zum dichten Grün des Waldrandes, befanden sich die Käsehäuser. In dem einen wurden sie geräuchert, das andere diente schlicht zur Lagerung. Wenn Jonathan einen geräucherten Käse brauchte, so sagte er einfach nur: »Ich gehe ins Räucherhaus.« Wenn ihm der Sinn nach etwas anderem stand, nach einem köstlichen Cheddar oder einer mit Kümmel und anderen Gewürzen angereicherten Spezialität, so sagte er: »Ich hole einen Käse.« Und das reichte als Erklärung völlig aus.

Im Oktober und November stellte Jonathan mit Ziegenmilch, Rosinen, Nüssen und einem aus reifen Früchten gewonnenen Saft – das Rezept war sein ganz persönliches Geheimnis – große, runde, weiße Käse her. Nach der alten Tradition wurde einer dieser Käse am Weihnachtsabend angeschnitten und zusammen mit süßem Gebäck, einem in Sherry getauchten Dessert, gerolltem Pudding und – das war besonders wichtig – Honigkuchen verspeist. Mitte November belud Jonathan ein Boot mit Rosinenkäse und ruderte flußabwärts zur Weidenwaldstation. Dort verkaufte er sie an Reisende, die nach Westen segelten und seine Köstlichkeiten ihrerseits an die entlang der Küste lebenden Ebenenzwerge veräußerten.

Zu dieser Zeit warteten jene Zwerge schon ganz ungeduldig auf die Käse. In großen Mengen buken sie Honigkuchen, einige davon für sich selbst, manche für die Elfen, die im Hochland lebten, und andere, um sie gegen die Rosinenkäse zu tauschen, die aus dem weiter flußaufwärts gelegenen Twomblytief stammten. Diese Honigkuchen – bei ihrer Herstellung wurden Pekannüsse, Zimt, natürlich Honig, Dutzende von verschiedenen Teigsorten und Gewürzen und noch andere geheimnisvolle Zutaten verwendet, die die Bewohner von Twomblytief nicht kannten – waren für das Weihnachtsfest ebenso wichtig wie die Rosinenkäse.

Einmal hatte Jonathan, während dünne Rauchfäden aus dem Pfeifenkopf kräuselten, einen ganzen Nachmittag lang darüber nachgedacht und erwogen, das Geheimnis seiner Rosinenkäse gegen das der Honigkuchen zu tauschen. Dadurch wären die Handelsfahrten im November nicht mehr erforderlich gewesen. Aber wenn man beim Pfeiferauchen überlegt, so hat das den Vorteil, daß viel Zeit verstreicht; man pafft, drückt den Tabak zusammen, zündet ihn wieder an, wenn die Glut erloschen ist, pafft erneut und nutzt die Gelegenheit, ein Problem von allen Seiten zu betrachten. Die Idee, geheime Rezepte auszutauschen, so befand Jonathan schließlich, war nicht besonders gut. Bestimmt überwogen die Nachteile die damit einhergehenden Vorzüge. Außerdem erfüllte ihn das Wissen mit einem gewissen Stolz – was keineswegs mit

Hochmut oder gar Arroganz zu verwechseln war –, der einzige Mann zu sein, der so köstliche Dinge wie Rosinenkäse herstellen konnte.

Jetzt war der Sommer zu Ende gegangen und dem Herbst gewichen, und graue Regenwolken zogen über das Tal. Jonathan trank seinen Becher mit Punsch leer und klopfte die Pfeife an der Stiefelsohle aus. Es wurde Zeit, so entschied er, das Abendessen zuzubereiten. Was ihn anging, so konnte der ganze Regen des Himmels herabplätschern; ihm machte das nichts aus. Im Gegenteil: Er würde sich daran freuen, denn für diesen Tag hatte er keine Pflichten mehr. Er wollte eine gute Mahlzeit zu sich nehmen, ein wenig lesen und dann ins Bett gehen. Wenn es draußen regnet, ist nichts schöner, als einfach nur in einem bequemen Sessel zu sitzen und aus dem Fenster zu sehen. Das Gewissen mag flüstern: ›Du solltest im Garten Unkraut jäten‹, oder: ›Eine Wand des Käsehauses muß neu gestrichen werden.‹ Aber dann kann man beruhigt antworten: ›Das hat keinen Sinn – es regnet draußen.‹ Und daraufhin mag man sich zurücklehnen und das Nichtstun genießen.

Jonathan stand auf, trat an das Ende der Veranda heran – er blieb dicht vor der Stelle stehen, wo der Vorhang aus Nässe begann – und beobachtete eine Weile den Rauch, der aus den über den Hügelhang verstreuten und sich bis in die Mitte des Dorfes hin erstreckenden Schornsteinen quoll. Ahab folgte ihm, streckte sich, rollte mit den Augen und knurrte leise, als hätte er ein unbestimmbares, ihm verdächtig erscheinendes Geräusch gehört.

Nun, Ahab knurrte eigentlich nie. Nur ganz selten gab er ein tiefes Grollen von sich, nur dann, wenn irgend etwas ganz eindeutig nicht stimmte – wenn zum Beispiel jemand durchs Fenster ins Käsehaus kletterte oder ein Bär aus dem Wald kam. Jonathan Bing hatte also allen Grund, alarmiert zu sein. Er beugte sich vor und blickte um die Ecke des Hauses, aber er konnte nichts sehen. Um ganz sicher zu sein, flüsterte er seinem Hund zu: »Faß ihn, Junge!« Mit seinem ganz besonderen Blick konnte Ahab so ziemlich allem einen gehörigen Schrecken einjagen, abgesehen vielleicht von einem Bär. Aber nachdem Ahab in den Regen geschnuppert hatte, legte er sich einfach hin und gab vor zu schlafen. Dann und wann blinzelte er, um zu sehen, ob Jonathan auf den Trick hereinfiel.

Der Käser lauschte, und nach einer Weile vernahm er ein leises Summen, das irgendwo in dem grauen Himmel seinen Ursprung hatte und allmählich das Prasseln des Regens durchdrang. Es war ein Brummen, das dem einer Biene ähnelte, die Nektar aus einem Blütenkelch trank, und es klang einsam und traurig. Für einige Augenblicke hatte Jonathan das Gefühl, er sei ein Junge, der an einem ebenso regnerischen Nachmittag allein auf einer grasigen Waldlichtung stand. Er hatte keine solche *Vorstellung* – er empfand nur so, und sein Herz begann heftiger zu pochen, und in seiner Magengrube schien plötzlich alles ganz leer zu sein. Und als er sich auf dieses Gefühl konzentrierte, als er den Regen und den Wald sah, erkannte er das Geräusch.

Er hob die eine Hand, um sich damit die Augen zu beschatten (das war natürlich nur eine Angewohnheit, denn schließlich konnte ihn die Sonne an einem solchen Tag überhaupt nicht blenden), und zwinkerte einige Male, bevor es ihm gelang, den kleinen dunklen Fleck vor dem grauen Hintergrund der Wolken auszumachen. Es war eine Flugmaschine, ein Luftschiff der Elfen, gestartet von einem Berggipfel. Meilen über dem Tal surrte es dahin, und es schien zu versuchen, in die Wolken zu tauchen.

Jonathan staunte. Dies war die erste Flugmaschine, die er seit jenem inzwischen schon viele Jahre zurückliegenden Tag auf der Wiese sah. Und obgleich es sich nur um einen winzigen dunklen Fleck am Himmel handelte, war es seiner Meinung nach das Herrlichste, was er jemals erblickt hatte – noch schöner als die kopfgroße Smaragdkugel im Dorfmuseum oder der Blick durch das riesige goldene Kaleidoskop, das wie eine große Kanone vor den Toren der Siedlung stand und von jedem benutzt werden konnte. Und gerade als Jonathan glaubte, das Luftschiff treibe näher heran, als er meinte, fledermausartige Schwingen zu erkennen, die rechts und links herausragten, glitt es in eine Wolke und verschwand darin.

»Zu sehen, wie es im Innern einer Wolke aussieht!« flüsterte Jonathan. »Oooh...« Aber er wußte sofort, daß ›Oooh...‹ nicht genügte, um seine derzeitigen Empfindungen zum Ausdruck zu bringen. Er stellte sich große Seen aus kristallenem Regenwasser vor, regenbogenfarbene Fische, die die Fluten durchschwammen, und vor seinem inneren Auge sah er, wie Luftschiffe der Elfen darüber hinwegschwebten. Dann aber mußte Jonathan daran denken, daß solche Fische geradewegs den Boden der Wolken durchschwämmen, denn ganz offensichtlich vermochte die Gräue nicht einmal das Wasser selbst festzuhalten, und bestimmt gerieten derartige Geschöpfe in eine heikle Lage, wenn sie sich plötzlich außerhalb ihrer Kristallseen befanden. Andererseits hatte Jonathan noch nie einen regenbogenfarbenen Fisch vom Himmel fallen sehen, was die Vermutung nahelegte, daß seine Vorstellung nur ein Phantasiebild war. Trotzdem hätte er sich gern einmal im Innern einer Wolke umgesehen, ob es dort nun Seen und Fische gab oder nicht.

Eine Zeitlang wartete er und hoffte, daß das Luftschiff wieder zum Vorschein käme. Aber als es auch weiterhin verschwunden blieb, griff er nach Becher und Buch und betrat das Haus, um sich etwas zu essen zu machen. »Seltsam, daß sich die Elfen ausgerechnet einen solchen Tag für ihre Luftreise ausgesucht haben«, murmelte er sich selbst zu. »Bei dem Regen dürfte eine derartige Reise alles andere als angenehm sein. Aber bestimmt sind sie nicht ohne triftigen Grund unterwegs.« Nun, das Verhalten der Elfen war immer rätselhaft und geheimnisvoll, und Geheimnisse sollte man besser nicht zu lüften versuchen. Außerdem ist ein Geheimnis ja nur deshalb so interessant, weil es ein Geheimnis ist.

Bald darauf ging die Sonne unter, und die Nacht war vollkommen finster. Donner grollte in der Ferne, und die grauen Wolkenberge wurden von einem heftigen Wind dahingetrieben, einem Sturm, der sich offenbar nicht entscheiden konnte, in welche Richtung er seine Böen schicken sollte. Jonathan schob Eichenscheite ins Kaminfeuer. Das Abendessen hatte ihn schläfrig gemacht, und er ließ sich in einen großen Lehnstuhl sinken und legte die Füße auf einen Schemel. Er beobachtete Ahab, der sich vor dem Herd zusammengerollt hatte, überlegte müßig, ob er versuchen sollte, seinem Hund das Rauchen einer Pfeife beizubringen. Aber diese Idee, das sah er rasch ein, war nicht besonders gut. Hunde hielten kaum etwas von Pfeifen, da sie eben Hunde waren, und daher mußten derartige Bemühungen sicher vergebens bleiben. Jonathan paffte zufrieden und dachte daran, wie großartig es war, sich in ein gutes Buch vertiefen zu können, im Warmen und Trockenen zu sitzen, gut gegessen zu haben und sich an dem herrlichsten Feuer und dem bequemsten Lehnstuhl des ganzen Dorfes erfreuen zu können. »Kein König kann es besser haben als ich«, murmelte er, und er meinte es auch so.

Er döste ein, nachdem er nur wenige Zeilen des von G. Smithers aus der Ortschaft Brompton verfaßten Buches *Die Sage vom Koboldwald* gelesen hatte. Aber kurze Zeit später erwachte Jonathan wieder, als jemand an die Tür klopfte, und Ahab sprang auf und hatte Mühe, aus einem Traum, in dem es um Kröten gegangen war, in die Wirklichkeit zurückzufinden. Jonathan öffnete die Tür, und vor ihm stand Gilroy Bastable und schüttelte sich das Regenwasser von der Jacke ab. Er war der direkte Nachbar Jonathans und Bürgermeister von Twomblytief.

Bastable machte keinen sonderlich erfreuten Eindruck, was den Käser unter diesen Umständen kaum überraschte: Seine Kleidung war nicht nur naß, sondern auch verdreckt, und das hauptsächlich an den Kopfseiten wachsende Haar wirkte wirr und zerzaust. Es sah aus wie ein Wald, in dem heftige Sturmböen gewütet hatten. Er trug einen dicken Mantel und dicke Handschuhe aus Wolle, die ein wenig muffig rochen – so wie es bei feuchter Wolle oftmals der Fall ist. Bürgermeister Gilroy Bastable war ganz offensichtlich eine Weile schutzlos dem Regen und dem Wind ausgesetzt gewesen.

Jonathan winkte ihn herein, schloß die Tür rasch wieder und sperrte damit den kalten Wind aus. Zuerst das Luftschiff, dann Gilroy Bastable – er war jetzt ziemlich sicher, daß irgend etwas vor sich ging. »N'abend, Gilroy! Ist ziemlich scheußlich draußen, was? Man könnte das Wetter wohl mit vollem Recht als ziemlich naß bezeichnen, nicht wahr?«

Gilroy Bastable gab irgendeine Antwort, aber Jonathan konnte die Worte nicht verstehen, denn irgendwie schienen dem Bürgermeister die Zähne im Weg zu sein. Ahab begriff, daß keine Krötengefahr drohte, und er trottete durchs Zimmer, legte den Kopf auf Bastables Stiefel und wollte weiterschlafen. Allerdings erwies sich das Leder als naß und schmutzig, konnte ihm daher nicht die erhoffte Bequemlichkeit gewähren. Enttäuscht kehrte er an seinen Platz vor dem Feuer zurück.

»Ich nenne es ein verfluchtes Höllenwetter, jawohl! Überall gibt es Schlammlöcher, und der Wind wird noch alle Dächer abdecken. Hat mir den Hut in den

Fluß geweht. Ja, und ich mußte einfach nur hilflos zusehen. Er flog davon und drehte sich wie die Flügel der Witwen-Windmühle; zweimal umkreiste er die Kirchturmspitze, und dann – zack! – fiel er in den Fluß. Ein ganz neuer Hut. Eine abscheuliche Nacht.«

»Aber wenn man im Warmen sitzt, ist es ganz angenehm«, sagte Jonathan.

»Angenehm!« platzte es aus dem Bürgermeister heraus. »Mein Hut ist flußabwärts verschwunden!«

»Pech«, brummte Jonathan. »Das tut mir sehr leid.« Er meinte es ernst. Aber dieser Abend gehörte nicht nur Gilroy Bastable, sondern auch ihm, und er war entschlossen, sich durch nichts die Freude daran verderben zu lassen. Er hängte den Mantel und die Handschuhe des Bürgermeisters in der Nähe des Feuers zum Trocknen auf, und anschließend strengten sie sich eine Weile an, um ihm auch die Stiefel von den Füßen zu ziehen und sie neben den Kamin zu stellen. Ahab erwachte, hielt das nasse Schuhwerk für einen besonderen Leckerbissen und dachte kurz daran, die Stiefel zu fressen. Dann überlegte er es sich anders und schlief wieder ein.

Bastable nahm gegenüber von Jonathans Lehnstuhl Platz, und in der Wärme des Feuers beruhigte er sich allmählich. Ein gut geschürtes Feuer, so muß man wissen, kommt unmittelbar hinter heißem Punsch, wenn es darum geht, entspannende Wirkung zu entfalten. Jonathan betrat die Küche, und kurz darauf kehrte er mit einem Tablett und zwei dampfenden Bechern zurück. Er stellte die Dinge neben dem Bürgermeister ab und verschwand erneut. Als er wieder ins Zimmer kam, trug er einen köstlichen Käse. Rot, orangefarben und gelb war er – und so rund wie Ahabs Kopf. Gilroy Bastable hatte bereits von dem Punsch getrunken und blickte erstaunt auf.

»Oh!« machte er. »Was ist das? Bei meinem Hut, der nun auf den Wellen des Flusses tanzt – es muß ein Käse sein.« Er kniff die Augen zusammen, starrte das Objekt konzentriert an und berührte es versuchsweise mit dem Finger. Jonathan schnitt den Käse an, und Gilroy hob den Becher, nickte und schob sich entschlossen einen Happen in den Mund. »Himmel, verdammt will ich sein!« brachte er undeutlich hervor, während er hingebungsvoll kaute, und angesichts des Geschmacks der Delikatesse vergaß er seine guten Manieren. »Dieses Aroma kenne ich. Ich glaube, es ist Portwein. Oder bilde ich mir das nur ein?«

»Nein«, erwiderte Jonathan, »es ist tatsächlich Portwein – und auch nicht der Fusel aus Beezles Markt. Ich habe bei der Herstellung Herbstbraun aus dem Delta verwendet.«

»Nein!«

»Doch«, sagte Jonathan. »Und mit ein bißchen hiervon und ein wenig davon, da werden Sie mir sicher zustimmen, ist es genau das, was man an einem Abend wie diesem braucht.«

Schließlich mußte der Bürgermeister beipflichten, und wenn sich das Gespräch weiterhin in diesen Bahnen bewegt hätte, wäre er sicher dazu in der Lage gewesen, seinen fortgewehten Hut zu vergessen und den wütenden Sturm draußen ebenso herrlich zu finden wie Jonathan.

Kurz darauf jedoch verspeiste Gilroy Bastable den letzten Käsehappen, und sein Blick wurde so finster wie der nächtliche Himmel. Die Mundwinkel sanken herab und verharrten in dieser Position, und Jonathan befürchtete, ein Teil des Käses sei schlecht geworden, und der Bürgermeister habe ausgerechnet jenen üblen Bissen erwischt. Aber das war nicht der Fall. Gilroy Bastable erinnerte sich plötzlich daran, warum er sich in den Regen und den heulenden Wind hinausgewagt hatte. Der verlorene Hut, die durchnäßte Hose, der Schmutz am Mantel... Dafür gab es einen Grund: Er brachte wenig erfreuliche Nachrichten.

»Wissen Sie, Jonathan«, begann er, und in seiner Stimme erklang solche Autorität, daß Ahab aus tiefem Schlaf hochschreckte, »ich bin nicht gekommen, um hier bei Ihnen eine gemütliche Stunde zu verbringen. Nein, ganz und gar nicht.«

»Ach?« machte Jonathan und war ziemlich enttäuscht. Gemütliches Geplauder hatte er weitaus lieber als ernste Gespräche.

»Nein! Ich bin wegen der Händler gekommen.«

»Welche Händler meinen Sie?« fragte Jonathan. Eigentlich interessierte er sich gar nicht für die Antwort, aber er war höflich aus Respekt dem Bürgermeister gegenüber, der von der Wichtigkeit seines Besuchs ganz durchdrungen zu sein schien.

Der alte Bastable musterte Jonathan aus zusammengekniffenen Augen. »Nun, welcher Händler könnten es wohl sein, Meisterkäser? Gibt es hier so viele, daß wir uns aussuchen können, für welche von ihnen wir durch knietiefen Schlamm waten und uns die Hüte von den Köpfen wehen lassen, nur um über sie zu sprechen?«

Jonathan mußte zwar zugeben, daß der Bürgermeister recht hatte, aber er verstand nicht, warum er deshalb ganz außer sich geriet. »Es sind also die Händler von Weidenwald«, sagte er und versuchte, ernst zu sein. »Hat man sie schon wieder dabei überrascht, wie sie sich an der Ladung zu schaffen machten? Oder bieten sie den Wanderern Brandy und Mohn zum Tausch an?«

»Schlimmer«, entgegnete der alte Bastable, beugte sich auf seinem Stuhl vor und sah in dieser Haltung ganz wie ein Schullehrer aus. »Sie haben sich davongemacht. Sie sind verschwunden!«

»Sie sind *was?*« platzte es aus Jonathan heraus, und jetzt erwachte wahrhaftiges Interesse an dem Bericht des Bürgermeisters. »Wie?«

»Nun, vermutlich gingen sie einfach fort. Oder, was

wahrscheinlicher ist: Sie segelten flußabwärts. Weidenwald ist verlassen. Niemand wohnt mehr dort.«

Tatsächlich hatte Jonathan geplant, in gut einer Woche seine jährliche Reise von Hochturm zur Handelsstation des Dorfes Weidenwald anzutreten. Dort sollten die Händler seine Weihnachtskäse in Empfang nehmen, sie flußabwärts bis an die Meeresküste transportieren und mit Honigkuchen zurückkehren. Normalerweise gab es bei diesem Tausch keine Probleme – vorausgesetzt natürlich, es *befanden* sich Händler in Weidenwald. Und warum, so könnte man sich fragen, sollte man daran zweifeln? Eine derartige Frage richtete Jonathan dann auch an Gilroy Bastable.

»Weil wir eine entsprechende Nachricht von Hochturm erhielten«, erwiderte der Bürgermeister. »Die Leute fanden die Station von Weidenwald geplündert und zerstört vor. Niemand hält sich dort mehr auf, und der Kai ist verschwunden. Oder zumindest die Hälfte davon – flußabwärts getrieben. Der ganze Ort ist hin. Nun, Wurzel meint, es seien Piraten gewesen, und Beezle sagt, eine Flutwelle sei schuld. Die Leute von Hochturm hingegen sind davon überzeugt, daß die Händler einfach übergeschnappt und in Richtung Meer aufgebrochen sind.«

»Wie Lemminge«, warf Jonathan ein.

»Genau«, bestätigte Bastable. »Und ich … nun, ich will nicht behaupten, daß ich verstehe, was dort vor sich gegangen ist, aber eins steht fest: Die Händler sind nicht mehr da.«

»Das gefällt mir gar nicht«, brummte Jonathan. »Irgend etwas geht vor. Ich habe heute ein Luftschiff gesehen.«

»In einem solchen Unwetter? Ein Luftschiff in einem derartigen Sturm … Sehr ungewöhnlich.«

»Das meine ich auch. Und dann kamen Sie durch den Regen und den Wind und die Nacht gestapft.«

Bastable gab keine Antwort. Er sah deutlich, daß

sich seine Hoffnung erfüllt hatte – es war ihm gelungen, Jonathan zu beeindrucken –, aber die Erwähnung von Regen, Wind und Nacht erinnerte ihn auch an den erlittenen Verlust. »Wenn ich an meinen Hut denke...«, sagte er leise. »Er schwimmt jetzt flußabwärts, und vielleicht begegnet er dort irgendwo den verschwundenen Händlern.«

Er wollte noch etwas hinzufügen, aber Jonathan unterbrach ihn brüsk – obgleich er sich das unter anderen Umständen vorher reiflich überlegt hätte. »Meine Käse!« rief er. Ahab bemerkte den erschrockenen Tonfall seines Herrn, sprang auf und sauste in Richtung Küche. Er stieß dabei einen Stuhl um, und der unverspeiste Rest der Käsekugel rollte über den Boden. Der Hund rutschte, prallte gegen die Wand und konnte gerade noch einem hölzernen Brotgestell ausweichen, bevor er sich wieder beruhigte. Über die Dielen trottete er durch die Küche zurück, spähte um einen Schrank und beobachtete die beiden Männer, die sich umgedreht hatten und ihn überrascht anstarrten.

»Die Neuigkeiten haben Ihren Hund ziemlich durcheinandergebracht, Jonathan«, sagte Gilroy Bastable, griff nach dem Käse und brach ein Stück von der Größe seiner Nase ab. »Und das ist durchaus gerechtfertigt. Wissen Sie eigentlich, Jonathan, was man sich im Dorf sagt?«

»Keine Ahnung«, erwiderte der Käser.

»Teurer Jonathan, man sagt sich, Sie seien mutig und beherzt genug, um selbst flußabwärts zu segeln, bis hin zum Meer. Es heißt, Sie hätten genug Mumm, Ihre Käse an die Küste zu bringen und mit Kuchen und Elfengeschenken zurückzukehren.«

»Genug Mumm!« platzte es aus Jonathan heraus. Der Vorschlag des Bürgermeisters verblüffte ihn, und er überlegte, wie lange eine derartige Reise dauern mochte – bestimmt Wochen. »Soll ich Ihnen sagen, was ich von dieser Idee halte? Gar nichts!«

»Aber dann bekommen die Leute keine Kuchen!« protestierte Gilroy Bastable.

›Sollen sie eben Brot essen‹, hätte Jonathan fast geantwortet, verschluckte diese Worte aber noch rechtzeitig. Ohne die Honigkuchen stand *wirklich* ein trauriges Weihnachtsfest bevor, ganz zu schweigen von den Elfengeschenken für die Kinder. Andererseits: Die Vorstellung, selbst den Orielstrom flußabwärts zu segeln, vorbei an den dunklen Schierlingswäldern, erschreckte ihn.

Bastable beobachtete, daß Jonathan im Widerstreit mit sich selbst lag, und er hielt es für besser, sich nicht zu sehr in diesen inneren Kampf einzumischen. »Nun«, sagte er, »*ich* behaupte so etwas nicht, denn ein Mann muß nur das tun, was er tun muß. In diesem Punkt werden Sie mir sicher zustimmen.«

Jonathan brummte eine unverständliche Antwort, bohrte den Zeigefinger in den Käse und kratzte so lange kleine Krater in die Masse, bis sie aussah wie ein kleiner Mond, der von einem Miniaturhimmel herabgefallen war – besser gesagt: ein Halbmond, denn Gilroy Bastable hatte inzwischen die andere Hälfte verspeist. Und als er beobachtete, mit welcher Hingabe Jonathan den Rest durchlöcherte, verlor sie den Reiz für ihn.

»Ich glaube«, sagte Gilroy, »Sie haben den Käse ruiniert.«

»Was? Ich?« Jonathan schien aus einem Traum zu erwachen. »Oh. Ja. Da haben Sie vermutlich recht. Ich habe überall Löcher hineingebohrt, nicht wahr?« Er griff nach dem kraterübersäten gelben Klumpen, brach ein Stück von beträchtlicher Größe ab und warf es Ahab zu. Der Hund schien den Käse riechen zu können, obwohl er fest schlief und diesmal davon träumte, einen großen aus Knochen und Eiscreme bestehenden Schatz zu finden – die beiden großen Leidenschaften eines Hundelebens. Irgendwie wurde das

Käsestück mit dem Traumbild der Eiscreme in Verbindung gesetzt. Ahab wachte nicht auf, als er danach schnappte und den Brocken einige Male im Maul hin und her drehte. Dann aber wirkten das alte Aroma des Käses und seine zähe Masse wie eine Störung, und der Hund sprang auf und fürchtete plötzlich, sich vergiftet zu haben. Es gibt nur wenige Dinge, die unangenehmer sind, als etwas zu essen und zu trinken, das man aus irgendeinem Grund für ganz etwas anderes hält.

Kaum war er erwacht, vergaß Ahab den Schatztraum, und da er der Hund eines Käsers war, begriff er sofort, welch ein Brocken sich in seinem Maul befand. Er schluckte enthusiastisch, und als sein Herr den Bürgermeister Gilroy Bastable zur Tür begleitete, hielt er es für eine ganz ausgezeichnete Idee, auch noch die letzten durchlöcherten Käsereste auf dem Tablett zu probieren.

Draußen heulte und fauchte noch immer der Wind, und seine zornigen Böen wirbelten den Regen an den Flanken der Berge entlang durchs Tal. Der Wald zeichnete sich als eine dunkle Mauer vor dem Himmel ab. Als oben einmal ein Riß in der dichten Wolkendecke entstand, huschte das perlmuttene Licht des Mondes über einige Stellen des Talgrunds. Der Waldrand wirkte wie verzaubert, warf unstete und flüchtige Schatten über die Hügelhänge. Felsen und Büsche und Himbeersträucher, die im Licht des Tages ganz vertraut und friedlich wirkten, gewannen im Mondschein rasch etwas Unheimliches und Drohendes, und wenn der Wind in die Äste und Zweige fuhr, bewegten sie sich wie die Arme von Dämonen. Jonathan war froh, daß er zu Hause bleiben konnte und es Gilroy Bastable war, der sich nun einen Weg durch die stürmende Nacht suchen mußte. Während sie auf der Türschwelle warteten, hörte es auf zu regnen. Wenn der Wind nicht abflaute, würde er bis zum Morgen die dunklen Wolken in Richtung Meer getrieben haben, und dann mochte der kommende Tag zwar herbstlich kühl, aber auch klar und heiter werden.

Der Bürgermeister versicherte Jonathan, daß die Sache mit der Handelsreise flußabwärts am nächsten Morgen zur Sprache kommen werde. Am kommenden Tag war Markt, und man plante eine Versammlung im Rathaus, um über die seltsamen Vorgänge in Weidenwald zu sprechen und zu überlegen, wie man das Weihnachtsfest gestalten sollte.

Als Gilroy Bastable gegangen war, nahm Jonathan wieder in seinem Lehnstuhl am Feuer Platz, griff nach dem Buch *Die Sage vom Koboldwald* und versuchte zu lesen. Er gab sich alle Mühe, sich davon zu überzeugen, daß die Sache mit der Reise an die Meeresküste erledigt war, und er trachtete danach, sich das mit seinem unaufmerksamen Lesen zu beweisen. Aber er starrte nur auf sinnentleerte Worte auf dem Papier, und als er zwei Seiten gelesen hatte, mußte er sich eingestehen, überhaupt nichts verstanden zu haben. »Mutig und beherzt«, wiederholte er laut, und Ahab, der sich auf dem Stuhl ihm gegenüber zusammengerollt hatte, bezog diese Worte natürlich auf sich – er fühlte sich vom Herrchen für das Verschwinden des restlichen Käses verantwortlich gemacht und getadelt.

»Genug Mumm, wie?« brummte Jonathan. »Ich *bin* der Meisterkäser, und ich *habe* ein gutes Boot, und vermutlich bin ich von allen Dorfbewohnern der Mann, der sich am besten für ein derartiges Abenteuer eignet. Aber wenn ich daran denke, wochenlang einen leeren Strom über viele Meilen flußabwärts zu segeln …« Diese Vorstellung war ein wenig zuviel für den Käser, und er beschloß, im hellen Licht des Tages noch einmal darüber nachzudenken. Spät am Abend wirken manche Dinge weitaus düsterer, als sie es in Wirklichkeit sind.

Schließlich wurde es Zeit für Jonathan Bing, das

Licht der Lampe zu löschen, die Tür zu verriegeln und ins Bett zu kriechen. Ahab entschied sich dazu, die Nacht auf seinem Kissen an der glühenden Asche des Feuers zu verbringen; er schlief sofort fest ein und verlor sich in Hundeträumen.

2. Kapitel

Ein guter Reisemonat

Ahab erwachte vor Jonathan, denn das Feuer im Kamin war erloschen, und mit dem frühen Morgen wurde es bitterkalt. Jonathan lag unter einigen Wolldecken, und ganz oben erstreckte sich von Kopf bis Fuß des Bettes eine mit Gänseflaum gefütterte Steppdecke, die sich der Käser bis zum Kinn hochgezogen hatte. Er trug eine Nachtmütze und sein gestreiftes Nachthemd, und er hatte es so warm wie ein Honigkuchen im Herd eines Zwergenbäckers. Ahab kletterte aufs Bett und versuchte, unter die Decken zu kriechen, wobei er vorgab, nach irgendeinem verlorengegangenen Objekt zu suchen. Angesichts des kalten Fells, das Jonathan plötzlich neben sich spürte, schreckte er mit einem gedämpften Schrei der Überraschung hoch, schob sich dann auf die eine Seite des Bettes und überließ die andere seinem Hund.

Er konnte jedoch nicht wieder einschlafen, denn auf dem kleinen Tisch neben dem Bett lag die laut tickende Taschenuhr. Je angestrengter er versuchte, dieses Geräusch einfach zu überhören, desto mehr schwoll es an. Dann begannen seine Fußsohlen, die sich eigentlich ganz warm hätten anfühlen sollen, zu prickeln und zu jucken, und Kratzen half nicht. Sie wollten unbedingt den kalten Boden spüren und in die Schuhe schlüpfen. Aber Jonathan hatte es im Bett viel zu bequem, als daß er diesem Bitten und Drängen nachgeben wollte. Als es ihm gerade gelungen war, das Ticken der Taschenuhr zu überhören, fing Ahab wie ein alter Grizzlybär zu schnarchen an, und er zuckte im Schlaf, trat mit den Beinen. Er hatte offenbar einen sehr intensiven Traum – vielleicht verfolgte er einige kleine Männer mit großen schwarzen Hüten, die am Flußufer entlang vor ihm die Flucht ergriffen.

Jonathan wurde wütend – es war eigentlich keine echte Wut, sondern eher eine gelinde Art von morgendlichem Ärger – und schwang sich aus dem Bett. Unmittelbar darauf stellte er fest, daß er keineswegs zu früh dran war, denn im Dorf läutete siebenmal sie Glocke. Wenn er um halb neun im Rathaus sein und obendrein einige Käse zum Markt tragen wollte, so mußte er sich sputen.

Die erste Aufgabe an jedem Morgen bestand darin, Kaffee zu kochen. Er griff nach dem entsprechenden Behälter, füllte eine Tasse zum Drittel mit den öligen schwarzen Bohnen, mahlte sie und gab das Pulver in eine Kanne aus Porzellan, in die er anschließend kaltes Wasser goß. Daraufhin füllte Jonathan einen weiteren Behälter mit Wasser, bereitete eine Haferschleimsuppe vor und schnitt einige Scheiben von einem Laib Weizenbrot ab. Kurz darauf begann es in der Porzellankanne zu brodeln, und aromatischer Dampf stieg auf. Als das Wasser fast kochte, nahm er die Kanne vom Herd und ließ den Kaffee noch eine Weile ziehen. Ein anregender Duft durchzog die Küche, und es gab keinen Grund für Jonathan, nicht sofort eine Tasse des Getränks zu genießen. Als er die Haferschleimsuppe kostete, dazu Brot mit Pfirsichmarmelade aß und den gezuckerten Kaffee trank, trottete Ahab vom Schlafzimmer in die Küche. Er war noch nicht ganz wach, streckte sich hingebungsvoll, blieb am Tisch stehen und schielte auf das Brot mit der Butter. Jonathan brach ein Stück von dem großen Laib ab, strich ein wenig Marmelade darauf und warf es seinem Hund zu, der den Happen überaus köstlich fand. Gemeinsam beschlossen sie, noch eine weitere Scheibe zu genießen.

Nach dem Frühstück wanderte Jonathan über den

Kiespfad zum Käsehaus und zog den Wagen aus dem Schuppen. Er holte zwei, drei Dutzend verschiedene Käse aus dem Lager, unter ihnen sechs Sahnekäse und drei Spezialitäten von der Art, die er am Vorabend dem Bürgermeister angeboten hatte. Während Jonathan damit beschäftigt war, hielt sich Ahab an seiner Seite oder hockte einfach auf der Türschwelle. Von der Decke hingen aus Ziegenmilch hergestellte und mit Steinsalz angereicherte Käse, und des weiteren befanden sich im Lager auch keilförmige Köstlichkeiten, bei deren Herstellung er Zwiebeln, Schinken und Sardinen verwendet hatte. Es dauerte nicht lange, bis der Wagen beladen war, und anschließend machte sich Jonathan damit auf den Weg ins Dorf. Er blickte zum klaren Himmel hinauf, freute sich an der dünnen Patina aus glitzerndem Rauhreif auf den Dächern und am Ufer des Flusses, dessen Wasser weiter unten dem fernen Meer entgegenströmte. Während er ganz in Gedanken versunken war, erzitterte der Karren und wurde plötzlich schwerer. Als er über die Schulter zurückblickte, sah Jonathan, daß Ahab auf den rückwärtigen Teil des Wagens gesprungen war und sich zwischen den Käsen zusammengerollt hatte.

Im Rathaus herrschte rege Betriebsamkeit. Einige Leute, die immer alles sehr ernst nahmen, verschafften sich mit lauten Stimmen Gehör, vollführten dramatische Gesten und sorgten dafür, daß sich die anderen über die Ernsthaftigkeit der bevorstehenden Beratungen klar wurden. Das Gesicht des alten Beezle – er war der Inhaber von Beezles Kurzwaren und des Marktes für Allgemeine Handelsgüter – glühte scharlachrot. Immer wieder rutschte ihm die Brille von der Nase. Mit lauter Stimme wies er darauf hin, die Station von Weidenwald sei von einer Flutwelle zerstört worden. Er habe, so sagte er, wissenschaftliche Beweise dafür, daß die Art von Kai und

Anlegestelle, die man in Weidenwald errichtet hatte, nicht den Strömungsgewalten des in jedem Herbst anschwellenden Flusses standhalten konnte. Wenn die Anwesenden die Freundlichkeit hätten, so bat er, ihre Aufmerksamkeit auf seine Diagramme und grafischen Schaubilder zu richten, so könnte man die ganze Angelegenheit binnen kurzer Zeit klären und anschließend die Bewohner von Twomblytief dazu veranlassen, die Uferbereiche ihres Dorfes auf die erforderliche Weise zu befestigen.

Im großen und ganzen offenbarten die übrigen Anwesenden nur ein eher zurückhaltendes Interesse an den Ausführungen Herrn Beezles, möglicherweise deswegen, weil er jedes Jahr im Herbst die gleichen Diagramme und Schaubilder zeigte. Seine wunderschönen Zeichnungen schienen mittelalterlichen Festungen und Bastionen nachempfunden zu sein. Hier und dort zeigten sich schriftliche Erläuterungen neben einzelnen Bestandteilen: Sie bestanden aus großen Zahlen und Worten wie ›Belastungsgrenze‹, ›Strömungsintensität‹ und ›Strudelmaximum‹ – Begriffe, die sich beeindruckend anhörten und sehr wichtig klangen.

Professor Wurzel, der Forscher, hielt mit seiner Meinung ebenfalls nicht hinterm Berge. Als Jonathan zur Tür hereinsah, sagte der alte Wurzel gerade: »Wir kennen Ihre Entwürfe von Kaianlagen und Anlegestellen, Herr Beezle. Wir kennen sie schon so gut, daß sie uns mittlerweile zum Hals heraushängen!« Zwar war die Stimme des Professors bei diesen Worten alles andere als leise, aber Beezle schien ihn nicht zu hören. Daraufhin machte Professor Wurzel noch einmal deutlich, wie wenig sie von den Zeichnungen hielten, und fügte als Zugabe hinzu, er selbst sei ein ›Mann der Wissenschaft‹, wohingegen es sich bei Herrn Beezle um nichts weiter als einen Scharlatan handele. Und was Twomblytief – und vielleicht das ganze Tal – anging, war

Wurzel *tatsächlich* ein Vertreter der Wissenschaft. Er hatte ein Laboratorium mit Dutzenden von seltsamen Apparaten und noch absonderlicheren Vorrichtungen, in denen es blubberte und zischte.

In erster Linie aber zeichnete sich der Professor durch seine historischen Kenntnisse aus. Er kannte die Geschichte von Twomblytief und der meisten Familien, die im Dorf lebten, und man erzählte sich sogar, er habe einmal die Berge im Osten erklommen und rund einen Monat lang bei den Lichtelfen gelebt. Aber das lag schon dreißig oder vierzig Jahre zurück, und kaum jemand wußte noch, was damals wirklich geschehen war. Sie erinnerten sich jedoch gut an folgendes: Während Wurzel seine Forscherneugier auf die Geheimnisse des Mootonmoors konzentriert hatte – eines weit unterhalb von Weidenwaldstation gelegenen Sumpfs, in dem Tausende von Seerosen wuchsen –, war er auf den Rumpf eines sehr alten, überaus prächtigen und im Schilf festgemachten Segelschiffes gestoßen, das aussah wie eine Schaluppe.

Über den Binsen, den Seerosen und dem stillen und schlammigen Wasser des Morastes waren die Bugfigur und drei Masten zu sehen gewesen. Die Bugfigur stellte einen gefährlich aussehenden Drachen mit zusammengefalteten Schwingen dar. In jeder Augenhöhle steckte ein großer Edelstein, in der einen ein Rubin, in der anderen ein Smaragd. In das Holz der Masten hatte man eigentümliche Runen und Hieroglyphen geschnitzt. Wurzel hatte die Absicht, das alles vom Rumpf abzutrennen, was sich über der Wasserlinie befand, und anschließend wollte er die Artefakte flußaufwärts nach Twomblytief befördern.

Natürlich begriff er: Um diese Absicht zu verwirklichen, brauchte er nicht nur einen Schleppkahn, sondern auch Werkzeuge und Seile sowie die Hilfe einiger Männer. Er kehrte nach Weidenwald zurück, und von dort aus machte er sich mit drei Händlern und einem Floß erneut auf den Weg. Die vier Männer brachen auf, obwohl das Wetter nicht sonderlich günstig war, und als sie die Hälfte der Strecke nach Mootonam-Fluß zurückgelegt hatten, wurden sie von einem schweren Sturm überrascht und dazu gezwungen, das Ufer anzusteuern. Zwei Tage lang suchten sie in einer Höhle oberhalb der Felsen Schutz, während Wind und Regen Masten und Segel des Floßes zerfetzten. Schließlich brachen zwei der Händler auf, um zu versuchen, auf dem Landweg Weidenwald zu erreichen. Als der Wind abflaute und es zu regnen aufhörte, verließen Wurzel und der dritte Händler – er hatte einen großen Zinken und hörte auf den so überaus eigentümlichen Namen Flötennase – die Höhle. Irgendwie hatte das Floß das Unwetter überstanden, und sie reisten damit weiter flußabwärts, um sie sehen, wie es mit der Schaluppe stand.

Zur großen Enttäuschung des armen Wurzel hatte der Sturm den Überbleibseln des rätselhaften Schiffes den Rest gegeben, und jetzt ragte nichts mehr davon aus dem schlammigen Wasser, auf dem die purpurnen und gelben Blütenkelche von Seerosen schwammen. Mit langen Stangen tasteten die beiden Männer in die dunkle Tiefe, aber sie fanden nichts. Woraufhin Herr Flötennase, der so viele Mühen auf sich genommen hatte und sich nun betrogen fühlte, sich bitterlich beklagte.

Zuerst brummte er, man müsse schon völlig verrückt sein, um trotz der Unbilden des Wetters nach einem verzauberten Segelschiff zu suchen. Dann stöhnte er, die von Wurzel angebotene Bezahlung reiche angesichts der Mühsal bei weitem nicht aus. Er habe, so sagte er, acht Kinder, die abwechselnd alle das gleiche Paar Schuhe trügen, und darüber hinaus leide seine Frau an chronischem Rheuma. Schließlich deutete er diskret an, seiner Meinung nach sei es nur gerecht, wenn der Professor ihm auch den vorgesehenen Lohn für die beiden nach Weidenwald zurückgekehrten Händler zahle, denn, so führte er aus, sie hätten es nicht besser verdient.

Gerade in diesem Augenblick aber wateten die beiden betreffenden Männer durch das seichte Wasser, mehrere Dutzend Meter unterhalb der Stelle, wo sich die schlammigen Fluten mit dem Fluß vereinten, und irgendwo zwischen den Felsen entdeckte Wurzel einen grünen Schimmer. Er tauchte, und nachdem er einige Augenblicke lang umhergetastet hatte, fand er das Smaragdauge des Drachen. Sie setzten die Suche zwei weitere Tage lang fort, gruben sich durch Sand und Kiesel und förderten dabei zwei erdbeergroße Rubine und einen neunzig Zentimeter langen Splitter zutage, der ganz offensichtlich von einem der drei mit Runenzeichen versehenen Masten stammte. Darüber hinaus fanden sie ein sonderbares Elfenartefakt, und niemand von ihnen wußte, worum es sich dabei handelte. Die beiden Rubine gab der Professor Flötennase, der daraufhin nach Weidenwald zurückkehrte und aufgrund seines ausgefallenen Abenteuers prompt zum Bürgermeister gewählt wurde.

Professor Wurzel machte sich auf den Rückweg nach Twomblytief, und großzügigerweise stellte er das facettierte Smaragdauge dem Dorfmuseum zur Verfügung. Einige Jahre lang befaßte er sich mit dem Mastsplitter, entzifferte Runen und enträtselte die Bedeutung der Schriftzeichen. Schließlich glaubte er feststellen zu können, daß die ins Holz geschnitzten Zeichen die Geschichte eines ganzen Volkes von Piratenelfen erzählten, das auf einer Insel im Ozean lebte, viele tausend Langmeilen von der Küste der Ebenenzwerge entfernt. Warum eine ihrer Schaluppen flußaufwärts gesegelt war, aus welchem Grund man das Schiff im Sumpf zurückgelassen hatte und wann das alles geschehen sein mochte – das wußte niemand.

Die Beratung im Rathaus nahm den größten Teil des Morgens in Anspruch. Fast jeder hatte irgend etwas Wichtiges zu sagen – oder glaubte es zumindest. Beezle kam zu Wort, und dann auch Professor Wurzel. Gilroy Bastable betonte fünf- oder sechsmal, daß er noch immer nicht wisse, was sich in Weidenwald zugetragen habe. Seiner Meinung nach stand nur eines fest: Jeder mußte seine Pflicht erfüllen. Die hohe und mit offenem Fachwerk versehene Decke des Rathaussaals erzitterte fast angesichts des lärmenden Durcheinanders, während Ahab draußen in aller Ruhe schlief, die Käse seines Herrn bewachte und davon träumte, in unterirdischen Höhlen auf kleinen Beinen davonlaufende Pfefferkuchenplätzchen zu verfolgen.

Jonathan schwieg die ganze Zeit über, obgleich die Anwesenden immer wieder mehr oder weniger zurückhaltend darauf hinwiesen, wie notwendig es sei, das Weihnachtsfest zu retten, ganz egal, ob sich noch Händler in Weidenwald aufhielten oder nicht. Tatsächlich hatte sich Jonathan bereits entschieden. Während er am vergangenen Abend in die Flammen des Kaminfeuers gestarrt hatte, war er sich darüber klargeworden, was er unternehmen würde. Zweifellos lockte ein großes Abenteuer und winkte ihm wie eine Waldnymphe zu – das Schicksal führte ihn flußabwärts in Richtung Meer. Er hatte viele Geschichten über die oftmals von dichtem Nebel heimgesuchte Küste gehört, von den großen Fischen und Meeresungeheuern, die sich in den Algenwäldern tummelten. Solche Erzählungen übten einen gewissen Reiz auf ihn aus, obgleich seine Neugier, wie auch die der meisten anderen Bewohner von Twomblytief, recht leicht Befriedigung fand. Sie liebten zwar nichts mehr, als Geschichten von Reisen in ferne Länder zu lauschen, aber mit der vermutlichen Ausnahme von Professor Wurzel fand niemand sonderlichen Gefallen an der Vorstellung, derartige Abenteuer wirklich zu erleben.

In Jonathan aber prickelte inzwischen freudige Erwartung. Als die Beratungen ihrem Ende entgegengingen, empfand er fast so etwas wie Stolz auf sich selbst, und als man schließlich ihm das Wort erteilte, war er versucht, vor die anderen Anwesenden zu treten. Lauter Applaus ertönte, als er die Hand hob, und er hielt eine sehr gute Rede. Es war erstaunlich genug, daß er genau das aussprach, was die Dorfbewohner hören wollten: Die Theorien über die Verheerung der Station von Weidenwald klängen zwar alle recht gut und einleuchtend, aber in der gegenwärtigen Situation komme es nicht auf Hypothesen an, sondern darauf, etwas zu unternehmen. Jemand, so forderte er, solle nach Süden segeln, um an der Küste Käse gegen Honigkuchen zu tauschen, und der Betreffende müsse bis zum Weihnachtsfest zurück sein, um großer Trauer in Twomblytief vorzubeugen. Ohne Honigkuchen, so führte er aus, sei das traditionelle Weihnachtsmahl weitaus weniger köstlich, und ohne Elfengeschenke würden die Kinder weinen. Und sollten sich diese Befürchtungen bewahrheiten, sollten das Weihnachtsmahl tatsächlich ärmlich und die Kinder traurig sein, so schloß Jonathan mit fester Stimme, dann spiele es kaum eine Rolle, wenn das Fest ebenso wie die Kaianlagen von Weidenwald vom Orielstrom flußabwärts gespült werde.

Jonathan sprach aus vollem Herzen. Bis zu diesem Zeitpunkt hatten die Bewohner von Twomblytief nicht gewußt, ob er bereit war, die Reise anzutreten oder nicht. Nach dem von Gilroy Bastable geschilderten und am Vorabend stattgefundenen Gespräch zwischen Käser und Bürgermeister hatte ganz offensichtlich kein Grund zu übertriebenen Hoffnungen bestanden. Jetzt aber gaben die Leute Begeisterungsrufe von sich, tanzten umher, hoben Jonathan in die Höhe und trugen ihn durch die Hauptstraße. Ahab sah seinem Herrn verwundert nach. Sogar Wurzel und Beezle erweckten einen zufriedenen Eindruck. Letzterer freute sich, daß er Gelegenheit bekommen hatte, seine Schaubilder und Diagramme zu zeigen und zu erläutern. Für die Freude des Professors gab es andere Gründe.

Den Rest des Tages verbrachte Jonathan auf dem Markt. Er tauschte seine Käse gegen Kohl, Schinken, Pilze und Beutel mit Zwiebeln und Knoblauchknollen. Als er sich schließlich auf den Heimweg machte, war sein Wagen ebenso beladen wie am Morgen. Diesmal erhielt Ahab nicht die Erlaubnis, auf dem Karren Platz zu nehmen, denn der Meisterkäser fürchtete, sein Hund könne einige der eingetauschten Waren zerdrücken. Außerdem ging es jetzt bergauf, und selbst ohne Ahabs zusätzliches Gewicht fiel es Jonathan schwer genug, den Karren zu ziehen. Zweimal blieben die Räder im Schlamm stecken, und als der Wagen an der Veranda vorbeirollte, war Jonathan ebenso durchnäßt und schmutzig wie Gilroy Bastable am Abend zuvor. Insgesamt gesehen aber war es ein sehr guter Tag gewesen. Die Entscheidung, nach Süden zu reisen, erschien dem Käser fast zu klug wie während der Rede im Rathaus.

Das Abendessen mundete Jonathan nicht so, wie es eigentlich der Fall hätte sein sollen. Dumpfe Sorge regte sich in ihm, und er war abgelenkt. Die aus Getreidemehl gebackenen Kekse verbrannten und schmeckten wie Holzkohle, und die Limabohnen in seiner Schinken-und-Bohnen-Suppe waren nicht gar und knackten, anstatt weich auf der Zunge zu zergehen. Später am Abend bewegte sich Ahab im Schlaf. Er stand auf, trottete steifbeinig umher und wanderte dreimal durchs Zimmer. Das eine Auge war offen, das andere hatte er zugekniffen, und er knurrte furchtsam. Als Jonathan sich dabei an die verkohlten Kekse und die harten Bohnen erinnerte, hielt er das sonderbare Verhalten Ahabs für ein schlechtes Omen.

Jonathan wußte natürlich, was ihn in solche Unruhe

versetzte. Es war die Reise, die er mit solchem Stolz im Rathaus vorgeschlagen hatte. Als die Nacht dunkler wurde und der Wind auflebte, in den Blättern der Büsche und des Waldes ächzte und stöhnte, gefiel ihm die Behaglichkeit seines Heims und des Kaminfeuers noch weitaus mehr. Die Abenteuerlust in ihm wich immer mehr dem Wunsch, zu Hause zu bleiben. Als es acht Uhr geworden war, wanderte er im Zimmer auf und ab, plante zunächst die Reise und verwarf sie dann wieder. Er glaubte schon jetzt, den kalten Flußwind und jene nassen Socken zu spüren, die der Fluch eines jeden Flößers waren. Und er ahnte seine Enttäuschung, wenn sich der Vorrat an mitgenommenen Eiern erschöpfte und das Fleisch nicht mehr frisch war. Wenn er unterwegs nicht auf die Jagd ging – was ihm nie behagt hatte –, blieb ihm kaum etwas anderes übrig, als sich während des größten Teils der Reise allein von Haferbrei, Dörrfleisch und harten Keksen zu ernähren. Mit etwas Glück konnte er Anfang Dezember einige Brombeeren pflücken, besonders in den regnerischen Schierlingswäldern in der Nähe der Küste. Aber so gut Brombeeren auch schmecken – wenn man sie einige Tage lang gegessen hat, gefallen sie einem nicht mehr. Jonathans Gedanken waren ziemlich düster, und je länger er auf und ab schritt und grübelte, desto weniger gern wollte er aufbrechen.

Einmal kam ihm die recht wilde Idee, alle seine Wertsachen auf den Wagen zu packen, einige Fenster im Haus zu zertrümmern und einen Zettel an die Tür zu heften, auf dem geschrieben stand, daß er ausgeraubt und von Piraten verschleppt worden sei. Zunächst erschien ihm dieser Einfall als gar nicht so schlecht, denn immerhin war während der Versammlung im Rathaus oft von Piraten die Rede gewesen. Er konnte sich im Schutze der Dunkelheit einfach auf und davon machen und flußaufwärts ziehen, vielleicht nach Klein-Beddlington oder zur Stadt der Fünf Monolithe. Er konnte gehen und niemals zurückkehren, und dann brauchte er die Gründe für seine Flucht den Leuten auch nicht zu erklären, die so versessen darauf waren, daß *er* Kopf und Kragen mit einer gefährlichen Reise zu der fernen Meeresküste riskierte. Aber als er weiter im Zimmer umherwanderte und gründlicher darüber nachdachte, entdeckte er einige bedeutende Schwachstellen in diesem Plan. Vermutlich hängten Piraten keine Plakate an die Türen der Häuser, die sie überfielen, und Jonathan war ziemlich sicher, daß sie auch ihren Opfern nicht erlaubten, entsprechende Nachrichten zu hinterlassen. Außerdem: Wenn er ohnehin zu einer Reise aufbrach – und er *mußte* ja sein Haus verlassen, wollte er nach Norden fliehen –, so konnte er eigentlich ebensogut auf ein Floß klettern und nach Süden segeln.

Also setzte Jonathan die nervöse Wanderung fort, beklagte sein Schicksal, verdammte den Stolz, der ihn im Rathaus zu der Rede veranlaßt hatte, und verfluchte auch – sicher ein wenig zu Unrecht – die Bewohner von Twomblytief. Das Abenteuer, das ihm noch am Vortag wie eine Waldnymphe zugewinkt hatte, starrte ihn nun mit den dunklen Augen eines heruntergekommenen und völlig verdreckten Wegelagerers an.

Plötzlich klopfte es am Fenster, und Jonathan blieb abrupt stehen. Dieses Geräusch war ziemlich eindeutig und ließ sich kaum falsch deuten. Entweder wollte sich unerwünschter Ärger Zugang ins Haus des Käsers verschaffen, oder Dooly – ein recht einfältiger, aber gutmütiger Junge – wollte Jonathan besuchen, was aufs gleiche hinauslief. Ein leises Kichern schien auf Dooly hinzudeuten. Eigentlich hatte Jonathan nichts gegen den jungen Mann, der ebenso klug war wie ein Tannenzapfen und alle die wunderbaren und prächtigen Dinge glaubte, die man ihm erzählte. Er nahm sogar offensichtliche Lügen für bare Münze;

Hauptsache, sie hörten sich gut an. Aber andererseits war er kein übler Kerl, und er und Ahab schienen sich bestens zu verstehen. Manchmal sprach Dooly stundenlang auf Ahab ein; gelegentlich öffnete der Hund ein Auge und knurrte leise.

An diesem Abend freute sich Jonathan über jede Art von Besuch, und er öffnete die Tür. Dooly trat ein, und er sprach laut und winkte. Trotz des kalten und windigen Wetters trug er keinen Mantel.

»He-ho, Käser!« rief Dooly, und seine Augen waren so beweglich wie Blätter, die in einer Bö hin und her zuckten. »Ja, he-ho heißt es, und fort willst du gehen, ho-he!«

»In der Tat, Dooly, in der Tat«, erwiderte Jonathan und war nicht annähernd so begeistert.

»Ich hatte einmal einen Großvater«, sagte Dooly und schwieg, als sei das bereits das Ende seiner Überlegung.

Jonathan wartete einige Augenblicke und bereitete sich innerlich auf eine der verrückten Geschichten Doolys vor. »Das gilt für uns alle, Dooly. Jeder einzelne von uns hat oder hatte einmal Großeltern.«

»Nun, eigentlich wollte ich Ihnen sagen, Herr Käser, wenn Sie mir das bitte nachsehen wollen, äh, daß mein Großvater ebenfalls aufbrach und nach Süden reiste, ja, das tat er. Und am Meer, Herr Käser, fand er einen großen Schrank. Einen von der Art, in dem man Hemden und Jacken aufbewahrt. Und wissen Sie, Herr Käser, was sich in jenem Schrank befand?«

»Nein«, sagte Jonathan.

»Ein großer dicker Clown«, fuhr Dooly fort, »ganz mit Federn und Schminke und Diamanten bedeckt, und er hatte einen Schwanz, so geringelt wie ein Korkenzieher. Ich behaupte, es war ein magisches Schwein, jawohl, und es verkleidete sich als Clown.«

»Nun, das ist wirklich eine nette Geschichte, Dooly. Wer hat sie dir erzählt?«

»Meine Mutter«, erwiderte der junge Mann. »Kurz bevor sie mir schilderte, wie mein Onkel von einem Seeteufel verschlungen wurde.«

»Aha. So ist das also. Vielleicht begegnete ich bei meiner Reise einem verzauberten Clown-Schwein. Das wäre bestimmt interessant.«

»Darauf möchte ich wetten.« Dooly schrie jetzt fast. »Wenn ich daran denke! Wenn ich mir so etwas vorstelle ...!«

Dann erwachte Ahab, und er trottete heran, um Dooly zu begrüßen. Anschließend hockten sie sich neben den Kamin, und der junge Mann begann mit einem langen Monolog. Jonathan setzte seine unruhige Wanderung fort. Er verspürte den sehnlichen Wunsch, mit jemandem über die bevorstehende Reise zu sprechen, aber die einzige dafür in Frage kommende Person plauderte bereits mit seinem Hund. Es war ein trauriger Abend.

Der Käser versuchte sich zu trösten, indem er daran dachte, daß man ihn bei seiner Rückkehr wie einen Helden feiern würde, und er stellte sich vor, wie er mit einem vollbeladenen Floß am Kai anlegte. Er sah Kisten und Beutel mit Honigkuchen und Bonbons und viele Elfengeschenke für die Kinder. In seiner Phantasie bewunderte er Kaleidoskope, in deren Innern das Licht von Glühwürmchen schillerte. Er betrachtete Murmeln, die von ganz allein rollten und im Licht der untergehenden Sonne wie Regenbogen glitzerten. Er bestaunte Kristallkugeln, in denen sich die Zinnen und Türme geheimnisvoller Miniaturschlösser erhoben, winzige Seen mit Fischen, die man nur mit einem Vergrößerungsglas erkennen konnte. Wie wunderbar es doch sein mußte, eine Woche vor Weihnachten mit solchen Dingen nach Twomblytief zurückzukehren.

Es gelang Jonathan fast, Zuversicht in sich zu erwecken, und nach einer Weile begann er tatsächlich damit, sich Gedanken über die für die Reise notwendigen Vorräte zu machen. Diese Überlegungen aber ermüdeten ihn schnell, und als er an Stürme dachte, an Kobolde und endlose Meilen auf dem Fluß, da seufzte er und fiel erneut der Schwermut anheim.

»Käser!« ertönte eine Stimme neben dem Kamin. Jonathan hatte Dooly ganz vergessen, und er zuckte regelrecht zusammen. »Nehmen wir Ahab mit, wenn wir lossegeln?«

»Vielleicht nehme *ich* ihn mit«, erwiderte Jonathan. »*Du* aber gehst nicht auf die Reise – jedenfalls nicht mit mir.«

»Oohh!« machte Dooly. »Wollen Sie damit etwa sagen, daß sich jemand ohne einen solchen Hund auf eine so lange Reise begeben soll?«

»Nein«, sagte Jonathan. »Sicher nicht.«

»Ganz bestimmt nicht, Herr Käser! Ohne einen solchen Hund hat mein Großvater nie das Haus verlassen. Er nahm ihn sogar mit, wenn er sich nur die Jacke aus dem Schrank holte. Sein Hund – ich glaube, er hieß Alter Keks – war es, der den Schatz in der Nähe von Weißsteintiefe fand.«

»War ein eindrucksvoller Schatz, nicht wahr?«

»Und ob!« Dooly kreischte wie ein erschrockener Papagei. »Er bestand aus einem riesigen Eisentopf von der Art, in der Kobolde Menschen zum Abendessen kochen. Und wissen Sie, Meister Bing, was in dem Topf lag?«

»Ich habe nicht die blasseste Ahnung.«

»Rote Diamanten, jeder von ihnen größer als ein Haus. Millionen waren es, und im Vergleich zu ihnen hätte Wurzels Smaragd ausgesehen wie ein winziger Stecknadelkopf.«

»Und sie alle befanden sich in dem einen Koboldtopf, ja?«

»Wie gepflückte Kirschen!«

»Sie müssen deinen Großvater zu einem sehr reichen Mann gemacht haben.«

»Eben nicht. Er kehrte zurück, um seinen Schubkarren zu holen, und als er anschließend Weißsteintief wieder erreicht hatte, war der Schatz fort!«

»Nein!« sagte Jonathan.

»O doch, Herr Käser. Dafür fand er einen großen Haufen klebriger Bonbons. Jeder nur erdenkliche Geschmack. Mein Großvater hatte durchaus etwas für Süßigkeiten übrig, und so ließ er sich nicht betrüben. Er machte sich daran, seinen Schubkarren vollzuladen... Und wissen Sie, was aus den Büschen kam?«

Jonathan verneinte seufzend.

Dooly schwieg und sah sich im Zimmer um. Dann flüsterte er kaum hörbar: »Hungrige Kobolde, und sie hatten große Messer und Gabeln bei sich, und sie fletschten die Zähne, und mein Großvater wußte, womit er es zu tun hatte – mit einem Zauber! Und einer der großen Kobolde – seine Augen waren so riesig wie Windmühlenräder – schnappte nach meinem Opa. Er riß das Maul auf, das größer war als die Tür dort drüben... Und wissen Sie, was sich darin befand?«

Jonathan wollte gerade den Kopf schütteln, als jemand einige Male heftig an die Tür klopfte. Dooly stellte sich offenbar vor, daß dieses Geräusch von dem Riesenkobold mit den Windmühlenaugen verursacht wurde, in dessen Rachen sich ein noch ungelüftetes Geheimnis verbarg. Er schrie entsetzt auf, sprang durch die Küche, stürmte durch den Hinterausgang und floh vor Ungeheuern, die nur in seiner Phantasie existierten.

Der späte Besucher erwies sich als Gilroy Bastable.

»Jonathan, Jonathan, Jonathan Bing!« rief der Bürgermeister und strahlte übers ganze Gesicht.

»Hallo, Gilroy.«

»Hier, Jonathan: Wir haben Schuldscheine gesammelt, und es ist ein recht ordentlicher Betrag zusammengekommen. In einer Liste sind die Anteile eines jeden einzelnen Dorfbewohners aufgeführt. Wir haben beschlossen, es wie immer zu halten, wenn Sie nichts dagegen haben. Wenn irgend etwas schiefgeht, lösen wir die Scheine ein. *Sie* haben keine Verantwortung zu tragen, zumindest nicht im geschäftlichen Sinne. Was sagen Sie dazu?«

»Das ist sehr nett, Gilroy. Mehr kann ich nicht verlangen.« Aber nicht deswegen fiel seine Antwort so knapp aus. Jonathan hatte plötzlich keine Lust mehr zu längeren Gesprächen – nicht etwa, weil er sich danach sehnte, ins Bett zu kriechen, sondern weil seine Stimmung inzwischen auf einem Tiefpunkt angelangt war.

Der Bürgermeister hingegen vermutete, Jonathan sei nach einem arbeitsreichen Tag einfach nur müde, und deswegen gab er sich alle Mühe, einen fröhlichen und ausgelassenen Eindruck zu erwecken. Er schritt energisch auf und ab und grinste wie eine zufriedene Kröte. Nach jedem dritten oder vierten Schritt blieb er kurz stehen und rief: »Es ist ein großer Tag, ein prächtiger Tag, ein wahrhaft herrlicher Tag!« Und seine Augen lächelten über den Rand der Brille hinweg.

»Wußten Sie«, fragte der Bürgermeister und verharrte erneut, »daß die Jungs aus dem Dorf nahe daran waren, diesen Hügel zu stürmen und Sie erneut auf ihren Schultern durch die Straßen zu tragen? Oh, sie waren ganz wild darauf, mit Ihnen zu feiern. Aber ich habe sie zurückgehalten, Käser, denn ich weiß, daß Sie kein Mann sind, der solchen Jubel und Trubel mag.«

»Vielen Dank, Gilroy. Sie haben völlig recht.«

»Nun gut, Jonathan. Wir haben bereits Vorräte an den Kai gebracht und das beste Floß weit und breit für Sie besorgt. Ich weiß, Sie haben ein eigenes, Jonathan, aber dieses ist ein ganzes Stück größer. Es verfügt über ein neues Ruder, das von einem Mann bedient werden und mit dem man fast ohne Segel flußaufwärts steuern kann. Das Floß ist ein regelrechtes Wunder, Käser – das Schiff eines Prinzen.

Wir konnten einen Vorrat an Fleisch anlegen – ein Teil davon ist gesalzen, der andere getrocknet –, und außerdem befinden sich an Bord auch noch einige Fässer mit kandierten Früchten, gesalzenem Gemüse, Weizenmehl, Haferflocken und sauren Gurken. Des weiteren haben wir auch an Rum, einige Flaschen Portwein sowie das Besteck und all die Töpfe und Pfannen gedacht, die Sie brauchen. Mittschiffs befindet sich eine Kabine, in der ein ganzes Heer Platz finden könnte. Stellt Sie das zufrieden, Jonathan?«

»Das will ich meinen, Gilroy. Sie achten darauf, daß die Käse auch während der kommenden Regenschauer trocken bleiben?«

»Darauf gebe ich Ihnen mein Wort.«

»Und das Floß ist ebenso ausgestattet wie mein eigenes? Mit zwei Masten, einem quadratischen Marssegel, einem Focksegel und einem besonders großen Klüver?«

»Genau so, Jonathan. Das versichere ich Ihnen.«

»Ich brauche noch zusätzliches Seil, sechzig Meter. Und Kanevas.«

»Das Tuch befindet sich schon an Bord. Ums Seil kümmern wir uns morgen.«

»Ja«, sagte Jonathan. Angesichts der noch zu bewältigenden Arbeit hatte er seine Grübeleien vergessen.

»Können Sie übermorgen früh lossegeln? Wurzel hält das für angeraten. Und von uns allen dürfte er es wahrscheinlich am besten wissen.«

»Nun ...« Jonathan zögerte. »Das erscheint mir ein bißchen überhastet.«

»Je später es wird im Herbst, desto größer ist die Wahrscheinlichkeit von Stürmen und Hochwasser. Sie werden morgen jede Hilfe bekommen, die Sie brauchen, und die Hälfte der Arbeit ist bereits erledigt. Einigen wir uns also auf übermorgen früh?«

»Ja«, erwiderte Jonathan. »Das sollten wir wohl.«

3. KAPITEL

Eine Sandbank südlich von Twomblytief

Dunkel und breit wand sich der Fluß durch das Tal. An den Hängen der Ufer wuchsen wie schemenhaft Baumwollpflanzen und Erlen, und hier und dort sah man auch Moos und Sauerklee. Eine trübe Herbstsonne – im morgendlichen Dunst wirkte sie besonders groß – kletterte über die Gipfel der Weißen Berge im Osten, und ihr Licht spiegelte sich wie funkenstiebend auf den Wellenkämmen des Stroms wider.

Jonathan Bing und Ahab saßen auf einem Holzklotz unterhalb der Stadt, dort, wo der Verlauf des Flusses eine weite Biegung beschrieb. Der Käser warf Kiesel in das ruhigere Wasser unweit des Ufers. Er hatte das Kinn auf die linke Hand gestützt, und Ahab gewann den Eindruck, als finde sein Herr keinen echten Gefallen an dem Spiel mit den Steinen. Dann und wann trieb die Blüte einer Seerose vorbei, losgerissen aus den Kolonien weiter stromaufwärts, und manchmal hockten große, gestreifte grüne Frösche darauf. Jeder von ihnen sah Jonathan und Ahab aus starren runden Augen an – so als wären diese Geschöpfe in ein wunderbares oder entsetzliches Geheimnis eingeweiht, von dem die beiden Gestalten am Ufer nichts ahnten. Aber das Geheimnis – wenn es wirklich eins gab – schwamm weiter flußabwärts, und die auf ihren kleinen Blütenschiffen hockenden Frösche verschwanden mitsamt ihrer bunten Gefährte im Dunkel hinter der Biegung.

Der Käser hätte sich eigentlich an dem Anblick der aufgehenden Sonne erfreuen sollen. Immerhin saß er schon seit einer Stunde auf dem Holzklotz, und seine Hose hatte einen nicht geringen Teil des morgendlichen Taus aufgesaugt. An diesem Tag würde die Reise beginnen, und die Sonne war wie ein heller und strahlender Gruß. Wind und Regen der vergangenen Tage waren vergessen. Man hatte Jonathans Floß mit Käsen und anderen Vorräten und leeren Tonnen beladen, in denen er während der Rückfahrt sowohl die Kuchen als auch die Elfengeschenke befördern sollte.

Aber genau aus diesem Grund fand der Meisterkäser an diesem Morgen keinen echten Gefallen an der aufgehenden Sonne. Jetzt blieb ihm nämlich nichts weiter übrig, als zusammen mit Ahab auf das Floß zu klettern und aufzubrechen. Einige Dorfbewohner waren bereits mit der Sonne aufgestanden und warteten nun am Kai, wo das Floß festgemacht war. In nur einer Stunde würden sie nach Hause zurückkehren, warmes Brot mit Bratensaft und dicke Schinkenscheiben essen und dazu schwarzen Kaffee trinken. Der Gedanke daran bereitete Jonathan ein gewisses Unbehagen.

Der Sonnenaufgang bedeutete, daß er ans Kai zurückkehren, sein Heimatdorf verlassen und allein eine weite Reise beginnen mußte. Er war nicht in der Stimmung, so wie am vergangenen Abend auf und ab zu gehen und nachzudenken. Weder raufte er sich die Haare, noch knirschte er mit den Zähnen oder furchte grübelnd die Stirn, so wie es bei den in Büchern beschriebenen Leuten oftmals der Fall war. Er saß einfach nur in sich zusammengesunken auf dem Holzklotz und warf Steine ins Wasser, die zwischen den grünen Blättern der am Grund wachsenden Pflanzen versanken.

Weiter oben erklang eine ihm vertraute Stimme. »Hallo, Jonathan!« Der fast jubelnde Tonfall war weder der frühen Stunde noch der Gelegenheit angemessen. »Hier sind Sie also!« rief Gilroy.

Jonathan winkte ihm zu.

»Es ist Tag, mein Bester! Die Sonne ist aufgegangen. Die alte Mutter Sonne höchstpersönlich sieht Ihrer Abreise zu, mein teurer Bing!« Gilroy Bastable kletterte schnaufend zu ihm herunter und nahm ebenfalls auf dem Holzklotz Platz. Da sein Winterhut im Sturm fortgeweht und flußabwärts getragen worden war, trug der Bürgermeister nun seinen großen und prächtigen Sommerhut. Er kratzte Ahab hinter dem einen Ohr – was dem Käser seltsam erschien, denn eigentlich konnte Gilroy Bastable mit Hunden nicht viel anfangen. Inzwischen aber war Ahab fast zu so etwas wie einem Heldenhund geworden, und das mochte die Erklärung sein. Der alte Bastable räusperte sich ungefähr siebenmal, und sein Niesen hörte sich aus irgendeinem Grund düster und unheilverkündend an. So heftig war es, daß ihm der Hut vom Kopf fiel, und wie ein großes Rad rollte er zum schäumenden Wasser. Gilroy Bastable, so stellte sich unmittelbar darauf heraus, konnte sich für einen Mann seines Alters und Körperumfangs erstaunlich geschwind bewegen. Ahab allerdings erwies sich als noch flinker; der Hut war dem Bürgermeister gerade erst vom Kopf gerutscht, als der Hund ihm auch schon nachsprang. Etwa zehn Meter weit hasteten Ahab und Gilroy am Ufer entlang, und während er lief, preßte sich der Bürgermeister die eine Hand auf den Kopf, als könnte er den verlorengegangenen Hut auf diese Weise festhalten. Mensch und Hund erreichten ihr Ziel gleichzeitig, gerade als der abtrünnige Hut an die Wassergrenze gelangte. Ahab sprang zwischen den Beinen Bastables hindurch. Daraufhin gab der Bürgermeister einen Laut der Überraschung von sich, verlor das Gleichgewicht und stürzte auf seine Kopfbedeckung zu, die, plötzlich vom Wind erfaßt, in die Höhe stieg. Gilroy fiel ins Gras, und in seiner wilden Jagd prallte Ahab gegen das so plötzlich vor ihm auftauchende Hindernis. Der hochgeflogene

Hut sank auf den Schädel des Hundes und verharrte dort. In der Nähe des Ufers schwammen einige großäugige Frösche auf ihren bunten Seerosenflößen vorbei, und verwundert starrten sie sowohl den arg mitgenommenen Bürgermeister, der alle viere von sich streckte, als auch den Hund Ahab an, auf dessen Schädel nun ein Hut ruhte, der ganz offensichtlich viel zu klein für ihn war. Vermutlich hielten sie diesen Anblick für ein Geheimnis ganz anderer Art. Jonathan eilte herbei und half Gilroy Bastable auf die Beine. Dann nahm er Ahab den Hut vom Kopf, klopfte einige Male darauf, um ihn abzustauben, und gab ihn seinem Eigentümer zurück. Anschließend machten sie sich auf den Rückweg zum Dorf.

Dreißig oder vierzig Schaulustige hatten sich inzwischen am Kai eingefunden, und sie erblickten die beiden Männer und den Hund, als sie hinter der Mühle hervortraten – ihr Rad sich mit der gleichen Beständigkeit, mit der die Fluten des Orielstroms nach Süden strebten. Begrüßungsrufe erklangen. Hände klatschten, und der Enkel des alten Beezle blies in ein großes Horn. Die Sonne vertrieb allmählich den Morgendunst, und das Floß schien darauf zu warten, einen König an die ferne Meeresküste zu tragen. Alles in allem gesehen war es recht beeindruckend, fand Jonathan. Er winkte den Dorfbewohnern zu, und Ahab stolzierte mit hocherhobenem Kopf, wie ein übergeschnapptes Paradepferd, dessen Hinterläufe sich bemühten, die beiden vorderen Beine zu überholen.

Die Leute am Kai hatten so etwas offenbar noch nie gesehen, und sie klatschten lauter, voller Enthusiasmus. Ahab tollte durchs Gras. Er neigte den platten Schädel einmal in diese und dann wieder in jene Richtung, was ihm die Bewunderung der Zuschauer einbrachte. Jonathan überlegte, ob er eine Rede halten sollte, und in Gedanken legte er sich einige ziemlich bedeutungsvoll klingende Worte zurecht. Aber schließlich verließ er seine Heimat nur für einige Wochen, und er glaubte nicht, daß während der bevorstehenden Reise *wirklich* Gefahren drohten. Und wie bereits jemand gesagt hatte: Er *war* mutig und beherzt genug für ein solches Abenteuer. Also wanderte Jonathan einfach nur wortlos über den Kai, half Ahab aufs Floß, nickte den Dorfbewohnern zu und machte Anstalten abzulegen.

Aus der Richtung der Siedlung wehten laute Stimmen heran, und der Käser hörte Rufe wie »Da kommt der Professor!« und »Ein Hurra für den alten Wurzel!« Jonathan hob den Kopf. Der Professor eilte tatsächlich zur Anlegestelle. Er trug eine kurze Hose aus Leder, die einen sehr reisemäßigen Eindruck erweckte, und auf dem Kopf saß eine Mütze mit kleinen Tressenschirmen. Als er näher kam, schnaufte er so laut wie ein Teekessel auf dem Herd. Er schob einen Koffer und einen Schlafsack über die niedrige Reling und kletterte an Bord. Sein Gesicht war so rot wie eine reife Tomate, und das Glas der Brille hatte sich beschlagen.

»Uff«, war alles, was er von sich geben konnte. Und er keuchte, lächelte die Männer und Frauen am Kai an und begrüßte den erstaunten Jonathan mit einem ernsten Nicken. Aber er hatte keineswegs die Absicht, einen gemütlichen Ausflug zu unternehmen. Das war nicht typisch für Professor Wurzel. Er hielt sich für einen ›alten Hasen‹, und das machte er dem Käser gegenüber auch noch einmal deutlich, als er wieder zu Atem gekommen war. »Ich bin ein alter Hase und habe bereits mehrere Reisen unternommen, Käser«, sagte er und unterstrich seine Worte mit einem erneuten Nicken. »Ein alter Hase bin ich, jawohl.« Und während Ahab neugierig neben ihm schnupperte, begab sich der Professor auf die Backbordseite des Bugs, löste unter dem Jubel der Zuschauer das letzte Haltetau und warf es auf die Anlegestelle.

Jonathan war verblüfft. Das Verhalten des Professors

konnte nicht mißverstanden werden. Seine zweimalige Versicherung, er sei ein ›alter Hase‹, sollte ganz offensichtlich verdeutlichen, daß er Überraschung oder gar einen Widerspruch von seiten des Käsers als nicht erforderlich erachtete. Wurzel wollte es sich nicht nehmen lassen, ebenfalls nach Süden zu reisen. Mit einer langen Stange steuerte der Käser das Floß durchs ruhige Wasser des kleinen Bootshafens. Beide Männer winkten ruhig in Richtung Kai zurück. Auf dem Dock stand auch der Bürgermeister, und er hatte sich beide Hände auf den Kopf gepreßt, um nicht noch einmal den Hut zu verlieren. Dann trieb das Floß in die träge Strömung des breiten Flusses.

Jonathan preßte die Ruderpinne hart nach Steuerbord; daraufhin entfernte sich das Floß weiter vom Ufer und trieb in die Mitte des Stroms. Sie glitten an dem Holzklotz vorbei, auf dem der Käser zuvor gesessen hatte, und anschließend trug das Wasser sie durch die Flußbiegung, hinter der die Frösche auf ihren bunten Seerosenschiffen verschwunden waren. Jonathan rechnete schon damit, sie alle am Ufer versammelt zu sehen und das laute Quaken einer geheimnisvollen Krötenkonferenz zu hören. Aber natürlich war dort alles ruhig und grün und leer, sah man von einem spitznasigen Igel ab, der ans Wasser herangekrochen war, um seinen Durst zu stillen. Als sie die Mitte des Flusses erreicht hatten und Twomblytief bereits weit hinter ihnen lag, entspannten sich die beiden Männer. Ahab hielt es offenbar für nicht mehr erforderlich, dauernd zu wachen und auf der Hut zu sein; er rollte sich inmitten der Käsegestelle und leeren Tonnen in der Ladekammer zusammen und schlief ein.

»Nun, Meisterkäser«, sagte der Professor und stopfte sich einen großen Bausch nach Schokolade duftenden Tabaks in die Pfeife, »jetzt sind wir also unterwegs! Schimpfen Sie mich eine Landratte, wenn das nicht stimmt!«

Jonathan war an solche Flößerausdrücke noch nicht gewöhnt und verstand zunächst die Bedeutung nicht. Er glaubte zuerst, etwas wie ›Sandmatte‹ gehört zu haben, und kurzzeitig befürchtete er, der Professor habe aus irgendeinem Grund den Verstand verloren. Lange Tabakstreifen ragten aus dem Kopf von Wurzels Pfeife, und sie sahen aus wie überhängende Schierlingsblätter. Der Professor versuchte einige Male vergeblich, ihnen mit der Fingerspitze Gehorsam aufzuzwingen, aber sie ließen sich nicht bändigen und krochen immer wieder aus der Pfeife hervor. Schließlich entzündete Wurzel ein langes Streichholz und setzte den Tabak in Brand. Die widerspenstigen Streifen verglühten rasch, und ihre Asche fiel zu Boden. »Ja, in der Tat«, brummte Wurzel überaus zufrieden. »Jetzt sind wir unterwegs.«

»Damit haben Sie durchaus recht«, kommentierte Jonathan die Bemerkungen des Professors, die den Sachverhalt durchaus richtig beschrieben. »Ich wußte gar nicht, daß Sie mitkommen wollten, Professor. Gilroy Bastable hat mir überhaupt nichts davon gesagt.«

»Oh«, machte Wurzel, »Gilroy hatte auch gar keine Ahnung davon. Wissen Sie, er ist kein Mann der Forschung und der Wissenschaft. Nun, ich nehme an, ich hätte ihm trotzdem Bescheid geben sollen. Dann wäre er dazu in der Lage gewesen, ein oder zwei weitere Fässer mit gesalzenem Fleisch an Bord zu schaffen. Aber ich habe meine Waffen und auch Geld mitgenommen, um damit in Hochturm weitere Vorräte zu kaufen, und deshalb dürfte dieses Versäumnis wohl keine große Rolle spielen.«

Jonathan glaubte, daß der Professor von Waffeln sprach, und erneutes Erstaunen regte sich in ihm. Warum hatte es Wurzel für nötig gehalten, Süßigkeiten mitzunehmen? Sie hatten genügend kandierte Früchte an Bord. Und wie wollte er es anstellen, Waffeln gegen gesalzenes Fleisch einzutauschen? Der Käser erinnerte sich an die Sache mit der Landratte und Sandmatte, und er musterte seinen Reisebegleiter mit einem Argwohn, den er zu verbergen trachtete.

Bald darauf aber klärte sich diese Angelegenheit auf. Bei den ›Waffeln‹ handelte es sich um eine seltsame Vorrichtung, die der Professor an seinem Schlafsack festgebunden hatte. Es schien sich um eine Art von Donnerbüchse zu handeln, und verbunden war sie offenbar mit einer Oboe und einem winzigen Mühlrad. Für Jonathan sah die sonderbare Apparatur geradezu erschreckend aus. »Sie sind ja bewaffnet an Bord gekommen!« platzte es aus ihm heraus, und er deutete auf die Gewehroboe.

»Das habe ich doch eben gerade gesagt. Vermutlich sehen Sie so etwas jetzt zum erstenmal, wie?«

»Ja«, bestätigte Jonathan. »Was ist das für eine Vorrichtung? Eins steht fest: Es handelt sich um eine sehr interessante Apparatur.«

»Oh, das will ich meinen.« Mit langsamen Bewegungen stopfte der Professor die Pfeife, sah sie prüfend an und stopfte sie erneut. Die Pfeife schien ihm eine solche Autorität zu verleihen, daß Jonathan entschied, sich seine eigene anzuzünden. »Die Waffe ist sehr, sehr alt«, fuhr Wurzel nach einer Weile fort. »Ich fand sie, als der alte Flötennase und ich auf die Edelsteine und den Mastsplitter vom Piratenschiff stießen. Die Apparatur enthält eine hervorragende Mechanik, Käser. Mechanik zum Ruhme der Wissenschaft – die Krönung allen Seins. Sind Sie nicht auch dieser Meinung?«

Jonathan nickte. »Das war ich schon immer«, versicherte er hastig. »Können wir die Büchse nicht laden und sie ausprobieren? Nur ein Schuß in die Luft. Wirkt alles sehr kompliziert. Was hat es mit den anderen Dingen dort auf sich? Sie scheinen fleckig zu sein und sehen wie kleine Tintenfische aus.«

»Hm, ein Eindruck, der nicht unbedingt täuscht«,

erwiderte Wurzel und runzelte verwirrt die Stirn. »Ich habe gar nicht an Tintenfische gedacht, als ich mich mit ihnen vertraut machte, aber … nun, jetzt fällt mir die Ähnlichkeit ebenfalls auf. Tatsächlich aber handelt es sich bei ihnen um Spannungsgeber – Wirbelfedern.«

Das bedeutete Jonathan kaum etwas, aber er hielt es für besser, sich das nicht anmerken zu lassen. »Ah, ja«, entgegnete er. »Spannungsgeber. Natürlich. Könnten wir sie nicht einmal aufziehen? Ich sähe zu gern, wie sich die Wirbelfedern drehen. Und der komische Schwengel dort – was ist das?«

»Ich nenne ihn Dreher. Ich glaube, es ist eine Art von Kreisel, aber ich bin mir nicht ganz sicher.«

»Nicht sicher?«

»Nicht völlig. Bisher habe ich die Vorrichtung noch nie benutzt. Einige der Masthieroglyphen scheinen mit dieser Apparatur in Verbindung zu stehen, aber ihre Entzifferung ist mir nur zum Teil gelungen. Ich glaube jedoch, daß ich die wichtigsten Dinge verstanden habe. Die Art der Mechanik, Meisterkäser, ist charakteristisch für denjenigen, der sie konstruierte.«

»Oh, selbstverständlich.«

»Und wenn man die Gesetze der Mechanik kennt, Käser, dann kann man Folgerungen ziehen und zu bestimmten Schlüssen gelangen. Auf der Grundlage dieser Schlußfolgerungen wiederum ist es möglich, trotz eines vielleicht noch mangelhaften Wissens ganze Apparaturen zu bauen.«

Jonathan sah Professor Wurzel an und versuchte, einen möglichst gescheiten Eindruck zu erwecken. Dann und wann warf er einen kurzen Blick in Richtung der Waffe. Je öfter er sie betrachtete, desto weniger ähnelte sie einem Gewehr. Tatsächlich schien sie immer mehr die Gestalt eines großen mechanischen Tintenfisches mit trichterförmigem Maul und krummer Nase anzunehmen. Jonathan verspürte den Wunsch, die ganze Vorrichtung aufzuziehen und sich drehen zu lassen. Was konnte faszinierender sein als eine alte Elfenwaffe?

Aber der Professor schien nicht geneigt zu sein, mit der Büchse auf Steine am Ufer zu zielen, und so seufzte Jonathan innerlich und übte sich in Geduld. Vielleicht bekam er während der Reise irgendwann Gelegenheit, den Apparat in Funktion zu sehen.

Der Morgen war kühl; und dann und wann regte sich ein sehr sanfter Wind und kräuselte das Wasser. Aber als die Zeit verstrich und es Mittag wurde, glänzte die Sonne immer wärmer vom Himmel, und die leichte Brise legte sich. Jonathan fragte sich, warum er sich solche Sorgen wegen der Reise gemacht hatte. Er lehnte sich an die Wand der Ladekammer und beobachtete, wie die an den Ufern wachsenden Bäume langsam an ihnen vorbeiglitten. Hier und dort schwammen und tanzten Seerosen auf dem Wasser. Nicht viel später gelangten sie in einen Bereich des Flusses, in dem sich die großen und in ihrer violetten, roten und gelben Farbenpracht geradezu unheimlich anzusehenden Blumen fast vom einen Ufer bis zum anderen erstreckten.

An den seichteren Stellen, die sie gelegentlich passierten, wanderten Silberreiher wie auf langen Stelzen hin und her. Ab und zu tauchte einer von ihnen den Kopf ins Wasser, und wenn er ihn anschließend wieder hob, zappelte oftmals ein Fisch im Schnabel. Alles in allem, fand Jonathan, war der Fluß so etwas wie ein Wunder. Wenn er nicht so hungrig gewesen wäre, hätte er sich hingelegt und geschlafen und das Floß sich selbst überlassen. Sie würden Hochturm nicht vor dem frühen Nachmittag des folgendes Tages erreichen, und bis sie an der dortigen Anlegestelle festmachten – sie befand sich rund eine Meile unterhalb der alten Ruine –, gab es nichts weiter für sie zu tun.

Jonathan klopfte die Pfeife am Stiefel aus, schob sie sich dann in die Hosentasche und sammelte Kraft für den zehn Schritte langen Weg zur Kabine. Dort holte er zwei Streifen Dörrfleisch und ein keilförmiges Stück von einem köstlichen Cheddarkäse hervor. Darüber hinaus hielt er es für richtig, auch einen Laib Brot zu verspeisen, denn die insgesamt zwölf Brote, die Jonathan mitgenommen hatte, blieben nur wenige Tage lang genießbar.

Als er die Kabine gerade wieder verlassen wollte, hörte Jonathan – oder glaubte es zumindest – eine leise Stimme, die irgendwo in der Ferne flüsterte. Es war sehr schwierig festzustellen, woher sie kam, und sie raunte und wisperte so dunkel und dumpf, daß es sich nach der Meinung des Käsers um die Stimme des Schreckens selbst handeln mußte. Jonathan richtete sich ruckartig auf und lauschte, aber jetzt herrschte Stille. Er vermutete, daß jenes sonderbare Geräusch vom Schilf verursacht worden war, das im Wind raschelte, und unmittelbar darauf erinnerte er sich wieder an seinen Appetit. Doch als er ein zweites Mal nach dem Dörrfleisch griff, vernahm er das Flüstern erneut. Es handelte sich eindeutig um eine irgendwie gedämpfte Stimme. Jonathan weckte Professor Wurzel, der sich erschrocken aufrichtete und hastig nach seiner seltsamen Waffe griff. Dann aber verblaßten die letzten Traumbilder in seinen Augen, und er sah, daß er sich auf einem Floß befand und gerade eine Abenteuerreise in Richtung Meer begonnen hatte. Jonathan zwinkerte sieben- oder achtmal bedeutungsvoll und preßte sich den Zeigefinger auf den Mund.

Professor Wurzel verstand sofort, und für eine lange Minute rührten sie sich nicht von der Stelle, saßen still und unbewegt. Gerade als der Professor den Mund öffnete, ertönte das sonderbare Geräusch erneut, jenes BRUMM BRUMM BRUMM, das einerseits seinen Ursprung im Nichts selbst zu haben schien und andererseits doch aus allen Richtungen kam – so als sei es die Seele des Flusses, die ihnen zuwisperte, oder vielleicht die verschwundenen Frösche, die nun ihr Geheimnis preiszugeben versuchten. Wurzel kniff die Augen zusammen, starrte direkt an der Nasenspitze Jonathans vorbei und preßte dann das eine Ohr an die Wand der Kabine.

»Es ist der verdammte Hund!« platzte es aus ihm heraus, und er sprang auf. »Darauf möchte ich wetten!«

Jonathan blieb skeptisch. Aus langer Erfahrung wußte er, daß Ahab zwar wundervolle und sehr intensive Träume hatte, aber nicht sprechen konnte. Der Käser erhob sich ebenfalls. Die unheimliche Stimme schwieg nun wieder, aber trotzdem schlichen die beiden Männer rechts und links um die Kabine herum und stießen dann die einen Spaltbreit offenstehende Tür auf. Auf dem Boden inmitten der Kisten und Fässer und Tonnen lag Ahab und schlief friedlich.

»Hallo, Ahab«, sagte Jonathan.

Der Hund stand auf, streckte sich und lief auf ihn zu. »Er macht einen ganz unschuldigen Eindruck«, bemerkte Jonathan und sah den Professor vorwurfsvoll an.

»Oh, natürlich, selbstverständlich«, erwiderte der Professor. »Ich habe mir eben nur einen kleinen Witz erlaubt. Schließlich können Hunde nicht wie Menschen sprechen, oder? Ein Scherz. Haha! Wirklich komisch, nicht wahr?«

»Ja, Herr Wurzel«, pflichtete Jonathan ihm bei. »Aber wir haben die Stimme beide gehört. Es ist sicher nicht möglich, daß ... Nein, wohl kaum. Nein«, fuhr der Käser fort, »das dürfte unmöglich sein.«

»Was denn?« platzte es aufgeregt aus dem Professor heraus. Wurzel war ganz versessen darauf, Jonathans Erklärung zu hören, und er hoffte insgeheim, daß sie genauso töricht war wie seine.

»Halten Sie es für möglich, daß ein Hund im Schlaf spricht?«

»Nun«, überlegte der Professor, und jetzt richtete er

einen spöttischen Blick auf Jonathan, »das wäre ziemlich außergewöhnlich. Ich kann es mir zumindest nicht vorstellen. In Klein-Beddlington hörte ich einmal von einem Zwerg, dessen Affe ein Gedicht aufsagen konnte. Aber erst mußte man es ihm beibringen. Dann richtete sich der Affe auf, so gerade wie ein Schiffsmast, und er rezitierte ›Das Klagelied des Irren‹ ebenso deutlich und klar verständlich wie irgendein beliebiger Mensch. Nun, als ein Mann der Wissenschaft glaube ich nicht an solche Geschichten. Und doch bin ich sicher, Käser, daß die Wissenschaft nicht der einzige Schlüssel zum Verstehen unserer Welt ist. Man kann damit nur eine Tür aufschließen – und vielleicht ist es nicht das Haupttor.« Der Professor bedachte Jonathan mit einem vielsagenden Blick und zündete sich dann in aller Ruhe seine Pfeife an. Jonathan ließ es sich jedoch nicht nehmen, erneut auf seine Theorie eines im Schlaf sprechenden Hundes zurückzukommen.

»Aber ich habe mir folgendes überlegt, Professor: Wenn ein Hund von einem Menschen träumt, mag der Mensch in diesem Traum dann nicht einige Worte sagen, was ja nicht weiter verwunderlich wäre? Nun, und wenn ein Hund tatsächlich im Schlaf sprechen sollte, dann ist es vielleicht gar nicht der Hund selbst. Möglicherweise hört er nur eine Unterhaltung zwischen Menschen.«

»Der Affe in Klein-Beddlington …«, setzte der Professor an. Aber bevor Wurzel noch mit der Geschichte vom Affen aus Klein-Beddlington fortfahren konnte, stürmte Jonathan an dem paffenden Professor vorbei und aus der Kabine. Das Floß war in Richtung des dicht bewachsenen Ufers abgetrieben, und die Holzplanken zitterten. Es knirschte laut, als eine Sandbank die Reise unterbrach. Sie saßen inmitten des träge nach Süden strömenden Wassers fest, denn der Bug hatte sich bis zu einem Drittel seiner Länge in den Sand gebohrt.

Die beiden Männer bemühten sich eine Stunde lang vergeblich, den Bug des Floßes freizulegen und ins tiefere Wasser zurückzulenken, das dicht an der Sandbank vorbeigurgelte. Aber sie hatten keinen Erfolg damit, denn das Bewegungsmoment hatte ihr Schiff zu weit auf das Hindernis geschoben. Die langen Holzstangen versanken im Sand und trafen auf keinen festen Halt, der nötig gewesen wäre, um das Floß zur Seite zu hebeln. Das Herumstochern mit ihnen war völlig sinnlos.

Schließlich wandte sich der Professor von der Reling ab und ließ sich auf einer leeren Tonne nieder. »Ich glaube, ich verstehe jetzt, Käser.«

»Ach!« erwiderte Jonathan. Er wußte nicht genau, was Wurzel verstanden hatte. »Tatsächlich?«

»In der Tat. Sie werden mir sicher zustimmen, wenn ich sage, daß wir dieses Floß mit den Holzstangen nicht bewegen können. Nicht wir beide allein.«

»Richtig.«

»Und wir können auch nicht einfach darauf warten, daß das Wasser des Flusses steigt.«

»Stimmt ebenfalls. Der Wasserspiegel könnte zuvor auch noch absinken. Ein Ansteigen aber würde ein Unwetter bedeuten, und während wir hier im Fluß festsitzen, wäre ein Sturm alles andere als wünschenswert.«

»Genau«, bestätigte der Professor. »Ganz genau. Nun, wie ich die Sache sehe, sind wir beide Männer der Wissenschaft.«

»Ich glaube, da haben Sie recht.«

»Und Männer der Wissenschaft benutzen ihren Verstand, da werden Sie mir sicher ebenfalls zustimmen. Tja, mein Verstand sagt mir, daß es drei Möglichkeiten gibt, das Floß von der Sandbank zu befreien. Die erste ist Muskelkraft, und damit kommen wir ganz offensichtlich nicht weiter. Es bleiben zwei Alternativen. Eine davon besteht darin, den Besanmast aufzutakeln und den Seitenwind auszunutzen, um das Heck in tieferes Wasser zu bringen. Mit der Unterstützung der Strömung des Flusses könnte es uns dann gelingen, den Bug freizuhebeln.«

»Das ist ein guter Plan, Professor, ein wirklich guter Plan. Aber die Verwirklichung nähme den größten Teil des Tages in Anspruch. Und es wäre durchaus denkbar, daß sich das Floß dreht und mit der ganzen Backbordseite aufläuft.«

»Und sind wir besser dran, wenn wir einfach die Hände in den Schoß legen?«

»Nein«, gestand Jonathan. »Wohl nicht. Aber Sie sprachen auch noch von einer dritten Möglichkeit. Was hat es damit auf sich?«

»Es wäre möglich, mit dem kleinen Boot an das andere Ufer zu rudern. Dann müßte man ein Seil an einem der großen Erlenstämme festbinden, und dann könnten wir das Floß mit dem Flaschenzug von der Sandbank herunterwinden.«

Jonathan dachte nach. »Ich fürchte, für dieses Vorhaben ist die Entfernung zum anderen Ufer zu groß. Allein das Gewicht des nassen Seils wäre für einen Mann eine nicht zu bewältigende Last. Und die Aufgabe kann nur einem von uns zukommen, denn der andere müßte an Bord bleiben. Stellen Sie sich darüber hinaus einmal die Belastung vor, der das Seil ausgesetzt ist, sobald wir das Floß wieder frei haben. Vermutlich verlören wir nicht nur das Tau, sondern auch den Flaschenzug.«

»Nun, wir könnten das Seil sofort durchtrennen, wenn das Floß von der Sandbank herunter ist. Derjenige, der auf unserem Schiff zurückbleibt, müßte es anschließend natürlich flußaufwärts steuern, damit die Entfernung zum Boot nicht zu groß wird. Befürchtungen dieser Art dürften also unbegründet sein.«

Während ihres Gesprächs rauchten die beiden Männer ihre Pfeifen und pafften, und ihnen fiel ein: Schon vor anderthalb Stunden hatten sie das Mittagessen einnehmen wollen, und es wartete noch immer auf sie.

»Haben Sie Hunger, Professor?« fragte Jonathan.

»Ich könnte einen ganzen Bären verschlingen.«

»Sollen wir etwas essen?«

»Das sollten wir wohl.«

Sie erhoben sich, um die Kabine aufzusuchen, aber dicht vor der Tür blieben sie ganz plötzlich stehen. Diesmal war ein Irrtum ausgeschlossen: In der Kammer murmelte eine Stimme, und sie brummte so vor sich hin, als führte sie mit jemandem ein überaus ernstes Gespräch. Jonathan preßte vorsichtig das Ohr an die Tür, und er hörte Worte wie ›haariges Ding‹ und ›Kobold‹ und ›Kübel mit Eiscreme‹. Er war ganz sicher. Die Tür öffnete sich knarrend, und sowohl Professor Wurzel als auch der Käser spähten in den Raum und erwarteten so ziemlich alles. Sie sahen Ahab, dick wie ein aufgeblasener, wurstförmiger Ballon, der an einer zur Hälfte verspeisten sauren Gurke leckte. Der Deckel des entsprechenden Fasses war zur Seite geschoben. Der ganzen Sache haftete etwas höchst Geheimnisvolles an.

Der Professor fand als erster die Stimme wieder. »Offenbar hat Ihr Schoßhündchen etwas für saure Gurken übrig.«

»Offenbar.«

»Äußerst sonderbar.«

»Ja, in der Tat. Wie kann Ahab das Faß geöffnet haben? Er mag durchaus dazu in der Lage sein, den Deckel mit den vorderen Pfoten zu erreichen, aber ihn aus der Halterung zu lösen und zur Seite zu schieben… Ausgeschlossen.«

»Eine gute Schlußfolgerung, Käser«, flüsterte der Professor. »Ja, wir haben es hier mit einem echten Rätsel zu tun.« Auf leisen Sohlen schlichen die beiden Männer in die Kammer und entspannten sich erst, als offensichtlich geworden war, daß sich außer ihnen und dem Hund Ahab niemand im Raum befand. Überall standen größere und kleinere Tonnen und Fässer. Ihr aufmerksamer Blick fiel auch auf Seile, Segeltuch, Körbe und verschiedene Arten von Kisten und Werkzeugen, die sich hier und dort stapelten. Das geheimnisvolle Flüstern ertönte nicht noch einmal. Es war tatsächlich ein Rätsel.

Jonathan nahm die Mütze ab und kratzte sich am Kopf. Beide Männer zuckten mit den Schultern und sagten dann gleichzeitig: »Die Tonnen. Die leeren Tonnen!« Insgesamt hatten sie ein rundes Dutzend davon an Bord, und ganz leise und auf den Zehenspitzen näherte sich Jonathan der ersten davon, so als wolle er jemanden überraschen. Vorsichtig griff er nach dem Deckel.

Der Professor gab ein Geräusch von sich, das von einem geknebelten Affen stammen mochte, und bedeutete Jonathan zu warten. Er eilte hinaus und kehrte kurz darauf mit der Gewehroboe zurück, deren Wirbelfedern zitterten und vibrierten. Wortlos kniff er das eine Auge zu, nickte und forderte Jonathan damit auf, die leeren Tonnen zu untersuchen.

Der Käser öffnete den ersten Deckel, dann den zweiten und dritten, aber im Innern der betreffenden Tonne befand sich nichts weiter als Luft. Während Professor Wurzel weiterhin mit der Elfenwaffe Wache hielt, näherte sich Jonathan dem vierten Faß. Wie auf ein geheimes Kommando hin fuhr der Deckel plötzlich in die Höhe und fiel klappernd zu Boden.

»Hallo und guten Tag, Herr Bing Käse!« rief Dooly. Wie ein Springteufel ragte er plötzlich aus der Tonne, und Jonathan erschrak, sprang zurück und stolperte über einen Sack mit Bohnen.

In seiner Aufregung erkannte Professor Wurzel den armen Dooly nicht sofort, der sich die ganze Zeit über in einem leeren Faß verborgen hatte. Er drehte die schwengelartige Vorrichtung, und daraufhin verstärkte sich das Zittern und Beben der Wirbelfedern; sie verursachten ein verhaltenes Zischen und Pfeifen. Es schien fast, als begänne die Oboe mit einer seltsamen Melodie. Jonathan und Dooly starrten den völlig verblüfften Professor schweigend an. Wurzel bedauerte es jetzt offenbar sehr, daß er versucht hatte, seine Waffe einzusetzen. Die Bewegung der Wirbelfedern beschleunigte sich so sehr, daß der Professor den Apparat schließlich loslassen mußte. Die Elfenvorrichtung schwebte pfeifend durch die Ladekammer. Sie hatte in diesen Augenblicken keine Ähnlichkeit mehr mit einem mechanischen Tintenfisch, sah eher aus wie eine rotierende Riesenmotte.

Dooly griff nach dem heruntergefallenen Deckel, kletterte in die Tonne und schloß sie über sich. Jonathan ging hinter den Bohnensäcken in Deckung. Der Professor fürchtete offenbar eine Beschädigung seiner Waffe. Er eilte ihr nach und versuchte einen Leinensack darüber zu stülpen, als die Apparatur an der Wand entlangzitterte. Schließlich verhedderte sich ein Teil des Sackes irgendwo in den Wirbelfedern, und es klackte und klickte einige Male. Dann fiel die Vorrichtung auf den Boden. Dooly spähte vorsichtig aus dem Faß, und feiner Schweiß glänzte auf seiner Stirn.

»Was ist das, Professor?« fragte er. »Eine Art von Vogel? Sieht aus wie ein Ding, das meinem Großvater bei der Schatzsuche half.«

»Nun, Dooly...« Der alte Wurzel schnappte nach Luft. »Ich glaube kaum, daß dein Großvater eine solche Apparatur hatte. Es handelt sich dabei um ein Instrument, die ich für diesen und jenen Zweck benötige.«

Dooly nickte nur.

Jonathan stand auf und kam hinter den Bohnensäcken hervor. »Die Frage lautet vielmehr: Was tust du hier?«

»Aye, aye, Käpt'n!« rief Dooly begeistert und kletterte aus der Tonne. »Ich möchte sagen, Käser, es ist ein wirklich herrlicher Tag für eine Floßfahrt auf dem Strom. Und, Herr Meisterkäser, Sie sagten neulich, wir beide könnten uns nicht ohne einen so prächtigen Hund wie Ahab auf die Reise machen. Tja, jetzt sind wir beide hier, und bei der Gurke, die ich ihm gegeben habe: Dort sitzt auch der Hund.«

Die Antwort war aus irgendeinem Grund nicht ganz zufriedenstellend, aber Jonathan hielt es für sinnlos, sich jetzt aufzuregen. Auf der Liste aller Dinge, die der Käser besonders wenig mochte, stand Aufregung an erster Stelle, und wenn er die Wahl hatte, so pflegte er für gewöhnlich alles das einfach nicht zu beachten, was ihn aus der Ruhe bringen konnte.

»Hallo, Dooly«, sagte er und nahm sich selbst eine Gurke aus dem Faß, »willkommen an Bord!«

»Ahoi, Käpt'n«, erwiderte Dooly. »Soll ich uns etwas zu essen machen?«

»Das ist keine schlechte Idee.«

»Herr Käser und hochverehrter Professor Wurzel – habe ich Ihnen eigentlich schon erzählt, wie mein Großvater *ihm* ein Essen zubereitete?«

»Ich glaube nicht, Dooly«, erwiderte Jonathan recht hastig. »Aber ...«

»Ich meine die Geschichte vom großen Krötenkönig«, erklärte Dooly.

»Nun«, sagte Jonathan, »ich glaube, der Krötenkönig und dein Großvater können warten, bis unsere Mahlzeit fertig ist.«

»Erinnern Sie mich daran, wenn ich es vergessen sollte«, sagte Dooly und sprang durch die Tür. Jonathan folgte ihm, während Professor Wurzel einige Leinenfasern aus den Wirbelfedern löste und sich über das seltsame Verhalten seiner Maschine wunderte.

4. KAPITEL

Zwei Trolle oberhalb von Hochturm

Es dauerte eine ganze Weile, bis sie das Mittagessen beendet hatten. Zwar waren sie nun angenehm gesättigt, aber das Floß saß nach wie vor auf der Sandbank fest. Allerdings: Jonathan hatte schon immer die Ansicht vertreten, daß nichts so schläfrig machte wie ein voller Bauch, und trotz ihrer Lage fand der Käser den Gedanken an ein kleines Nickerchen durchaus verlockend. »Nun, Professor«, sagte er, »was halten Sie davon, wenn wir uns jetzt ein wenig ausruhen?«

»Das haben wir bereits den ganzen Morgen über getan, mein Bester«, stellte Wurzel fest.

»Ach, wissen Sie, Professor, der Nachmittag ist aus irgendeinem Grund immer der langweiligste Teil des Tages, und damit sollte man sich einfach abfinden. Wohin kämen wir denn, leugneten wir die menschliche Natur?«

»Vermutlich befänden wir uns bis zum Einbruch der Nacht ein ganzes Stück weiter flußabwärts«, erwiderte Wurzel. »Anstatt hier festzusitzen.«

»Nun, da könnten Sie recht haben...« Jonathan überlegte, ob er als Kapitän befugt war, alle Besatzungsmitglieder in die Kojen zu befehlen und eine zweistündige Mittagsruhe anzuordnen. Aber abgesehen davon, daß Wurzels Worte der Wahrheit entsprachen, hatte der Käser noch nie sonderlichen Gefallen daran gefunden, andere Leute herumzukommandieren. Also begannen sie mit einer ausführlichen Erörterung der beiden Pläne. Auch Dooly gehörte nun zur Besatzung des Floßes, und dadurch schien alles etwas einfacher zu werden. Jetzt war es durchaus möglich, den Besanmast aufzutakeln und mit Doolys zusätzlicher Körperkraft das Schiff von der Sandbank hinunterzuhebeln. Tatsächlich zögerten sie nicht länger und machten sich an die Arbeit.

Es gelang Dooly, ein langes Seil in eine knotige Masse zu verwandeln, und fast gleichzeitig schaffte er es mit geradezu akrobatischem Geschick, ein Segeltuch in den Fluß zu werfen. Die Kanevasplane versank sofort. Mit sich überschlagender Stimme rief Dooly einige wortreiche Entschuldigungen und sprang über Bord. Das Wasser war kalt wie Morgentau und die Strömung so stark, daß sie dem jungen Mann das Gleichgewicht raubte. Er planschte und spritzte und ruderte mit Armen und Beinen – bis er mit den Füßen den Grund berührte und feststellte, daß das Wasser über der Sandbank nicht mehr als hüfthoch war. Daraufhin richtete er sich auf und zwinkerte einige Male.

»Donnerwetter!« wandte er sich an den Professor, Jonathan und Ahab, die an der Reling des Floßes standen. »Hier ist es ziemlich naß.«

»Eine ausgezeichnete Schlußfolgerung, einem Mann der Wissenschaft würdig«, erwiderte der Professor. Er freute sich, daß Dooly keine Gefahr drohte, und vielleicht war er noch ein wenig glücklicher darüber, daß niemand ins Wasser springen mußte, um ihm zu helfen. Er hatte sich schon immer gefragt, wie man sich verhalten sollte, um einen Ertrinkenden zu retten – ob es richtig war, sich zunächst die Schuhe abzustreifen, das Hemd auszuziehen und die Taschenuhr beiseite zu legen, oder ob man dem Betreffenden ohne Zögern nachspringen sollte.

»Wissen Sie, was ich hier in den Fluten gesehen habe, Herr Wurzel?«

»Ich habe keine Ahnung«, erwiderte der Professor.

»Mein ganzes Leben. Ja, direkt vor mir.«

»Mit allen Einzelheiten?«

»So ist es, hochverehrter Professor. Wie ein Blitz zeigte es sich mir: Zuckerstangen, Brote mit Schinken, ein neues Paar Schuhe, mein Großvater, alles. Wie ein Schwarm flatternder Vögel zogen diese Bilder an mir vorbei.«

»Von solchen Dingen habe ich schon gehört«, erwiderte Wurzel, »aber bisher hatte ich noch nie das Vergnügen, jemandem zu begegnen, der eine derartige Erfahrung machte.«

»Und es geschah auch noch unter Wasser«, warf Jonathan ein, beugte sich über die Reling und griff nach dem völlig durchnäßten und entsprechend schweren Segeltuch, das Dooly wiedergefunden hatte.

»Ja!« rief Dooly, verblüfft von der Vorstellung, daß die Bilder seines bisherigen Lebens inzwischen von der Strömung weiter flußabwärts getragen worden waren. »Das ist wirklich außergewöhnlich!« Dann holte der junge Mann nur einmal kurz Luft, riß die Augen auf und brachte mit zitternden Lippen hervor: »Der Krötenkönig! Der Krötenkönig höchstpersönlich!«

»Nun, Dooly, bevor du mit der Geschichte vom Krötenkönig beginnst, solltest du besser wieder an Bord klettern. Bestimmt dauert unsere Reise einige Wochen, und somit haben wir Zeit genug, um uns von allen möglichen Königen zu erzählen, auch von denen der Kröten.« Jonathan beugte sich über die Reling, um Dooly zu helfen, aber Professor Wurzel hielt ihn zurück, indem er ihm eine kalte Hand auf den Arm legte. Ganz offensichtlich hatte Dooly dem Käser überhaupt nicht zugehört, sondern starrte mit großen Augen ans Ufer.

Zwischen zwei großen krummstämmigen Erlen, deren Wurzeln ineinander verhakt waren und stellenweise aus der Uferböschung herausragten, standen zwei gräßliche Geschöpfe. Sie wirkten größer und dicker als Menschen, hatten Buckel, hielten sich vornübergebeugt und sahen aus, als bestünde ihre Haut aus Schuppen. Ihre Gesichter waren faltig und knorrig, und sie beobachteten das Floß durch kleine Augenschlitze. Eigentlich, so fand Jonathan, erweckten sie keinen sonderlich intelligenten Eindruck. Dem Hund Ahab gefielen die beiden Gestalten überhaupt nicht. Laut bellend lief er über die Planken, und dann und wann machte er Luftsprünge, wie ein Akrobat.

»Trolle«, sagte der Professor.

»Bitte?« erwiderte Jonathan und starrte Wurzel überrascht und verwirrt an.

»Ich sagte: Trolle. Zwei Trolle, um ganz genau zu sein, und so wie es aussieht, handelt es sich um besonders häßliche Exemplare.«

»Hallo, Herr Krötenkönig!« rief Dooly mit zittriger Stimme. »Vielleicht erinnern Sie sich an meinen Großvater.«

Einer der Trolle trat bis unmittelbar an die Wassergrenze heran, und seine Füße versanken in einem weichen Mooskissen. Die Zweige der alten Erle, die sich in der leichten Brise sanft hin und her bewegten, wirkten fast wie Kämme, die vergeblich Ordnung in das zerzauste Haar des Trolls zu bringen versuchten. Mit einem Fingernagel, der so lang war, daß er eher wie eine Kralle aussah, kratzte sich das Geschöpf an den großen Zähnen. Der zweite Troll machte Anstalten, dem ersten zu folgen. Aber er rutschte auf dem Ufermoos aus, fiel und landete aufgeregt grunzend und knurrend im Wasser. Der erste Troll gab ein Geräusch von sich, das nach einem Baum klang, der sich im Sturm ächzend von einer Seite zur anderen neigte. Offenbar lachte er über seinen Artgenossen, denn der Troll im Wasser verzog das Gesicht. Er hob die Keule und schlug dem zweiten Troll auf den Fuß, dann gleich darauf noch einmal, wie um ganz sicherzugehen. Das noch immer im Wasser hockende Geschöpf schien darüber alles andere als erfreut zu sein, aber es kroch nur ein wenig zur Seite, hielt sich an den Erlenwurzeln fest und kletterte auf die Böschung zurück, wobei es sich immer wieder den Fuß rieb.

Während Jonathan das alles beobachtete, schlich der Professor auf Zehenspitzen in die Ladekammer; Dooly stand noch immer auf der Sandbank und wurde vom Wasser umspült. Der junge Mann gab dem Käser ein Zeichen und flüsterte: »Das kann nicht der Krötenkönig sein. Andernfalls hätte er sich bestimmt an meinen alten Großvater erinnert. Zusammen mit dem Krötenkönig besuchte er die Magischen Inseln, um dort die Purpurne Perle zu finden, von der ich Ihnen vielleicht schon einmal erzählt habe. Nein, das dort können keine Krötenkönige sein. Aber es wäre durchaus möglich, daß sie bei unserem Anblick Appetit bekommen.«

Jonathan nickte nur. Er hatte viele Geschichten von Trollen gehört, an die er sich jetzt lieber nicht erinnert hätte. Die meisten erwähnten eiserne Kessel wie den, in dem Doolys Großvater einen ganzen Berg aus Bonbons gefunden hatte. Nach den alten Sagen erachteten es Trolle als sehr erstrebenswert, in solchen Behältern einen Eintopf aus Menschen zu kochen, die sich im Wald verirrt hatten; angeblich würzten sie ihre Suppen mit ganz bestimmten, sorgfältig ausgewählten Steinen. Jonathan hatte nie über solche Erzählungen gelacht. Er wußte wie alle anderen auch, daß es wirklich Trolle gab und daß sie nicht nur in Märchen vorkamen, mit denen man an einem stürmischen Abend Kinder erschreckte. G. Smithers aus Brompton hatte eine Geschichte mit dem Titel ›Der Troll von Ilfordnieder‹ geschrieben, und nachdem Jonathan sie als Kind gelesen hatte, war es ihm nicht möglich gewesen, in der nächsten Nacht zu schlafen. Immer wieder hatten ihn die Alpträume dunkler Schemen und Schatten verfolgt, die im tiefen Wald lauerten. Schließlich aber war es ihm gelungen, sich von der Unsinnigkeit solcher Ängste zu überzeugen, und Jahre später hatte der Gedanke an eine Mahlzeit, bei deren Zubereitung auch Steine verwendet wurden, geradezu etwas Lächerliches an sich.

Die beiden am Flußufer wartenden Trolle jedoch sahen alles andere als lustig aus. Während Jonathan sie beobachtete und die Geschöpfe ihn ihrerseits nicht aus den Augen ließen, tastete der sich an den Wurzeln festhaltende Troll mit einer Hand umher, griff nach einem Stein und nagte genüßlich daran.

Der Käser lief los, und Ahab folgte ihm dichtauf. Der arme Dooly dachte offenbar, man habe ihn auf der Sandbank vergessen, und beeilte sich, über die Reling an Bord zu klettern. Kaum jedoch befand er sich wieder auf dem Floß, als Jonathan auch schon zurückkehrte. Er trug zwei lange Holzstangen bei sich und rief: »An die Arbeit, Dooly!« Er stieg über die Reling und ließ sich langsam in das kalte Wasser des Flusses sinken. Es dauerte nicht allzulange, bis Dooly begriff, was der Käser von ihm erwartete, und gemeinsam schoben sie die Holzstangen unter den Rumpf des festsitzenden Floßes und hebelten mit aller Kraft. Daraufhin zeigten sich die beiden Trolle am Ufer zum erstenmal besorgt. Derjenige, der zuvor ins Wasser gefallen war, stand auf, stampfte auf und ab und wirbelte dann und wann in recht beeindruckender Weise seine Keule durch die Luft.

Jonathan rief nach dem in der Ladekammer verschwundenen Professor. Kurz darauf kam der alte Wurzel wieder zum Vorschein – bis an die Zähne bewaffnet. Er schob das Kinn vor, kniff die Augen zusammen, gab sich ganz mutig und tapfer, als er den Schwengel der Gewehroboe drehte und mit der Elfenwaffe auf die Trolle am Ufer zielte.

»Nehmen Sie sich eine der Holzstangen, Professor!« rief Jonathan und stemmte sich gegen den Rumpf. Zusammen mit dem jungen Dooly gab sich der Käser alle

Mühe, das Floß freizubekommen, und Jonathan strengte sich noch mehr an, als er hörte, wie Kiesel und Sand über das Holz knirschten – die Flanke ihres Schiffes kippte dem Kanal mit dem tieferen Wasser entgegen. Professor Wurzel legte die Elfenwaffe auf ein Faß und bohrte eine dritte Stange in den Schlamm der Sandbank. Gemeinsam gelang es ihnen, das Floß noch einmal einen knappen halben Meter weit in Richtung Strommitte zu hebeln. Dann aber bohrte sich der Rumpf erneut in das Hindernis im Wasser, und trotz ihrer Bemühungen saß ihr Gefährt erneut fest.

Jonathan kletterte wieder an Bord. Die beiden Trolle hatten ihre kleine Auseinandersetzung inzwischen offenbar beendet, und unsicher tauchten sie die Zehenspitzen ins Wasser. Zwischen dem Ufer und der Sandbank floß das Wasser zwar ziemlich schnell dahin, aber es schien auch recht seicht zu sein. »Dort kommen die Ungeheuer!« platzte es aus dem Professor heraus, als die beiden Trolle in Erwartung eines verspäteten Mittagessens durch das gurgelnde Naß wateten.

Die Segel am Besanmast waren halb entfaltet, und Jonathan wollte ihn ganz auftakeln, um den Wind auszunutzen, wie der Professor vorgeschlagen hatte. Aber es sah ganz danach aus, als bleibe ihnen nicht mehr genug Zeit. Wurzel war jedoch anderer Meinung. Zum zweitenmal an diesem Nachmittag griff er nach seiner Waffe, stieg auf die Tonne und öffnete das Segel ganz.

»Bleibt stehen, ihr Trolle!« rief er und gab sich alle Mühe, seiner Stimme besondere Autorität zu verleihen. »Kehrt um!«

Zwar waren Trolle sicher einer gewissen Sprache mächtig, doch bestimmt unterschied sie sich sehr von der menschlichen. Andererseits aber vermochten sie durchaus eine Bedrohung als solche zu erkennen. Die Wirbelfedern der Elfenwaffe zuckten und drehten sich immer schneller, und als die beiden häßlichen Geschöpfe etwa sechs Meter vom Ufer entfernt waren, beherzigten sie den Rat des Professors und verharrten.

Dooly, der gerade Anstalten gemacht hatte, an Bord zurückzuklettern, ließ sich ins Wasser sinken und versuchte tapfer, allein die Aufgabe zu bewältigen, das Floß von der Sandbank hinunterzuschieben.

Als die Segel des Besanmastes gespannt waren, sprang Jonathan zu Dooly in den Fluß, und sie unternahmen einen letzten beherzten Versuch, das Floß wieder in Bewegung zu setzen. Man konnte Trolle sicher nicht als sonderlich intelligent bezeichnen, aber diese beiden Exemplare begriffen, daß sich ihr Mittagessen anschickte, flußabwärts zu verschwinden. Trotz der in den Händen des Professors zischenden und pfeifenden Apparatur wateten sie wieder auf das Floß zu, grollten und knurrten leise.

Professor Wurzel drehte den Schwengel noch einmal. Er wußte zwar nicht, wie die Elfenwaffe funktionierte, aber er starrte nur grimmig über die Reling, als die Wirbelräder immer lauter pfiffen und die ganze Vorrichtung dann plötzlich davonsauste. Die beiden Trolle kreischten überrascht, als sie die geheimnisvolle Waffe heranfliegen sahen – sie wandten sich um und sprangen planschend und spritzend in Richtung Ufer zurück. Aber sie hatten erst ein oder zwei Meter zurückgelegt, als die Gewehroboe sie erreichte und über ihre Köpfe hinwegsauste. In stiller Verblüffung beobachteten sie, wie die Apparatur an der Uferböschung in die Höhe schwebte und in den Bäumen verschwand. Doch wie durch ein Wunder kam die Elfenwaffe anschließend wieder zum Vorschein. Schwankend und zitternd hielt sie erneut auf den Fluß zu, und schließlich verhedderte sie sich in einigen niedrig hängenden Erlenzweigen. Die Wirbelräder jaulten und zischten noch eine Weile und kamen dann allmählich zum Stillstand.

Als die beiden Trolle sahen, daß sie von dem seltsamen Ding nicht länger bedroht wurden, witterten sie den Sieg und wandten sich einmal mehr dem Floß zu. Jonathan, der Professor und Dooly hebelten mit den Holzstangen, und mit der Hilfe des Windes, der nun die Besansegel aufblähte, gelang es ihnen endlich, ihr Gefährt freizubekommen. Bevor die Trolle zwei Drittel des Weges zu ihrem Mittagessen zurückgelegt hatten und sich noch durch brusttiefes Wasser mühten, schwenkte das Heck des Floßes in die Strömung, und der Rumpf löste sich aus Sand und Kies. Jonathan kletterte so hastig an Bord, als stünde seine Hose in Flammen, und er half Dooly, der zu den Trollen hinübersah. Der eine Fuß des jungen Mannes glitt an dem nassen Holz ab, und seine Hand rutschte aus der des Käsers. Gerade in dem Augenblick, als sich das Floß in Bewegung setzte und wieder flußabwärts treiben wollte, stürzte Dooly rücklings ins Wasser.

Er befand sich damit in einer heiklen Lage. Vor ihm war das Wasser so tief, daß er darin ertrinken mochte, und hinter ihm kamen zwei Trolle heran, die ihn sicher als ebensolchen Leckerbissen erachteten wie Ahab zuvor die saure Gurke. Dooly blieb einfach stehen und wagte es nicht einmal, sich umzudrehen und die beiden Trolle anzusehen, die nun ihrer verspäteten Mittagsmahlzeit entgegenstrebten. Er beobachtete Jonathan und den Professor, die auf dem Floß standen und wild gestikulierten. Er hörte ihre Rufe nicht, denn seine eigene Stimme übertönte alle anderen Geräusche, als er gellend schrie und seinen alten Großvater um Hilfe anflehte. Doch selbst der arme Dooly mußte wissen, daß sein Großvater ihm jetzt nicht beistehen konnte.

Die für gewöhnlich trägen Fluten des Stroms schäumten zwischen der Sandbank und dem Ufer wesentlich schneller dahin, aber als das Hindernis unter Wasser zurückblieb, verlangsamte sich die Strömung. Professor Wurzel stemmte sich immer wieder auf und gegen die Ruderpinne, und er richtete den Bug des Floßes auf das Ufer. Jonathan sah, daß sie rund hundert Meter unterhalb der Stelle, an der sich Dooly die Lunge aus dem Leib kreischte, ein zweites Mal auflaufen mußten, und fragte sich, was ihnen das nützen sollte.

Er drehte sich um, suchte nach einer Waffe und ergriff einen zwischen den Seilen und dem Segeltuch liegenden Marlspieker aus Messing. Als Keule eignete er sich nicht sonderlich, aber er war neu und glänzte, und vielleicht fürchtete sich ein Troll davor, mit dem Ding geschlagen zu werden. Wurzel wußte nicht, was der Käser plante, und riß nur überrascht die Augen auf, als Jonathan über die Reling hinwegsetzte und ins kalte Wasser sprang.

Jonathan klemmte sich den Marlspieker zwischen die Zähne und schwamm in Richtung Sandbank, deren schlammigen Boden er dicht vor der Stelle unter sich spürte, an der er ihn erwartete. Der Käser watete eilig auf den unglücklichen Dooly zu und rief dabei Bemerkungen wie: »He, ihr dort!« und »Hallo, Herr Troll!« Er hoffte, damit die Aufmerksamkeit der Trolle von Dooly abzulenken, der sich nicht von der Stelle rührte und am ganzen Leib bebte. Die Entfernung zu den beiden hungrigen Gestalten hinter ihm betrug nur mehr wenige Meter. Die beiden Trolle blieben aus einem Grund stehen, der Jonathan rätselhaft war, sahen sich immer wieder um und kratzten sich mit den langen Krallen hinter den Ohren.

Dooly hatte inzwischen eingesehen, daß von seinem alten Großvater keine Hilfe zu erwarten war, und hielt sich beide Ohren zu. Bis auf die den Trollen geltenden Hallorufe des Käsers herrschte Stille. Als Jonathan einmal schwieg, um Luft zu holen, vernahm er ein dumpfes Brummen wie von einem fernen Schwarm sehr großer Bienen. Dieses von den Bäumen am Ufer heranwehende und ständig anschwellende Geräusch verwirrte die Trolle. Jonathan war gerade erst darauf aufmerksam geworden, als es von dem wütenden Bellen des unerschrockenen Ahab übertönt wurde. Offenbar hatte es sich der Hund nicht nehmen lassen, seinem Herrn zu folgen. Er war ebenfalls über die Reling ins Wasser gesprungen, und mit seinen kurzen Beinen fand er trotz des seichten Wassers keinen Halt auf der Sandbank. Daraufhin hatte sich Ahab dem Ufer zugewandt, war inmitten der großen Erlen an Land gekrochen, sprang dort drohend umher und bellte die Trolle von hinten an. Der Professor band das Floß rasch an einigen hervorstehenden Wurzeln fest und folgte dem Hund keuchend, waffenlos zwar, aber zu allem entschlossen.

Dem Käser blieb nicht mehr Zeit, als einen gewissen Stolz auf seinen Hund Ahab zu empfinden, bevor er sich auf den nächsten Troll stürzte, der – und das war wirklich seltsam – seinem Artgenossen den Knüppel ins Ohr bohrte. Auf die Schläge Jonathans reagierte er nur, indem er das Stochern mit der Keule einstellte, aber der Marlspieker glitt immer wieder an der grünlichen Schuppenhaut ab. Der Käser klammerte sich trotzdem an ihm fest und hockte auf den breiten großen Schultern des Ungeheuers. Der zweite Troll hatte offenbar etwas am Ohr gespürt, drehte sich um und starrte Jonathan verblüfft an, der auf seinem Begleiter ritt, laut schrie und immer wieder mit dem Marlspieker ausholte. Im primitiven Verstand des zweiten Trolls reifte die Vermutung, daß seinem Artgenossen ein weiterer Kopf gewachsen war, und er grunzte verblüfft.

Es herrschte in diesen Augenblicken ein ziemlicher Lärm; tatsächlich war es sogar ein regelrechter Tumult. Ahab bellte laut; Professor Wurzel stieß heisere Drohungen aus; der tapfere Käser schrie, und Dooly gab erstaunte Rufe von sich – über den Baumwipfeln schien er etwas Sonderbares entdeckt zu haben. Angesichts dieser akustischen Kulisse gerieten die Trolle immer mehr durcheinander, und schließlich verloren sie die Nerven.

Mit einem schrillen Kreischen, das am Rande des Uferwaldes widerhallte, gaben sie ihre Absicht auf, ein köstliches Mittagessen zu sich zu nehmen, stürzten davon und spritzten durch das seichte Wasser in Richtung Land. Als Professor Wurzel sie plötzlich auf sich zukommen sah, machte er rasch kehrt, floh am Ufer entlang flußaufwärts, beendete jählings seine lärmende Vorstellung und schien es plötzlich für sehr wichtig zu halten, auf keinen Fall die Aufmerksamkeit der Trolle zu erregen. Dann aber fiel sein Blick auf die Gewehroboe in den Zweigen weiter oben, und er entschied, die festhängende Elfenwaffe nicht einfach zurückzulassen, sondern ihr statt dessen nachzuklettern. Außerdem, so meinte er, war er in einem Baum ohnehin sicherer als auf dem Boden.

Er zog sich hoch, erreichte die unteren Zweige, riß sich ein Loch ins Hemd – und bemerkte plötzlich, wie still es geworden war. Und in dieser Stille vernahm er ein dumpfes Brausen. Es hörte sich an, als schlügen tausend Spatzenflügel, und begleitet wurden die Vögel offenbar von einem riesigen Bienenschwarm. Er hob den Kopf. Keine zwanzig Meter über dem Fluß schwebte ein Elfen-Luftschiff, und es war so schnell aus den Wolken herabgesunken, daß es dabei einige weiße Fetzen mit in die Tiefe gezerrt hatte, dunstige Schleier, die nun hier und dort wieder in die Höhe stiegen.

Das Luftschiff war sicher nicht wegen der Trolle gekommen, aber ganz offensichtlich hatte es den Ungeheuern einen gehörigen Schrecken eingejagt, denn sie flohen in den dichten Wald. Ahab setzte ihnen am Ufer entlang nach; er bellte, fauchte und heulte wie ein Wolf, bis die großen Trolle schließlich in den Schatten zwischen den Erlen und Schierlingen verschwanden.

Danach schnupperte der Hund umher, gab dann und wann ein bedrohliches Knurren von sich und lief einige Male zu den Bäumen – nur um sich zu vergewissern, daß die Trolle nicht zurückkehrten.

Das Luftschiff summte über dem Wasser des Stroms flußaufwärts, und es war dabei nur so schnell wie ein Mensch, der es besonders eilig hat. Jonathan, Dooly, Professor Wurzel – der mit einem Fuß in einer Astgabel festsaß – und sogar Ahab sahen dem langen zylindrischen Schiff mit großen Augen nach.

An jeder Seite zog sich eine lange Reihe Bullaugen entlang, und hinter jedem Fenster zeigte sich ein lächelndes Elfengesicht. Die Passagiere des Luftschiffes beobachteten die vier Gestalten am Flußufer, als handle es sich bei *ihnen* um etwas Einzigartiges. Die Flanken des Gefährts glitzerten im Licht der späten Sonne, und es sah aus, als glühte das Schiff an den entsprechenden Stellen. Die Farbe des großen Gefährts ähnelte der einer Schneeflocke, die gerade schmilzt und sich in Wasser verwandelt. Der Rumpf bestand sicher aus irgendeinem seltsamen Elfenmetall, das hoch oben in den Weißen Bergen gewonnen wurde, und durchsetzt war er mit Zauber, Wind, Graupeln, Glas und seltenen Erden – einer Mischung, die in einem großen Kessel über heißem Feuer entstanden sein mochte. Diesen Eindruck jedenfalls gewann Jonathan. Allein die Gegenwart des Luftschiffes gab ihnen Gesprächsstoff für mindestens eine Woche. Rechts und links ragten zwei Schwingen aus der Hülle, und sie sahen genauso aus wie die Flügel einer großen, aber auch sehr dünnen Fledermaus. Der Bug des Schiffes war grün und durchsichtig, und vermutlich hatten man ihn aus einem riesigen Smaragd geformt. Durch das Leuchten erkannte man weitere Elfen. Sie alle trugen Mützen, die ebenso spitz zuliefen wie ihre Ohren. Mit großen Augen blickten sie durchs grüne Fenster.

Die einzigen Zeichen auf dem Rumpf des Luftschiffes waren einige Elfenrunen im Bereich des Hecks. Sie umgaben ein riesiges rundes Gesicht mit großen Glotzaugen. Obgleich auch Ohren nicht fehlten, mußte es sich bei der Darstellung nach Meinung Jonathans um den Mann im Mond handeln, und ganz offensichtlich zeigte ihn das Abbild während einer aufbrausenden Gemütsphase.

»Mein Großvater kennt jenen Mann!« rief Dooly, als das Luftschiff dem Verlauf einer Flußbiegung folgte. Und ohne groß über die möglichen Folgen nachzudenken, sprang er in den Strom und versuchte, den entschwindenden Elfen durch das tiefe Wasser zu folgen. Wild ruderte er mit Armen und Beinen. Jonathan zog ihn rasch wieder ans Ufer und damit in Sicherheit.

»Mein alter Großvater!« rief Dooly.

»War *er* an Bord des Luftschiffes?« fragte Jonathan.

»Nein, er ist schon seit einer Ewigkeit fort. Aber das auf den Rumpf gemalte Gesicht mit den vielen Kirschkernen, der Mann, der sehr krank aussieht – er und mein Großvater waren Freunde.«

»Aha«, machte Jonathan. »Dann war dein Großvater also der Freund des Mondes.«

»Ja, ganz bestimmt!« platzte es aus Dooly heraus, der nun noch erstaunter und aufgeregter war. »Auf der Rückseite der Taschenuhr meines Großvaters – er hat mir einmal erzählt, er hätte sie von einem Halbzwerg aus dem Osten erhalten – zeigte sich ein solches Bild. Es war eine wirklich seltsame Uhr, Herr Käser. Ja, da würden Sie mir sicher zustimmen. Man konnte sie jederzeit anhalten.«

»Gleich raufe ich mir die Haare aus«, brummte Jonathan, als er mit Dooly durch das brusttiefe Wasser ans Ufer zurückwatete. »Man konnte sie also auch anhalten, ja?« Aber Jonathan war nicht so belustigt, wie er sich vielleicht anhörte. Auch er hatte schon einmal ein solches Gesicht gesehen, und er war nicht sicher, ob es ihm gefiel oder er sich davor fürchten sollte. Er wußte nicht einmal genau zu bestimmen, ob er es tatsächlich erblickt hatte.

»Ich habe laut gerufen«, sagte Dooly. »Und dann blieb nicht nur die Uhr stehen, sondern auch alles andere.«

»Darauf möchte ich wetten.«

»Und man konnte umhergehen, den Leuten die Hüte schief auf den Kopf setzen, ihnen die Brillen umdrehen und alles andere machen, was einem nur in den Sinn kam. Ja, Herr Käser. Die Pasteten der Witwe waren nicht sicher, solange mein Großvater mit seiner Uhr in der Nähe weilte, auf deren Rückseite sich das Narbengesicht zeigte.«

»Kann ich mir denken. Ich schätze, dein Großvater hat auf diese Weise des öfteren Pasteten stibitzt. Sicher war er der Pastetenkönig.«

»Oh, und ob. Das war er. Flußauf und flußab war er als der große Pastetenkönig bekannt. Apfelkuchen mit ein wenig gelbem Käse. Das mochte er besonders gern. Aber den Käse hätte ich wohl besser nicht erwähnen sollen.«

»Warum nicht?« fragte Jonathan, und ein leiser Verdacht regte sich in ihm.

»Nun, er hat nicht allzuviel genommen.«

»Von wem?«

»Von Ihrem alten Vater, nehme ich an. Damals war er der Meisterkäser. Erinnern Sie sich?«

»Nur ganz verschwommen«, sagte Jonathan. Aber natürlich entsann er sich sehr gut an seinen Vater. Wenn er die Augen schloß, sah er deutlich, wie sein Vater durch den Regen vom Käsehaus kam, mit einem großen, runden, gesalzenen Ziegenkäse – so wie er selbst schon einige hundert Male. Der alte Amos Bing trug einen großen breitkrempigen Hut, aus dem in der Mitte ein hohler hoher Turm wuchs. Am Gürtel baumelte immer eine Ledertasche. Darin befanden sich ein kleiner Krug aus Elfenbein, mit Schnupftabak gefüllt, ein halbes Dutzend Glücksbringer und vier Münzen, die wahrscheinlich von den Ozeanischen Inseln stammten: Sie zeigten wundervolle Bilder von seltsam anmutenden Tiefseefischen. Wenn man diese Münzen betrachtete, so zeigten sie immer neue Fischbilder. Man brauchte sie nur zu drehen, und dann veränderten sich die Darstellungen. Und wie die glitzernde Symmetrie eines Kaleidoskops, so erzitterten die Bilder der Fische und formten sich neu, wenn man die Münzen hin und her schob. Und niemals zeigten sich die Geschöpfe wieder, die einmal dargestellt worden waren. Jonathans Vater hatte erzählt: Jeder verschwindende Fisch kehrte ins Meer zurück, und das war der Grund, warum es im Ozean so viele prächtige Geschöpfe gab. So lautete wenigstens die Auskunft des Banjomanns, von dem Jonathans Vater die Münzen erhalten hatte. Nach dieser Erklärung beschäftigte sich Jonathan ganze vier Stunden lang mit den Münzen, drehte sie wieder und immer wieder, beobachtete dabei Hunderte von Fischen und stellte sich vor, wie sie alle ins Meer schwammen. Als er einmal nur zwei umdrehte, zeigten alle vier keine Fische mehr, sondern ein Gesicht, und es zwinkerte Jonathan zu, schien sich im Raum umzusehen und feststellen zu wollen, wo es sich befand. Der junge Jonathan sah in verblüfftem Schweigen zu, wie die Konturen des Gesichts erzitterten, als beobachtete er es durch den Dunst eines heißen Augusttages. Die Wangen schwollen an, und das Lächeln wuchs in die Breite, bis es zu einem Grinsen wurde. Dann gewann das Gesicht jene Züge, die er am Heck des elfengesteuerten Luftschiffs gesehen hatte. Es wurde zu einem großen runden Mond, und dieser Mond zwinkerte Jonathan erneut zu, als wären sie beide in das gleiche Geheimnis eingeweiht. Anschließend löste es sich plötzlich auf und verschwand ebenso wie die Fische, und die Münzen wurden wieder zu dem, was sie vor dem Erscheinen des Gesichts gewesen waren. Jonathan sah davon ab, weitere Fische zu beschwören, und in den darauffolgenden Jahren holte er die Münzen nur selten hervor, um mit ihnen zu spielen. Das Gesicht sah er nie wieder.

Jetzt befanden sich die vier Münzen im Beutel an Jonathans Gürtel. Er enthielt nach wie vor einige Glücksbringer, darunter eine bemerkenswerte rotschwarze Bohne. Sie stammte von einem anderen reisenden Banjomann aus dem Osten, und er hatte behauptet, daß sie keimen und Wurzeln schlagen würde, wenn man sie im Schatten eines Hauses in die Erde legen würde. Jonathan hatte sie jedoch nie gepflanzt und sich auch schon längere Zeit nicht mehr mit dem Inhalt des Lederbeutels beschäftigt. Solange er kein Pech hatte, so meinte er, brauchte er die Glücksbringer nicht.

Jonathan verdrängte alle weiteren Gedanken daran und sah Dooly an. »Mochte dein Großvater Käse sehr gern?« fragte er.

»Nicht ganz so gern wie Pasteten. Er aß alle Arten von Kuchen, aber Käse nur zusammen mit einer Apfeltorte. Und er mußte sich die Käse nur dann ausborgen, wenn er pleite war. Außerdem ließ er immer etwas zurück, Herr Käser. Ja, mein Großvater stahl nicht einfach. Er selbst hat mir einmal gesagt, daß man sich fast alles ausleihen kann, wenn man als Gegenleistung etwas zurückläßt. Später, so meinte er, soll man zurückbringen, was man sich geborgt hat – vorausgesetzt, es ist nicht alles aufgegessen –, und das an sich nehmen, was man als eine Art Pfand daließ. Für die Käse zum Beispiel wählte mein Großvater eine sehr prächtige Leihgabe. Es war etwas, das er Polyp nannte, und dieser Polyp befand sich in einem Einmachglas. Die Händler hatten ihn den ganzen weiten Weg vom Meer mitgebracht. Mein Großvater besaß viele solcher Gläser, und eins davon gab er meiner Mutter. Sie hat es noch immer, holt es aber nicht aus dem Schrank hervor, aus Furcht, jemand könnte es stehlen.«

Jonathan bedachte Dooly mit einem scharfen Blick, setzte zu einer Antwort an, überlegte es sich dann aber anders. Zweifellos hatte Dooly das Glas mit dem Polypen tatsächlich gesehen, und zwar auf dem Kaminsims des Käsers, und dieser Anblick war von seiner ausufernden Phantasie zu einer verrückt klingenden Geschichte verarbeitet worden. Andererseits aber mußte sich Jonathan eingestehen, daß er nicht wußte, woher sein Vater das Glas bekommen hatte. Dooly schien ganz versessen darauf zu sein, den eigenen Großvater mit allen möglichen Dingen in Verbindung zu bringen. Seiner Meinung nach gab es kein Abenteuer, an dem sein Großvater *nicht* beteiligt gewesen war, keine noch so verrückte Heldentat, vor der er zurückgeschreckt wäre.

»Hätte ich nur die Taschenuhr bei mir gehabt, als mich die Ungeheuer verfolgten!« seufzte Dooly. »Aber jetzt befindet sie sich im Besitz des Zwergenmagiers aus dem Dunklen Wald. Zum Glück meines Großvaters.«

»Wieso denn das?« fragte Jonathan, als sie sich dem Baum näherten, in dem Professor Wurzel auf sehr unbequeme Weise festsaß und sie mit gerötetem Gesicht ansah.

»Das Ding war ein Fluch. Man mußte die Uhr dauernd aufziehen. Wenn sie ganz abläuft und stehenbleibt, dann gibt es nur einen Mann, der sie wieder zum Ticken bringen kann. Und wenn man ihn nicht findet, so ist man ganz allein und kann sich mit niemandem unterhalten, denn alle anderen Leute stehen still, so wie Statuen. Sie und ich und der Professor und auch Ahab – wir alle könnten uns nicht mehr von der Stelle rühren, bis der eine Mann die Uhr wieder aufgezogen hat.«

»Und wer ist dieser Mann?« erkundigte sich Jonathan. Aus irgendeinem Grund erahnte er die Antwort in dem Augenblick, als er die Frage stellte.

»Der Mann, dessen Gesicht wir auf dem Rumpf des Elfenschiffes gesehen haben«, sagte Dooly. »Der Mann, dessen Abbild sich auch auf der Rückseite der Taschenuhr zeigte.«

Dooly, Jonathan und Ahab sahen zu dem Professor auf, der nach wie vor oben im Baum hockte. »Sitzen Sie da oben im Baum fest, Professor?« fragte Jonathan.

»Das stimmt in der Tat. Ganz offensichtlich halten die von den beiden Zweigen dieser Astgabel ausgehenden Druckkräfte meinen Fuß fest.«

»Bedeutet das, er kann nicht von allein herunterklettern?« fragte Dooly.

»Ich glaube schon«, erwiderte Jonathan. »Am besten, du steigst hoch und hilfst dem Professor, den Fuß aus der Astgabel zu ziehen und das Elfengewehr aus dem Wipfel zu pflücken. Dann können wir aufbrechen, bevor die Trolle zurückkehren.«

Der junge Mann kam dieser Aufforderung nach, und kurz darauf machten sie sich alle auf den Weg zum Floß. Am Ufer fand Dooly eine aus mehreren einzelnen Gliedern bestehende Kette, und er behielt sie – ganz offensichtlich hatte sie einer der Trolle bei der überstürzten Flucht verloren. Zwar war sie ganz schmierig, und es ging auch ein widerwärtiger Geruch von ihr aus, aber Dooly hatte trotzdem die Absicht, sie als Trophäe an den Mast zu nageln. Als die Sonne hinter dem westlichen Horizont versank, legten sie mit dem Floß ab, und sie gingen erst für die Nachtruhe vor Anker, als sie einige lange Meilen zwischen sich und den Wald der Trolle gebracht hatten.

5. KAPITEL

Ahab treibt

Den größten Teil der nächsten beiden Tage verbrachten Jonathan, Dooly, Professor Wurzel und Ahab damit, das Floß weiter flußabwärts zu steuern, in Richtung Hochturm. Während des Frühstücks am zweiten Morgen aßen sie Brot, das an einigen Stellen bereits grüne Flecken zeigte, und sie öffneten ein Glas mit eingemachten Erdbeeren, die von einer Schicht Paraffin bedeckt waren. Professor Wurzel erklärte mit strahlendem Gesicht, das Wachs hindere gewisse ›Dinge‹ daran, sich an den Früchten gütlich zu tun. Er sprach von Organoiden. Dooly glaubte, daß er damit Käfer und andere Insekten meinte, und er wies darauf hin, der Deckel – vorausgesetzt, er sei nicht gerade von einem ausgemachten Narren auf das Glas gesetzt worden – halte Ungeziefer von den Erdbeeren fern. Deshalb, so schloß er, mußte das Wachs auf die Früchte gestrichen worden sein, um ebenfalls verspeist zu werden. Wie sich herausstellte, schmeckte es mit ein wenig Marmelade gar nicht so schlecht.

Ungefähr fünf Meilen oberhalb der Ortschaft lichtete sich der Wald aus Erlen und Schierlingen allmählich, und weite Wiesen voller Akeleien, Mantelblumen und Lupinen erstreckten sich sanft geneigt bis hin zu den Weißen Bergen im Osten. Das klare Wasser kleiner Bäche gurgelte und spritzte über glatte Steine und vereinte sich mit den Fluten des Orielstroms; stelzenbeinige Vögel stakten an den seichten Stellen umher. Zuerst waren die Wiesen frisch und grün, aber als sich das Floß Hochturm näherte, wurden sie sumpfiger, und die Vegetation wurde dichter. Rund eine Meile oberhalb des Dorfes hatten sich die bis dahin blühenden Uferbereiche in einen Morast verwandelt, dessen Bewuchs so undurchdringlich dicht war wie ein Dschungel. Hochturms kalte Steinmauern mit ihren hohen stummen Zinnen sahen aus wie Außenwände einer uralten Bastion, die irgendeinem düsteren und unheimlichen Zauberer Schutz bot. Sie erhoben sich auf einer Anhöhe, die wie etwas Lebendiges aus dem Grün des Sumpfes wuchs und von der aus man weit über den Fluß sah, bis hin zur Siedlung, deren Häuser man am anderen Ufer errichtet hatte.

Dooly und Ahab achteten zwar nicht sonderlich darauf, aber Professor Wurzel zeigte sich erstaunt, als er weißen Rauch sah. Er stieg aus einem Schornstein, der sich inmitten der vielen größeren und kleineren Türme verlor, deren Steine von Wind und Wetter immer weiter abgeschmirgelt wurden. Hochturm, so sagte man, sei älter als alles andere auf dieser Welt, und der Professor wies darauf hin, daß schon seit einer halben Ewigkeit niemand mehr hinter den Zinnenmauern wohnte.

»Irgend etwas ist im Gange«, bemerkte Wurzel.

»So scheint es«, bestätigte Jonathan. »Etwas, aus dem ich mich heraushalten werde. Für meinen Geschmack gibt es bereits zu viele düstere Anzeichen: Trolle, die nicht ganz eine Langmeile von Twomblytief entfernt ihr Unwesen treiben; ein Luftschiff, in dem Elfen zu einer Ausflugsfahrt aufgebrochen sind und mit dem sie flußauf und flußab schweben; die von den Händlern verlassene Station Weidenwald. Wenn Sie nichts dagegen haben, Professor, wundere ich mich lieber nicht über alte Schlösser und Burgen, in denen sich nun wieder Leben regt.«

»Nun, Jonathan«, erwiderte Wurzel, und er furchte überaus bedeutungsvoll die Stirn, »wie Sie sicher wissen, fließt in meinen Adern das Blut der Wissenschaft. Ja, der Lebenssaft eines Forschers und Alchimisten. Und für Leute wie uns sind Geheimnisse und Mysterien Leckerbissen. Wir laben uns daran wie an Brot und Wein; ja, wir brauchen sie so dringend wie andere Essen und Trinken.«

»Was mich angeht, so mag ich Brot lieber, das aus Weizenmehl gebacken ist. Und da Sie eben gerade von Wein sprachen: Mit einem Tropfen guten Portweins könnten wir nicht nur die Ankunft in Hochturm feiern, sondern auch etwas gegen die Kühle des Abends unternehmen.«

»Womit Sie zweifelsohne recht haben«, pflichtete ihm der Professor bei.

Dann und wann trieben sie an einer einzelnen Hütte vorbei. Sie waren auf tief in den Sumpf getriebenen Pfählen erbaut worden, und durch Ritzen und schmale Fugen in den teilweise schon arg verwitterten Holzwänden sahen sie den matten Schein vom Lampen und Laternen. Die weit herunterhängenden Zweige großer Bäume neigten sich über die Behausungen; von ihren Blättern lösten sich kleine Perlen aus Tau und tropften in einem beständigen Takt auf die Dächer, die mit dicken, im Zwielicht des Abends grün und purpurn schimmernden Moosschichten abgedichtet waren. Aus einer knapp hundert Meter flußaufwärts gelegenen Hütte erklang eine zarte Banjomelodie, und sie wehte in so melancholischer Art und Weise über den stillen Strom, daß sich Jonathan und seine Begleiter wünschten, sie befänden sich an einem anderen Ort, im Rücken ein wärmendes Feuer und auf den Tellern vor ihnen Reispudding und saftige Fleischstücke. In diesen Augenblicken erinnerten sie sich daran, daß sie bereits ein ganzes Stück von zu Hause entfernt waren.

Ganz offensichtlich aber war niemand von ihnen bereit, darüber zu sprechen, vielleicht aus Angst davor, laut ausgesprochene Worte könnten Gefühle in handfeste Wirklichkeit verwandeln. Mit einer gewissen Besorgnis beobachteten sie, daß ungefähr die Hälfte der

Hütten, an denen das Floß vorbeiglitt, nicht mehr bewohnt war. Tatsächlich sahen sie erst Anzeichen von Leben, als der Sumpf hinter ihnen zurückblieb und sie sich unterhalb der Alttorklippen befanden.

Trotz des noch frühen Abends zeigte sich in dem Dorf eine eher zurückhaltende Betriebsamkeit. Eine Gruppe von Schulkindern wanderte am Flußufer entlang, und die Jungen und Mädchen riefen, winkten und zeigten den Flößern stolz die von ihnen gefangenen Flußkrebse. Ahab trottete aus der Ladekammer und bellte einige Male fröhlich, und daraufhin deutete einer der Jungen – offenbar war er gut bewandert in der Wissenschaft der Biologie – auf den Hund und rief etwas wie: »Seht mal, ein Schwein mit plattem Kopf!« Die anderen Kinder nahmen seine Worte sofort auf, und sie tanzten umher und winkten mit den Flußkrebsen. Die Rufe »Ein Schwein mit plattem Kopf! Ein Schwein mit plattem Kopf!« folgten den Flößern noch eine ganze Viertelmeile flußabwärts. Ahab ließ den Spott ruhig über sich ergehen und schien keineswegs beleidigt zu sein.

Schließlich sahen sie den Felsvorsprung, der das eine Ende des kleinen Hafens von Hochturm kennzeichnete. Jonathan steuerte das Floß in die ruhige Bucht, und dort machten sie es fest. Dooly und Ahab hätten zwar sicher großen Gefallen daran gefunden, durch die Siedlung zu bummeln, aber sie mußten an Bord bleiben. Es wäre auch unverantwortlich gewesen, wenn sich alle vier ins Dorf aufgemacht und das Floß unbewacht zurückgelassen hätten.

Jonathan und Professor Wurzel hatten in der Ortschaft eigentlich nicht viel zu erledigen, denn immerhin waren sie nur erst drei Tagesreisen von Twomblytief entfernt. Sie wollten einen Bäcker und einen Metzger aufsuchen, und darüber hinaus beabsichtigten sie, einige Pfund Kaffee zu kaufen. Sie hatten vor ihrer Abreise vergessen, einen solchen Vorrat anzulegen.

Als sie dem kurvenreichen Verlauf der ins Dorf führenden Straße folgten, gewannen sie bald den Eindruck, als begingen die Bewohner der Siedlung irgendeinen Feiertag, denn vor vielen Fenstern waren die Rolläden heruntergelassen, und an einigen Türen hingen Schilder mit Aufschriften wie ›Fortgegangen‹ oder ›Während dieser Jahreszeit geschlossen‹. Es klang alles ziemlich endgültig, so als sei mit ›Jahreszeit‹ nicht nur der Herbst gemeint, sondern auch Winter, Frühling und Sommer.

Kurz darauf stießen die beiden Männer völlig überraschend auf ein ganzes Heer aus Mäusen, aus großen hungrigen Nagern, und angeführt wurde es allem Anschein nach von einer glotzäugigen Kröte. Die Mäuse bemühten sich fleißig, ein Loch in die Holzwand eines Futtermittelladens zu fressen, den der Eigentümer ganz offensichtlich aufgegeben hatte. Die Kröte hockte auf einem Moospolster und zwinkerte gelassen. Sie wirkte wie ein Sultan, der gerade darüber nachdachte, ob die Bemühungen der Untertanen seiner gnädigen Aufmerksamkeit wert waren oder ob er nicht besser ein Nickerchen machen sollte.

Professor Wurzel war von dem Anblick völlig verblüfft und stieß einige Schreie aus, die aber nicht direkt den Mäusen galten, sondern eher seiner Überraschung Ausdruck verliehen. Als die Mäuse daraufhin nur einmal kurz innehielten, verwandelte sich seine Verwirrung in Neugier. Er erinnerte sich daran, ein Forscher und Mann der Wissenschaft zu sein, und daraufhin näherte er sich den Nagern. Als er bis auf einige Schritte herangekommen war, krabbelte die Kröte fort und verschwand in den Büschen, und die Mäuse folgten ihr. O nein, sie ergriffen nicht etwa fiepend die Flucht; es sah eher aus wie ein geordneter Rückzug.

Professor Wurzel brummte ein verwundertes »Verflixt und zugenäht!«, und Jonathan pflichtete ihm aus vollem Herzen bei. Dann sprachen sie beide davon, daß etwas Verdächtiges vorgehe und sich die Mäuse ausgesprochen sonderbar verhalten hätten. Als sie sich jedoch der Dorfmitte näherten, erweckten die Dinge um sie herum nach und nach einen normaleren Eindruck. Allerdings schienen sich nur wenige Leute aufrichtig über ihre Ankunft zu freuen, und einige flohen bei ihrem Anblick sogar in dunkle Seitengassen. Aber zumindest waren die Läden geöffnet, und dem Kauf der Sachen, mit denen Jonathan und der Professor ihre Vorräte vervollständigen wollten, stand nichts entgegen.

Eine große, auf ihren Streben knarrende Holztafel warb für ein Gasthaus, und der Professor schlug vor, ihm einen Besuch abzustatten, um auf Tuchfühlung mit dem Volk zu gehen, wie er sich ausdrückte. Jonathan war damit einverstanden und fügte hinzu, sie könnten bei dieser Gelegenheit auch gleich das hiesige Bier probieren, aus rein wissenschaftlicher Neugier, versteht sich. Dagegen hatte der Forschergeist des Professors nichts einzuwenden.

Das Innere des Wirtshauses zeichnete sich nicht gerade durch die fröhliche Gemütlichkeit aus, die sich bei den Bewohnern von Twomblytief so großer Beliebtheit erfreute. Überall lagen Essensreste und Abfall verstreut. Auf dem Boden lag Sägemehl in mindestens zwölf Schichten – so als würden die Späne irgendwann die Gestalt eines großen Besens annehmen und Pfannen, Töpfe und Teller abstauben. Statt dessen aber klebte das Sägemehl nur an dem Abfall fest, und ein nicht sehr angenehmer Geruch ging von der Masse aus. Glücklicherweise war die Taverne nur trüb erleuchtet, so daß man nicht zu deutlich sah, wie verdreckt sie war. Der matte Schimmer erzeugte bei weitem nicht die anheimelnde Atmosphäre wie das Kaminfeuer in der Stube Jonathans. Es hatte eher den Anschein, als gingen dem Wirt langsam die Kerzen und das Öl aus und als sei sein Gasthaus schon so weit heruntergekommen, daß es sich nicht mehr lohnte, für Nachschub zu sorgen. Alles in allem war es nicht gerade der Ort, an dem man gern sein Abendessen zu sich nimmt.

Viele der Tische waren unbesetzt, obgleich sich auf ihnen Gläser und Teller stapelten. Der Wirt schlief auf einem Stuhl hinter dem Tresen. Sein Mund stand offen, und so war deutlich zu sehen, daß er offenbar nur zwei Zähne hatte, beide ganz vorn am Oberkiefer. Sie bestanden aus purem Gold und wurden von einer kompliziert wirkenden Anordnung aus Drähten in ihrer Stellung gehalten.

»Der Mann braucht dringend einen Zahnersatz«, sagte der Professor zu Jonathan, als sie durch das schmutzige Zwielicht starrten.

»Und ein Dutzend Kerzen«, fügte der Käser hinzu.

»Er hat das Gold nur im Mund, um andere damit zu beeindrucken«, erklang hinter ihnen eine unsichere Stimme. Jonathan und Wurzel drehten sich um und sahen einen dicklichen bärtigen Mann, der einen viel zu großen Mantel trug und an einem der unaufgeräumten Tische saß.

»Ich bitte um Verzeihung«, wandte sich Wurzel an den Herrn.

»Ich sagte: Er hat die Goldzähne nur, um andere damit zu beeindrucken.«

»Ah, ja«, erwiderte der Professor und fügte höflich hinzu: »Und ich muß sagen, sie sehen wirklich prächtig aus, diese Zähne. Ich habe in Beddlington einmal einen Zwerg kennengelernt, der ebenfalls solche Zähne hatte. Ein Tierbändiger war er. Ein außerordentlicher Mann mit Gibbonaffen und Orang-Utans.«

Als sich der Professor zu dem bärtigen Mann an den Tisch setzte und mit seiner Geschichte vom Beddlington-Affen begann, versuchte Jonathan, die Aufmerksamkeit des schlafenden Wirts zu wecken. Er zuckte zusammen, als der Käser ihm auf die Schulter klopfte, nickte freundlich, leckte sich die Lippen – und fiel einfach vom Stuhl. *»Was? Wie? Wo?«* gellte er überrascht und vollkommen verwirrt. Der Käser fühlte sich für das Schicksal des Wirts verantwortlich, entschuldigte sich und half ihm auf die Beine. Außer dem Professor und seinem bärtigen Zuhörer schenkte niemand der anderen Gäste diesem Zwischenfall auch nur eine Spur von Beachtung. Jonathan hob den ebenfalls umgestürzten Stuhl auf, vergewisserte sich, daß er nicht beschädigt worden war, und stellte ihn wieder hinter den Tresen. Der Wirt starrte den Käser aus trüben Augen an, lächelte dümmlich und nahm wieder Platz. Dann senkte er erneut die Lider und war gleich darauf eingeschlafen.

»Bedienen Sie sich selbst«, sagte der Mann mit dem viel zu großen Mantel. Wie sich später herausstellte, hieß er Lonny Gosset. »Legen Sie fünf Heller in den Becher und zapfen Sie sich selbst ein Bier.«

Jonathan beherzigte diesen Rat, und kaum hatte er einen Schluck von dem Bier getrunken, als er auch schon bereute, fünf Heller dafür bezahlt zu haben. Es war fade und abgestanden und schmeckte eher nach der brackigen Brühe in den Sümpfen weiter flußaufwärts als nach irgend etwas Genießbarem.

»Dies hier ist Herr Lonny Gosset«, stellte der Professor den bärtigen Mann vor, als sich Jonathan setzte. »Er ist Putz- und Hutmacher, und er hat mir gerade erzählt, seine Geschäfte gingen hier so schlecht, daß er noch arm dabei würde.«

»Arm? Es ist nur noch eine Frage der Zeit, bis ich an den Bettelstab komme!« versicherte Lonny Gosset und schüttelte schwankend den Kopf. »Seit der verfluchte Selznak mit seinen Kröten und dem anderen Getier angekommen ist, läuft hier nichts mehr. Ja, esch kriechen ziemlich abscheuliche Bieschter nach Hochturm. Die Bewohner verlaschen ihr Dorf und ziehen flußabwärts.«

»Wer ist Selznak?« fragte Jonathan, starrte in sein Bierglas und fragte sich, welch gräßliche Begegnung Gosset wohl hinter sich hatte. Er bot dem Professor einen Schluck an, aber als Wurzel prüfend auf die gelbliche Flüssigkeit gesehen hatte, lehnte er ab. »Ich nehme an, es handelt sich bei ihm nicht gerade um einen netten Kerl, wie?«

»Um einen netten Kerl!« platzte es aus Gosset heraus. »Ein Fluch ist er. Ein Zwerg aus dem Wald. Vor sechs Monaten kam er auf seinem Weg flußaufwärts durch Weidenwald. Wissen Sie von Weidenwald?«

»Ja«, sagte der Professor.

»Und Mooton-am-Fluß?«

»Nein.«

»Wurde ebenfalls von den Kröten heimgesucht. Und jetzt sind die Dörfer leer!« Mit düster klingender Stimme fügte Gosset hinzu: »In den Wäldern … geschehen seltsame Dinge.«

»Ich mag keine seltsamen Dinge, die in den Wäldern geschehen«, erwiderte Jonathan wie beiläufig. »Nein, ganz und gar nicht.«

»Ich fürchte«, warf der Professor ein, »die seltsamen Dinge, die in den Wäldern geschehen, scheren sich nicht darum, was Sie oder ich von ihnen halten. Nun, Sie kennen mich als einen Mann der Wissenschaft. Und Sie wissen, daß ich mich in erster Linie an Tatsachen halte. Beobachtung und Folgerung sind die besten Werkzeuge für einen Forscher, Herr Meisterkäser. Aber ich muß auch mit einer gewissen Zerknirschung eingestehen, daß Tatsachen manchmal von dunklen Vorahnungen in den Schatten gedrängt werden.«

»Auf Vorahnungen gebe ich ebenfalls nicht viel. Am besten holen wir uns jetzt die Vorräte und sehen nach, welchen Unsinn Dooly und Ahab auf dem Floß anstellen.«

»Eine ausgezeichnete Idee«, sagte der Professor. Sie verabschiedeten sich von Gosset, und als sie sich von ihm abwandten, hörten sie, wie er leise von seidenen Hüten und seltsamen Dingen im Wald und scheußlichen Geschöpfen murmelte.

Kurz darauf betraten sie Hobbs Allgemeinwaren-Geschäft, und der Eigentümer, Herr Hobbs selbst, musterte sie mißtrauisch. Er hatte einen großen Schnurrbart, wirkte sehr autoritär und trug eine Jacke mit vielen Knöpfen und beeindruckend hohem Kragen. Sie war so eng, daß sich Jonathan wunderte, wie es dem Mann überhaupt gelang, Luft zu holen. Er flüsterte dem Professor zu, daß Hobbs' Schneider offenbar einen ebenso ausgefallenen Sinn für Humor hatte wie der Zahnarzt des in seiner Taverne schlafenden Wirts. Wurzel mußte zwar zustimmen, erwiderte aber, er freue sich darüber, einem so vertrauenswürdigen und standhaften Vertreter der Dorfgemeinschaft zu begegnen.

»Wenigstens einer, der sich nicht in die Flucht schlagen läßt«, bemerkte der Professor.

Rasch erstanden sie die gewünschten Vorräte, und auf dem Rückweg kamen sie an dem verlassenen Futtermittelladen vorbei. Das ganz offensichtlich von der Kröte befehligte Heer der Mäuse war erneut damit beschäftigt, sich durch die eine Wand zu nagen. Jonathan winkte mit den Armen, sprang umher und versuchte, die kleinen Tiere zu verscheuchen, aber Professor Wurzel wies darauf hin, es sei vielleicht keine gute Idee, sich den Unmut der hiesigen Waldbewohner zuzuziehen. Der Käser erinnerte sich an das Gespräch mit Lonny Gosset und mußte seinem Begleiter zustimmen. Beide Männer wanderten über die Straße in Richtung Anlegestelle, und im Halbdunkel des späten Abends waren nirgends die Konturen eines Floßes zu erkennen.

Jonathans vermutete zuerst, daß sie sich irgendwie verlaufen hatten und am falschen Kai standen. Dann kam es ihm ganz kurz in den Sinn, daß es möglicherweise überhaupt nie ein Floß gegeben hatte, und er verspürte eine sonderbare Erleichterung, so als wäre er gerade erwacht und hätte feststellen können, daß seine gemischten Gefühle nur auf die düsteren Visionen eines Alptraums zurückgingen.

»Verrat!« rief der Professor plötzlich und betrachtete das fransige Ende des Seils, mit dem sie das Floß zuvor am Kai festgemacht hatten.

»Dooly hat uns bestimmt nicht hintergangen«, erwiderte Jonathan. »Sicher, manchmal ist er mehr als sonderbar, aber man kann ihm vertrauen.«

»Dooly meine ich nicht«, sagte Wurzel und hob das Seil in die Höhe. »Dieses Seil ist durchgebissen worden. Irgend jemand ließ unser Floß absichtlich abtreiben.«

»Bei allen heiligen Mächten!« platzte es aus Jonathan heraus, und ihm fiel ein, daß sich auch sein Hund Ahab an Bord befand. »Die Dämonen. Es waren die Mäuse und die Kröte. Sie sind es gewesen; aus reiner Bosheit haben sie das Tau durchtrennt und sich so dafür gerächt, daß wir sie auf dem Weg ins Dorf verjagten.«

Der Professor warf dem Käser einen kurzen Blick zu. »Mäuse und Kröten handeln nicht aus ›reiner Bosheit‹. Und sie suchen auch nicht nach Gründen für ihr Verhalten. Ich fürchte, unser Freund Gosset hat recht. Seltsame Dinge tragen sich hier zu!«

»Womit Sie schon wieder beim Thema wären: ›seltsame Dinge‹, die sich ›im Wald zutragen‹. Ein solches Gerede kann einem allen Mut nehmen. Nun, irgendwie ist unser Schiff in den Fluß getrieben, und wir müssen es uns zurückholen.« Jonathan schritt auf und ab und versuchte nachzudenken. Aber je mehr er sich darauf konzentrierte, desto schwerer fiel es ihm. Sie konnten dem Verlauf des Flusses nicht auf dem Landwege folgen, denn südlich von Hochturm kämen sie auf diese Weise viel zu langsam voran; selbst mit Pferden – die sie nicht hatten – wären sie dazu gezwungen gewesen, durch den Koboldwald zu reisen, in dem vielfältige Gefahren drohten. Nein, so würden sie das Floß nicht eher einholen, als bis sie die Meeresküste erreichten. Sie brauchten jetzt ein Luftschiff voller Elfen, aber ein solches Gefährt stand leider nicht zur Verfügung. Jonathan furchte die Stirn und die seine nervöse Wanderung fort. Der Professor schien nicht annähernd so beunruhigt zu sein.

»Wir sollten jetzt besser losgehen, mein lieber Käser«, sagte Wurzel, zuckte mit den Schultern und erweckte den Eindruck, als hätte er sich bereits mit allem abgefunden.

»Wohin denn?« fragte Jonathan.

»Nun, flußabwärts natürlich. Dooly hat bestimmt schon geschlafen, aber sobald er erwacht und feststellt, daß er auf dem Strom treibt, wird er das Floß ans Ufer steuern. Wenn er allerdings zu weit südlich des Dorfes auf uns wartet, könnte es durchaus sein, daß wir in dieser Nacht nur wenig Ruhe finden.«

»Dooly!« rief Jonathan. Natürlich. Er kam sich wie ein Narr vor. Dooly befand sich an Bord und würde das Floß schließlich ans Ufer steuern. Die verfluchten Mäuse wußten nicht, daß er auf ihrem Schiff geschlafen hatte. Der gute alte Dooly, zunächst als blinder Passagier in einem leeren Faß versteckt!

Dann vernahmen sie von dem Hügel in der Nähe des Dorfes einen Schrei, der offenbar ihnen galt. Käser und Professor starrten durch die dunkle Nacht, sahen jemanden, der ihnen mit weiten Sätzen durch die Finsternis entgegeneilte. »Ho, Herr Käser! Ho, Professor!« Tiefe Niedergeschlagenheit erfaßte die beiden Männer am Kai, als sie Dooly erkannten, der völlig außer Atem auf sie zutrat und verwirrt auf die leere Anlegestelle blickte. »Das Floß ist weg!«

»Und Ahab mit ihm«, fügte Jonathan hinzu. »Aber vielleicht haben wir Glück, und mein Hund lenkt es ans Ufer. Wir müssen sofort los.«

Dooly war ganz außer sich. »Oh, Herr Bing Käser …« Er weinte fast. »Man hat mir gesagt, Sie wollten mich sprechen. Man sagte mir, Sie und der Professor bräuchten mich, und deshalb machte ich mich sofort auf den Weg. Ich sagte mir: Wenn sie dich brauchen, Dooly, so sagte ich mir, mußt du dich sputen und sofort losrennen. Und das machte ich auch, aber leider konnte ich Sie nicht finden, und niemand wollte mir mitteilen, wo Sie sich aufhielten.«

»Wer hat dir das alles erzählt?« fragte Jonathan verwirrt.

»Das spielt jetzt keine Rolle«, warf der Professor ein. »Wir müssen dem Floß folgen.«

»Wir brauchen ein Kanu. Ja, genau. Ein Kanu, das Platz genug für uns drei bietet.« Jonathan blickte sich um und sah, daß ganz in der Nähe einige kleine Boote am Kai festgemacht waren.

»Mein alter Großvater würde bestimmt sofort eins finden und es sich ausborgen, wenn es nicht anders ginge«, sagte Dooly stolz. »So wie das dort zwischen den Felsen.«

»Wir können doch nicht einfach jemandem das Kanu stehlen«, gab Jonathan zu bedenken, schritt aber zusammen mit Dooly und dem Professor zum Boot.

»Ich glaube, unter diesen besonderen Umständen sollten wir am besten dem Beispiel von Doolys Großvater folgen«, sagte der Professor. »Ich lasse unter einem Stein hier am Pfahl eine Nachricht zurück. Dann weiß der Eigentümer, an wen er sich später wegen der Bezahlung wenden muß.«

Kurz darauf ruderten Dooly, Professor Wurzel und Jonathan flußabwärts und folgten dem verschwundenen Floß.

Hinter einem finsteren Wolkenschleier kroch ein fast voller Mond hervor, und sein Narbengesicht schien auf sie herabzulächeln, als sie immer wieder die Paddel ins Wasser tauchten und das Kanu schneller wurde. Sein blasser perlmuttener Schein spiegelte sich auf den Wellen vor dem Boot wider, und es sah aus wie eine unaufhörliche Verfolgungsjagd, die letztendlich ohne Erfolg bleiben mußte. Das Licht des Mondes war der einzige Schein in einer ansonsten völlig dunklen Nacht. Südlich von Hochturm wuchsen wieder Bäume dicht an dicht an beiden Ufern, und manchmal sahen sie, wie sich im Dickicht konturlose Schatten bewegten. Einmal blickte Jonathan über die Schulter zurück, aber aufgrund der Flußbiegung und des Uferbewuchses war das Dorf nicht mehr zu sehen. Tatsächlich hätte man sogar den Eindruck gewinnen können, als existierte es überhaupt nicht – wenn im fernen Dunst der Nacht nicht das matte Glühen gewesen wäre, dort, wo sich die Fenster des Turms befinden mußten. Zwar waren sie inzwischen schon ein ganzes Stück von der Siedlung und der alten Feste entfernt, aber Jonathan glaubte trotzdem, aus den Kaminen das rote Leuchten von Kohlen und weiter oben die faserigen Schemen von Rauch zu erkennen. Als er Hochturm beobachtete, schien die Nacht noch kühler zu werden. Aber die Gewißheit, daß sie jenen sonderbaren Ort nun rasch hinter sich zurückließen, half dem Käser dabei, die düstere Unruhe in sich zu überwinden. Immer wieder zog er kraftvoll das Paddel durchs Wasser und wandte das Gesicht dem nun erneut hinter Wolken verschwindenden silbrigen Mond zu.

6. Kapitel

Nebel am Koboldwald

Die Nacht war bedrückend still, während Jonathan und seine beiden Begleiter über den im Mondschein glitzernden Fluß ruderten. Nachdem sie sich eine Stunde lang sehr angestrengt hatten, entschieden sie klugerweise, sich abzuwechseln, und daraufhin ruhte sich einer von ihnen eine Viertelstunde lang aus, während die beiden anderen die Paddel durchs Wasser zogen.

Über ihnen spannte sich ein Himmel aus schwarzem Samt, und die daran funkelnden Sterne sahen aus wie Diamanten. Durch ihr kaltes Licht schien die Luft noch frostiger zu werden. Hier und dort auf den Blättern des Uferbewuchses hatte sich bereits eine glitzernde Eisschicht gebildet, und viele der Geschöpfe, die sie als huschende Schatten im Dunkel des Waldes sahen, schienen ernsthaft darüber nachzudenken, ob es nun nicht besser war, die Erdlochtür zu schließen, ein oder zwei zusätzliche dicke Decken übers Bett zu ziehen und sich für einen gemütlichen, vier Monate andauernden Schlaf zusammenzurollen.

Jonathan hatte es in seinem dicken Mantel und unter der Pelzmütze zwar recht warm, aber ihm gingen ähnliche Gedanken durch den Kopf. Doch Twomblytief, die Käsehäuser und der Stuhl, dessen Sitzfläche die geschnitzte Darstellung eines Hirschkopfes aufwies, hätten sich ebensogut auf dem Mond befinden können. Jedenfalls fühlte sich Jonathan so, als wären sie bereits Tausende von Langmeilen von der Heimat entfernt, obgleich das Dorf nur einige Tagesreisen flußaufwärts lag. Nach dem Empfinden des Käsers waren sie schon seit einer ganzen Ewigkeit unterwegs und durchreisten ein fremdes Land jenseits des Meeres.

Müdigkeit sorgte dafür, daß ihm der Kopf immer wieder nach vorn sank und das Kinn auf die Brust pochte. Aber jedesmal dann, wenn er gerade einnickte, war seine Ruhepause vorbei, und er mußte wieder das Paddel zur Hand nehmen. Einmal gelang es ihm, ganz einzuschlafen, und er träumte von dem Mann, dessen Mondgesicht er auf den vier Münzen gesehen hatte. In der einen Hand hielt er ein glänzendes Tablett, auf dem das keilförmige Stück eines grünen Käses lag, und hinter ihm tickte eine große hölzerne Uhr, auf deren Scheibe sich Sonne und Mond bewegten und Tage so rasch verstreichen ließen, als seien es nur Sekunden. Aber als Jonathan nach dem Käse greifen wollte, kam hinter dem schwingenden Pendel der Uhr ein schrumpeliges Gesicht zum Vorschein, und eine Hand packte zu und nahm den Käse vom Tablett. Gerade in diesem Augenblick verwandelte sich das keilförmige Stück in einen Haufen Staub, der von einem imaginären Wind über eine pockennarbige weite Ebene geweht wurde, und Jonathan zuckte mit einem gedämpften Aufschrei zurück, fand sich unmittelbar darauf auf dem breiten Strom wieder.

Tatsächlich schien Dooly der einzige zu sein, der nicht ermüdete. Jonathan und Professor Wurzel mußten ihn dann und wann geradezu zwingen, das Paddel zur Seite zu legen und sich auszuruhen. Man hätte den Eindruck gewinnen können, daß Dooly um so mehr Kraft und Entschlossenheit entwickelte, je kühler die Luft wurde. Zum Erschrecken seiner beiden Begleiter kletterte er immer wieder auf die Ruderbank, um die vor ihnen liegenden Bereiche des Flusses besser beobachten zu können. Jedesmal schwankte das Kanu beängstigend, was den Professor dazu veranlaßte, einen Vortrag über die Gesetze der Schwerkraft und der anderen sechs Hauptkräfte zu halten, wobei die des Umkippens und Kenterns besondere Erwähnung fanden.

»Es ist fast Mitternacht«, bemerkte der Professor, als er einen Blick auf seine Taschenuhr geworfen hatte.

»Ich habe das Gefühl, als wäre es schon doppelt so spät«, erwiderte Jonathan und fragte sich unmittelbar darauf, was er eigentlich damit meinte. »Aber seltsamerweise haben wir das Floß noch immer nicht eingeholt.«

»Ausgesprochen sonderbar«, pflichtete ihm Wurzel bei. »Wir hätten es schon vor rund einer Stunde erreichen müssen, wenn man an die Strömungsgeschwindigkeit des Flusses und unseren Ruderrhythmus denkt. Lassen Sie mich das kurz berechnen. Zwei, null, null, fünf im Sinn, dann aufrunden ...« Der Professor sah Jonathan nachdenklich an. »Selbst wenn wir beim Floß von einem Vorsprung ausgehen, der mehrere Stunden beträgt – wir hätten es vor zwei Stunden einholen müssen.«

Jonathan verzog das Gesicht, als ihm plötzlich etwas einfiel. »Was ist, wenn es ans Ufer getrieben wurde und wir daran vorbeigerudert sind?«

»Wenn Sie bitte entschuldigen, Herr Käser«, warf Dooly ein. »Ich darf Ihnen versichern, daß ich die ganze Zeit über das Ufer beobachtet habe, und bisher sah ich das Floß nirgends. Vielleicht sollte ich noch einmal auf die Ruderbank klettern und genauer Ausschau halten.«

Bei dieser Ankündigung griffen Jonathan und der Professor nach beiden Seiten des Kanus und hielten sich daran fest, so als rechneten sie jeden Augenblick mit einem Kentern des Bootes.

»Setz dich wieder hin, Dooly!« rief Wurzel erschrocken.

»Ja, ganz wie Sie wünschen, Herr hochverehrter Professor Wurzel. Sofort. Bitte verzeihen Sie, Herr, aber ich bin ganz aufgeregt und vergaß, was Sie vorhin über die Gleiteigenschaften des Wassers und das geringe Beharrungsvermögen – so hieß das doch, nicht wahr? – eines darauf schwimmenden Kanus schilderten.«

»Schon gut, Dooly. Beim nächsten Mal solltest du dich rechtzeitig daran erinnern.«

»Wenn wir tatsächlich an dem Floß vorbeigekommen sind«, sagte Jonathan, »wenn es etwa im Uferschatten verborgen war, dann müssen wir wieder flußaufwärts rudern, um es zu finden.«

»Da haben Sie völlig recht«, bestätigte der Professor. »Und Sie sprechen damit einen Punkt an, der, wenn man es sich genau überlegt, nicht ganz so erschreckend ist, wie er vielleicht werden könnte.«

»Was meinen Sie damit?«

»Nun, wenn wir noch zwei oder drei Stunden lang flußabwärts rudern, müssen wir anschließend einen um so weiteren Weg flußaufwärts zurücklegen.«

»Dann sollten wir entweder sofort kehrtmachen oder das Ufer ansteuern, um uns dort die Sache gründlich zu überlegen«, schlug Jonathan vor und fühlte sich ein wenig unsicher.

»Ich bin mir fast völlig sicher, Herr Gelehrter«, sagte Dooly, »daß sich Ahab und das Floß nicht in irgendeinem Uferschatten verbargen. Durch Schatten kann ich so gut sehen, als gäbe es sie überhaupt nicht. Nein, Herr Wissenschaftler, ich meine, wir sollten weiter flußabwärts rudern, so wie schon mein alter Großvater sagte. In dieser Hinsicht wandte er sich immer mit einem Gedicht an mich, das so endete: ›Ruder weiter, ruder weiter, ruder weiter, da-dah, da-dah, da-dah.‹ Nun, oder so ähnlich.«

»Dein Großvater stand allgemein in dem Ruf, sehr klug und weise gewesen zu sein, Dooly«, erwiderte der Professor. »Nun, vertrauen wir Doolys guten Augen und den Da-dahs seines Großvaters, oder machen wir kehrt? Angesichts der in diesem Zusammenhang wissenschaftlich belegten Fakten bin ich geneigt vorzuschlagen, flußaufwärts zurückzurudern.«

»*Yiii!*« heulte Dooly und schwang das Paddel.

»So schlimm ist das nun auch wieder nicht«, setzte der Professor an, aber Dooly winkte weiterhin und deutete gen Himmel. »Der Mond, der Mond!« rief er.

Jonathan erschrak bei Doolys Aufschrei, legte den Kopf in den Nacken und blickte nach oben. Der Mond sah ganz normal aus. In der Dunkelheit der Nacht schwebte er, und umgeben war er von funkelnden Sternen. Der dunstige Ausläufer einer kleinen schwarzen Wolke bedeckte für einige Sekunden einen kleinen Teil des alten Narbengesichts, verschwand dann aber wieder in der Finsternis und gab die perlmuttene Scheibe ganz frei. »Mußt du denn unbedingt so laut sein, Dooly?« fragte Jonathan vorwurfsvoll. Tatsächlich aber war es nicht die gellende Stimme, die ihm so zusetzte, sondern der Gedanke daran, daß sich das Floß und Ahab nun hinter ihnen befanden. Wie um alles noch schlimmer zu machen, schwebten gerade in diesem Augenblick vom Uferdickicht weiße Schwaden über den Fluß.

»Nebel«, sagte Jonathan mehr zu sich selbst. »Wir könnten uns im Nebel verirren.« Und plötzlich begriff er, wie spät in der Nacht es schon war.

»Da ist es wieder!« rief Dooly und zeigte ein weiteres Mal nach oben. »Nein, Wolken sind es nicht. Nein, ganz bestimmt nicht, Herr Gelehrter. Hexen fliegen dort, und nicht nur eine einzige, sondern ein ganzer Schwarm von ihnen. Jawohl: Hexen schweben am Mond vorbei!«

Der Professor ächzte. Wie Jonathan dachte er vor allem an die Nebelschwaden, die sich nun über den Strom schoben und bald einen dichten Schleier bilden mochten. Aber er sah die dunklen Gestalten, auf die Dooly zeigte, ebenfalls am Himmel. Sie zeichneten sich vor der hellen Scheibe des Mondes ab, und deutlich erkannte man drei nach oben hin spitz zulaufende Hexenhüte. Hinter ihnen flatterten Seile im Wind, und sie wirkten wie die schon halb zerrissenen Taue eines Geisterschiffes. Überrascht stellte Jonathan fest, daß jede der Hexen auf einem langen Besen hockte. Er hatte zwar schon von solchen Dingen gehört, aber nie daran geglaubt. Die kalte Nachtbrise wehte schrilles Kichern zu ihnen heran, und als die ersten drei Hexen am Mond vorbei waren und in der Finsternis verschwanden, folgten erst zwei und dann noch einmal drei weitere. Kurz darauf umhüllte der Nebel das Kanu, und man sah nur noch weißgrauen Dunst. Aber nach wie vor hörten sie das krächzende Lachen der Hexen, und ihre Stimmen schienen noch kälter zu sein als der Frost.

Dooly stützte den Kopf auf die Hände und stöhnte. »Mein alter Großvater kannte sie«, sagte er. »Jawohl, Herr Käser und hochverehrter Professor. Aber ich glaube, ich möchte nicht ebenfalls ihre Bekanntschaft machen. Einmal begegnete er einer von ihnen im Wald. Wenn ich mich recht entsinne war es der Wald, in dem die Kobolde hausen – und der ist wohl nicht mehr allzuweit entfernt, nicht wahr, Herr Gelehrter?«

»Weniger als eine Langmeile, Dooly.«

»Oh, ich habe es geahnt. Düstere Dinge gingen in jenem Wald vor. Mein Großvater erzählte mir von Ziegen mit zwei Köpfen und einem großen Topf, in dem es blubberte, und jede der Hexen soll eine Sense gehabt haben und …«

»Und ich glaube, wir sparen uns diese Geschichte für einen späteren Zeitpunkt auf«, sagte Jonathan. »Ich fände es wesentlich angenehmer, wenn du sie uns bei hellem Tageslicht erzählst.«

Dooly kauerte sich im Bug des Kanus zusammen. Er hätte sich besser nicht an diesen Bericht seines Großvaters erinnert.

»Nun«, meinte Jonathan, »wir sitzen in der Patsche. Was tun wir jetzt?«

»Solange wir das Ufer nicht sehen, können wir kaum festzustellen, ob wir schnell genug vorankommen«, erwiderte der Professor. »Es hat gewiß keinen Sinn, während des Nebels flußabwärts zu rudern.«

»Vielleicht lichtet er sich bald.« Aber Jonathan bezweifelte es – obgleich der Wind nun auflebte und ihnen kalt über den Rücken strich. Der Nebel war so dicht wie eine Wolke, und die Sichtweite verringerte sich immer mehr.

In der Ferne ertönte noch immer das schrille Lachen – ein Lachen, das dann und wann einem gellenden Schrei wich, der von einem Geist oder Phantom zu stammen schien. Zwar wurden die gespenstischen Laute im Wind leiser und dann wieder lauter, aber Jonathan gewann allmählich den Eindruck, als näherten sie sich ihrem Ursprung. Sie hielten die Ruder fest, lauschten und versuchten, das wallende Weiß mit den Blicken zu durchdringen. Kurz darauf vernahmen sie auch noch etwas anderes als nur das Kichern und die schrillen Schreie; sie hörten einen fernen Gesang und gelegentlich ein dröhnendes Hallen, als hämmere jemand mit einem großen Schwengel auf einen eisernen Kessel. Dieses dumpfe Rumoren übertönte fast das ab und zu laut werdende Bellen eines Hundes, der offenbar ganz außer sich war.

Es mußte sich dabei um Ahab handeln, und vermutlich war er in irgendwelches Teufelswerk verwickelt. Jonathan, der Professor und Dooly zogen einmal mehr energisch die Paddel durchs Wasser, und das Kanu glitt durch den Nebel. Nach und nach wurden die Geräusche lauter.

Inmitten des Nebels war es praktisch unmöglich festzustellen, wie weit ihr Blick noch reichte. Die drei Reisenden im Boot sahen zwar das Wasser in unmittelbarer Nähe des Kanus, aber es zeichnete sich durch das gleiche trübe Grau aus wie auch die Nachtluft. Nur einige wenige Meter weiter schienen Luft und Wasser miteinander zu verschmelzen, und in jenem Bereich verwischten sich alle Konturen. Jonathan fürchtete, daß sie in ihrer Hast das Floß rammten.

Sie sahen die Lichter, als sie noch etwa zehn Meter davon entfernt waren. Das Schreien, Pfeifen, Schrillen, Kichern und Dröhnen stammte nicht in erster Linie von dem Floß vor ihnen, sondern hatte seinen Ursprung vielmehr überall um sie herum – in den Wäldern am Ufer, das sich im Nebel verbarg.

Das Bellen verklang, was Jonathan überhaupt nicht gefiel. Er war versucht, den Namen seines Hundes zu rufen, aber angesichts des Lärms konnte ihn Ahab vermutlich gar nicht hören. Hinzu kam die Furcht vor dem, was den Lärm verursachte. Diese beiden Gründe veranlaßten den Käser, auch weiterhin zu schweigen. Er sah den Professor an, der einfach nur mit den Schultern zuckte, sich vorbeugte und flüsterte: »Kobolde.«

Dooly versuchte vergeblich, sich im Bug noch kleiner zu machen. Jonathan spürte, wie ihm der Schweiß ausbrach. Er ahnte, wo sie sich jetzt befanden: In diesem Bereich floß der Orielstrom durch den weiten dunklen Koboldwald, der die Handelsstation von Weidenwald und Mooton-am-Fluß von den Ansiedlungen weiter im Norden trennte. Gerade bei Nacht hielt man sich besser von diesem Ort fern.

Alle Laternen und Lampen an Bord des Floßes brannten, und zu Jonathans Überraschung waren auch die Segel gesetzt. Die kühle Brise verlieh dem Schiff eine ordentliche Geschwindigkeit, und das mochte der Grund dafür sein, warum sich die Berechnungen des Professors als falsch erwiesen hatten und sie das Floß erst jetzt einholten.

Der glühende Schein der Fackeln dehnte sich im Nebel, und es sah aus, als sei das Floß eingehüllt in eine Aureole aus funkelnder Luft. Gespenstische Schatten wogten überall in der Nähe, und das Fackellicht schien auf einen mattgrauen Vorhang zu fallen. Auf dem Deck waren mehr als zehn kleine Gestalten zu sehen. Sie tollten durcheinander, heulten und fauchten und kreischten, traten um sich und hieben auf alles ein.

Angesichts des unentwegten Hämmerns duckte sich Dooly noch tiefer in den Bug. Jonathan nickte ihm aufmunternd zu, aber in erster Linie wollte er damit seiner eigenen Ängste Herr werden und unerschrocken wirken. Da sich Jonathan und seine beiden Begleiter mit dem Kanu im Dunkeln befanden und ins Licht blickten, konnten sie die Kobolde sehen, bevor sie ihrerseits entdeckt wurden. Aber das ganze mutige Gebaren nützte gar nichts, als sie nahe genug heran waren, um in die gräßlichen Gesichter der an Bord des Floßes befindlichen Kobolde zu blicken.

Zwar waren sie kleiner noch als Zwerge und so dünn und knochig wie Skelette, über die man eine Haut aus Leder gestülpt hatte, aber es fiel Jonathan schwer, sich von den Tatsachen überzeugen zu lassen. In dem Nebel schienen die Gestalten größer und kleiner zu werden, so wie ihre zitternden Schatten. Im einen Augenblick sahen sie aus wie lächelnde und tanzende Elfen, im nächsten wie die düsteren Schatten des Todes: tief in den Höhlen liegende Augen, hervorstehende Zähne und sonderbar entstellte Hände, die man auf den ersten Blick für die Scheren von Krebsen halten mochte.

Das Umherspringen der Kobolde, das Dröhnen und Hämmern und Tanzen, waren völlig wild und ohne jede Ordnung. Zwar schien außer den Fackeln kein Feuer auf dem Floß zu brennen, aber aus einem großen Kessel stieg Dampf auf und vereinte sich mit dem Nebel. Ein Kobold, der um einen abscheulich anzusehenden Schädel größer war als die anderen, heulte und fluchte, als er in dem riesenhaften Topf rührte, und seine Augen glühten wie Kohlen in der Asche einer Fratze. Seine Artgenossen sprangen immer wieder an dem Kessel vorbei, und offenbar ganz aufs Geratewohl warfen sie verschiedene Objekte in den Topf: den Sextanten, einen Käse, einen kleineren Behälter mit Nägeln, ein Seil. Es wirkte alles völlig verrückt und sinnlos. Und während sie die Suppe auf ihre Weise würzten, nahm das lärmende Durcheinander noch weiter zu, wobei sich die Kobolde teuflisch zu vergnügen schienen. Jonathans Zähne klapperten, und sein Unbehagen nahm immer mehr zu.

Einer der umherspringenden Kobolde stieß einen hallenden Schrei aus, wie das Kreischen eines Sumpfteufels bei Sonnenaufgang. Man hatte das Kanu und die drei darin hockenden Gestalten entdeckt. Daraufhin stürzten die Kobolde sofort an die Reling, deuteten in den Nebel, winkten, schrien und lachten. Jonathan sah, wie einer von ihnen das Faß mit sauren Gurken übers Deck rollte und in den Fluß stieß. Einige Sekunden lang tanzte es ganz in der Nähe des Kanus auf den Wellen. Dann wurde es von der Strömung erfaßt und in Richtung Meer getragen.

Kurz darauf riß ein anderer Kobold eine der Fackeln aus der Halterung, und Jonathan war sicher, daß er die Absicht hatte, das ganze Floß in Brand zu setzen. Statt dessen aber entzündete der Kobold sein eigenes Haar, Funken stoben, und Flammen leckten, als das kleine Geschöpf hin und her sprang. Es kicherte und heulte schrill, und das Feuer verbrannte ihm die Haut des Gesichts, hinterließ nur einen rußgeschwärzten und lippenlos grinsenden Totenschädel.

Jonathan war zwischen Entsetzen und Abscheu hin und her gerissen. Dooly aber empfand nur panischen Schrecken, als er sich in den Bug des Kanus preßte und den Kopf unter den Armen verbarg. Dann holte jeder Kobold ein langes Messer mit krummer Klinge hervor und winkte drohend mit der Waffe. Jonathan und der Professor ruderten so angestrengt wie noch nie zuvor in ihrem Leben; ohne zuvor miteinander zu sprechen, kamen sie überein, sich zurückzuziehen und eine neue Strategie zu überlegen. Doch als einer der Kobolde mit der Gewehroboe Professor Wurzels übers Deck eilte und sie in den Kessel warf, entschied der Gelehrte, lange genug Zurückhaltung geübt zu haben.

»Das ist zuviel!« rief er und schwang sein Paddel. Offenbar überraschte und verwirrte sein Wutausbruch die Kobolde; sie rannten durcheinander, und einige von ihnen steckten sich selbst in Brand.

Das Kanu kam kaum von der Stelle, denn Jonathan hatte es nicht annähernd so eilig wie der Professor, die Gewehroboe zu retten. Wurzel zog das Paddel von vorn nach hinten durchs Wasser, und der Käser machte es genau umgekehrt.

Während des kleine Boot einerseits dem Floß nicht näher kam, sich andererseits aber auch nicht weiter davon entfernte, beobachtete Jonathan voller Erstaunen, wie Ahab – im Vergleich mit den Kobolden war der Hund geradezu ein Riese – wie ein plötzlicher Wirbelwind durch die Tür der Ladekammer kam. Offenbar hatten die Kobolde bisher angenommen, er könne den Raum nicht verlassen, denn Ahab überraschte sie völlig – das Durcheinander verwandelte sich in Chaos.

Aber es handelt sich um eine sehr sonderbare Form der Verwirrung. Quiekendes Gelächter klang übers Wasser, und innerhalb einiger weniger Momente brannten alle Kobolde lichterloh. Ahab sprang hinter den großen Kobold, der noch immer im Topf rührte. Er achtete nicht auf die verkohlende Haut des häßlichen Fratzengesichts und den brennenden Schädel. Er grub dem Kobold die Zähne ins Hinterteil, zerrte und riß und warf die Gestalt in den Fluß.

Der Kobold schrie gellend, und es zischte und blubberte. Als er nach einer Weile wieder an die Oberfläche kam, wirkte er nicht mehr annähernd so furchteinflößend wie noch zuvor. Jetzt sah er einfach nur wie ein ziemlich nasser, zorniger kleiner Mann aus. Seine Artgenossen auf dem Floß aber standen noch immer in Flammen, und sie eilten hin und her, kreischten und brüllten und warfen nach dem im Wasser schwimmenden Kobold.

Ahab war mit seinem Werk sehr zufrieden, und sofort nahm er sich den nächsten Kobold vor, schleuderte auch ihn in den Fluß. Beim Anblick des mutigen Hunds faßte Jonathan neue Zuversicht, und zusammen mit Professor Wurzel, der offenbar befürchtete, seine Gewehroboe könnte ebenfalls im Strom landen, ruderte er wieder los. Innerhalb einiger Sekunden brachten sie die wenigen Meter hinter sich, die sie noch vom Floß trennten, schlangen die Vorleine um den Haken im Heck.

Anschließend war es ganz einfach, über die Reling zu klettern, denn die Kobolde – nur sechs oder sieben von ihnen waren noch übriggeblieben – sausten brennend und funkenstiebend um die Ladekammer. Es ließ sich kaum feststellen, ob Ahab, der sich mitten unter ihnen befand, sie jagte oder seinerseits gejagt wurde.

Der Professor schnappte erschrocken nach Luft, als er einen Kobold sah, der die Gewehroboe aus dem Kessel nahm und sie über dem Kopf schwang. Offenbar hatte die kleine Gestalt zuvor die Schwengel bewegt, denn die Wirbelfedern drehten sich pfeifend, und alles deutete darauf hin, daß sich die seltsame Elfenwaffe jeden Augenblick verselbständigen konnte, um mit einer ihrer verrückten Flugreisen zu beginnen.

Der Professor lief auf den Kobold zu und griff nach der Waffe. Aber der Wicht hielt sie fest, kreischte und hieb mit seinen Krallen immer wieder auf den Professor ein. Der alte Wurzel schien überhaupt nicht auf den Schmerz zu achten, und er wurde richtig wütend, als sich die Gewehroboe plötzlich losriß und über den Fluß davonschwebte.

Durch eine plötzlich entstehende Lücke im Nebel sah Wurzel, wie die Elfenwaffe rund sechzig Meter weit flog, ins Wasser stürzte, etwas weiter entfernt wieder auftauchte, weiterschwebte und schließlich im grauen Dunst verschwand. Damit hatte er seine Gewehroboe verloren, und diesmal konnte er nicht einfach auf einen Baum klettern und sie zurückholen.

In einem Anfall von Zorn packte Professor Wurzel den brennenden Kobold, der noch immer lachte und um sich hieb, wenn auch nicht mehr ganz so kraftvoll, und warf ihn in den Fluß.

Jonathan und Ahab jagten den letzten Kobold übers Deck. Dooly faßte schließlich genug Mut, um aufs Floß zu klettern, und als er sah, daß die eigentliche Gefahr längst vorüber war, hielt er den letzten Kobold am Kragen fest. Er kniff die Augen zu, um ihm nicht ins häßliche Gesicht sehen zu müssen, und schleuderte ihn über Bord.

Hier und dort ragten Koboldköpfe aus dem Wasser, und die kleinen Gestalten schwammen durch den Nebel zum Ufer. Ihr Gelächter, das nun nicht mehr ganz so schrill und laut klang, verhallte in der Nacht. Zusammen mit dem tapferen und kühnen Ahab ließen sich Jonathan, Dooly und der Professor im Bugbereich des Floßes nieder, und Wurzel beklagte immer wieder mit weinerlicher Stimme den Verlust der Gewehroboe. Tatsächlich aber war er deswegen nicht annähernd so betroffen, wie er sich gab, denn eigentlich hatte er sich nie ganz von der Nützlichkeit der alten Elfenwaffe überzeugen können.

Etwa um drei Uhr morgens trieb das Floß aus dem dichten Nebel heraus und wieder in die klare Nacht. Der Koboldwald war wie ein dunkles Tuch an den Flanken der hinter ihnen zurückbleibenden Hügel, und erneut spiegelte sich das Licht des Mondes auf den Wellen des Orielstroms. Rechts und links von ihnen erstreckte sich welliges Grasland über viele Meilen hinweg bis zum Meer.

Mehr als eine Stunde dauerte es, bis wieder einigermaßen Ordnung auf dem Floß herrschte und die Reisenden eine Vorstellung von den Verlusten und Schäden gewannen. Völlig unerklärlich war das Verschwinden des großen Kessels. Wo er sich – zumindest dem Anschein nach – befunden hatte, entdeckten sie nur Müll und Abfall: mehrere Faßdauben, einige verrostete Metallstücke, Tonscherben, Doolys Trollkette und die knöchernen Reste mehrerer seltsam anzusehender Fische, die die Kobolde offenbar im Fluß gefangen hatten.

Sie warfen alles über Bord, und eine Ausnahme machten sie nur bei der Trollkette, die sie ein zweites Mal am Mast befestigten. Jonathan schwor, einen Kessel gesehen zu haben, und der Professor pflichtete ihm bei. Dooly war so verwirrt, daß er nicht einmal wußte, verwirrt zu sein, bis ihm Wurzel schließlich sagte, es sei alles nur eine Illusion gewesen.

»Zauber!« rief Dooly daraufhin, und durch die vielen Geschichten, die ihm sein alter Großvater erzählt hatte, wußte er ganz offensichtlich um die Trugbilder der Kobolde Bescheid.

Der Professor meinte, das sei eine durchaus wissenschaftliche Feststellung. Jonathan trat aus der Ladekammer und berichtete von einer weiteren wissenschaftlichen Feststellung: Die Kobolde hatten die eine Hälfte des Rumvorrats getrunken und die andere ungenießbar gemacht. Als sie das betreffende Faß prüften, sahen sie, daß im restlichen Rum einige weitere jener so sonderbaren und halb verzehrten Fische schwammen. Es blieb ihnen nichts anderes übrig, als die Tonne mit ihrem Inhalt über Bord zu werfen.

Das war, gelinde gesagt, eine Enttäuschung, denn sowohl Jonathan als auch der Professor hatten bisher nur eine kleine Kostprobe von dem Rum nehmen können und sich bereits auf einen großen Becher mit heißem Grog gefreut.

Nun, nicht nur der Rum war fort, sondern auch die sauren Gurken, und aus den übriggebliebenen Laiben Brot hatten die Kobolde das weiche Innere herausgenagt. Sie sahen eigentlich nicht mehr wie Brote aus, sondern wie Hüte oder Helme. Der Professor meinte, *er* bedaure den Verlust des Rums nicht allzusehr, denn ganz offensichtlich sei er für das tolle Verhalten der Kobolde verantwortlich gewesen. Nüchterne Kobolde, so meinte er, hätten sich gewiß als gefährlicher erwiesen. Daraufhin gaben alle ihrer Überzeugung Ausdruck, daß man unter Berücksichtigung der besonderen Umstände noch mit einem blauen Auge davongekommen sei. Gerade in diesem Augenblick erinnerte sich der Käser an den Portwein, den Bürgermeister Bastable an Bord gebracht hatte; er eilte in die Ladekammer, kam mit einer Flasche und drei Gläsern zurück.

Die Zeit schien wie im Flug zu vergehen, und es dauerte nicht lange, bis der Mond hinter dem Horizont des Elfen-Hochlands versank, die Sonne über die Gipfel der Weißen Berge stieg und ein neuer Tag anbrach. Der Professor behielt recht: In jener Nacht hatten sie kaum Schlaf bekommen. Aber dafür war es ihnen gelungen, sich wieder in den Besitz des Floßes zu bringen, und sie empfanden einen gewissen Stolz darauf, eine Horde plündernder Kobolde in die Flucht geschlagen zu haben.

7. Kapitel

Magier und Axolotl

Der Fluß trug sie weiter in Richtung Meer, und die nächsten drei Tage verbrachten sie größtenteils damit, zu essen, zu schlafen und manchmal einen Angelköder ins Wasser zu tauchen.

Professor Wurzel mußte feststellen, daß Arme und Brust während der Rauferei mit dem einen Kobold gelitten hatten. Nichts konnte verhindern, daß sich die roten Striemen entzündeten und schnell anschwollen. Zwar ging es Wurzel immer schlechter, und er humpelte umher und biß bei jeder Bewegung die Zähne zusammen, aber er bestand darauf, ebenfalls zu wachen, wenn die Reihe an ihn kam.

Es war noch recht weit bis zur Handelsstation von Weidenwald, als ganz deutlich wurde, daß man dem Professor irgendwie helfen mußte. Er hatte sich inzwischen ins Bett begeben, und man brachte ihm zu essen und zu trinken. Er fühle sich so wund und durchgewalkt, meinte er, daß er sogar leide, wenn er nur mit den Augen zwinkerte.

An jenem Nachmittag, als die Entfernung nach Weidenwald bis auf einige wenige Meilen zusammenschmolz, sagte er: »Jonathan, ich fürchte, ich brauche mehr als nur eine gehörige Portion Ruhe und Schlaf, um mich von diesen Verletzungen zu erholen. Die Krallen des Kobolds müssen schmutzig gewesen sein.«

»Äh, ja«, erwiderte Jonathan ein wenig unsicher. Das einzige Desinfektionsmittel an Bord war eine Salbe, die nach Eukalyptus roch, und wie sich herausstellte, richtete sie kaum etwas gegen die Entzündungen aus. »Zwischen Mooton-am-Fluß und dem Ozean gibt es keine Ortschaft mehr. Wenn sich in Weidenwald niemand mehr aufhält und der alte Gosset recht hat und auch Mooton verlassen ist, so weiß ich nicht, wo wir einen Arzt finden können. Allerdings habe ich mir auch folgendes überlegt: Wer auch immer Weidenwald überfiel und plünderte, hat sich bestimmt nur mit den wertvollen Dingen auf und davon gemacht und die Arzneien wahrscheinlich zurückgelassen. In der Apotheke könnte sich also noch immer Medizin befinden. Welcher Dieb stiehlt so etwas?«

»Ja, welcher Dieb stiehlt Medizin?« fragte auch der Professor. »Ich glaube jedoch, in diesem besonderen Fall spielt das keine große Rolle. Wann erreichen wir das Kai von Weidenwald?«

»In rund einer Stunde.«

»Dann legen Sie dort an, teurer Käser. Kennen Sie sich in der Kräuterkunde aus?«

»Meine Kenntnisse reichen nur aus, um Tee zu kochen.«

»Dann sollte ich Ihnen besser einige Dinge erklären. Nehmen Sie sich den Stift dort und ein Blatt Papier und schreiben Sie alles mit. Zunächst einmal brauche ich Pfeilwurz und dann auch noch eine Handvoll Sauerkleeblüten. Außerdem sind die Blätter der Grünen Minze erforderlich. Können Sie mir folgen?«

»Bisher noch ohne Schwierigkeiten.«

»Dann«, fuhr der Professor fort, »müssen Sie mir ein halbes Dutzend jener gelben Baumpilze besorgen, die aussehen wie Muschelschalen und oben und an der einen Seite rosarote Flecken aufweisen. Es würde mich nicht wundern, wenn es Ihnen schwerfällt, sie zu finden. Sehen Sie insbesondere an der Unterseite alter und umgestürzter Schierlinge nach.«

»Alte und umgestürzte Schierlinge«, notierte sich Jonathan pflichtbewußt. »Unterseite. Wie groß sind diese Pilze, Professor?«

»Wenn sie reif sind, entspricht ihr Durchmesser

etwa der einer Männerhand. Sind sie größer, nützen sie nichts mehr, denn dann verwandeln sie sich in Schleim, wenn man sie berührt. Und schleimige Pilze sind völlig wertlos für mich.«

»Kein Schleim«, schrieb Jonathan.

»Darüber hinaus brauche ich einen Krug mit Spinnweben – sie sollten möglichst staubig sein – und ein halbes Dutzend kleine Axolotl, wobei mein Vorzug getupften Exemplaren gilt.«

Jonathan schüttelte verwirrt den Kopf. »Und aus dem allen – ich meine, mit diesen Kräutern und anderen Dingen – können Sie ein Heilmittel herstellen, Professor?«

»Das hoffe ich. Das Rezept habe ich von einem reisenden Banjomann, der vor einigen Jahren durchs Dorf kam. Er behauptete, Bohnen zu besitzen, die zu Häusern wachsen könnten. Ich habe ihm gesagt, daß ich von derart unwissenschaftlichen Dingen nichts halte.«

»Natürlich nicht«, versicherte Jonathan rasch.

»Aber gegen seine Arznei gab es kaum etwas einwenden. Niemand vermag die heilende Eigenschaften von Pilzen und Axolotl zu leugnen.«

»Nein, wirklich niemand«, pflichtete Jonathan ihm bei.

Kaum war die Liste fertig, als auf einer fernen Landzunge die Station von Weidenwald in Sicht kam. Von dem Kai – einst dem Zentrum des Handels im Flußtal – waren nur noch Trümmer übrig. Gesplitterte Pfeiler ragten aus dem seichten Wasser, doch jetzt stützten sie keine Anlegestellen mehr und boten allein Vögeln Platz. Die Zerstörung hatte nur einen kleinen Bereich des Docks verschont. Aber auch dort waren einige der Bohlen gebrochen, und die Planken hatten sich so zur Seite geneigt, daß es aussah, als könnten sie jeden Augenblick ins Wasser stürzen. Andererseits konnte man nur noch an jener Stelle anlegen, und deshalb steuerte

Jonathan das Floß darauf zu. Dooly hockte im Bug, hielt die Vorleine fest und machte sich bereit, ans Ufer zu springen und das Tau an einen Pflock zu knoten.

Jonathan dachte kurz an die Möglichkeit, an einem der rund zwanzig oder dreißig Fuß entfernten Pfeiler festzumachen und mit dem Kanu ans Ufer zu rudern. Auf diese Weise war das Floß ein ganzes Stück sicherer vor neuem Teufelswerk. Doch dann fiel dem Käser ein, daß die Dämonen, die sich in den Ruinen der Handelsstation verbergen mochten, genausogut das kleine Boot stehlen und damit zum Floß paddeln konnten. Also hatte eine derartige Vorsichtsmaßnahme gar keinen Sinn. Sie legten am Dock an.

Der Professor lag im Bett und zitterte trotz einiger dicker Decken vor Kälte. Das von Jonathan und Dooly gebrachte Mittagessen bestand aus einem Becher Tee, etwas Käse und einem schrumpligen Apfel. Neben der Koje lehnte ein Knüppel aus festem Eichenholz – für den Fall, daß Wurzel von ungebetenen Gästen Besuch erhielt. Dooly und der Käser kamen kurz herein und verabschiedeten sich von ihm. Dann wanderten sie über den Pfad und näherten sich den Überbleibseln der Handelsstation.

Das Bootshaus am Dock war nur noch eine Ruine. Im Dach zeigte sich ein großes Loch, und der allgemeine Endruck des Gebäudes ließ sich folgendermaßen beschreiben: Jemand schien versucht zu haben, aus dem Holz des Gebäudes einen großen Schrank zu zimmern, doch irgendwann hatte er es aufgegeben. Die Fensterscheiben waren ausnahmslos zerbrochen, aber seltsamerweise fanden Jonathan und Dooly nur wenige Scherben. Bretter hatte man aus den Wänden gerissen und anschließend zerstampft. Ihre Reste lagen einige Schritte entfernt. Fazit: Das Bootshaus taugte nicht mehr viel.

Die anderen Gebäude, die zusammen die Handelsstation von Weidenwald gebildet hatten, befanden sich in einem ähnlichen Zustand. Decken waren eingestürzt. Aufgebrochene Türen ächzten in gebogenen Angeln. Große Löcher zeigten sich in den Wänden, und der Wind flüsterte so über die Ruinen hinweg, als hätten hier nie Menschen gelacht. Innerhalb der Häuser fanden Jonathan und sein junger Begleiter nur die zerfetzten Trümmer von Einrichtungsgegenständen und zerrissene Vorhänge. Nahrungsmittel, Kleidung und alle Dinge, die einen gewissen Wert verkörperten, waren verschwunden. Dunkle Kräuter streckten ihre fransigen Blätter durch breite Risse in hölzernen Terrassen und Treppen; Ranken tasteten durch die zerbrochenen Fenster und Kamine. Der Wald beanspruchte die verlassene Siedlung nun wieder für sich. Überall herrschte eine gespenstische Stille, die nur dann und wann vom Krächzen eines Vogels unterbrochen wurde. Dooly war ziemlich sicher, daß hier Geister lauerten, aber er behielt seine Befürchtungen für sich, aus Angst davor, daß Jonathan sie bestätigte.

»Herr Bing Käser, was halten Sie von diesen Trümmern und Ruinen? Glauben Sie, Weidenwald wurde von einem Orkan heimgesucht?«

»Nein, das eigentlich nicht, Dooly«, erwiderte Jonathan. »Obwohl ich wünschte, es damit erklären zu können. Mich stimmt vor allem der Umstand nachdenklich, daß alle Leute verschwunden sind. Ich will nicht den Eindruck erwecken, morbid oder so zu sein, doch man sollte meinen, daß hier die eine oder andere Leiche herumliegt. Verstehst du, was ich damit sagen will?«

»Vielleicht hat der Sturm alles in den Fluß geweht. So wie welke Blätter.«

»Das wäre eine Möglichkeit, sicher«, räumte Jonathan ein. »Aber ich bin dennoch davon überzeugt, daß hier irgend etwas nicht mit rechten Dingen zugeht. Welcher Orkan knickt einfach nur die Eckpfeiler eines Hauses, damit das Dach einstürzt? Und welcher Sturm reißt einzelne Bretter aus den Wänden und nimmt sich die Zeit, damit auf andere Dinge einzuhämmern, sie völlig zu zersplittern? So etwas ist doch schlicht und einfach irre. Und es handelt sich darüber hinaus um die schlimmste denkbare Art von Wahnsinn.«

»Wie die Kobolde, die sich selbst in Brand steckten und dann schreiend und kreischend übers Deck rannten«, fügte Dooly hinzu, um die ganze Sache zu verdeutlichen. »Und die auch dann noch keine Ruhe gaben, nachdem wir sie in den Fluß warfen.«

»Genau so«, bestätigte Jonathan.

»Pah!«

»Bitte?« Jonathans Stimme klang überrascht.

»Ich habe das nicht gesagt«, erwiderte Dooly. »Ich dachte, Sie sind es gewesen.«

»*Ich* bin es gewesen, und ich sage es noch einmal: Pah!« erklang eine pfeifende Stimme aus der Ruine einer Schenke. Ein hohlwangiger Mann mit großem Hut streckte den Kopf durch ein zerbrochenes Fenster. »Meine Freunde, nichts geschieht ohne Sinn und Zweck. Kobolde haben nicht genug Verstand, selbst Pläne zu entwickeln. Sie werden von anderen dazu veranlaßt, sich aus ihrem dichten Wald zu wagen, und sie tollen so lange umher und stellen Unsinn an, bis man sie wieder zurückjagt.«

Jonathan verneigte sich, und Dooly trat hinter ihn und starrte den Mann groß an. »Ein Zauberer!« platzte es verblüfft aus ihm heraus.

»Zu Diensten, meine Herren«, erwiderte der Zauberer. »Wie scharfsinnig von Ihnen, mich als denjenigen zu erkennen, der ich bin. Ich vermute, mein Hut verrät mich. Ja, als Zeichen ist er deutlich genug.« Sein Hut sah tatsächlich ganz so aus wie der eines Zauberers. Er war groß und kegelförmig, und überall zeigten sich Sterne und Halbmonde. Alles in allem war er schlicht und einfach unverwechselbar. Immer wieder neigte er sich vor und rutschte dem hageren Mann in die Stirn, und wenn er dann zurückgeschoben wurde, drohte er nach hinten zu fallen. In dieser Hinsicht hatte er große Ähnlichkeit mit Gilroy Bastables Kopfbedeckungen. Der Zauberer versuchte einige Male vergeblich, den Hut zurechtzurücken, und dann verschwand er. Kurz darauf kehrte er mit einem Gummiband zurück, das er an den beiden Seiten des Kegels befestigte und sich dann unters Kinn schob.

»Macht mich ganz nervös«, sagte der Magier.

»Kann ich mir vorstellen«, erwiderte Jonathan. Eine bessere Antwort fiel ihm nicht ein.

»Aber andererseits hat es natürlich keinen Sinn, nervös zu werden. Schließlich darf man von einem Hut nicht erwarten, daß er von ganz allein richtig sitzt. Er läßt sich erst mit einem solchen Gummiband bändigen.«

»Vielleicht hätten Sie weniger Schwierigkeiten, wenn der Hut nicht ganz so groß wäre«, sagte Jonathan. »Aber natürlich weiß ich nicht viel über die Hüte von Zauberern. Vermutlich müssen sie so groß sein.«

»Manchmal noch größer. Sie sind Zeichen unseres Ranges, wissen Sie.« Der Zauberer griff in eine Tasche seines Mantels und holte eine Art Zylinder hervor, der oben die aus Elfenbein geschnitzte Darstellung eines kindlichen Gesichts zeigte. Dieses Objekt befestigte er an der Spitze seines Huts, und es vibrierte wie der Flaggenmast auf einem hohen Turm. Der Zauberer schien großes Unbehagen zu empfinden. Er schnappte nach Luft, gab es schließlich auf und hielt den schwankenden Hut mit beiden Händen fest.

»Es ist wirklich ärgerlich, aber leider braucht ein Zauberer solche Dinge, will er mehr sein als nur ein Faschingsmagier, der Tricks mit Karten vorführt, die er zuvor mit einem dünnen Faden zusammengebunden hat. Äh, da wir gerade bei Karten sind: Ich darf mir erlauben, Ihnen die meine zu überreichen.«

Jonathan nahm sie entgegen und las den Namen

laut, so daß auch Dooly ihn verstehen konnte. »Miles der Magier«, sagte er.

»Mailas, wenn Sie nichts dagegen haben. Sonst hört sich mein Name zu gewöhnlich an. Wenn man die erste Silbe etwas streckt und aus dem ›E‹ der zweiten ein ›A‹ macht und es betont, so klingt alles ein wenig vornehmer. Tja, und ich glaube, so etwas ist einem Zauberer nur angemessen.«

»Also gut: Mailas«, sagte Jonathan. Er sprach den Namen auf die eigentümliche Art und Weise aus, um die der Zauberer gebeten hatte – obgleich er die Ansicht vertrat, daß sich Mailas mindestens doppelt so dumm anhörte wie der Name Miles, der durchaus normal und ehrenwert klingt. »Sind Sie der einzige Mensch hier? Gibt es keine Händler mehr in Weidenwald?«

»Händler? Nein, ich glaube, sie sind alle fort. Habe jedenfalls schon seit Monaten keinen mehr gesehen.«

»Solange ist Weidenwald schon verlassen? Seit Monaten?«

»Nun, so hat es den Anschein für mich. Bin seit drei Monaten hier.«

»Dann dürften Sie ja miterlebt haben, wie hier alles der Zerstörung anheimfiel«, sagte Jonathan. »War es ein Orkan oder etwas anderes?«

»Eher ›etwas anderes‹. Ich glaube, eben haben Sie deutlich darauf hingewiesen. Nun, ich war außerstande, Ihre Bemerkung in Hinsicht auf die Kobolde zu überhören. Eigentlich sollte man nicht erwarten, sie außerhalb des Waldes anzutreffen, jedenfalls nicht in so großer Anzahl. Aber die gegenwärtige Lage kann ein Zauberer wie ich nicht gerade als normal bezeichnen. Nein, als normal ganz bestimmt nicht.« Der Zauberer nahm den Hut ab und befestigte den Zylinder mit dem Kindskopf aus Elfenbein an der Innenseite seines Mantels, der einst von einem lachsfarbenen Rot gewesen sein mochte, nun aber dringend einer gründlichen Reinigung bedurfte.

»In der letzten Zeit habe ich viel von ›seltsamen Dingen‹ gehört, die sich irgendwo zutragen sollen«, sagte Jonathan, »und ich kann Ihnen nur raten, nach Twomblytief zu reisen und dort eine Weile zu bleiben. Wir halten nicht viel von Veränderungen. Die Aufeinanderfolge der Jahreszeiten und der ständige Wandel des Wetters reichen uns völlig aus.«

»Oh, da bin ich ganz Ihrer Meinung, hochverehrter Herr!« entfuhr es dem Zauberer. Er breitete die Arme aus, schien Jonathan und Dooly mit dieser Geste davon überzeugen zu wollen, daß er im Grunde genommen genauso dachte wie sie. »Aber niemand von uns«, fuhr er düster fort, »ist vor Abenteuern und Veränderungen gewappnet, wenn sich derartige ›seltsame Dinge‹ ereignen. Können Sie mir folgen?«

Jonathan nickte – eigentlich veranlaßte ihn nur die Höflichkeit dazu. Doolys erstaunte Neugier galt offenbar noch immer in erster Linie dem großen Hut des Zauberers; vielleicht hielt er es für ein Symbol geheimnisvoller Macht. »Haben Sie alle Leute fortgeschickt? Wenn ich Sie das fragen darf, Herr Zauberer, und Sie mir bitte meine Worte verzeihen wollen, Herr Magier: Haben Sie die Menschen wie welke Blätter vertrocknen und anschließend vom Wind in den Fluß wehen lassen?«

»Oh, natürlich nicht«, erwiderte der Zauberer. »Bin ich nicht eben gerade noch einmal auf die Kobolde zu sprechen gekommen? Die Händler verließen Weidenwald nach und nach, vor langer Zeit. Es mag inzwischen schon sechs Monate her sein. Und außerdem hielten sich hier ohnehin nie mehr als rund zwanzig auf. Ich nehme an, die meisten von ihnen reisten flußabwärts in Richtung Meer, denn sie lieben nicht nur den Handel, sondern auch die See. Weiter im Süden begegnete ich einem Floß, und die Leute, die es steuerten, stellten sich als sehr verschwiegen heraus, sofern es die Gründe für das Schließen ihrer Läden betraf.«

Und noch etwas leiser fügte der Zauberer hinzu: »Offenbar ging es um einen Zwerg.« Jonathan, dem gerade an diesem Thema nicht sonderlich viel lag, rollte mit den Augen. »Sie haben also schon von ihm gehört?« fragte Miles. »Sollte mich eigentlich nicht wundern. Ich fürchte, er wird im ganzen Land bekannt, noch bevor er alle seine Pläne verwirklicht.«

»Wer ist dieser Zwerg?« fragte Jonathan. »Und was veranlaßt ihn, Leute aus ihren Häusern zu verjagen, auf daß sie nach Süden in Richtung Meer fliehen? Warum nimmt ihn sich niemand vor und bringt ihm mit einem Eichenknüppel bessere Manieren bei?«

»Ich schätze, das haben schon einige versucht. Aber er ist kein gewöhnlicher Zwerg. Ich will damit sagen, er ist kein Ebenenzwerg von der Küste und auch kein Steinmetz aus den Weißen Bergen. Er stammt aus dem Verzauberten Wald, und offenbar hat er Macht über die Tiere des Landes. Er kann dem Wind gebieten, nicht mehr zu wehen«, fügte der Zauberer leise hinzu, »und er ist dazu fähig, zu den unmöglichsten Zeiten Nebelschwaden aufsteigen zu lassen. Angeblich kann er noch schrecklichere Dinge bewerkstelligen. Man sagt, er sei in der Lage, das ganze Land erstarren und die Seelen der Menschen gefrieren zu lassen. Und das stimmt. Ich habe es selbst erlebt.« Miles zupfte einmal kurz an seinem Mantel, und der fransige Saum tanzte auf und ab, obwohl die Luft völlig unbewegt blieb. Dooly trat wieder hinter den Käser und blickte argwöhnisch über dessen Schulter.

Jonathan fühlte sich so, als hätte er gerade begonnen, in einem sehr komplexen Spinnennetz ein Muster zu erkennen. Doch um es deutlicher zu erkennen, mußte er näher herantreten, als ihm lieb war. Neuerliches Unbehagen erfaßte ihn. Dann erinnerte er sich daran, daß Dooly und er etwas zu erledigen hatten. Der arme Professor war auf dem Floß ans Bett gefesselt, während sie sich die Zeit vertrieben und mit einem Zauberer sprachen, der ihnen nur schlechte Nachrichten präsentierte. »Hören Sie«, sagte Jonathan, »es tut mir leid, aber Dooly und ich sollten uns jetzt wieder auf den Weg machen. Wir müssen uns um einen kranken Freund kümmern.«

»Und wer sind *Sie*, mein Herr?« fragte der Zauberer in einem Tonfall, den Jonathan ein wenig zu herablassend fand.

»Jonathan Bing aus Twomblytief – zu Ihren Diensten«, erwiderte er, verbeugte sich steif und nahm die Mütze vom Kopf. »Ich stelle Käse her.«

»Käse!« platzte es aus Miles heraus. »Ich habe von einem anderen Mann gehört, der ebenfalls Käse herstellt. Große Käse. Käse, bei deren Anblick einem das Wasser im Munde zusammenläuft.«

»Nun«, sagte Jonathan, »ich glaube, ganz so wundervoll und prächtig sind meine Käse nicht, obwohl sie als sehr köstlich gelten. Die Nachfrage nach ihnen ist recht groß. Während der Weihnachtszeit sind sie an der Küste sehr begehrt.«

»Dann sind Sie es, der die Rosinenkäse herstellt!« rief der Zauberer. »Himmel, wer hätte das gedacht!«

Jonathan war von diesem Freudenausbruch ziemlich beeindruckt, und obgleich er tiefen Stolz empfand, errötete er leicht und fühlte sich ein wenig verlegen.

Miles bestand darauf, ihm die Hand zu schütteln. Dann wandte er sich Dooly zu, der in den Trümmern der alten Schenke irgend etwas gefunden hatte, und klopfte ihm auf die Schulter. Jonathan hielt das Gebaren des Zauberers für ein wenig übertrieben, aber das lag vielleicht an seiner Bescheidenheit.

Miles starrte auf Doolys Hand und schien großes Interesse an ihr zu entwickeln. »Das ist ein erstaunlicher Ring, mein Lieber, ja, ein wirklich erstaunlicher Ring.«

Jonathan sah, daß Dooly tatsächlich einen prächtigen Ring trug. Er bestand aus Gold, und geschmückt war das gelbe Metall mit der Darstellung eines seltsamen maritimen Geschöpfes mit spiralförmiger Schale. Mit einem Auge spähte das Wesen geheimnisvoll unter der Schale hervor. Ein Elf von den Ozeanischen Inseln hätte Jonathan erklären können, daß es sich um das Abbild eines Nautilus handelte, des vielleicht herrlichsten Lebewesens im Meer.

»Woher hast du diesen Ring?« fragte der Zauberer wie beiläufig, als interessiere ihn die Antwort gar nicht.

»Von meinem Großvater«, erwiderte Dooly stolz. »Er hatte insgesamt vier solcher Ringe, und jeder war mit der Darstellung eines anderen Tiers geschmückt, wobei es sich natürlich immer um Fische handelte. Und einen davon gab er mir und sagte, es sei ein magischer Ring. Allerdings verlor er keine Worte über die Art des Zaubers.«

»Ich schätze, das war sogar ganz richtig von ihm«, erwiderte der Zauberer. »Wer ist dein Großvater denn, daß er solche Kostbarkeiten besitzt? Er muß sehr reich sein…«

»Überhaupt nicht«, sagte Dooly, und wie immer, wenn es um seinen Großvater ging, wurde er rasch redselig. »Er mag fünfzig- oder auch hundertmal reich gewesen sein, aber er verschenkte seine Kostbarkeiten immer wieder, an die verschiedensten Leute. Er hieß natürlich Stover, genauso wie ich, das ist ja ganz klar, und mein alter Großvater, ich meine, er heißt noch immer so, und ich wollte sagen, wir haben den gleichen Namen.« Dooly unterbrach sich und nickte, schien zu glauben, alles ganz deutlich erklärt zu haben. Während er auf eine Antwort wartete, betrachtete er erst den eigenen Ring und dann das Exemplar am Finger des Magiers. »Sie haben ja ebenfalls einen solchen Ring!« platzte es aus ihm heraus.

Der Zauberer zuckte mit den Schultern. »Die Welt ist schon seltsam, nicht wahr?«

Jonathan wollte darauf hinweisen, daß sie seiner

Meinung nach von Minute zu Minute seltsamer wurde, aber Miles schnitt ein ganz anderes Thema an.

»Sie haben in der letzten Zeit nicht zufällig Elfen gesehen?«

Die Frage kam ziemlich überraschend. Jonathan sah den Zauberer groß an, und während sich noch ein Argwohn in ihm formte, dessen Ursache er nicht zu ergründen vermochte, antwortete er: »Doch, vor einer Woche. Ein ganzes Luftschiff voll von ihnen.«

»Vor einer Woche, sagen Sie? Nun, eine solche Begegnung könnte sich durchaus wiederholen. Die Elfen sind gute Freunde von mir und allesamt sehr nett, auch wenn sie sich oftmals ein wenig zu ausgelassen geben. Wissen Sie, Zauberer sind in der Regel recht ernst, wenn ich das so sagen darf. Und Elfen lachen dauernd und tanzen und singen selbst dann, wenn der Grund für ihre Reise gar nicht so spaßig ist. Aber wie gesagt: Sie sind alle sehr nett, und man kommt gut mit ihnen klar.«

Für Jonathan und Dooly klang das alles recht sonderbar. Noch seltsamer aber war, daß Dooly aus den Spänen und Splittern des zerschmetterten Holzes einige halb verzehrte Fische zog.

»Koboldnahrung!« rief der junge Mann, denn spätestens seit dem Abenteuer im Nebel wußten sie, daß Kobolde leidenschaftliche Fischesser waren.

»In der Tat«, bestätigte Miles. »Nur das ließ die Horde zurück, als sie – wie bereits erwähnt – Weidenwald vor einigen Monaten heimsuchte. Die Kobolde verwüsteten einfach alles: Sie zerschlugen die Fenster, stürzten Schornsteine und Kamine um, preßten Teller und Tassen in die Schlitze der Briefkästen, zerstörten den Kai und verwandelten das Bootshaus in eine Ruine. Offenbar fanden sie großen Gefallen daran. Aber die Kobolde haben das alles nicht aus eigenem Antrieb getan. Das tun sie nie. Er gab ihnen den Auftrag dazu, so wie er sie kurz darauf nach Mooton schickte. Damals befanden sich nur noch drei Personen hier, und sie segelten sofort flußabwärts, als sie hörten, daß sich Kobolde der Handelsstation näherten. Sie wußten, daß er dahintersteckte.

Jetzt verlangt der Wald diesen Bereich zurück. Überall wachsen Kräuter und Ranken und alle jene Pflanzen, die normalerweise ein Segen sind. Aber lassen wir das. In Mooton, fürchte ich, war es noch weitaus schlimmer. Was ist mit dem kranken Freund, den Sie vorhin erwähnten?«

»O ja«, sagte Jonathan und zog die Liste aus der Tasche. »Wissen Sie vielleicht, wo man all diese Dinge finden kann?«

Der Zauberer warf einen prüfenden Blick auf die Liste und hob angenehm überrascht den Kopf. »Ach, es ist die Arznei«, sagte er. »Ja, es dürfte nicht schwierig sein, alle Ingredienzen zu finden. Merkwürdig, daß die Arznei auch hier bekannt ist. Woran leidet Ihr Freund?«

»Kobolde haben ihn gekratzt und gebissen.«

»Ach du Schreck!« erwiderte der Zauberer. »Und dann stehen wir hier noch herum und schwatzen? Wann hat er sich seine Verletzungen zugezogen?«

»Vor drei Tagen.«

»Oh, oh, oh! Sie hätten mich schon viel früher aufsuchen sollen. Aber Sie kamen ja gar nicht wegen mir hierher, oder? Nun, immerhin haben Sie mich gefunden, und dazu kann ich Ihnen nur gratulieren. Zum Glück bin ich nämlich im Besitz der fertigen Arznei. Ohne sie gehe ich nirgendwohin. Ja, da haben Sie wirklich Glück, denn in dieser Region gibt es keine Grüne Minze. Ist viel zu feucht hier. Hach, man könnte hier tagelang nach der Grünen Minze suchen und fände nicht einmal ein einziges Blatt.«

Miles verschwand in der alten Schenke, und Dooly und Jonathan hörten, wie er eine Zeitlang herumkramte. Allerdings wagten sie es nicht, einen Blick durch die Tür zu werfen. Miles erschien ihnen viel zu geheimnisvoll und sonderbar, als daß sie den Mut aufbrachten, ihm nachzuspionieren. Unmittelbar darauf kehrte der Zauberer mit einem Glas zurück, in dem ein dicker Korken steckte. Außerdem erweckte das Gefäß den Eindruck, in heißes Wachs getaucht worden zu sein.

»Wir brauchen nur noch Axolotl. Wissen Sie, schließlich kann man nicht dauernd lebende Axolotl mit sich herumtragen. Wir müssen jetzt also einen entsprechenden Bau finden und uns einige Axolotl daraus ausleihen. Das macht ihnen nichts aus. Nein, überhaupt nichts. Tatsächlich freut es sie sogar, uns auf diese Weise zu Diensten zu sein, wenn sie nachher in den Bau zurückgebracht werden und eine Prise Salz als Belohnung erhalten.«

Daraufhin durchsuchte der Zauberer die Taschen an der Innenseite seines Mantels. Es gab ziemlich viele davon, und Miles hatte bereits vier oder fünf von ihnen umgestülpt, als er endlich das gesuchte Objekt entdeckte: einen staubigen Beutel mit einer losen Schnur aus ungegerbtem Leder am oberen Ende. Miles fingerte eine Zeitlang an dem Knoten herum, und dann gelang es ihm, den Beutel zu öffnen. Er sah Jonathan und Dooly an, die sich in diesen Augenblicken fragten, welche Wunder der Zauberer ihnen nun zu offenbaren gedachte. »Haben Sie so etwas schon einmal gesehen?« fragte Miles, als ein plump und schwerfällig wirkendes getupftes Etwas in seine Hand kroch.

»Das ist eine Kröte«, sagte Jonathan.

»Ein großer fetter Käfer.« Dooly hatte die Augen vor Erstaunen weit aufgerissen.

»In Wirklichkeit«, erklärte der Zauberer, »handelt es sich dabei um ein Geschöpf, das man als Familiaris bezeichnen könnte. Eigentlich weiß ich nicht genau, was es darstellt. Manchmal halte ich es für eine Kröte. Dann wieder glaube ich, so wie der junge Mann eben sagte, es mit einem fetten Käfer zu tun zu haben. Einmal hätte ich schwören können, daß es ein Truthahn mit Schweinskopf war, aber das hört sich jetzt ganz verrückt an, und ich erwähne es nur ungern. Ich habe das Geschöpf von meinem alten Meister geerbt, und der behauptete immer, es könne das Wetter vorhersagen. Nun, wie dem auch sei: Der Familiaris kennt die Geheimnisse der sieben Hauptamphibien und der vier wirklichen Tiere, der Seekuh, des Schnabeltiers und so weiter. Wenn er keinen Axolotl finden kann, so ist niemand dazu in der Lage.«

Miles der Magier beugte sich über den Familiaris und flüsterte dem zwinkernden Geschöpf einige unverständliche Worte zu. Dann griff er in eine andere Tasche seines Mantels, holte einen Kanten Brot hervor und brach einen Bissen für das krötenartige Wesen ab. Das Geschöpf ließ einige Brocken in einer Öffnung inmitten seiner grünlichen Haut verschwinden und zwinkerte gelassen. Der Zauberer schob das Ohr für einige Sekunden ganz nahe an seinen Familiaris heran und lauschte. Dann belohnte er das Wesen mit einem weiteren Brotkrumen, verstaute es vorsichtig im Beutel und schob ihn in die Tasche zurück.

»Tja, Jungs, wir haben Glück. Der Familiaris meint, wir sollten nach einigen Stiefmütterchen Ausschau halten, so wie ich es mir bereits dachte – weiter unten, wo sich zwei Ausläufer des Flusses miteinander vereinen und haushohe Farne wachsen. Bestimmt ist damit jener Ort gemeint, wo sich oberhalb von Weidenwald der Wieber und der Winsiep treffen. Wissen Sie, Axolotl gibt es eigentlich überall, eine Tatsache, die den meisten Leuten nicht bekannt ist, und aus irgendwelchen Gründen mögen sie Stiefmütterchen. Wenn Sie irgendwo wild wachsende Stiefmütterchen finden, dann können Sie darauf wetten, daß Axolotl in der Nähe sind, bereit dazu, Hilfesuchenden einen Dienst zu erweisen.«

»Dann holen wir uns am besten sofort einige von ihnen und kehren dann aufs Floß zurück«, drängte Jonathan.

»Ein guter Vorschlag«, antwortete der Zauberer.

In Begleitung Doolys stapften Jonathan und Miles rund vierzig Meter weit und überquerten die Straße. Anschließend übernahm der Zauberer die Führung, und sie rutschten und sprangen einen mit Büschen und Sträuchern bewachsenen Hügelhang in die Tiefe. Unten angelangt, bahnten sie sich einen Weg durchs Weidendickicht. Inmitten des Durcheinanders aus herabhängenden Ästen und Zweigen gluckerte das Wasser eines fröhlich plätschernden und knapp zwei Meter breiten Baches dahin. Sie hüpften von Stein zu Stein, und kurz darauf mündete der erste Bach in einen zweiten und größeren, der bald zu einem Fluß wurde und nach einer Viertelmeile in den Orielstrom mündete. Hier und dort wuchsen neben den Weiden große Ansammlungen grüner Farne, und einige der gezackten Blätter ragten über Jonathans Kopf hinweg. In der Mitte des Flusses erwartete sie eine kleine Insel, auf der sich im sanften Wind die Blätter von Stiefmütterchen bewegten. Lang waren sie, und sie glänzten in roten, gelben und violetten Farbtönen. In dem Haufen aus Sand, Boden und Steinen, aus dem die Stiefmütterchen sprossen, zeigten sich hier und dort kleinere und größere Spalten, die Zugänge in kleine Höhlen darstellen mochten. Aus einigen davon ragten die gefiederten und getupften Köpfe von Axolotl; neugierig blickten die Geschöpfe zu den drei Menschen auf.

Der Zauberer hockte sich zwischen den Steinen nieder und zog zwei Axolotl aus ihren unterirdischen Bauen hervor. »Ekelhafte Viecher, das steht fest«, sagte er und reichte die beiden Wesen Jonathan. »Aber notwendig für die Arznei. Das Funktionieren vieler Errungenschaften der animalischen Wissenschaften

hängt irgendwie von diesen Wesen ab. Ja, die A
stellen eins der Sechs Verbindungsglieder da
nicht das unwichtigste von ihnen. Auf den Inse
sagt man, werden sie mehr als drei Meter lang –
bewegen sie sich mit Hilfe von Vorrichtungen,
Räder aufweisen und von den Elfen stammen. Ang
lich handelt es sich bei ihnen um ein Geschenk, n
dem sich die Elfen für die Dienste der Axolotl beda
ken. Aber vielleicht ist das auch nur ein Gerücht; ic
bin mir da nicht ganz sicher.«

Die beiden Lurche schienen durchaus zufrieden zu sein und machten es sich in den Händen Jonathans gemütlich. Sie fühlten sich wie lange Sülzeklumpen an, und es war nicht gerade sonderlich angenehm, sie zu berühren.

»Vier sollten genügen«, meinte der Zauberer. Anschließend machten sie sich auf den Rückweg, kletterten den Hügelhang in die Höhe, wanderten an den Ruinen der Handelsstation vorbei und näherten sich dem Floß.

Der Professor hob zwar ein Lid, als sie in die Kammer traten, aber ansonsten reagierte er nicht auf ihre Anwesenheit.

»Ts, ts, ts«, machte Miles, als Dooly ein Tablett herbeibrachte. Der Zauberer öffnete das Glas und tauchte einen Löffel in die Arznei, die sehr klebrig aussah und überhaupt ziemlich ungenießbar wirkte. Zu Jonathans und Doolys Erstaunen setzte er dann die vier Axolotl auf das Tablett, und sie begannen sofort zu tanzen, als seien sie ganz außer sich vor Freude. Hierhin und dorthin sausten sie, sprangen fröhlich umher und hinterließen kleine Tatzenabdrücke in der zähen Masse. Manchmal hielten sie kurz inne, um sich die Pfoten zu lecken, und kurz darauf setzten sie ihren Tanz durch die klebrige Arznei fort. Nachdem Miles diesem spaßigen Gebaren ungefähr eine Minute lang zugesehen hatte, ergriff er die vier Axolotl und reichte sie Dooly, der recht verwirrt zu sein schien und offenbar nicht genau wußte, was er mit ihnen anfangen sollte.

»Fünfmal am Tag müssen damit die Wunden behandelt werden«, sagte der Zauberer und strich ein wenig von der Arznei auf den einen Arm des Professors, an dem sich ein besonders scheußlich aussehender roter Entzündungsstriemen zeigte. Die purpurne Färbung verblaßte daraufhin sofort. Wurzel lächelte, und es gelang ihm sogar zu nicken. Sie schmierten die klebrige Masse auch auf die anderen Kratzer und halfen dem Professor anschließend dabei, sich aufzusetzen. Er richtete einige krächzende Worte an Miles, der ihm seine Karte gab und ihn davor warnte, sich zusehr anzustrengen.

»Erklären Sie Ihrem Freund bitte, wie man meinen Namen aussprechen muß«, wandte er sich an Jonathan. »Und wenn Sie die Möglichkeit haben, sollten Sie mich auf dem Rückweg nach Twomblytief noch einmal besuchen. Ich erführe gern, welche Abenteuer Sie auf Ihrer Reise erlebten.«

»Das tun wir«, erwiderte der Käser. »Aber ich hoffe, wir können Ihnen dann von möglichst wenigen Abenteuern berichten.«

»Es würde mich nicht sehr überraschen, wenn Ihre Hoffnungen in diesem Punkt enttäuscht werden«, sagte der Zauberer, schüttelte andeutungsweise den Kopf und schloß das Glas mit der Arznei.

Jonathan trat an einen der Vorratsschränke heran, öffnete einige der Schubladen, suchte eine Weile und holte schließlich einen sorgfältig verpackten Käse hervor. Er reichte ihn Miles, der sich dankend verneigte. »Es ist nicht zufällig eine der köstlichen Rosinenspezialitäten?«

»Doch. Ich hoffe, sie wird dem Ruf gerecht, in dem sie steht.«

Miles lächelte und nickte. »Vielen Dank. Schon seit einem Jahr habe ich keinen Käse mehr gehabt, und

jetzt halte ich sogar ein regelrechtes Käsewun
meinen Händen.« Er rief Dooly herbei und ließ
die Axolotl zurückgeben. Dann verabschiedete er
von Jonathan und seinen Begleitern, kehrte ans U
zurück und verschwand hinter der Ruine des Boo
hauses.

Jonathan machte sich Vorwürfe, weil er den Zaube-rer nicht darum gebeten hatte, zum Essen zu bleiben. Aber bis zum Sonnenuntergang dauerte es noch einige Stunden, und sie konnten diese Zeit nutzen, weiter flußabwärts zu segeln. Dem Professor schien es jetzt schon weitaus besser zu gehen, und die noch auf dem Tablett verbliebene Arznei würde für eine ganze Woche reichen. Also legten Jonathan und Dooly ab, machten es sich zusammen mit Ahab im Heckbereich des Floßes bequem und beobachteten, wie die verlassenen Ruinen von Weidenwald hinter ihnen zurückblieben.

8. Kapitel

In Fetzen gerissen

Der Tag war windig und kalt. Jonathan hatte sich an der Ruderpinne zusammengekauert und steuerte das Floß zwischen einigen aus dem Fluß ragenden Felsen hindurch. An diesen Stellen beschleunigte sich die Strömung, und Gischt spritzte hoch. Eigentlich stellten die Stromschnellen keine ausgesprochene Besonderheit dar. Aber der Käser wußte, daß er achtgeben mußte, damit ihr Gefährt nicht gegen eins der Hindernisse stieß. Und so saß er in der Kälte und bewegte gelegentlich die Ruderpinne.

Schon seit Tagen zogen dunkle Wolken über den Himmel, aber der Wind hatte nie nachgelassen und sie immer weiter getrieben. In der vergangenen Nacht jedoch gelang es ihnen, sich zusammenzuballen, und am Morgen zeigte sich der Himmel als eine grauschwarze Glocke. Hinten im hohen Tal regnete es jetzt sicher. Jonathan überlegte, warum sich die Wolken ausgerechnet auf diese und keine andere Weise verhielten. Er hätte zu gern gewußt, warum sie manchmal vor dem Wind die Flucht zu ergreifen schienen und erst nach einer Weile ihre Regenlasten abluden. Vielleicht waren sie um die ganze Erde herumgewirbelt und hatten sich dabei immer wieder ineinander verkeilt, bis schließlich alle blauen Lücken zwischen ihnen ausgefüllt waren. Das, so fand der Käser, mochte eine Erklärung sein.

Der Wind umheulte die Zweige der am Ufer wachsenden Schierlinge, ließ sie immer wieder auf und ab zittern, bis die Pflanzen schließlich aussahen wie vielarmige Riesen, die verzweifelt winkten, um sirrende

Moskitos zu verjagen. Wie es der Zufall wollte, fau ten die Böen geradewegs über den Fluß, und ganz fensichtlich scherten sie sich keinen Deut um Mänte Hüte und dicke Wollhandschuhe; sie pfiffen einfach durch den Stoff hindurch.

Jonathan rechnete damit, daß es jeden Augenblick zu regnen begann – eigentlich erwartete er schon seit Stunden einen heftigen Schauer –, aber aus irgendeinem Grund blieb die Luft trocken. Er gewann den Eindruck, als sammelten die Wolken noch weiterhin Kraft, und diese Vorstellung gefiel ihm ganz und gar nicht. Jonathan mußte daran denken, wie er als kleiner Junge Schneebälle für eine bevorstehende Schlacht gesammelt hatte. Mit ein oder zwei Freunden knetete er einen Schneeball nach dem anderen, bis um sie herum mehr als zehn Pyramiden aufragten, jede einzelne von ihnen größer als sie selbst. Sie hatten sich auf eine Schneeballschlacht vorbereitet, die in einem so gewaltigen Ausmaß gar nicht stattfinden konnte. Und wie sich kurz darauf herausstellte, blieb ihnen auch gar keine Zeit mehr, die Geschosse aus zusammengepreßtem Weiß einzusetzen. Die Vorbereitungen hatten viel zu lange gedauert, und in der Wärme der Nachmittagssonne schmolzen die Schneebälle. In der nächsten Nacht froren sie so hart wie Stein. Als Jonathan sich am Morgen wieder nach draußen begab und sich auf die Schlacht freute, fand er zwölf zu einem Kreis angeordnete Eispyramiden vor. Bei einem derartigen Anblick wäre Professor Wurzel bestimmt ganz außer sich geraten. Sein herausgeforderter Forschergeist hätte möglicherweise Theorien über die Neigung des Schnees entwickelt, sich zu Pyramiden anzuhäufen, und vielleicht hätte er diese Überlegungen mit einer grundlegenden Erörterung der fünf elementaren Formen verbunden. Professor Wurzel fand großes Vergnügen darin, solche Phänomene zu ergründen. Er war ganz das, was Jonathan einen großen Erklärer nannte.

Fünf Tage waren vergangen, seit der Zauberer die vier Axolotl in der klebrigen Masse der Arznei hatte tanzen lassen, und Professor Wurzel fühlte sich so frisch und munter wie ein Fisch im Wasser, wie er zu behaupten pflegte, während er sich selbst auf die Brust klopfte. Nach der Heilung seiner Wunden war noch ein Klecks der Medizin auf dem Tablett zurückgeblieben, und diesen Rest brachten sie in einem Glas unter, um zukünftigen Mißgeschicken gegenüber gewappnet zu sein.

Am vorletzten Morgen waren sie an Mooton-am-Fluß vorbeigekommen – beziehungsweise an den Resten jenes Ortes. Alle Gebäude schien mehr oder weniger stark beschädigt worden zu sein. Wenn die Häuser und Hütten am Flußufer einen Hinweis boten, so waren die Kobolde bei ihrem Zerstörungswerk offenbar sehr gründlich vorgegangen: Die meisten von ihnen boten sich nur noch als große Gerümpelhaufen dar; selbst die Schornsteine und Kamine hatte man vollständig zertrümmert. Überall herrschte gespenstische Stille – eine solche Stille, daß weder Jonathan noch einer seiner Begleiter es wagten, einen Ton von sich zu geben, aus Angst vor etwas Gräßlichem und Schrecklichem, das irgendwo inmitten der Ruinen lauerte. Erst als sie an den ebenfalls zerstörten Behausungen von Klein-Mooton vorbeigekommen waren und anschließend das Mootonmoor passiert hatten, vernahmen sie wieder das Zirpen von Vögeln, das Quaken der Frösche und gelegentlich den grunzenden Schrei eines Tiers, das sich irgendwo im Sumpf verbarg.

Als sie das Moor erreichten, in dem Hunderte von Seerosen wuchsen, hatte der Professor gerade seine Pfeife entzündet und paffte mit der Hingabe eines Schmieds, der sich alle Mühe gibt, sein Feuer zu schüren. Wurzel war inzwischen wieder ganz der alte, und er deutete auf die Stelle, wo er vor Jahren die Masten der magischen Galeone entdeckt hatte. Zwei Meilen weiter flußabwärts zeigte er dann auf den Ort inmitten des Schilfs, wo Flötennase und er den gesplitterten Teil eines Mastes, die Gewehroboe und die großen Edelsteine gefunden hatten. Dooly schlug vor, das Floß ans Ufer zu steuern und auf der Suche nach weiteren verborgenen Schätzen durchs seichte Wasser zu waten, aber Professor Wurzel erinnerte ihn daran, daß jene Ereignisse inzwischen fünf Jahre zurücklagen – die Edelsteine, die sie damals übersehen haben mochten, waren sicher längst von der Strömung ins Meer gespült worden.

An diesen Wortwechsel schloß sich eine Diskussion an, in der es um folgende Frage ging: Was hatte die rätselhaften Elfen überhaupt in die Lage versetzt, mit ihrem wunderbaren Schiff so weit flußaufwärts zu segeln, obgleich der Orielstrom doch auf den letzten Meilen bis zum Meer nicht passierbar war und Seeleute diese Strecke mitsamt ihren Booten über Land zurücklegen mußten? Jonathan erinnerte daran, daß sie vollkommen erschöpft sein würden, wenn sie die Küste erreichten, da sie ihr Floß oberhalb der flußaufwärts gelegenen Haltestation zurücklassen und den Rest des Weges bis nach dem Delta auf Schusters Rappen zurücklegen mußten. Wie, so fragte der Käser, war *irgendeinem* Schiff die Reise in umgekehrter Richtung möglich? Er hielt ein solches Unterfangen für völlig ausgeschlossen.

Und auch der Professor war dieser Ansicht, wie er eingestehen mußte. »Ganz im Vertrauen gesagt …«, erwiderte Wurzel. »Wenn meine Reputation als Wissenschaftler auf dem Spiel stünde, würde ich es abzulehnen zu behaupten, die Elfengaleone sei vom Meer aus flußaufwärts gesegelt. Die Bedeutung der Runen schien sich auf Inseln zu beziehen, und daher nahm ich natürlich an, die Rede sei von den Ozeanischen Eilanden. Das klingt ja auch ganz einleuchtend, nicht wahr?

Allerdings stellte sich bei der Übersetzung der Runen heraus, daß die Elfen nicht etwa das Wort für ›Meer‹ verwendeten, sondern vielmehr die Bezeichnung für ›Himmel‹. Ich hielt das damals für unsinnig. Schließlich gibt es am Himmel doch keine Inseln, oder?« Der Professor paffte an seiner Pfeife, und dicker Rauch bildete eine dunstige Wolke über seinem Kopf. Er zwinkerte erst mit dem einen, dann auch mit dem anderen Auge, und abwechselnd wirkte er sehr überzeugt und unsicher. »Außerdem bezogen sich die Zeichen auf *eine* ganz bestimmte Insel am Himmel. Und auf eine Art König. Nun, ich muß zugeben, daß ich gerade bei der Übersetzung ziemlich durcheinandergeriet. Es schien die Rede zu sein von Juwelen, die Augen enthielten, des weiteren – bitte verzeihen Sie mir dies, Jonathan – von Käsen, die man sich köstlicher gar nicht vorstellen kann. Sie stimmen mir sicher zu, wenn ich sage: Das klingt alles ziemlich verrückt.«

Irgendwie war Jonathan innerlich hin und her gerissen. Die vernünftige Hälfte – diejenige, die sich nach der Wärme und Gemütlichkeit eines Kaminfeuers sehnte, nach einem saftigen Stück Fleisch und den Bücherregalen in seinem Heim – konnte die letzten Worte des Professors nur bestätigen. Die andere Hälfte aber – jenes Selbst, das die Fenster verriegelte und Eichenscheite ins Feuer schob, wenn es die spannenden, von G. Smithers aus Brompton verfaßten Geschichten über Kobolde und Trolle und Ungeheuer im Dunkel der Nacht las – hielt die Bedeutung der Runenzeichen für nicht annähernd so abwegig. Die verschwommenen Konturen leicht beunruhigend wirkender Vorstellungsbilder beanspruchten immer mehr Platz in den Gedanken des Käsers, obgleich sich Jonathan während des hellen Tageslichts – das er eindeutig der Finsternis der Nacht vorzog – immer wieder zur Vernunft mahnte und die düsteren Visionen aus sich zu verdrängen versuchte.

Und so saß Jonathan an der Ruderpinne, fünf Tagesreisen entfernt von den Ruinen Weidenwalds und zwei von den Resten der Siedlung Mooton-am-Fluß. Fast eine ganze Woche war ohne weitere Abenteuer verstrichen, was niemand der drei Flößer bedauerte – vielmehr der vier Flößer, wenn man Ahab mit einschloß, der den größten Teil des Tages auf den Segeltuchplanen in der Ladekammer schlief. Angesichts des Windes und der niedrighängenden schwarzen Wolken war das Fehlen weiterer Abenteuer sogar ausgesprochen begrüßenswert, denn Jonathan befürchtete sicher nicht ganz zu Unrecht, daß Abenteuer in Kälte und Regen recht ungemütlich sein konnten.

Etwa gegen drei Uhr erwachte der Professor aus einem Nachmittagsnickerchen. Gefolgt von Dooly trat er gerade in dem Augenblick aus der Kammer, als sich Jonathan Gesellschaft wünschte. Sie saßen erst einige wenige Sekunden beisammen und versuchten einige Male vergeblich, den Tabak in den Pfeifen zu entzünden, als die ersten Regentropfen aufs Deck fielen. Einer von ihnen – und das war recht erstaunlich – landete zischend im Kopf der Pfeife Wurzels, und der arme Professor mußte zusehen, wie das mühsam bewerkstelligte Feuer wieder erlosch. Er sah erst Jonathan an, dann seine Pfeife, meinte schließlich, das sei wirklich Pech, vielleicht sogar ein böses Omen. Jonathan pflichtete dem bei und fügte hinzu, wenn Wasser vom Himmel fiel und die Glut in der Pfeife eines Mannes löschte, so sei das gewiß kein gutes Zeichen.

Aber ob es sich nun um ein gutes oder böses Omen handelte: Der Regen wurde immer stärker, und die Tropfen schienen so groß wie Taubeneier zu sein. Jonathan und seine beiden Begleiter zogen sich das große Kanevastuch über die Köpfe und hofften voller Zuversicht, daß der Regen bald ein Einsehen hätte und aufgäbe. Aber das war nicht der Fall. Statt dessen wurden die Tropfen noch größer, und der Wind blies immer heftiger. Der Regen achtete einfach nicht auf die Plane und hämmerte wie mit großer Freude darauf ein.

Nach einigen wenigen Minuten liefen Dooly und Ahab zur Ladekammer, während der Wind Blätter und abgebrochene Zweige übers Deck wehte. Die Luke der Frachtkammer öffnete und schloß sich mit einem klagenden Knarren, klapperte dann laut und vorwurfsvoll, bis Dooly sie schließlich von innen verriegelte. Der Professor und Jonathan hockten zwar eng beisammen, mußten aber schreien, um sich verständlich zu machen.

Erschrocken beobachteten sie, wie ein am Ufer wachsender großer Schierling unter der Wucht der Böen erzitterte und immer stärker schwankte. Die Wurzeln lösten sich aus dem matschig gewordenen Boden, und der Baum neigte sich und stürzte mit einem lauten Platschen in den Fluß.

»Scheint ein regelrechter Orkan im Anzug zu sein«, sagte Jonathan. »Wenn das so weitergeht, fliegen wir noch wie das Luftschiff der Elfen in Richtung Meer.«

»Ein Heer?« rief der Professor. »Wo?«

Jonathan aber winkte nur, um Wurzel zu verdeutlichen, daß seine Worte eigentlich nicht weiter wichtig gewesen waren. Sie spielten tatsächlich keine Rolle. Die beiden Männer schwiegen erst seit wenigen Sekunden, als zwei der leeren Fässer neben der Ladekammer losrollten und gegen die Reling stießen. Professor Wurzel eilte ihnen nach, aber bevor er sie einholen konnte, lösten sich drei weitere Tonnen, und alle fünf polterten übers Deck, während das Floß auf den gischtenden Wellen des Orielstroms tanzte.

Der Wasserspiegel des Flusses stieg nun rasch an, und von den Felsen schien keine Gefahr mehr auszugehen. Aber die Wogen wurden so hoch und wild, daß Professor Wurzels Bemühungen, die Tonnen wieder festzubinden, erfolglos bleiben mußten. Schließlich sah er sich gezwungen, Dooly aus der Kammer zu rufen, und gemeinsam sprangen sie auf die Fässer zu und banden sie nacheinander ans Deck, den Masten und die Reling.

Eine Stunde lang trieb das Floß durchs Tosen und Wogen, und es goß wie aus Eimern und Kübeln. Hier und dort am Ufer bildeten sich Bäche, deren Wasser durch Wälder und über Wiesen gurgelten, sich schließlich mit den Fluten des weiter anschwellenden Stroms vereinten. Der heftige Wind türmte die ohnehin schon recht hohen Wellen noch weiter auf, und ruckartig neigte sich das Floß einmal auf die eine und dann die andere Seite. In den Planken knirschte und ächzte es, und diese Geräusche warnten vor einem Auseinanderbrechen.

Der Professor und Dooly nahmen das allgemeine Geschehen zum Anlaß, ihren Plan zu ändern. Professor Wurzel hatte vor fünf Jahren erlebt, wie sein Floß von einem Sturm geradezu zerrissen worden war, als er zusammen mit Flötennase und zwei anderen Händlern in einer kleinen Höhle oberhalb des Flusses Schutz vor dem Unwetter gesucht hatte. Aber jener Orkan, der damals fast den Erfolg der ganzen Forschungsreise in Frage gestellt hätte, schien nicht annähernd so heftig gewesen zu sein wie der, mit dem Jonathan und seine Begleiter es jetzt zu tun bekamen. An den ungeschützten Ufern knickten ganze Schierlingstannen, und selbst die dicksten Äste der Erlen brachen. Das alles geschah so häufig und mit einer derartigen Regelmäßigkeit, daß im neben dem Floß schnell dahinströmenden und nun mehr graubraunen Wasser ständig gesplitterte Baumstämme und große Ansammlungen von ineinander verhakten Ästen und Zweigen dahinschwammen. Sie hüpften und tanzten auf den Wellen, und in ihrer Hast, das ferne Meer zu erreichen, stießen sie immer wieder gegen den Rumpf des Floßes.

Nun, man konnte den Professor nicht gerade als einen Pessimisten bezeichnen. Tatsächlich traf sogar das genaue Gegenteil zu. Aber jetzt begegneten ihnen die Anzeichen einer Katastrophe. Und wenn eine Katastrophe droht, so kann man nur noch in sich gehen und versuchen, sich mit allem Kommenden abzufinden.

Auf die Anweisungen des Professors hin rollte Dooly die Fässer übers Deck und stellte sie wieder nebeneinander. Der junge Mann war inzwischen so naß, als arbeite er unter Wasser und nicht darüber, aber das traf auch auf die anderen zu. Zum Glück aller Beteiligten war sich Dooly noch nicht über den Ernst der Lage klargeworden. Er mochte einen ordentlichen Sturm sehr gern, und auf den, der jetzt heulte und fauchte, traf diese Bezeichnung ganz gewiß zu. Er stellte ein Faß an die Wand der Ladekammer und machte sich dann daran, das nächste zu holen, sprach so mit den Tonnen, als sähe er in ihnen kleine Küken oder junge Hunde, die seiner Fürsorge bedurften. »Und jetzt du dort, Herr Faß«, sagte er und griff gerade in dem Augenblick nach der Tonne, als sie erneut übers Deck rollen wollte. »Sei doch nicht so aufsässig!« Und er benutzte sogar einige der so seemännisch klingenden Worte, die er von dem Professor aufgeschnappt hatte: »Halt an, damit ich dich festhieven kann, Herr Faß!« Und er schimpfte die Tonnen aus und drohte ihnen mit Strafen für den Fall, daß sie sich ihm weiterhin widersetzten und sich nicht endlich fügten.

Als alle Fässer an der Wand der Ladekammer aufgereiht waren, zog der Professor ein Seil durch die metallenen Ösen ganz oben an den Tonnen und band sie zusammen. Sie hatten nur erst rund zehn Fässer auf diese Weise gesichert – die meisten von ihnen enthielten Käse, aber es waren auch einige leere Tonnen darunter, in denen sie jene Dinge verstauen wollten, die sie als Gegenleistung für die köstlichen Delikatessen erhielten –, als der Professor Jonathans Schwierigkeiten mit der Ruderpinne bemerkte. Das Floß tanzte und zitterte immer schneller an den Steilufern entlang, und der Käser konnte die Pinne nicht festhalten. Jede Veränderung in der Strömung riß ihm das glitschige Holz aus den Händen; wie ein Geschöpf mit ausgeprägtem Eigenwillen zuckte es hin und her. Jonathan bemühte sich tapfer, die Ruderpinne unter Kontrolle zu bekommen. Er lehnte sich darauf, um sie mit seinem Gewicht zu bändigen, während ihm dicke Regentropfen in die Augen klatschten und der heftige Wind die Kanevasplane weiter oben zerriß. Ihre Fetzen flatterten wie fransige kleine Banner von den Zinnen einer belagerten Festung.

Kaum hatten sich seine Hände wieder um die Ruderpinne geschlossen, als sie erneut seinen Fingen entschlüpfte und ein bebendes Eigenleben begann. Ganz offensichtlich erbrachten seinen Bemühungen keinen anderen Erfolg als den, sich langsam die Haut von beiden Händen zu schaben. Bei jedem plötzlichen Kurswechsel des Floßes kam das Ende der Ruderpinne herum und hieb wie ein Schwengel auf den Käser ein.

Nachdem Jonathan einige solche Schläge erhalten hatte, wurde er wütend. Er konnte seine Augen nicht schnell genug trocken wischen, um deutlich zu erkennen, was um ihn herum geschah, und ein beständiges Rinnsal aus Regenwasser floß ihm am Rücken über die Jacke – trotz des Hutes, der ihm eine Zeitlang gute Dienste geleistet, dessen Krempe sich aber inzwischen ganz mit der aus dem Himmel herabflutenden Nässe gefüllt hatte. Während er also gegen die entfesselten Naturgewalten kämpfte und einen ganz persönlichen Krieg gegen die Ruderpinne führte, die immer wieder Ausfälle unternahm und auf ihn einhieb, verlor er schließlich die Beherrschung und nahm sich Zeit genug, um die Faust zu ballen und sie in Richtung der schwarzen Wolken zu schütteln. Er bedachte nun den dunklen Himmel sogar mit einigen Flüchen, aber der Wind riß ihm die Worte von den Lippen und wirbelte sie fort.

Nach einer Weile begriff der Käser, daß ihm das Fluchen unter diesen Umständen überhaupt nichts nützte und sogar ziemlich theatralisch wirken mußte. Er kam sich wie ein Narr vor. Wutausbrüche dem Himmel gegenüber waren ebenso unsinnig wie sein Kampf mit der Ruderpinne, und so gab Jonathan beides auf – etwa zu dem Zeitpunkt, als Dooly und der Professor damit fertig waren, alles das festzubinden, was sich festbinden ließ.

Daraufhin schwankten sie triefnaß in die Ladekammer, wo Ahab, der die ganze Zeit über keinen Schlaf gefunden hatte, auf sie wartete. Das Floß tanzte und hüpfte weiter auf den hohen Wellen dahin, und es bebte und ächzte, während es dem Meer geradezu entgegenflog.

Als der Sturm draußen ausgesperrt war und der Regen nur noch auf das Dach der Ladekammer einhämmerte, berieten sich Professor Wurzel und der Käser über ihre Vorgehensweise. Als jedoch alles gesagt war und sie schwiegen, gelangten beide Männer zu dem Schluß, daß der Diskussion jeder Nutzen fehlte: Nichts konnte etwas daran ändern, daß sie auf dem rasch dahintreibenden Floß festsaßen und keine Möglichkeit hatten, den Kurs zu ändern. Es blieb ihnen also keine andere Wahl, als zu warten, bis der Sturm weitergezogen und die Strömung des Flusses nicht mehr ganz so stark war. Zwar hatte sich auch Professor Wurzel noch nie sehr weit südlich von Mooton-am-Fluß aufgehalten, aber dennoch glaubten sie, daß von Felsen oder Stromschnellen keine große Gefahr ausging. Sandbänke und kleinere Inseln waren von dem Hochwasser inzwischen sicher längst überflutet worden, und vielleicht konnten sie stundenlang weitertreiben, ohne daß sich große Probleme ergaben.

Bei ihrem Floß handelte es sich um eine besonders belastungsfähige Konstruktion. Es ächzte und knarrte zwar dauernd im Holz, aber noch blieb ihr Gefährt stabil.

Bis kurz darauf der Hauptmast brach und er einen Teil der Reling zerschmetterte, als er fiel und in den Fluß stürzte, die an ihm befestigten Seile und Segelplanen mit sich zerrte. Aber an den Ufern lagen viele umgestürzte Bäume, aus denen sich ein neuer Mast zimmern ließ, und die zusätzlichen Seile und Kanevasplanen, auf deren Mitnahme Jonathan bestanden hatte, befanden sich nach wie vor in der Ladekammer. Aus diesem Grund war der Käser der Ansicht, daß sich an ihrer Lage nicht sonderlich viel geändert hatte, als der Professor und er aus der Luke blickten, die sie angesichts des heulenden Windes festhalten mußten.

Dooly fiel als erstem von ihnen auf, daß sich die Geschwindigkeit des Floßes weiter erhöht hatte. Der Bug neigte sich ein wenig nach unten, und das ganze Schiff schien zu kippen. Jonathan und der Professor sahen dem ins Wasser gefallenen Mast nach, und fast gleichzeitig bemerkten sie überrascht die miteinander verhedderten Zweige einer Pappel, die direkt in der Mitte des Flusses zu wachsen schien.

»Muß eine komische Pappel sein«, sagte Jonathan, »die mitten im Orielstrom gedeiht.« Aber dann sah er, daß die Entfernung zum Ufer auf der Steuerbordseite mindestens eine Meile betrug und ihr Floß dann und wann an Baumstämmen entlangschwamm. Der Oriel war kein Fluß mehr – jedenfalls beachtete er seine alten Ufer nicht länger. Gespeist vom überaus heftigen Regen, war er über sie hinausgewachsen; seine graubraunen Wasser spülten nun auch über die Wiesen des Elfen-Hochlands und rissen mit gurgelnder Wucht die Wurzeln von Büschen und Sträuchern aus dem schlammigen Boden.

Gerade als Jonathan daran dachte, daß sich nun das

eigentliche Flußbett hinter ihnen befand und sie nach dem Unwetter feststellen mochten, irgendwo weiter oben auf einer Wiese gestrandet zu sein, vernahm er ein dumpfes Grollen und Donnern. Es hörte sich nach einem Berg ein, der ein Bein hob und zu den Wäldern trat.

Das Floß neigte sich plötzlich auf die eine Seite, und Jonathan und die anderen wurden gegen die Wand der Ladekammer geschleudert. Um sie herum entstand ein wirres Durcheinander aus umstürzenden kleineren Fässern, kippenden Schränken und über den Boden rutschenden Beuteln und Kisten. Dooly rief etwas, und der Professor erinnerte sie mit vibrierender Stimme immer wieder daran, wie wichtig es sei, die Ruhe zu bewahren. Jonathan fühlte ein Seil auf der Nasenspitze, aber er konnte die Hand nicht heben, um es beiseite zu schieben.

Das Donnern wurde noch lauter. Dann drückte der Wind die Luke auf, und ein sonderbarer Anblick bot sich Jonathan dar. Das Wasser auf der Backbordseite stand mehr als zwei Meter höher, als es eigentlich der Fall sein sollte – dort ragten die Fluten dort sogar über die Ladekammer hinaus. Das Grollen stammte von dieser Wand aus schlammigem grauen Wasser, in dem Äste, Zweige und auch gesplitterte Baumstämme schwammen.

Jonathan blieb nur noch Zeit genug, zu schreien und das Seil von sich abzustreifen, bevor der Bug des Floßes noch tiefer ins Wasser tauchte und ihr Gefährt am Wellenberg in die Höhe stieg. Die Planken unter ihnen zitterten und bebten nun nicht mehr. Statt dessen trug sie die große Wand aus Wasser ganz ruhig und sanft über eine weite Wiese, deren Gras unter der Decke aus Gischt und Schaum verborgen blieb. Jonathan hielt sich irgendwo fest und stand auf. Dooly und der Professor folgten seinem Beispiel.

Jonathan kroch zur offenen Luke – zum einen Teil

deswegen, weil ihm aufgrund der Neigung des Decks gar keine andere Wahl blieb, und zum andern, weil der Anblick der Welt draußen faszinierend und erschreckend zugleich war. Das Floß ritt weiterhin auf der Welle, deren Kamm sich weit oben übers Deck beugte. Es war, als hockten sie alle auf einem riesigen Schlittschuh, der über die Oberfläche eines Hügels aus Eis sauste. Doch dieser Eindruck verflüchtigte sich rasch, denn direkt vor ihnen ragten die Stämme einiger Pappeln in die Höhe. Das Floß prallte knirschend und krachend dagegen, zerbrach in zwei Teile.

Jonathan und Ahab überschlugen sich und stürzten nach vorn durch die offene Luke auf das gesplitterte Deck. Der Käser rutschte zu dem vom Mast übriggebliebenen Stummel, und Ahab fiel jaulend gegen ihn. Jonathan hielt sich mit der einen Hand am Hund und mit der anderen an den Überbleibseln des Mastes fest, versuchte dann, wieder auf die Beine zu kommen. Als das Floß erneut gegen ein Hindernis stieß – diesmal war es der Stamm einer großen Erle – und endgültig auseinanderfiel, glitten Jonathan und Ahab ins Wasser. Der Käser ruderte mit Armen und Beinen und schrie; sein Hund bellte.

Jonathan tauchte. Als er an die Wasseroberfläche zurückkehrte und nach Luft schnappte, stellte er erleichtert fest, daß die hohe Welle inzwischen rund hundert Meter entfernt war und immer mehr in sich zusammensank, während sie weiter dahinrollte. Das Dröhnen und Donnern verklangen allmählich, und selbst das Heulen des Winds ließ nach, wich dem aufgeregten Bellen des völlig verwirrten Ahab, der immer wieder um seinen schwimmenden Herrn paddelte. Aus irgendeinem Grund war Jonathan sehr glücklich und zufrieden, als hätte er gerade eine große Heldentat vollbracht.

In diesem Augenblick stieß etwas Hartes an den Hinterkopf des Käsers: das kleine Boot, das die Welle ebenfalls vom Deck des Floßes gezerrt hatte. Es war gekentert, und die Strömung hatte es auf Jonathan zugetrieben – vielleicht deshalb, um ihn daran zu erinnern, daß die gegenwärtigen Umstände eigentlich gar kein Gefühl der Zufriedenheit zuließen. Nun, wenn man im Wasser schwimmt und sich nach etwas umsieht, an dem man sich festhalten kann, so ist ein Boot sicher noch unwillkommen. Jonathan rieb sich die schmerzende Stelle am Kopf und versuchte dann, das Kanu umzudrehen. An der einen Seite zog er sich halb nach oben, aber da seine Füße nirgends Halt fanden, konnte er das Boot nicht wieder in die Lage bringen, für die es eigentlich gedacht war. Schließlich erwies sich Ahab als recht klug, indem er Anstalten machte, auf die Rückseite des Bootes zu kriechen, so wie auf den Panzer einer großen Schildkröte. Jonathan war bereits ganz erschöpft aufgrund der Bemühungen, das Kanu zu drehen, und da er es satt hatte, dauernd Wasser zu treten, folgte er dem Beispiel seines Hundes und zog sich auf die flache Unterseite des Bootes. Überraschenderweise offenbarte es in dieser Lage weitaus mehr Stabilität als vorher.

Der Himmel war bereits den ganzen Tag über recht dunkel gewesen, aber jetzt verfinsterte er sich noch weiter. Ein einzelner Stern am östlichen Horizont wies jedoch darauf hin, daß die Dunkelheit diesmal nicht von Wolken verursacht wurde. Die Nacht begann, und das Unwetter tobte sich nun woanders aus. Es dauerte nur wenige Minuten, bis der Wind fast völlig abflaute und sich der heftige Regen in leichtes Nieseln verwandelte. Kurz darauf knirschte das Kanu über ein Hindernis und verharrte.

Jonathan sah sich um und gewann den Eindruck, daß sie auf der Kuppe eines kleinen Hügels festsaßen, dessen Spitze etwa dreißig Zentimeter unter Wasser stand. Der Käser ließ sich in die kalten Fluten zurückgleiten und hebelte und zog eine Zeitlang, wodurch Ahab den Halt verlor und bellend ins Wasser fiel. Dann aber gelang es Jonathan, das Kanu umzudrehen – angesichts des festen Bodens unter den Füßen keine allzu schwere Aufgabe. Er half Ahab über den Rand des Bootes und kletterte anschließend selbst hinein. Mit großer Freude sah er die beiden Paddel, die nach wie vor unter der Ruderbank befestigt waren. Sie glänzten zwar naß, wiesen aber keine Beschädigungen auf. Nur aus einem Reflex heraus band er sie los, denn eigentlich wußte er überhaupt nicht, wohin er paddeln sollte. Sein suchender Blick fiel nur auf eine völlig überflutete Landschaft, über der sich ein sternenbesetzter Nachthimmel spann.

Nach einer Weile entschied Jonathan, auf der Hügelkuppe zu bleiben. Er hoffte, daß es der anderen Hälfte des Floßes, auf der sich Dooly und der Professor befunden hatten, besser ergangen war als der eigenen. Vielleicht, so überlegte er, suchten seine Gefährten bereits nach ihm. Dann und wann schwammen Trümmerstücke des Floßes am Kanu vorbei, aber der Käser bemerkte keine verwertbaren Gegenstände. Die Nacht wurde schon bald recht kalt. Es war zwar die ganze Zeit über ziemlich kühl gewesen, aber während der Aufregung hatte Jonathan kaum darauf geachtet. Jetzt aber war die unmittelbare Gefahr vorbei, und als er so in dem kleinen Boot hockte, keinen trockenen Faden am Leib, begann er zu zittern. Er kam zu dem Schluß, daß es schleunigst etwas zu unternehmen galt. Da ihm nichts Besseres einfiel, rief er einige Male laut »Hallo! Hallo!«, wobei er mit den Händen einen Trichter vor dem Mund formte. Jonathan zweifelte kaum daran, daß sich der Professor und Dooly inzwischen ein ganzes Stück weiter flußabwärts befanden; nachdem sein Teil des Floßes gegen die Erle gestoßen war, mußte der Kamm der Welle den anderen weitergetragen haben. Aber er hielt es trotzdem für eine gute Idee, nach den Freunden zu rufen. Wenn ihn niemand hörte, so vergab er sich nichts damit. Aber wenn jemand in der Nähe weilte – irgendwer –, so wollte der Käser ihn finden. In diesem Teil des Elfen-Hochlands drohte von Trollen oder Kobolden sicher keine Gefahr mehr, und Bären und Wölfe hatten bestimmt schon vor einer ganzen Weile die Flucht vor dem Wasser ergriffen, um höhergelegene Regionen aufzusuchen.

»Hoo-ha!« rief Jonathan und glaubte, daß es eigentlich gar keine Rolle spielte, was er rief. Während seine Stimme durch die Dunkelheit der Nacht klang, schlang er immer wieder die Arme um sich und schlug sich auf die Schultern, um es auf diese Weise etwas wärmer zu haben. Als er einmal innehielt, um ein paar Worte an Ahab zu richten, der dicht neben ihm in einer Wasserlache lag und sich gar nicht wohl zu fühlen schien, vernahm er ein fernes Echo, ein ›Hoo-ha‹, das dem eigenen ähnelte, sich aber verzerrter und kummervoller anhörte.

Jonathan war überrascht von diesem Echo, aber er kam zu dem Schluß, daß die weite Wasserfläche, die ihn umgab, irgend etwas mit diesem Phänomen zu tun haben mußte. »Hallo, alter Ahab«, sagte er zu seinem Hund. »Bist ziemlich naß, wie? Naß wie ein Schwamm, so wie's aussieht. Und bestimmt ist dir auch recht kalt.« Als er Ahab sein Mitgefühl aussprach, wiederholte sich das Echo in der Ferne, und diesmal war es ein wenig deutlicher. »Aaaiii!« heulte es. Und dann: »Herr Käser!«, wobei das Ä in die Länge gezogen war.

»Hallo!« rief Jonathan. Er richtete sich in dem Boot auf, das noch immer auf der Hügelkuppe festsaß. »Dooly! Professor Wurzel! Hoo-hoo!« So ging es einige Minuten weiter. Ab und zu ließ der Käser den Klang seiner Stimme durch die Nacht wehen, und dann wieder wartete er auf die Antworten, die allmählich näher kamen.

Weit oben wirbelten die Wolken rasch dahin, und

der Wind verlieh ihnen eine immer größere Geschwindigkeit. Es sah aus, als hätten sie gehört, daß sich im Bereich der Weißen Berge irgend etwas tat, und offenbar wollten sie unbedingt bis zum Morgen da sein und herausfinden, was dort vor sich ging. Der Mond, jetzt nicht viel mehr als eine dünne Sichel, schien die ganze Zeit über bemüht zu sein, Lücken zwischen den Wolken zu finden, um auf die Erde blicken zu können. In einem silbrigen Weiß leuchtete er, wirkte so krumm wie ein gewaltiger Haken, an dem irgendein Himmelsriese jeden Augenblick seinen Mantel aufhängen mochte.

Aber obwohl der Mond nicht mehr war als eine schmale Sichel, reichte sein blasses Licht aus, die Wasserfläche zu erhellen, als die Wolken ihn schließlich ganz freigaben. Ganz in der Nähe sah Jonathan hier und dort einige Baumstämme, die so aus den graubraunen Fluten ragten, daß der Käser die unmittelbare Umgebung mit einer gerade gewässerten Spargelanpflanzung verglich. Zwischen zwei solchen Ansammlungen bot sich Jonathan auf der Steuerbordseite und etwa hundert Meter entfernt ein willkommener Anblick dar. Dooly und der Professor befanden sich bis zu den Hüften im Wasser, und sie ruderten mit einigen provisorischen Paddeln, wobei es sich bestimmt um Bruchstücke der Ladekammer handelte. Jonathan konnte kein Boot unter ihnen ausmachen, und erstaunt beobachtete er, wie seine beiden Kameraden ohne ein Schiff durch die Fluten glitten – was bestimmt auf einen Einfall des Professors zurückging. Fast noch mehr freute sich der Käser über mehrere Fässer, die mit einem Seil zusammengebunden waren und den beiden Gestalten schwimmend folgten.

Sie sahen aus wie eine kleine Tonnenflotte, die in ungeordneter Formation in die Schlacht zog. Kurz darauf hatte sie den Hügel erreicht. Dann sah Jonathan die kleine Galionsfigur, die er als Teil des ausgeliehenen Kanus erkannte. Daran also fanden Dooly und der Professor Halt.

»Sie hätten das Wasser aus der Figur fließen lassen sollen«, wandte sich Jonathan an den Professor. »Dann wäre es Ihnen vielleicht gelungen, sich ganz über Wasser zu halten.«

»Ich fürchte, Jonathan«, erwiderte Wurzel, »es handelt sich hierbei um eine Art von Kanu, aus dem man zwar recht einfach das Wasser herausschöpfen, das man aber sehr schwer auf Dauer trockenhalten kann. Etwa eine halbe Meile von hier entfernt stieß es einige Male gegen einen Baumstumpf und nahm daraufhin Wasser auf. Aber ein untergetauchtes Boot ist immer noch besser als gar keins, nicht wahr, Dooly?«

»Oh, da haben Sie völlig recht, Herr Wissenschaftler«, erwiderte Dooly. »Besonders dann, Herr Gelehrter, wenn man so wie ich nicht schwimmen kann und in dem vielen Wasser zu ertrinken droht. Wenn nicht der Professor gewesen wäre, Herr Bing, so hätte ich jetzt wahrscheinlich schon das Zeitliche gesegnet, wie sich mein Großvater auszudrücken pflegte. Ja, um ein Haar hätte es mich erwischt – und damit will ich sagen, wie knapp es gewesen ist.«

»Äh, ja, in der Tat«, erwiderte Jonathan. »Ihr habt die Fässer und ich das Kanu, und ich schätze, für ein paar Tage können wir uns durchaus von Käse ernähren.«

»Wir sind sogar noch ein wenig besser dran«, warf der Professor ein. »Wir konnten nämlich einen Teil des Floßes retten, und es befindet sich im Bereich einer Untiefe hinter den Bäumen dort drüben. Auf den Planken liegen nicht nur einige Meter Segeltuch, sondern auch ein Schlafsack und Doolys Mantel. Mit ein bißchen Glück brauchen wir nicht zu erfrieren, und bis zum Morgen dürfte der Wasserspiegel wieder so weit gesunken sein, daß wir festen Boden unter den Füßen haben.«

»Damit haben Sie wahrscheinlich recht«, bestätigte

Jonathan. »Das Unwetter ist weitergezogen – und es hat unsere Aussichten mitgenommen, bis Weihnachten nach Hause zurückzukehren.«

Der Professor nickte. »Eins nach dem anderen. Zunächst sollten wir das Boot von der Hügelkuppe herunterziehen und das Seil der Fässer mit der Vorleine des Kanus verbinden. Vielleicht können wir später die Tonnen an dem Überbleibsel des Floßes festmachen. Oh, und ob! Wenn der Verstand aufzugeben droht, muß die Seele das Banner der Entschlossenheit und Zuversicht heben! Das waren die Worte des berühmten Zwergengenerals Mutig.«

»Hört, hört!« rief Jonathan.

»Aye, aye!« platzte es begeistert aus Dooly heraus. Gemeinsam zogen, zerrten und paddelten sie, schwammen durch das ruhige Wasser zu der Stelle, an der sich die Reste des Floßes befanden, festgemacht an einer Pappel. Es handelte sich um einen gut zwei Meter breiten Holzklotz, an dessen einer Seite noch immer ein Teil der Ladekammerwand in die Höhe ragte. Jonathan und die anderen kletterten an Bord, und ihr Gewicht drückte den Holzklotz auf festen Boden. Das Wasser stand hier nur einige wenige Zoll hoch. Nach einer weiteren halben Stunde war der Wasserspiegel bereits ein ganzes Stück gesunken, und die Flößer stellten fest, daß sie auf der Kuppe eines grasigen Hügels hockten.

Und dort warteten sie das Ende der Nacht ab – drei Menschen und ein Hund, viele lange Flußmeilen von zu Hause entfernt, auf den Resten eines auseinandergebrochenen Floßes sitzend, irgendwo im Hochland der Elfen. Längst hatte der November begonnen, und in diesem Monat war es besonders unangenehm, es naß und kalt zu haben, von einer Überschwemmung überrascht worden zu sein. Ohne das Floß, so wußten sie, war der Weg zur Küste des Meeres mindestens ebenso weit wie der zum Mond.

9. Kapitel

Dooly ißt Käse mit dem Junker

In jener Nacht bekamen sie kaum Schlaf, denn ihnen wurde immer kälter. In ein nasses Segeltuch gehüllt zu sein – das entsprach nicht gerade Jonathans Vorstellung von einem gemütlichen, warmen Bett. Aber er glaubte auch, daß irgendwelche Decken immer noch besser waren als überhaupt keine. Der Käser führte ein langes Gespräch mit dem Professor, bei dem es um Sterne ging. In der Finsternis der frühen Morgenstunden deuteten sie gen Himmel und versuchten, im Funkeln über ihnen bestimmte Bilder zu erkennen: hier eine Schöpfkelle, dort einen Elch und etwas weiter entfernt sogar etwas, das Jonathan als ein lächelndes Gesicht mit Brille zu erkennen glaubte. Aber binnen kurzer Zeit verblaßten diese Konstellationen, als sich am Horizont der erste Schimmer des neuen Tages zeigte.

Im Osten strömte ein breiter Fluß aus Sternen in die leere Schwärze. Die einzelnen glitzernden Punkte standen dort so dicht beisammen, daß sie kaum mehr voneinander zu trennen waren. Der Professor bezeichnete das helle Band kurz darauf als Milchstraße, aber Jonathan kannte diesen Namen bereits, und er fragte sich, wie es wohl sein mochte, mit einem Floß über einen breiten Strom aus Sternen zu segeln. In was für eine Art von Meer mochte jener Fluß münden, und welche sonderbaren Geschöpfe schwammen in den seichten Wassern und tiefen Schluchten eines derartigen Ozeans? Je mehr er darüber nachdachte, desto weniger gefiel ihm die Vorstellung, eine solche Reise zu unternehmen. Der alte Oriel reichte ihm als Fluß völlig aus – ganz offensichtlich war er von diesem Strom sogar schon überfordert.

Nur Jonathan erwachte, als die Sonne über den östlichen Horizont kletterte. Der erste rote Streifen erinnerte ihn sofort an den Morgen, an dem er auf dem Holzklotz unterhalb der Mühle gesessen, Steine in den Fluß geworfen und den auf Seerosenblüten vorbeischwimmenden Fröschen nachgesehen hatte. Mindestens ein Jahr schien das her zu sein, obwohl doch nur einige wenige Wochen verstrichen waren. Der Käser hoffte, daß die Sonne warm genug schien, um sowohl die Kleidung als auch das Segeltuch zu trocknen. Wenn man es trocken und warm und den Bauch voll hatte, gab es kaum etwas, über das man klagen konnte. Sicher, darüber hinaus wären auch noch ein gutes Buch und ein bequemer Sessel wünschenswert gewesen, aber gute Bücher und bequeme Sessel waren ebenso weit entfernt wie Twomblytief und der Holzklotz unterhalb der Mühle. Kurz darauf döste Jonathan wieder ein, und er träumte davon, in Richtung Meer zu reisen und Bürgermeister Bastable zu folgen, der dicht vor ihm durch den Wind stolperte, immer knapp außerhalb seiner Reichweite.

Als er zum zweitenmal erwachte, stand die Sonne bereits hoch am Himmel. Es mußte ungefähr neun Uhr sein. Auf der Wiese um ihn herum zeigten sich hier und dort glitzernde Lachen, aber der größte Teil des Wassers hatte sich jetzt wieder mit dem Orielstrom vereint, der in sein altes Bett zurückgekehrt war. Treibgut der Überflutung – gebrochene Äste, aus dem Boden gerissene Büsche und ähnliche Dinge – waren im Zweigengeflecht der Pappeln, Erlen und der hier und dort wachsenden Weiden zu sehen. Weiter unten wälzten sich die Fluten des Oriel nach Süden, so als sei überhaupt nichts geschehen, als hätte sich der Fluß in den letzten vierundzwanzig Stunden allein um seine eigenen Angelegenheiten gekümmert. Weiter oben und in Richtung Meeresküste wuchsen immer mehr Bäume, bis sie schließlich einen dichten Wald bildeten. Und in der dunstigen Ferne schließlich lag das Zentrum des Elfen-Hochlands.

Der Professor saß mit dem Rücken an einen Baum gelehnt und schlief noch immer. Dooly hingegen war ebenfalls wach, wanderte zwischen dem Strom und den Überbleibseln des Floßes umher. Offenbar hatte er die Absicht, einen ganz bestimmten Baum zu erklettern, und Jonathan fragte sich, was ihn dazu veranlassen mochte. Dann und wann sprang der junge Mann in die Höhe, griff nach den unteren Zweigen und trat mit den Beinen. Dann ließ er sich wieder zu Boden fallen, ging kurz in die Hocke und blickte an dem Baumstamm vorbei in Richtung Fluß. Schließlich bekam er einen dickeren Ast zu fassen, zog sich daran in die Höhe und ließ sich darauf nieder. Es dauerte nicht lange, bis er die obersten Zweige des Baums erreicht hatte und von dort aus das Land und den Strom beobachtete.

Jonathan wunderte sich über das seltsame Verhalten des jungen Mannes, und er lauschte. Aus der Richtung des Flußtals vernahm er den Hauch einer Melodie und auch so etwas wie ein Lied. Er wartete und horchte angestrengt. Ganz offensichtlich näherte sich der Sänger, denn die Melodie wurde ständig lauter. Und gerade in dem Augenblick, als zwei Gestalten auf dem matschigen Pfad neben dem Fluß sichtbar wurden, konnte der Käser auch die gesungenen Worte verstehen.

Es waren Wanderer; in diesem Punkt war sich Jonathan ganz sicher. Sülzenmänner, wie die Kinder von Twomblytief sie nannten. Und sie trugen Körbe mit Brombeeren und großen, grünen Pippinäpfeln. Beide kleinen Wanderer hatten so schwer zu schleppen wie Ziegelträger.

Sie sahen fast genauso aus wie die Wanderer, die auch nach Twomblytief gekommen waren und dort vor Jahren Marmelade und Sülze verkauft hatten. Aber Jonathan konnte sie ohnehin kaum auseinanderhalten. Sie alle trugen spitze Hüte wie Elfen, hatten lange, schlanke Beine und schmale Nasen. Sie lächelten ständig. Fast immer bestand ihre Kleidung aus kurzen Hosen und langen Wollsocken, ob es nun Sommer war oder nicht, und wenn sie nicht so klein gewesen wären, hätte man sie durchaus für Elfen halten können. Elfen aber sind natürlich rund einen Kopf größer und viel zu scheu, als daß sie sich einfach so gezeigt und auch noch gesungen hätten. Einer der beiden Wanderer summte laut – es war eigentlich schon mehr ein Rufen als ein Summen –, und der andere sang in einem weithin hallenden Falsett:

»Ich habe einen Korb mit Beeren voll, tra-la-la,
Und ich singe fröhlich und ganz toll, tra-la-la.
Denn die Sonne scheint hell und voller Glanz,
Und die Wolken schweben sanft in ihrem Himmelstanz,
Und in mir die ganze Zeit das Glück anschwoll,
tra-la-la.«

Jonathan kam zu der Überzeugung, daß Wanderer zwar köstliche Marmelade herstellen konnten, gute Obstpflücker und allesamt sehr nett waren, jedoch eine eher geringe poetische Begabung aufwiesen. Aber kaum hatte der erste Wanderer seinen Vers beendet, fügte der zweite einen weiteren hinzu:

»Bald werd' ich sie mit Freuden essen, tra-la-la,
Mit ein bißchen Zucker nicht zu vergessen,
tra-la-la.
Und mit einem Überzug aus gold'ner Creme,
Mit hellem und ros'gem Glanz, sehr angenehm,
Dessen Aroma sich kann mit allem messen, tra-la-la.«

Die kleine Gestalt beendete die Zeilen mit einem so trillernden und lauten *Tra-la-la,* daß Jonathan noch stärker zusammenzuckte als bei dem Reim ›essen und vergessen‹.

Jonathan war der Ansicht, daß sie angesichts ihrer gegenwärtigen Situation Hilfe gut gebrauchen konnten, und er entschied, umherzuspringen und die Aufmerksamkeit der Wanderer zu wecken. Er wollte ihnen erklären, daß sie Schiffbrüchige waren und zu gern einen Blick auf den Inhalt der Körbe geworfen hätten – einen Inhalt, der sehr lecker aussah. Äpfel und Beeren ißt man normalerweise nicht zum Frühstück, aber wenn man nur die Wahl hat zwischen Käse und Obst, so schiebt man ersteres besser bis zum Mittagessen auf, obgleich Käse zweifellos zu den kulinarischen Wundern zählt.

Als sich Jonathan erhob, winkte und laut rufen wollte, sahen ihn die beiden Wanderer auf der Hügelkuppe, und sie schwatzten und gestikulierten aufgeregt. Sie waren noch etwa zwei Meter vom Stamm des Baumes entfernt, in dem Dooly hockte, als es in dem entsprechenden Wipfel plötzlich laut knackte und ein gellender Schrei ertönte. Dooly verlor den Halt, fiel zu Boden, sprang sofort wieder auf und lief zu Jonathan. Der Käser und Professor Wurzel beobachteten die überraschten Wanderer und hofften inständig, daß sie den jungen Dooly nicht etwa für übergeschnappt hielten und sich deshalb mit ihren Körben auf und davon machten.

Die Wanderer wirkten tatsächlich sehr verblüfft. Aber als deutlich wurde, daß Dooly vor ihnen floh und ganz offensichtlich keine Bedrohung darstellte, zuckten sie einfach nur mit den Schultern und kletterten den Hügelhang hinauf.

»Hallo, hallo, hallo!« rief einer der beiden Wanderer – jener, der zuvor mit solcher Hingabe gesungen hatte. »Wen haben wir denn da? Einen Käser und zwei Käserbegleiter. Nein, drei sogar. Ich sehe auch ein Tier in der Nähe. Ein prächtiges Geschöpf aus dem hohen Tal.«

Jonathan hatte sich gerade vorstellen wollen, aber das schien überhaupt nicht nötig zu sein. Sonderbarerweise hatten ihn die Wanderer bereits als Käser erkannt. Zuerst die Begegnung mit Miles dem Magier und dann diese hier. Man konnte den Eindruck gewinnen, als sei landauf und landab bekannt, aus welchem Grund sich seine Begleiter und er auf den Weg gemacht hatten. »Ja, in der Tat«, sagte Jonathan, da ihm keine bessere Antwort einfiel.

Der Professor jedoch verneigte sich, nahm die Mütze ab, winkte damit und sprang umher wie ein Schamane, der einige ehrwürdige Kirchgängerinnen beeindrucken und ihnen anschließend irgendein geheimnisvolles Elixier verkaufen wollte. Dooly duckte sich hinter den Professor und grinste unsicher. Er klopfte Wurzel auf den Rücken und deutete dann ins Flußtal. Zwei weitere Wanderer schritten über den Pfad. Der eine war unglaublich fett, und der andere vollführte mit Hingabe möglichst komplizierte Tanzschritte. Auch diese beiden Gestalten trugen Körbe mit Köstlichkeiten. In dem des dicken Wanderers befand sich Brot. Einige Laibe waren lang und weiß, andere rund und recht dunkel. Das Brot mochte ausreichen, um ein Dutzend Mägen zu füllen, vielleicht auch doppelt so viele. Allerdings stellte Jonathan kurz darauf fest, daß sich der dicke Wanderer immer wieder große Brocken in den Mund stopfte – es sah aus, als ob Kohle in einen Ofen geschaufelt würde. Der Käser verglich die Gestalt mit einer wandelnden Pyramide. Ein großer Schädel ruhte halslos auf den Schultern, und die Wangen waren ganz rund. Dem Anschein nach ging der obere Teil des Kopfes direkt in den spitzen Hut über. Irgendwo unterhalb der Taille, so wußte der Käser, mußten sich die Beine befinden. Aber aus dieser Entfernung sah es so aus, als verlören sie sich in der weiten Hose, die wie eine nach unten hin schmaler werdende Säule aussah. Der Mann wirkte wie ein kleiner Berg, der irgendwie lebendig geworden war und sich nun anschickte, alle Delikatessen einer Bäckerei zu verschlingen.

Die ersten beiden Wanderer holten große und mit Blumenmustern versehene Öltücher aus den Körben, entfalteten sie und breiteten sie dann auf dem Boden aus.

»Bitte verzeihen Sie«, sagte der Professor. »Ich bin Professor Artemis Wurzel. Dies hier ist mein treuer Begleiter Dooly. Und dort haben Sie, wie Sie offenbar bereits wissen, Jonathan Bing vor sich, den Käser von Twomblytief.«

Die Wanderer schwiegen während der Vorstellung des Professors, hörten ihm aufmerksam zu. »Wir sind Dichter und Poeten«, erklärte der Wanderer mit dem grünen Hut. »Vielleicht haben Sie unseren Gesang gehört, als wir über den Flußpfad kamen.« Er zwinkerte erst den Professor und dann auch Jonathan zu, so als wollte er hinzufügen: »Waren es nicht einzigartige Reime?« Aber Wanderer sind natürlich sehr bescheidene Leute, und es würde ihnen nicht einmal im Traum einfallen, sich selbst zu loben.

»Oh, und ob«, erwiderte Jonathan. »Es hörte sich ziemlich beeindruckend an. Gibt es noch weitere Verse?«

»Derzeit nicht«, antwortete Gelbhut. »Aber bestimmt fallen uns irgendwann neue ein. Manchmal kommt es über uns, und es ist ... Es ist wie ...«

»Wie ein Schlag an den Kopf«, half ihm sein Begleiter weiter.

»Ja. Genau so. Wie ein jähes Pochen an die Stirn. Das ist das Herrliche an der Poesie. Sie kann sich uns von einem Augenblick zum anderen in ihrer ganzen Pracht offenbaren.«

»Hört sich ganz nach dem an, was man Inspiration nennt«, fügte der Professor erklärend hinzu.

»Oh, da haben Sie völlig recht«, pflichtete ihm Gelbhut bei. »O ja, die Kraft der Dichtung ist in uns, und man weiß nie, wann es über einen kommt. Zum Beispiel …« Der Wanderer trat ein wenig zur Seite, und in seinen Augen flackerte ein Leuchten auf. »Hört! Ihr Orkane, die ihr heult übers Meer und Türme aus Gischt wachsen laßt! Von was berichten eure tosenden Stimmen? Erzählen eure Sturmesböen von Dingen des Schreckens, die sich zutragen im dunklen Koboldwald? Oh, einsam seid ihr Taifune, von allen gefürchtet, und ihr verbergt euch in den schwarzen Wolken, so wie ein hungriges Raubtier, das lauert in …« Der Wanderer schritt inzwischen auf und ab und hielt sich die eine Hand an den Kopf gepreßt. Mit dem anderen Arm winkte er theatralisch. Dooly beobachtete ihn verwirrt. Der Professor nickte ernst, und Jonathan hatte das Gefühl, daß es der Wanderer ein wenig übertrieb. »Wie ein hungriges Raubtier, das lauert … Wo zum Teufel lauert es?« fragte Gelbhut seinen Begleiter.

»Im Saal der Steine?«

»Natürlich nicht.«

»Im Lande des Murmelkrauts?«

»Von solchen Scherzen halte ich nicht sonderlich viel!« rief Gelbhut und sah den anderen Wanderer böse an. »So wie ein hungriges und umherschleichendes Raubtier …«, setzte er erneut an und verlor sich ganz in seinem Vortrag.

Jonathan fragte laut, ob ihm die fehlende Zeile nicht vielleicht während des Frühstücks einfallen mochte, und er betonte, G. Smithers aus Brompton hätte seine besten Werke mit vollem Magen geschrieben. Der Wanderer mit der grünen Mütze pflichtete dem bei und begann damit, Silbergeschirr auf die Tücher zu stellen. Offenbar war er der Meinung, daß der Zusatz ›im Lande des Murmelkrauts‹ ein überaus bedeutender Beitrag für das Dichtwerk war, das auf einem kleinen Hügel ganz in der Nähe entstand, und er wies mit einigen gebrummten Bemerkungen darauf hin.

Von der Kuppe des kleinen Hügels, auf dem sich Gelbhut niedergelassen hatte, konnte man die Worte »so wie ein großes und gräßliches Ungeheuer« hören. Aber die Verlautbarung weiterer Zeilen wurde unterbrochen von der Ankunft der beiden anderen Wanderer, die nun ebenfalls den Hang erklommen hatten. Der pyramidenartige Fleischberg verschlang gerade etwas, das aussah wie ein Laib Roggenbrot.

»Junker!« rief Grünhut. »Lassen Sie mich Ihren Korb tragen, Junker.« Aber der Junker konnte offenbar nicht gut hören, denn er drückte den Korb weiterhin an sich und fuhr damit fort, das Roggenbrot zu verspeisen. »Wie konnten Sie nur, Stich-den-Busch!« rief Grünhut. »Sie haben den Junker den Korb mit dem Brot tragen lassen, ja, das haben Sie, und jetzt ist die Hälfte davon bereits aufgegessen. Sie wußten doch, daß der Junker nur Teller und Tassen tragen soll.«

»Er sagte, er will kein Geschirr schleppen«, erwiderte der arme Stich-den-Busch. »Und er meinte, er möchte das Brot nur probieren, um festzustellen, ob es auch wirklich schmackhaft ist. Dann nahm er mir den Korb aus der Hand und sagte, um so wichtige Dinge wie das Tragen von Brot müßte er sich selbst kümmern. Er spekulierte über eine mögliche Vergiftung des Brotes, die es angeblich notwendig machte festzustellen, welche Laibe noch genießbar waren. Er wollte mir den Korb nicht zurückgeben und wies immer wieder darauf hin, es sei seine Pflicht, jeden einzelnen Laib einer Gaumenprobe zu unterziehen. Und er aß und aß und aß die ganze Zeit über, während wir am Fluß entlanggingen. Das ist die Wahrheit, Herr Bufo, die reine Wahrheit.«

Herr Bufo – der Poet mit dem grünen Hut – versuchte, die Finger des Junkers vom Griff des Korbes zu lösen. »Junker Myrkel!« rief er. »Wir brauchen das Brot. Es gibt hungrige Leute hier. Junker, ich möchte Sie diesen tapferen Flößern vorstellen. Ja, genau, Sie können den Korb dort auf das Tuch stellen.« Bufo zerrte an dem Korb, aber die Hand des Junkers schien irgendwie daran festzukleben. »Hier auf dieses Tuch, Junker. Das ist Herr Bing, Junker, der Käser, und dort sehen Sie Professor Wurzel, den berühmten Gelehrten. Der junge Mann ist Herr Dooly, dessen Großvater Sie kennen.«

Diese Bemerkung verblüffte Jonathan. Der Professor kniff die Augen zusammen, und ganz offensichtlich argwöhnte er weitere seltsame Dinge, die sich nicht nur im Wald zutrugen. Dooly machte Anstalten, von seinem Großvater zu erzählen, aber er kam nicht sehr weit mit seinem Vortrag, denn Bufo schrie den Junker Myrkel an, als der fette Wanderer nach einem weiteren Laib Brot griff.

»Haben Sie das Tier gesehen?« brüllte Bufo dem Junker ins Ohr. »Es ist ganz aus Käse!«

Der Junker ließ den Korb fallen und wankte auf Ahab zu. Der Hund hatte bisher still am Boden gelegen. Als sich nun der Junker Myrkel näherte, stand Ahab auf und streckte sich. Ganz offensichtlich wollte er den Dicken damit auf die traurige Tatsache hinweisen, daß er entgegen anderslautenden Gerüchten nicht aus Käse bestand.

Daraufhin ließ sich der Junker in der Mitte der Decke nieder und war offenbar den Tränen nahe. Jonathan war verwundert über den Umstand, daß der dicke Wanderer sitzend den gleichen Anblick bot wie stehend – sah man von der verringerten Größe ab. »Käse!« rief der Junker und schüttelte traurig den Kopf, woraufhin Ahab auf ihn zutrottete und ihn beschnüffelte.

»Jetzt hab ich's!« ertönte eine aufgeregte Stimme von der nahen Hügelkuppe. Gelbhut, der Begleiter Bufos, stolzierte mit langen und theatralischen Schritten auf sie zu, winkte mit beiden Armen und verkündete triumphierend: »O du Sturm, wie ein hungriges

Raubtier stürzt du dich aus den Wolken herab und bläst über das Land des Käses hinweg.«

»Ja, das gefällt mir«, sagte Bufo. »Hört sich wirklich gut an.«

»Der Meinung bin ich auch«, erwiderte Gelbhut. »Vielen Dank für die Eingebung, Herr Junker. Sie sind sehr freundlich.«

Aber solche Komplimente bedeuteten Myrkel offenbar nicht sehr viel, und er kraulte Ahab geistesabwesend unter dem Kopf. »Käse!« rief er. »Ein Stück Käse für den schmachtenden Junker. Der arme und dahinsiechende Junker fleht um Käse!«

Jonathan war überwältigt. Da er der einzige anwesende Käser war, hatte er das Gefühl, daß sich das Betteln des Junkers an ihn richtete, und es blieb ihm nichts anderes übrig, als einen Käse hervorzuholen. »Hier«, sagte Jonathan und reichte ein Stück davon dem dicken Mann, der es mit einem höflichen Nicken entgegennahm. »Vielen Dank, guter Käser.« Er wandte sich an Ahab und sagte: »Ein netter Mann, dein Herr. Hat immer ein Stück Käse für den Junker parat. Oh, der Junker wird ihn reich machen. Aber erst einmal möchte der Junker dieses prächtige Stück Käse hier probieren.« Gesagt, getan. Ab und zu gab er dem Hund einen Brocken, und auf diese Weise wurden sie rasch gute Freunde. Nach einer Weile kam Dooly hinzu und nahm ebenfalls einige Happen. Dooly, Ahab und der Junker wirkten dabei so glücklich und zufrieden, daß Jonathan und der Professor noch Jahre später, wenn sie daran zurückdachten, immer wieder davon sprachen, wie Dooly und Ahab mit dem Junker Käse gegessen hatten.

Kurz darauf gesellten sich auch die anderen zu ihnen, und eine Viertelstunde lang fiel kaum ein Wort, während sie alle mit großer Hingabe frühstückten. Die wilden Brombeeren schmeckten ausgezeichnet und waren so groß wie der Daumen des Junkers. Lange und dicke Brotlaibe, weiß und dunkel, verschwanden wie durch Magie, und zwei der in dem geöffneten Faß der Flößer noch verbliebenen Käse wurden von dem gleichen Schicksal ereilt. Jonathan war versucht, auch eine der Tonnen mit dem Rosinenkäse zu öffnen, aber klugerweise überlegte er es sich noch rechtzeitig anders. Schließlich waren jene Delikatessen für den Handel gedacht, und streng genommen gehörten sie ihm überhaupt nicht. Immerhin hatte Bürgermeister Bastable sie am Abend vor der Abreise im Namen aller Bewohner von Twomblytief dem Käser abgekauft.

Die Wanderer, so stellte Jonathan fest, genossen das Essen noch mehr als die Leute im hohen Tal, so erstaunlich das auch sein mochte. Wenn sie miteinander sprachen, was während des Frühstücks nur selten geschah, ging es nur darum, Bier, Portwein, Torten und Pasteten miteinander zu vergleichen. Von einem berühmten Zwerg, den man ›Ackroyd der Bäcker‹ nannte, hieß es, er stellte die allerbesten Backwaren her – diesen Ruf verdankte er in erster Linie den von ihm gebackenen Honigkuchen. Selbst die Wanderer mußten zugeben, daß ihre Bäcker zwar ebenfalls Außergewöhnliches leisteten, sich jedoch nicht mit Ackroyd messen konnten. Nur Dooly, der ganz offensichtlich nicht um das Ausmaß von Ackroyds Ruhm wußte, bezweifelte die Behauptung, der Zwergenbäcker sei die allererste Adresse, wenn es um Kuchen ging. Dooly meinte, er hätte einmal von einem Land in der Nähe der Wunderbaren Inseln gehört, in dem ganze Laibe von Zimtbrot an Bäumen wuchsen und man die harten Krusten einfach wegwerfen konnte, ohne wegen Verschwendung ein schlechtes Gewissen haben zu müssen. So jedenfalls lautete die Erzählung seines alten Großvaters.

Jonathan war ein wenig verlegen angesichts der Geschichten, die Dooly erzählte, denn für die Ohren von Fremden hörten sich die Berichte seines alten Großvaters vielleicht zu phantastisch an, als daß man sie glauben konnte. Zu seiner großen Überraschung aber nickten die Wanderer zustimmend, und Bufo machte in seiner poetischen Art deutlich, daß kein von Normalsterblichen gebackenes Brot sich mit dem messen konnte, das im Ofen von Mutter Natur entstanden war. Jonathan wußte kaum zu sagen, ob diesen Worten Bufos nicht möglicherweise mehr eine philosophische Bedeutung zukam oder er nur einfach höflich war. Er war sich nicht ganz sicher, ob Bufo tatsächlich Doolys Schilderungen von an Bäumen wachsendem Zimtbrot Glauben schenkte, aber letztendlich spielte das auch gar keine Rolle. Es kam zu einem plötzlichen Wechsel des Themas, als der kleine Wanderer aufstand und an die Überreste des Floßes herantrat.

»Mit Ihrem Schiff steht es nicht zum besten«, sagte Bufo und klopfte mit einem Stock aufs Holz. »Ich würde damit nicht einmal über den Mühlenteich des Junkers segeln, ganz zu schweigen von einer Reise flußabwärts in Richtung Meer.«

»Wer will über meinen Teich segeln?« fragte der Junker, der einige Brombeeren zwischen den dicken Lippen zerquetschte und versuchte, die Kerne durch einen aus Daumen und Zeigefinger der rechten Hand geformten Kreis zu spucken. »Wenn jemand über meinen Teich segeln will, muß er mich in Zukunft vorher fragen. Diesmal geht das noch so in Ordnung, aber beim nächsten Mal verlange ich einige Murmeln dafür. Und auf keinen Fall dürfen meine Enten verjagt werden.«

Gelbhut rollte mit den Augen, zwinkerte Jonathan zu und tippte sich mit dem Zeigefinger kurz an die Schläfe. Bufo bedachte ihn mit einem finsteren Blick und wandte sich dann an den Junker: »Niemand segelt über Ihren Mühlenteich, Junker, und seit dem vergangenen Samstag, an dem die kreischenden Kobolde Ihre Insel heimsuchten, hat niemand mehr Ihre Enten gestört.« Der Junker traf ihn mit einem wohlgezielten Kern und kicherte.

»Kobolde«, sagte der Junker, »haben keinen Verstand im Kopf. Ihre Schädel sind nur mit Spinnweben und Staub gefüllt.«

»Kobolde, wie?« fragte der Professor. »Ich nehme an, es waren nicht sonderlich viele. Dafür ist das Elfenland viel zu nahe.«

»Bis vor einigen Wochen bekamen wir nie welche zu sehen«, erwiderte Gelbhut. »Seit jener Zeit aber bringen sie immer wieder unsere Obstgärten in Unordnung und schleichen sich nachts in die Häuser, um Socken zusammenzubinden und irgendwelche Dinge in die Schuhe zu stopfen. Einige von ihnen ruderten über den Myrkelteich und setzten das Boot des Junkers in Brand. Aber das Lachen verging ihnen, als der Junker sie erwischte.«

»Ein Hoch auf den Junker!« platzte es aus Jonathan heraus.

»Ein Hoch auf den Junker!« rief auch der Junker und spuckte einen weiteren Kern in Bufos Richtung. »Der Junker warf sie ins Verlies. Und dort mußten sie Fische ausnehmen und abschuppen.«

»Was sie gewiß auch nicht anders verdienten«, sagte der Professor. »Aber was ist mit dem Floß, Herr Bufo? Wie Sie eben schon sagten, befindet es sich in einem bedauernswerten Zustand. Es stieß gegen einen Baum, und dieser unglückselige Zwischenfall machte uns zu Schiffbrüchigen.« Und natürlich trug sich Wurzel mit dem Gedanken, das Floß zu reparieren und weiter flußabwärts zu segeln.

10. Kapitel

Der Trick mit den Gurken

Eine ganze Weile saßen sie auf der Decke, und gelegentlich zerdrückte der Junker eine weitere Beere. Jonathan war sich nicht ganz sicher, ob Bufo über das Problem mit dem Floß nachdachte oder von einer neuerlichen poetischen Inspiration heimgesucht wurde. Inzwischen war es recht warm geworden. Tatsächlich war es sogar schon seit Wochen nicht mehr so warm gewesen – so als hätte der Sturm auch die Kühle des Herbstes in Richtung Meer fortgeblasen. An der Küste, überlegte der Käser, wurde jetzt und auch während der folgenden Abende bestimmt Fleisch über offenen Feuern gebraten und getanzt. Und wenn sie am vergangenen Nachmittag nicht solches Pech gehabt hätten, wären Dooly, der Professor und er nun losgesegelt, um schon bald an den Festen teilzunehmen.

»Eigentlich ist es gar nicht so schlimm«, sagte Bufo nach einer Weile. »Wir wandern einfach bis zur Küste – wir waren ohnehin in diese Richtung unterwegs. Dort geben wir den Zwergen Bescheid und schicken sie flußaufwärts, mit dem Auftrag, Sie und die Fässer abzuholen. Ein paar Tage sollten ausreichen. Es macht ihnen bestimmt nichts aus. Nein, bestimmt nicht viel. Zwerge sind eigentlich recht umgänglich, ja. Zumindest die meisten. O ja, vermutlich erwarten sie als Gegenleistung einige Geschenke …«

»Die wir nicht haben«, warf Jonathan ein. »Und außerdem wollen wir weder einige Tage warten noch von irgend jemandem abgeholt werden. Das ist *unser* Problem. Wir haben versprochen, die Fässer zur Küste zu bringen, und das werden wir auch.«

»Hurra!« rief Dooly stolz und sehr tapfer. »Wir reisen in den Tonnen, Käser, so wie ich es ganz zu Anfang gemacht habe. Herr Bufo kann die Deckel schließen und die Fässer dann in den Fluß rollen.«

»Das wäre vielleicht eine Möglichkeit, Dooly, aber ich glaube doch, wir sollten uns besser etwas anderes einfallen lassen. Höchstwahrscheinlich würden wir auf diese Weise über die Küste hinausschwimmen und vom Wind aufs Meer getrieben, bis hin zu den Wunderbaren Inseln. Und dann könnten wir die Tonnen mit dem Käse auch gleich in den Fluß werfen und die Reise zu Fuß fortsetzen.«

Der Professor wandte sich an Bufo und fragte: »Wir lange würde es dauern, Herr Bufo, um von hier aus zur Küste zu segeln? Zwei Tage?«

»Ungefähr«, erwiderte Bufo. »Die meisten Stromschnellen liegen inzwischen hinter Ihnen. Von jetzt an wäre es eine recht gemütliche Reise. Die erste Siedlung ist rund einen Tag von hier entfernt – also praktisch nur einen Katzensprung. Vielleicht können wir das Floß reparieren.«

Der Professor nickte. »Genau daran habe ich gedacht.«

»Und ich ebenfalls«, fügte Jonathan hinzu. »Wir benutzen die Tonnen, so wie Dooly bereits vorschlug. Wenn wir einen geeigneten Balken finden und ihn unterhalb der Steuerbordseite befestigen, dort, wo das Floß auseinanderbrach, so können wir seine Lage ausreichend stabilisieren und das Deck so weit aus dem Wasser heben, daß wir es trocken haben. Anschließend binden wir die Tonnen am Rand des Floßes fest, um das auf den Planken lastende Gewicht möglichst gering zu halten.«

»Und um das ganze Gefährt schwimmfähiger zu machen«, erklärte der Professor. »Wir haben noch viel Seil und auch ein wenig Segeltuch. Damit sollte es uns eigentlich gelingen, ein Pultdach zu errichten, um vor dem Wind geschützt zu sein. Gegen den Regen allerdings läßt sich kaum etwas ausrichten.«

»Also machen wir uns am besten sofort an die Arbeit«, sagte Jonathan, der gar nicht gern die Hände in den Schoß legte und es immer vorzog, irgend etwas zu tun. »Reparieren wir das Floß, solange das Wetter günstig ist.«

Junker Myrkel schien von der Idee recht angetan zu sein. Er stemmte sich schnaufend in die Höhe und wankte zu den Resten des Schiffes. Ahab folgte ihm. Jonathan hielt die beiden in diesen Augenblicken für verwandte Seelen. »Wir sollten es ans Flußufer ziehen, bevor wir mit der Reparatur beginnen«, schlug der Käser vor. »Und wir müssen im Treibgut nach einem dicken, langen Stamm suchen.«

Dooly behauptete, er wüßte ganz genau, wo sich ein solcher Stamm finden ließe, und zusammen mit Ahab eilte er in Richtung Flußufer davon.

Zufrieden stellte Jonathan fest: Die vom Professor geretteten Fässer waren mit dem sechzig Meter langen Seil zusammengebunden, das Bürgermeister Bastable auf seine Bitte hin den Vorräten hinzugefügt hatte. Die nach dem Festmachen der letzten Tonne übriggebliebenen gut fünfzig Meter waren ordentlich zusammengerollt worden und abgesehen vom Schmutz in gutem Zustand. An Tauen mangelte es ihnen also nicht. Inmitten der Überbleibsel des einstmals so großen Floßes ragte an einer Stelle ein Teil der Ladekammerwand auf. Die meisten Planken waren zwar gebrochen und gesplittert, aber ein Dutzend der langen Bretter wies keine Beschädigungen auf. Sie bestanden aus hartem Rotholz und waren jeweils rund dreißig Zentimeter breit. Jonathan machte sich daran, sie voneinander zu lösen. Er benutzte dabei ein kleineres Stück Treibholz als Hebel und gab gut acht, um die Planken nicht brechen zu lassen und keine Nägel zu verbiegen. Einige davon rührten sich jedoch nicht von der Stelle, und obgleich die Köpfe dieser Nägel recht breit und groß waren, rissen sie Löcher in die Rotholzbretter. Die meisten von ihnen aber lösten sich zusammen mit den Planken. Nachdem Jonathan mit einem Stein mehrmals auf jene Nägel eingeschlagen hatte, die nach wie vor im Holz feststeckten, gaben auch diese besonders widerspenstigen Exemplare nach. Mit den Händen drückte er sie von einer Seite zur anderen, zog sie schließlich ganz heraus und legte sie in seine Mütze. Nur einige wenige von ihnen waren nicht krumm, aber es konnte kaum sehr schwer sein, sie auf einem Felsen mit einigen Steinhieben wieder gerade zu schlagen.

Stich-den-Busch hatte es schließlich satt, sich mit dem Junker darüber zu zanken, wer von ihnen die Teller zum Fluß bringen und sie dort abwaschen sollte. Er wandte sich einfach von dem Dicken ab und sah zu, wie Jonathan Teile des zerbrochenen Floßes zur Seite legte. Der Käser nutzte die Neugier des Wanderers aus, gab ihm die Mütze mit den Nägeln und beauftragte ihn damit, sie auf einem aus dem Hügelhang in der Nähe ragenden Granitbrocken zu begradigen.

Der Professor und Bufo führten eine hitzige Diskussion, in der es um die Prinzipien der Lehre ging, die schwimmende Körper betraf. Professor Wurzel erklärte, aufgrund des Trägheitsmoments großer Pendelmassen würde alles Schwere in Richtung Erdzentrum gezogen. Herr Bufo hingegen wies darauf hin, das sei nicht immer der Fall. Der Junker, so berichtete er, könnte wie ein Ballon den ganzen Tag lang auf seinem Mühlenteich schwimmen und dabei auch noch ein Glas mit Zitronenlimonade auf dem Bauch balancieren. Dabei, so erwiderte der Professor, handelte es sich um etwas, das die Wissenschaft als Kurzsichtigkeit bezeichne. Mit der Zeit, so behauptete er, würde der Junker ganz gewiß untergehen, zusammen mit seinem Glas Zitronenlimonade.

Jonathan verstand nicht ganz, was all das mit der Reparatur des Floßes zu tun hatte. Aber er mußte sich auch eingestehen, daß theoretische Betrachtungen kaum zu seinen starken Seiten gehörte. Sein Vater hatte immer die Überzeugung vertreten, es sei nicht die Theorie, sondern Armschmalz, der eine Arbeit verrichtete, und diese Meinung hatte sich der Käser ebenfalls zu eigen gemacht. Er wußte, daß sie nur dann wieder über den Strom segeln konnten, wenn sie die Ärmel hochkrempelten, die Trümmer beiseite räumten und sich solange anstrengten, bis das Floß wieder ein Floß war und keine Ansammlung aus gesplitterten Planken.

Auf der anderen Seite des Pfades, der dicht am Ufer dem Verlauf des Flusses folgte, konnte er sehen, wie Dooly und Gelbhut – dessen wirklichen Namen er noch immer nicht kannte – sich bemühten, einen geborstenen Baumstamm freizulegen. Über eine Länge von rund drei Metern war er mit Schlamm und losgerissenen Büschen und Sträuchern bedeckt. Gelbhut versuchte, den Junker zur Mitarbeit zu bewegen. Der aber hatte sich nicht nur mit den Tellern und Tassen ans Flußufer begeben, sondern auch mit dem Brotkorb. Voller Hingabe zog er das weiche Innere aus zwei großen Laiben und verspeiste es genüßlich.

Dooly wandte sich vom Stamm ab, als zwischen Gelbhut und dem Junker eine neuerliche Auseinandersetzung begann. Jonathan sah verwundert zu, wie Dooly einige Schritte weit in das braune Wasser des Orielstroms trat, aufmerksam in die schmutzigen Fluten starrte und sich dann noch ein wenig weiter vorwagte, wodurch er fast das Gleichgewicht verloren hätte und in die Fluten gestürzt wäre. Jonathan sprang mit einem Schrei hoch, der auch die Aufmerksamkeit Bufos und des Professors weckte. Aber Dooly richtete sich schon wieder auf, deutete zu einigen aus dem Wasser ragenden Sträuchern und winkte. Der Professor und Bufo unterbrachen ihre wissenschaftliche

Grundlagendiskussion, und Gelbhut überließ den Junker seinem Brot. Sie eilten über die Wiese in Richtung des jungen Mannes im Fluß. Nach einer Weile bemerkte sogar der Junker Myrkel, daß irgend etwas vor sich ging, und er wankte Gelbhut nach, lachte dabei fröhlich und vergnügt. Er hatte sich zwei kleinere und innen inzwischen hohle Brotlaibe über die Hände gestülpt, und sie sahen aus wie Armringe aus Teig.

Auf dem am Flußufer wachsenden grünen Klee blieben sie stehen und versuchten zu ergründen, warum Dooly ein solches Interesse an dem wieder klarer werdenden Wasser zeigte. Die Wellen des Orielstroms gurgelten rasch dahin, und von der Uferböschung aus ragten die Äste und Zweige von Büschen und Sträuchern in den Fluß. Treibgut hatte sich in dem Dickicht verfangen. Größtenteils handelte es sich dabei um Aststümpfe und sonstige Bruchstücke aus Holz, und wenn es zu keinem weiteren Unwetter kam, wodurch der Strom erneut anschwoll, so würden sich all diese Dinge binnen weniger Tage hoch über dem Wasserspiegel befinden. Dooly winkte mit der einen Hand. Die andere zeigte auf etwas, das sich inmitten der Zweige und Blätter befand und offenbar sein Erstaunen erweckte.

Der Professor und die anderen traten daraufhin noch näher an das Wasser heran, aber es war Jonathan, der als erster den Grund für die Aufregung Doolys erblickte. Ein seltsamer Gegenstand hatte sich in dem Dickicht verfangen, und der Blick des Käsers fiel auf sonderbare Auswüchse und Vorrichtungen, die sich offenbar drehen ließen. Es handelte sich um die Gewehroboe des Professors, um die phänomenale und von den plündernden Kobolden ins Wasser geworfene Flugwaffe, die Wurzel sicher längst verloren geglaubt hatte. Als Jonathan sich dessen bewußt geworden war, konnte er auch die Wirbelfedern und die trichterförmige Öffnung am einen Ende der Elfenapparatur erkennen, die außerhalb ihrer Reichweite in einem Gebüsch überm Fluß festhing.

Dooly wartete nicht erst ab, bis der Professor eine entsprechende Bitte an ihn richtete. Er watete zurück ans Ufer, eilte dann über den Hang zu den Überbleibseln des Floßes und knotete das Seil auseinander, mit dem die Käsefässer aneinandergebunden waren. Anschließend gesellte er sich nach Luft schnappend den anderen hinzu, die bis auf Jonathan und den Professor nicht wußten, was überhaupt vor sich ging. »Ihr müßt mich sichern!« rief Dooly tapfer. »Ich hole die Elfenwaffe ans Ufer!«

Jonathan hielt das für keine gute Idee – immerhin konnte Dooly nicht schwimmen. Er selbst war nicht gerade versessen darauf, sich ins kalte Wasser zu stürzen; er war gerade erst seit einer Stunde trocken, und während der beiden vergangenen Tage hatte er die meiste Zeit über das zweifelhafte Vergnügen gehabt, dauernd nasse Kleidung am Leib zu tragen. Andererseits: Er konnte wohl kaum von einem der Wanderer erwarten, in die dahingischtenden Fluten zu tauchen. Außerdem hatte der Professor, der sonst eigentlich für alles zu haben war, gerade an diesem Morgen über seinen Rheumatismus geklagt, der ihm aufgrund des kalten Wetters und des langen Aufenthaltes im Wasser nun mehr wieder sehr zu schaffen machte.

»Nein, Dooly«, erwiderte Jonathan und band sich das Ende des Seils um den Bauch. »Das übernehme ich. Die Sonne scheint, und es ist recht warm, und ein Bad kann mir bestimmt nicht schaden.« Er knüpfte einen speziellen Knoten ins Seil und zog einige Male prüfend daran. Junker Myrkel griff danach und hielt es fest, um zu verhindern, daß Jonathan in der Strömung abtrieb. Als Jonathan ins Wasser watete, beugte sich der Professor vor, rief ihm mit lauter Stimme Mut zu und gab ihm immer wieder die Richtung an. Aus irgendeinem Grund erschienen dem Käser die Fluten noch kälter, trotz der hoch am Himmel stehenden warmen Sonne. Erschrocken keuchte er und schnappte nach Luft. Das Wasser reichte ihm bis zur Taille, als er sich einen Weg durchs Dickicht bahnte und die eine Hand ins Naß tauchte, um den Griff der Gewehroboe zu fassen. Zunächst fürchtete er, beide Hände benutzen zu müssen, um die Elfenwaffe aus den miteinander verhedderten Ästen und Zweigen zu ziehen, und dazu wäre es auch nötig gewesen, ganz unterzutauchen. Aber die sonderbare Vorrichtung schien sich von ganz allein zu lösen; er holte sie hervor und reichte sie dem aufgeregten Professor.

Der das andere Ende des Seils festhaltende Junker lockerte seinen Griff ein wenig, um die außergewöhnliche Apparatur zu betrachten, die der Professor gerade mit großer Freude darüber an sich genommen hatte, daß sie unbeschädigt war. Das Tau hing durch, und die Strömung erfaßte Jonathan, zerrte ganz plötzlich an ihm und drückte ihn tiefer ins Dickicht. Kurz darauf fand der Käser wieder Halt, als Bufo und der Professor das Seil strammzogen, wobei sie ihm Entschuldigungen zuriefen.

Im Wasser vor sich sah Jonathan ein Objekt, das zu symmetrisch war, als daß es sich dabei um einen Felsen handeln konnte. Er zwinkerte einige Male und konzentrierte sich darauf, und schließlich erkannte er den Gegenstand als ein Faß, das ein wenig kleiner war als die Tonnen auf dem Floß. Er schob die stacheligen Zweige eines Busches beiseite, trug an Händen und Armen einige Kratzer davon und kroch noch tiefer ins Dickicht hinein. Ein überhängender Ast stieß ihm die Mütze vom Kopf. Als sich der Käser umdrehte, um sie nicht davonschwimmen zu lassen, stellte er erstaunt fest, daß an den Zweigen über ihm *zwei* Mützen hingen. Die eine gehörte ihm. Die andere war zwar fleckig und schmutzig, bestand aber ganz offensichtlich aus erlesenem Stoff, und sie hing rund einen Fuß höher.

Er nahm seine eigene Mütze wieder an sich, und als er auf einen dickeren Ast trat, gelang es ihm auch, die zweite herunterzuholen. »Ich habe hier etwas gefunden, Professor!« rief Jonathan.

»Er hat etwas gefunden! Er hat etwas gefunden!« antworteten ihm gleich mehrere Stimmen am Ufer, und Dooly rief: »Einen Schatz!«

»Einen Hut«, sagte Jonathan, und es tat ihm leid, die anderen enttäuschen zu müssen. »Und ein kleines Faß. Ich binde jetzt das Seil los und befestige es an der Tonne, Professor, und anschließend kehre ich zurück. Wir können das Faß dann gemeinsam an Land ziehen.« Der Professor antwortete mit einem zustimmenden Nicken, und daraufhin machte sich Jonathan sofort daran, seine Ankündigung in die Tat umzusetzen. Er tastete umher, fand einen Ring auf dem Deckel der kleinen Tonne, zog das Ende des Seils hindurch und knotete es zusammen. »Haltet das Tau gespannt!« rief er. Dann zog er sich an den Ästen und Zweigen des Dickichts entlang zum Ufer und achtete darauf, keine der beiden Mützen zu verlieren. Kurz darauf stand er zitternd neben seinen Gefährten.

Stich-den-Busch und Bufo waren einige Schritte entfernt und betrachteten die Gewehroboe. Der Professor strahlte übers ganze Gesicht, und mit nicht unbeträchtlichem Stolz berichtete er, diese Apparatur als erster entdeckt zu haben. Langsam holten sie das Seil ein, und ganz offensichtlich blieb das Faß nicht irgendwo in dem Dickicht stecken.

»Ich habe einen Hut gefunden«, sagte Jonathan.

»Und einen sehr guten noch dazu«, bemerkte der Professor. »Zumindest war er das einmal. Der Orielstrom scheint schon einige Wochen lang damit seinen Schabernack getrieben zu haben. Tja, Flüsse wissen eben nicht, wie man Hüte behandelt.«

Jonathan untersuchte die Hutschnur. »Sehen Sie, hier«, sagte er und deutete auf die entsprechende

Stelle. In kleinen Stickmustern zeigte sich dort der Name des Eigentümers: G. Bastable, Bürgermeister. »Es ist Gilroys Hut, den er im Sturm verlor!«

»Überrascht Sie das?« fragte der Professor.

»Nun, zumindest ein wenig.«

»Es ist ein wissenschaftliches Gesetz, mein teurer Käser. Nichts Außergewöhnliches. Das dritte Gesetz der Stauung und des Endes, nichts anderes.«

»Selbstverständlich.« Jonathan nickte. »Das hätte mir sofort auffallen müssen.«

»Das Gesetz der Akkumulation«, erklärte der Professor. »Gleichartige Dinge tendieren aufeinander zu. Verlorenes sucht Verlorenes, und Gefundenes gesellt sich zu Gefundenem.«

»Genau!« bestätigte Jonathan und nickte erneut. »Nun, hier haben wir das Faß. Und es kommt mir sehr bekannt vor.«

Der Professor bedachte Jonathan mit einem wissenden Blick. »Sieht ganz nach einem Gurkenfaß aus, wie?«

Dem konnte Jonathan nur beipflichten, woraufhin sich eine Diskussion darüber anschloß, ob das Flußwasser die Gurken in der kleinen Tonne ungenießbar gemacht haben mochte oder nicht.

»Bestimmt haben sie sich aufgebläht«, sagte Gelbhut, und er schien genau zu wissen, wovon er sprach.

»Das haben sie nicht«, hielt Bufo ihm entgegen.

»Saure Gurken zeichnen sich durch einen Zustand der Passivität aus«, meldete sich der Professor zu Wort. »Weder blähen sie sich einfach so auf, noch vertrocknen sie ohne weiteres. Als Wissenschaftler und Gelehrter behaupte ich, daß die Gurken nach wie vor ganz köstlich schmecken.«

»Gurken!« platzte es aus dem Junker heraus, der noch immer seine Armringe aus Brot trug. Ab und zu nahm er einen Happen, wobei er sehr darauf achtete, den betreffenden Ring nicht ganz durchzubeißen.

Ganz offensichtlich hatten sie keine andere Möglichkeit, als den Deckel des Fasses zu öffnen und eine Kostprobe zu nehmen. Da der Junker in Hinsicht auf das Probieren von Nahrungsmitteln die größte Erfahrung von ihnen allen hatte, biß er in die erste Gurke, griff dann nach einer zweiten und erklärte, er könnte nur dann die letzten Zweifel ausräumen und ganz sicher sein, wenn er auch noch eine dritte kostete. Nachdenklich kniff er daraufhin die Augen zu und verlangte eine vierte Gurke, die er zusammen mit einem Stück Brot verspeiste.

»Das ist ein Trick!« rief Stich-den-Busch. »Er will sie alle essen!«

»Der Junker möchte noch eine weitere Gurke«, sagte der Junker und bedachte Stich-den-Busch mit einem vorwurfsvollen Blick. »Der Junker Myrkel muß sie alle probieren.«

»Habt ihr gehört?« brachte Stich-den-Busch hervor. »Er macht's genauso wie mit dem Brot im Korb. Er verschlingt sie. Und zwar alle.«

Ganz offensichtlich hatte Stich-den-Busch recht, denn der Junker tauchte nun beide Hände ins Faß, holte gleich mehrere Gurken hervor und begann sehr geräuschvoll und genüßlich zu kauen. Eine bot er Ahab an, der die ganze Zeit über herumschnüffelte. Der Hund nahm die Gurke dankbar entgegen, ließ sich auf den Boden nieder und nagte so an dem grünen Etwas wie an einem köstlichen Knochen. Der Junker lächelte seine Begleiter listig an und griff erneut mit beiden Händen ins Faß. »Das ist ein gemeiner Gurkentrick!« rief Bufo. Dann folgte er dem Beispiel des Junkers und reichte auch den anderen Gurken, die allesamt sehr köstlich waren. Irgendwie, fand Jonathan, war es ein wenig seltsam, daß Gurken am noch recht frühen Morgen so gut schmecken konnten. Wie Käse schienen sie sich mehr als Beilage fürs Mittagessen zu eignen. Aber die Tatsache, daß man sie aus dem Fluß zurückgeholt hatte, verlieh ihnen etwas Besonderes, fast etwas Geheimnisvolles, und vielleicht waren sie auch deshalb so schmackhaft.

Bufo räusperte sich einige Male, wie jemand, der versuchte, die Aufmerksamkeit seiner Begleiter zu wecken. Er hielt eine Gurke hoch und sah die ganze Zeit über Gelbhut an, als wollte er ihm sagen: »Hör dir das an!« Dann intonierte er eine Art Gedicht, das ihm offenbar gerade eingefallen war:

»Eine Gurke im Hut und eine kleine Katze voller Mut
Fuhren auf einem Karren über die Straße.
Unterwegs trafen sie eine Kröte mit einer alten Flöte,
Und sie sah grimmig aus über alle Maße.
Ich bin gekommen, so hörte man die Gurke sagen,
Aus dem Land des Murmelkrautes Klagen,
Von dem aus man sehen kann den Wald vor dem Meer.
Und bei mir habe ich eine kleine Katze und eine
Fledermaus mit Krallentatze,
Aus den Höhlen von Inky-blinky-dinky-ner.«

»Hurra!« rief Stich-den-Busch und klatschte begeistert.

»Der letzte Reim war wirklich enorm«, sagte der Professor.

»Ein Gedicht mit großer poetischer Tiefe«, bestätigte Jonathan.

»Murmelkraut – was für ein Unsinn«, sagte Gelbhut, der offenbar Gedichte, in denen Murmelkraut Erwähnung fand, nicht ausstehen konnte.

Stich-den-Busch und Dooly wollten unbedingt noch mehr von der reisenden Gurke hören. Mit lauter, weithin hallender Stimme wiederholte Bufo die ersten Verse und verkündete dann die Absicht, dem grandiosen Werk später noch weitere geniale Reime hinzuzufügen. Er bedachte Gelbhut mit einem Blick, den man nur als eingeschnappt und herablassend beschreiben kann.

Nach dem Genuß der Gurken lagen sie noch rund eine halbe Stunde lang im Gras neben dem Orielstrom, und Jonathan mußte daran denken, daß sich die Arbeit nicht von selbst erledigte. Angesichts des guten Wetters behagte es dem Käser überhaupt nicht, daß sie ihre Zeit auf diese Weise vergeudeten. Wenn sie ihre Reise fortsetzen wollten, so waren sie dabei auf gutes Wetter angewiesen. Ein zweiter Sturm würde alle ihre Chancen zunichte machen, die Küste zu erreichen und mit den eingetauschten Honigkuchen nach Twomblytief zurückzukehren.

Jonathan wandte sich mit einer entsprechenden Bemerkung an den Professor, der zu dem Schluß gelangt war, daß sich sein Fluggewehr in einwandfreiem Zustand befand. Der alte Wurzel mußte Jonathan zustimmen und fügte hinzu, er würde sich sehr darüber freuen, könnten sie so bald wie möglich weitersegeln. Es erschien ihm nicht sonderlich angeraten, die Nacht am Ufer zu verbringen, in einer Region, in der jederzeit Kobolde auftauchen konnten. Jonathan hatte die Sache noch nicht aus diesem besonderen Blickwinkel betrachtet, aber er holte es nun nach und kam zu dem Ergebnis, daß der Professor damit eine sehr wissenschaftliche Feststellung getroffen hatte. Mit neuer Entschlossenheit machten sie sich an die Arbeit.

Stich-den-Busch und Dooly beschäftigten sich damit, krumme Nägel wieder gerade zu hauen und verheddertes Segeltuch glattzustreichen, während die anderen – angeführt von Junker Myrkel, der ihnen winkend und gestikulierend den Weg wies – den Rest des Floßes ans Ufer des Orielstroms brachten. Als sie unter dem Stamm, den Dooly ausgewählt hatte, einen festen Halt fanden und einen Hebel ansetzten, ließ er sich ohne weitere Probleme aus dem Schlamm ziehen. Zwar erschien er ein wenig kurz, aber man hielt ihn trotzdem für gut geeignet, zumal er vergleichsweise wenige Äste und Zweige aufwies. Diejenigen, die im

Weg waren, als sie den Stamm unterhalb der Stützbalken des Floßes befestigten, brach Jonathan einfach ab. Anschließend griff er nach einem handlichen Stein und schlug damit auf die von den Ästen und Zweigen noch verbliebenen Stümpfe, bis der Stamm fast völlig glatt war.

Als Bufo und Gelbhut sich über die Art der richtigen Knoten stritten und in dieser Hinsicht einige vergebliche Versuche unternahmen – die von ihnen geknüpften Knoten hatten keine Aussicht, auf Dauer Knoten zu bleiben –, kümmerten sich der Professor und Jonathan um die Aufgabe, den Stamm an den Stützbalken zu befestigen. Der Junker – einerseits war er erstaunlich kräftig, doch andererseits ließ er sich schnell ablenken – half ihnen, indem er gehorsam die Ecken des Floßes anhob, so daß Jonathan und der Professor keine Probleme dabei hatten, das Seil hier durch eine Öse zu ziehen und es dort festzuzurren.

Später am Nachmittag errichteten sie ein provisorisches Pultdach, das Jonathan mit einigen Rotholzlatten am Deck befestigte. Aus den Überbleibseln der zerrissenen Segel stellten sie eine Plane her, die sie vorn am Unterstand anbrachten. Das ganze Ding erweckte einen recht unsicheren Eindruck, und wenn sich jemand dagegenlehnte, knarrte und ächzte das Pultdach und neigte sich von einer Seite zur anderen. Jonathan nagelte den gesplitterten Rest einer Planke quer an den hinteren Teil der schiefen Wand des Unterstandes, und während er die Nägel ins Holz trieb, fürchtete er immer wieder, durch das Hämmern könnte die ganze wackelige Konstruktion jeden Augenblick in sich zusammenfallen. Zum Glück aber kam es nicht dazu, und schließlich stellte sich der Aufbau als stabil und groß genug heraus, um sowohl die drei Flößer als auch Ahab aufzunehmen, obgleich es dann ziemlich eng wurde.

Sie rollten die Fässer vom Deck und banden sie mit

dem Rest des Seils an den Rand des Floßes. Jonathan konnte nur hoffen, daß sie fest genug saßen und von der Strömung und den Wellen nicht immer wieder gegen die Planken gestoßen wurden, was zum raschen Zerbrechen der Tonnen führen mußte. Das kleine Beiboot ließ sich nach wie vor verwenden, und sie verstauten es im Heckbereich des Floßes. Das Kanu jedoch war angesichts des großen Loches im Rumpf nicht mehr zu gebrauchen. Aber ein Paddel war unbeschädigt geblieben – besser als gar nichts. Jonathan gewann allmählich den Eindruck, daß sie mit ein bißchen Glück tatsächlich noch Aussichten hatten, die Küste zu erreichen. Nachdem die Reparaturarbeiten beendet waren, betrachteten sie das Floß einmal von dieser und dann von jener Seite, und als der Abend dämmerte, gelangten sie zu der Ansicht, daß man sich damit wieder auf den Fluß wagen konnte.

Die Flößer und Wanderer konzentrierten sich so sehr auf ihre Arbeit, daß sie gar nicht merkten, wie spät es schon geworden war. Als der Professor die anderen schließlich darauf hinwies, hatte sich der Himmel am Horizont bereits zu einem dunklen Purpur verfärbt, das nun allmählich in ein tiefes Meerblau überging. Es konnte nicht mehr lange dauern – vielleicht noch eine halbe Stunde –, bis über ihnen die ersten Sterne zu leuchten begannen. Die Waldgrenze am Rande des Hochlandes der Elfen war nur noch eine dunkle Mauer in grauer Ferne, eine Wand, die sich kaum von den Schatten unterscheiden ließ. Hilfsbereit segelte der Mond schon recht früh auf einer Phantomgaleone über die kirschroten Himmelsmeere. Jonathan hoffte, daß angesichts eines so hell leuchtenden Mondes die kommende Nacht nicht finster und bedrohlich sein konnte.

Es war geradezu unvorstellbar für sie, auf ein großes Feuer zu verzichten, aber es ergab sich ein Problem, als sie sich anschickten, das dafür nötige Holz zu sammeln. Zwar lag auf der Wiese genug verstreutes Treibgut, aber der größte Teil dieses Holzes war völlig durchnäßt und hätte sich höchstens dazu geeignet, Wespen auszuräuchern. Schließlich entdeckten sie einige hundert Meter flußabwärts eine umgestürzte Schierlingstanne, aus deren Stamm einige bereits von Käfern angeknabberte Äste und Zweige ragten, die sich auch während der Überflutung oberhalb der Wasserlinie befunden hatten. Jonathan und Dooly kletterten auf den Stamm und machten sich daran, so viele Äste wie möglich abzuschlagen. Die anderen trugen die Splitter und Späne rasch in Richtung Floß. Neben dem reparierten Schiff häuften sie einen großen Stapel an, dem sie kurz darauf vier kleinere hinzufügten. Nach einer Weile war das Nachtlager auf der einen Seite vom Orielstrom geschützt und auf der anderen von einem Halbkreis aus knisternden Feuern.

Jonathan fürchtete – tatsächlich war er sogar ziemlich sicher –, daß das trockene Holz nicht für die ganze Nacht reichte. Aber vielleicht drohte keine sehr große Gefahr, irgendwelchen wirklich gefährlichen Geschöpfen der Dunkelheit zu begegnen, denn immerhin befanden sie sich noch immer in der Nähe des Elfen-Hochlands. Eine Zeitlang schienen diese Hoffnungen durchaus begründet zu sein. Für den späten Herbst war die Nacht ungewöhnlich warm, und obgleich sicher niemand von ihnen eine zusätzliche Decke abgelehnt hätte, fühlten sie sich doch alle recht wohl, denn an den verschiedenen Feuern gab es genügend Platz.

Als der Abend langsam in die Nacht überging, schwebten einige Wolken über den nordöstlichen Horizont – vielleicht Reste des Sturms am Vortag. Der Mond glitt in aller Ruhe übers Firmament. Ein heller Stern, vermutlich eine andere Welt, leistete ihm eine Zeitlang Gesellschaft. Auf der Wiese warfen alle Äste, Weidenzweige und Felsvorsprünge im perlmuttenen Licht des Mondes einen langen, in Richtung Fluß deutenden Schatten. Wenn sich ein Wolkenschleier vor das Narbengesicht des Mondes schob, lösten sich diese Schatten ganz plötzlich auf, und dann wurde die Nacht dunkler und finsterer. In jenen Augenblicken schienen die Wolken in der unmittelbaren Nähe des Mondes Feuer zu fangen und zu brennen, und dann hätte man den Eindruck gewinnen können, als trügen sich in ihrem Innern absonderliche Dinge zu. Als Jonathan sie beobachtete, fühlte er sich an die Gezeiten des Meeres und die Gischt hoher Wellen erinnert. Innerhalb weniger Sekunden aber verblaßte dieses Glühen, und man konnte unmöglich feststellen, ob die betreffende Wolke voller Regen oder ganz leer war – und ob sich in ihr überhaupt irgend etwas bewegte.

Jonathan und seine Begleiter verspeisten Gurken, Käse und die wenigen noch verbliebenen Brotlaibe. Gelegentlich schürte jemand die Feuer. Junker Myrkel war bereits vor einer Stunde eingeschlafen, aber die anderen unterhielten sich leise und plauderten über dieses und jenes. Dooly erzählte Geschichten, die sich sehr ausgefallen anhörten und in denen es um die Abenteuer seines alten Großvaters ging; die Wanderer schien den meisten Worten des jungen Mannes zu glauben. Bufo behauptete sogar, Doolys Großvater vor einigen Jahren auf dem Weg zu einem Markt an der Meeresküste begegnet zu sein. Der alte Escargot, wie er ihn nannte, hätte ihm als Gegenleistung für sein Pferd das Auge eines Wals gegeben. Angeblich warf er dem Wanderer einige seltsame Blicke zu, als er auf dem Roß saß. Dann ritt er am Flußufer entlang in Richtung Meer, und Bufo glaubte sich sogar daran zu erinnern, daß hinter ihm Nebel aufkam.

»Ein sonderbarer Bursche, Ihr Großvater«, sagte Bufo. »Ich habe ihn nie wieder gesehen, obwohl er in jüngster Zeit mit dem Junker zu tun hatte. Es ging dabei, so hörte ich, um eine Handvoll murmelgroßer

Smaragde. Der Junker mag Murmeln ziemlich gern. Seine Kellerräume sind voll davon.«

Das Gespräch dauerte noch einige Minuten lang an, bevor sich Stille anschloß. Kurz darauf kam es zu einer erneuten Unterhaltung, aber auch die dauerte nicht sehr lange. Das Schweigen erwies sich als immer hartnäckiger, je später es wurde, und alle sprachen mit leisen Stimmen, so als sei es aus irgendwelchen Gründen nicht angeraten, zu laut zu sein.

Als der Mond ganz oben am Himmel stand und Jonathan vermutete, es müßte Mitternacht sein, vernahmen sie flußaufwärts ein dumpfes Grollen. Es war ein leises und unheilverkündendes Geräusch, und obgleich Jonathan wußte, daß er sich in der Gesellschaft guter Freunde befand, kam er sich plötzlich mutterseelenallein vor. Er streckte die eine Hand aus und tätschelte den Kopf seines Hundes Ahab, der sich neben ihm zusammengerollt hatte und so warm wie ein gebackener Apfel anfühlte. Nachdem das Geräusch ein zweites Mal zu hören gewesen war und sich die Ohren Ahabs vorstülpten, überlegte Jonathan besorgt, was solche Laute verursachen mochte. Sein Hund sprang mit einem Satz auf und knurrte in die Dunkelheit.

»Ist doch nur das Donnern eines weit entfernten Gewitters, mein Junge«, sagte Jonathan und hoffte natürlich, daß er sich irrte. Ein weiteres Unwetter nützte niemandem etwas. Doch als das Geräusch zum dritten Mal erklang, begriff der Käser, warum sein Hund so sonderbar reagierte. Aus der Richtung des Koboldwalds trug der Wind das gedämpfte Pochen eines großen Kupfergongs heran, und kurz darauf vernahm Jonathan auch das schrille Kichern von Koboldstimmen. Viele Meilen flußaufwärts, in der Richtung von Twomblytief, flackerten Feuer an den Hängen der Hügel.

Die gespenstischen Schatten der Bäume am Rande des Lagers, in dem Flößer und Wanderer ruhten, tanzten und zitterten unstet im Licht der Flammen; manchmal sahen sie aus wie die hoch erhobenen Arme eines hungrigen Kobolds oder Trolls, der sich irgendwo in der Finsternis verbarg. Jonathan stellte zufrieden fest, daß der neben dem Junker schlafende Dooly vom Bellen Ahabs nicht aus dem Schlaf gerissen worden war. Stich-den-Busch jedoch hatte sich jäh aufgerichtet. Er riß die Augen auf und deutete mit der Hand erschrocken zu einer kleinen Hügelkuppe jenseits des Lagers, auf der einige Eichen wuchsen. Inmitten der dicken Äste und Zweige flackerte der glühende Schein eines Irrlichts. Niemand rührte sich oder gab auch nur einen Ton von sich, während die Erscheinung durch die Finsternis der Nacht tanzte. Schließlich verblaßte das Licht, und Dunkelheit verschluckte das Flackern. Es zischte leise, als Jonathan und die anderen tief und erleichtert Luft holten. Professor Wurzel – er erfreute sich eines Forscherverstandes, der neugierig genug war, um die ganze Angelegenheit von einem wissenschaftlichen Blickwinkel aus zu betrachten – sagte einfach nur: »Soll man es fassen?« Und als ihm darauf niemand eine Antwort gab, fügte er hinzu: »Ich glaube, irgend jemand macht sich über uns lustig. Ich hätte nicht wenig Lust, den Hügel dort emporzuklettern und dem Unbekannten ebenfalls einen Streich zu spielen, auf daß ihm der Spaß an der Sache vergeht.«

»Wir lassen den Betreffenden besser in Ruhe«, schlug Jonathan vor. »Soll er doch seinen Schabernack treiben. Und Irrlichter sind ja auch nicht weiter schlimm. Ich halte es für angeraten, hierzubleiben und das Licht des Tages abzuwarten.«

»Sehr richtig«, pflichtete Bufo dem Käser bei. »Es ist keine gute Idee, in der Finsternis der Nacht umherzuirren. Nein, niemand, der noch alle Sinne beisammen hat, würde während der Dunkelheit durch das Dickicht kriechen.«

Der Professor war nicht überzeugt. »Das kommt mir

alles ziemlich bekannt vor. Tatsächlich erinnert es mich an ein Gedicht, das oben in Klein-Beddlington ein Affe aufzusagen pflegte. Sein Herr und Meister war ein Zwerg, einer von der gerissenen und gewitzten Sorte, und er trug immer eine große Mütze und eine Augenklappe. Ja, der Affe konnte das ›Klagelied des Irren‹ fehlerfrei rezitieren – vorausgesetzt natürlich, es handelte sich dabei nicht um einen Bauchrednertrick. Nun, es gab da noch ein anderes Gedicht, das zu seinem Repertoire gehörte – Sie wissen sicher, welchen Affen ich meine, Jonathan –, aber an die entsprechenden Verse entsinne ich mich nicht mehr. Ich glaube, es ging darin um guten Wein und eine Menge Käse.«

»Das Gedicht kenne ich«, sagte Bufo. »Aber es kommt mir komisch vor, daß es für einen Affen irgendeine Bedeutung haben soll. Nun, wenn es das ist, an das ich denke, so wurde es von Lum Blimp verfaßt, als ein Teil des ›Liedes von Ildors Domäne‹. Es lautet folgendermaßen:

»Flaschenpfropfen, Flaschenpfropfen,
Nichts ist drin als flock'ger Hopfen.
Der Blick des Irrlichts, so glühend und so kalt,
Tanzt inmitten der Abendbrise.
Das Licht von Koboldfeuern erhellt den Wald,
Und schimmert weit über die Wiese.
Die Wolken, sagt man, sind fas'riger Rahm,
Der Ozean ein Meer aus kaltem Tee.
Regentropfen glänzen mit diamantenem Charme,
Und der Mond ist ein runder Käsepüree.«

»Das ist es!« platzte es aus dem Professor heraus. »Ja, ich bin mir ganz sicher.« Und verwundert kratzte er sich am Hinterkopf.

Der dröhnende Klang des Gongs und das kichernde Kreischen der Kobolde erklangen auch weiterhin, aber bald schenkten sowohl die Flößer als auch die Wanderer diesen Geräuschen keine Beachtung mehr und schliefen ein. Jonathan fürchtete, die Feuer könnten vorzeitig erlöschen, und aus diesem Grund legte er die meisten der noch verbliebenen Äste und Zweige nach. Dann sank er ebenfalls zu Boden und war Bufo dankbar für eine seiner Decken, die er dem Käser überlassen hatte. Ahab rollte sich dicht neben ihm zusammen, und der Hund spendete Jonathan zusätzliche Wärme.

Später hatte er das Gefühl, stundenlang von einem sich ständig wiederholenden Alptraum geplagt worden zu sein. In diesem Traum befand er sich als Gefangener in einem großen Haus. Viele Stockwerke war das Gebäude hoch, und lange, sehr breite und nur matt erleuchtete Treppen verbanden die einzelnen Etagen miteinander. Die Zimmer und Gänge im Innern des Hauses bildeten ein solches Labyrinth, daß sich Jonathan verirrte und vergeblich nach einem Ausgang suchte. Schließlich fand er durch Zufall eine Luke, die zur Dachkammer emporführte, und diese kleine Tür, so hoffte er, mochte eine Möglichkeit darstellen, das Haus endlich verlassen zu können. Aber als er sich durch den schmalen Durchlaß nach oben gezwängt hatte, mußte er feststellen, daß sich in der Dachkammer nur uralte Möbel, zusammengerollte staubige Teppiche und soviel Unrat und Ausgemustertes befanden, daß er sich einer ganz neuen Art von Irrgarten gegenübersah. Schnaufend und ächzend bahnte er sich vorsichtig einen Weg durch das Gerümpel und hielt dabei immer Ausschau nach dem Lichtschimmer, der ihm hoffentlich den Weg nach draußen in die Nacht zeigte.

Nach einigen Metern schließlich begann Ahab wie wild zu bellen, und Jonathan seufzte erleichtert angesichts dieses so vertrauten Geräusches, denn der Traum jagte ihm allmählich Angst ein. Er rief nach dem Hund und forderte ihn dazu auf, ihm den Ausweg zu zeigen, aber Ahab bellte einfach nur weiter.

Dann wurde der Käser von Professor Wurzel wachgerüttelt, und er stellte fest, daß er eingehüllt in eine Decke neben den noch glühenden Kohlen eines erloschenen Feuers lag. Ahab bellte nicht nur im Traum, sondern auch hier.

Der Professor deutete gen Himmel. Einige Wolken schwebten vor den Sternen vorbei, und der Mond hatte auf seiner Reise inzwischen den größten Teil des Firmaments durchquert, glitt nun den Bäumen des Elfen-Hochlands entgegen. Zuerst glaubte Jonathan fast, daß er wieder schlief und ein weiteres Traumbild sah. Aber dann begriff er, daß der Professor das seltsame Bild offenbar ebenfalls beobachten konnte, ebenso Herr Bufo und der Junker, die erstaunlicherweise beide einen ganz ruhigen und gelassenen Eindruck machten.

Oben am Himmel segelte ein Schiff durch die breiten Kanäle zwischen den einzelnen Wolken. Es war sehr, sehr weit entfernt und eigentlich nicht mehr als nur ein Schatten in den sanften Armen des Winds. Es handelte sich nicht um ein Luftschiff von der Art, wie sie die Elfen benutzen. Es war vielmehr ein Schiff mit voller Takelage, von der Sorte, die in den Gewässern zwischen den Pirateninseln kreuzt und auf Beute lauert. Der Bug dieser Galeone aber durchpflügte kein Meer aus Wasser, sondern einen Ozean aus Luft. Farbige Segel blähten sich an den Masten und leuchteten einige Augenblicke lang im Licht des Mondes. Jonathan glaubte sogar, Seeleute zu erkennen, die auf Deck hin und her eilten. Er und seine Begleiter sahen, wie das Schiff der Erde entgegenschwebte und jenseits der fernen Hügel außer Sicht geriet.

Plötzlich erschien ihnen die Nacht als geradezu gespenstisch still, und Jonathan bemerkte, daß das dumpfe Dröhnen der Koboldstrommeln nicht mehr ertönte. Auch der Glanz der fernen Feuer war vollständig verblaßt, und ihre Blicke fielen nur noch auf die dunklen Wälder und den breiten Orielstrom, dessen Wasser durch die Nacht in Richtung Meer strömten.

»Der Trommelklang verstummte, als das Schiff am Himmel erschien. Von einem Augenblick zum anderen herrschte Stille, Jonathan. Und die Feuer erloschen fast ebenso schnell. Wenn Sie mich fragen: Wir haben es hier mit irgendeiner Art von Elfenmagie zu tun, und das ist nichts, worüber ich klagen wollte. Besser die Magie von Elfen als der schwarze Zauber der Kobolde.«

Dem konnte Jonathan nur beipflichten. »Es ist Herr Blump mit einem Geschenk für den Junker«, sagte der Junker und grinste. »Ja, Herr Blump, Blump, Blump, Blump.«

Zwar ergaben seine Worte für Jonathan keinen Sinn, aber Bufo stimmte ihm zu. Gelbhut erwachte und fragte, was die ganze Aufregung sollte, aber Bufo antwortete ihm nur, er könnte sich wieder hinlegen und weiterschlafen – dieser Aufforderung kam er gern nach. Einige Augenblicke lang hatte es den Anschein, als wollte Ahab Gelbhuts Beispiel folgen. Dann aber stand er auf, jaulte, sprang mit einigen langen Sätzen auf die andere Seite des Floßes, kratzte dort und beschnüffelte die an der Steuerbordseite festgemachten Fässer. Er erschien so aufgeregt, daß Jonathan und der Professor zu ihm gingen, um festzustellen, was der Hund entdeckt hatte. Sie erblickten ein seltsames Tier von der Größe eines Eichhörnchens, das sich aber von allen Eichhörnchen unterschied, die sie jemals gesehen hatten. Bei ihrem Erscheinen ergriff es die Flucht und tauchte ins dunkle Wasser des Orielstroms. Jonathan meinte, der Kopf des Tiers hätte ausgesehen wie der eines Bibers, der auf dem dünnen Hals eines Eichhörnchens balancierte; er konnte dem Professor nur zustimmen, der erwiderte, das Geschöpf sei wirklich ausgesprochen sonderbar. Ahabs Interesse an dem Wesen war nicht so groß, als daß er die Bereitschaft zeigte, ihm in den Fluß zu folgen. Der Hund lief zum Feuer zurück, rollte sich daneben zusammen und schlief ein.

»Was für ein Tier mag das gewesen sein?« fragte Jonathan.

»Ich habe keine Ahnung«, erwiderte der Professor. »Aber eins steht fest: Es hat an den Seilen geknabbert. Sehen Sie hier.«

Und tatsächlich: Die Taue waren bereits so weit durchgebissen, daß eine größere Welle genügt hätte, um die Tonnen loszureißen. »Nun, ich bin ja ohnehin wach«, brummte der Professor. Er suchte in den Vorräten und holte die Reste des Seils hervor. Im grauen Licht der Morgendämmerung banden Jonathan und der Professor die Tonnen auf der Steuerbordseite des Floßes ein weiteres Mal fest, und sie waren beide sehr nachdenklich: Das kleine Tier schien mit *Absicht* bestrebt gewesen zu sein, ihre Bemühungen des vergangenen Nachmittags zunichte zu machen.

Als die Sonne über den Hügelkuppen im Osten sichtbar wurde, weckten sie Dooly und riefen Ahab an Bord. Anschließend halfen ihnen der Junker Myrkel, Bufo, Gelbhut und Stich-den-Busch dabei, das Floß ins Wasser zu schieben, und die Strömung trug sie langsam in Richtung Flußmitte. Auf der kleinen Anhöhe oberhalb der Wiese lag das unbrauchbar gewordene Kanu, und weiter unten glitzerte das Licht des neuen Tages in einigen von der Überschwemmung übriggebliebenen Pfützen. Die Wanderer winkten und verabschiedeten die Flößer. Sie riefen ihnen nach, sie seien neugierig darauf, wer von ihnen als erster die Meeresküste erreichte. Aber wenn es zu keinen weiteren unvorhergesehenen und folgenschweren Zwischenfällen kam, so konnte kaum ein Zweifel daran bestehen, daß Jonathan und seine Begleiter eine ganze Weile eher in das Land der Ebenenzwerge gelangten, denn schließlich waren die Wanderer zu Fuß unterwegs und mußten zudem die nun zwar größtenteils leeren, aber doch recht unhandlichen Körbe tragen.

Jonathan überlegte, ob man den Wanderern nicht vorschlagen sollte, ihre Körbe gegen bequemere Rucksäcke einzutauschen. Dann aber mußte er sich eingestehen, daß Wanderer in einem solchen Fall gar nicht mehr wie Wanderer aussahen und der Käser mochte sie so wie sie waren, mitsamt ihren Körben.

11. Kapitel

Im *Käpt'n Mondauge*

Zwei Tagesreisen von der Küste entfernt flossen die Fluten des Orielstroms ganz ruhig dahin, und das war nur im Sinne Jonathans. Manchmal passierten sie seichte Stellen, und dort wurde die Strömung stärker. Schaum spritzte über Steine und Felsen hinweg. Andererseits aber war der Fluß infolge der Unwetter und des Regens weiter im Norden angeschwollen. Solche Stromschnellen mochten während der Sommermonate für Flöße und Schiffe geradezu unüberwindliche Hindernisse darstellen, aber jetzt im Herbst verursachten sie bei Jonathan und seinen Begleitern nur eine geringe Aufregung. Dann und wann erzitterten die am Rande ihres Gefährts festgemachten Fässer so heftig, daß der Käser befürchtete, sie könnten sich jeden Augenblick losreißen oder von einem im Wasser verborgenen Felsen zerschmettert werden. Aber zum Glück blieben sie heil.

Als sie gerade vom Ufer abgelegt hatten, schüttelte der Professor den Kopf und schlug sich mit der flachen Hand an die Stirn. Er schien sich und die anderen in Gedanken Idioten zu nennen – und damit hatte er nicht ganz unrecht. Wie sich jetzt nämlich herausstellte, fehlte es dem Floß an einer wichtigen Vorrichtung – einer Ruderpinne –, und weder Jonathan noch der Professor hatten zuvor daran gedacht. Kurz darauf konnten sie jedoch sehen, daß ihr Floß dazu neigte, am Rand der Untiefen vorbeizuschwimmen und von ganz allein den Weg ins tiefere Wasser zu finden. Einmal schwang das Heck herum und kratzte über ein Hindernis, aber inzwischen waren sich die

Flößer bereits der Gefahr bewußt geworden, tauchten die Holzstangen ins Wasser und hebelten ihr improvisiert wirkendes Schiff weiter. Sie versuchten, den Kurs dadurch zu beeinflussen, indem sie entweder auf der einen oder der anderen Seite paddelten und immer wieder kleine Holzlatten durchs Wasser zogen. Aber damit hatten sie nur dann Erfolg, wenn sie über ruhiges Wasser trieben und sich nicht gerade in einem Bereich des Flusses befanden, in dem die Strömung besonders stark war. Sie hofften, daß es ihnen im breiten Mündungsdelta an der Küste gelang, das Floß auf diese Weise ans Ufer zu lenken. Sollte ihnen das aber aus irgendeinem Grund nicht möglich sein und sie vielleicht bei Nacht von der Strömung weitergetrieben werden, dann fanden sie sich vielleicht auf dem offenen Meer wieder – womit sich eine von Jonathans früheren Befürchtungen bestätigt hätte. Aber das waren nur Grübeleien, und zu viele Grübeleien führten dazu, daß man sich Sorgen machte – diesen Standpunkt vertrat Jonathan.

Bald gewann der Käser den Eindruck, als verbreitere sich der Fluß. Manchmal schienen die Ufer eine ganze Meile entfernt zu sein, und die Vegetation am Rande des Wassers wurde immer grüner. Einmal trug die Strömung das Floß ein wenig näher ans eine Ufer heran, und Jonathan sah, daß an den Beerenranken noch immer schwarze und rote Früchte hingen – in dieser Jahreszeit hielt er das für erstaunlich. Der Professor aber vermutete, daß die im Bereich der Küste wachsenden Beeren aufgrund des maritimen Klimas später reiften als die Früchte im Binnenland. Wurzel führte diesen Umstand insbesondere auf den häufigen Nebel zurück, der die meiste Zeit des Jahres über alles kühl und feucht hielt.

Später am Tag sahen sie die ersten Seevögel. Zuerst waren es Möwen, die so laut und ausdauernd krächzten, als gelte es, alle anderen Geräusche zu übertönen.

In großen Schwärmen flogen sie dahin, und man hätte meinen können, sie alle seien zu einem sehr weit entfernten und überaus wichtigen Ziel unterwegs. Dann und wann machten sie auch einen weißen Pelikan aus – manchmal sogar gleich mehrere. Ihre Augen glitzerten schalkhaft über den langen und wuchtigen Schnäbeln, die Dooly als Nasen bezeichnete.

Die Reise mit dem reparierten Floß gefiel ihnen allen immer mehr. Während des Frühstücks verspeisten sie einen letzten Laib Brot mit Käse sowie einige Beeren. Sie hätten auch einige Gurken zu sich nehmen können, aber während des Festschmauses am vergangenen Tag hatten sie ihren Appetit auf saure Gurken ausgiebig gestillt. Dooly erzählte, daß seine Mutter ausgezeichnete Gurkenpasteten zu backen verstand, aber allein bei dem Gedanken daran drehte sich Jonathan und dem Professor der Magen um, und sie baten den jungen Mann, nicht mehr davon zu sprechen.

Am späten Vormittag, nachdem sie sich vergewissert hatten, daß sie nicht zu paddeln brauchten, um das Floß in die gewünschte Richtung zu steuern, holten Jonathan und der Professor ihre Pfeifen hervor und stopften sie mit dem inzwischen wieder trockenen Tabak. Allerdings haftete ihm noch immer das Aroma des Flußwassers an, und Jonathan meinte, die Auswirkungen des Orielstroms auf Tabak ließen sich durchaus mit denen auf Hüte vergleichen – womit er sagen wollte, daß der Tabak würziger geworden war und einen Geschmack angenommen hatte, dem man einen gewissen Reiz nicht absprechen konnte. Der Professor erwiderte, Beezle sei vielleicht an einem entsprechenden Rezept interessiert, um in seinem Laden für Rauchwaren eine neue Spezialität anzubieten, gewissermaßen einen Altwasser-Oriel-Verschnitt.

Als er mit der Glut in seinem Pfeifenkopf zufrieden war, legte der Professor den Nagel beiseite, den er als Stopfer benutzt hatte, und lehnte sich zurück. »Bisher ist es eine sehr eigentümliche Reise gewesen. Sie hätte eigentlich nicht halb so sonderbar sein sollen.«

Jonathan nickte. Das war ihm natürlich schon selbst durch den Kopf gegangen, und mehr als nur einmal. »Mir erscheint besonders seltsam, daß es zwischen all den eigenartigen Dingen und uns einen Zusammenhang zu geben scheint«, sagte der Käser. »Warum versuchen komische kleine Tiere, die Seile unseres Floßes zu durchbeißen, so daß wir Gefahr laufen, die Fässer zu verlieren? Es kann ihnen doch eigentlich egal sein, ob wir die Küste mit einer Ladung Käse erreichen oder nicht.«

»Ich glaube, es geht bei dieser ganzen Sache um mehr als nur Käse.« Der Professor kniff das eine Auge zu, und das andere blickte Jonathan über den dampfenden Pfeifenkopf hinweg an. »Elfen, die mitten in der Nacht in überaus sonderbaren Luftschiffen umherreisen – und Wanderer, die aus irgendeinem unerklärlichen Grund genau wissen, wer wir sind. Ich hatte den Eindruck, sie waren ganz und gar nicht überrascht, uns mit den Überresten des auseinandergebrochenen Floßes auf der Hügelkuppe vorzufinden. Man könnte glauben, sie hätten die Beeren und das Brot extra für uns mitgebracht.«

Jonathan dachte kurz nach. »Diese ganze Sache kann nicht allein auf die Machenschaften des Zwergenmagiers zurückgeführt werden. Die Elfen würden mit ihrem Luftschiff einfach eine Weile über Hochturm schweben und ihm einige Ziegelsteine auf den Kopf werfen.«

Der Professor nickte. »Das sollte man annehmen. Es sei denn, der Zwerg ist mächtiger, als wir bisher vermuteten. Eins steht fest: Er hat vollständige Kontrolle über gewisse Tiere. Und er scheint auch das Wetter beeinflussen zu können. Wer weiß, woher der Sturm kam? Ich gäbe eine Menge, um zu erfahren, ob das Unwetter das ganze Tal heimsuchte oder sich nur südlich von Hochturm austobte. Letzteres würde mich nicht überraschen.«

Daraufhin schwiegen sie eine Zeitlang und dachten über die ganze Angelegenheit nach. Schließlich rief Dooly, der mit einer Holzstange in der Hand im Bug des Floßes hockte und von dort aus nach Felsen und Untiefen Ausschau hielt: »Herr Käser, Sie können darauf wetten, daß sich mein alter Großvater irgendwo in der Nähe befindet. Es gibt kaum etwas, an dem er nicht beteiligt ist. Und außerdem hat er all dies vorausgeahnt.«

»Entschuldige bitte, Dooly«, warf der Professor ein. »Willst du damit sagen, dein Großvater wußte schon vorher, was jetzt geschieht?«

»Genau das meine ich, Professor. Ja, er wußte es wirklich. Ein wirklich großartiger und kluger Mann ist mein Opa, und er weiß über alles Bescheid. Ja, er erzählte mir auch von seinem Freund hier, dem König. Ist ein Käser wie Sie, Herr Bing. Und er hat ein Schiff, das am Himmel entlangsegelt und mit großen Netzen in den Wolken Elfenkristalle fischt, die er später alle zum Mond zurückbringt.«

»Tatsächlich?« Der Professor zwinkerte Jonathan zu. »Du meinst sicher Luftschiffe wie jenes, das wir weiter flußaufwärts sahen, nicht wahr?«

»Nein«, widersprach Dooly. »Keine Flugmaschinen, sondern echte Schiffe. Mit Segeln und Masten und so.«

»Ich verstehe«, erwiderte der Professor. »Nun, ganz offensichtlich befindet sich im Innern der Wolken mehr, als man sich träumen ließe.«

»Ja, das hat auch mein alter Großvater immer gesagt, genau das.« Daraufhin drehte sich Dooly um und gab erneut auf mögliche Untiefen acht. Schon nach kurzer Zeit rief er und deutete zu einem eigentümlichen Geschöpf in der Nähe des Ufers. Der Professor und Jonathan befürchteten zunächst, daß es sich um eins von den kleinen Tieren handelte, deren Vorliebe offenbar darin bestand, Seile zu kauen. Unmittelbar darauf aber stellte sich das Wesen als ganz normales Schnabeltier heraus, das ihnen freundlich zuzuzwinkern schien, als die Strömung das Floß weitertrug. Ahab bellte einen Gruß, und vielleicht spielte er einige Augenblicke lang mit dem Gedanken, ans Ufer zu schwimmen und mit dem Schnabeltier zu spielen. Doch sie waren rasch daran vorbei, so daß Ahab keine Gelegenheit mehr dazu fand.

Jonathan kam auf das vorherige Thema zurück. »Ich glaube, wir haben uns einem bestimmten Schicksal zu fügen, Professor. Der Käse in den Fässern dort muß an die Küste gebracht werden – das ist unsere Aufgabe. Es bleibt uns also gar keine andere Wahl, als abzuwarten, was noch auf uns zukommt.«

»Damit haben Sie zweifellos recht, Käser. Tatsächlich könnte man glauben, wir alle hätten uns dem Schicksal zu fügen. Wie Sie wissen, nehme ich an dieser Reise teil, um weitere wissenschaftliche Erfahrungen zu sammeln und entsprechende Aufzeichnungen anzufertigen. Aber sowohl die Schreibstifte als auch das Papier sind verlorengegangen, und wie ich zugeben muß, bin ich in letzter Zeit ganz entgegen meiner eigentlichen Natur recht müßig gewesen. Wenn wir aber die Küste erreicht haben, werde ich mir sofort die nötigen Dinge besorgen, das Luftschiff zeichnen und versuchen, eine statische und aerodynamische Berechnung durchzuführen. Das Gefährt mit den Fledermausschwingen erschien mir sehr erstaunlich, aber ich halte eine derartige Konstruktion nach den mir bekannten Gesetzen der Wissenschaft nicht unbedingt für unmöglich. Doch der Anblick des Schoners in der letzten Nacht war schlicht und einfach absurd.«

»Einen so absurden Eindruck machte das Schiff auf mich gar nicht, Professor. Ich glaube, ich habe sogar Mannschaftsmitglieder an Deck gesehen.«

»Höchstwahrscheinlich eine Sinnestäuschung.«

»Sollen wir uns das Schiff denn alle nur eingebildet haben?«

»Eine Massenhalluzination. Das ist durchaus möglich, Jonathan. So etwas geschähe nicht zum erstenmal, wissen Sie. Ich habe mich oft gefragt, ob der Affe von Klein-Beddlington wirklich das Gedicht aufsagte. Vielleicht erlag das Publikum einem Trugbild.«

»Ein sprechender Affe ist meiner Ansicht nach nicht annähernd so seltsam wie das Schiff in der letzten Nacht. Ich bin froh, daß es den Elfen gehört und nicht dem Zwerg.«

»Nach den Worten Doolys«, flüsterte der Professor, »gehört es dem in Wolken fischenden und Käse herstellenden Burschen, der angeblich ein guter Bekannter seines alten Großvaters sein soll. Ich weiß nicht, was ich davon halten soll ...«

»Nun, wenn er ein Käser ist ...«, setzte Jonathan an und versuchte mit dieser scherzhaften Bemerkung, das Gespräch ein wenig aufzulockern.

Aber der Professor hörte ihm überhaupt nicht zu und dachte über seine Theorien von Halluzinationen und absurden Dingen nach. Gerade in diesem Augenblick flog ein ganzer Schwarm von Pelikanen vorbei – in einem beständigen, majestätisch wirkenden Rhythmus hoben und senkten sie die breiten Schwingen. Mit dem Pfeifenstiel deutete der Professor in die Höhe.

»Sehen Sie«, sagte er, und seine Stimme klang dabei so, als stellten diese Worte irgendeine Art von Erklärung dar. Jonathan horchte aufmerksam, ohne den Professor zu fragen, was seine Bemerkung zu bedeuten hatte. Aus Erfahrung wußte er, daß eine wissenschaftliche Offenbarung bevorstand.

»Das Schlagen mit Flügeln«, meinte der Professor, »ist der Schlüssel zum Verständnis von Dingen, die schwerer sind als Luft und dennoch schweben. Der Wissenschaft sind nur zwei Kräfte bekannt, die dazu geeignet sind, dem Bestreben aller Objekte, zu Boden zu sinken – regelrecht aus dem Himmel zu fallen – Einhalt zu gebieten. Die erste Kraft besteht in dem durch schlagende Flügel verursachten Auftrieb, und die zweite wird von heißer Luft freigesetzt. Pelikane nutzen für ihren Flug Möglichkeit Nummer eins, und die sich aufblähenden Feuerkröten der Wunderbaren Inseln nutzen Möglichkeit Nummer zwei, um von einer Insel zur anderen zu gelangen. Das Schiff aber schwebte einfach so am Firmament entlang und soll dabei auch noch das Gewicht von vielen Passagieren getragen haben.«

»Sie haben völlig recht, Professor«, sagte Jonathan und beobachtete, wie die Pelikane weiter flußaufwärts flogen. »Obgleich ich in diesem Zusammenhang eine Geschichte erwähnen möchte: G. Smithers schrieb sie über fliegende Teppiche, die ganze Ladungen von Diamanten zwischen den beiden Königen von Ozeanien hin und her transportierten. Sie waren so gute Freunde und so großzügig, daß sie sich an jedem Tag kostbarere Schätze schenkten. Schließlich erreichten sie einen Punkt, an dem sie sich eine Woche lang an jedem Nachmittag gegenseitig ihre Königreiche zum Geschenk machten. Bis einer von ihnen, der jahrelang genau darauf gewartet hatte, das Geschenk des anderen zwar entgegennahm, aber davon absah, es zu erwidern. Dadurch wurde der andere König zu einem Bettler, was sich letztendlich jedoch als vorteilhaft herausstellte.«

»Wieso denn?« fragte der Professor.

»Ich glaube, es lief auf folgendes hinaus: Es ist besser, ein weiser Bettler zu sein als ein dummer König.«

Der Professor dachte darüber nach und gelangte zu dem Schluß, daß G. Smithers ein Einfaltspinsel war. »Diese Sache mit den Königen von Ozeanien ist doch Unfug. G. Smithers hat die ganze Geschichte erfunden. Die Wissenschaft aber, mein guter Bing, stellt keine Erfindung dar. Sie hat viel tiefer reichende Wurzeln und gründet sich auf Kräfte, die Ordnung zu einer Gewißheit machen und die Wirrnis fernhalten.«

»Ja«, sagte Jonathan, ohne ein Wort zu verstehen.

»Ordnung über Chaos«, fuhr der Professor mit dozierendem Tonfall fort. »Die unveränderliche Herrschaft des wissenschaftlichen Gesetzes über die Regellosigkeit! Das ist das Geheimnis der schlagenden Flügel und des Phänomens der fliegenden Feuerkröten von den Wunderbaren Inseln. Alles hat seine Erklärung. In den Augen der Wissenschaft ist selbst das Wunder so gewöhnlich wie ein Streifen geräucherter Schinken.«

»Das Schiff in der vergangenen Nacht war ein ganzes Stück erstaunlicher als selbst der beste geräucherte Schinken, der mir bisher zu Gesicht und auf die Zunge kam«, erwiderte Jonathan. »Womit ich keineswegs wissenschaftliche Prinzipien in Frage stellen will.«

Der Professor dachte eine Weile nach und bestätigte die Bemerkung des Käsers mit einem angedeuteten Nicken. Als er schließlich weitersprach, standen seine Worte weder mit der Wissenschaft noch mit geräuchertem Schinken in Verbindung. »Es war die gleiche Art von Schiff«, sagte er leise. »Ja, genau die gleiche Art von Schiff. Da bin ich mir ganz sicher.«

»Was für ein Schiff meinen Sie?«

»Das im Mootonmoor. Die Elfengaleone von den Ozeanischen Inseln.« Die letzten Worte hauchte der Professor nur noch.

»Ich dachte, Sie hätten gesagt, es stamme nicht von den Ozeanischen Inseln«, sagte Jonathan.

»Ich weiß überhaupt nicht mehr, was ich davon halten soll. Ich bin unschlüssig. Die Runenzeichen könnten sich sowohl auf das Meer als auch den Himmel beziehen, in diesem Punkt bin ich mir sicher. Und jetzt nehme ich an, es ist der Himmel. Aber eine Insel im Himmel?«

»Natürlich«, sagte Jonathan.
»Meinen Sie wirklich?«
»Was denn sonst?« fragte der Käser.
Als der Professor antworten wollte, sprang Dooly auf. Er grinste wie ein Honigkuchenpferd und rief: »Der Mond!« Seine Stimme klang so schrill, daß sowohl Jonathan als auch der Professor erschrocken zusammenzuckten. Ahab fürchtete offenbar, irgendein düsterer Teil seines Traums hätte sich plötzlich in Realität verwandelt. Mit einem Ruck kam der Hund in die Höhe, und fast wäre er laut bellend übers Floß gerannt. Doch er besann sich noch rechtzeitig und schlief wieder ein.
»Dooly«, sagte der Professor, und obgleich seine Stimme einerseits doch sehr freundlich klang, haftete ihr andererseits ein sehr autoritärer und auch herablassender Ton an, »in der jüngsten Zeit bin ich Zeuge zweier unfaßlicher Wunder geworden. Vielleicht handelt es sich dabei sogar um ein und dieselbe erstaunliche Erscheinung. Ich weiß es nicht genau. Nun, es geht dabei um schwere Objekte, die am Himmel entlangschweben und sich dabei ganz offensichtlich über alle wissenschaftlichen Prinzipien hinwegsetzen. Ich will nicht behaupten, auf diesem Gebiet über umfassende Kenntnisse zu verfügen, aber mit ausreichend Papier, einer allgemeinen Berechnungskarte und einer Ausgabe von ›Lord Piedmonts Bemerkungen zu den physikalischen Gesetzen‹ wäre ich mit der Zeit gewiß in der Lage, solche Rätsel zu lösen.
Doch weder Lord Piedmont noch die Sieben Weisen von Limpus könnten eine Methode beschreiben, mit der ein irdisches Objekt in der Lage wäre, die atmosphärischen Gezeiten und den strukturellen Druck der Himmelskuppeln zu überwinden, um zum Mond und zurück zu segeln!«
Er betonte das Wort ›Mond‹ derart, daß Jonathan fast fürchtete, Dooly brächte nie wieder den Mut auf,

einen Ton von sich zu geben. Aber der junge Mann lächelte einfach nur, nickte und erwiderte, er kenne Piedmont nicht und wisse auch nicht, was die anderen Dinge zu bedeuten hätten. Dann zuckte er mit den Schultern und sagte schlicht: »Magie.«

Der Professor wirkte betrübt und bedauerte jetzt offenbar, sich ausgerechnet mit Dooly auf eine wissenschaftliche Auseinandersetzung eingelassen zu haben.

Jonathan klopfte ihm auf die Schulter. »Herr Professor, Sie haben mir einmal gesagt: ›Die Wissenschaft gibt uns zwar einen Schlüssel in der Hand, aber vielleicht dient er nur dazu, eine Nebentür aufzuschließen.‹«

»Das war Unsinn. Ich stand damals unter dem Einfluß der Mondstrahlen. Nein, Jonathan, ich ziehe immer eine wissenschaftliche Erklärung vor.«

Aber die Erklärung, die der Professor so sehr herbeisehnte, offenbarte sich ihm nicht. Nun, letztendlich kommt es bei solchen Dingen ohnehin gerade auf das Überlegen, Nachdenken und Spekulieren an – all die gelösten Rätsel sind nichts im Vergleich mit dem einen immer noch ungelüfteten Geheimnis. Zumindest war das Jonathans Ansicht. Er hatte sich schon oft gewünscht, *selbst* ein Wissenschaftler zu sein, stellte es sich als sehr faszinierend vor, den ganzen Keller voller blubbernder Töpfe und Kessel zu haben und all die sonderbaren Apparaturen zu besitzen, von denen Professor Wurzel manchmal erzählte. Wissenschaftler schienen immer irgend etwas auf dem Feuer zu haben, irgendein schwieriges Problem, über das sie dauernd nachdachten, und sie konnten ein Gespräch einfach unterbrechen und davoneilen, um eine neue Theorie zu testen, die sie gerade entwickelt hatten. Kein Freund oder Bekannter hätte sich durch ein solches Verhalten vor den Kopf gestoßen gefühlt. Jonathan lächelte unwillkürlich, als er daran dachte, daß ein Bekannter an die Tür klopfte und seine Haushälterin einfach nur sagte: »Der Meister ist in seinem Laboratorium.« Und er sah sich selbst, wie er den erstaunten Gast hereinwinkte und ihm all die blubbernden, zischenden und brodelnden Wunder zeigte. Als Wissenschaftler hätte er sich natürlich einen langen, weißen Mantel und eine Brille kaufen müssen, hinter deren Gläsern seine Augen so groß wie Pflaumen aussahen. Und er hätte ebenso sprechen müssen wie der Professor – von sonderbaren Gezeitenkräften, allgemeinen Berechnungskarten und solchen Dingen.

Andererseits: Es bedeutete auch, daß er sich bei bestimmten Gesprächen nicht mehr auf Doolys Seite schlagen konnte. Und er wäre dazu gezwungen gewesen, den ganzen Abend über Schaubilder und Karten anzufertigen. über die Veränderlichkeit von Entenfedern oder die Eigenschaften von gefrorenem Wasser zu lesen. Für G. Smithers und seine magischen Könige von Ozeanien hätte er dann keine Zeit mehr. Um Professor Wurzel zu zitieren: Das alles wäre ›Unfug‹. Und Müßiggang irgendeiner Art kam natürlich nicht in Frage. Als Jonathan das überraschend warme Licht der hoch am Himmel stehenden Novembersonne genoß, auf dem Rücken lag, gelegentlich an der Pfeife zog und paffte, erschien ihm schon diese Vorstellung allein als zu anstrengend. Hinzu kam, daß es nicht allzu viele Wissenschaften gab, und wenn er sich ernsthaft in diesem Arbeitsbereich betätigte, so wären bald kaum noch Rätsel übrig. In einem solchen Fall mußte sich der Professor nach einem neuen Broterwerb umsehen und würde möglicherweise beschließen, Käser zu werden – womit sich der Kreis schloß. Jonathan hing auch weiterhin diesen Gedanken nach, aber er hütete sich davor, sie laut auszusprechen. Irgendwie war es für ein Nickerchen ein wenig zu kühl. Der Tag eignete sich einfach nur fürs Faulenzen. Jonathan erinnerte sich daran, daß G. Smithers einmal gesagt hatte, das Faulenzen sei die anstrengendste Tätigkeit überhaupt – weil man keine Pause einlegen kann, um sich auszuruhen. Nun, vielleicht war G. Smithers *tatsächlich* ein Einfaltspinsel.

Am frühen Nachmittag verspeisten sie weiteren Käse. Brot gab es jetzt nicht mehr, aber dafür hatten sie jede Menge Beeren und Gurken an Bord. Mit jeder hinter ihnen zurückbleibenden Meile trübte sich das Licht der Sonne mehr, und es wurde noch etwas kühler. Nach dem Mittagessen kam eine kalte Brise auf, ein vermutlich jeden Tag um diese Zeit vom Meer her wehender Wind, der flußaufwärts flüsterte. Dann und wann trug er den Geruch des Ozeans mit sich, ein Aroma von salziger Gischt, Algen, Nebel und Fischen – wobei es sich möglicherweise um den herrlichsten Duft überhaupt handelte. Jonathan jedenfalls fand ihn sehr angenehm. Gleichzeitig aber war es auch ein Geruch von Kälte und Einsamkeit, der an die endlose Weite des Meeres erinnerte, an dunkle Tiefen, in denen namenlose Geschöpfe umherglitten und auf Opfer lauerten.

Ungefähr um zwei Uhr kamen sie an einer Zwergenstation vorbei. Sie riefen laut, aber die geschlossene Tür öffnete sich erst, als Ahab einige Male bellte. Ein Zwerg trat aus der Hütte hervor. Er hatte einen Bart, der ihm bis fast zu den Zehen reichte, und in der Hand hielt er eine sehr gefährlich aussehende Axt. Die Flößer winkten ihm zu, und der Zwerg gab den Gruß zurück, in dem er die Axt hob.

»War aber ziemlich zugeknöpft«, meinte der Professor.

»Nun«, sagte Jonathan, »es ist ja auch nicht sonderlich warm.« Dann musterte er den Professor aus den Augenwinkeln.

»Ich meinte das Verhalten, insbesondere seinen Gesichtsausdruck – auch wenn man aufgrund des Bartes nicht genau feststellen konnte, ob das Lächeln nun wirklich ein Lächeln war oder vielleicht nur ein Stirnrunzeln. Meiner Ansicht nach hat er *nicht* gelächelt. Und sein Wink erschien mir auch recht halbherzig.«

»Wahrscheinlich hatte er im Verlauf der letzten Woche Besucher, die ihm nicht sehr gefielen.«

Der Professor nickte. »Entweder ist das der Grund, oder er glaubte, von einem Haufen Treibholz gegrüßt worden zu sein. Ich hoffe, daß er sich als freundlicher erweist, wenn Bufo, der Junker und die anderen hier eintreffen. Wenn sie die Hütte erreichen, sind sie sicher sehr erschöpft und wollen ein wenig ausruhen.«

Weiter südlich verbreiterte sich der Orielstrom nochmals, und das Wasser floß so träge dahin, daß sich Jonathan fragte, ob sie *wirklich* schneller vorankamen als die Wanderer. Kurz darauf sahen die Flößer voraus eine Insel, eine dicht bewachsene Landmasse, die vermutlich viele Höhlen und vielleicht auch Teiche mit Seerosen aufwies. Die Kuppe eines kleinen Hügels trug ein Blockhaus, und aus dem steinernen Kamin kräuselte weißlicher Rauch. Hinter der ersten Insel folgten zwei weitere und unterteilten den Orielstrom in drei Arme. Inzwischen schien der Fluß den Großteil seiner Vitalität eingebüßt zu haben und ließ es einfach geschehen, daß er gelegentlich von einer Biberfamilie oder Seerosen- und Treibholzansammlungen gestaut wurde.

Als schließlich die Sonne unterging, trieben sie ganz langsam in der Flußmitte dahin. Der Professor schmeckte das Wasser und meinte, es sei brackig – ein sicherer Hinweis darauf, daß sie sich in unmittelbarer Nähe der Küste befanden. Daraufhin entschieden die Flößer, Wache zu halten und sich alle zwei Stunden abzulösen. Jonathan kam als erster an die Reihe und paffte an seiner Pfeife, bis der Professor und Dooly fest schliefen. Dann döste er ebenfalls ein. Die Nacht verstrich ohne Zwischenfall, und als im Osten der Horizont grau wurde, erwachten die Flößer. Der neblige Morgentau hatte ihre Kleidung feucht werden lassen, und sie glitten gerade an den licht stehenden Bäumen einer Obstplantage vorbei.

Hier und dort zwischen den Baumreihen lagen große Haufen aus abgeschnittenen Ästen und Zweigen, und an manchen Stellen wurden sie von rauchenden Feuern in Asche verwandelt. Ein kräftig gebauter Zwerg wanderte umher und prüfte ab und zu die Glut. Einige der im üppigen Gras wachsenden Bäume waren noch nicht beschnitten und wirkten geradezu dürr; nirgends zeigte sich ein einziges Blatt.

Jonathan stellte sich vor, wie im Haus nun Pfannkuchen gebacken und mit Honig und Marmelade bestrichen wurden, wie sich Schinkenstreifen bräunten und einen appetitanregenden Duft verströmten, wie man frische Eier briet. Vielleicht hätte er sich dazu hinreißen lassen, allen seinen Käse gegen eine Tasse heißen Kaffee einzutauschen. Als das Floß weitertrieb, wurden die Gehöfte, die sie passierten, einerseits immer zahlreicher und andererseits immer kleiner. Dann und wann fiel ihr Blick auf Hütten. Kleine Dörfer waren es, von Obstgärten umgeben. Manchmal legte sich der Rauch der Schnittwerkfeuer wie eine wärmende Decke auf sie. Lange und schmale Kanäle zweigten von dem breiten Leib des Orielstroms ab und führten tiefer in die Küstenebene; dort wuchsen Schilf, Rohr und Sumpflilien. Mehrmals sah Jonathan einsame Angler an den Ufern jener Kanäle.

Der Käser hatte den Eindruck, daß sich das Floß viel zu langsam bewegte. Abgesehen vom Geruch, den der Wind herbeitrug, gab es keinerlei Anzeichen dafür, daß sie sich tatsächlich dem Meer näherten. Um die Mittagszeit aber schien sich ihre Geschwindigkeit zu erhöhen, ein Phänomen, das der Professor mit einem Hinweis auf die nun einsetzende Ebbe erklärte. Ganz offensichtlich hatte der alte Wurzel damit recht. Nach nur einer Stunde sahen sie am nächsten Ufer große Schlammbereiche; ganze Zwergengruppen wateten in der zähen Masse umher, ernteten Austern und fingen Krabben.

Alles in allem gesehen war es ein recht angenehmer Tag für die Flößer. Sie dachten zuerst daran, ein vorbeikommendes Floß anzuhalten und die Besatzung darum zu bitten, ihr improvisiertes Schiff an der einen Seite festzumachen. Dann aber entschieden sie sich dagegen und genossen es einfach nur, sich von der trägen Strömung weiter in Richtung Meer tragen zu lassen. Gegen vier oder fünf Uhr nachmittags kam Nebel auf, zunächst nur vereinzelt und in faserigen Streifen, die sich aber rasch zu weißen Fladen verdichteten und vom Wind flußaufwärts getrieben wurden. Irgendwo in der Ferne vernahmen sie den dumpfen Klang eines Nebelhorns, und kurz darauf stellten sie fest: Immer weniger Schiffe befuhren den Fluß, und diejenigen, die noch kein Kai angelaufen hatten, näherten sich den Ufern. Jonathan und der Professor meinten, es sei besser, diesem Beispiel zu folgen.

Der Nebel wurde noch dichter. Der Käser und seine Begleiter ruderten auf der Backbordseite des Floßes und hofften, sich auf diese Weise dem linken Flußufer zu nähern, an dem sie zuvor die meisten Dörfer gesehen hatten. Aber in dem grauen Dunst war es unmöglich festzustellen, ob ihre Bemühungen tatsächlich Erfolg hatten oder vergebens blieben. Durch eine letzte und sich ebenfalls schnell schließende Lücke in den Nebelschwaden konnte Jonathan noch einmal das Ufer sehen – er vermutete, daß es das linke war. Es lag direkt voraus, und die Entfernung betrug noch etwa dreihundert Meter. Dooly rief, sie lägen ›auf Kurs‹, aber Jonathan glaubte eher, daß ihr Floß nach wie vor in der Mitte des Stroms schwamm und sich nur langsam drehte. Als der Nebel sie ganz umhüllte, ließ sich überhaupt nicht mehr feststellen, in welche Richtung sie trieben. Der Professor und Jonathan legten die Paddel gleichzeitig beiseite, da weiteres Rudern ganz offensichtlich keinen Sinn mehr hatte. Dooly aber strengte sich noch immer an, tauchte seine Holzlatte tief in den Fluß und zog sie kraftvoll durchs Wasser.

Das Nebelhorn dröhnte erneut, aber sie wurden sich nicht darüber einig, aus welcher Richtung der Klang kam. Zunächst erweckte er den Eindruck, von vorn und ein wenig aus Steuerbord zu kommen. Dann schien er seinen Ursprung backbords und kurz darauf sogar achten zu haben. Jonathan hielt das für einen deutlichen Hinweis darauf, daß sich das Floß langsam drehte. Der Professor hingegen behauptete, dieses Phänomen würde von den schalldämpfenden Effekten des Nebels hervorgerufen.

»Was sollen wir jetzt machen?« fragte Jonathan. »Wir können nicht mehr allzu weit von der Mündung des Flusses entfernt sein.«

»In der Tat«, bestätigte der Professor und schüttelte den Kopf. »Dies alles gefällt mir gar nicht.«

»Ich würde es vorziehen, von hier ans Ufer zu schwimmen und nicht erst dann ins Wasser zu springen, wenn wir schon eine halbe Meile auf See sind. Nun, was halten Sie davon, wenn ich an Land schwimme, die Zwerge benachrichtige und mit ihnen zusammen das Floß an der Mündung abfange?«

»Sie fänden uns nicht wieder«, entgegnete der alte Wurzel klugerweise. »Dieser Nebel nimmt uns nicht nur die Sicht aufs Ufer – umgekehrt verhält es sich ebenso. Das heißt, vom Land aus wären Sie gar nicht in der Lage, uns zu sehen. Außerdem: Können Sie ganz sicher sein, wo sich das Ufer befindet? Woher wollen Sie wissen, daß wir die Mündung nicht bereits passiert haben und uns auf dem offenen Meer befinden?« Der Professor strich sich eine nasse Haarsträhne aus der Stirn, zögerte kurz und preßte dann den Zeigefinger auf den Mund. Hinter ihnen knirschte und knarrte etwas. Jonathan beugte sich unter dem Pultdach hervor, blickte nach achtern in die Nebelschwaden und sah dort Rumpf- und Bugsprietlichter. Ein oder zwei Sekunden später glaubte er den gespenstischen Schatten eines kleinen Schoners zu erkennen, der mit solcher Geschwindigkeit durch den Nebel auf sie zukam, daß er unwillkürlich schrie.

Dann hörte er, wie um ihn herum Holz brach. Das Deck senkte sich ganz plötzlich ab, und der Käser fiel ins Wasser. Spuckend und nach Luft schnappend tauchte er wieder auf, und sofort stieß etwas gegen seinen Kopf. Es war ein Bruchstück des Floßes, und auf dem Rand der Planke hockte ein völlig verwirrter Ahab. Der Hund sah ganz so aus, wie sich Jonathan fühlte – kalt und naß –, und er kam allmählich zu der Überzeugung: Offenbar gehörte es zum Schicksal von Flößern, daß sie immer wieder Schiffbruch erlitten und unfreiwillig in Flüssen badeten. »Hallo!« rief Jonathan, griff nach der Holzplanke, die Ahab unsicheren Halt bot, und spähte durch den Nebel. »Hallo! Professor! Dooly!«

Irgendwo hinter ihm erklang Wurzels Stimme. »Hallo, Jonathan! Haben Sie sich doch dazu entschlossen, ans Ufer zu schwimmen?«

Jonathan trat Wasser und kraulte in die Richtung, aus der er die Stimme gehört hatte. Kurz darauf sah er den Professor und Dooly. Sie hielten sich an der Rotholzwand des Pultdaches fest, dem einzigen Teil des Floßes, der noch einen einigermaßen stabilen Eindruck machte. Obenauf lag die Gewehroboe – und der wiedergefundene Hut des Bürgermeisters Bastable. Dooly stieß ihn immer wieder an und ließ ihn fröhlich wie einen Kreisel drehen. Dabei rief er: »Seht nur, wie Ahab aussieht! Ganz naß ist er.« Dem konnte Jonathan nur zustimmen.

Sie schwiegen, als inmitten der Nebelschwaden eine Stimme erklang. Ruder tauchten mehrmals ins Wasser, und dann erschien ein langes Boot, in dem zwei grauhaarige Zwerge saßen. Der eine ruderte, und der andere beugte sich vor, starrte durch den Dunst. »Wer dort?« wiederholte die Stimme.

Jonathan befürchtete eine neuerliche Kollision, und aus diesem Grund beantwortete er die Frage des Zwerges rasch mit einem lauten »Wir!«

»Jetzt sehe ich euch«, sagte der Zwerg, während sein Begleiter das Boot in die richtige Richtung lenkte. »Schwimmt außer Ihnen noch jemand im Wasser?«

»Nein«, erwiderte Jonathan.

Die Zwerge verloren keine weiteren Worte und machten sich sofort daran, die drei Flößer und den Hund Ahab an Bord zu ziehen. Das Boot schwankte von einer Seite zur anderen, und schnaufende, keuchende Stimmen wurden laut, aber schließlich saßen Jonathan und seine Begleiter wieder im Trockenen. Der Käser hielt sofort nach den schwimmenden Fässern Ausschau. Er wagte nicht daran zu denken, daß die Tonnen mit seinen Käsedelikatessen sich nun am Grunde des Orielstroms befanden oder noch immer fest zusammengebunden aufs Meer hinausgetrieben wurden, somit auf Nimmerwiedersehen verschwanden. Der Professor behauptete, er hätte die Fässer noch kurz zuvor gesehen. Das Tau sei nicht gerissen, meinte er, und das Holz vermutlich nicht geborsten. Als sie langsam durch den wallenden Nebel ruderten – manchmal pfiffen die Zwerge leise und warteten dann auf eine Antwort vom Schoner –, erblickte Dooly ein Faß, das auf den Wellen hin und her tanzte. Daran festgebunden waren auch alle anderen Tonnen, einige von ihnen leer, die meisten aber gefüllt mit Rosinenkäse. Nicht eine einzige von ihnen schien beschädigt worden zu sein. Sie knoteten das Faßtau am Achtersteven fest und zogen die schwimmende Last hinter sich her.

Sie brauchten nur wenige Minuten, um in Sichtweite des Schoners zu gelangen, doch schon nach kurzer Zeit fror Jonathan so sehr, daß er am ganzen Leib zitterte. Es erwies sich als unmöglich, nasse Knoten mit klammen Fingern zu lösen. Der Professor hätte das vermutlich wissenschaftlich erklären können, aber selbst die gelehrtesten Erklärungen nützten dem Käser jetzt herzlich wenig. Sie halfen ihm kaum dabei, mit den Knoten fertig zu werden, um es den Zwergen zu ermöglichen, die Fässer an Bord des Schoners zu bringen. Außerdem konnte er sich kaum an der Leiter festhalten und hatte erhebliche Schwierigkeiten, an Bord zu klettern. Es war eine betäubende und den ganzen Körper erfassende Kälte, und daran trug nicht nur allein das Wasser die Schuld, sondern hauptsächlich der vom offenen Meer her wehende Wind.

Die Zwerge wußten offenbar, wie es um die zitternden Flößer stand. Sie holten rasch einige Decken, Mäntel und trockene Socken herbei, und die meisten Sachen waren selbst für Dooly zu klein. Aber es tat schon sehr gut, nicht mehr dem Wind ausgesetzt zu sein, und ein oder zwei über die Schultern geschlungene Decken schadeten ebenfalls nicht. Trotzdem atmeten sie alle erleichtert auf, als das Schiff an einer kleinen Insel vorbeisegelte, auf deren Hügelkuppe ein Leuchtturm stand. Die Lichter eines Hafens lockten, und auf der Backbordseite erstreckte sich ein etwa fünfzig Meter langer Kai.

Fast niemand hielt sich am Pier auf. Offenbar war kaum jemand närrisch genug, sich während des Nebels aufs Meer zu wagen. Zwei müde und ein wenig heruntergekommen wirkende Zwerge hielten von der Mole aus lange Angelruten übers Wasser, und die Schwimmer zitterten nicht ein einziges Mal, während der Schoner anlegte und festmachte. Zwischen den kleinen Gestalten stand eine Tasse mit dampfendem Kaffee; dann und wann warfen sie einen nicht sonderlich interessierten Blick über den Rand des Kais ins graue Wasser. Kein Fisch schnappte nach dem Köder.

»Sie hoffen sicher darauf, Nebelfische zu fangen«, sagte der Professor und nickte in Richtung der beiden

Zwerge. »Und wenn man Nebelfische gern mag, so ist diese Nacht für einen entsprechenden Fang sicher nicht ungeeignet. Ich habe sie einmal probiert, vor einigen Jahren, zusammen mit gedünsteten Pilzen. Für meinen Geschmack haben sie zu viele Gräten. Eine übersieht man immer. Aber das Fleisch schmeckt recht gut, so wie das von Forellen.«

Dooly zitterte so vor Kälte, daß er überhaupt nicht mehr sprechen konnte. Er war kaum dazu in der Lage, den Kopf zu drehen und die drei Fische anzusehen, die auf dem Pier lagen. Sie hatten große Köpfe und sahen plump aus. Ihre Flossen standen wie kleine Schwingen ab, und hier und dort wuchsen spitze, im Nebel phosphoreszierende Zacken aus den Schuppenleibern. Jonathan war an den Ausführungen des Professors ebensowenig interessiert wie Dooly – bis plötzlich ein aufgebläht aussehender und glühender Nebelfisch so durch die Dunstschwaden schwamm, als handelte es sich dabei um eine andere Art von Wasser. Ein dumpfes *Wusch* erklang, und die Geschöpfe sahen sich mit großen Glotzaugen um.

Einer der beiden Fischer legte die Angel beiseite und griff nach einem Netz. Auf den Zehenspitzen eilte der Zwerg übers Holz des Kais und folgte dem Fisch. Der allerdings schöpfte offenbar Verdacht, denn in einem raschen Zickzackkurs flog er – oder schwamm, was eher zutreffen mochte – durch den Dunst. Daraufhin kehrte der Zwerg mit einem leeren Netz an seinen Platz zurück und mußte sich einige unfreundliche Worte von seinem Begleiter anhören. Kurz darauf ertönte vom Ende des Piers her ein leises Plätschern. Es deutete darauf hin, daß der Nebelfisch ins Meer zurückgekehrt war.

Jonathan dachte daran, daß Fischer sich oftmals überhaupt nicht ums Wetter kümmerten – eine ihm nach wie vor rätselhafte Verhaltensweise. Er erinnerte sich daran, daß Bürgermeister Bastable mehr als nur einmal an einem kalten Dezembermorgen mit der Angel in der Hand an den eisigen Ufern des Orielstroms gehockt hatte. Das zeugte nicht nur von einem enormen Enthusiasmus, sondern auch von einer ausgeprägten Gesundheit. Aber angesichts seines derzeitigen Zustands hielt Jonathan Begeisterung irgendeiner Art für sehr ermüdend und geradezu verwerflich.

Am Ende des Kais begegneten sie einem Elf, der offenbar nur allein aus dem Zweck schnaufend über die Straße wanderte, um ihre Bekanntschaft zu machen. Er stellte sich als Twickenham vor, reichte ihnen die Hand und führte sie dann zu einem Wirtshaus, hinter dem sich eine hohe Felswand erhob. Ein schon recht verwittertes Holzschild hing an Haken neben der Tür, und darauf stand geschrieben: *Käpt'n Mondauge.* Daneben erkannten Jonathan und seine Begleiter die geschnitzte Darstellung eines Piratenzwergs mit zerzaustem Bart und böse glitzernden Augen. Für den Käser war es das romantischste Gasthaus, das er je gesehen hatte – es schien direkt aus einer Erzählung von G. Smithers Gestalt angenommen zu haben.

Aufgrund eines Kaminfeuers, das infolge seiner Größe eher in eine Schmiede gepaßt hätte, war es im Innern der Schenke so warm wie in einem Koboldkessel. Über dem Kamin stand eine große Uhr auf einem dunklen hölzernen Sims, und ihre Zeiger deuteten auf die Neun. Das Zifferblatt präsentierte einen grinsenden, fast vollen Mond, der über zwei lange, dünne Arme verfügte – einer davon setzte einen Stern an den dunkelblauen Nachthimmel. Als Jonathan und die anderen das Gasthaus betraten und ans Feuer eilten, schlug neunmal der Gong.

»Hier kann man es aushalten!« wandte sich der Käser an den Professor. »An einem warmen Feuer vergißt man alle Unbill, die einem widerfuhr.«

»Da bin ich ganz Ihrer Ansicht.« Der Professor lächelte.

Dooly zitterte noch immer so sehr, daß er einen eher geringen Enthusiasmus zeigte und nur nickte. Ahab stand direkt vor ihnen am Kamin und schüttelte so viel Wasser aus dem Fell, daß die Glut im Feuer zischte. Dann streckte er sich am Boden aus, schlief sofort ein und begann zu schnarchen. Dooly wurde rasch wieder lebhafter und meinte, Ahab sei »hundemüde« – er lachte über seinen Witz. Jonathan und der Professor schmunzelten. Der Grund dafür aber war nicht so sehr Doolys Wortspiel, sondern die Becher mit würzigem Bier und der Braten, den Twickenham und Monroe, der fröhliche und dicke Wirt, aus der Küche holten.

Die drei Flößer machten sich so über die Mahlzeit her, als hätten sie eine ganze Woche lang gefastet. Selbst Ahab erwachte und verlangte seinen Anteil. Der Hund trank natürlich kein Bier, sondern warme Buttermilch; aber Bier schmeckte ihm ohnehin nicht, und dadurch blieb ihm eine Enttäuschung erspart.

An jenem Abend sprach Twickenham nur wenig. Im großen und ganzen beschränkte er sich auf die Mitteilung, daß sich die Fässer jetzt in Ackroyds Bäckerei befanden, wo man sie auf undichte Stellen überprüfte. Der Käse war vor dem Einpacken mit Wachs versiegelt worden und brauchten deshalb kaum irgendwelche Lecks in den Tonnen zu fürchten. Twickenham schlug den Flößern vor, ein oder zwei Tage lang im alten Mondauge zu verweilen. Anschließend brauchten sie sich um ihre Geschäfte keine Sorgen zu machen, meinte er.

Jonathan verkündete seine Absicht, bis übermorgen durchzuschlafen. Vorher, so meinte er, wollte er nichts von irgendwelchen Geschäften hören.

»Wir warten auf einige Wanderer, die über den Flußpfad hierher unterwegs sind«, sagte der Elf. »Wenn es zu keinen Zwischenfällen kommt, müßten sie morgen am späten Nachmittag hier eintreffen.«

»Wir sind ihnen begegnet«, sagte Jonathan. »Und damit nicht genug: Die Hälfte ihres Proviants haben wir verspeist. Sind sehr nett, die Wanderer.«

»Das kann man wohl sagen«, pflichtete ihm Twickenham bei. »Haben Sie auch einen besonders großen gesehen? Einen ziemlich dicken Wanderer, der viel für Gaumenfreuden und Scherze übrig hat?«

Der Professor nickte. »Sie meinen sicher den Junker. Ja, wir haben auch ihn kennengelernt. Er und Dooly sind sofort dicke Freunde geworden. Als wir uns vom Junker und seinen Begleitern verabschiedeten, waren sie noch rund einen Tagesmarsch von der ersten Zwergenstation entfernt, und sie schienen es ziemlich eilig zu haben, dorthin zu gelangen. Wir hatten mehrmals Probleme mit Kobolden. In der letzten Zeit scheinen sich ziemlich viele von ihnen herumzutreiben – und offenbar stoßen sie bis zur Grenze des Hochlands vor.«

»Das gehört zu den Dingen, um die wir uns sofort kümmern werden, sobald der Junker und die anderen hier eingetroffen sind.«

Es gab nicht viel mehr, über das sie an diesem Abend sprachen. Ein gefüllter Bauch und angenehme Wärme sorgten dafür, daß Jonathan schließlich eindöste – der Kopf neigte sich nach vorn, bis das Kinn an die Brust stieß. Irgend etwas in ihm erinnerte sich an den vergeblichen Versuch, den Knoten der Faßleine mit kalten Fingern zu lösen – genauso unmöglich war es, unter diesen Umständen wach zu bleiben. Schließlich dankten sie Twickenham und zogen sich in ihre jeweiligen Zimmer zurück, in denen sie auf breiten Betten mit weichen Federkissen einschliefen.

12. KAPITEL

Der Mondmann

Eine ganze Weile später – für Jonathan hatte es allerdings den Eindruck, als seien nur einige wenige Sekunden vergangen – wurde er von einem jungen Zwerg geweckt, der seltsame aussehende Kleidung trug, vielleicht eine Art Diensttracht. »Erwachen Sie, Meister Bing. Die anderen sind schon auf den Beinen.«

Jonathan nahm ab und zu einen schlürfenden Schluck von seinem Kaffee, während er sich das Hemd anzog, dann in die Hose stieg und sich die Träger über die Schultern streifte. Seine Sachen waren inzwischen gereinigt worden. Die lederne Tasche mit den Münzen und Glücksbringern hing an einem Stuhl. Es freute den Käser, daß der junge Zwerg auch einen Napf mit Buttermilch für Ahab mitgebracht hatte, aber er war darüber wahrscheinlich nicht einmal halb so glücklich wie der Hund.

Der Professor saß bereits unten im Schankraum am Tisch, verspeiste genüßlich ein Brot mit Marmelade und wartete auf Eier und Schinken. Jonathan gesellte sich ihm hinzu und bemerkte einen Teller mit Brotkrumen und Resten von Eigelb. Also hatte Dooly schon gefrühstückt und war anschließend hinausgegangen. Von Twickenham fehlte jede Spur, doch als Jonathan dem dicklichen Monroe Bezahlung für das Frühstück anbot, erwiderte der Wirt nur: »Das hat der Elf erledigt, mein Herr.« Jonathan nahm an, damit war Twickenham gemeint, und er vermutete, daß jener Elf mit all den geheimnisvollen Dingen in Verbindung stand, an die Jonathan erst wieder nach einer ausgiebigen Rast denken wollte. Vermutlich blieb Twickenham ohnehin nicht lange fort.

Nach dem Frühstück verließen sie die Schenke und begaben sich in die Stadt. Der Nebel hatte sich gelichtet, und jetzt wirkte der Ort nicht mehr annähernd so finster wie am vergangenen Abend. Allerdings leuchtete die Sonne nur als ein trüber Fleck am Himmel, und die Luft war kalt und feucht. Auf der linken Seite, kaum zwanzig Meter entfernt, sahen sie die steinerne Wand, und nun stellten sie fest, daß sie die ganze Stadt umgab. Sie ragte fast fünf Meter weit empor, und nach dem Tor zu urteilen, durch das man die Kaianlagen erreichen konnte, war die Mauer knapp zwei Meter dick. Der Professor meinte, Zweck der Wand sei es vermutlich, die Stadt vor Piraten zu schützen. Jonathan freundete sich recht bald mit dieser Vorstellung an, und als sie hügelaufwärts schritten und sich dem Zentrum der Siedlung An-der-Küste näherten, sahen sie weitere Dinge, die Wurzels Theorie bestätigten. Die Stadt war auf niedrigen Hügeln errichtet worden, und ein oder zwei dieser Anhöhen – man sah ihre Kuppen über die Dächer der Häuser hinweg – schienen befestigt zu sein. Hier und dort bemerkte Jonathan die Mündungen von Kanonen, die aus Fensteröffnungen ragten und nicht nur zur Bucht zeigten, sondern auch aufs offene Meer.

Alles in allem gesehen war An-der-Küste eine saubere und sehr ordentliche Stadt, auch wenn in diesem Bereich die meiste Zeit des Jahres über wenig angenehmes Wetter herrschte. Wie in jeder echten Hafenstadt war an der Wassergrenze ständig Treibgut präsent – getrocknete Algen, teerverschmierte Teile von Lattenkisten und rostige Metallfetzen –, und der Wind trug ständig den salzigen Geruch des Ozeans über die Gebäude hinweg. Selbst noch eine halbe Meile landeinwärts watschelten Pelikane über die Straßen. Immer wieder hörte man den dumpfen Klang der Nebelhörner, die Fischerboote, Schleppkähne und Schaluppen davor warnten, der Felsenküste zu nahe zu kommen.

Die Häuser waren größtenteils recht hoch, dafür aber auch schmal. Die meisten von ihnen hatten drei Stockwerke und darüber hinaus auch noch eine Dachkammer. Hölzerne Balken ragten an einigen Stellen aus den Wänden, und daran hingen die Seile und Rollen von Flaschenzügen. An der Vorderfront eines Hauses, nicht allzu weit vom Mondauge entfernt, baumelte ein Klavier an einigen solchen Tauen. Arbeiter in Baumwollhosen eilten umher, riefen sich gegenseitig Anweisungen zu und deuteten immer wieder in die Höhe, so als wollten sie beim ersten Anzeichen eines Problems sofort die Flucht ergreifen.

Viele der Bewohner von An-der-Küste hatten sich alle Mühe gegeben, ihrer Stadt ein freundliches Aussehen zu verleihen. Manche Häuser waren in bunten Farben gestrichen, obgleich der graue Dunst des Nebels diese hellen und fröhlichen Töne immer wieder trübte. Vor fast allen zur Straße hin gelegenen Fenstern zeigten sich Topfpflanzen. Diese Gewächse gediehen prächtig in dem feuchten Küstenwetter, und ihre Blätter und Ranken hingen weit über die Brüstungen hinaus. Wenn jemand Regen und Nebel mochte, dann fühlte er sich in An-der-Küste wahrscheinlich sehr wohl. Diese Stadt schien Jonathan der geeignete Ort für einen Dichter zu sein, und er stellte sich vor, wie G. Smithers in einer Dachkammer des vierten Stocks saß, ab und zu auf die vom Nebel verschleierten Straßen sah und großartige, spannende Werke verfaßte. Ein solcher Ort eignete sich sicher auch für Bufo und Gelbhut, obgleich die Verse, die sie unter derartigen Bedingungen niederschreiben mochten, bestimmt nicht unbedingt von Wiesen im Sonnenschein und köstlichen Früchten berichteten, sondern von weitaus melancholischeren Dingen.

Auf dem Hügel in der Mitte der Stadt erhob sich ein Palast, und es war ein sehr funktioneller noch dazu – nicht einer von den prächtigen, überall verzierten und geschmückten Palästen, wie sie die Könige von Ozeanien bevorzugten. Es handelte sich um einen massiven, auch ein wenig düster wirkenden Palast. Das Grau des Steins entsprach fast der Farbe des Nebels, der ihn so oft umwallte – eine Festung innerhalb einer Festungsstadt.

Der Professor schlug vor, die gemütliche Wanderung noch eine Zeitlang fortzusetzen, und da Jonathan keine bessere Idee hatte, erklärte er sich damit einverstanden. Sie schlenderten durch zwei Straßen – sie trugen die sehr passenden Namen Zweite und Dritte Straße –, die parallel zur Bucht verliefen. Rechts und links sahen sie kleinere Schenken und Läden mit Wohnetagen darüber, und ernst dreinblickende Zwerge marschierten durch den kalten Morgendunst in Richtung Bucht. Dann und wann dröhnte der Klang des Nebelhorns, und manchmal trieb der Wind eine graue, faserige Wolke herbei, wie um das Blöken des Horns zu rechtfertigen. Die kopfsteingepflasterten Straßen wanden sich hierhin und dorthin; gelegentlich holperte ein Wagen oder Karren vorbei. Auf ihrem Weg passierten sie auch zwei sehr interessante Buchläden, und in ihren Regalen stapelten sich ganze Schmökerberge. Jonathan glaubte, daß G. Smithers in An-der-Küste bestimmt kein Unbekannter war. Er bemerkte auch einige Nebenstraßen und freute sich bereits darauf, sie während des Rückwegs zu erkunden.

An jeder Straße standen hohe Lampen, und die meisten von ihnen glühten noch immer matt, obwohl es bereits spät am Morgen war. Als eine besonders dichte Nebelwolke heranwogte, schimmerte der Glanz der Lampen durch den Dunst und gab der ganzen Szenerie etwas noch Unheimlicheres. Der Professor bezeichnete An-der-Küste als eine seiner Meinung nach ungewöhnlich stille Stadt. Woraus folgte: Die einzelnen Geräusche, die sie vernahmen, wurden zwar vom Nebel gedämpft, aber angesichts der sonst herrschenden Stille wirkten sie ungewöhnlich laut. Das Pochen von Hufen auf dem Kopfsteinpflaster, der krächzende Schrei einer Möwe und das Scharren von Lederstiefeln auf dem feuchten Stein – das alles wurde einem sehr bewußt und stellte nicht nur einen akustischen Hintergrund dar, wie es in Twomblytief der Fall gewesen wäre.

Sie wanderten durch eine Straße mit vielen Gemüse- und Fischläden. Der November ist kein besonders guter Obst- und Gemüsemonat, und aus diesem Grund war das entsprechende Angebot nicht sonderlich groß. Ganz anders lag der Fall bei Meeresfrüchten. Jonathan und der Professor sahen große Haufen aus Uferschnecken und Muscheln, aus Austern und Krabben, und ihr neugieriger Blick fiel auf große Bottiche mit Tintenfischen, Garnelen und Seeigeln. Das Angebot an Nebelfischen erwies sich als sehr groß, und sie waren entsprechend günstig. Überall lagen auch lange, rosarote Streifen Lachsfleisch, und diese Spezialitäten waren nicht annähernd so billig. Jonathan mochte Mahlzeiten mit ausgefallenen, ihm unbekannten Zutaten sehr gern, erst recht, wenn sie aus dem Meer stammten. Aber aus irgendeinem Grund hatte er immer wieder feststellen müssen, daß jene Dinge, die er nicht einmal zu benennen wußte, nie so interessant schmeckten, wie sie aussahen. Ein Verkäufer hatte sogar einen Behälter mit siedendem Wasser aufgestellt und kochte ganze Krabben darin. Der Professor machte den Vorschlag, zur Mittagszeit mit einer Flasche Weißwein und einem Laib Brot zurückzukehren; Jonathan erwiderte, das sei eine ausgezeichnete Idee.

Sie begegneten Dooly, als sie etwa zwei Drittel des Weges zum Palast zurückgelegt hatten. Er stand auf einer Tonne und sprach zu einem Zwerg, der seinen Worten aber keine allzu große Beachtung schenkte.

Dooly erzählte davon, wie ihr Floß in der Nähe des Koboldwalds überfallen und geplündert worden war, und er schmückte diese Geschichte mit der Erwähnung von Trollen, Schätzen und so weiter aus. Der Zwerg hatte ein gerötetes Gesicht, schwitzte und hielt eine lange Röhre in der Hand, an deren Ende eine Kugel aus glühendem Glas glitzerte. Ab und zu drehte er die Röhre um, strich Farben aus geschmolzenem Glas auf die Kugel und formte sie mit Hilfe eines kleinen Metallspießes zu komplexen Mustern. Jonathan dachte zunächst, daß der Zwerg ein enorm großes Glasauge herstellte, vielleicht für einen Zyklopen, der sein echtes verloren hatte – für einen Zyklopen eine wirklich scheußliche Sache –, aber schließlich ergab sich, daß der Zwerg Briefbeschwerer produzierte: kleine Kristallkugeln von einzigartiger Schönheit. Sie waren größer als Murmeln, und in manchen zeigten sich Gärten aus Glasblumen. Einige dieser Blumen waren so winzig, daß Jonathan sich die Kugel ganz nah vor die Augen halten mußte, um sie zu erkennen. Andere hingegen waren größer und ähnelten mehr Tieren oder Geschöpfen des Meeres. Selbst der Professor gab seinem Erstaunen ganze zehn Minuten lang mit seufzenden *Ohs* und *Ahs* Ausdruck. Eine der Kugeln leuchtete in einem dunklen Blau und war durchsetzt mit kleinen, juwelenartig schimmernden Sternen. Als Jonathan nach ihr griff und in sie hineinsah, schienen die Geräusche um ihn herum leiser zu werden, und er hatte das Gefühl, ins juwelene Dunkel im Innern der Kugel zu fallen. Es war ein sehr erschreckendes Empfinden und doch gleichzeitig eins, das man im wahrsten Sinne des Wortes als wunderbar bezeichnen konnte. Er starrte so lange in die Kugel, bis er hörte, wie jemand seinen Namen rief und ihm Dooly auf die Schulter klopfte.

»Herr Bing!« rief Dooly. »Kommen Sie, Herr Käser. Wir wollen uns den Palast ansehen.«

Jonathan stellte den kristallenen Briefbeschwerer wieder auf den Tisch und sah, daß der Professor bereits weitergegangen war. Er kam sich ein wenig närrisch vor, auf solche Art und Weise in eine Kugel aus Glas geblickt zu haben, und er wandte sich dem Zwerg zu, der noch immer ganz auf seine Arbeit konzentriert zu sein schien. »Diese hier ist wirklich prächtig«, sagte er. Und im Tonfall der Kenners fügte er hinzu: »Ich habe selten eine schönere gesehen.«

Der Zwerg bedachte Jonathan mit einem freundlichen Lächeln, zwinkerte und erwiderte dann geheimnisvoll: »Überhaupt sieht man selten etwas, das schöner ist.« Dann setzte er die Arbeit fort.

»Komischer kleiner Mann«, murmelte Jonathan und dachte über die seltsame Bemerkung des Zwergs nach, die er zwar nicht ganz verstand, von deren Wahrheitsgehalt er aber trotzdem zutiefst überzeugt war.

Der Palast erwies sich als nicht annähernd so interessant wie die Briefbeschwerer. Abgesehen von zwei Zwergen, die vor dem gewaltigen Eichentor standen und die Arme auf zwei riesenhafte Äxte stützten, hielt sich hier offenbar niemand auf. Jemand, der auch nur mit einem Taschenmesser bewaffnet war, so überlegte Jonathan, konnte sich problemlos einen Zugang in den Palast verschaffen und mit den beiden Zwergen fertig werden, bevor sie ihre Äxte heben oder damit zum Schlag ausholen konnten. Aber er vermutete, daß den Wächtern ohnehin nur die Pflicht zukam, eindrucksvoll zu wirken. Wie sich herausstellte, war der König angeln gegangen und würde erst am Nachmittag des folgenden Tages zurückkehren.

Schließlich entschieden sie, den vorherigen Vorschlag des Professors aufzugreifen, Brot und Weißwein zu holen. Nachdem sie eine höchst schmackhafte Mahlzeit genossen hatten, kehrten sie ins Mondauge zurück, wo sich alle drei zur Ruhe legten und den ganzen Nachmittag über schliefen. Den folgenden Tag verbrachten sie ähnlich geruhsam. Jonathan unterzog sich am Mittag der schwierigen Aufgabe, Schnecken zu essen, die sich aus irgendeinem Grund hartnäckig weigerten, aus ihren Schalen zu kommen. Der Käser machte die Erfahrung, daß er durch das Stochern zuviel Zeit verlor und sein Appetit schneller wuchs, als er ihn befriedigen konnte.

Auf diese Weise verstrichen zwei sehr angenehme Tage. Der Professor klagte einmal leise über das naßkalte Wetter, aber Jonathan gefiel es recht gut. Dooly wies mehrmals darauf hin, daß es eine gewisse ›Stimmung‹ zum Ausdruck brachte. Am dritten Morgen kam Twickenham ins Wirtshaus und berichtete, die Wanderer seien am vergangenen Abend eingetroffen. Im Palast fände eine Versammlung statt, bei der, so betonte Twickenham, die drei Flößer nicht fehlen durften. Es werde Apfelkuchen, Kekse und heißer Kaffee serviert, und Jonathan und seine Begleiter sollten sich besser beeilen, denn man könnte den Junker sicher nicht mehr lange zurückhalten. Ackroyd der Bäcker höchstpersönlich hatte die Kuchen gebacken, und nur der guten Freundschaft zwischen Ackroyd und dem Junker war es zu verdanken, daß die Pasteten noch nicht in Myrkels Magen ruhten.

Also machten sie sich sofort auf den Weg zum Palast, und vor dem dortigen Eichentor hielten erneut die beiden Zwerge mit ihren großen Äxten Wache. Hinter der Außenmauer, auf einem umzäunten Rasen von der Art, die sich gut zum Krocketspielen geeignet hätte, lag ein Luftschiff der Elfen. Jonathan zweifelte kaum daran, jenes Schiff wiederzusehen, das die Trolle in der Nähe von Weidenwald verjagt hatte. Von der Flanke her lächelte ihnen das pausbäckige Gesicht des Mannes im Mond entgegen, das aus unerfindlichen Gründen auf so vielen Uhren dargestellt war. Erneut dachte Jonathan an seine magischen Münzen und tastete nach dem Lederbeutel, den er am Gürtel trug.

Über der Hecke konnte man die Masten und zusammengerollten Segel eines recht großen Schiffes erkennen – was Jonathan erstaunte, denn immerhin war das Meer rund eine halbe Meile entfernt. Der Professor vermutete einen Kanal, der bis direkt hinter den Palast führte. Es blieb ihnen jedoch keine Zeit, sich näher damit zu befassen, denn mehrere plaudernde, lachende Elfen schritten durch einen Durchlaß in der Hecke und deuteten immer wieder zu den drei Flößern. Wie Twickenham waren sie ein wenig größer als Wanderer und nicht annähernd so stämmig wie Zwerge. Seltsamerweise wirkten einige der Elfen im trüben Sonnenlicht wie durchsichtig. Jonathan glaubte, den zweiten Elf als einen diffusen Schemen durch den Körper des ersten zu sehen, so als bestünde dessen Leib aus einer ganz speziellen Art von Glas. Doch wenn sich eine Wolke oder der faserige Dunst des Nebels vor die Sonne schob, verflüchtigte sich dieses Trugbild – wenn es wirklich eins war, und dann sahen die Elfen ganz real aus, viel eleganter und weniger komisch als die Wanderer. Zunächst gewann der Käser den Eindruck von Arroganz, denn die Elfen blickten sich recht herablassend um. Aber kurz darauf stellte Jonathan fest, daß Elfen noch weitaus mehr als Wanderer für Lieder und Scherze übrig hatten.

Twickenham verzog angesichts der Neuankömmlinge ein wenig das Gesicht, so als empfände er ihre Gegenwart als eine Belastung. Ein ziemlich dicker Elf, der überraschenderweise große Ähnlichkeit mit Bürgermeister Bastable hatte, trat vor. Er wirkte sehr geschäftsmäßig, fast ernst – wobei man aber hinzufügen muß, daß auch ein sehr geschäftsmäßiger und fast ernster Elf immer noch ein ziemlich lustiger und fröhlicher Bursche ist. Jonathan erwartete eine Ansprache.

»Hallo, hallo, hallo, hallo!« sagte der dicke Elf. »Meine Herren, Herren, Herren! Tja, da wären wir!«

Jonathan flüsterte dem Professor zu, daß der korpulente Elf offenbar sehr gut mit Worten umzugehen verstand, und Wurzel nickte bestätigend. Kurz darauf wurden überall Hände geschüttelt, und es herrschte ein solches Durcheinander, daß Jonathan nicht wußte, wen er gerade begrüßte. Auf diese fröhliche und ausgelassene Weise ging es noch eine Weile weiter, bis Jonathan plötzlich begriff, daß er mindestens drei- oder viermal so viele Hände geschüttelt hatte, wie überhaupt Personen anwesend waren. Er argwöhnte allmählich, das Opfer eines Elfenscherzes geworden zu sein.

Der dicke Elf lachte schallend, als Jonathan schließlich reagierte und darauf hinwies, daß er ihm jetzt zum letztenmal die Hand schüttelte – wobei sich der Arm des Korpulenten wie ein Schwengel auf und ab bewegte. Jonathan erachtete dieses Ritual als höchst sonderbar, aber er war ebenso gern fröhlich wie alle anderen, und so lächelte er nur, als ihm der dicke Elf erklärte, man hätte einen Ulk mit ihm getrieben. Daraufhin lachten die anderen Elfen erneut und amüsierten sich offenbar köstlich über den Scherz. Rufe wurden laut wie »Hab ihm zwanzigmal die Hand geschüttelt!« und »Habt ihr gesehen, was für ein Gesicht er gemacht hat?« und »Seine Hand muß ganz grün und blau sein!«

Twickenham lachte ebenfalls, aber es klang ein wenig unsicher, denn auch er war Opfer des Scherzes geworden, wenn auch nicht in dem Ausmaß wie der Käser.

»Twicky, Twicky, Twicky«, sagte der dicke Elf, den man, wie sich später herausstellte, Herrn Blump nannte. »Dort drin gibt es etwas zu essen. Zu essen und zu trinken für die Lichtelfen des Flügelschiffes. Des Vogels, der nicht mit den Schwingen schlägt, haha!« Und bei seinen letzten Worten handelte es sich offenbar ebenfalls um einen enormen Witz, denn es kam zu einem neuerlichen Heiterkeitsausbruch bei den anderen Elfen. Sie prusteten.

»Hallo, guter Blump«, sagte Herr Twickenham. »Dies sind, wie Sie sicher wissen, Jonathan Bing aus Twomblytief, der Historiker Professor Wurzel und der Enkel Dooly.«

»Helle, kluge und gewitzte Leute!« platzte es aus Blump heraus, und ein weiteres Mal streckte er Jonathan die Hand entgegen. Doch als der Käser sie aus reiner Höflichkeit ergreifen wollte, zog Herr Blump sie mit einem Ruck zurück, deutete mit dem Daumen über die Schulter und lachte wie ein Irrer. Jonathan lächelte, um zu zeigen, daß er Spaß verstand. Der Professor aber sah Twickenham so an, als hätte er Herrn Blumps eigenwilligen Humor inzwischen satt.

»Wo ist Seine Hoheit?« fragte Twickenham mit geheimnisvoll klingender Stimme. »Wir bringen Nachrichten.«

»Äh, ja, Nachrichten«, sagte Herr Blump. »Neuigkeiten also, wie? Ich habe ihn eben noch am Kanal gesehen, zusammen mit seinen Schnabeltiers.«

»Schnabeltieren«, berichtigte der Professor in aller Höflichkeit.

»Natürlich«, sagte Blump. »Aber er dürfte sicher bald hier sein.«

Plötzlich bewegte sich etwas im großen Palasttor, und Bufo, der Junker, Stich-den-Busch und Gelbhut traten auf sie zu. Stich-den-Busch tadelte den Junker aus irgendeinem Grund, während sich Myrkel etwas Kuchen oder Brot in den Mund stopfte. Offenbar hatte er jemanden dazu überreden können, ihm einen kleinen Imbiß zu geben, um damit die qualvolle Fastenzeit bis zum Auftragen von Ackroyds Pasteten zu überbrücken. Rufe wie »Ho! Der Junker!« und »Der Junker Myrkel ist hier!« ertönten aus einem halben Dutzend Elfenkehlen. Der Junker wankte heran und grinste breit. Eine Zeitlang herrschte erneut ein ziemliches Durcheinander, und man klopfte dem Junker auf die Schultern, drückte ihm immer wieder die Hand. Dann trat einer der Elfen vor – er trug einen spitzen Hut – und holte einen ledernen Beutel hervor, der oben mit einer Schnur zugebunden war.

»Murmeln!« flüsterte Bufo Gelbhut zu, und Dooly bahnte sich einen Weg durch die Menge, um zu sehen, ob er recht hatte. Tatsächlich: Der Junker setzte sich auf den Boden und rollte Murmeln ins Gras. Das Klicken und Klacken der kleinen Glaskugeln füllte die Luft um sie herum aus, und alle beobachteten, wie die Murmeln aus dem Beutel herauszufließen schienen. Zuerst war es ein Bach, dann ein Fluß, der schließlich zu einem Teich wurde, der sich zu einem regelrechten See verbreiterte. Hunderte von Murmeln rollten hervor, und im Sonnenlicht glitzerten die im Glas eingelassenen Spiralen in allen Regenbogenfarben.

Ganz offensichtlich handelte es sich nicht um einen gewöhnlichen Beutel mit Murmeln. Selbst der Junker Myrkel hatte genug Verstand, um an der Schnur zu ziehen und den Beutel wieder zu schließen, bevor mehr Murmeln durchs Gras rollten, als die Wanderer in ihren Körben tragen konnten. Die lederne Tasche schien unendlich viele Murmeln zu beinhalten, und Jonathan wünschte sich, *er* hätte einen solchen Beutel besessen. Er war immer sehr davon fasziniert gewesen, sich etwas ohne Ende vorzustellen – ein Regal zum Beispiel, in dem sich endlos viele Bücher von G. Smithers aus Brompton befanden, oder Zimmer, die so voller geschliffener Edelsteine und Goldmünzen waren, daß man in ihnen baden konnte. Hier nun sah er so etwas: ein Elfenwunder. Jonathan entschied, sich im kommenden Frühling, wenn diese Reise längst zu Ende war und eine Floßfahrt stromabwärts angesichts des ruhigeren Wetters kein echtes Abenteuer mehr darstellte, erneut ins Land der Wanderer zu begeben, um Junker Myrkel zu besuchen und seine Murmelschätze zu bewundern.

Unterdessen saß der Junker im Gras und betrachtete

eine Murmel, die etwa so groß war wie eine Pflaume. Im Innern des Glases zeigten sich einige kleine Farbwolken, und er starrte so darauf hinab, als präsentierte sich ihm eine Zauberhöhle im Zentrum der Erde.

Gerade in diesem Moment sah Jonathan auf und bemerkte einen Kopf am anderen Ende der Wiese, jenseits der Hecke. Zunächst glaubte er, daß es sich dabei um das Haupt des Zwergenkönigs handelte. Er mußte recht groß sein, aber andererseits war er ja auch Seine Hoheit genannt worden. Als schließlich die ganze Gestalt sichtbar wurde, erkannte der Käser nicht etwa einen Zwerg, sondern vielmehr jemanden, der genauso aussah wie das Gesicht am Luftschiff – oder wie das auf der Rückseite jener Taschenuhr, von der Dooly erzählt hatte.

Ganz ruhig und gelassen schritt der Mann über den schmalen, von kleinen Hornstrauchhecken gesäumten Pfad. Als er näher herankam, fiel Jonathan auf, daß der Mann ein wenig vornübergeneigt ging, als lastete ein schweres Gewicht auf seinen Schultern. Tatsächlich schwitzte er sogar – aufgrund seiner Anstrengungen –, und allein das war an einem kühlen Tag schon eine sonderbare Sache.

Er trug eine Art Tweedmantel, und darunter zeigte sich eine mit den Darstellungen von Monden, Sternen und dahinwirbelnden Planeten geschmückte Weste. Er begrüßte sowohl die Elfen als auch die Flößer und musterte sie aufmerksam durch eine Brille, deren Gläser so dick waren, daß die Augen dahinter geradezu riesig wirkten. Der Stoff seiner Hose schien aus Goldfäden zu bestehen, und vielleicht war das wirklich der Fall. Bis auf einen kleinen Haarschopf über jedem Ohr war sein Schädel völlig kahl. Jonathan verglich ihn in dieser Hinsicht mit dem Bürgermeister Bastable, was ein wenig unfair sein mochte, denn einige Haare mehr hatte Gilroy schon.

Der Mondmann – für den hielt ihn Jonathan jetzt

nämlich – war jemand von außergewöhnlichem Erscheinungsbild, daran konnte kaum ein Zweifel bestehen. Doch es stand ebenso fest, daß er durchaus etwas Majestätisches an sich hatte. Die Augen hinter den Brillengläsern funkelten lustig, aber Jonathan konnte in ihnen auch den Glanz von Ernsthaftigkeit erkennen. Der Käser kam zu dem Schluß, daß der Mondmann ebenso wie der Junker eine sehr direkte und positive Einstellung zum Leben hatte. Er mochte es offenbar, Apfelkuchen und Schokoladenkekse zum Frühstück zu essen, mit Schnabeltieren an Flußufern zu spielen und an Hecken entlangzuwandern. Wie sich herausstellte, teilte er auch die Vorliebe des Junkers für Murmeln und liebte es über alles, die Rätsel von Kaleidoskopen und kristallenen Briefbeschwerern zu lösen.

Er schüttelte Jonathan die Hand, nannte ihn ›Käser‹ und grüßte freundlich. Anschließend erwähnte er, daß er sich ebenfalls in der Kunst der Käserei übte. »Natürlich reichen meine Fähigkeiten nicht aus, um ein so köstliches Wunder wie einen Rosinenkäse zu vollbringen«, sagte er. »Aber meine grünen Käse werden allgemein sehr geschätzt.«

Jonathan bedauerte, daß er keinen Rosinenkäse bei sich hatte und war versucht, sich näher nach den hiesigen Käseherstellungsverfahren zu erkundigen – gewissermaßen als ein Gespräch zwischen Fachleuten. Aber er beschloß dann, seine Fragen bis zu einem geeigneteren Zeitpunkt aufzuschieben. Er hatte schon immer wenig Gefallen daran gefunden, Themen anzuschneiden, die in erster Linie ihn selbst betrafen und über die seine Freunde nicht viel zu sagen wußten. So etwas mochte rasch für Selbstsucht gehalten werden, und das wollte er unbedingt vermeiden.

Der Junker hatte inzwischen alle seine Murmeln eingesammelt und sie in den ledernen Beutel zurückrollen lassen, der daraufhin rätselhafterweise groß genug geworden war, um sie auch alle aufzunehmen. Er stand auf, schwang sich den Sack über die eine runde Schulter und nickte dem Mondmann zu. »Wo ist Herr Ackroyd? Wir müssen Herrn Ackroyd finden. Der Junker braucht ihn in einer wichtigen Angelegenheit, bei der es um Kuchen geht.«

»Herr Ackroyd befindet sich bereits im Palast«, sagte Bufo. »Gerade in diesem Augenblick wählt er die richtigen Kuchen aus, Junker.«

»Ich möchte sofort mit Ackroyd sprechen«, sagte Myrkel.

Der Mondmann – er war nicht nur sehr nett, sondern auch ein guter Freund des Junkers –, ergriff ihn am Arm und führte ihn auf die Palasttür zu. »Statten wir Herrn Ackroyd gemeinsam einen Besuch ab.« Der Junker lächelte erfreut.

Zwar wirkte der Palast von außen düster und kalt, aber im Innern war er doch recht gemütlich. Vom großen Vorzimmer aus führten Flure in jede Richtung, und dicke Teppiche und Läufer in angenehmen Frühlingsfarben bedeckten die Steine. Von der Decke hingen glühende Kristalle, die ganz offensichtlich aus Rosenquarz bestanden, und sie stellten ebenso erstaunliche wie beeindruckende Lampen dar. Jonathan versuchte vergeblich herauszufinden, aus welchem Grund die Kristalle von ganz allein leuchteten. Der Professor ahnte seine Verwunderung, beugte sich zu ihm vor und erklärte: »Guter Quarz. Sehr selten noch dazu. Die Zwerge schürfen ihn unterhalb der Smaragdklippen. Sie behaupten, die Kristalle glühen fünfhundert Jahre lang.«

Kurz darauf gelangten sie in einen saalartigen Raum und sahen dort einen großen, ziemlich alten Tisch aus dunklem Holz. Darauf standen Becher, Teller, Schüsseln und Tabletts. Zwei junge Zwerge schenkten schwarzen Kaffee in die Becher, und der aufsteigende Dampf erfüllte den großen Raum mit einem würzigen, ein wenig nach Zimt riechenden Duft.

Twickenham stellte Jonathan einem anderen Zwerg vor, der einen hölzernen Karren herangerollt hatte und Kuchen davon ablud. Es war untersetzt und bärtig, schüttelte Jonathan so lange die Hand, bis der sich fragte, ob er sie jemals wieder loslassen wollte. »Sie sind also der berühmte Bing?« fragte der Zwerg und sah ihn staunend an.

»Der bin ich in der Tat«, erwiderte Jonathan.

»Ich bin Ackroyd der Bäcker«, sagte der Zwerg. »Vielleicht haben Sie schon von mir gehört.«

Das hatte Jonathan natürlich – und zwar nicht nur deshalb, weil seine Käse in Ackroyds Bäckerei untergebracht worden waren: Den Namen Ackroyd kannte man noch viele Meilen über Twomblytief hinaus im hohen Tal, und man brachte ihn hauptsächlich mit köstlichen Honigkuchen in Verbindung. Für einen Zwerg war Ackroyd recht groß – er reichte Jonathan bis fast an die Brust. Der Bart wucherte bis zum Gürtel hinab. Es war ein recht zerzauster und krauser Bart, denn er wurde fast jeden Tag auf die eine oder andere Weise versengt, wenn Ackroyd das Feuer in den Backöfen schürte. Der Zwerg griff in eine Tasche seines Mantels, holte ein in Wachspapier gehülltes Objekt hervor und forderte Jonathan zwinkernd auf, es sich einmal anzusehen. Er tat so geheimnisvoll, als sei es Schmuggelware. Der Käser wickelte den Gegenstand aus – und entdeckte einen Honigkuchen. »Der erste dieser Saison«, sagte Ackroyd bedeutungsvoll.

»O ja«, erwiderte Jonathan und betrachtete den kleinen Kuchen, der so hervorragend schmeckte. »Es tut mir leid, daß ich Sie noch nicht besucht habe, um mit Ihnen über die geschäftlichen Angelegenheiten zu sprechen, Herr Ackroyd.«

»Nennen Sie mich einfach nur Ackroyd. Ach, das macht überhaupt nichts. Ihre Käse sind in einwandfreiem Zustand, und für die Geschäfte bleibt uns noch eine Menge Zeit. Viel zuviel Zeit. Zur Hölle mit allen Geschäften.«

Dem Käser gefiel die Einstellung des Bäckers recht gut. An dem Backen der Honigkuchen war ihm offenbar weitaus mehr gelegen als an einem profitablen Handelsaustausch. Er hielt das für ein sehr gutes Zeichen.

Der Junker wankte auf sie zu, und die Bedeutung des wilden Glitzerns in seinen Augen war leicht zu enträtseln. Bufo sah, daß noch nicht alle Kuchen auf dem Tisch lagen, und er versuchte, den Junker aufzuhalten. »Wissen Sie, für wen dieser Honigkuchen bestimmt ist?« wandte sich Ackroyd an Jonathan.

»Ich habe nicht die blasseste Ahnung.«

»Für den Junker. Niemand weiß einen guten Kuchen so sehr zu schätzen wie der Junker. Wenn man ihn so sieht, kann man es kaum glauben, aber ich versichere Ihnen, der Junker ist eine sehr wichtige Persönlichkeit.«

»Tatsächlich?« fragte Jonathan.

»Oh, und ob. Wenn der alte König Ruß das Zeitliche segnet, wird es der Junker sein, der seine Nachfolge antritt. Dann wird er zum König aller Wanderer, von An-der-Küste über Hochlandspitze bis zu den Weißen Bergen.«

Jonathan drehte den Kopf, musterte den Junker und befürchtete, mit seinem skeptischen Blick zu verraten, für wie faul und träge er Myrkel hielt. Aber der Junker hatte offenbar nichts bemerkt. Höflich hörte er sich ein Gedicht Bufos an und schielte immer wieder zu den Kuchen. Schließlich konnte er es nicht mehr aushalten und unterbrach Bufos Redefluß. »Der Junker wünscht sich einen Kuchen und Schokoladenkekse. Der Junker möchte eine Torte probieren.«

»Ein komischer König«, sagte Jonathan.

»Ganz und gar nicht. Er ist der perfekte Wandererkönig. Er hat zwei Leidenschaften: Essen und das

Sammeln von Murmeln. Es heißt, in seinen Kellerräumen stünden viele große Truhen, die bis zum Rand mit Murmeln gefüllt sind, und man sagt, er besäße auch eine große Kristallkugel – eine Murmel, die einem Riesen zur Ehre gereichen würde. Sie soll mit Treppen ausgestattet sein, die es dem Junker ermöglichen, in die Kugel hineinzuklettern und Räume aus Glas zu durchstreifen. Ja, er eignet sich wirklich sehr gut dazu, zum König aller Wanderer zu werden.« Und im Anschluß an diese Worte bekam der Junker den Honigkuchen.

»Ein Kuchen, ein Kuchen!« rief der Junker und lächelte triumphierend. »Hier bekomme ich endlich einen Kuchen!« Für einige Sekunden schnitt Junker Myrkel eine sehr ernste Miene. »Der liebe gute Ackroyd hat dem Junker einen Kuchen mitgebracht!« sagte er.

»Guter alter Ackroyd!« rief Dooly.

»Hurra, hurra!« ertönte es nun überall. Der Junker schob sich den Honigkuchen in den Mund, nickte begeistert, kaute herzhaft und griff nach einem Becher, um mit Kaffee nachzuspülen.

Schließlich nahmen sie alle an dem langen Tisch Platz. Jonathan, Dooly, der Professor, die Wanderer und der Bäcker Ackroyd saßen auf der einen Seite, Twickenham, Blump und die übrigen Elfen auf der anderen. An der Stirnseite des Tisches hatte der Mondmann Platz genommen, und ihm gegenüber, rund sechs Meter entfernt, hockte ein grauhaariger, ernster Zwerg, gekleidet in einen braunen Umhang – der angelfreudige König Verdrieß. Jonathan hatte ein wenig Mitleid mit ihm, aufgrund des wenig erfreulichen Namens, den man ihm gegeben hatte, aber andererseits schien er ihm durchaus gerecht zu werden. Seine Miene war so wettergegerbt wie die Pfähle des Piers, an denen er sicher sein Boot festzumachen pflegte. Er verzog das Gesicht und schien sich an diesem Ort alles andere als wohl zu fühlen, wünschte sich vielleicht, im Wasser vor den Kanalinseln Netze auszubringen. Er offenbarte eine Art von herablassender Freundlichkeit, zeigte allerdings kaum Interesse daran, was am Tisch geschah. Doch als sich Ahab näherte und schnüffelte, fütterte ihn König Verdrieß mit einem kleinen Stück von seinem Kuchen und klopfte dem Hund auf den Kopf. Jonathan entschied daraufhin, ihn für einen netten Burschen zu halten.

Sie ließen sich den Apfelkuchen und die Kekse schmecken. Die Torte war ziemlich dick, und wie bei jedem Kuchen von dieser Art, hatte man beim Backen eine ordentliche Portion Zimt verwendet. Nach dem ersten Stück erhielt Jonathan ein zweites, und man schenkte ihm auch den Becher wieder mit schwarzem und starkem Kaffee voll. Er bemerkte, daß alle ein zweites Stück von der Torte entgegennahmen und der Mondmann seinen Anteil mit ebensolchem Genuß zu verspeisen schien wie die übrigen Personen am Tisch. Ein drittes Stück jedoch lehnte er ab, ebenso wie Jonathan und die anderen, abgesehen von Dooly und dem Junker.

Schließlich saßen sie gemütlich beisammen, tranken Kaffee und plauderten miteinander. Wenn das eine Art von ›Kriegsrat‹ war, so überlegte Jonathan, wäre er dazu bereit gewesen, sich sofort freiwillig als General oder vielleicht auch Admiral zu melden. Er fürchtete aber, daß man sie nicht nur in den Palast bestellt hatte, um Ackroyds Kuchen zu kosten.

Nach einer Weile erhob sich Twickenham und winkte, um die Aufmerksamkeit aller Anwesenden zu wecken. Plötzlich sah er sehr ernst und würdevoll aus. Er räusperte sich einige Male und wanderte mit langen und energischen Schritten vor dem rautenförmigen Fenster auf und ab. Im durchs Glas schimmernden Sonnenschein wirkte auch sein Leib wie durchsichtig. Sowohl Twickenham als auch die Gruppe Blumps waren Lichtelfen. Jonathan hatte bereits des öfteren sonderbare Geschichten über sie gehört. Es hieß, Lichtelfen alterten nicht auf gewöhnliche Weise, sondern lösten sich mit den Jahren allmählich auf. Nach Hunderten von Jahren sollten sie so aussehen, als bestünden sie aus einzelnen Streifen durchsichtiger Farben. Später dann hätten ihre Körper Ähnlichkeit mit funkelnden Kristallen, und schließlich verschwänden sie für die Augen von Normalsterblichen ganz. Natürlich wußte niemand mit letzter Sicherheit, ob das stimmte – abgesehen von den Elfen selbst –, denn unsichtbare Dinge lassen sich nur schwer untersuchen. Der Professor kannte bestimmt eine wissenschaftliche Theorie, die ein derartiges Phänomen zu erklären vermochte, doch Jonathan wollte Wurzel nicht ausgerechnet jetzt darauf ansprechen.

Twickenham blieb stehen und hob bedeutungsvoll die eine Hand. »Wir sind nicht hier …«, setzte er an, wurde aber sofort von dem jungen Stich-den-Busch unterbrochen, der in schallendes Gelächter ausbrach, als er sah, daß der Junker die harten Krusten seiner Kuchen nicht verspeist hatte. Sie bildeten einen kleinen Berg auf seinem Teller.

Twickenham bedachte Stich-den-Busch mit einem finsteren Blick, und daraufhin wurde der Wanderer sofort wieder still. »Wir sind nicht hier«, begann der Elf erneut, »um uns zu vergnügen!« Bei diesen Worten durchbohrte er Stich-den-Busch mit einem strengen Blick, und der junge Wanderer senkte betroffen den Kopf. »Es ist vielmehr eine sehr ernste Versammlung, eine von großer Tragweite. Wir sind wie Angeln, an denen die Tür des Schicksals hängt.«

König Verdrieß sah kurz interessiert auf, als er hörte, daß Twickenham von Angeln sprach. Völlige Stille herrschte nun. Es gab nur wenige Zusammenkünfte im Laufe eines Jahres, die man als wirklich bedeutungsvoll bezeichnen konnte, und darum war es angebracht, angemessenen Ernst zur Schau zu tragen. Bufo räusperte sich geräuschvoll. »Ich kenne ein Gedicht, Herr Twickenham, von dem ich glaube, daß es dieser Situation gerecht wird. Wenn Sie und die anderen mir kurz Ihre Aufmerksamkeit schenken könnten …«

»Verschonen Sie uns mit Ihrem Gedicht«, erwiderte Twickenham. »Sparen Sie es sich für eine andere Gelegenheit auf. Wir dürfen jetzt keine Zeit mit Gedichten oder Scherzen verschwenden.«

»Oder Murmelkraut«, warf Gelbhut ein.

»Oder, wie Sie so treffend bemerkten, mit Murmelkraut«, bestätigte Twickenham. »Wir haben Besucher – und wichtige noch dazu. Jeder von ihnen ist auf seine eigene Art und Weise von Bedeutung. Und wenn Sie mir verzeihen wollen: Der wichtigste von allen ist dieser junge Bursche dort.« Seine Hand deutete auf Dooly.

Dooly drehte den Kopf von der einen zur anderen Seite und sah sich nach der von Twickenham für so wichtig gehaltenen Person um. Er war davon überzeugt, daß der Elf den Käser meinte. Aber nein: Twickenham zeigte nicht auf Jonathan Bing oder den Professor. Und außer ihnen kam niemand sonst in Frage. Ganz offensichtlich war er es selbst, Dooly, den Twickenham meinte. Er wußte nicht, was er davon halten sollte, und seine erste Reaktion bestand darin, sich schuldig zu fühlen – immerhin hatte er nichts, auf das er stolz sein konnte.

Am anderen Ende des Tisches saß der Junker, holte eine Murmel nach der anderen aus dem Beutel, betrachtete sie und reichte sie dann an die Elfen an seiner Seite weiter. Sie zeigten offenbar großes Interesse an ihnen. Jonathan hätte eigentlich angenommen, daß Elfen sich von solchen Wundern nicht mehr erstaunen ließen, da sie doch eine ganze Menge davon besaßen – aber auch wir Normalsterblichen finden ja immer wieder neuen Gefallen an den Dingen, die wir besonders mögen, zum Beispiel an leckerem Apfelkuchen. Twickenham warf den Elfen ernste Blicke zu, und daraufhin legten sie die Murmeln beiseite. Twickenhams Augen schienen an diesem Morgen viele Tadel zu verteilen, aber andererseits hatte er auch allen Grund dazu, denn sie waren schließlich zusammengekommen, um über wichtige Angelegenheiten zu sprechen. »Seien Sie so gut und zeigen Sie Dooly Ihren Ring, Junker«, sagte er.

Der Junker verstaute den Beutel mit den Murmeln und zwinkerte Dooly zu. Dann sagte er ganz langsam: »Twicky Twicky Twicky Twickenham – ein Brot mit dicker Kräm'«, und er winkte mit der fleischigen Hand, so daß Dooly den Ring am Mittelfinger sehen konnte.

»Hast du schon einmal einen solchen Ring gesehen?« wandte sich Twickenham an Dooly.

»Nein«, erwiderte der junge Mann. Twickenhams rätselhaftes Interesse an Ringen verwirrte ihn. »Ich meine, ja, Herr Elf. Ich wollte sagen, Herr Twickenham Elf, daß solch ein Ring sich schon einmal meinen neugierigen Blicken darbot. Aber nur für ganz kurze Zeit. Und ich habe ihn nicht an mich genommen, da bin ich ganz sicher.« Während er dies sagte, grub Dooly die Hände tief in die Taschen seiner Jacke.

»Darf ich einmal deinen Ring sehen?« fragte Twikkenham.

»Meinen, Herr Elf?«

»Ganz genau, mein Junge. Deinen Meeresring. Den aus der Ozeanischen Tiefe. Der, wenn ich mich recht entsinne, mit einem Kopffüßer geschmückte Ring. Mit einem Nautilus.«

Widerstrebend zog Dooly die Hand aus der Tasche und zeigte Twickenham den Ring. Die Elfen und Wanderer erhoben sich und beugten sich zu dem jungen Mann vor, um das Schmuckstück besser sehen zu können. Jonathan und der Professor folgten ihrem Beispiel.

Doolys Ring und der des Junkers stammten zweifellos vom gleichen Goldschmied. Der des Junkers war ein wenig größer und zeigte die senkrechte Darstellung eines gefiederten, pflanzenartigen Fisches. Hautfetzen hingen von den Seiten herab, und das Geschöpf erweckte den Eindruck, von einem Sturm überrascht worden zu sein, der ihm die Kleidung zerrissen hatte. Es handelte sich um eins der Wesen, die man gemeinhin Nebelfische nannte. Im einen Auge glänzte ein blauer Diamant.

»Woher haben Sie diesen Ring, Junker Myrkel?« fragte Twickenham.

»Er war ein Geschenk, Herr Twickenham.« Der Junker zögerte kurz und fügte dann mit tiefer Stimme hinzu: »Twicky Twicky Twickenham.« Und er lachte schallend. Alle lachten – bis auf Herrn Twickenham selbst.

»Ein Geschenk von wem?«

»Nun, von Theophil Escargot, dem ich einmal einen kleinen Karren gab. Er trug viele Dinge bei sich, die er gefunden hatte, wie er mir sagte. Und er brauchte einen Wagen, um sie alle zu transportieren. Dafür erhielt ich den Ring.«

»Na bitte«, erwiderte Herr Twickenham, der offenbar froh war, eine vernünftige Antwort bekommen zu haben. »Und du, Dooly – kennst du diesen Escargot?«

»Ja, Herr Elf«, sagte Dooly. »Nein, Herr Twickenham. Ja, Herr Elf.«

»Du scheinst mir ein wenig hin und her gerissen zu sein, wie?« fragte Twickenham.

»Ja, Herr Twickenham Elf. Ich bitte Sie um Verzeihung, aber das ist nicht sein richtiger Name. Er hat ihn sich nur zugelegt, weil er ihm so gut gefällt.«

»Und woher willst du das wissen?«

»Weil er das ist, was Sie meinen Großvater nennen könnten, Herr Elf, und außerdem auch noch den Vater meiner Mutter. Und ihr Name, wenn ich das noch hinzufügen darf, lautet Stover, woraus zu schließen ist, Herr Elf Twickenham, daß mein Großvater ebenso heißt und nicht etwa Escargot, ja, bestimmt. Aber mein Großvater hatte immer etwas für einen Spaß übrig.«

Hinter dem Mondmann, der sehr schläfrig wirkte, wanderte Twickenham auf und ab. »Mein lieber Dooly, besaß dein Großvater vielleicht einmal eine durch und durch ungewöhnliche Taschenuhr?«

»Eigentlich nicht«, sagte Dooly und senkte den Blick.

Jonathan räusperte sich bedeutungsvoll.

»Nun, einmal«, verbesserte sich Dooly daraufhin.

»Aha«, machte Twickenham. »Und befand sich auf der Rückseite die Darstellung eines Gesichts?«

»Ja, aber ich niemals hatte ein solches Ding«, sagte Dooly und bekam aufgrund seiner Aufregung Schwierigkeiten mit der Grammatik.

»Natürlich nicht, natürlich nicht«, bestätigte Twikkenham.

Dooly schien den Tränen nahe zu sein. Er war völlig sicher, daß er irgendeine große Schuld auf sich geladen hatte, obwohl er sich an nichts dergleichen erinnerte. Wollte ihn Twickenham vielleicht dafür zur Rechenschaft ziehen, daß sein Großvater sich gern gewisse Dinge auslieh, auch Namen? Er war sehr erleichtert, als sich Twickenham gleich darauf einem anderen Thema zuwandte.

Der Elf deutete auf die wundervolle Gewehroboe, die der Professor zur Versammlung mitgenommen hatte. »Und Sie, Professor: Wissen Sie, was es mit dieser Apparatur auf sich hat?«

»Selbstverständlich, Herr Elf«, erwiderte der Professor und zeigte die seltsame Vorrichtung allen am Tisch Sitzenden. »Es ist ein Apparat, den ich vor einigen Jahren im Fluß in der Nähe von Mooton fand. Er hing am gebrochenen Mast eines bestimmten Schiffes.«

»Sie meinen damit sicher die Galeone von den

Mondmeeren, die im Mootonmoor vor Anker ging, oder?«

»Mhm«, bestätigte der Professor nach kurzem Nachdenken. »Wie ich festgestellt habe, handelt es sich bei dieser Vorrichtung um eine Waffe, deren Funktion auf den drei Hauptkräften basiert, als da sind: Geschwindigkeit, Fliegen und Drehen.«

»Eine Waffe?« erwiderte Twickenham, und zum erstenmal lächelte er. Der Professor wirkte ein wenig verwirrt. Seine Annahme, daß die Gewehroboe eine Waffe darstellte, gründete sich auf eine ziemlich langwierige wissenschaftliche Untersuchung.

»Darf ich mir den Apparat einmal ansehen?« fragte Twickenham.

»Natürlich.«

Twickenham und zwei andere Elfen betrachteten die Gewehroboe aufmerksam von allen Seiten. Leise und aufgeregt sprachen sie miteinander. »Perfekt«, schloß Twickenham dann.

Der Professor lächelte triumphierend.

»Diese Vorrichtung ist keine Waffe.«

Der Professor schluckte und kam sich ziemlich dumm vor. Er hatte sein ganzes Wissen aus der Entschlüsselung von Elfenrunen gewonnen, und daher erschien es ihm nur plausibel, daß die Elfen genau wußten, was die Apparatur darstellte.

»Es handelt sich um eine Konstruktion von noch weitaus größerem Wert, Herr Gelehrter«, sagte Twikkenham. »Und ich glaube, sie könnte uns allen von enormem Nutzen sein. Was meinen Sie?«

»Sie haben sicher recht«, erwiderte Professor Wurzel. »Und es würde mich freuen, wenn ich Ihnen damit einen Dienst erweisen könnte.«

Twickenham verneigte sich dankend, reichte dem Professor die Gewehroboe – die ganz offensichtlich gar keine Gewehroboe war – und sah den Mondmann an, der sich gerade die Brille putzte.

Er schob sie in eine Schutzhülle und setzte sich eine andere Brille auf, deren Gläser noch viel dicker waren und die Augen so aussehen ließen, als schwebten sie hinter gewaltigen Lupen. Er wirkte sehr gelassen, zündete in aller Ruhe seine Pfeife an. Einige der anwesenden Elfen begannen daraufhin ebenfalls zu paffen. Jonathan wußte, daß es nur richtig war, dem Beispiel der Gastgeber zu folgen, und deshalb holte er ebenfalls die Pfeife hervor. Der bisherige Verlauf des Gesprächs weckte ein unbestimmtes Unbehagen in ihm, und daraus wurde Beklommenheit, als der Mondmann den Tabakstopfer beiseite legte und mit dunkler Stimme sagte: »Es dauert nicht mehr lange bis Weihnachten, und mit jedem Tag kommt eine Gefahr näher, die unsere schlimmsten Vorstellungen übertreffen mag. Wir müssen uns darauf vorbereiten!«

Jonathan paffte nachdenklich. Dooly schien den Wunsch zu verspüren, im Boden zu versinken; aus irgendeinem Grund nahm er offenbar an, er allein sei für die erwähnte Gefahr verantwortlich. Jonathan war gar nicht sicher, ob überhaupt irgendeine Art von Gefahr drohte und der Mondmann nicht einfach maßlos übertrieb. Er wußte zwar, daß im Bereich des Orielstroms nicht alles mit rechten Dingen zuging, aber es war ihm andererseits ein Rätsel, warum sich der Mondmann oder die Zwerge in ihrer Festungsstadt An-der-Küste Sorgen machten wegen der Kobolde und auch aufgrund der seltsamen Vorgänge von Weidenwald, Hochturm und Mooton. Es stimmte schon, so überlegte Jonathan mit einem leichten Schaudern, daß in der letzten Zeit das Gesicht des Mondmannes oft zu sehen gewesen war, aber das mußte nicht unbedingt viel heißen. Der Käser verglich die ganze Sache schließlich mit einem Spinnennetz. Aus einer gewissen Entfernung gesehen ist das entsprechende Muster ganz deutlich zu erkennen, aber für einen darin gefangenen Käfer stellt sich das Netz als ein Irrgarten aus einzelnen und bis zum sichtbaren Horizont reichenden Fäden dar. Jonathan hatte gehofft, daß der Mondmann die Angelegenheit gründlich erklärte – woraufhin der Professor, Dooly und er anschließend in der Lage gewesen wären, am Pier zu angeln, mit den Wanderern zusammen gut zu essen und dann mit Honigkuchen, kristallenen Briefbeschwerern und einem Karton voller Bücher nach Twomblytief heimzukehren.

Aber diese Hoffnung schien sich nicht zu erfüllen. Und Jonathan gab sie ganz auf, als er sah, was vor dem Mondmann auf dem Tisch stand – ein seltsam geformtes und mit einem Korkpfropfen geschlossenes Glas, in dem ein kleiner und fleckiger Tintenfisch schwamm. Dooly erkannte den Gegenstand im gleichen Augenblick.

»Mein alter Großvater ist hiergewesen!« platzte es aus ihm heraus, und er deutete auf den Tintenfisch.

Der Mondmann lächelte. »Das stimmt, Dooly«, dröhnte seine Stimme. »Und er war ein wirklich bemerkenswerter Großvater.«

»O ja, Herr Mann-im-Mond«, erwiderte Dooly. Das seinem Großvater geltende Kompliment erfreute ihn sehr. »Und wenn Euer Gnaden nichts dagegen haben, möchte ich hinzufügen, daß mein Großvater manchmal Erlebnisse hatte, die man durchaus als Abenteuer bezeichnen könnte. Er war ein sehr kluger und überaus gescheiter Mann, mein Großvater, ja, und ob. Und reich war er! Und wie! Er besaß mehr als nur den einen Tintenfisch dort!« Dooly gestikulierte ausladend und zeigte auf Jonathan – zum einen Teil deswegen, weil der Käser das Tintenfischgeheimnis kannte, und zum anderen, weil Dooly sehr stolz auf den Ruf war, den sein Großvater genoß.

»Es sind schon viele Jahre vergangen, seit dein Opa und ich das letzte Geschäft abschlossen«, sagte der Mondmann.

»Ja, damals handelte er noch mit eingemachten Tintenfischen«, fuhr Dooly fort. »Später dann mit Walaugen, gehörnten Fröschen in kleinen Käfigen und schließlich Murmeln, in denen sich kleine Seepferdchen zeigten und die er angeblich von den Wanderern bekam. Ich wußte damals allerdings nicht, daß er damit die Sülzenmänner meinte. Das begriff ich erst vor ein paar Tagen, als wir am Fluß Herrn Bufo, dem Junker, Gelbhut und Herrn Stich-den-Busch begegneten.«

Der Mondmann schien es gar nicht abwarten zu können, etwas zu sagen, und als Dooly nach Luft schnappte, nutzte er diese Gelegenheit sofort: »Ja, damals handelte dein Großvater mit eingemachten Tintenfischen. Diesen Polypen hier und eine Anzahl magischer Bohnen tauschte er gegen vier Münzen, einige goldene Ringe und eine Taschenuhr.

Von den Ringen haben wir bisher drei wiedergefunden. Miles der Magier besitzt einen, der Junker Myrkel einen anderen und du, Dooly, den dritten. Wo sich der vierte befindet, spielt keine Rolle. Wir können davon ausgehen, daß dein Großvater ihn ebenfalls veräußerte. Vor einigen Jahren hörten wir Gerüchte, die besagen, daß er eine Menge Zeit in einem seltsamen Apparat verbrachte, der unter Wasser schwamm, und angeblich soll sich in seiner Begleitung ein Schwein von außergewöhnlicher Intelligenz befunden haben, das sich als Clown verkleidete. Zuvor wurde es von einem Banjomann nördlich von An-der-Küste in einem Schrank aus Teakholz gefangengehalten – so hieß es jedenfalls. Mir kommt diese Geschichte allerdings ein bißchen komisch vor.

Dein Großvater, Dooly, tauschte einen Ring und die Münzen gegen die Vorrichtung ein, mit der er auf Unterwasserreisen gehen kann, und vermutlich erstand er damit auch das Schwein des Banjomanns – der anschließend flußaufwärts zog. Was diesen Punkt betrifft, können wir ziemlich sicher sein, denn einige Monate später gelangten die vier Münzen in den Besitz von Amos Bing.«

Jonathan dachte kurz nach und löste dann die Tasche vom Gürtel. Er hing sehr an den Münzen, obgleich sie ihn einmal so sehr erschreckt hatten, aber wenn sie dem Mondmann gehörten und Doolys Großvater sie gestohlen oder ›eingetauscht‹ hatte, so blieb ihm nichts anderes übrig, als sie ihrem rechtmäßigen Eigentümer zurückzugeben.

Der Mondmann lächelte und hob die Hand. »Behalten Sie die Münzen, wenn Sie wollen, Herr Käser. Aber nur wenn Sie wirklich wollen. Es sind nämlich magische Objekte – das dürfte Ihnen inzwischen klar sein. Mit ihrer Hilfe kann ich über große Entfernungen hinweg Dinge beobachten – und wie Sie sich bestimmt erinnern, habe ich vor vielen Jahren Sie gesehen. Aber was nützen sie mir dort, wo ich wohne? Ich brauche nicht zu befürchten, daß sich bei mir zu Hause etwas wahrhaft Unheilvolles manifestiert. Im Flußtal aber, auf dem Bergrücken oberhalb der Siedlung Hochturm, ballt sich etwas zusammen, das ich weder erkennen noch, wie ich leider zugeben muß, ganz verstehen kann.« Der Mondmann legte eine kurze Pause ein und rückte sich die große Brille zurecht, die ihm dauernd über den Nasenrücken rutschte. Dann kniff er die Augen zusammen, wie um besser zu sehen. »Aus diesem Grund würde ich es vorziehen, wenn Sie die Münzen behalten, Herr Bing. Ich zeige Ihnen ihr Geheimnis – das Sie vor Jahren durch Zufall bemerkten. Während des kommenden Winters werden die Münzen gewissermaßen meine Augen sein.«

»Ja, Herr Mondmann«, erwiderte Jonathan, und seltsamerweise erfreute ihn das Geschenk nicht annähernd so, wie es eigentlich der Fall hätte sein sollen.

»Eine Sache müssen wir noch klären, bevor wir uns wieder angenehmeren Dingen zuwenden können«, sagte der Mondmann. »Dooly, wem gab dein Großvater die Taschenuhr?«

Dooly sah sich am Tisch um und bemerkte erschrocken, daß die Elfen erblaßt waren. Er verglich die gegenwärtige Situation mit jener Stelle einer Geistergeschichte, an der ein gräßlicher Totenschädel durchs Fenster starrt. »Einem...«, setzte Dooly an. »Einem Zwergenmagier aus dem Dunklen Wald.« Dann sackte er in sich zusammen und kniff die Augen zu.

Der Mondmann nahm die Brille ab, und mit dem Handrücken wischte er sich Schweiß von der Stirn. Ganz offensichtlich hatte er eine entsprechende Antwort befürchtet. Wodurch sonst hätte die Galeone so vollkommen überrascht werden können, als sie im Mootonmoor vor Anker gegangen war und die Elfen nach gerade jener Taschenuhr gesucht hatten? Was sonst mochte als Erklärung dienen für die Verheerung entlang des Flusses, für die sonderbare Natur im Bereich von Hochturm, Weidenwald und Mootonmoor? Zunächst hatte der Mondmann angenommen, die Uhr sei von Doolys Großvater gestohlen worden. Dann machte er sich schwere Vorwürfe, den Diebstahl nicht verhindert zu haben. Schließlich aber gab er niemandem mehr die Schuld, denn Schuld allein bringt nur selten etwas zustande und bleibt am besten sich selbst überlassen. Allem Anschein nach war rasches Handeln geboten. Jonathan begriff: Das Unheil war näher, als sie alle befürchtet hatten. Es trugen sich tatsächlich seltsame Dinge zu – aber nicht nur allein im Wald.

»Und woher, mein Junge, weißt du, daß die Uhr in den Besitz des Zwerges gelangte?«

»Ich war dabei, Herr Mann-im-Mond.«

»Aha«, erwiderte der Mondmann. »Und hatte der Zwerg nur ein Auge, und war das andere hinter einen schwarzen Klappe verborgen?«

»Ja.«

»Führte er einen langen Gehstock bei sich, in den sonderbare Zeichen geritzt waren?«

»Genau.«

»Und paffte er eine Pfeife, die so stark rauchte wie ein ganzer Waldbrand?«

»Sie haben völlig recht, Herr Mann-im-Mond. Es stimmt alles.«

»Wie ich mir dachte. Und wann wechselte die Uhr den Besitzer?«

»Oh, vor ein paar Jahren. Kurz bevor Professor Wurzel des Schiff fand.«

»Hast du deinen Großvater seitdem wiedergesehen?«

Dooly zögerte, aber als der Brillenblick des rundgesichtigen Mondmanns eine ganze Weile auf ihm geruht hatte, antwortete er: »Ja, Herr Mann-im-Mond. Einige Male.«

»Was hat er dir erzählt, Dooly?«

»Mit Verlaub, Herr Mond«, erwiderte Dooly so leise, daß sich alle vorbeugten, um ihn besser zu verstehen, »er sagte mir, er sei ein Narr gewesen und nun stünde der Winter bevor. Aber damals hatte gerade erst der April angefangen, und seine Worte hörten sich für mich nach einem ziemlichen Kauderwelsch an. Er riet mir, Herr Mann-im-Mond, gut auf mich achtzugeben. Es sei ein Donnerwetter im Anzug, meinte er, und wenn es zu schlimm würde, sollte ich die Küste aufsuchen. Angeblich hat er eine Apparatur, die uns zu den Wunderbaren Inseln bringen kann.«

»Und wo, Dooly, solltest du ihn treffen? Weißt du, die Küste ist ziemlich lang.«

»Das darf ich nicht verraten, Herr Mond«, erwiderte Dooly. Seine Stimme zitterte, und Tränen quollen ihm aus den Augen. »Ich habe ihm versprochen, es niemandem zu sagen. Nicht einmal Herrn Bing Käse. Nicht einmal Ahab.« Dooly schluchzte und schien unter den Tisch kriechen zu wollen.

»Schluß damit!« sagte Jonathan, dem das alles gar nicht gefiel. »Es war nicht Dooly, der die blöde Uhr stahl, sondern sein Großvater. Diesem Jungen hier kann man deswegen doch keinen Vorwurf machen.«

»Ruhig«, flüsterte der Professor Jonathan ins Ohr, und seine Stimme klang so streng, daß der Käser sofort gehorchte.

»Dooly«, sagte der Mondmann, »um deines Großvaters und deiner Freunde willen frage ich dich danach. Es steht eine Menge auf dem Spiel.«

Der junge Man schniefte einige Male und wischte sich mit dem Handrücken die Tränen aus den Augen. »Sind Sie sicher?«

»Ganz sicher«, bestätigte der Mondmann.

»Er sagte, jeden Herbst und Winter hielte er sich in den Höhlen von Drosselzuflucht auf. Dort soll ich auf ihn warten, wenn ich wirklich einmal seine Hilfe brauche.«

»Vielleicht ist es jetzt soweit, Dooly. Ja, möglicherweise brauchst du jetzt die Hilfe deines Opas.« Stille schloß sich an diese Worte an.

»Nun ja!« König Verdrieß stand auf. »Lassen Sie uns einen Schluck Bier trinken, einverstanden? Es ist zwar noch recht früh, aber ein langes Gespräch macht durstig, ja, sehr durstig. Und ich glaube, unser junger Freund hier könnte jetzt etwas Kräftiges vertragen.«

Der Mondmann stand auf, nickte ihnen allen zu, legte Dooly die Hand auf die Schulter und sagte dann, er sei müde und zöge es vor, ein Nickerchen zu machen. Sie sahen ihm nach, als er den Saal verließ und gefüllte Biergläser herbeigebracht und verteilt wurden. Er bewegte sich ganz langsam, als sei er vollkommen erschöpft oder sehr nachdenklich. Vermutlich traf sowohl das eine als auch das andere zu.

13. Kapitel

Neuigkeiten von einem vierten Gefährten

Damit ging der ›Kriegsrat‹ zu Ende. Eigentlich war es gar keine richtige Besprechung gewesen, denn die meisten Anwesenden hatten nicht ein einziges Wort gesagt. Auch waren keine Schlachtpläne und Strategien zur Sprache gekommen – nur Fragen über Theophil Escargot und seine Angewohnheit, sich hier und dort wertvolle Dinge ›auszuleihen‹. Der Großvater Doolys schien geradezu allgegenwärtig zu sein. Offenbar trieb er sich überall herum, stahl Ringe, tauschte Ringe gegen Schweine, Schweine gegen Bohnen, Bohnen gegen eingemachte Tintenfische und eingemachte Tintenfische gegen Vorrichtungen, mit denen er im Meer reisen konnte. Allem Anschein nach war er ein ebenso notorischer wie erfolgreicher Dieb.

Auf dem Rückweg zum Wirtshaus dachten Jonathan und der Professor über alles nach, kamen dabei aber zu keinen konkreten Ergebnissen. Jonathan empfand tiefe Erleichterung angesichts der Tatsache, daß man ihn nicht einfach in eine Art Soldaten verwandelt hatte, aber er befürchtete auch, daß mit der Versammlung im Palast die Sache noch nicht ausgestanden war.

Nachdem sie zum Mittagessen Scholle mit Bratkartoffeln gegessen und dazu ein Glas Bier getrunken hatten, überließen Jonathan und der Professor Dooly sich selbst, wanderten eine halbe Meile an der Küste entlang und näherten sich Ackroyds Bäckerei. Der Nebel hatte sich inzwischen fast ganz aufgelöst, und alles in allem gesehen war es ein recht angenehmer Herbsttag. Die Straße wand sich an den Häusern der Stadt entlang, führte an Geschäften und Verkaufsständen vorbei und schließlich durch ein großes Tor in der Mauer, hinter dem das Meer rauschte. Kleine Inseln waren der Küste vorgelagert. Bei den meisten von ihnen handelte es sich um algenüberwucherte Steinansammlungen, von der Gischt umsprüht und vom Wind umtost. Auf manchen von ihnen erhoben sich Leuchttürme. Einige waren offenbar zu Festungen ausgebaut, denn hier und dort konnte man hinter den hohen Zinnen erneut die Mündungen von Kanonen sehen. Jonathan vermutete, daß eine Eroberung von An-der-Küste so gut wie unmöglich war.

Kinder spielten am Sandstrand, der an keiner Stelle breiter als fünfzehn Meter war. Zwerge standen im seichten Wasser. Manche von ihnen trugen hüfthohe Stiefel; andere hatten sich einfach die Hosenbeine hochgekrempelt und zogen die langen Zinken großer Forken durch den Sand.

Ab und zu blieben die beiden Flößer stehen, um eine der besonders interessanten Stellen zu beobachten, an denen sich Meereswasser in kleinen Tümpeln gesammelt hatte. Orangefarbene Geschöpfe – vermutlich Riffische – schwammen zwischen grasgrünen Anemonen und purpurnen Seeigeln umher. Große Krabben und geschmeidige Nacktkiemer wanderten graziös umher, suchten nach Nahrung und gingen notwendigen Fischangelegenheiten nach. Bestimmt hätten sie sich einen ganzen Tag, vielleicht sogar eine ganze Woche lang an diesen Tümpeln die Zeit vertreiben können, ohne daß es ihnen langweilig geworden wäre, doch sie entschieden, den Weg zur Bäckerei fortzusetzen und endlich die geschäftlichen Dinge zu erledigen. Letztendlich brauchten sie zwei ganze Stunden für den eine halbe Meile langen Weg vom Wirtshaus bis zu Ackroyds Bäckerei.

Sie erwies sich als beeindruckend großes Gebäude, und als sie auf die windabgewandte Seite des Hauses traten, nahmen sie sofort den Geruch von warmem Brot wahr. Er war keineswegs unangenehm, aber Jonathan dachte erstaunt darüber nach, daß zwei Brotlaibe in einem Ofen doch weitaus besser dufteten als zweihundert. Dieser Umstand schien die Worte seines Vaters zu bestätigen, der immer behauptet hatte, Bescheidenheit sei weitaus besser als ihr Gegenteil, um was auch immer es sich dabei handeln mochte, Übersättigung oder Gefräßigkeit vielleicht.

Ackroyd höchstpersönlich beaufsichtigte alle Arbeiten in seiner Bäckerei, und fast das ganze Jahr verbrachte er damit, in Backöfen zu blicken, aufquellende Brotlaibe prüfend anzustechen und junge Zwerge mit Eimern und Wischern durch die ganze Bäckerei zu hetzen. Heute aber trug er seine traditionelle weiße Backtracht und war damit beschäftigt, die vielen Zutaten eines offenbar sehr komplexen Rezepts zu mischen. Die meisten Gewürze stammten aus den Elfenwäldern der Weißen Berge, einige aber auch aus den Höhlen der Wunderbaren Inseln. Bis Weihnachten, so erklärte er Jonathan und dem Professor, backte er praktisch nur noch Honigkuchen. Ja, nach dem ersten November schob er fast ausschließlich Honigkuchen in die Backöfen, denn allein er kannte ihr kulinarisches Geheimnis.

Er schüttete eine ganze Flasche Amberpulver in die kupferne Schüssel mit den Gewürzen, bedeckte den Topf dann mit einem Leinentuch und führte Jonathan und den Professor in eine Art Büro im rückwärtigen Teil der Bäckerei. Es handelte sich aber nicht um ein Büro von der ungemütlichen Sorte. Es hatte ein Fenster, durch das man aufs Meer sehen konnte, und an den Wänden zogen sich Bücherregale entlang. Auf der einen Seite zeigte sich ein gewaltiger Kamin samt Herdplatte. Eingefaßt war die ganze Vorrichtung mit gemusterten Fliesen und einem Mantel aus einer Art halbdurchsichtigem Marmor, fast ebenso grün wie die

Seeanemonen im Tümpel. Hier und dort hingen recht eindrucksvolle Bilder an den Wänden, manche mit Tusche gezeichnet, andere in Wasserfarben. Einige zeigten die erstaunlichsten Kuchen und Pasteten, und auf einem war der Junker dargestellt: Vor einem gewaltigen, mit Zuckerguß überzogenen Laib Brot stand er, betrachtete ihn und nickte wie anerkennend. Dargestellt war ein zwar jüngerer, aber trotzdem unverkennbarer Junker. Jonathan dachte daran, wie er sich in Gedanken die Lippen leckte.

Der Käser hatte noch nie viel für geschäftliche Dinge übrig gehabt – was keineswegs bedeutete, daß man ihn leicht übervorteilen konnte. Zum Beispiel kannte er nicht nur das genaue Gewicht seiner Käse, sondern auch ihren exakten Wert, und bis auf den Heller genau wußte er, wieviel Geld er von den Bewohnern Twomblytiefs bekommen hatte. Wenn sie zurückkehrten, würden sie mehr Fässer mit Kuchen bei sich führen, als sie auf der Reise zur Küste Tonnen mit Käse transportiert hatten. Und die Elfengeschenke, die er von Twickenham zu kaufen gedachte, würden noch weitere Kisten füllen. Allerdings beanspruchen Elfengeschenke nur vergleichsweise wenig Platz, denn für gewöhnlich sind sie recht klein. Tatsächlich waren sie in der Regel um so prächtiger, je leichter sie sich irgendwo verstauen ließen. Manchmal wurden sie später ein wenig größer oder veränderten die Form, aber vier Fässer mit Elfengeschenken reichten sicher aus, um alle Kinder von Twomblytief glücklich zu machen.

Es war nur angemessen, wenn Jonathan einen kleinen Profit aus der ganzen Sache zog. Schließlich stammte der Käse aus seiner Käserei, und man mußte auch die lange und gefahrvolle Reise zur Küste in Rechnung stellen. Zwar war sein Gewinn nur bescheiden – allein einen bescheidenen Gewinn vermochte er zu akzeptieren –, aber er kam auch gelegen. Es hatte jedoch den Anschein, daß ihn das Schicksal um eben jenen Gewinn betrog: Immerhin hatte er das Floß in der Bucht verloren – beziehungsweise die Reste davon. Jonathan fühlte sich nicht nur für das Floß verantwortlich. Hinzu kam: Wenn sie kein neues kauften oder mieteten, konnten sie nicht nach Hause zurückkehren.

Er beschloß, Ackroyd auf dieses Thema anzusprechen. Der Zwerg hatte genug Handel getrieben, um sich über die Bedeutung der Flößerei klar zu sein. »Wir haben ein Problem mit unserem Floß«, sagte Jonathan.

»Mit was für einem Floß?« erwiderte Ackroyd. »Wie ich hörte, ist es vollkommen zerstört worden. Für mich hat es ganz den Anschein, als besäßen Sie überhaupt kein Floß mehr.«

»In der Tat«, bestätigte Jonathan. »Damit haben Sie unser Problem exakt beschrieben. Wir haben keine Möglichkeit, flußaufwärts zurückzusegeln. Selbst unser Beiboot ist verlorengegangen und in den Nebelschwaden verschwunden.«

»Dann brauchen Sie ein neues Floß.«

»Genau«, warf der Professor ein. »Und ein gutes noch dazu. Ein Floß, das einige Belastungen aushält. Der Orielstrom scheint Flöße dann und wann auf eine harte Probe zu stellen.«

»Nun«, sagte Ackroyd, »machen Sie sich über Flöße keine Sorgen. Man wird Ihnen eins zur Verfügung stellen.«

»Und die Kosten?« fragte Jonathan besorgt.

»Darüber kann ich nichts sagen«, erwiderte Ackroyd. »Aber ich glaube: Aufgrund der Aufgabe, für die Sie sich freiwillig melden, können Sie sich sogar ein Floß aussuchen, ohne irgend etwas dafür bezahlen zu müssen. Nun, es steht natürlich noch nicht fest. Ich berufe mich dabei nur auf Gerüchte.«

»Aha«, sagte Jonathan.

»Für was für eine Aufgabe werden wir uns, äh, freiwillig melden?« Der Professor schien sehr an einer Antwort auf diese Frage interessiert zu sein.

»Nun ja…« Ackroyd malte Kringel auf ein Papier und baute kleine Türme aus Münzen. »Ich hätte das gar nicht erwähnen sollen. Aber wahrscheinlich werden Sie selbst bald davon hören. Es ist natürlich nichts Gefährliches, nur eine Reise flußaufwärts. Eine Reise, bei der keine Zwischenfälle zu befürchten sind.« Ackroyd schien sich alles andere als wohl in seiner Haut zu fühlen und zu glauben, schon zuviel gesagt zu haben. Genau in diesem Augenblick öffnete sich die Tür. Ein junger Zwerg mit weit aufgerissenen Augen und mehlverschmiertem Gesicht eilte ins Zimmer und rief etwas, das sich anhörte wie ›Der Brotofen‹ und ›Binky der Teigkneter‹. Ackroyd sprang auf und stürmte fort, rief Jonathan und dem Professor über die Schulter hinweg zu, sie könnten sich am Abend bei einem Glas Bier im Wirtshaus treffen.

Nach dieser überraschenden Unterbrechung ihres Gesprächs blieb Jonathan und Wurzel nichts anderes übrig, als Quittungen und Münzen einzustecken, um anschließend zur Schenke zurückzukehren. Unterwegs gingen ihnen die unterschiedlichsten Gedanken durch den Kopf. Jonathan fühlte sich einerseits recht niedergeschlagen, denn er befürchtete allmählich, Twomblytief nie wiederzusehen. Andererseits erfreute ihn die Möglichkeit, ein neues Floß zu bekommen, ohne auch nur einen Heller dafür zu bezahlen. Zwar hatte er nach den überstandenen Gefahren die Nase voll von Abenteuern, doch es erfüllte ihn auch mit einem gewissen Stolz, ganz offensichtlich eine wichtige Rolle bei den Ereignissen zu spielen, die nun bereits ihren Schatten vorauswarfen.

»Professor«, sagte er, »es gibt da eine Sache, die mich zu einem glücklichen Mann machen würde.«

»Und die wäre, Jonathan?« fragte Professor Wurzel, der ganz in Gedanken versunken zu sein schien.

»Ich wäre sehr froh, Professor, wenn Sie sich dazu bereit erklären würden, die Hälfte der Münzen zu nehmen. Ohne Ihre Hilfe hätte ich es sicher nicht bis hierher an die Küste geschafft. Schließlich waren Sie es, der nach dem Unwetter die Fässer rettete, und außerdem sind Sie ein ausgesprochen angenehmer Reisebegleiter. Was meinen Sie?«

»Ich meine«, erwiderte der Professor, »daß ich von Anfang an die volle Absicht hatte, von dieser abenteuerlichen Reise zu profitieren. Ich werde viele Bücher schreiben, meine wissenschaftliche Reputation noch weiter verbessern und vielleicht auch – ja, ich bin ziemlich sicher – ein wenig Ruhm ernten. Nein, ich bin nicht bereit, einige der Münzen zu nehmen, die Sie sich redlich verdient haben. Ebensowenig erwarte ich von Ihnen, an den wissenschaftlichen Ehrungen teilzuhaben, die mir nach unserer Rückkehr zukommen werden. Außerdem haben Sie mich nicht darum gebeten, Sie hierher zu begleiten. Nein, ich nehme die Münzen nicht. Das kommt gar nicht in Frage.«

Jonathan schüttelte ihm die Hand, und sie schlenderten zum Wirtshaus namens Mondauge. »Dann möchte ich Ihnen zumindest ein Glas Bier spendieren.«

»Wie wär's mit zwei?« fragte der Professor.

»Abgemacht«, sagte Jonathan.

Später entschied Wurzel, ein kleines Nickerchen zu machen, während Jonathan im Schankraum zurückblieb und durch die Fenster in das trüber werdende Licht des Nachmittags blickte. Dooly und Ahab kamen kurz vorbei. Dooly hatte sich irgendwie in den Besitz einer magischen Kröte gebracht – obgleich er nicht zu sagen vermochte, in welcher Hinsicht sie magisch war –, und er zeigte dem Käser auch einen Beutel mit getrockneten Samen, aus denen angeblich seltsame Blumen wuchsen, wenn man sie mit Wasser in Berührung brachte. Der Käser ließ Dooly und Ahab bei ihren Experimenten mit den wundervollen Samen allein. Seiner Meinung nach hatte Dooly ganz recht: Es wäre sehr bedauerlich gewesen, ohne angemessene Andenken von An-der-Küste zurückzukehren – und er wußte auch, was für ein Souvenir er sich wünschte.

Am Verkaufsstand des Glasbläsers fand Jonathan die blaue Kugel, die ihn vor zwei Tagen so sehr fasziniert hatte. Der Preis war recht hoch, schien aber angemessen zu sein, wenn man bedachte, um was für ein erstaunliches Objekt es sich bei diesem Briefbeschwerer handelte. Der Zwerg schob die Kugel in einen Beutel aus Samt, den er wiederum in einer kleinen hölzernen Kiste unterbrachte. Dann schloß er den Deckel.

Nach diesem Kauf behielt Jonathan noch immer recht viele Münzen übrig, und eigentlich erschien es ihm töricht, sich mit *zuviel* Geld auf die Rückreise flußaufwärts zu begeben. Vielleicht lauerten ihnen unterwegs Räuber oder Kobolde auf und nahmen ihnen die Münzen ab. Aus diesem Grund hielt es der Käser für durchaus vernünftig, den größten Teil des restlichen Geldes für Bücher auszugeben. Eigentlich, so dachte Jonathan, hatte er noch nie von Dieben gehört, die ausgerechnet Bücher stahlen. Entweder fanden sie keinen großen Spaß am Lesen, oder es fiel ihnen wegen des Gewichts schwer, gestohlene Bücher fortzubringen.

Also machte sich Jonathan auf den Weg zu einem der Buchläden, die er beim ersten Streifzug durch die Stadt gesehen hatte, und glücklicherweise war das Geschäft geöffnet. Drinnen saß ein Zwerg auf einem Stuhl, spielte Schach gegen sich selbst und war über den Spielverlauf offenbar gar nicht entzückt. Aber als Jonathan eintrat, erwies er sich als sehr freundlich. Wohin der Käser auch sah, überall fiel sein Blick auf Bücher. Sie stapelten sich in langen Regalen, die bis zur Decke emporreichten und von einer dicken Staubschicht bedeckt waren. Jene Bücher, die sich nicht in unmittelbarer Reichweite befanden – zum Beispiel die weit oben – trugen ebenfalls eine graue Patina. Für Jonathan erhöhte sich dadurch ihr Reiz; vielleicht, so fand er, wurden Bücher wie Wein mit zunehmendem Alter besser.

»Alles kostet den halben Preis«, sagte der Zwerg, während seine Hand über dem Turm schwebte. »Abgesehen von den Almanachen.«

»Ist die Nachfrage nach Almanachen denn so groß?« fragte Jonathan.

»Überhaupt nicht«, erwiderte der Zwerg. »Die Almanache sind gratis. Niemand will sie, und ich glaube, nur Mäuse finden sie interessant.« Er deutete auf ein Bündel pappeingebundener Almanache am Boden neben dem Ladentisch. Drei Mäuse, eine weiße und zwei mit braunen Flecken, kauten in aller Ruhe kleine Papierstreifen von den Seiten und trugen sie anschließend durch ein Loch in der Wand. Jonathan sah auch noch andere Mäuse: Sie trippelten über die Schwelle der Tür hinweg, die in den zweiten Raum des Buchladens führte. »In diesem Haus befindet sich die beste Mäusebibliothek an der ganzen Küste«, sagte der Zwerg. »Die kleinen Nager lesen einfach alles – und das mit einer Geschwindigkeit, die regelrecht verblüffend ist. Ich begreife die ganze Sache nicht.«

»Vermutlich haben sie viel freie Zeit«, erwiderte Jonathan, der Gefallen fand an der Vorstellung, daß Mäuse ebenso gern lasen wie Menschen. Anschließend überließ er dem Zwerg seinem Schachspiel, trat in einen der Gänge zwischen den hohen Regalen und fand fast sofort höchst interessante Dinge. Die ersten Regale beinhalteten Piratenromane – Bücher, denen er nie hatte widerstehen können. Wäre er in Twomblytief gewesen, hätte er sie vermutlich en gros aufgekauft, aber hier in An-der-Küste mußte er eine Auswahl treffen. Je mehr Bücher er kaufte, desto mehr verlor er auch, wenn sie in den Fluß fielen. Andererseits: Welchen Unterschied machte es aus, ob er fünfzig Bücher im Orielstrom verlor oder hundert? Er stand dann in jedem Fall ohne Bücher da – am Ergebnis änderte sich dadurch nichts. Also konnte er in diesem Laden alle von ihm gewünschten Bücher erwerben und sich später Gedanken darüber machen, wie er sie nach Hause brachte. Außerdem machte es so auch viel mehr Spaß. Er nahm eine vom Alter bereits gedunkelte Ausgabe eines Buches mit dem Titel *Die Pirateninseln* zur Hand – sie war von jemandem verfaßt worden, der den eher sonderbaren Namen Dicknase trug – und fragte den Zwerg nach dem Preis.

»Der Preis ist auf der Innenseite des Buchdeckels angegeben«, erwiderte der Zwerg, bewegte die Königin erst einige Felder nach vorn und dann zwei zur Seite. Jonathan verstand nicht viel von Schach, aber er hatte oft genug gespielt, um zu wissen, daß ein solcher Zug unzulässig war. Der Zwerg schlug mit der flachen Hand auf den aus Eichenholz bestehenden Ladentisch, und in einer aufsteigenden Staubwolke tanzten die Schachfiguren ein wenig umher.

»Haben Sie das gesehen?« fragte der Zwerg.

»Ich denke schon«, sagte Jonathan. »Ein sehr seltsamer Zug.«

»Ich nenne so etwas Mogeln! Wie soll ich gewinnen, wenn er mogelt?«

»Das ist sehr schwierig«, bestätigte Jonathan. »Übrigens: Wer ist ›er‹ denn?«

»Mein Gegner«, sagte der Zwerg und deutete auf ein Buch, das aufgeschlagen vor ihm auf dem Ladentisch lag. Es trug den Titel *Besondere Schachzüge,* war etwa drei Zoll dick und erweckte den Anschein, oft benutzt zu werden.

»Ich würde ein anderes Buch nehmen«, sagte Jonathan. »Oder mit jemand anderem Schach spielen.«

»Ich besitze nur das hier«, erwiderte der Zwerg. »Es ist ein Einzelstück. Und ich habe ein wahres Vermögen dafür bezahlt.«

»Aha«, machte Jonathan, der sich der Logik dieser

Bemerkung nicht entziehen konnte. »Dann bleibt Ihnen wohl nichts anderes übrig, als ebenfalls zu mogeln. Wäre nur gerecht.«

»Nein, das mache ich nicht«, antwortete der Zwerg ernst.

»Natürlich nicht«, sagte Jonathan. »Übrigens ist in diesem Buch hier kein Preis angegeben.«

»Nun, wieviel wäre es Ihnen denn wert? Sagen wir: sechs Heller?«

»Das ist nicht zu teuer«, bestätigte Jonathan.

»Dann also die Hälfte davon. Hier kostet alles den halben Preis. Haben ich Ihnen das nicht gesagt? Ich glaube schon. Die Almanache sind gratis, aber dafür müssen Sie sich auch mit den Mäusen herumschlagen.«

»Gut«, sagte Jonathan. Er griff nach einer leeren Holzkiste und legte sowohl das Piratenbuch hinein als auch noch einige andere Werke des gleichen Autors. Dann fand er ein Regal mit Büchern von Glub Boomp, dem Elfenautor aus den Weißen Bergen, der von fernen Ländern schrieb, die der Käser noch nicht einmal dem Namen nach kannte – und auch über die Wunderbaren Inseln und ein Land im Meer, das Balumnia hieß und in dem Nixen lebten. Es muß wohl nicht extra darauf hingewiesen werden, daß Jonathan auch dieses Buch in die Kiste legte.

Wirklich glücklich aber war er, als er auf die gesammelten Werke von G. Smithers aus Brompton stieß. In seinem Haus hatte Jonathan ein Dutzend Bücher von diesem Autor; die meisten wiesen Eselsohren auf und machten inzwischen einen sehr mitgenommenen Eindruck, nachdem er sie mehrmals gelesen und öfters ausgeliehen hatte. Hier aber sah er eine vollständige Sammlung vor sich, die aus hundertneunundzwanzig Bänden bestand, und alle Bücher zeichneten sich durch einen einwandfreien Zustand aus. Nachdem er einige Stunden lang in dem Buchladen geschmökert hatte, trat er in den Abenddunst. Er mußte sich einen Wagen mieten, um all die Bücher zum Wirtshaus Mondauge zu befördern. Alles in allem gesehen hatte er einen sehr interessanten Nachmittag hinter sich, und besonders zufrieden war er, in einem Zimmer illustrierte Werke der Wissenschaft und Philosophie gefunden zu haben, die außergewöhnliche *Enzyklopädie von Limpus* – große, alte und in Pergament gebundene Bücher voller wissenschaftlicher Geheimnisse und Rätsel. Es handelte sich dabei um eine Sammlung, gegen die – davon war Jonathan überzeugt – der Professor sogar seine über alles geliebte Gewehroboe eingetauscht hätte. Bestimmt war sie ein Geschenk, das Wurzel nicht ablehnen und mit Freuden entgegennehmen würde.

Ackroyd der Bäcker befand sich bereits im Wirtshaus, ebenso die vier Wanderer, und sie alle nahmen vor dem Kamin Platz, verschlangen heißhungrig Gänsebraten, gebackene Austern und Preiselbeersülze. Dazu tranken sie Bier. Bald darauf zog sich Jonathan in sein Zimmer zurück, legte sich ins Bett – Ahab rollte sich auf einem daneben liegenden Läufer zusammen – und versank anschließend in einem Werk von G. Smithers, das er bisher noch nicht kannte. Das Buch handelte von verborgenen Schätzen und Koboldkriegen und vielen anderen ähnlich faszinierenden Dingen. Er hatte jedoch kaum zwanzig Seiten gelesen, als er eindöste, und während er schlief, brannten die Kerzen nieder, bis sie nur noch kleine Pfützen aus flüssigem Wachs bildeten.

Stundenlang schien der Geist Jonathans in den Labyrinthen eines Traums gefangen zu sein, der sich immer wiederholte, eines Traums, in dem der Professor und er zusammen mit dem Mondmann über breite Kleewiesen wanderten. Es war ein sonniger und warmer Frühlingstag, und der Pfad, über den sie schlenderten, führte zu einer großen Eichentür im steilen

Hang eines kleinen, grasbewachsenen Hügels. Ein dicker Balken verriegelte das Portal, und hinzu kam ein eisernes Schloß. Der Mondmann betastete einen Bund mit vielen Schlüsseln, um jenen zu finden, mit dem sich die Tür aufschließen ließ. Als sie sich schließlich öffnete, fiel ihr Blick in einen dunklen Gang, der sich unterhalb der Wiese erstreckte. Der Mondmann nahm eine Lampe von einem kleinen Regal unmittelbar neben der Tür, entzündete den Docht und trat ein, gefolgt von Jonathan und dem Professor. Das Geräusch ihrer Schritte hallte von den kalten Steinwänden wider. In seinem Traum bemerkte Jonathan auch einen sonderbar muffigen und modrigen Geruch, der alles um sie herum zu durchdringen schien, ziemlich scharf war und sich gar nicht so sehr von dem Duft im Innern eines Käsehauses unterschied.

»Riecht hier unten wie in einer Käserei«, sagte er laut.

»Genau!« platzte es aus dem Professor heraus. »Das stimmt wirklich. Eigentlich ist es ein recht angenehmer Geruch.«

»Passen Sie hier auf«, riet ihnen der Mondmann, als sie eine schmale Steintreppe erreichten, an die sich unten eine riesige Höhle anschloß.

Der Mondmann drehte an dem kleinen Einstellrad der Öllampe, und der gelbe Schein wurde intensiver, leuchtete die ganze Kaverne aus. Die Wände waren pockennarbig und so behauen worden, daß sie sonderbare geometrische Muster bildeten, und sie schienen grün zu sein, so wie ganz helle Jade. Der Duft nach Käse verstärkte sich weiter.

Der Mondmann grinste breit. Mit seinem Taschenmesser schnitt er ein Stück aus der Wand heraus und brach es anschließend in drei Teile. Sie schoben sich die Brocken in den Mund, und überrascht stellte Jonathan fest, daß sie sehr gut schmeckten, scharf gewürzt waren und sich durch eine leicht faserige Beschaffenheit auszeichneten. Plötzlich kam ihm die ganze Sache ziemlich komisch vor, denn der Professor verzog das Gesicht und kaute nachdenklich. Er sah sich mit einer Unmöglichkeit konfrontiert und suchte nach einer Erklärung. Jonathan konnte sich nicht beherrschen und begann schallend zu lachen. Der Mondmann fiel mit ein, und schließlich lachte auch der Professor lauthals los. Sie lachten auch noch, als sie durch den Gang zurückkehrten und wieder ins Freie traten. Erstaunlicherweise war es draußen dunkel – obgleich sich Jonathan in seinem Traum von diesem Umstand nicht verblüffen ließ –, so finster wie um Mitternacht, und die Wiesen um sie herum erstreckten sich in alle Richtungen. Nicht der Mond glühte matt auf sie herab, sondern der blaugrüne Glanz der Erde – wie eine Murmel des Junkers schwebte sie hoch oben am Himmel.

Es war ein zwar seltsamer, aber auch recht angenehmer Traum, der jedoch ein jähes Ende fand, als jemand an die Tür klopfte. Jonathan erwachte, richtete sich auf und rief ganz laut »Grüner Käse!«, bevor er begriff, daß er sich nicht mehr im Traumland Träume befand, sondern in seinem Bett im Wirtshaus Mondauge hockte. Nach der Taschenuhr war es bereits neun Uhr früh.

Das Klopfen wiederholte sich, und Ahab sprang durchs Zimmer, eilte zur Tür und kehrte dann an Jonathans Bett zurück. »Jonathan!« rief der Professor vom Gang her. »Wachen Sie auf. Wir haben eine Verabredung mit dem Mondmann.« Der Käser trat zur Tür und öffnete sie.

»Ich habe mir schon so etwas gedacht«, sagte er.

»Ich ebenfalls«, pflichtete ihm der Professor bei. »Was die Reise flußaufwärts betrifft, geht es dabei nicht nur um Elfengeschenke und Honigkuchen. Darauf möchte ich wetten.«

Eine knappe Stunde später trafen sie den Mondmann bei der Molkerei von An-der-Küste, die etwa eine Meile landeinwärts lag. Er trug seinen Tweedmantel und stützte sich auf einen geschnitzten Gehstock. Die Landschaft und die rege Aktivität in der Molkerei hoben offenbar seine Stimmung; er schien sich hier zu Hause zu fühlen. Natürlich hatte er eigentlich mit den Arbeiten in der Molkerei nichts zu tun, aber er wies darauf hin, daß Hodgson – der Leiter der Milchwirtschaft von An-der-Küste – und er sich sehr gut verstanden, besonders dann, wenn es um Käse ging. Jonathan war angenehm berührt, als Hodgson, ein pausbäckiger Zwerg mit spitzem Bart, dem Professor gegenüber behauptete, hier träfen sich nun die drei besten Käser des ganzen Westens. Die Elfen, so sagte er, könnten überhaupt keinen Käse herstellen, der sich im Geschmack wesentlich von einer faden Teigmasse unterschied. Angeblich würzten sie dauernd mit magischen Kristallen und verwendeten die unglaublichsten Zutaten. Zwar bezeichneten sie ihre Käse als Köstlichkeiten, aber Hodgson nannte es ein offenes Geheimnis, daß sie sie nicht einmal selbst aßen. Die Elfen verkauften ihren Käse in den Küstendörfern, und deren Bewohner verwendeten ihn als Angelköder.

Die Käsehäuser des Zwerges sahen ganz so aus, wie es Jonathan erwartet hatte. Tatsächlich ähnelten sie seinen eigenen sehr, mit dem einen Unterschied nur, daß sie weitaus größer waren. Gewaltige runde Käse hingen an hohen Gestellen, einige davon in spezielles Papier gehüllt, andere mit Wachs überzogen. Jonathan sah sogar welche, die in großen Kristallen aus Salz steckten.

An der Wand des einen Käsehauses standen Öfen, Schneidebretter und Pressen. Ein Dutzend Zwerge steckten bis zu den Ellenbogen in Fässern mit Dickmilch und Molke. Bei den Käsepressen handelte es sich um beeindruckend große Vorrichtungen – eine von ihnen war fast so groß wie Jonathans Haus –, und sie stellten Wunder aus Hebeln, Zahnrädern und Sieben dar. Große Molkeklumpen tropften in lange Tröge im Boden. Etwa nach jeweils zehn Minuten öffnete sich eine Luke in der Wand, und dann strömte Wasser herein, wusch die Tröge sauber.

Hodgsons Helfer behandelten Jonathan wie einen Prinzen, und sie versicherten ihm, sein Name sei in der Molkerei von An-der-Küste schon seit Jahren bekannt. Jonathan konnte das nicht recht glauben. Er errötete immer wieder und erwiderte, seine Käse seien überhaupt nicht der Rede wert, wenn man sie mit denen der Zwerge verglich. Die Zwerge aber klopften ihm auf den Rücken und meinten, ein bescheidener Mann gefiele ihnen besonders gut.

Hodgson führte sie in die Molkereisäle – langgestreckte Räume mit vielen Ställen und Kühen, die durch eine Art Tretmühle getrieben wurden. Das Vieh stammte ganz offensichtlich aus der Küstenregion. Die Kühe waren mindestens doppelt so groß wie jene, die Jonathan in der Nähe von Twomblytief gesehen hatte. Aber vielleicht gewann er diesen Eindruck auch nur deswegen, weil sie die Zwerge weit überragten, die überall bei ihnen hockten und sie melkten. Es waren schwergewichtige und bullig aussehende Tiere mit großen, dicken Hufen und Beinen wie Baumstämme. Ihre Augen waren klein, viel zu klein offenbar für die breiten Schädel, und sie verliehen den Kühen den Eindruck, als zwinkerten sie dauernd und als seien sie die ganze Zeit über sehr nachdenklich.

Ahab wußte nicht, was er von diesen Geschöpfen halten sollte. Schließlich aber fiel ihm auf, daß er diesen Kühen in vielerlei Hinsicht ähnlich sah, und als Folge davon beschloß er, sie zu mögen. Schnuppernd und schnüffelnd lief er umher, als hätte er überhaupt keine Manieren. Er gab vor, aus irgendeinem philosophischen Grund in einen Eimer zu starren – obgleich Jonathan genau wußte, daß sein Hund nur die Absicht hatte, die Milch zu probieren. Der Käser verscheuchte ihn, aber daraufhin füllte einer der Zwerge einen Napf für den Hund und klopfte Ahab wohlwollend auf den Kopf.

Hodgson eilte umher und überwachte die Arbeiten der Melker, er überließ die Flößer, Ahab und den Mondmann ihren eigenen Angelegenheiten. Jonathan und der Professor folgten dem Mondmann auf eine Wiese und nahmen dann auf einer langen Bank Platz, deren Holz aufgrund des Küstennebels und des Regens ganz grau und verwittert war.

Der Mondmann verschwendete keine Zeit. »Meine Herren«, sagte er, nachdem er sich geräuspert und die Brille zurechtgerückt hatte, »gestern abend erhielt ich Nachrichten aus den flußaufwärts gelegenen Bereichen, und ich fürchte, sie sind nicht dazu geeignet, uns fröhlicher zu stimmen.«

Jonathan mußte sofort daran denken, daß das Unheil im hohen Tal inzwischen auch Twomblytief erreicht haben mochte. Glücklicherweise bestätigten sich seine Befürchtungen nicht.

»Die Siedlung Hochturm, meine Herren, ist von ihren Bewohnern verlassen worden. Nur einige wenige sind zurückgeblieben, höchstens ein halbes Dutzend. In den Häusern wohnen nun die Geschöpfe aus dem Sumpf. Kobolde und Phantome und Tiere, die sich auf sehr seltsame Weise verhalten, durchstreifen den Ort und treiben sogar Handel mit den wenigen Kaufleuten, die sich nicht dazu entschließen konnten, ihre Läden aufzugeben.«

»Müssen mutige Burschen sein«, sagte Jonathan. Er erinnerte sich an den Alten Hobbs, von dem der Professor gesagt hatte, er erweise sich auch in unsicheren Zeiten als sehr standhaft und ergreife nicht einfach die Flucht.

»Sie dürften wohl eher übergeschnappt sein«, sagte der Mondmann und unterstrich seine Worte mit einem traurigen Kopfschütteln. »Ich fürchte, sie alle sind verrückt geworden. Und die anderen sind entweder flußaufwärts oder stromabwärts geflohen und haben kaum mehr bei sich als die Kleidung auf der Haut. Eine schlimme Sache.«

Jonathan schüttelte verwirrt den Kopf. Drei Siedlungen zwischen Twomblytief und An-der-Küste waren verlassen. Zwischen Hochturm und Twomblytief gab es außer einigen wenigen Meilen Wald nichts mehr, das dem schleichenden Schrecken Einhalt gebieten konnte. Und in den betreffenden Wäldern trieben sich bereits Trolle, Wölfe und sicher auch Kobolde herum. »Es ist höchste Zeit, Herr Mondmann, daß der Professor, Dooly, Ahab und ich uns auf den Weg machen. Während wir uns hier in An-der-Küste ausruhen, werden wir in Twomblytief dringend gebraucht. Wir dürfen nicht einfach die Hände in den Schoß legen.«

»Wohl besser nicht«, stimmte der Professor zu.

»Da haben Sie vermutlich recht«, bestätigte der Mondmann mit einem Seufzen. »Man wünscht sich, Probleme könnten sich von selbst erledigen oder vom Wind fortgeblasen werden, aber das ist leider nur sehr selten der Fall.«

Jonathan nickte. Die Probleme, von denen der Mondmann gesprochen hatte, besorgten ihn sehr, und er fürchtete, daß die Rückreise nach Twomblytief alles andere als einfach sein würde. »Nur noch etwas mehr als ein Monat trennt uns vom Weihnachtsfest«, sagte der Käser. »Ob es nun Probleme gibt oder nicht: Wir müssen sowohl die Honigkuchen als auch die Elfengeschenke unbedingt bis Weihnachten nach Twomblytief gebracht haben. Es geht darum, eine Tradition fortzusetzen.«

»In der Tat«, erwiderte der Mondmann. »Traditionen müssen unter allen Umständen respektiert werden. Solche Dinge können wir nicht einfach aus einer Laune heraus ändern. Sie sind viel zu tief in uns allen verwurzelt. Nein, Herr Bing, Sie haben völlig recht. Sie müssen sich bald auf den Weg machen, und Sie werden ein geeignetes Floß erhalten. Ich hoffe von ganzem Herzen, daß Sie bis Weihnachten wieder zu Hause sind. Rechtzeitig genug, um einen prächtig geschmückten Baum aufzustellen, im Kamin ein Feuer anzuzünden, eine gute Pfeife zu genießen und es im Kreise Ihrer Freunde gemütlich zu haben. Denn gerade solche Traditionen sind es, Herr Bing, die uns dabei helfen, durch den Winter zu kommen, und ich hoffe, das wird auch in Zukunft der Fall sein.«

»Ja, Herr Mondmann«, sagte Jonathan und war der Ansicht, daß die Worte des Mondmanns durchaus etwas für sich hatten. Plötzlich empfand er ein eigenartiges Bedauern angesichts der Tatsache, daß sie die letzten Tage in An-der-Küste mit solchem Müßiggang verbracht hatten – und auch aufgrund des Bewußtseins, daß die Zukunft sich mit der Zeit in Vergangenheit verwandelte, ganz gleich, wie sie gestaltet sein mochte. Aber vielleicht war gerade das der Grund, warum er sich in späteren Jahren so gern an jene Tage zurückerinnerte. Jonathan gab sich also einen inneren Ruck und heiterte sich auf, indem er an das bevorstehende Weihnachtsfest dachte, daran, den guten alten Bürgermeister Bastable wiederzusehen und mit ihm vor dem warmen Kaminfeuer über Philosophie zu sprechen.

»Nun«, sagte der Professor, und es war ganz typisch für ihn, auf den Kern der Sache zu kommen, »für meinen Geschmack ist das alles ein bißchen zu mysteriös. Ich bin gern bereit, behilflich zu sein, und ich glaube, das kann ich auch im Namen Jonathans und Doolys versichern. Übrigens drückt sich auch Ahab nicht, wenn es darum geht, irgendwelche Schwierigkeiten zu bewältigen.« Der Professor klopfte dem Hund auf den Kopf. »Sie hätten sehen sollen, wie er unterhalb von Hochturm die Kobolde verjagte. Er war wirklich sehr mutig.

Herr Mondmann, Sie haben eben davon gesprochen, man könne uns ein geeignetes Floß zur Verfügung stellen. Was Jonathan und mich angeht, sehe ich keinen Grund, warum wir nicht morgen früh die Rückreise antreten sollten. Der Aufenthalt hier in den letzten Tagen war sehr angenehm, aber jetzt wird allmählich die Zeit knapp.«

»Sie ist noch knapper, als Sie glauben«, sagte der Mondmann geheimnisvoll.

»Sehen Sie, das ist genau so eine Sache, die ich vorhin meinte«, erwiderte der Professor und kam allmählich in Fahrt. »Jeder, der noch alle Sinne beisammen hat, muß sich darüber klar sein, daß es am oberen Lauf des Orielstroms nicht mehr mit rechten Dingen zugeht. Überall treiben sich Kobolde und Trolle und bedrohlich aussehende Kröten herum aber was hat das mit uns zu tun? Mit anderen Worten: Es ist höchste Zeit für Jonathan und Dooly und mich, uns die Sache einmal anzusehen, meinen Sie nicht auch?«

Der Mondmann nickte zustimmend, so wie auch Jonathan. Ahab erhob sich, trottete fort und beschnüffelte zwei Kühe, die gerade vorbeigeführt wurden und Sauerklee kauten. Der Hund fand diese beiden Tiere offenbar weitaus interessanter als irgendwelche Probleme flußaufwärts.

»Ich will nicht behaupten, die Angelegenheit sei ganz einfach und simpel«, sagte der Mondmann, »denn das ist sie bestimmt nicht. Die Gefahr wird mit jedem Tag größer, und die Zukunft hält verschiedene Möglichkeiten bereit. Ihre Aufgabe aber ist nicht kompliziert. Ich bitte Sie nur darum, jemanden mitzunehmen, einen gewissen Herrn, von dem Sie, so glaube ich, schon gehört haben. Als Gegenleistung erhalten Sie ein kostenloses Floß und können sich darüber hinaus freuen, während eines bedeutenden Ereignisses eine – übrigens sehr wichtige – Rolle gespielt zu haben. Ich wäre geneigt zu behaupten, daß Sie einen triumphalen Sieg erringen werden, aber leider habe ich nur zu oft erlebt, wie gewisse Geschehnisse überraschende Wendungen nehmen, und aus diesem Grund möchte ich nicht zu optimistisch sein.« Der Mondmann setzte die Brille mit den dicken Gläsern ab und säuberte sie mit einem gemusterten Tuch, das er aus einer Tasche seines Tweedmantels holte. Als er sie sich wieder auf den Nasenrücken schob, entdeckte er einen weiteren Fleck und setzte das Polieren daraufhin fort. Anschließend putzte er sich geräuschvoll die Nase, wobei er das gleiche Tuch benutzte, holte dann ein sauberes aus der Hosentasche, schob es sich in die Manteltasche und brachte das schmutzige in der Hosentasche unter. Es war ein recht eigentümlicher Austausch von gemusterten Tüchern, aber der Mondmann schien bereits Routine darin entwickelt zu haben, und aus diesem Grund sprach Jonathan ihn nicht darauf an.

»Wer ist der Mann«, fragte der Käser statt dessen, »den wir mitnehmen sollen? Irgendein Elfenkrieger oder ein Zwerg, der gut mit der Axt umgehen kann?«

»Ganz und gar nicht«, erwiderte der Mondmann. »Ich hoffe sehr, es wird Herr Theophil Escargot sein, ein Herr, mit dem Sie bis zu einem gewissen Grad bereits bekannt sein dürften.«

Jonathan war nicht völlig überrascht. Ganz offensichtlich stand Escargot mit den Geschehnissen im hohen Tal in einem direkten Zusammenhang – vielleicht war er in gewisser Weise sogar dafür verantwortlich. Bestimmt aber galt die Hauptsorge des Mondmanns in erster Linie ihm und seiner seltsamen Taschenuhr.

»Sie hoffen also«, sagte Jonathan in einem fragenden Tonfall, »daß Doolys Großvater mit uns flußaufwärts segelt. Sind Sie sich da denn nicht ganz sicher?«

»Erst dann, wenn wir ihn gefragt haben«, antwortete der Mondmann. »Aber ich bin eigentlich davon überzeugt, daß er sich dazu überreden lassen wird, Sie zu begleiten. In dieser Hinsicht könnte uns der junge Dooly von großem Nutzen sein. Ja, er wird mit Ihnen reisen, meine Herrn, ob er will oder nicht.«

»Aber man darf ihn nicht zwingen«, sagte Jonathan. »Jedenfalls nicht, wenn wir für ihn verantwortlich sind. Und was kann er allein schon ausrichten?«

»Nun«, erwiderte der Mondmann, »es gibt da eine gewisse Taschenuhr. Eine ziemlich alte Taschenuhr sogar ...«

»Die von lasterhaften Typen wie Escargot dazu benutzt werden kann, Apfelkuchen und Käsestücke zu stehlen«, warf Jonathan ein.

»Das ist zweifellos möglich«, bestätigte der Mondmann. »Außerdem kann sie Elfengaleonen im Mootonmoor überraschen und einer guten, tapferen Mannschaft den Ruin bringen. *Und* sie kann die Handelsstation von Weidenwald zerstören. Mooton, An-der-Küste, Twomblytief, Brompton und alle anderen Ortschaften sind ihr hilflos ausgeliefert, meine Herren. Theophil Escargot soll diese Uhr stehlen. Er hat sie schon einmal geklaut – entschuldigen Sie bitte, wenn ich mich so unverblümt ausdrücke –, und er wird sie ein zweites Mal stehlen, vielleicht mit Hilfe jener Apparatur, die sich nun im Besitz des Professors befindet.«

Wurzel kratzte sich am Kopf. Er bedauerte nun, die Gewehroboe im Wirtshaus zurückgelassen zu haben. Ganz offensichtlich wußte der Mondmann, um was es sich bei der Elfenvorrichtung handelte, und er hätte ihm die Funktionsweise erklären können – zum Beispiel ihr Bestreben, in großen Kreisen durch die Luft zu sausen, ein Verhalten, das Wurzel zu gern wissenschaftlich ergründet hätte.

»Der Apparat«, sagte der Mondmann, »wurde von Langley Snood gebaut. Vielleicht haben Sie schon von ihm gehört.«

»Wer kennt ihn nicht?« erwiderte der Professor. Jonathan war ziemlich sicher, daß er diesen Namen noch nie vernommen hatte, aber wie Wurzel nickte er nur.

»Snood und seine Gruppe waren es«, fuhr der Mondmann fort, »die im Mootonmoor in einen Sturm gerieten. Aber nicht allein das Unwetter führte zu ihrer Niederlage. Snoods Vorrichtung, meine Herren, dient allein dem Zweck, die Taschenuhr zu finden, die sich nun im Besitz des hinterhältigen Zwergs vom Hochturmberg befindet. Eine andere Funktion hat sie nicht. Wenn sich die Uhr in der Empfangsreichweite von Snoods Apparat befindet, so wird er Sie zu ihr geleiten. Die Taschenuhr muß unbedingt gefunden und gestohlen werden, und dabei sollte man mit äußerster Vorsicht zu Werke gehen, denn sonst wird der Dieb von dem gleichen Schicksal ereilt wie Langley Snood im Mootonmoor.«

Der Professor war einerseits beeindruckt, andererseits aber auch angenehm berührt. Daß er die wunderbare Apparatur gefunden und repariert hatte, erwies sich jetzt als noch weitaus wichtiger als zunächst angenommen. »Wir werden uns bemühen«, sagte er.

»Natürlich«, pflichtete Jonathan ihm bei. »Und je eher wir aufbrechen, desto besser. Es hat den Anschein, daß die Reise flußaufwärts mindestens so abenteuerlich wird wie die hierher.«

»In diesem Punkt könnten Sie durchaus recht haben«, sagte der Mondmann. »Ich wäre Ihnen sehr verbunden, wenn Sie sich bereit erklärten, Escargot mitzunehmen. Um mehr bitte ich Sie nicht. Und was den Aufbruch angeht, so schlage ich ihn für heute nachmittag vor. Nachdem Sie Dooly Bescheid gegeben und zu Mittag gegessen haben, sollten Sie Twickenham und seinen Leuten im Palast einen Besuch abstatten. Herr Twickenham, so müssen Sie wissen, ist mein Statthalter und wird von jetzt an die Aufsicht führen, wie man so schön sagt. Es tut mir leid, daß ich nach

Hause segeln muß. Es bekommt mir nicht sonderlich gut, zu lange fortzubleiben. Ich muß mich dann immer mit einem Leiden abplagen, das man als Rheumatismus bezeichnen könnte – wenn Sie verstehen, was ich meine.«

Bei Jonathan war das nicht ganz der Fall, aber er bewunderte Twickenham, und obgleich es ihm nicht sehr zusagte, Befehle in Empfang zu nehmen oder sie zu erteilen, so war er geneigt, die von Twickenham gehorsam auszuführen.

»Was die Münzen angeht …«, sagte der Mondmann, und es klang ganz beiläufig. »Haben Sie sie dabei?«

Jonathan öffnete seinen Beutel. »Selbstverständlich. Und sie wollten mir doch zeigen, wie sie funktionieren, nicht wahr?« Eigentlich war er gar nicht so sehr darauf versessen, das in Erfahrung zu bringen. Er gab sich ganz damit zufrieden, *daß* sie funktionierten – und er war der Ansicht, daß solche Dinge oftmals geheimnisvoller und damit wunderbarer blieben, wenn man das Wie nicht kannte. Außerdem befürchtete er, daß er mit jeder Enthüllung immer tiefer in die ganze Sache mit der mysteriösen Taschenuhr verstrickt wurde. Er streckte die Hand aus, auf der die vier Münzen lagen.

»Ihr Geheimnis ist gar nicht so großartig«, sagte der Mondmann. »Man muß sie so drehen, daß die Nasen der Fische nach Norden, Süden, Westen und Osten zeigen.«

Jonathan folgte diesem Rat, und daraufhin erschien auf allen vier Münzen das Gesicht des Mondmanns. Jonathan bewegte eine der Münzen, und das Abbild verschwand wieder. »So einfach ist das?« fragte der Käser. »Überhaupt kein Abrakadabra notwendig?«

Der Mondmann schüttelte den Kopf. »Keine magischen Beschwörungen. Überhaupt nichts Besonderes.« Er stand auf und schlug sich den Staub vom Hosenboden. »Das ist alles, was ich Ihnen zu sagen hatte, meine Herren. Ich möchte nur noch einmal wiederholen, wie dankbar ich Ihnen für Ihre Hilfe bin.«

»Nichts zu danken«, erwiderte der Professor und reichte dem Mondmann die Hand. Sie verabschiedeten sich, und Jonathan und Professor Wurzel kehrten zum Wirtshaus zurück.

Da dem Käser nichts Besseres einfiel, zitierte er einen Reim seines Lieblingsdichters Ashbless: »Wenn sich das Schlachtfeld verwandelt hat in des Schicksals Todesgarten, werde ich in gefiederter Erwartung mich gedulden und warten.«

»Klingt passend«, sagte der Professor. »Stammen die Worte von G. Smithers?«

»Von Ashbless«, erwiderte Jonathan.

»Hätte ich eigentlich wissen sollen«, sagte Wurzel. »›Gefiederte Erwartung?‹ Man könnte meinen, der Vers stammt von einem Vogel.«

»Kein richtiger Vogel, sondern ein als Strauß verkleideter Mensch«, sagte Jonathan.

Der Professor nickte und deutete dann über die Straße hinweg. Dort stand Dooly an einem Brunnen – ein Steinkreis, in dessen Innern ein bronzener Fisch Wasser spuckte – und beobachtete, wie eine ganze Kolonie aus Papierblumen übers Naß glitt. Zwar sah das alles recht hübsch aus, aber der Professor wies Dooly freundlich darauf hin, daß die Blumen letztendlich die Funktionsweise des Brunnens beeinträchtigen würden. Sie fischten sie aus dem Wasser und ließen sie durch den Rinnstein schwimmen, bevor sie zusammen mit Dooly den Weg zum Wirtshaus fortsetzten. Um ein Uhr begaben sie sich in den Palast, begegneten dort Twickenham und den anderen Elfen und fanden erstaunlicherweise den Mut, mit ihnen zusammen an Bord des Luftschiffs zu klettern.

14. Kapitel

Das Summen der Apparate

Die Vorstellung, durch die Luft zu fliegen, sich auch nur mehr als nur einige Meter über dem festen Boden zu befinden, erschien Jonathan plötzlich gar nicht mehr als so reizvoll. Dooly fand die Idee offenbar noch weitaus abscheulicher. Er saß in einem gepolsterten Sitz, krümmte sich zusammen, stülpte die Arme über den Kopf und versuchte allem Anschein nach, einfach zu verschwinden. Der Professor aber war in seinem Element. Jonathan glaubte fast zu sehen, wie sich hinter Wurzels Stirn kleine Zahnräder und Wellen in Bewegung setzten. Ein vor ihm sitzender Elf jedoch gähnte nur gelangweilt. Sein Name, so stellte sich kurz darauf heraus, lautete Thrimp. Der Professor begann sofort damit, ihn über Luftschiffe auszufragen, aber Thrimps Antworten stellten ihn offenbar nicht ganz zufrieden.

Inzwischen brach unter den vier Wanderern ein kleiner Zank aus. Bufo und Gelbhut beleidigten sich gegenseitig, und der Junker Myrkel kitzelte Stich-den-Busch immer wieder mit einer Gänsefeder am Ohr. Jedesmal dann, wenn sich der junge Stich-den-Busch umsah, ließ der Junker die Feder rasch verschwinden. Nach einer Weile holte er sie wieder hervor und kitzelte ihn erneut, und aus irgendeinem Grund schien das der Anlaß für die Unruhe und Aufregung unter den Wanderern zu sein. Von allen vieren amüsierte sich offenbar nur der Junker prächtig.

Während sich Jonathan noch voller Unbehagen Sorgen machte über die Flugsicherheit von Luftschiffen, beobachtete er mit einer gewissen Faszination, wie die

Wiese unter ihnen zurückblieb. Er hatte keinen Ruck gespürt, und es donnerte und dröhnte auch nirgends – sie stiegen einfach auf, und die Wiese unter ihnen wurde immer kleiner. Bald konnten sie auch die fernen Hecken sehen, die von oben betrachtet offenbar gar kein Muster bildeten. Das Palastdach, so bemerkten sie, mußte repariert werden, denn manche Schindeln und Pfannen waren gebrochen und teilweise mit einer dicken Moosschicht bedeckt.

Weiter im Norden reichte ein dichter Wald bis fast an die Küste heran. Eine gewellte Hügellandschaft erstreckte sich nach Nordwesten, und irgendwo in weiter Ferne verloren sich die Konturen der kleinen Berge im grauen Dunst. Im Innern des Luftschiffs war alles still. Junker Myrkel trieb keinen Ulk mehr, sondern blickte mit vor Staunen weit aufgerissenen Augen aus dem Fenster. Das Summen der Apparate, das Jonathan während der abenteuerlichen Begegnung mit den beiden Trollen so deutlich gehört hatte, ließ sich jetzt kaum vernehmen. Alle, sogar der Elf Thrimp, drückten sich die Nasen an den Fensterscheiben platt.

Jonathan spähte nach unten, und plötzlich wogten Dunstschwaden heran. Der Käser hielt das zunächst für ein Anzeichen aufkommenden Nebels, stellte dann aber fest, daß es sich um eine kleine, fransige Wolke direkt unter ihnen handelte. Sie schwebte wie ein sonderbar geformter Ballon dahin und hatte eine nicht unbeträchtliche Ähnlichkeit mit dem Junker Myrkel.

Aber wenn man einmal von dieser Wolke absah, war es ein heiterer und sehr klarer Tag. Flußaufwärts sah Jonathan kleinere Bauernhäuser und Ställe inmitten einer Landschaft aus Obstgärten und Wiesen; hier und dort wanden sich von Weiden gesäumte Kanäle durchs Grün. Kleine Ruderboote oder Kanus schwammen auf dem Wasser – bestimmt hockten darin Zwerge, die versuchten, Frösche oder Seewölfe zu fangen. Während der Käser diese so freundlich wirkende

Landschaft betrachtete, fiel ihm die Vorstellung schwer, daß nur wenige Meilen flußaufwärts Ranken des Unheils wucherten, so wie das Unkraut, das allmählich die Ruinen von Weidenwald vereinnahmte. Angesichts des Rauchs, der aus den Schornsteinen stieg – Jonathan mußte dabei an frisches Brot denken, das nun in Backofen langsam braun wurde –, empfand der Käser so etwas wie Heimweh. Für einige Sekunden regte sich in ihm der Wunsch, eins der Bauernhäuser aufzusuchen, mit einigen von Ackroyd gebackenen Kuchen und einem Becher heißen Punsch. Dann jedoch erinnerte er sich daran, daß er sich bereits an einem geradezu wunderbaren Ort aufhielt. Bürgermeister Bastable hätte sich sofort selbst von seinem Lieblingshut getrennt und eine Arbeit als Stalljunge angenommen, wäre er dadurch dazu in der Lage gewesen, in einem Luftschiff zu reisen.

Kurz darauf flogen sie über die große Stadtmauer hinweg, und Jonathan sah weit unten das Dach des Wirtshauses *Käpt'n Mondauge* sowie die Straßen, die an der Küste entlang bis zum Palast führten. Er erkannte auch Passanten, die sich mit den Händen die Augen vor der hellen Nachmittagssonne abschirmten und emporsahen, als das Luftschiff über sie hinwegschwebte.

An-der-Küste blieb hinter ihnen zurück, und eine Zeitlang flogen sie ruhig und friedlich über die Felsen an der Wassergrenze hinweg. Dann und wann erhaschte der Käser einen Blick auf etwas, das er als große Wolkenbänke zu erkennen glaubte, die sich ihnen mit verblüffend hoher Geschwindigkeit zu nähern schienen. Immer wieder drifteten sie in Dunstschwaden hinein, und nach einer Weile wurde das faserige Wogen um sie herum dichter. Ihr Flug führte sie tiefer in die Wolken.

Das enttäuschte Jonathan, denn die Reise durch die Luft war weitaus interessanter, solange man den

Boden sehen konnte. Andererseits konnte er hier sehen, was sich im Innern einer Wolke befand. Inzwischen war der Käser ziemlich sicher, daß seine einstigen Vorstellungen von Seen mit wundervoll gefärbten Fischen nicht zutrafen, aber trotzdem glaubte er, daß sich im Innern von Wolken so manche Überraschung verbergen mochte.

Doch zwischen den Wolken gab es nichts als leere Luft, und die einzigen Überraschungen bestanden aus gelegentlichen Blitzen, deren Donner in erschreckender Nähe des Luftschiffes grollte. Wenn es krachte, zuckten die Passagiere zusammen, schrien und hielten sich die Ohren zu. Dooly war ganz blaß und zitterte; ängstlich starrte er durch die Finger der Hände, hinter denen er das Gesicht zu verstecken versuchte. Ahab schlief recht geräuschvoll auf seinem Schoß und knurrte ab und zu – für gewöhnlich kurz vor neuerlichem Donnern –, und Dooly nahm das immer zum Anlaß, in furchtsamer Erwartung ein weiteres Mal zusammenzufahren. Der Professor hatte Jonathan einmal erklärt, Hunde seien eine der vier Hauptarten der domestizierten Natur und »sensibel gegenüber der wechselhaften Tiefgründigkeit des Wetters«.

Es dauerte aber nicht allzu lange, bis sie die Gewitterwolke hinter sich ließen. Kurz zuvor passierten sie noch eine Art Schauer, der mit seinen Regenfluten an den Felsen entlang auf An-der-Küste zielte und offenbar ganz versessen darauf war, die Stadt zu erreichen, bevor sich sein Vorrat an Nässe erschöpft hatte.

Als die Schlechtwetterzone hinter ihnen lag, erstreckten sich unter ihnen hohe und von der Meeresgischt umtoste Klippen. Dunkle Wälder bedeckten die Hügel jenseits der Felsen, und soweit Jonathan sehen konnte – sein Blick reichte viele Meilen weit – gab es weder Häuser noch Bauernhöfe, nur dichten Wald, in dem sich hier und dort einmal der silbrige Lauf eines Flusses zeigte.

Nach dem Blitzen und Donnern hellte sich Doolys Stimmung wieder auf, und er sprach mit Stich-den-Busch über die Unwetter, die sie beide erlebt hatten. Der Professor und Thrimp tauschten Theorien über Blitze aus, doch für Jonathans Ohren klang keine einzige davon sonderlich plausibel. Irgendwie ging die Diskussion über Blitze in jene Richtung, die der Käser inzwischen für alle wissenschaftlichen Erörterungen als typisch erachtete. Das heißt, von Gewittern kam man auf das Wetter ganz allgemein zu sprechen, und von dort aus war es kein weiter Weg mehr bis zu anderen Wundern der Natur. Schließlich wandten sie sich der Problematik des Fliegens zu, woraufhin der Professor erstaunlicherweise bemerkte, seiner Meinung nach sei ihr gegenwärtiger Zustand zumindest höchst unwahrscheinlich, wenn nicht gar völlig unmöglich.

»Ach!« meinte Thrimp. »Fliegen ist nicht weiter schwer. Jedes Elfenkind, das älter als drei Jahre ist, könnte es problemlos erklären. Denken Sie nur einmal an die Pelikane, Professor. Sie werden mir sicher zustimmen, wenn ich sage, daß sie die dümmsten aller Vögel sind, und doch fällt ihnen das Fliegen ganz leicht. Es kann also wirklich nicht schwer sein.«

Jonathan war der Ansicht, daß es sich bei Thrimps Argumentation in Hinsicht auf die Problemlosigkeit des Fliegens um etwas handelte, was seine Lehrer als logischen Trugschluß bezeichnet hatten. Aber es spielte eigentlich keine große Rolle, wie man so etwas nannte: Jedenfalls wollte sich der Professor nicht überzeugen lassen, solange man ihm nicht so etwas wie einen hieb- und stichfesten Beweis vorlegte.

Wurzel dachte einige Sekunden lang nach und sagte dann: »Herr Thrimp, ich habe einmal etwas erlebt, das auch Sie sehr verblüfft hätte. In Klein-Beddlington gab es einen Zwerg, der hatte einen Affen – ich glaube, es war ein Orang-Utan –, und dieser Affe konnte ›Das

Klagelied des Irren‹ so gut rezitieren, als hätte er mindestens zehn Jahre lang auf der Bühne gestanden!«

Thrimp verzog das Gesicht, atmete tief durch und intonierte:

»Wehe den Trunkenbolden, aufgedunsen mit Bier,
Gehetzt ins Dunkel, wo erblaßt das Kriechgetier
Beim Anblick einer zappelnden und kreischen Qual
Dem Ding auf vier Beinen, des Irren Klagemal!«

»Sie haben es gesehen!« platzte es aus dem Professor heraus.

»Das Ding auf vier Beinen?« Jonathan hatte nicht auf die ersten Zeilen des Gedichts geachtet und schnappte erstaunt nach Luft.

»Nein, das Tier, den Affen von Beddlington«, sagte der Professor.

»Während des Jahrmarkts in der Stadt der Fünf Monolithe«, bestätigte Thrimp. »Mit dem Ding auf vier Beinen möchte ich lieber keine Bekanntschaft schließen.«

»Die Wissenschaft, mein lieber Thrimp«, ließ sich der Professor vernehmen, der damit wieder auf das ursprüngliche Thema zurückkam, »hat durchaus einen Platz für den Affen von Beddlington. Es geht dabei nur um gewisse Strahlen, die von den unteren Bereichen des Auges ausgesandt werden. Wie Sie zweifellos wissen, wird so etwas Somnambulismus genannt. Andererseits aber bietet die Wissenschaft mit all ihren Diagrammen, Zahlen und Schaubildern derzeit noch keinen Raum für den Flug in einem Luftschiff. Nein, Herr Thrimp, ich ziehe immer eine wissenschaftliche Erklärung vor, und was die Funktionsweise dieses Luftschiffes angeht, suche ich noch nach einer.«

Thrimp nickte. »Ich glaube, in diesem Punkt kann ich Ihnen helfen, Professor. Und natürlich haben Sie völlig recht. Ich werde Twickenham um Erlaubnis bitten, Ihnen den Raum mit den Antriebsmechanismen zu zeigen.«

»Das interessiert mich wirklich sehr«, wandte sich der Professor an Jonathan, als Thrimp durch die Tür trat, die in den vorderen Bereich des Luftschiffs führte, in den Raum mit den Smaragdwänden. »Ich kann es kaum abwarten, mir die Kreisel, Gegenkraftapparate und all die anderen Maschinen anzusehen, die es dem Luftschiff ermöglichen, durch die Wolken zu schweben.«

»Sie müssen ziemlich kompakt sein«, sagte Jonathan, der sich absolut keine Maschinen vorstellen konnte, die in einem so kleinen Flugapparat Platz fanden.

»Oh, Elfen sind ziemlich klug«, erwiderte der Professor. »Besonders bei der Herstellung und im Umgang mit recht kleinen Vorrichtungen.«

Thrimp kehrte zurück und bedeutete Jonathan und dem Professor mit einem Wink, ihm zu folgen. Sie traten durch die Tür und gelangten in einen Raum, in dem es überall grünlich glänzte. Twickenham unterbrach das angeregte Gespräch mit einem anderen Elfen, nahm den Hut ab und verbeugte sich.

»Professor«, sagte er, »ich habe sehr großen Respekt vor einem Mann der Wissenschaft. X-beliebigen Leuten würde ich nicht die Funktionsweise dieses Luftschiffes offenbaren, die, wie Sie gleich feststellen werden, recht verwirrend und erstaunlich ist. Aber was Sie und Herrn Bing angeht, so bin ich gern bereit, Ihnen diese Ehre zu erweisen.« Twickenham verneigte sich erneut, so wie auch Jonathan, der Professor und Dooly, der befürchtet hatte, allein zurückgelassen zu werden und seinen beiden Gefährten aus diesem Grund gefolgt war. Ahab hingegen interessierte sich weder für die Wissenschaft noch für Luftschiffe, und deshalb schlief er weiterhin auf Doolys Sitz.

Jonathan sah eine recht kleine Tür in der einen

Wand, hinter der, so sollte man eigentlich annehmen, sich nichts weiter als leere Luft befand. Tatsächlich konnte man hinter dem dunklen Grün des Smaragds, aus dem die Tür bestand, Wolkenfetzen sehen. Thrimp führte sie zu dieser Tür, die sich daraufhin ganz von allein zu öffnen schien – oder vielmehr die Farbe veränderte. Aus dem Grün wurde ein dunkles Blau, das gleich darauf Schwärze wich – jener Art von Schwärze, die man des Nachts erwartet. Jonathan und seine Begleiter starrten in die Dunkelheit. Nach einigen Sekunden setzte sich der Professor in Bewegung und machte Anstalten, die Tür zu durchschreiten. Thrimp aber griff nach seinem Arm und hielt ihn fest.

»Ich kann überhaupt nichts sehen«, sagte der Professor.

»Es ist kalt«, stellte Dooly fest.

»Es ist vollkommen finster«, bemerkte der Professor, »aber ich glaube, ich höre das Summen der Apparate.«

Jonathan hielt den Atem an und vernahm wie aus weiter Ferne ein dumpfes Brausen, das sich nicht so sehr nach einer Maschine anhörte, sondern eher nach dem Fauchen eines Windes, der durch ein tiefes Felsental wehte. Unruhe erfaßte ihn, und er wünschte sich fort von diesem Ort.

Kurz darauf gewannen sie den Eindruck, als erhelle sich nach und nach die Dunkelheit – oder als gewöhnten sich ihre Augen allmählich an die Finsternis. Sie konnten die vagen Konturen eines dimensionslosen Raums ausmachen, der weder sichtbare Wände noch einen Boden oder eine Decke aufzuweisen schien. Sie hörten ferne Rufe, das Ächzen und Knarren von Seilen und das Stampfen von Maschinen, die nach und nach ihre Konturen zeigten. Große, mühlradartige Vorrichtungen waren es, und sie erkannten auch einen Würfel, der ohne Halt in der Luft schwebte, sich langsam drehte. Darüber konnten sie andeutungsweise einen ganzen Wald aus Seilen,

Tauen und eisernen Ketten sehen, die von Haken und den Rollen von Flaschenzügen herabhingen. Viele kleine Gestalten – gekleidet waren sie in lederne Jacken und weiße Schürzen, und die meisten von ihnen hatten sich Bleistifte hinter die Ohren geklemmt – machten sich auf Papierblöcken dauernd Notizen und riefen sich gegenseitig unverständliche Anweisungen zu. Jonathan vernahm Worte und Sätze, die vermutlich nur für den Professor einen Sinn ergaben. Anordnungen wie »Trepaniert das Lumen!« und »Dreht die Kurbel!« und »Wir müssen die Himmelsgezeiten meistern!« wurden ausgetauscht. Die kleinen Gestalten eilten wie zufällig und doch zielstrebig hin und her, zerrten an Flaschenzügen und drehten kleine, wie winzige Karussells aussehende Vorrichtungen, die im düsteren Glühen des unendlichen Zimmers viele Meilen entfernt zu sein schienen.

Irgendwie schloß Thrimp die Tür wieder, und daraufhin sahen sie durch eine Smaragdwand auf vorbeitreibende Wolken.

»Nie zuvor habe ich etwas Erstaunlicheres gesehen.« Professor Wurzel wirkte tief beeindruckt. »Was waren das für Drehapparate?«

»Für was halten Sie sie denn?«

»Nun, es müssen zweifellos Kreisel gewesen sein«, erwiderte Wurzel.

»Stimmt genau. Es sind tatsächlich Kreisel. Einfache Kreisel.«

»Aha.« Der Professor schüttelte in offensichtlicher Verwirrung den Kopf. »Einfache Kreisel«, murmelte er, als sie den grünen Raum verließen und wieder ihre Plätze einnahmen.

Jonathan wußte nicht ganz, was er von den gerade beobachteten Dingen halten sollte, aber er ahnte, daß es zwischen ihnen und dem Fliegen des Luftschiffs kaum einen Zusammenhang gab. Doch vielleicht, so überlegte er, spielten sie für *alles* eine zentrale Rolle. Vielleicht hatte er gerade das Geheimnis allgemeinen Funktionierens gesehen – gewissermaßen den inneren Kern all der Kräfte und Naturgesetze, die der Professor so verehrte. Er hielt das für durchaus möglich.

Kurze Zeit später schwebten sie über der Drosselzuflucht. Bei diesem Ort handelte es sich um nichts weiter als einen felsigen Küstenabschnitt, der jedesmal im Winter von einer Norddünung heimgesucht wurde, die turmhohe Wellen gegen den Lamantinkopf schmetterte und es zu einem selbstmörderischen Unternehmen machte, selbst ein noch so großes und stabiles Schiff näher als eine halbe Meile an diesen Bereich heranzubringen. Jonathan empfand es als recht seltsam, daß ausgerechnet dieser Ort ›Zuflucht‹ genannt wurde, da er doch ganz offensichtlich das genaue Gegenteil darstellte, und weder der Professor noch Herr Thrimp oder einer der Wanderer konnte ihm eine Erklärung dafür geben. Zwar lagen die Wolken inzwischen weit hinter ihnen zurück, und es war ein recht heiterer Tag, aber die Brandung unter dem Luftschiff wirkte ziemlich wild. Immer wieder hämmerten große Wellen gegen die Klippen, und die Gischt stieg fünfzig oder sechzig Meter hoch. Jenseits dieses Bereichs hockten gefleckte Seehunde in kleineren Gruppen auf den Steinen, und gelegentlich sprang einer von ihnen ins Wasser, bestimmt um sich einen leckeren Fisch zu fangen.

»Scheint mir ein ziemlich hartes Leben zu sein«, sagte Jonathan und deutete nach unten. »Man sollte meinen, die Seehunde dort hätten längst die Nase voll von der ›Zuflucht‹ und sich schon vor langer Zeit auf und davon gemacht.«

»Seehunde haben keinen Sinn für Ironie«, erwiderte der Professor. »Und sie haben Vertrauen zu allem – genau wie der gute alte Ahab.«

Ahabs Ohren zitterten und drehten sich nach vorn,

als er seinen Namen vernahm. Offenbar war er erfreut darüber, auf diese Weise mit Seehunden verglichen zu werden.

Das Luftschiff glitt übers Meer, befand sich dabei aber unterhalb der Klippen, die einige Dutzend Meter in die Höhe ragten. Tausende von Seevögeln nisteten in den Felsen, ergriffen vor dem Luftschiff kreischend die Flucht und sausten dicht über die Wellen hinweg.

»Drosseln?« fragte Jonathan.

»Nicht eine einzige«, erwiderte Wurzel, der sich als Naturwissenschaftler selbstverständlich auskannte. »So weit südlich gibt es keine Drosseln. Hat es nie welche gegeben.«

»Ich verstehe«, sagte Jonathan.

Das Luftschiff änderte den Kurs, und Thrimp deutete auf einen dunklen Einschnitt in der Klippenwand. Als die Brandungswellen zurückwogten, erkannten sie den schwarzen Fleck als den Zugang einer sehr langen Höhle. Jonathan schätzte, daß der Hohlraum siebzig oder achtzig Meter in den Fels hineinreichte. Wenn die Dünung wieder herandonnerte und an den Klippen emporspritzte, verschwand der Zugang hinter einem Vorhang aus Gischt, und dann war nur noch der obere Bereich zu sehen.

Dooly beobachtete das Tosen und wirkte traurig, so als wünschte er sich nach Twomblytief zurück. Jonathan gingen die gleichen Gedanken durch den Kopf. Zwar wußte er, daß der junge Mann seinen Großvater nicht verraten hatte, aber angesichts des Kummers in Doolys Zügen und seiner schuldbewußten Miene hatte eine derartige Logik keinen Sinn. Jonathan hoffte fast, daß sie den alten Escargot nicht in seiner Höhle antrafen, daß er fortgegangen war, um Smaragde von den Edelsteinelfen zu stehlen oder in den algenreichen Wassern südlich der Wunderbaren Inseln Nautili und magische Fische zu fangen.

Das Meer blieb hinter ihnen zurück, als das Luftschiff stieg, über die Klippen segelte und im Gras der Heide niederging. Jonathan befürchtete einige Augenblicke lang, es könnte weiterrutschen, gegen große Steine stoßen und dadurch möglicherweise auseinanderbrechen. Statt dessen aber hörte es einfach auf zu summen und sank ganz langsam und sanft zu Boden. Man spürte nicht einmal einen Ruck, als es aufsetzte.

»Weiche Landung«, wandte sich Jonathan an den Professor, der sich ans Fenster drückte, um die Landung in allen Einzelheiten zu beobachten.

»Dafür müssen die Kreisel verantwortlich sein.« Wurzel sah Thrimp an und wartete ganz offensichtlich auf eine Bestätigung seiner Vermutung.

»In der Tat.« Thrimp erhob sich und wanderte durch den Mittelgang zur Luke. Der Junker Myrkel folgte ihm einige Meter weit, konnte das Tempo aber nicht mithalten, da er dauernd Gefahr lief, zwischen den Sitzen festgeklemmt zu werden. Er gab ein Geräusch von sich, das sich nach glucksendem Gelächter anhörte. »Thrimp, Schrimp, Grimp, Wrimp.« Thrimp ließ sich von diesen Lautspäßen nicht ins Bockshorn jagen und gab etwas sinnvoller zurück: »Junker, Klunker, Glanzesflunker.« Dann kletterte er durch die offene Luke, brachte die Treppe hinter sich und trat auf die Wiese. Die ausgelassenen Fröhlichkeit Thrimps und des Junkers veranlaßte Dooly, den Kopf zu heben. Als Jonathan sah, wie der junge Mann über die Lautscherze lächelte, dachte er daran, daß Dooly und der Junker den gleichen Sinn für Humor hatten. Sicher, er war einerseits etwas sonderbar, andererseits aber auch dazu angetan, alles etwas heiterer zu machen. Und dagegen erhob Jonathan keine Einwände.

Offenbar hatte Dooly zumindest für den Augenblick vergessen, daß sich sein Großvater zwar über ein Wiedersehen mit dem geliebten Enkel freuen würde, aber alles andere als begeistert sein mochte, wenn ihn eine Gruppe Elfen und Wanderer dazu drängte, eine schwierige und gefährliche Aufgabe durchzuführen. Was noch schlimmer war: Der alte Escargot verbarg sich ganz offensichtlich nicht in erster Linie vor Feinden, sondern vor sich selbst. Und Twickenham wollte das alles ändern.

Jonathan fragte sich allerdings, wozu eine Wanderung über die Wiese diente. Er folgte Twickenham, der Dooly Beine machte und auf einige vom Wind zu einem schiefen Wachstum gezwungene Zypressen zuhielt, die in einem kleinen Tal zwischen zwei Hügeln eine Art kleinen Wald bildeten. Twickenham deutete immer wieder in die Runde und gestikulierte, während Dooly wiederholt mit den Achseln zuckte – als juckte zwischen seinen Schulterblättern eine Stelle, die er nicht mit den Händen erreichen konnte. Schließlich aber nickte er und ließ die Arme hängen, woraufhin ihm der Junker Myrkel auf den Rücken klopfte und ihn aufzuheitern versuchte. Jonathan konnte sich über den Junker einfach nicht klarwerden: Einerseits schien er zwar sehr gutmütig, aber nicht mit übermäßiger Intelligenz gesegnet zu sein; andererseits jedoch machte er dann und wann einen sehr verständigen und klugen Eindruck. Er bot einen prächtigen Anblick, als er sich an die Spitze setzte, schnaufend und mit wedelnden Armen daherschritt, ein wandelnder Fleischberg.

Mitten im dem Zypressengehölz blieben sie stehen. Unmittelbar darauf setzte sich Twickenham wieder in Bewegung, horchte wiederholt und klopfte mit dem Gehstock auf den Boden, als suchte er nach einem vergrabenen Schatz. Es dauerte nicht lange, bis dabei ein dumpfer Laut ertönte. Mit Hilfe von Bufo und Dooly strich er Gestrüpp und Erde beiseite, legte dadurch etwas frei, das sich als eine aus wurmstichigen und vom Alter gedunkelten Holzbohlen bestehende Klappe erwies, die Zugang in einen unterirdischen Gang erlaubte. Herr Bufo, der das Theoretische ebenso schätzte wie Professor Wurzel, entdeckte zwei Steine, die genauso groß – und ebenso geformt – waren wie der Kopf des Junkers. Er schleppte sie herbei. Sie legten sie auf zwei Ecken der Klappe und hebelten solange mit eichernen Gehstöcken, bis sich die Luke knarrend öffnete. Ein Dutzend Hände griff nach dem alten Holz und legte einen dunklen Tunnel frei, der unter den knorrigen Wurzeln der Zedern hinwegführte und mit dicken Balken als Stützen versehen war. Eine Treppe führte in die Tiefe.

»Ist er das?« wandte sich Twickenham an Dooly.

»Ja, Herr Elf«, erwiderte Dooly. »Ja, hochverehrter Herr Elf, ich versichere Ihnen, daß mir mein alter Großvater einen solchen Tunnel beschrieben hat, und er führt nicht etwa in einen Koboldbau, sondern in eine große Höhle.«

»Sollen wir?« fragte Twickenham seine übrigen Begleiter. Alle nickten und schwatzten und traten an die Öffnung im Boden heran, als Twickenham über die Treppe in die Tiefe kletterte. Die anderen folgten ihm, bis sich nur noch der Junker und Ahab oben befanden und ihnen nachsahen. Als der Junker Myrkel anschließend auf die erste Sprosse trat, ächzte und knarrte die ganze Leiter unter seinem enormen Gewicht. Jene Leute, die bereits in den Tunnel geklettert waren, zogen sich rasch tiefer in die Dunkelheit zurück.

»Bleiben Sie oben, Junker!« rief Bufo. »Kommen Sie nicht weiter runter!«

»Hier kommt der Junker!« rief Myrkel, achtete nicht auf das Knirschen im Holz und suchte mit dem Fuß nach der zweiten Sprosse.

»Warten Sie, Junker!« rief Bufo. »Sie zerbrechen noch die ganze Leiter, und dann können wir den Tunnel nicht mehr verlassen!«

Daraufhin hielt der Junker inne und starrte in die Finsternis. »Also wird der Junker zusammen mit dem

Hund hier draußen Wache halten«, sagte er und stemmte sich schnaufend nach oben.

»Ich will ebenfalls Wache halten!« rief Stich-den-Busch und trat rasch auf die Treppe zu. »Ich möchte dem Junker gern Gesellschaft leisten.«

»Ich auch!« platzte es aus Dooly heraus, der Anstalten machte, Stich-den-Busch zu folgen. Aber Twickenham hielt ihn am Gürtel fest. »Nun, vielleicht sollte ich besser hierbleiben«, sagte Dooly und kratzte sich am Kopf. »Zwei Wächter reichen völlig.«

»Das meine ich auch«, sagte Twickenham. Mit Dooly im Schlepptau wanderte er in die Dunkelheit hinein. Feuchte und salzig riechende Meeresluft wehte ihnen aus dem Tunnel entgegen. Die Wände waren naß und moosbewachsen. Jeder hielt sich am Gürtel oder dem Hemd des Vordermanns fest, um nicht zu fallen oder in eine Abzweigung zu geraten und sich zu verirren. Als Twickenham plötzlich stehenblieb, stießen sie alle wie Dominosteine gegeneinander, und Jonathan fiel auf Bufo und den Professor. Für kurze Zeit herrschte ein Durcheinander aus erschrocken brummenden Stimmen und Armen und Beinen, die irgendwo nach Halt suchten, aber als wieder Ruhe einkehrte, bestaunte Jonathan den prächtigen Anblick, der sich ihnen weiter vorn darbot.

15. KAPITEL

Theophil Escargot

Vor ihnen lag eine riesige gewölbte Höhle – so gewaltig, daß sie eine ganze Flotte großer Schiffe hätte aufnehmen können. Durch Öffnungen in der mindestens dreißig Meter hohen und von großen Steinsäulen gestützten Decke tropfte helles Sonnenlicht.

Weiter unten und rechts erkannten sie einen Pfad, der an einigen Stellen aus dem Granit gemeißelt zu sein schien, und er führte an dunklen Öffnungen anderer Tunnel vorbei, die sich wie Adern durch den Fels wanden. Direkt vor ihnen erstreckte sich das ruhige Wasser einer weiten Lagune, und es glänzte grünlich im Zwielicht der Höhle. In der Ferne zeigte sich jener Zugang zur Kaverne, den sie noch vom Luftschiff aus gesehen hatten: ein Lichtfleck, der sich rasch vergrößerte, wenn die Brandung zurückwich, und der kurz darauf mit dem Heranwogen neuer Wellen wieder schrumpfte. Im Rhythmus der Dünung wanderte eine kristallklare Welle über den grünen Spiegel der Lagune und gluckerte leise über die Felsen etwa anderthalb Meter unterhalb der Stelle, wo Jonathan und die anderen standen.

Abgesehen vom verhaltenen Rauschen dieser zyklischen Welle war in der großen Höhle nur ab und zu das widerhallende Krächzen einer Möwe zu hören, die neugierige Kreise im Innern der Kaverne zog, dann wieder nach draußen verschwand oder sich in eins der aus Tang errichteten Nester hockte, die wie kleine grüne Klumpen an den Wänden weiter oben klebten.

Dieser ruhige Anblick wirkte beeindruckend und

ehrfurchtgebietend, und er brachte sie alle zum Schweigen. Am eindrucksvollsten aber mochte das seltsame Schiff sein, das in einiger Entfernung – dort, wo der Felsenpfad endete – an einer Sandbank vor Anker lag. Es war ein wirklich erstaunliches Gefährt, ganz offensichtlich erbaut entweder von Elfen oder von einem der Außerordentlichen Völker, die auf den Wunderbaren Inseln lebten – von Geschöpfen jedenfalls, die genau wußten, welches Aussehen man solchen Dingen geben mußte. Es handelte sich um eine spiralförmige Apparatur mit seltsam anmutenden Vorsprüngen und Spitzen und so etwas wie gezackten Haifischflossen auf dem Rücken. In einer nebligen Nacht mochte diese Vorrichtung sicher eher für ein Seeungeheuer als ein Schiff gehalten werden, denn es wies vorn außerdem auch noch einige runde Bullaugen auf: Zwei von ihnen, jeweils eins rechts und links vom zugespitzten Bug, glühten von innen heraus und erweckten somit den Anschein von Augen. Aus den Seiten ragte etwas, das an die Flossen eines riesigen Seeskorpions erinnerte. Das Wasser am Heck des Schiffes gurgelte und blubberte, und in kurzen Abständen zischte Dampf aus kleinen Öffnungen.

»Mein alter Großvater ist hier!« platzte es aus Dooly heraus. »Ja, daran kann überhaupt kein Zweifel bestehen. Das dort ist sein Schiff, mit dem er unter Wasser fahren kann.« Stolz deutete Dooly auf das Unterseeboot. Twickenham sprang über einige Felsen hinweg – Jonathan und die anderen folgten ihm dichtauf – und kletterte über den Pfad, bis er einen Felsvorsprung erreichte, von dem aus sie den ganzen Strandbereich in der Nähe des seltsamen Schiffes überblicken konnten. Dort bemerkten sie einen großen Zugang, der in eine andere Höhle führte, und durch das granitene Tor eilte Theophil Escargot, der vielleicht berühmteste und berüchtigste Dieb und Abenteurer des ganzen Landes. Er hatte die Arme voller Dinge, die er in ein Kanu lud.

Anschließend kletterte er hinein, stieß es vom Strand ab, griff nach einem Ruder und paddelte zum Unterseeboot.

»Er weiß, daß wir hier sind!« sagte Twickenham. »Und er will die Flucht ergreifen.«

»Nein, so etwas macht mein Großvater nicht«, widersprach Dooly. »Er versprach mir, hier bis Dezember auf mich zu warten.«

Aber ganz offensichtlich hatte es Escargot ziemlich eilig, denn das Boot sauste geradezu übers Wasser der Lagune. Dooly lief zum Ufer, rief und winkte.

»Großvater!« heulte er zuerst, und dann nur noch »Halloooo!« und »Heee!«, als er über die Steine stürmte und es viel zu eilig hatte, um sich über Worte Gedanken zu machen.

Der alte Escargot war gerade damit beschäftigt, diverse Dinge durch eine Luke ins Innere seines Unterseebootes zu verfrachten. Als er die lauten Rufe hörte, drehte er sich um und hielt nach der Ursache für den Lärm Ausschau. Er verharrte, erblickte auch Twickenham und die anderen, die nun über den Pfad herankamen. Von einem Augenblick zum anderen setzte er sich wieder in Bewegung und kletterte ins Unterseeboot. Er schloß die Luke hinter sich, und wenige Sekunden später schien das Wasser am Heck zu brodeln. Mit lautem Blubbern sank das seltsame Schiff.

Dooly stand im Sand und hörte schließlich auf zu winken, als er begriff, daß sein Großvater verschwunden war. »Sicher hat er mich nicht erkannt, Herr Bing. Vielleicht hielt er mich für einen Geist oder einen Kobold oder so. Möglicherweise hätte ich nicht so schreien sollen.«

»Vielleicht hast du recht, Dooly«, bestätigte Jonathan.

»Er schien es wirklich sehr eilig damit zu haben, von hier fortzukommen.«

»In der Tat.« Jonathan sah in Richtung Strand zurück. In der Öffnung im Fels, durch die man in die zweite und kleinere Höhle gelangen konnte, lagen noch einige Ausrüstungsgüter. Ein Feuer brannte knisternd im Innern eines aus kleineren Steinen gebildeten Kreises, und ein seltsam anzusehender Fisch hing halb gegart an einem Spieß über den Flammen.

»Er ist kurz vor dem Essen aufgebrochen«, stellte Jonathan fest. »Und er hat viele Sachen einfach zurückgelassen.«

»Der alte Halunke«, brummte Bufo und bedrohte die leere Lagune mit hoch erhobener Faust. In unmittelbarer Nähe des Höhlenausgangs rollten die Wellen der Dünung, und für einige wenige Sekunden waren zwei kleine, von der Gischt umsprühte Spiraltürme sichtbar. »Ha!« machte Bufo, als sie in den Fluten verschwanden und das Unterseeboot ins offene Meer hinausglitt. »Über diesen Verrat werde ich ein Gedicht verfassen, ein episches Werk!« Bufo wanderte aufgeregt und von der Muse besessen umher.

Jonathan konnte sehen, daß es Dooly sehr schwer fiel, die Tränen zurückzuhalten. »Wir sollten über Verrat und solche Dinge bei einer anderen Gelegenheit sprechen«, wandte er sich an Bufo. »Jetzt nützt uns das ohnehin nichts.«

Bufo sah erst Jonathan an, dann Dooly. »Das stimmt vermutlich.« Er folgte Twickenham, Thrimp und dem Professor zur Feuerstelle, über der noch immer der Fisch briet. Die Unterseite war schon verkohlt, aber der obere Bereich sah sehr lecker aus. Wurzel beobachtete, wie Twickenham die zurückgelassenen Sachen Escargots durchsuchte, zuckte dann mit den Schultern und drehte den Spieß.

Jonathan ließ sich auf einem Felsbrocken nieder und griff nach einem vorbeikriechenden, faustgroßen Einsiedlerkrebs. Das Geschöpf schob den Kopf unter dem Panzer hervor, musterte Jonathan kurz und kniff ihm dann mit einer der Scheren in den Finger. Der Käser gab einen gedämpften Überraschungsschrei von sich und warf den Krebs in die Lagune. Sofort tat ihm diese Reaktion leid, denn er befürchtete, dem Wesen damit Schaden zugefügt zu haben. Anschließend überlegte er, daß es töricht war, Krebse aufzuheben und zu erwarten, daß sie sich einem unbestimmten Schicksal fügten und *nicht* kniffen.

Dooly, der noch immer dicht vor der Wassergrenze stand, begann plötzlich erneut zu rufen und umherzuspringen. »Hurra! Hurra!« Er deutete zur Lagune. Jonathan erhob sich, und die anderen liefen über den Sand auf ihn zu. Im Wasser schäumte und gurgelte es, und Escargots Unterseeboot tauchte auf. Hinter den Bullaugen war ganz deutlich die Gestalt von Doolys Großvater zu sehen, der nun sehr kompliziert wirkende Kontrollen handhabte. Das sonderbare Gefährt näherte sich dem seichteren Wasser, und vom Heck löste sich ein Anker. Kurz darauf öffnete sich die Luke, und ein grauhaariger Kopf kam zum Vorschein.

»Großvater!« rief Dooly. Der alte Escargot lächelte so zufrieden, als hätte er gerade eine überaus erfolgreiche Fahrt hinter sich. Er winkte herzlich und antwortete: »Dooly, mein Junge!«

Der Mann wurde keineswegs Jonathans Erinnerungen gerecht und entsprach auch nicht seinen Erwartungen. Während der letzten zehn Jahre hatte man nur gerüchteweise von ihm gehört. In Twomblytief kam er einem Schatten gleich, einem Phantom, von dem alle wußten, das jedoch niemand wirklich kannte. Aus irgendeinem Grund hatte Jonathan mit einer Art vornehmem Dieb gerechnet. Er dachte an jemanden, der vielleicht eine gewisse Ähnlichkeit mit dem Professor oder einem älteren Schullehrer aufwies. Escargot aber ließ sich wohl eher mit einem Vagabunden oder Piraten vergleichen, oder mit einem Abenteurer, der seit einem Jahr in den Weißen Bergen vergrabene Schätze suchte. Sein Bart war grau und zerzaust und verlieh ihm das Erscheinungsbild eines Fanatikers. Das Haar hätte schon vor Monaten geschnitten werden müssen. Es wuchs irgendwie von seinem Gesicht fort, so als bliese Escargot eine steife Brise entgegen. Die Augenbrauen waren sehr buschig und breit. Man konnte ihn eigentlich nicht als sehr großen Mann bezeichnen, eher traf sogar das Gegenteil zu; aber seine sehr eindrucksvolle Miene schien ihn irgendwie größer zu machen. Jonathan hegte keinen Zweifel daran, daß jemand, der auch nur über einen Hauch von Selbstachtung verfügte, beim Anblick Theophil Escargots denken mußte: Dies ist ein Mann, vor dem man sich besser in acht nehmen sollte. Wahrscheinlich hätte der Betreffende anschließend Türen und Fenster verriegelt und sich außerdem auf die hinteren Hosentaschen geklopft, um festzustellen, ob er noch seine Börse besaß.

Escargot stand in der offenen Luke und beobachtete sie. »Wäre einer der Herren vielleicht so freundlich, sich ins Kanu zu setzen und es hierher zu rudern?« fragte er. »Unter anderen Umständen würde ich nicht zögern zu schwimmen, aber um diese Jahreszeit hat mein Körper nicht viel fürs Wasser übrig. Es ist recht kalt, wissen Sie.«

Das Kanu lag fünfzig Meter entfernt am Strand; die Dünungswellen hatten es dort ans Ufer geschoben. Da niemand sonst Anstalten machte, sich in Bewegung zu setzen, ging Jonathan los und paddelte zum Unterseeboot. Er hielt sich an einem Vorsprung neben der Messingleiter fest und wartete, bis Escargot an Bord geklettert war. Das kleine Kanu schwankte einige Male bedrohlich, kenterte jedoch nicht.

»Hoho«, machte Escargot und winkte Jonathan zu, als der Käser in Richtung Ufer zurückruderte. »Habe ich nicht Ihren Vater gekannt, mein Junge?«

»In der Tat«, erwiderte Jonathan. Er wußte, daß Escargot »hinterhältig« war, wie sich Bufo ausgedrückt hatte – obgleich ihm das nun ein wenig übertrieben erschien. Als er daran dachte, fiel es ihm nicht leicht, einfach so mit Doolys Großvater zu plaudern. Escargot hingegen schien sich über diesen Punkt kaum Gedanken zu machen.

»Er war ein guter Mann«, fuhr er fort. »Ab und zu trafen wir geschäftliche Vereinbarungen. Er stellte köstlichen Käse her.« Bewundernd leckte sich Escargot die Lippen.

Der Boden des Kanus knirschte über den Sand des Ufers, und verlegenes Schweigen schloß sich an. Niemand wußte so recht, was man jetzt sagen sollte. Außerdem vertraten sie alle die Ansicht, daß es Twickenham zustand, als erster mit Escargot zu sprechen. Bufo schien innerlich zu kochen, und der Professor erweckte den gleichen Eindruck. Dooly aber sprang herbei, offenbar mit der Absicht, seinen Großvater zu umarmen. Doch dann überlegte er es sich anders und streckte die Hand aus. Escargot ergriff und schüttelte sie. »Du siehst prächtig aus, mein Junge. Und wie ich sehe, hast du auch einige Freunde mitgebracht. Herr Twickenham ...« Er schüttelte auch dem Elfen die Hand. »Und Artemis Wurzel, wenn mir meine alten Augen keinen Streich spielen. Nun, es ist eine Weile her, seit wir uns das letzte Mal begegneten, lieber Professor.«

Mürrisch reichte auch der Professor Escargot die Hand und bestätigte, es seien einige Jahre vergangen.

»Entschuldigen Sie bitte mein Aussehen«, sagte Escargot, »aber ich wohne schon seit zwei Monaten in dieser Zuflucht. In Hinblick auf die allgemeinen Umgangsformen fühlte ich während der letzten Zeit keine Verpflichtungen. Wissen Sie, ich habe eigentlich nicht mit Besuchern gerechnet.«

Twickenham nickte. »Dooly hier hat uns erzählt, daß Sie doch Grund zu der Annahme hatten, Besuch zu erhalten, daß Sie vermuteten, weiter flußaufwärts könnte sich Unheil zusammenbrauen. Und er meinte auch, Sie hätten ihm für einen solchen Fall eine Reise zu den Inseln angeboten.«

»Ja, das stimmt«, erwiderte Escargot. »Das stimmt tatsächlich.« Er verzog andeutungsweise das Gesicht. »Unheil, meinen Sie? Flußaufwärts?«

»In der Tat«, bestätigte Twickenham. »Ein gewisser Zwerg – er heißt Selznak – ist in den Besitz eines Objekts gelangt, das er besser nicht hätte bekommen sollen.«

»So ist also die Lage, wie?« fragte Escargot.

Twickenham erweckte den Eindruck, sorgfältig über Escargots Worte nachzudenken, bevor er Antwort gab. Vielleicht konnte er einen Erfolg erzielen, wenn er Strenge walten ließ, vielleicht aber auch nicht. Er zog in Erwägung, ans patriotische Gefühl Escargots zu appellieren, an sein Verantwortungsbewußtsein. Doch er war nicht sicher, ob Theophil Escargot überhaupt so etwas wie Verantwortungsbewußtsein oder einen Sinn für Patriotismus besaß. Es gab auch die Möglichkeit, Dooly gewissermaßen als Werkzeug zu benutzen, um den alten Escargot auf diese Weise zur Zusammenarbeit zu veranlassen, aber das wäre zumindest moralisch bedenklich gewesen. Wie sich kurz darauf herausstellte, war es gar nicht nötig, Escargot zu irgend etwas zu überreden.

»Vielleicht haben Sie gesehen, wie ich mit meinem Unterseeboot durch die Lagune gefahren bin«, sagte Doolys Großvater.

»Aus der Lagune hinaus ins Meer«, berichtigte Bufo.

»In der Tat«, meinte Escargot. »Ich habe nur die Anlagen überprüft. Wissen Sie, das Boot muß in einem erstklassigen Zustand sein, wenn es den ganzen Winter hierbleiben soll. Es wäre alles andere als angenehm, im April plötzlich festzustellen, daß es auf den Grund der Lagune abgesoffen ist.«

»Durchaus verständlich«, erwiderte Jonathan, der

froh darüber war, diese Lüge des alten Mannes akzeptieren zu können. »Und ist es in Ordnung?«

»Völlig. Nun, schon ein Jahr lang habe ich keine Reise flußaufwärts mehr unternommen. Hatte schon die Absicht, mich dorthin auf den Weg zu machen. Merkwürdig, daß Sie gerade jetzt hier aufgetaucht sind. Morgen hätten Sie mich bereits nicht mehr angetroffen.«

»Kann ich mir denken.« Bufo bedachte den Professor mit einem vielsagenden Blick.

Twickenham begriff, daß er einen Vorteil hatte. »Vielleicht, Herr Escargot, hätten Sie nichts dagegen, Vergnügen mit Geschäft zu verbinden und uns allen einen großen Gefallen zu erweisen. Seine Majestät wäre Ihnen sehr dankbar.«

»Daran zweifle ich nicht. Außerdem würde es mich entzücken, Ihnen helfen zu können. Hinzu kommt, daß sich Wagnisse oft lohnen.«

»Lohn und Profit!« platzte es aus Bufo heraus, dem die ganze Sache noch immer gegen den Strich ging. Twickenham aber warf ihm nur einen tadelnden Blick zu und brachte ihn damit zum Schweigen. Schließlich war es wenig sinnvoll, sich jetzt noch selbst Steine in den Weg zu legen.

Sie wanderten dorthin, wo noch immer der Fisch über dem Feuer schmorte. »Das war mein Mittagessen«, sagte Escargot und deutete auf die traurigen Überbleibsel seiner Mahlzeit. Das Fleisch war vollkommen verkohlt und in die Glut gefallen; an dem Spieß hingen nur noch die verbrannten Gräten.

»Sieht aus wie eine Koboldspezialität«, meinte Dooly. »Wie die Gräten, die wir in den Ruinen von Weidenwald gefunden haben. Das hättest du sehen sollen, Großvater. Die ganze Siedlung war völlig hin, und überall trieben sich Kobolde und Geister herum, und die noch verbliebenen Leute führten sich ganz merkwürdig auf. So etwas kann einen wirklich nachdenklich machen.«

»Stimmt das?« fragte Escargot. »Weidenwald, sagst du? Was ist mit Hochturm? In Hochturm geht doch alles mit rechten Dingen zu, oder?«

»Dort ist es noch schlimmer«, erwiderte der Professor.

»Ich verstehe«, sagte Escargot. »Ich würde Hochturm gern noch einmal besuchen und feststellen, was dort los ist.«

»Das wäre großartig«, warf Twickenham rasch ein. »Genau das Richtige.« Und im Anschluß an diese Worte packten sie die Sachen zusammen. Jonathan und Dooly löschten das Feuer, obwohl abgesehen von den Gräten und dem hölzernen Spieß nichts mehr glühte. Escargot griff nach einigen Dingen, auf die er offenbar nicht verzichten wollte, ruderte erneut zu seinem Unterseeboot und versteckte das Kanu dann zwischen einigen Felsen in der Nähe des Höhlenausgangs.

Als sie den unterirdischen Tunnel wieder verließen, trafen sie oben auf den Junker und Stich-den-Busch. Sie hatten einen der beiden Picknickkörbe Twickenhams ausgepackt und taten sich gütlich an kalten gebratenen Hähnchen und einem Laib Brot. Ahab lief von einem zum anderen und half beiden beim Vertilgen der Mahlzeit. Der Junker hatte sich bereits alle Mühe gegeben, den Korb zu leeren, aber für die anderen war noch genug übrig, um während des Rückflugs nach An-der-Küste einen oder zwei Happen zu probieren. Escargot aß fast soviel wie der Junker und schien froh zu sein, auf Fisch verzichten zu können. Er war ebenso heiter und ausgelassen wie seine Begleiter, gab sich sogar Mühe, noch freudiger zu wirken.

Doolys Stimmung stieg zwar in dem Maße, wie die Herzlichkeit seines Großvaters wuchs, aber in Jonathan verblieb doch ein gewisses Maß an Mißtrauen. Bufo verhielt sich nach wie vor wie ein Griesgram und schrieb dauernd in ein kleines Notizbuch. Gelegentlich zögerte er, um sich am Kopf zu kratzen oder Gelbhut nach einem Wort zu fragen, das ihm nicht einfiel. Als sie ungefähr die Hälfte der Strecke nach An-der-Küste zurückgelegt hatten, waren die anderen an Bord des Luftschiffs von Escargots Heiterkeit angesteckt worden, und er und der Junker stimmten ein fröhliches Lied an. Man überredete Bufo dazu, sein Gedicht über die reisende Gurke erneut zu rezitieren, und der alte Escargot lobte es so ausgiebig und mit derart blumigen Worten, daß Bufo gegenüber Jonathan und dem Professor eingestehen mußte, Doolys Großvater vielleicht doch falsch eingeschätzt zu haben. Spät am Abend landeten sie in An-der-Küste, und alle waren recht guter Dinge. Twickenham und Escargot begaben sich in den Palast. Jonathan, Dooly, Ahab und der Professor hingegen machten sich auf den Weg zum Wirtshaus Mondauge, da sie schon früh am nächsten Morgen aufbrechen wollten.

16. KAPITEL

Gräten im *Mondauge*

Lampen leuchteten rechts und links an den Straßen, doch Nebelschwaden zogen dahin und trübten ihren Glanz. Es war eine kühle und dunkle Nacht – eine von der Art, die einen frösteln läßt und bei der man sich wünscht, einen zusätzlichen Pullover zu tragen. Als die Flößer in den Schankraum des Wirtshauses *Käpt'n Mondauge* traten, mußten sie feststellen, daß sich dort keine weiteren Gäste aufhielten. Das allein bot zwar noch keinen Anlaß zur Verwunderung, aber seltsamerweise wehte ihnen aus der Küche kein appetitanregender Duft entgegen, wie Jonathan gehofft hatte. Sie alle waren ziemlich hungrig, wollten etwas essen und anschließend zu Bett gehen.

»Monroe!« rief Jonathan und sah sich vergeblich nach dem Wirt um. Die einzige Antwort bestand nur aus einem wütend klingenden Klopfen und Schlagen im Obergeschoß. »Monroe hämmert oben auf irgend etwas ein.«

Der Professor nickte. »Ich hoffe, er schlägt irgendein saftiges Stück Fleisch weich.«

Das Pochen ließ kurz nach und begann dann ein weiteres Mal. Irgend jemand – Monroe vermutlich – stapfte mit schweren Schritten fort. Zwischen den einzelnen Hammerschlägen vernahmen sie eine gedämpfte Stimme, als versuchte jemand, sich trotz eines Knebels verständlich zu machen. *»Mmmph! Mmmph!«* ertönte es, und dann knallte es wieder. Der Professor ließ sich in einen Sessel neben den kümmerlichen Resten des Feuers sinken, während Jonathan einige Scheite aus Zedernholz in die Glut schob und wiederholt einen Blasebalg betätigte, bis die Flammen wieder emporzüngelten.

»Wie unaufmerksam von Monroe, sich gar nicht um das Feuer zu kümmern«, sagte der Käser. »Für gewöhnlich hat er es hier doch so warm, daß man kaum atmen kann.«

»Das gefiel mir ja gerade so gut«, erwiderte der Professor und rückte den Sessel noch ein wenig näher an den Kamin heran.

Dooly und Ahab begaben sich nach oben, um nachzusehen, mit was für einer sonderbaren Sache sich Monroe beschäftigte. Kurz darauf ließ das Pochen und Hämmern ganz plötzlich nach, und Doolys Schreie hallten durchs Haus. Jonathan lief die Treppe hoch und nahm vier Stufen auf einmal; der Professor folgte ihm dichtauf. Im Flur des Obergeschosses fanden sie den armen Monroe. Er war gefesselt und geknebelt, gab das dumpfe *»Mmmph!«* von sich, das sie bereits zuvor gehört hatten – jemand hatte ihm einen Teil seines gefütterten Hemds in den Mund gestopft. Die Augen traten ihm aus den Höhlen, und an der Stirn zeigte sich eine rosarote und bläuliche Beule. Offenbar war er mit einer seiner eigenen Bratpfannen geschlagen worden. Kaum zogen ihm der Professor und Jonathan den provisorischen Knebel aus dem Mund, als Monroe heulte und immer wieder Kobolde erwähnte. Er gestikulierte wild und wollte auf diese Weise die enorme Größe desjenigen verdeutlichen, der ihn mit der Bratpfanne niedergeschlagen hatte.

Im Flur herrschte ein Durcheinander aus verstreuten Kleidungsstücken und zertrümmerten Einrichtungsgegenständen. Jonathan mußte betrübt feststellen, daß auch sein Tweedmantel in dem Chaos lag. Professor Wurzel nahm die oboenartige Apparatur von einem Stapel aus Nachthemden, die einem anderen Gast gehörten. In der Trichteröffnung der Vorrichtung steckte ein feucht und schleimig aussehender Fischkopf, und zwar so tief, als suchten die starren Augen im Innern der Apparatur nach etwas Verlorenem. Sie bemerkten auch andere Überreste von Fischen, unter anderem auf der Türschwelle von Jonathans Zimmer. Der Professor war ganz außer sich, fast ebenso sehr wie Monroe. Wurzel zog den Fischkopf aus der Oboe und warf ihn voller Abscheu in einen am Boden liegenden Hut. »Hölle und Verdammnis!« platzte es zornig aus ihm heraus. Dann machte er sich daran, die Elfenapparatur mit einem der Nachthemden sauberzuwischen. Jonathan stellte fest, daß auf den kleinen Schildern sowohl am Hut als auch am Nachthemd der gleiche Name stand, und er hoffte, daß der Eigentümer dieser Sachen Sinn für Humor besaß. Er schickte Dooly mit dem Auftrag zum Palast, Twickenham und König Verdrieß von der Koboldsache zu benachrichtigen, denn ganz offensichtlich handelte es sich dabei nicht gerade um ein gutes Zeichen. Jonathan hatte noch nie davon gehört, daß sich Kobolde in An-der-Küste herumtrieben. Schon nach fünf Minuten kehrte Dooly mit Twickenham und Escargot zurück.

In ihren Zimmern herrschte fast ein ebensolches Durcheinander wie im Flur. Die Eindringlinge hatten nicht nur ihre Kleidungsstücke überall verstreut, sondern auch einen dicken Ast in den Raum Jonathans gezerrt. Daran befestigt war nach wie vor eine Leine, an der merkwürdige Unterwäsche hing, die eher nach skurrilen und steifen Konstruktionen aus Fischbein aussah.

»Oh, sie haben sich auch über die Sachen meiner Frau hergemacht!« entfuhr es Monroe, und er erblaßte vor Empörung. »Was für eine Unverschämtheit! Was könnten sie hier beabsichtigt haben? Wenn sie Geld stehlen wollten, so sind sie jetzt sicher ziemlich enttäuscht.«

»Nun, Bücher interessieren sie jedenfalls nicht«, sagte Jonathan. Es erleichterte ihn, daß die entsprechenden Kartons im Schrank nicht angerührt worden waren.

»Die Kobolde wollten überhaupt nichts stehlen«, sagte Escargot. »Hier gibt es keine Objekte, die für sie von Interesse wären. Ihnen genügt es, Dinge zu zerreißen und überall Unordnung zu schaffen. Allerdings wundert es mich doch, daß sie sich so weit aus ihrem Wald wagen. Es sind seltsame Zeiten. Ja, ausgesprochen seltsame Zeiten.«

»Es besteht die Möglichkeit, daß sie von ihrem Herrn hierhergeschickt wurden«, warf Twickenham ein.

»Bestimmt ist das mehr als nur eine Möglichkeit«, pflichtete ihm Escargot bei.

»Ich werde ihm eine Lektion erteilen!« schrillte Monroe. »Wollen wir doch mal sehen, wessen Herr er ist und wo seine Macht endet!«

Jonathan und der Professor allerdings waren nicht annähernd so versessen darauf, die Bekanntschaft des Unbekannten zu machen, der die Kobolde nach Ander-Küste geschickt hatte. Sie befürchteten, ihm eher zu begegnen, als ihnen lieb sein mochte. Escargot schien sich nicht ganz wohl in seiner Haut zu fühlen; er war sogar noch nervöser als am vergangenen Nachmittag, als sie ihn vor seiner Flucht mit dem Unterseeboot zum erstenmal gesehen hatten. »Ja«, sagte Escargot dumpf. »Das ist sein Werk.«

Sie räumten auf, warfen die Abfälle und Fischreste aus dem Fenster. Jonathan war ganz sicher, daß er mehr als nur einmal ein boshaftes Kichern irgendwo im Nebel hörte, aber nachdem er den Professor einmal darauf hingewiesen hatte, beschloß er, die Geräusche einfach zu ignorieren. Außerdem konnten sie in dieser Hinsicht ohnehin nichts unternehmen.

Gegen Mitternacht, nach einer aus kaltem Fleisch und Käse bestehenden Mahlzeit, zu der sie einige Gläser Bier tranken, gingen sie zu Bett. Jonathan ließ das

Fenster geschlossen, obwohl er gern bei einer kühlen Nachtbrise schlief. Er war mit dem Professor und Escargot übereingekommen, um sechs Uhr aufzustehen. Sie hatten zwar nicht darüber gesprochen, gingen jedoch davon aus, daß Escargot sie bei der Reise flußaufwärts begleitete. Doolys Großvater verhielt sich darüber hinaus ganz so, als hätte er seit Wochen nichts anderes geplant.

Viel zu rasch dämmerte der Morgen, und Jonathan bedauerte es, nicht vorgeschlagen zu haben, erst um sieben oder acht Uhr das warme Bett zu verlassen. Er war überhaupt nicht richtig ausgeruht. Ahab hingegen wirkte frisch und munter, schien es kaum abwarten zu können, daß es endlich losging. Vielleicht ahnte er, daß bald die Heimreise begann. Jonathan packte seine Sachen – eine Aufgabe, die nur wenige Minuten in Ansprach nahm, da er kaum etwas bei sich führte –, und anschließend brachte er die Kartons mit den Büchern und seine Tasche in den Schankraum, wo er Dooly und den Professor traf.

Monroe hatte sich von den Erlebnissen des vergangenen Abends erholt. Selbst die Beule an seiner Stirn war nicht mehr zu sehen – nur ein rötlicher Fleck erinnerte an sie. Er brachte Becher mit heißem Kaffee und setzte sich zu ihnen an den Tisch. »Der Bursche da oben«, sagte er und deutete mit dem Daumen über die Schulter in Richtung Treppe, »ist wirklich eigenartig. Noch um drei Uhr war er auf den Beinen und wanderte dauernd umher. Scheint ein recht nervöser Typ zu sein. Und mit dem Bart und den langen Haaren sieht er geradezu unheimlich aus.«

»In der Tat«, erwiderte Jonathan. »Sie sprechen übrigens von Doolys Großvater. Und was seine vermutliche Nervosität angeht: Ich schätze, er hat allen Grund, nervös zu sein.«

»Oh. Aha. Sicher. Der Großvater des jungen Dooly? Ja, ein wirklich interessanter Mann. Hat offenbar versucht, das Fenster zu öffnen. Bei feuchtem Wetter klemmt es immer. Muß die Scharniere mal ölen.«

»Wo bleibt dein Opa denn, Dooly?« fragte der Professor. »Scheint ein Langschläfer zu sein, wie?«

»Nicht mein alter Großvater«, entgegnete Dooly. »Steht immer mit den Hühnern auf. ›Die Zeit saust so schnell dahin wie ein Pfeil‹, pflegte mein Großvater immer zu sagen, ›und die Früchte des Lebens kann man nicht im Bett pflücken.‹ Übrigens mag er Bananen besonders gern.«

Monroe nickte zustimmend, dachte dann genauer über die letzten Worte nach und verschwand in der Küche.

»Ein wirklich gescheiter Mann, dein Großvater«, meinte der Professor. »Er hätte Philosoph werden sollen.«

»Ich bin ziemlich sicher, daß er das auch einmal war«, erwiderte Dooly. »Aber es hat sich nicht ausgezahlt.«

»Das ist nur sehr selten der Fall«, bemerkte Jonathan. »Und wir bringen ebenfalls nichts zustande, wenn wir hier den ganzen Morgen sitzenbleiben und Kaffee trinken. Bitte weck deinen Großvater, Dooly. Und bring ihm einen Becher Kaffee.«

Geräuschvoll lief Dooly die Treppe hoch und balancierte den Becher dabei auf der einen Handfläche. Dem jungen Mann schien morgens immer eine besondere Art von Fröhlichkeit anzuhaften, eine Eigenschaft, die Jonathan recht verwirrend fand. Als Dooly schon fünf Minuten lang fort war, erhob sich der Professor und kündigte an, nach dem Rechten zu sehen. Als er kurze Zeit später etwas rief, sprang Jonathan auf, und Monroe stürzte aus der Küche. Sie liefen die Treppe hoch und in Escargots Zimmer, in dem sich keine Spur von ihm zeigte. Das Fenster stand offen, und die Gardinen bewegten sich in der warmen Luft, die aus dem Haus in den kühlen Morgen wehte. Das

Bett war die ganze Nacht über nicht benutzt worden. Nur das Gewicht eines Sitzenden hatte das Laken ein wenig kraus werden lassen.

»Er hat sich also auf und davon gemacht!« platzte es aus Monroe heraus. Der Wirt war eigentlich nicht entrüstet, sondern nur erstaunt angesichts der Tatsache, daß Escargot aus dem Fenster geklettert war und sich an der Regenrinne in die Tiefe gehangelt hatte, anstatt die Tür zu benutzen, wie alle anderen auch.

»Die Kobolde haben ihn erwischt«, sagte Dooly tränenüberströmt. »Sie haben ihn entführt, ja, ganz bestimmt. Gestern abend hatten sie es auf ihn abgesehen.«

Jonathan hielt das gar nicht für so unwahrscheinlich, und um Doolys willen wünschte er sich, daß diese Vermutung zutraf. Der Professor allerdings konnte sich mit einer solchen Vorstellung nicht so recht anfreunden.

»Was die Kobolde gestern abend angeht, hast du vielleicht recht, Dooly«, sagte Wurzel. »Aber sie sind bestimmt nicht zurückgekehrt, um deinen Großvater zu verschleppen. Nun, ich bin kein Kriminalexperte«, fuhr er fort und musterte seine Zuhörer über die Brillengläser hinweg, »aber für mich deutet nichts in diesem Zimmer darauf hin, daß Escargot gegen Kobolde kämpfte. Und die von Monroe erwähnten unruhigen Wanderungen in der vergangenen Nacht … das gefällt mir gar nicht. Ich bin geneigt zu behaupten: Escargot hat das Weite gesucht. Zum Teufel mit ihm! Wer weiß, wohin er floh? Nun, ich will hier nicht einfach nur abwarten, während Twickenham nach ihm sucht. Wenn Escargot uns nicht begleiten will, so müssen wir uns damit abfinden. Wir können ihn schließlich nicht fesseln.«

»Aber wir sollten Twickenham trotzdem Bescheid geben«, sagte Jonathan. »Schließlich hat er alles in die Wege geleitet.«

»Twickenham ist bereits auf dem laufenden«, ertönte eine Stimme hinter ihnen. Alle drehten sich um und sahen Twickenham mit finsterer Miene in der Tür stehen. Für gewöhnlich fällt es Elfen sehr schwer, ein finsteres Gesicht zu schneiden – schließlich sind es größtenteils so heitere und fröhliche kleine Gesellen –, doch Twickenham gelang das ziemlich gut.

»Ungefähr um vier Uhr hat er am Südtor ein Pferd gestohlen«, berichtete Twickenham. »Er verabreichte dem Wächter eine Art Schlaftrunk und ritt dann an der Küste entlang davon.«

»Zurück nach Drosselzuflucht«, sagte Jonathan.

»Vielleicht«, meinte Twickenham. »Vielleicht aber auch nicht. Wer kann das schon wissen? Zwischen hier und Drosselzuflucht gibt es nichts, nur einige hundert Meilen Wald. Es würde Wochen dauern, ihn zu finden. Ich stimme Ihnen zu, Professor. Wir haben Sie bereits lange genug aufgehalten. Ihr Floß mitsamt den Vorräten liegt etwa zwei Meilen nördlich des Hafens bereit. Wir brechen jetzt sofort auf. Vor dem Wirtshaus stehen Pferde bereit.«

»Pferde!« rief Dooly, der noch nie in seinem Leben geritten war. »Vielleicht ist es besser, Herr Elf, ich meine, ich bitte Sie um Entschuldigung, Herr Twickenham, aber ich glaube, ich mache mich zu Fuß auf den Weg und treffe Sie am Floß wieder.«

»Der Ritt wird dir bestimmt gefallen«, erwiderte Twickenham, und es klang eher nach einem Befehl als einer beiläufigen Bemerkung.

Sie verließen das Wirtshaus und brachten ihre Sachen in einem kleinen Karren unter. Froh darüber, daß auch die vier Wanderer zugegen waren, ritten sie anschließend über die Uferstraße flußaufwärts. Dooly hatte gar nicht so unrecht mit seinem Hinweis, er könnte zu Fuß ebenso schnell sein wie auf einem Roß, denn die kleinen Zwergenpferde waren nicht besonders schnell – was in speziellem Maße fürs Pferd des

Junkers galt, das unter dem schweren Myrkel rasch ermüdete. Doolys Roß verharrte immer wieder, um Gras zu fressen und an den Blättern von Büschen zu knabbern. Bei solchen Gelegenheiten zerrte der junge Mann an den Zügeln und rief die üblichen Pferdeanweisungen, ohne Erfolg. Schließlich griff Twickenham nach den Zügeln und führte Doolys Roß an der Leine. Escargots Enkel schien daraufhin ein wenig verlegen zu sein und bedauerte fast, daß sein Pferd jetzt nicht mehr stehenbleiben konnte – es schien großen Appetit zu haben.

Das Floß war an einem kleinen Pier nördlich der Stadt festgemacht. Eigentlich sah es genauso aus wie jenes Exemplar, mit dem Jonathan Twomblytief verlassen hatte – abgesehen vom Segel und einer größeren Ruderpinne. Ob nun ein günstiger Wind wehte oder nicht: Mit diesem Floß würden sich kaum Probleme bei der Fahrt flußaufwärts ergeben. Es dauerte nur wenige Minuten, bis sie alle ihre Sachen an Bord verstaut und die Ausrüstung überprüft hatten. Als besonders traurig empfanden sie es, sich von den vier Wanderern zu verabschieden, die über den Uferweg durchs Hochland der Elfen in ihre Heimat zurückkehren wollten.

Allerdings steckte der Junker Myrkel mit seiner Fröhlichkeit einmal mehr die anderen an. »Wir ziehen in den Krieg!« rief er und winkte mit dem dicken Arm. »O ja, wir jagen den Dämonenfeind in die Flucht!«

»Das machen wir, Junker«, erwiderte Jonathan. »Vielleicht sehen wir uns unterwegs irgendwo wieder.«

»Bestimmt noch öfter, als Sie jetzt glauben«, sagte Bufo. »In unserer Heimat stellen wir ein Heer zusammen, und damit ziehen wir nach Mooton, um Kobolde zu jagen.«

Der Junker zog ein Kurzschwert aus einer am Sattelknauf befestigten Scheide, hieb damit auf einen imaginären Feind ein und rief: »Fort mit euch, ihr Geister und Phantome!«

»He!« kreischte Stich-den-Busch, der fast aufgespießt worden wäre.

Daraufhin beruhigte sich der Junker wieder und steckte das Schwert fort. Jonathan stellte fest, daß sie alle lächelten. Ein auflandiger Wind wehte, und mit der Flut stieg der Wasserspiegel. Sie schüttelten sich die Hände, und da sie sich, wie Twickenham es formulierte, nicht tagelang verabschieden konnten, kletterten sie schließlich vom Pier aufs Floß. Sie winkten, als die vier Wanderer über die Straße weiter nach Norden ritten. Twickenham hockte auf seinem Pferd, das dicht an der Wassergrenze stand, und der Elf beobachtete, wie Jonathan das Segel setzte. Gemeinsam mit dem Professor drückte der Käser die Ruderpinne zur Seite, um das Floß ins ruhigere Wasser am Ufer zu lenken, und damit begann die Heimreise. Die Segel blähten sich in der Brise auf, und das Floß setzte sich in Bewegung. Twickenham sah ihnen nach, als sie flußaufwärts davonglitten. Es war ein angenehmer Morgen, und Jonathan freute sich darüber, wieder unterwegs zu sein.

17. KAPITEL

Geheimnisvoller Reisender

An jenem ersten Tag nach dem Aufenthalt in Ander-Küste lichtete sich der Nebel nicht. Er war dicht und feucht, und Dooly verbrachte den größten Teil des Tages in der Kabine. Im Freien war man einem beständigen Nieseln ausgesetzt. Jonathans Mantel wurde rasch klamm, fast naß, und seine Haare kräuselten sich so, als hätte er einen elektrischen Schlag erhalten. Eine Strähne baumelte ihm immer wieder in die Augen, und alles Zurückstreichen und Kämmen nützte nichts.

Der Käser und Professor Wurzel befanden sich an Deck und hatten auf zwei der insgesamt drei hölzernen Stühle Platz genommen, die ihnen von Twickenham zur Verfügung gestellt worden waren. Jonathan gewann dadurch fast den Eindruck, eine Urlaubsreise zu unternehmen. Wenn sie einem Fischerboot oder einem Handelskahn mit erfahrenen Seeleuten begegnet wären, hätte sich Jonathan gewiß wie ein Tor gefühlt: Er saß so auf dem Deck, als erwarte er jeden Augenblick, daß ihm jemand eine Tasse Tee reichte. Aber angesichts des dichten Nebels waren ohnehin nur wenige Schiffe unterwegs, und jene Kapitäne, die sich vom Dunst nicht schrecken ließen, steuerten ihre Boote in der Flußmitte, um nicht in den seichteren Bereichen unweit des Ufers auf Grund zu laufen. Manchmal konnte Jonathan backbords die Umrisse eines Kahns erkennen, nicht mehr als eine Ansammlung von Spieren und hier und dort ein matt glühendes Positionslicht, das wie ein Geist durch den Nebel glitt und auf den Hafen weiter südlich zuhielt. Die gedämpften

Stimmen der Besatzungsmitglieder wehten durch das feuchte Grau. Einmal vernahm der Käser eine dunkle und leisere Stimme, noch bevor er den Trawler erkennen konnte, von dem sie stammte, und diese Stimme bemerkte ein wenig müde, es sei mindestens zwanzig Jahre her, seit man im *Käpt'n Mondauge* das letzte Glas Bier getrunken habe. Eine andere Stimme erwiderte einfach nur: »Ja.« Dann folgte wieder Stille.

Solche Worte stimmten Jonathan irgendwie traurig. Er fühlte sich versucht, in den Nebel zu rufen, ebenso zu empfinden – obgleich er gerade erst am vergangenen Abend das eine und andere Glas Bier genossen hatte. Sicher lag es an dem Grau: Er stahl dem Tag die Farben und erfüllte die Seele mit Niedergeschlagenheit.

Da sie dicht am Ufer entlangsegelten, erkannten sie ab und zu die dunklen Konturen von Bauernhäusern, die gelegentlich im Nebel sichtbar wurden, aber schon nach kurzer Zeit hinter ihnen im Dunst verschwanden. Sie passierten die Mündung eines kleines Flusses, an dessen Ufern große Erlen wuchsen, von deren Ästen und Zweigen Efeuranken herabhingen. Jonathan und Professor Wurzel erinnerten sich daran, diesen Ort auch schon während ihrer Reise flußabwärts gesehen zu haben – obgleich er vor Tagen einen wesentlich freundlicheren Eindruck gemacht und im Dunst nicht so düster und unheimlich gewirkt hatte. Dreißig Meter vom Ufer entfernt trieben sie durch das Grau, und kurz darauf hörten sie den Schrei eines Tiers – vermutlich den eines Bären oder eines Elchs. Aufmerksam lauschten sie, als das Geschöpf durchs seichte Wasser platschte und in den Wald floh.

Zum Glück hatte Twickenham ihnen eine Karte des Flusses gegeben. Zwar gab es kaum eine Möglichkeit, sich in diesem Bereich zu verirren, aber niemand von ihnen kannte den Orielstrom gut genug, um genau bestimmen zu können, wie gut und schnell sie vorankamen. Ab und zu machten sie eine Flußmündung aus, manchmal auch eine Insel, an der sie auf der Steuerbordseite vorbeisegelten, doch die Entfernung ließ sich kaum abschätzen. Vielleicht krochen sie im Schneckentempo dahin. Denkbar war ebenso, daß sie die Geschwindigkeit eines Vogels hatten.

Bei Twickenhams Karte handelte es sich um einen großen, zusammengerollten Bogen, der fast so aussah wie eine alte Schriftrolle. Ausgebreitet war sie gut drei Meter lang und wies Markierungen auf, die fast jedes einzelne Bauernhaus kennzeichneten, jede Handelsstation, alle Stromschnellen und Sandbänke, selbst einige umgestürzte Bäume und das Wrack eines zwanzig Meilen stromaufwärts auf Grund gelaufenen Trawlers. Den größten Teil des Morgens verbrachten sie mit dem Studium dieser Karte, hielten nach den markierten Stellen Ausschau und gaben auf Boote acht, deren Kapitäne im Nebel die Orientierung verloren haben mochten und sich dem Ufer näherten.

Weder Jonathan noch dem Professor gefiel die Vorstellung, erneut mit einem Schoner zu kollidieren. Sie befestigten Laternen an Bug und Heck, bedauerten dabei, während der Reise flußabwärts keine solchen Lampen besessen zu haben.

Schließlich kramte Jonathan im Geschirrschrank der Kabine, wobei er achtgab, Dooly und Ahab nicht zu wecken, die in einer Koje schliefen. Er holte die Kaffeekanne sowie Kaffee und einen kleinen und von Zwergen hergestellten Brenner hervor: einen großen Behälter aus Blech, mit dickem Papier und Kerzenwachs gefüllt. Einige Dochte ragten aus dem Wachs hervor, und oben befand sich ein Gitter, auf das man einen Topf stellen konnte. Im Schrank befanden sich noch weitere auf diese Weise gefüllte Blechbüchsen, die sich so gut dazu eigneten, auf Deck eine Kanne Kaffee zu kochen. Aus irgendeinem Grund erschien Jonathan das besonders romantisch – vor allem dann, wenn man an den großen Ofen in der Kabine dachte, dessen Benutzung wesentlich bequemer gewesen wäre.

Der Duft frisch gebrühten Kaffees war die herrlichste Erfahrung an diesem Tag, sowohl für Jonathan als auch für den Professor. Jonathan wünschte sich, Bufo oder Gelbhut wären zugegen gewesen, um darüber ein Gedicht zu verfassen. Als der Käser an die vielen so gräßlich schmalzigen Liebesverse dachte, mit deren Lektüre man doch nur seine Zeit vergeudete, so war es ihm ein Rätsel, warum man auf diese Weise noch nicht den köstlichen Duft von Kaffee verewigt hatte. Es gab eine ganze Reihe von Gedichten über andere Getränke; allerdings kam Jonathan nur ein Vers in den Sinn, der ungefähr so lautete: »Bier, Bier, Bier – ich bin hier.« Und solche Worte ließen sich seiner Ansicht nach gewiß nicht auf eine musische Offenbarung zurückführen.

Als der Kaffee fertig war, duftete er so herrlich, daß Dooly erwachte. Zusammen mit Ahab kam er an Deck und brachte einige Schnitten Brot und eine Grillgabel mit. Kurz darauf lichtete sich der Nebel etwas, und der Tag wurde ein wenig freundlicher. Sie genossen den starken Kaffee und erfreuten sich an dem Brot, das aus Ackroyds Bäckerei stammte.

Immer weniger Bauernhöfe sahen sie an den Ufern, und die sich zwischen ihnen erstreckenden Wälder wurden dunkler und größer. Während der letzten beiden Stunden hatten sie nicht ein einziges Boot mehr gesichtet – abgesehen von einem Kanu, das aber offenbar leer war. Jonathan dachte erst dann daran, es am Floß festzumachen, als es bereits weiter flußabwärts getrieben war und ein entsprechendes Unterfangen nutzlos bleiben mußte. Am Nachmittag begann der Nebel sogar noch etwas dichter zu werden. Jonathan mußte an die beiden Seeleute auf dem Trawler denken, die jetzt sicher ein Bier im *Käpt'n Mondauge* tranken.

Vielleicht legte der alte Monroe gerade ein saftiges Steak in eine seiner Pfannen, und seine Frau mochte Kartoffeln schälen und eine leckere Pastete vorbereiten. Der Käser nippte an seinem Kaffee und malte sich eine Zeitlang die köstlichen Pasteten aus, bevor er eindöste.

Er erwachte ganz plötzlich, als er eine Stimme hörte. »Gegen eine Tasse Kaffee hätte ich nichts einzuwenden.«

Jonathan sah den Professor an, der an der Ruderpinne stand. »Wie Sie möchten. Ich koche neuen.«

Dooly sah sich immer wieder um und schien zu glauben, daß ein Geist gesprochen hatte.

»Ich habe kein Wort gesagt«, meinte Wurzel. »Und wenn ich noch mehr Kaffee trinke, bleibe ich die ganze Nacht wach.«

Jonathan erinnerte sich an den Tag, an dem sich Dooly auf dem Floß bemerkbar gemacht hatte. Damals war ihm seine Theorie von einem sprechenden Hund als durchaus plausibel erschienen, doch jetzt ließ sie sich nicht anwenden: Ahab schlief zwar, aber von Kaffee hielt er überhaupt nichts. Es war auch unwahrscheinlich, daß er davon träumte.

»Seid ihr taub, Jungs?« erklang die Stimme erneut.

»Es muß ein anderes Boot sein«, sagte der Professor. »Haltet aufmerksam Ausschau.«

Jonathan erhob sich und drehte die Dochte der Positionslampen höher. Er spähte in den Nebel, lauschte nach dem Knarren von Segelleinen und dem Plätschern von Wasser an einem Bootsrumpf. Aber durch einige Lücken im grauen Dunst konnte man deutlich sehen, daß sich in einem Umkreis von einigen hundert Metern keine anderen Schiffe in der Nähe befanden. Es war ein Rätsel. Jonathan ließ sich wieder nieder, und mit der Grillgabel spießte er eine weitere Brotscheibe auf. Er strich gerade Marmelade darauf, als er die Stimme zum dritten Mal hörte. Sie schien ihren Ursprung irgendwo unter dem Kabinendach zu haben und sang ein seltsames Lied:

»Oh, es gab einen lust'gen Müller,
Der mochte gern gesalz'nen Speck.
Er rührte in seinem Teller,
Und da sah er Fliegendreck.
Ho-ho, ha-ha, welch Geck,
Und da sah er Fliegendreck.«

Plötzlich löste sich die Schreibe Brot von den Spitzen der Gabel, schwebte eine Zeitlang in der Luft und wurde dann von einem unsichtbaren Mund verschlungen.

Der Professor zeigte sich erstaunt und streckte die Hand nach der Gewehroboe aus, an der er zuvor herumgebastelt hatte. Dann erinnerte er sich plötzlich daran, daß es sich bei der Elfenapparatur überhaupt nicht um eine Waffe handelte. »Seid auf der Hut«, warnte er seine Begleiter und wußte nicht genau, wohin er den Blick der zusammengekniffenen Augen richten sollte. »Irgend etwas geht hier nicht mit rechten Dingen zu.« Nur eine Sekunde später setzte sich die Mütze des Professors – ein ziemlich zerknautscht wirkendes Tweedding – in Bewegung, schwebte empor und sank anschließend wieder auf den Kopf Wurzels zurück, diesmal aber verkehrt herum.

Dooly lachte so meckernd wie eine Hyäne und mußte sich die Hände auf den Mund pressen, um sich selbst zum Schweigen zu bringen. »Nun, Dooly, mein Junge«, bemerkte die körperlose Stimme. »Du hast wenigstens Sinn für Humor. Wie gefällt dir mein Mantel?«

»Was für ein Mantel?« fragte Dooly, und allem Anschein nach reagierte er mit einem gewissen Unbehagen darauf, vom Geist angesprochen zu werden. »Ich bitte Sie um Verzeihung, Herr Phantom, aber ich sehe leider keinen Mantel. Äh, bist du mein alter Großvater?«

»Genau der«, erwiderte der alte Großvater, der irgendwo unterm Dach der Kabine schweben mußte. »Für wen hast du mich denn gehalten? Etwa für Selznak, den bösen Zwerg?«

Es zischte leise, als Jonathan erleichtert ausatmete, und Professor Wurzel setzte sich seine Mütze richtig auf den Kopf.

»Ich bin die ganze Zeit über hiergewesen, Jungs, so stumm wie ein Fisch. Wollte mich erst dann zu erkennen geben, wenn wir weit genug von der Zivilisation entfernt sind. Man kann schließlich nie wissen, wer irgendwo auf der Lauer liegt. Ich glaube, es ist nach wie vor besser, nicht allzu laut zu sein.« Es ächzte und knarrte kurz, als Escargot vom der Kabinendach herunterkletterte. »Kann ich Ihren Becher benutzen, Professor?« fragte er. Das Gefäß schwebte empor, tauchte wie von selbst in den Fluß und schüttelte anschließend das Wasser ab. Die Kaffeekanne setzte sich ebenfalls in Bewegung und schenkte den Rest Kaffee – er war inzwischen so schwarz wie Kohle – in den Becher. Einer der Stühle auf dem Deck knirschte und rückte ein wenig zur Seite, während der Becher in halber Höhe darüber verharrte.

»Ich wußte, daß du aus keinem Fenster geklettert bist, Großvater«, sagte Dooly. »Angeblich hast du ein Pferd gestohlen, um damit fortzureiten.«

»Nur Narren können so etwas behaupten, Dooly, mein Junge. Der Wirt war so dickköpfig und schwer von Begriff wie ein Maulesel. Die ganze Nacht über starrte er durchs Schlüsselloch in mein Zimmer. Hatte vielleicht Angst, daß ich seine Handtücher klaue. Nun, ich ging ebenfalls in die Hocke, sah ihn an und zwinkerte ihm durchs Schlüsselloch zu. Das überraschte ihn so, daß er rücklings zu Boden fiel, und kaum war er in sein eigenes Zimmer zurückgekehrt, da verließ ich die Herberge durch die Tür. Warum hätte ich denn aus dem Fenster klettern sollen, obwohl es doch eine Tür gab?«

»Ha!« platzte es aus Jonathan heraus. »Ich wußte es. Twickenham hat sich die ganze Sache falsch zusammengereimt.«

»Das stimmt nicht ganz«, sagte Escargot. »Ich habe dafür gesorgt, daß er die Sache falsch verstand. Nun, was diesen Selznak betrifft... Wissen Sie, er mag mich nicht besonders. Vor einiger Zeit hatten wir, äh, geschäftlich miteinander zu tun. Und ich gebe zu: Er bekam etwas, das er eigentlich gar nicht bekommen sollte. Ich hingegen erhielt nur einige seiner Geschöpfe – größtenteils recht kleine Wesen, an denen mir nicht viel lag, die sich aber gut für den Handel eigneten. Eins dieser Tiere war wirklich prächtig: ein Schwein, das in einem speziellen Behälter lebte. Zumindest wirkte das Geschöpf wie ein Schwein, sah man einmal von der Nase und den Händen ab. Über eine halbe Meile hinweg witterte es Elfensilber – so wie die Schweine der Wanderer Pilze riechen. Ich zeigte es nur selten und behauptete, es von einem Banjomann erhalten zu haben. Nun, oben in den Weißen Bergen hatten wir eine Menge Glück, das kann ich guten Gewissens behaupten.«

»Was ist aus dem Schwein geworden?« fragte Jonathan.

»Ach, das arme Ding, es ist gestorben. Früher oder später mußte das so kommen. Nur die eine Hälfte seines Körpers war gesund, und in der anderen herrschte große Unordnung. Verrücktes Tier. Unheil habe ich es genannt, und diesen Namen hat es noch immer. Aber mit mir war es wesentlich besser dran als mit dem verdammten Zwerg. Der wollte ihm nämlich Flügel verpassen.«

»Vivisektion!« rief der Professor.

»Dann war das Tier im Fluß, das unsere Seile durchkaute ...«

»Eine scheußliche Mutation«, vervollständigte der Professor.

»Hattest du auch einmal so etwas?« fragte Dooly. »Eine von diesen scheußlichen Mu... Mu... Wie hieß das doch gleich?«

»Mehr als eine«, sagte Escargot. »Aber weißt du, das ist der Grund, warum ich hier bin. Außer mir hat niemand den verdammten Turm von innen gesehen. Und ich schwöre, ich würde ihn nicht noch einmal aufsuchen, nicht für alle im Wald versteckten Koboldschätze. Nicht einmal für einen Korb voller Trollgold.«

»Und warum *wollen* Sie zurückkehren?« fragte Jonathan. »Inzwischen könnten Sie schon auf halbem Wege zu den Wunderbaren Inseln sein.«

»Nun«, meinte Escargot unbeholfen, »das könnte ich tatsächlich. Aber die Wunderbaren Inseln gibt es auch noch im nächsten Frühjahr. Dann machen Dooly und ich uns in meinem Unterseeboot auf den Weg. Was spielt es schon für eine Rolle, ob wir diese Reise einige Monate früher oder später unternehmen? Außerdem möchte ich nicht, daß später irgend jemand behauptet, Theophil Escargot, der vornehme Abenteurer, hätte die Flucht ergriffen, als es brenzlig wurde. Nein, mein Herr. Wenn dieser Zwerg Unheil stiftet – und das wird er, darauf können Sie sich verlassen –, dann möchte ich nicht gerade zu den Wunderbaren Inseln unterwegs sein, sondern ein ernstes Wörtchen mit ihm reden können.«

»Hurra!« rief Dooly. »Wir geben ihm einen Denkzettel, nicht wahr, Großvater?«

»Und ob, Dooly. Schließlich haben wir einen Ruf zu wahren.«

»Sie haben nicht zufällig einmal etwas von der Lumbogkugel gehört, oder?« fragte der Professor.

»Der was?« lautete die Gegenfrage Escargots.

»Jene Kugel hat man vor hundert oder noch mehr Jahren den Elfen gestohlen«, erklärte der Professor. »Sie bestand aus reinem Kristall – Elfenkristall meine ich, nicht einfaches Glas – und war so groß wie eine Melone. Ich habe sie nicht mit eigenen Augen gesehen, aber wie ich hörte, kann man im Innern dieser Kugel Wolken beobachten. Außerdem soll sie so dunkelblau sein wie der Nachthimmel, beinhaltet auch noch einen silbrigen Mond und viele Sterne. Wenn man sie vor ein helles Fenster stellte, wurde eine Art Magie aktiv. Mond und Sterne setzten sich in Bewegung, und die Wolken trieben dahin – so hatte es jedenfalls den Anschein. Und wer dann in die Kugel blickte, fand sich kurz darauf in ihr wieder und konnte zusammen mit all den Sternen zu jedem beliebigen Ort reisen. Der von Ihnen so geschätzte Autor Boomp, Jonathan, schrieb seine meisten Bücher, nachdem er mit dem alten Lumbog gesprochen hatte, in der Stadt Couch. Der Glasbläser soll damals bereits dreihundert Jahre alt gewesen sein und Orte besucht haben, deren Namen wir nicht einmal kennen. Ich glaube natürlich kein Wort von all dem«, fügte der Professor hinzu, als er sich daran erinnerte, ein Mann der Wissenschaft zu sein, »aber ich hielt es trotzdem für angebracht, Sie zu fragen, ob Sie diese Geschichte kennen.«

»Interessant«, erwiderte Escargot. »Da Sie jetzt davon sprechen… Ich glaube, ich erinnere mich. Ja, ich entsinne mich daran, daß es hieß, ein gewisser Zwerg sei jetzt im Besitz jener Kugel.«

»Wie ich es mir dachte«, sagte der Professor. »Dieser Selznak besitzt inzwischen ziemlich viele Elfenwunder. In dieser Hinsicht hat er gewiß mehr, als ihm zusteht.« Wurzel schien versucht zu sein, Escargot mit einem vorwurfsvollen Blick zu durchbohren, entschied sich dann aber dagegen – unter anderem deshalb, weil er gar nicht genau wußte, wo sich Escargot befand.

»Warum hat Lumbog nicht noch mehr solche Kugeln hergestellt?« fragte Jonathan.

»Er versuchte es«, erwiderte der Professor. »Er und auch alle anderen Glasbläser. Der Briefbeschwerer, den Sie in An-der-Küste kauften – er ist eine Kopie, da bin ich ganz sicher. Das Original verdankt seine Existenz einem Zufall. Der alte Lumbog wußte damals nicht, was er produzierte. Vielleicht war das Feuer zu heiß. Oder durch ein Mißgeschick geriet Elfenstaub ins Glas. Vielleicht goß er auch ein wenig Bier in die Kristallmasse. Tausend Dinge können damals geschehen sein.«

»Nun«, meinte Escargot nach einer langen Pause, »wenn Selznak auch noch diesen Mantel bekäme, hätte er die drei Hauptwunder der Elfen. Tja, die Elfen gehen offenbar ziemlich unachtsam mit ihren Wundern um, wie? Man könnte ihnen im einen Moment die ganzen Schatzkammern leerstehlen, und im nächsten schenken sie einem auch noch einen magischen Mantel. In einer derartigen Verhaltensweise scheint sich eine gewisse Moral zu verbergen. Entweder ist das der Grund – oder eine gehörige Portion Dummheit.«

»Ich schätze, das finden wir bald heraus«, sagte der Professor. »Auf die eine oder andere Weise.«

Erst zu diesem Zeitpunkt wurde sich Jonathan in vollem Ausmaß darüber klar, daß sie die ganze Zeit über mit einem Phantom gesprochen hatten. Das weckte seine Neugier, und er wollte mehr über den geheimnisvollen Mantel erfahren. »Um was für eine Art von Mantel handelt es sich denn überhaupt?« fragte er.

»Twickenham bezeichnet ihn als den ›Unsichtbarkeitsmantel.‹ *Den* Mantel, wohlgemerkt, nicht etwa *einen*. Mir ist das Ding zwar ein bißchen zu eng, aber ein Elf muß sich darin geradezu wie in einem Zelt vorkommen. Ich möchte Ihnen etwas zeigen.« Jonathan, der Professor und Dooly beobachteten die leere Luft und sahen, wie die Tasse erzitterte und plötzlich verschwand. Kurz darauf wurde sie ebenso überraschend wieder sichtbar. Schließlich verharrte sie auf dem Kabinendach, und einige Augenblicke später schwebte eine Zigarre in der Luft. Sie verschwand, und die drei Zuschauer erblickten eine Brille, die mehrere Sekunden lang wie unsicher umherzitterte und dann auf einer unsichtbaren Nase Platz fand. »Ich brauche sie zum Lesen«, erklärte Escargot. »Tja, das Alter hat so seine Bürden. Man wird nicht mehr klüger, und nach und nach geht's mit einem bergab.«

»Wohin sind die Sachen verschwunden, Großvater?« fragte Dooly, dem es sehr schwer fiel, dem Geschehen zu folgen, als sich auch die Brille in Luft aufzulösen schien.

»Sie befinden sich jetzt im Mantel. Nun, meiner Meinung nach handelt es sich eher um einen Umhang als einen Mantel. Aber zumindest hat er Ärmel. Allerdings wärmt er kaum – vielleicht existiert er überhaupt nicht richtig. Übrigens: Ich wäre Ihnen sehr verbunden, wenn Sie mir eine der Kojen im Innern der Kabine zur Verfügung stellen könnten. Heute morgen bin ich hier fast erfroren. Tja, Twickenham meinte, ich würde mich so rasch nicht wieder blicken lassen, und wer bin ich schon, daß ich ihm widersprechen könnte? Nein, man streitet sich besser nicht mit einem Elfen, von dem man einen Unsichtbarkeitsmantel bekommen hat, das ist mein Motto. Bisher bin ich mit dieser Einstellung ganz gut gefahren.«

»Kann ich mir denken.« Wurzel lächelte, und Jonathan hatte den Verdacht, daß der Professor Escargot für ein wenig unaufrichtig hielt. Dem Käser aber machte das nichts aus. Ihm gefiel Escargots Art ganz gut. Er glaubte sogar, einen Teil des Selbstvertrauens, durch das sich Doolys Opa auszeichnete, gut gebrauchen zu können. Andererseits fragte er sich, ob Escargots Sorglosigkeit in Hinsicht auf die Rückkehr nach

Hochturmberg nicht nur gespielt war. Wenn er aber tatsächlich so unbekümmert war, dann handelte es sich bei ihm in der Tat um einen recht erstaunlichen Großvater.

Auch nach dem Einbruch der Dunkelheit segelten sie weiter, da der Wind nicht abflaute und sie die günstigen Umstände ausnutzen wollten. Inzwischen befanden sie sich ein ganzes Stück nördlich jenes Flußbereiches, in dem sie damit rechnen konnten, auf andere Schiffe oder Boote zu treffen. Der Orielstrom war noch immer sehr breit und floß recht träge dahin, so daß sie keine Angst vor Felsen oder schlechtem Wetter zu haben brauchten. Später am Abend gelangten sie in eine Region, in der keine Nebelbänke mehr über dem Fluß wallten, und das helle Schimmern der Laternen ermutigte sie, die Fahrt fortzusetzen. Der Professor stand an der Ruderpinne, und Jonathan saß im Bug.

Gegen Mitternacht jedoch waren sie beide recht müde. Und je später es wurde, desto weniger sinnvoll erschien es ihnen weiterzusegeln. Wenn Jonathan um halb eins von jemanden vor die Wahl gestellt worden wäre, acht Stunden zu schlafen oder eine Schatzkarte in Empfang zu nehmen, hätte er sich bestimmt für den Schlaf entschieden.

»Das reicht jetzt, Professor«, sagte er, streckte sich und zog den Mantel enger um die Schultern. »Lassen Sie uns hier den Anker setzen und zur Nachtruhe zurückziehen.«

Aber der Professor antwortete nicht – dafür schnarchte er ziemlich laut. Jonathan wandte sich um und sah, daß sein Reisegefährte schlief; sein Kopf ruhte auf der Ruderpinne. Zwar hatte der Wind inzwischen nachgelassen, aber die Geschwindigkeit des Floßes war noch immer beachtlich. Es fiel dem Käser nicht weiter schwer, die Segel zu reffen und die Anker auf beiden Seiten zu setzen. Das Floß trieb bereits in Richtung An-der-Küste zurück, als der Steuerbordanker den Grund berührte, und der Bug schwang herum und zeigte flußabwärts. Einige Augenblicke später bohrte sich auch der Backbordanker in den Grund des Orielstroms, und das Floß lag so ruhig und still auf dem Wasser wie die Blüten einer Seerose in einem Teich. Jonathan bedauerte, nicht in der Lage zu sein, ein zusätzliches Seil um einen Ast oder einen Baumstumpf zu schlingen. Er malte sich aus, wie er einige Stunden später erwachte und feststellte, daß sich das Floß losgerissen und die Hälfte der Strecke nach Ander-Küste zurückgeglitten war. Aber die in der Seefahrt kundigen Zwerge verstanden sicher etwas von Ankern – obgleich sich nur dann feststellen ließ, ob die Anker hielten, wenn man sie wenigstens einmal auf die Probe stellte. Schließlich blies der Käser noch die Laternen aus – was er praktisch sofort bereute. Der kleine Fleck des Mondes weit oben glomm nur matt und trüb, und die Nacht war so finster, daß Jonathan auf dem Weg zum Heck über die Stühle stolperte.

Er weckte den Professor aus einem gesunden Schlaf, und gemeinsam mit ihm suchte er die Kabine auf, um dort unter die Decke zu kriechen.

18. Kapitel

Gesalzenes Rindfleisch und Kohl

Der zweite Tag der Heimreise verlief ebenso ruhig wie der erste. Die Reisenden empfanden ihn als angenehmer, denn die Nebelbänke an den Ufern lichteten sich, und während des Nachmittags glänzte warmer Sonnenschein auf sie herab. Escargot hielt es für besser, den Mantel die ganze Zeit über zu tragen, sowohl am Tage als auch während der Nacht – nur für den Fall, daß eins der seilfressenden Flußgeschöpfe erschien oder eine der Krähen, die gelegentlich übers Floß hinwegflogen, für den bösen Zwerg spionierte.

Die gegenwärtige Situation erfüllte Jonathan mit Zufriedenheit. Während der Reise flußabwärts war es zu genügend mysteriösen Geschehnissen gekommen, um seine Abenteuerlust zu befriedigen. Außerdem hatten Dooly, der Professor und er selbst eigentlich nur die Bedeutung von Zuschauern. Wenn bekannt wurde, daß sich Escargot bei ihnen an Bord befand... Vielleicht ergaben sich daraus weitere Gefahren.

Aus diesem Grund legte Escargot den Mantel nur ab, um sich zu waschen. Seltsamerweise wurde er erst sichtbar, wenn er beide Arme aus den Ärmeln zog, und dann erschien auch das erstaunlich normal wirkende Elfenwunder. Wenn ein Arm im Innern des Mantels verblieb, so genügte das völlig, um sowohl den restlichen Körper des Betreffenden als auch dessen Kleidung unsichtbar zu machen. Was sein Äußeres anging, wirkte Escargot ebenso verwegen wie an dem Tag, an dem sie ihm in der Drosselzuflucht begegnet waren. Er sprach von einem ›Image‹, das es zu wahren galt, äußerte darüber hinaus die Hoffnung, im nächsten April für einen Piraten gehalten zu werden. Je wilder ein Pirat aussah, desto größeren Respekt genoß er in gewissen Kreisen.

Jonathan hatte sich Escargot immer als einen alten Mann vorgestellt – vermutlich deshalb, weil Dooly ihn ständig ›meinen alten Großvater‹ nannte. Jetzt aber glaubte er, daß der Mann so alt gar nicht sein konnte, obwohl ein Rest von Zweifel in ihm verblieb. Sein Haar glänzte so schwarz wie Pech, und der Bart wies nur hier und dort einige graue Stellen auf. Vor einigen Jahren bei ihrer ersten Begegnung hatte der Käser Escargot für eine Art Stutzer und Angeber gehalten. Damals war sein Bart – der jetzt wie eine struppige Unkrautwucherung aussah – sorgfältig geschnitten und gepflegt gewesen. Auf dem Kopf hatte er einen Zylinder getragen, und in der Hand schwang er einen Gehstock mit silbernem Knauf; tagsüber sah man ihn nie ohne einen Schlips mit glänzender Krawattennadel. Damals hatte er sich besonders gewählt und vornehm ausgedrückt, ohne Ausdrücke aus der Umgangssprache von Seefahrern zu verwenden. Überall verbeugte er sich und ließ Bemerkungen fallen wie »Ich wünsche Ihnen einen guten und angenehmen Tag, mein Herr.« Seine Worte schienen dabei direkt aus einem Buch für gutes Betragen zu stammen. Damals war Jonathan noch um einiges jünger und von dieser Verhaltensweise zutiefst beeindruckt gewesen. Er hatte erst versucht, sie nachzuahmen, mußte sich dann aber der Erkenntnis stellen daß das Schicksal für ihn nichts weiter vorsah, als einfach Jonathan Bing zu sein. Durch den Versuch, jemand anders zu werden, schlüpfte er nur in die Rolle des Narren.

Einige Jahre später war Escargot erneut aufgetaucht – er besuchte Twomblytief mehrmals, ohne längere Zeit im Dorf zu verweilen –, hatte dabei eine Brille und einen Tweedmantel getragen. Er ging von

Tür zu Tür, um Kochbücher zu verkaufen. Anschließend machte er sich ein weiteres Mal auf und davon, und von der Küste und den Weißen Bergen her berichteten die wildesten Gerüchte von ihm.

Wenn Escargot nun den Mantel ablegte und damit sichtbar wurde, fühlte sich Jonathan fast enttäuscht – obwohl er eigentlich gar nicht wußte, was er erwartet hatte. Tatsächlich schien das Elfenwunder auf den ersten Blick betrachtet überhaupt nicht sehr eindrucksvoll zu sein. Größtenteils war der Mantel weiß, und in einigen Falten zeigte sich eine rosarote Tönung. Erst als sie bereits seit drei Tagen auf dem Orielstrom unterwegs waren, hielt Escargot den Mantel hoch und ins Licht, das durch ein unverhülltes Fenster glitzerte, und da sah Jonathan, daß er in allen Regenbogenfarben schillerte.

Ja, im hellen Sonnenschein verwandelte sich der Mantel geradezu in eine wogende Masse aus durcheinanderwirbelnden Farben, während das Gleißen im Schatten sofort verblaßte. Als Escargot einen Arm in den Ärmel schob, verschwand der Mantel einfach, und Doolys Großvater wurde mit ihm zusammen unsichtbar. Daraufhin mußte sich Jonathan wieder vorsehen, nicht unvermittelt auf unsichtbare Zehen zu treten, und er stellte vermeintlich leeren Kojen und Deckstühlen höfliche Fragen, bevor er sich darauf niederließ. Die Türen von Geschirrschränken öffneten und schlossen sich wie von ganz allein. Wasser floß in umherschwebende Tassen, und in der Luft hängende Messer strichen Erdnußbutter auf ebenfalls in der Leere wartende Brotscheiben. Man brauchte ein wenig Zeit, um sich an solche Dinge zu gewöhnen, insbesondere was die körperlose Stimme betraf, die immer dann erklang, wenn man überhaupt nicht damit rechnete. Allem Anschein nach dauerte es keine Ewigkeit, die Gegenwart eines Unsichtbaren zu akzeptieren, und wenn man die speziellen Umstände berücksichtigte, kamen sie alle recht gut klar. Am dritten Tag wurde die Reise ein wenig beschwerlicher, denn der Wind hatte sich plötzlich fast ganz gelegt. Jonathan mußte daran denken, wie angenehm es sein mochte, einfach nur auf dem Deck zu hocken, ein gutes Buch zu lesen und darauf zu warten, daß erneut eine frische Brise aufkam. Schließlich konnte es nicht dauernd windstill bleiben. Aber der Professor erinnerte ihn daran, daß sich im hohen Tal weiterhin das Unheil ausbreitete, während sie die Hände in den Schoß legten, und er hielt es für besser, das Schaufelrad zu drehen.

Jonathan argwöhnte, daß Wurzel nur feststellen wollte, wie diese Vorrichtung funktionierte, und als sie beide die Kurbeln betätigten, nahmen sie mit einer gehörigen Portion Zufriedenheit zur Kenntnis, daß sie damit fast ebenso schnell vorankamen wie mit Hilfe des Winds. Vermutlich hätte auch ein Mann allein auf diese Weise recht gut vorankommen können, vorausgesetzt, er war auf einem See mit ruhigem Wasser unterwegs. Auf einem Fluß jedoch – selbst dem so trägen Orielstrom – war die ganze Sache schon etwas anstrengender. Zusammen mit Dooly drehte Jonathan energisch die Kurbel, bis das Floß fast übers Wasser *flog*. Besser gesagt: Dieser Eindruck entstand nur in bezug auf den Fluß. Wenn man zum Ufer sah, so erwies er sich als Illusion. Der Professor schätzte ihre Geschwindigkeit auf rund drei Knoten. Jonathan mußte daran denken, daß jemand, der über den Uferweg wanderte, ebenso schnell war wie sie mit ihrem Floß. Er versuchte zu berechnen, was das im Hinblick auf die Meilen bedeutete, die noch zwischen ihnen und Twomblytief lagen. Anschließend zählte er aus Spaß zwanzig Minuten lang die Umdrehungen der Kurbel und kam zu dem Schluß, daß sie in dieser Zeit rund eine Meile zurücklegten. Das aber bedeutete, daß Dooly und er – oder wer auch immer das Schaufelrad betätigte – die Kurbel rund sechzig Trillionen mal drehen mußten, damit sie auch nur die Hälfte der Strecke nach Hause zurücklegten. Allein bei dem Gedanken daran schwindelte es dem Käser. Als er dem Professor die Zahlen nannte, dachte Wurzel kurz nach und meinte dann, daß Jonathans Berechnungen stimmten, sofern man bei ihnen eine Fehlertoleranz von etwa einer Milliarde berücksichtigte. Daraufhin hielt es Jonathan für besser, nicht länger darüber nachzudenken.

Aber je mehr der Käser versuchte, nicht an das Drehen der Kurbel zu denken, um so mehr dachte er darüber nach, oder um so intensiver dachte er daran, nur nicht daran zu denken, oder er dachte etwa alle fünfzehn Sekunden daran, schon lange Zeit nicht mehr daran gedacht zu haben. Schließlich kam er sich wie ein Narr vor. Die ganze Sache brachte ihn langsam um den Verstand. Nach ungefähr zwanzig Minuten vergaß er einfach, nicht mehr daran zu denken, und so dachte er auch nicht mehr daran. Als sich das Schaufelrad erst in Bewegung gesetzt hatte, war das Drehen der Kurbel nicht weiter schwer – es kostete jedenfalls nicht mehr Kraft, als in die Pedale eines Fahrrads zu treten. Als der Professor nach rund einer Stunde anbot, den Käser abzulösen, gab Jonathan zurück, er sei gerade dabei, richtig warm zu werden. Dooly behauptete das ebenfalls, und zweifellos war er stolz darauf, jetzt ein wichtiges Mitglied der Besatzung zu sein.

Escargot hockte unsichtbar auf der Kabine und erklärte sich fröhlich dazu bereit, ebenfalls seinen Teil zur Fortbewegung des Floßes beizutragen. Der Professor wies ihn jedoch darauf hin, daß ein möglicher Beobachter stutzen mochte, wenn er sah, wie sich das Schaufelrad von ganz allein drehte. Escargot pflichtete dem bei, wenn auch nicht ganz so schnell, wie Jonathan eigentlich erwartet hatte. Anschließend berichtete Doolys Großvater davon, wie er einmal als Flößer gearbeitet und von der Stadt der Fünf Monolithe Baumstämme flußabwärts zur Weidenwaldstation befördert hatte. Das war in jedem Fall eine aufregende Tätigkeit, ganz gleich, unter welchen Umständen sie stattfand. Aber wenn man Escargot so hörte, mußte man glauben, daß es an den Ufern und auch auf dem Orielstrom selbst nur so von Trollen, Kobolden, Piraten und Räubern gewimmelt hatte, die ganz versessen auf die Baumstämme waren oder sich einfach nur auf Escargots Kosten die verrücktesten Scherze erlauben wollten.

Dooly bat seinen Großvater darum, ihnen zu erzählen, wie er den Bonbonschatz gefunden hatte, und nach kurzem Zögern erklärte der sich auch dazu bereit. Jonathan zweifelte kaum daran, daß Escargot um Doolys willen besonders dick auftrug.

Der Nachmittag ging allmählich in den Abend über, und als die Sonne unterging, kam Wind auf. Daraufhin wandten sie sich von der Kurbel ab und segelten drei Stunden lang weiter flußaufwärts. Aber die Nacht war so dunkel, daß sie kurz hintereinander mit zwei Sandbänken unliebsame Bekanntschaft schlossen und sich mit den Stangen freihebeln mußten. Die Fortsetzung der Reise bei Nacht schien kaum sinnvoll zu sein, wie Escargot meinte, und außerdem brauchten sie sich ja auch nicht so zu beeilen, als ginge es um Leben und Tod.

Also setzten sie gegen zehn Uhr abends die Anker, als sie eine besonders breite Stelle des Flusses erreicht hatten – einen jener von Seerosen bewachsenen sumpfigen Bereiche, die den Orielstrom hier und dort manchmal ganz vereinnahmten. Die Landschaft um sie herum war recht flach, und auf den Wiesen zeigten sich noch immer Tümpel von der während des Sturms in der vergangenen Woche hervorgerufenen Überflutung. Dichte Weidengehölze wuchsen an manchen Stellen aus dem ruhigen Brackwasser, und um ganz sicher zu sein, machten sie das Floß an einem der Stämme fest.

Escargot kramte in seiner Tasche und holte sowohl eine Flasche Sherry als auch einen Beutel mit Nüssen hervor. Im Lichte einer der vier Laternen nahmen sie auf den Decksstühlen Platz, knackten Nüsse und tranken den Sherry, der sich als sehr köstlich erwies – und von den Ozeanischen Inseln stammte, wie Escargot betonte. Jonathan stellte überrascht fest, daß Ahab Nüsse ebenso gern mochte wie er selbst – mehr sogar noch als Dooly, der die Nüsse nur um des Knackens willen knackte und den Inhalt meistens an den Hund verfütterte. Eigentlich war es zu kühl, um an Deck zu essen, aber andererseits war die Nacht herrlich klar, und die Sternen glänzten so hell und strahlend über ihnen, daß es eine Schande gewesen wäre, eine so gute Gelegenheit ungenutzt verstreichen zu lassen. Als der Mond schließlich hinter den Hügeln zum Vorschein kam, sahen sie ihn nur als eine schmale Sichel, die in zwei Tagen ganz verschwunden sein würde. Dennoch hob dieser Anblick ihre Stimmung.

Dooly war noch immer zutiefst beeindruckt von den Erzählungen seines Großvaters am Nachmittag, und er bat Escargot, doch noch ein bißchen ›Seemannsgarn darüber zu spinnen‹, als *er* zum Mond geflogen und den Himmelspiraten begegnet war. Der Ausdruck ›Seemannsgarn‹ erschien Jonathan als durchaus angemessen, aber Escargots Reaktion auf die Worte seines Enkels verwunderte ihn ein wenig. Tatsächlich ließ der alte Mann dieses Thema ziemlich unvermittelt fallen, nachdem er nur bemerkt hatte, das sei eine wirklich ›interessante und aufregende Zeit‹ gewesen. Entweder überforderte die Geschichte von den Himmelspiraten seine Phantasie, oder, was gut möglich war, sie hing mit dem Diebstahl der Taschenuhr zusammen – den Escargot inzwischen bereute. Jonathan wußte nicht genau, welche der beiden möglichen Antworten die richtige war, aber jedenfalls hörten sie an diesem Abend nichts mehr über den Mond oder Himmelspiraten.

Es war nicht weiter schwer, das Thema zu wechseln. Escargot richtete ihre Aufmerksamkeit auf einige flackernde Lichter, die flußaufwärts zwischen den am gegenüberliegenden Ufer wachsenden Bäumen glänzten. Jonathan sprang auf und blies die Laternen aus; anschließend warteten sie in der Dunkelheit. Das Schimmern des Mondes war so schwach, daß Jonathan nicht einmal die Gesichter seiner Gefährten sehen konnte. Sie hörten nur ein Rascheln, wenn sich ein Tier im Uferdickicht bewegte, dann und wann auch das Zirpen einer Grille und das Quaken eines Frosches. Der Käser starrte in Richtung der Lichter, denen sie sich nun allmählich näherten, und er hatte die Augen ganz weit aufgerissen, um etwas in der ihn umhüllenden Finsternis zu erkennen. Dooly flüsterte irgend etwas, aber Escargot brachte ihn sofort wieder zum Schweigen. Fünf Minuten lang hockten sie still beisammen und beobachteten siebzig bis achtzig Kobolde, die über die Uferstraße flußabwärts marschierten. Verglichen mit denen, die auf der Reise zur Küste das Floß überfallen hatten, verhielten sich diese erstaunlich ruhig und diszipliniert. Ein halbes Dutzend Fackeln erleuchtete ihren Weg. Jonathan und seine Begleiter sahen auch einige überraschend massige Kobolde – sie waren bestimmt doppelt so groß wie ein durchschnittlicher Elf. Seltsamerweise aber fiel es ihnen schwer festzustellen, wo in der Masse sich die so erstaunlich großen Kobolde befanden. Als sie mit ihnen auf einer Höhe und nur mehr etwa fünfzig oder sechzig Meter entfernt waren, bemerkte Jonathan ein scheußliches Geschöpf, einen gespenstisch blassen und mißgestalteten Kobold, der häßlicher und gräßlicher war als alle seine Artgenossen. Aber als der Käser den Blick auf jenes Wesen richtete, schien es plötzlich auf die halbe Größe zu schrumpfen, und der Kobold neben ihm, der bis dahin einen ganz gewöhnlichen Eindruck erweckt hatte, blähte seine Gestalt auf schier unglaubliche Weise auf, wodurch die anderen zwergenhaft wirkten.

»Sie haben bestimmt nichts Gutes im Sinn«, flüsterte der Professor, als sich die Entfernung zu den Kobolden wieder vergrößert hatte und das Fackellicht nur noch trüb und matt durch den Wald in Richtung Fluß schimmerte. »Wohin sind sie wohl unterwegs?«

»Vielleicht ist die nördlichste Station außerhalb von An-der-Küste ihr Ziel«, vermutete Escargot.

»Dann wird ihnen der dort wohnende Zwerg sicher einen herzlichen Empfang bereiten«, erwiderte der Professor. »Als Jonathan, Dooly und ich mit dem Wrack unseres ersten Floßes an ihm vorbeitrieben, machte er schon ein ziemlich finsteres Gesicht. Man kann sich leicht vorstellen, was er von einer Horde fackeltragender Kobolde hält.«

»Oder sie wollen zu Schnupies Fähre«, spekulierte Escargot.

Jonathan lachte leise. »In dem Fall begegnen sie vielleicht dem Junker und den anderen Wanderern. Und hätten damit wirklich Pech.«

»Wollen wir nur hoffen, daß sie während der Nacht niemandem über den Weg laufen«, meinte Escargot. »Jungs, siebzig oder achtzig Kobolde lassen sich nicht so einfach in die Flucht schlagen, und bestimmt sind sie nicht ausgezogen, um kleinen Kindern Süßigkeiten in die Strümpfe zu stecken.«

»So etwas geschieht zum erstenmal.« Wurzel zündete sich seine Pfeife an. »Das gefällt mir überhaupt nicht.«

»Was hat es denn zu bedeuten?« fragte Dooly.

»Unheil«, erklärte Escargot. »In mehr als nur einer Hinsicht.«

Jonathan konnte sich vorstellen, wie Doolys Großvater bei diesen Worten die Augen zusammenkniff, und er hoffte, daß Escargots Selbstsicherheit nicht nur gespielt war. Bevor ihre Heimreise endete, brauchten sie bestimmt mehr als nur große Worte und selbstbewußtes Gebaren.

Sie entschieden, in jener Nacht abwechselnd Wache zu halten. Escargot erklärte sich dazu bereit, die erste zu übernehmen, und er wollte den Käser um ein Uhr wecken. Jonathan hätte die erste Wache gern für sich selbst beansprucht, aber das Drehen der Kurbel hatte ihn doch erschöpft, und er fühlte eine seltsame Taubheit, mußte sich mehrmals davon überzeugen, nicht zu schweben. Um ein Uhr, nach nur zwei Stunden Schlaf, war er vermutlich gar nicht imstande, die Augen offenzuhalten.

Doch als man ihn weckte, glänzte bereits helles Sonnenlicht durchs Fenster. Escargot hatte seinen Unsichtbarkeitsmantel auf die Koje gelegt und wusch sich gerade das Gesicht. Der Duft von Schinken und Kaffee erfüllte die kleine Kabine, und der Professor hantierte mit den beiden Bratpfannen auf dem Herd, drehte den brutzelnden Schinken immer wieder mit einer Gabel um.

»Wie spät ist es?« fragte Jonathan. Er schwang die steifen Beine aus dem Bett. Waden und Oberschenkel erinnerten ihn schmerzhaft an die Kurbelpedale des Schaufelrads. »Um ein Uhr …«

»Ich hatte auch einmal eine Uhr«, sagte Escargot, der seine Worte offenbar falsch verstand. »Und nachdem ich sie verkaufte, hatte ich eine Woche lang gar kein Zeitgefühl mehr. Daraufhin konstruierte ich mir aus einem Kalmar eine Sonnenuhr, und die ging genauer als meine alte. Kurz darauf aber tauschte ich sie gegen die Taschenuhr ein, von der Sie bereits gehört haben. Der schlimmste Handel, auf den ich mich je einließ. Die verdammte Taschenuhr brachte mir nichts als Scherereien ein. Doch die Trennung von jener Uhr erwies sich als mein zweiter großer Fehler. Nun, jetzt bin ich fest entschlossen, das alles wiedergutzumachen. Wenn ich meine Kalmaruhr behalten hätte, wäre das alles nicht geschehen. Tja, ist schon eine komische Sache. Können Sie sich vorstellen, wie Elfen, Zwerge, Wanderer, Kobolde und andere Geschöpfe sich an den Händen fassen und über eine Kalmaruhr beugen? Ich nicht. Ach, die ganze Sache ist wirklich verrückt.«

Inzwischen war Jonathan aufgestanden und prüfte seine Muskeln. Er bewegte sich so, wie einer der krummbeinigen Höhlenbewohner gegangen sein mußte, bevor er versteinert und zu einem Fossil geworden war, das man heute im Museum von Twomblytief betrachten konnte. Jonathan dachte daran, daß es gerade körperliche Anstrengungen waren, die den Prozeß der Versteinerung förderten: Man wurde mit jedem Tag steifer, bis man eines Morgens schließlich erwachte, ganz hart war und sich aus dem Bett rollen mußte. Aber kurz darauf stellte er fest, daß seine Gliedmaßen rasch wieder geschmeidig wurden. Der Kaffee- und Schinkenduft trug in einem nicht unbeträchtlichen Maß dazu bei.

»Jemand hätte mich letzte Nacht wecken sollen«, sagte Jonathan. »Ohne Hilfe wäre ich nicht erwacht – und bin es ja auch nicht.«

Escargot schlüpfte in den Mantel und wurde unsichtbar. »Gestern habe ich nur geredet und mich sonst in keiner Weise nützlich gemacht. Und wenn man zuviel redet, wird man irgendwann verrückt. Das ist bewiesen. Nicht wahr, Professor?« Der Professor nickte, aber Jonathan hegte den Verdacht, daß Wurzel damit nur höflich sein wollte. »Nun, wie dem auch sei«, fuhr Escargot fort, »ich dachte mir einfach, wenn ich die ganze Nacht über aufbleibe und Wache halte und über dies und das nachdenke, ohne dabei ein Wort zu sagen... Dann gleicht sich vielleicht alles aus. Die Elfen haben ein Sprichwort, das diese Sache gut zum Ausdruck bringt, und sie verdeutlichen damit, wie gut es tut, auch mal zu schweigen. Es führt zu Weisheit, behaupten sie. Ha, aber man braucht nur eine Stunde in ihrer Mitte zu weilen, um zu erfahren, was philosophische Erkenntnisse dieser Art wert sind. Was mich an etwas erinnert: Wissen Sie, was Blump zu mir sagte, als das Schiff neulich Segel setzte?«

»Nein«, erwiderte Jonathan. »Ich dachte, Blump sei schon aufgebrochen, bevor wir uns auf den Weg nach Drosselzuflucht machten.«

»Aber nicht doch«, sagte Escargot. »Sie warteten auf mich. Blump ist ein wirklich netter Kerl. Nicht so klug wie Twickenham, nein, aber doch recht gescheit, das kann man guten Gewissens behaupten. Er war bereits an Bord, machte die Hauptmastsegel klar und rief mir etwas nach, als Twickenham und ich uns auf den Weg zum Mondauge machten. Tja, er winkte dauernd dem Junker zu, wie um seine Aufmerksamkeit zu wecken, und er rief: ›Warum stellt der Wanderer einen Stuhl in seinen Sarg?‹ Twickenham wollte einfach weitergehen, aber ich wurde neugierig, drehte mich um und sah Blump fragend an. Und der lachte wie ein Irrer und meinte: »Für den Fall, daß die Leichenstarre einsetzt!« Dann hatte er einen derartigen Lachanfall, daß er auf das verdammte Deck fiel, und zwei Elfen mußten ihm in seine Kabine helfen, und die ganze Zeit sprachen sie beruhigend auf ihn ein. »Mann, Blump ist vielleicht ein Bursche!«

»Auf jeden Fall hat er einen eher sonderbaren Sinn für Humor«, bemerkte der Professor. »Nun, aber irgendeine Art von Fröhlichkeit ist immer noch besser als gar keine.«

»Mir gefällt der Witz eigentlich«, sagte Jonathan, der ihn in Gedanken wiederholte und sich einprägte, um ihn später Gilroy Bastable zu erzählen. Dooly kam gerade vom Frühstücksduft angelockt herein und fragte: »Wer hat sich wohin gesetzt?«

»Die Leichenstarre auf einen Stuhl im Sarg«, erklärte Escargot.

»Ist das ein Elf?« fragte Dooly. »Und warum setzt sich ein Elf ausgerechnet in einen Sarg?«

Der Professor versuchte ihm die ganze Sache zu erklären, aber dadurch wirkte der Witz ziemlich dumm. Schließlich gab er seine Bemühungen auf, sagte Dooly, es spielte eigentlich gar keine Rolle und hätte etwas mit dem Steifwerden zu tun.

»Dann muß uns Herr Leichenstarre in der letzten Nacht besucht haben«, meinte Dooly, »denn ich kann mich kaum rühren.«

Wurzel seufzte und versuchte, Dooly in die Geheimnisse korrekter Grammatik einzuweihen, ein Unterfangen, das sich als ebenso nutzlos erwies wie seine wissenschaftliche Erklärung der Leichenstarre. Dann nahmen sie am Tisch Platz, vergaßen Blumps seltsamen Humor und frühstückten.

»Wo kann ich eine dieser Kalmaruhren bekommen?« wandte sich Jonathan an Escargot.

»Ich baue Ihnen eine. Wären wir jetzt in An-der-Küste, könnte ich Ihnen schon heute nachmittag eine geben. Hier aber müssen wir erst einmal einen Flußkalmar fangen. Und das ist nicht ganz so einfach. Sind ziemlich gerissene Biester. Haben außerdem auch zu viele Tentakel. Sie müssen sich ein wenig gedulden.«

»Ich hatte einmal eine Schneckenuhr«, sagte Jonathan. »Wenn es nicht gerade schneite, funktionierte sie ziemlich gut.«

»Habe noch nie etwas von Schneckenuhren gehört«, gestand Escargot ein.

»Nun, eigentlich ist es keine Uhr im eigentlichen Sinne«, sagte Jonathan, »und sie gibt auch nur bei mir zu Hause die Zeit an. Ungefähr um fünf Uhr morgens kriechen etwa sechshundert Schnecken über den Rasen vor meinem Haus, jede von ihnen in eine andere Richtung. Dann fressen sie Gras und so. Man muß darauf achten, nicht auf sie zu treten. Um halb sieben sind noch rund zwanzig von ihnen da, und sie halten auf die Büsche zu, um sich dort zu verstecken, bevor die Sonne hinterm Haus zum Vorschein kommt. Um Viertel nach sieben ist nur noch eine da. Ich glaube, bei ihr handelt es sich um so etwas wie den Dorftrottel der Schneckenkolonie, denn man kann sie den ganzen Tag über außerhalb der Büsche antreffen. Ihre Schuld ist es, daß die Schneckenuhr ein wenig ungenau geht. Nun, und am Abend geschieht das alles noch einmal, nur umgekehrt.«

»Auf eine solche Uhr ist nicht viel Verlaß, Jonathan«, gab der Professor zu bedenken.

»Aber sie ist interessant«, erwiderte Jonathan. Ihm lag viel an seiner Schneckenuhr, und deshalb nahm er sie in Schutz. »Wenn sie zu genau ginge, würde man der Sache bald müde.«

»Müde wird man nur, weil man jeden Morgen ganz früh aufstehen muß, um zu sehen, was die verdammte Schneckenuhr gerade anzeigt«, warf Escargot ein. »Ich konstruiere Ihnen eine Kalmaruhr. Die funktioniert bei Tag und Nacht.«

Durch das Fenster sahen sie, wie sich die Bäume am Flußufer in der Morgenbrise hin und her neigten. Der Wind war nicht so stark, wie sie es sich gewünscht hätten, aber sie setzten trotzdem die Segel und ließen sich im noch kühlen Schein der Morgensonne langsam flußaufwärts treiben.

Zwei Tage lang setzten sie ihre Reise auf diese Weise fort. Dann und wann traten sie in die Pedale der Kurbel, wenn sich der Wind ganz legte; manchmal hebelten sie das Floß mit den Stangen vorsichtig durch seichtes Wasser. Alles in allem gesehen kamen sie recht gut voran. Am Nachmittag des zweiten Tages sichteten sie Rauch weiter flußabwärts, am Hochlandufer. Der Qualm bildete eine große, schwarze Wolke, die stundenlang im Osten zu sehen war – vielleicht ein Waldbrand oder ein in Flammen stehender Bauernhof. Am Abend dann stieg eine zweite Rauchwolke auf, einige Meilen von der ersten entfernt, aber mit dem Einbruch der Nacht verflüchtigte sie sich wieder. Für die Flößer bestand kaum ein Zweifel daran, daß es zwischen den Kobolden und den Feuern irgendeinen Zusammenhang gab. Jonathan mußte dem Professor beipflichten: Sie durften tatsächlich nicht unnötig Zeit verlieren, denn mit jedem verstreichenden Tag breitete sich das Unheil weiter im hohen Tal aus.

Aber was die Feuer flußabwärts anging, konnten sie ohnehin nichts tun. Eine Nacht verging, dann eine weitere, und am Morgen des sechsten Reisetages näherten sie sich den Resten von Klein-Mooton – die seltsamerweise den Eindruck erweckten, als seien sie in den vergangenen Wochen noch weiter dem Niedergang anheimgefallen. Die großen Ranken von Kletterpflanzen wucherten über die am Flußufer erbauten Häuser, tasteten sich in offenstehende Fenster und Türen, hebelten geduldig Schindeln von den Dächern. Aus einigen Häusern schien hier und dort der eher fahle Lichtschein von Laternen oder Kerzen zu glühen – vielleicht eine optische Täuschung, hervorgerufen vom Glanz der Sonne, die nun allmählich hinterm Horizont versank. Ein dünner Rauchfaden wehte aus einem der Schornsteine, zur großen Verwunderung der Flößer. Sie wußten den Rauch oder die Lampen – wenn es sich dabei tatsächlich um Lampen handelte – nicht als gutes oder schlechtes Zeichen zu deuten. Ließ sich daraus der Schluß ziehen, daß Klein-Mooton nicht gänzlich verlassen war? Oder hatten sich inzwischen Kobolde in der Siedlung eingenistet? Der Professor äußerte den Wunsch, eine Antwort auf diese Frage zu finden. Er hielt die Vorstellung von Kobolden, die in verlassenen Häusern lebten, für sehr seltsam. Escargot meinte daraufhin, er hätte von noch sonderbareren Dingen gehört, und im tiefen Wald sei so etwas an der Tagesordnung. Sowohl Jonathan als auch Escargot hielten es nicht für sehr klug, am Ufer anzulegen, nur um ihre Neugier zu befriedigen, und nach einer Weile pflichtete ihnen der Professor bei.

Bis um neun Uhr morgens war es fast völlig windstill, und als sich schließlich die Luft wieder regte, blies die Brise flußabwärts in Richtung Meer. Selbst Dooly begriff, daß ein Unwetter im Anzug war, denn der Wind roch nach Regen, und über den Weißen Bergen zuckten dann und wann Blitze in den dunklen Wolken. Das Gewitter war aber noch weit entfernt, und deshalb hörten sie keinen Donner.

Ungefähr um zehn begann es zu regnen. Große, dicke Tropfen fielen vom grauen Himmel, zerplatzten auf Deck und Kabinendach, sammelten sich hier und dort zu kleinen Pfützen und Rinnsalen. Jonathan und seine Begleiter brauchten sich nicht zu beeilen, denn der größte Teil der Fracht befand sich bereits in der Kabine. Sie griffen nur nach den Stühlen und stellten sie ebenfalls unters Dach.

Jonathan und Dooly hatten gegen Regen eigentlich nichts einzuwenden, und so entschieden sie, weiterhin in die Pedale zu treten und die Kurbel des Schaufelrades zu drehen, in der Hoffnung natürlich, daß der Regen nicht zu heftig wurde. Der Professor entschuldigte sich mit einem Hinweis auf seinen Rheumatismus und begab sich zusammen mit Escargot in die Kabine. Zunächst fanden Jonathan und Dooly großen Gefallen daran, durch den Regen zu segeln und die in der Ferne lodernden Blitze zu beobachten. Aber als der Käser von dem ersten großen Hagelkorn am Kopf getroffen wurde, beeinträchtigte das seine Stimmung ein wenig, unter anderem auch deswegen, weil die Hagelkörner so groß wie Murmeln waren. Zwar hatten sie zuvor eine Plane über das Schaufelrad und den Antriebsmechanismus gespannt, aber der Wind trug den Hagel schräg heran, und es gelang den eiskalten Brocken immer wieder, Jonathan und Dooly am Kopf und auf dem Rücken zu treffen. Während des ersten Schauers mußten sie schützend die Arme vors Gesicht heben. Dadurch konnten sie natürlich nicht mehr sehen, wohin das Floß trieb, und somit hatte es wenig Sinn, weiterhin die Kurbel zu drehen.

So rasch wie möglich steuerten sie das Floß in die Mündung eines kleineren Flusses, der sich ins Mootonmoor ergoß. Die Ufer zu beiden Seiten waren recht hoch und dienten als Windschutz; Zweige und Äste bildeten ein derart miteinander verwachsenes, verfilztes Dickicht, daß der größte Teil des Regens aufgefangen und abgeleitet wurde, bevor er Gelegenheit hatte, das Floß zu erreichen. Als Jonathan und Dooly in die Pedale der Kurbel traten und das Floß unter den Schutz der Zweige steuerten, verließ Escargot die Kabine und machte ihr Gefährt vorn und hinten an dicken, aus den Uferböschungen ragenden Wurzeln fest. Dooly hob einen Anker über Bord, aber das Wasser war an dieser Stelle so seicht, daß das Eisen nur halb darin versank und nicht genau zu wissen schien, was es von der ganzen Sache halten sollte. Der größte Teil sowohl des Seils als auch der Kette lag noch immer auf Deck.

Den ganzen Tag über saßen sie in der Kabine, spielten Karten, tranken Kaffee und lasen Bücher. Jonathan unternahm den Versuch, Dooly Pinokel beizubringen, aber dieses Spiel war ihm offenbar zu kompliziert. Statt dessen vertrieben sie sich die Zeit mit Schwarzer Peter – das ist zwar ein recht nettes Spiel, aber nach rund einer halben Stunde wird's langweilig.

Es regnete weiterhin, und der Wind wehte den ganzen Nachmittag über. Aber das Unwetter wurde nicht so schlimm, daß sie eine neue Überflutung des Uferbereichs oder das Herabstürzen von dicken Ästen befürchten mußten. Als Wurzel sich daranmachte, das Abendessen vorzubereiten – er schnitt Kohl in Streifen und kochte gesalzenes Rindfleisch –, kamen sie überein, die Nacht im Moor zu verbringen, auch wenn es inzwischen fast ganz zu regnen aufgehört hatte und sich Lücken im Graubraun der Wolken zeigten. Unter diesen Umständen wären sie imstande gewesen, die Reise fortzusetzen, aber es dauerte nicht mehr lange bis Sonnenuntergang, und in der Dunkelheit hätten sie ohnehin wieder irgendwo festmachen müssen. Außerdem war es im Innern der Kabine inzwischen so warm und gemütlich, daß keiner von ihnen sonderlichen Gefallen fand an der Vorstellung, sich wieder in die nieselnde Kühle hinauszuwagen.

Escargot schlug vor, sie sollten in aller Ruhe zu Abend essen und dann einen Schlachtplan zur Eroberung von Hochturmberg entwerfen. Jonathan und der Professor waren damit einverstanden, obgleich zumindest der Käser die Ansicht vertrat, daß derartige Eroberungsabsichten eher in Escargots Zuständigkeitsbereich fielen. Wie dem auch sei: Die Konfrontation mit dem bösen Zwerg stand nun dicht bevor, und deshalb war es auch an der Zeit, Pläne zu schmieden. Nun, solche Pläne weisen normalerweise die Tendenz auf, in der Hitze des Gefechts über Bord geworfen zu werden, doch wenn man sich vorher überlegt, was einen erwartet und wie man auf gewisse Dinge zu reagieren gedenkt, so geht damit ein gewisses Gefühl von Sicherheit und Ordnung einher.

Also setzten sie sich zu einem ebenso frühen wie guten Abendessen an den Tisch und öffneten einige Flaschen Bier, die sie gerade für einen solchen Zweck beiseite gelegt hatten. Es hörte ganz auf zu regnen, und kurze Zeit später legte sich auch der Wind, woraufhin es draußen sehr still wurde. Dooly bemerkte, sie befänden sich nun sicher im »Auge des Orkans«, aber der Professor wies ihn freundlich darauf hin, sie hätten es überhaupt nicht mit einem Orkan zu tun gehabt. Dooly antwortete, dann befänden sie sich eben in irgendeinem anderen Auge.

Wenn in jener Nacht der Mond schien, so nur über den Wolken, die noch immer den größten Teil des Himmels bedeckten. Jonathan vermutete, daß ihnen eine ziemlich dunkle Nacht bevorstand, und er irrte sich nicht.

19. KAPITEL

Mootonmoor

Als der Abend in die Nacht überging, begaben sich Jonathan und Dooly aufs Deck, um nach dem Rechten zu sehen. Der Wasserspiegel des Flusses, an dessen Ufer sie festgemacht hatten, war nur wenig angestiegen. Dooly entdeckte einige Brombeersträucher, und er, Jonathan und Ahab nutzten das restliche Tageslicht zum Sammeln eines Nachtischs aus. Ein kleiner Pfad führte am Fluß entlang, wand sich an einem bewachsenen Hügel in die Höhe, und Jonathan glaubte, in einer Entfernung von rund hundert Metern die Konturen einer Hütte zu erkennen. Dooly spähte in die entsprechende Richtung und meinte, er sähe überhaupt nichts und sei auch nicht erpicht darauf, irgend etwas in dieser Art zu erblicken.

Sie entschlossen sich dazu, noch spät am Abend aus den gepflückten Brombeeren eine Pastete zu backen. Der Käser übernahm das Waschen der Früchte und hielt dabei insbesondere nach grünen Beeren Ausschau. Es hat schließlich keinen Sinn, eine Torte nur deswegen zu verderben, weil man unbedingt auch die unreifen Früchte verwenden will.

Schließlich waren die Beeren sauber, die Teller abgewaschen und die Kabine so aufgeräumt, wie es sich gehörte. Daraufhin gab es nichts anderes mehr zu tun, als in einem Buch zu lesen oder ein ernstes Gespräch zu führen – mit anderen Worten: Kriegsrat zu halten. Sie erwogen diese Möglichkeit einige Minuten lang und entschieden dann, den Kriegsrat noch ein oder zwei Stunden lang aufzuschieben, bis die Fruchtpastete fertig war. Der Professor bemerkte, die medizinische Wissenschaft betrachte das Lesen als eine nicht unbeträchtliche Verdauungshilfe, und daraufhin zündeten sie sich ihre Pfeifen an und verloren sich in Büchern – alle bis auf Dooly. Dooly rauchte keine Pfeife, und anstatt zu lesen, machte er es sich vor dem Tisch bequem und begann damit, ein Buch zu schreiben. Er war nicht ganz sicher, wovon das Buch handeln sollte – jedenfalls behauptete er das seinen Reisegefährten gegenüber –, aber er vertraute darauf, ein Meisterwerk zu verfassen. Er erwähnte eine Eingebung, verglich sie mit Herrn Bufos und Gelbhuts Inspirationen.

Jonathan schlug einen G. Smithers auf und lieh einen Glub Boomp an Escargot aus. Es wirkte recht verblüffend, über Escargots Koje mitten in der Luft einen dampfenden Pfeifenkopf sowie ein schwebendes Buch zu sehen. Der Professor nahm sich einen der dicken Bände der *Enzyklopädie von Limpus* vor und schien seine Umgebung schon nach wenigen Sekunden völlig zu vergessen. Er wirkte abwechselnd erstaunt, verwirrt und bestürzt, und manchmal nickte er verstehend. Nach einigen Minuten war es in der Kabine völlig still, und das einzige Geräusch verursachte Doolys Stift, dessen Spitze flink übers Papier sauste.

Eine halbe Stunde lang änderte sich nichts – sie alle blieben ganz auf die Bücher konzentriert. Professor Wurzel beendete das Schweigen als erster. Unvermittelt erhob er sich und fragte: »Was war das?«

Jonathan wollte erwidern, er hätte überhaupt nichts gehört, aber er brachte nur die Hälfte dieses Satzes hervor. Der Professor hob die Hand, was der Käser zum Anlaß nahm, den Mund zuzuklappen und zu schweigen. Etwa zehn Sekunden lang horchten sie still und aufmerksam. Und dann, wie aus weiter Ferne, vernahmen sie eine Art leises Schluchzen – ein klagevolles, gespenstisches Geräusch, bei dem es Jonathan kalt über den Rücken lief. Es verklang für einige Augenblicke und ertönte dann erneut, ein wenig lauter diesmal. Es hörte sich nicht nach dem Stöhnen von Kobolden an, eher nach einer Frau, die um ein verlorenes Kind oder einen toten Geliebten weinte.

Jonathan, Escargot und der Professor traten aufs Deck. Dooly erklärte, er wolle mit Ahab im Innern der Kabine Wache halten. In der stillen Nachtluft wurde das Klagen lauter und beharrlicher. Im Wald um sie herum rührte sich überhaupt nichts, und das matte Glühen des Monds am Himmel konnte die Finsternis nicht erhellen.

Jonathan erinnerte sich daran, im Wald etwas gesehen zu haben, was er für die Wand einer Hütte gehalten hatte. Er sprang auf den schmalen Pfad in der Nähe der Brombeerbüsche, bedeutete dem Professor und Escargot, ihm zu folgen. Leise schlichen sie über den Weg, und Jonathan rechnete fast jeden Augenblick damit, daß irgendein Geist, Troll oder Bär sich aus dem dichten Unterholz auf ihn stürzte. Nach einer Weile blieben sie stehen, als sie auf der vor ihnen liegenden Lichtung Kerzenlicht durch das Fenster einer kleinen Hütte schimmern sahen. Das schräge Dach war ein dunkler Schatten inmitten der Bäume, und es hatte den Anschein, als wehe Schornsteinrauch durchs hohe Blätterdach über ihnen. Am Rand der Lichtung wurde das Schluchzen deutlicher und klang noch kummervoller als zuvor.

Escargot zupfte am Ärmel von Jonathans Jacke, und daraufhin kehrten sie leise zum Floß zurück, um dort festzustellen, daß Dooly sie ausgesperrt hatte. Sie mußten eine Weile auf ihn einreden, um ihn zu veranlassen, die Tür der Kabine zu öffnen.

»Glauben Sie, es sind Kobolde?« fragte der Professor.

»Vielleicht«, erwiderte Escargot. »Man kann nie wissen, was für üble Streiche sie sich gerade einfallen lassen.«

»Meiner Meinung nach hörte sich das Schluchzen nicht nach dem Stöhnen eines Kobolds an«, sagte Jonathan. »Eher nach dem Weinen einer Frau. Vielleicht gibt es noch immer Bewohner in Mooton.«

»Möglicherweise«, räumte Escargot ein. »Aber wenn Sie recht haben, sollten wir die Frau weinen lassen. Bestimmt hält sie nichts davon, wenn wir auf ein Schwätzchen vorbeikommen. Statt dessen sollten wir rasch von hier verschwinden.«

»Aber wenn Jonathan recht hat«, gab der Professor zu bedenken, »so geht hier irgend etwas nicht mit rechten Dingen zu. Vielleicht braucht jemand Hilfe, und das heißt, wir können nicht einfach fortsegeln.«

Ahab hockte auf Doolys Schoß, dessen Augen nie so groß gewesen waren wie jetzt. Der junge Mann erweckte ganz den Eindruck, daß er nichts gegen ein sofortiges Weitersegeln einzuwenden hatte.

»Ich gehe mit Ahab los und sehe mir die Hütte aus der Nähe an«, sagte Jonathan. Unmittelbar darauf bereute er seinen Vorschlag, denn wieder ertönte das gespenstische Klagen und erinnerte ihn an die draußen wartende Finsternis. Doch dann besann er sich auf Ehrgefühl und Verantwortungsbewußtsein.

»Sie brauchen nicht allein zu gehen, Jonathan«, sagte der Professor. »Dooly und Herr Escargot können an Bord bleiben – Sie und ich suchen noch einmal die Waldlichtung auf. Wir sollten das Floß nicht unbewacht zurücklassen, für den Fall, daß irgend jemand Unsinn anstellen will.«

»In der Tat«, bestätigte Escargot. »Aber beeilen Sie sich. Pfeifen Sie dreimal; dann wissen wir, daß Sie es sind. Wenn Sie in Schwierigkeiten geraten sollten, dann machen Sie Radau. Wir klappern mit den Bratpfannen und Töpfen, wenn irgend etwas faul ist.«

»In Ordnung«, erwiderte Jonathan. »Es dauert nicht lange, die Lichtung zu erreichen.« Zusammen mit Professor Wurzel trat er erneut in die dunkle Nacht hinaus – ihre Bewaffnung bestand aus zwei dicken Knüppeln. Sie sprangen ans Ufer und wanderten über den schmalen Pfad, dessen Boden durch den Regen matschig geworden war. Es erschien Jonathan seltsam, daß sie nirgends quakende Frösche oder zirpende Grillen hörten. In der seltsamen Grabesstille ertönte nur dann und wann das Schluchzen.

Jonathan bedauerte sofort, keine Laterne mitgenommen zu haben, und er spielte mit dem Gedanken, rasch zum Floß zurückzukehren und eine Lampe zu holen. Aber es war nicht ganz leicht, den Pfad in der Finsternis überhaupt als solchen zu erkennen, und voraus sahen sie ganz deutlich das Kerzenlicht durchs Hüttenfenster glänzen. Deshalb widerstand er der Versuchung und marschierte weiter, dichtauf gefolgt vom Professor.

Der Pfad wand sich an den Bäumen vorbei, deren Äste, Zweige und Blätter über ihnen ein dichtes Dach bildeten und den Blick gen Himmel fast völlig versperrten. Durch eine der wenigen Lücken beobachtete Jonathan kurz grauschwarze Wolken, die übers Firmament glitten, und bevor er den Weg durchs Dickicht fortsetzte, sah er auch so etwas wie eine große Fledermaus, die in Richtung Fluß segelte.

Jonathan hatte angenommen, daß der Pfad geradewegs zur Hütte führte, aber plötzlich bog er nach rechts. Der Professor und er blieben mißtrauisch stehen. In einiger Entfernung bemerkten sie einen Lichtschimmer – jenes erleuchtete Fenster, das sie zuvor ganz offensichtlich aus den Augen verloren hatten. Wieder vernahmen sie lautes Schluchzen und Klagen. Doch als sie dem Verlauf des Pfades folgten, schien der matte Kerzenglanz irgendwie vor ihnen zurückzuweichen. Schließlich verblaßte er ganz.

»Hier stimmt was nicht«, sagte der Professor. »Wir sollten uns besser auf den Rückweg machen. Geben Sie gut acht.«

Jonathan konnte sich der Meinung des Professors nur anschließen. Das Licht verschwand von einem Augenblick zum anderen, und das Weinen verklang. Plötzlich waren sie mutterseelenallein im dunklen Wald. Der Käser hielt die Keule aus Eichenholz bereit, und die improvisierte Waffe machte ihn ein wenig selbstbewußter. Er hätte sich jedoch noch weitaus sicherer gefühlt, wenn sie in der Lage gewesen wären, auf die Hilfe mit großen Äxten bewaffneter Zwerge zurückzugreifen.

Sie hatten nur etwa sechs Meter zurückgelegt, als sie seltsamerweise auf eine Weggabelung stießen. Sie wußten nicht, für welche Richtung sie sich entscheiden sollten, und einige Minuten zuvor hatte weder Jonathan noch der Professor überhaupt etwas von dieser Abzweigung bemerkt. Tatsächlich schien keiner der beiden Pfade jener zu sein, an den sie sich zu entsinnen glaubten. Sie wirkten wie düstere Tunnel, die noch tiefer in den finsteren Wald führten. Die beiden Männer zögerten kurz und entschieden sich dann für den Weg, von dem sie annahmen, daß er in Richtung Fluß führte.

Aber nach etwa dreißig Metern endete der Weg plötzlich, und daraufhin blieb ihnen nichts anderes übrig, als umzukehren. Sie wollten diese Absicht gerade in die Tat umsetzen, als sie weiter rechts das vom Kerzenlicht erhellte Fenster der Hütte sahen. Unmittelbar darauf vernahmen sie auch wieder das Schluchzen, das diesmal noch lauter war – ein Weinen, in dem sich ab und zu auch ein dumpfes Stöhnen hören ließ, so als litte jemand.

Sie blieben stehen und horchten, aber in den kurzen Pausen zwischen dem Klagen raschelte nicht einmal ein Blatt. Einen verrückten Augenblick lang dachte Jonathan daran, Hals über Kopf durch den Wald zu stürmen und den Radau zu machen, den Escargot vorgeschlagen hatte. Aber als er gründlicher darüber nachdachte, sah er davon ab. Professor Wurzel schnitt eine sehr entschlossene Miene und schien bestrebt zu sein, jemandem eine Lektion zu erteilen. Der Käser hielt die Keule bereit, duckte sich ein wenig und trat zusammen mit dem Professor vorsichtig auf die Hütte zu.

Sie waren ihr ganz nahe und nur mehr rund drei Meter vom Fenster entfernt, als es erneut schluchzte. Kurz darauf hörten sie ein schrilles Krächzen wie von einem kichernden Phantom, und eine Fledermaus sauste dicht über ihre Köpfe hinweg. Jonathan spürte, wie etwas seine Mütze berührte, und er hieb mit der Keule durch die leere Luft, ohne irgend etwas zu treffen. Anschließend wurde die Nacht wieder vollkommen still. Der Professor und er drückten sich an die eine Wand der Hütte und schlichen zum Fenster, als die seltsame Stimme erneut zu weinen begann. Mit der einen Hand hielten sie die Keulen bereit; mit der anderen griffen sie nach dem Fenstersims und erhoben sich langsam, bis sie ins Innere der Hütte sehen konnten.

Ihr Blick fiel auf einen großen, von einem Kaminfeuer erhellten Raum, der fast völlig leer, staubig und so sehr mit Spinnweben verhangen war, daß es den Anschein hatte, als hätte hier schon seit langer Zeit niemand mehr gewohnt. In einem hölzernen Schaukelstuhl vor dem Feuer, den Kopf gebeugt, saß eine Gestalt, die eine schwarze Robe trug und sich die Kapuze über den Kopf gezogen hatte – die Frau offenbar, deren Klagen sie des öfteren gehört hatten. Sie verbarg das Gesicht hinter den Händen, schüttelte immer wieder den Kopf und weinte. Vor ihr gleißte die Glut des Feuers und ließ ihren Schatten unstet über die Wand weiter hinten tanzen.

Nach einigen Sekunden verharrte die Gestalt, drehte sich dann im rötlichen, flackernden Schein des Kaminfeuers zum Fenster um. Die Kapuze fiel zurück, und aus der Hütte starrten sie die leeren Augenhöhlen eines grinsenden Totenschädels an. Das Skelett wimmerte und klagte aus einem fleisch- und lippenlosen Mund. Es erhob sich zitternd aus dem Schaukelstuhl, so unsicher, als sei es unvorstellbar alt, und mit einer knöchernen Hand winkte es den beiden Beobachtern zu. Zwei taumelnde Schritte brachten es dem Feuer näher, und schallendes, meckerndes Gelächter ertönte.

Als Jonathan das Phantom lachen hörte, reagierte er aus einem ängstlichen Reflex heraus und zertrümmerte mit der Keule die Fensterscheibe. Sofort erlosch das Licht im Innern der Hütte. Sie hörten das Geräusch schlurfender Schritte, untermalt von einem gräßlichen Stöhnen. Jonathan und der Professor wirbelten herum, nahmen die Beine in die Hand und flohen.

Irgendwie schien der Verlauf des Pfades jetzt wieder so beschaffen zu sein, wie sie ihn in Erinnerung hatten. Jonathan glaubte fast, knöcherne Finger nach seiner Schulter greifen zu sehen, und hinter sich hörte er ein entsetzliches Gelächter, in dem gelegentlich auch das durch Mark und Bein gehende Klagen sowie ein heiseres Röcheln erklangen. Vom Bach her vernahmen sie das Klappern von Töpfen und Bratpfannen, laute Stimmen und Ahabs hektisches Bellen. Irgend jemand hatte das Floß losgebunden, und daraufhin war es abgetrieben. Aufgrund des Ankers, den Dooly gesetzt hatte, lag es aber in der Mündung fest. Jonathan und der Professor sahen es, als sie über den Pfad in Richtung Ufer stürmten und an den Brombeerbüschen vorbeiliefen. Es schwamm etwa sechs Meter von der Stelle entfernt, an der sie es festgemacht hatten, und vom Deck her leuchtete heller Lichtschein. An Bord herrschte ein lärmendes Durcheinander aus heulenden Kobolden; Ahab sprang bellend und kläffend umher, und Dooly rannte von einer Seite zur anderen, hämmerte dauernd zwei Bratpfannen gegeneinander und blieb nur kurz stehen, um eine davon einem Kobold auf den Schädel zu schmettern. Inmitten des Chaos beobachtete Jonathan, wie manchmal einer der Kobolde von leerer Luft allein gepackt zu werden schien, geschüttelt wurde und dann in den Fluß stürzte. Dort ragten bereits einige Koboldköpfe aus dem Wasser und glitten stromabwärts.

Jonathan kletterte am steilen Ufer entlang und rutschte mehrmals ab, wodurch die Füße ins schlammige Flußwasser tauchten. Aus dem Boden ragende Wurzeln und die dicht an der Wassergrenze wachsenden Bäume erleichterten es jedoch, das Floß zu erreichen. Zum großen Kummer des Käsers stellte sich folgendes heraus: Jenes Licht, das so hell vom Deck her glänzte, stammte von einem Feuer. Jemand hatte die Laterne vom Haken gerissen, und die Glassplitter der Lampe lagen in einer Lache aus brennendem Öl.

Kobolde hüpften und sprangen an Jonathan vorbei – einige Dutzend, mehr als seiner Meinung nach überhaupt an Bord Platz finden konnten. Der Käser verharrte einige Augenblicke lang, um mehrere von ihnen ins Wasser zu stoßen. Zwei schwammen ihren fortgetriebenen Kameraden nach. Der dritte jedoch – ein großes und überaus häßliches Geschöpf, das heulte, schrie, mit den Augen rollte und eine für Kobolde eigentlich gar nicht typische Wut offenbarte – trachtete danach, wieder an Bord zu klettern. Jonathan bemerkte davon nichts, weil er gerade versuchte, mit seiner Jacke das Feuer auszuschlagen. Professor Wurzel gesellte sich ihm rasch hinzu und half dabei. Der dritte Kobold schaffte es schließlich, sich weit genug auf die Planken zu ziehen, um mit einer Klauenhand Jonathans Fuß zu packen. Die Krallen kratzten in die Haut des linken Beins, und der Käser verlor das Gleichgewicht. Er ließ die Jacke ins Feuer fallen und taumelte rücklings gegen die Kabinenwand.

Während Jonathan und der heulende Kobold miteinander rangen, griff Wurzel nach dem Ärmel der Jacke, doch als er sie aus dem Feuer zog, mußte er feststellen, daß sie nicht mehr zu retten war. Der Professor gab ein überraschtes »Oh!« von sich, als Flammen über den gefütterten Stoff leckten, und er drehte sich um, um sie in den Fluß zu werfen. In diesem Augenblick sah er den triefnassen und kreischenden Kobold auf sich zukommen. Als sich der alte Wurzel mit einer solchen Gefahr konfrontiert sah, warf er die brennende Jacke dem Gegner auf den Kopf, wodurch sich der Kobold aber weder beeindrucken noch aufhalten ließ. Er wütete weiter und ließ seine Arme wie die Flügel einer Windmühle zornig durch die Luft wirbeln – bis Dooly schließlich hinter ihn trat und ihm die Unterseite einer eisernen Bratpfanne an den Hinterkopf rammte. Daraufhin verlor der Kobold das Gleichgewicht und fiel erneut in den Fluß, zusammen mit der brennenden Jacke Jonathans.

Der Käser stand wieder auf, rieb sich die Beule am Kopf und wunderte sich darüber, daß sowohl sein Rücken als auch die Beine, die bei der Auseinandersetzung mit dem großen Kobold soviel aushalten mußten, noch immer ganz waren. Um ihn herum hatte sich die Lage inzwischen etwas beruhigt. Ahab spielte offenbar mit zwei oder drei Kobolden Fangen. Einer von ihnen hielt sich mit der rechten Klauenhand am Mast fest, lachte und kreischte laut, während er sich drehte. Einer der anderen Kobolde – im geisterhaften Widerschein des Feuers konnte man den Eindruck gewinnen, als sei er mit zwei Köpfen ausgestattet –, rannte übers Deck und schien überhaupt nicht zu bemerken, daß er über den Rand des Floßes hinauslief. Seine Beine traten leere Luft, und nach einigen Sekunden versank er im Wasser des Flusses. Ein anderer machte unliebsame Bekanntschaft mit einer Keule, die wie von Geisterhänden getragen heranschwebte und ausholte. Der heftige Schlag ließ ihn taumeln, und der Tritt eines Geistes sorgte dafür, daß er über Bord fiel. Dem Professor und Jonathan gelang es, das Feuer zu löschen –

inzwischen war der größte Teil des Öls ohnehin verbrannt.

Anschließend sahen sie sich beide um und hofften fast, daß sich ein weiterer Kobold zeigte, den sie in den Fluß werfen konnten. Überraschenderweise aber war das Deck jetzt wieder leer – sah man von dem nach wie vor grölenden Geschöpf ab, das noch immer um den Mast lief. Jonathan wandte sich an Wurzel und schüttelte den Kopf. »Sind schon dumme kleine Wichte, wie?« meinte er. Der Professor konnte ihm da nur zustimmen. Zusammen mit Dooly, Ahab und dem unsichtbaren Escargot sahen sie dem letzten Kobold eine Zeitlang dabei zu, wie er um den Mast rannte. Allmählich wurde er langsamer und ließ den Mast schließlich los, um benommen zu taumeln. Dann sank er aufs Deck und blieb liegen.

Einige Sekunden lang ruhte er sich dort aus, hob nach einer Weile den Kopf, zwinkerte und stellte überrascht fest, daß seine Freunde alle verschwunden waren. Er wirkte plötzlich so hilflos und verwirrt, daß Jonathan fast Mitleid empfand. Das Geschöpf versuchte, auf die für Kobolde so charakteristische Art und Weise zu kichern, aber es klang eher unsicher.

»Nun, hast du uns etwas mitzuteilen?« fragte Jonathan.

Aber der Kobold sah ihn nur groß an und gab dann ein Geräusch von sich, das völlig unverständlich war und eher dem Quaken einer Ente glich. Dooly antwortete ihm ebenfalls mit einem Quaken, aber auch das schien sie nicht sonderlich weiterzubringen.

»Sie können nicht wie Menschen sprechen«, sagte Escargot. »Sie sind lediglich in der Lage, zu kollern und zu grunzen. Soweit ich weiß, können sie sich nicht einmal untereinander verständigen. Sind einfach zu blöd.«

»Was machen wir jetzt mit ihm?« fragte Jonathan. »Sollen wir ihn hierbehalten?«

»Auf keinen Fall«, entgegnete Escargot. »Haben Sie schon einmal einen von diesen Burschen beim Essen beobachtet? Dabei vergeht Ihnen der Appetit. Und außerdem verspeisen sie nur Fische und Flußaas. Verstreuen die Gräten überall und versuchen, sich damit zu kämmen. Ha, meiner Meinung nach gibt es nicht einen einzigen Kobold, der alle seine Sinne beisammen hat.«

»Wir lassen ihn über die Planke laufen«, schlug Dooly vor, von seiner eigenen Idee begeistert. »Ja, wir treiben ihn mit einem Entermesser in den Fluß!«

»Genau!« rief Escargot, der hinter dem Kobold stand und trotz des Unsichtbarkeitsmantels zu fürchten schien, erkannt zu werden. »In dieser Hinsicht muß ich ohnehin noch einige Erfahrungen sammeln. Wissen Sie, für so etwas lassen sich kaum Freiwillige finden, mit denen man üben kann, und im Piratenhandwerk darf man sich keine Fehler leisten. Es gibt gewisse Regeln, an die man sich halten muß.«

»Kann ich mir denken«, erwiderte der Professor. »Aber wir sollten solche Übungen wohl besser zu einem anderen Zeitpunkt veranstalten. Ich würde mir gern Jonathans Fuß ansehen – damit meine ich den, der von einem der Kobolde verletzt wurde. Und ich glaube, wir sollten ablegen und das Floß in die Mitte des Orielstroms steuern. Das Festmachen am Ufer hat sich einmal mehr als gefährlich erwiesen.«

»In der Tat«, sagte Escargot. »Außerdem haben wir auch gar keine Planke, und das Deck liegt nicht einmal einen halben Meter über dem Wasser. Die Sache würde kaum Spaß machen.« Escargot packte den Kobold an Hosenboden und Kragen und schwang ihn einige Male hin und her. Er wollte ihn gerade in den Fluß werfen, als ihn Jonathan aufforderte, sich noch etwas zu gedulden. Escargot setzte den Kobold ab, und der Käser rollte ihn herum. An dem Seil, das er als Gürtel benutzte, war eine Ledertasche befestigt. Jonathan band sie los, öffnete sie und schüttete den Inhalt aufs Deck. Murmeln kullerten übers Holz und funkelten im Laternenlicht. Erst waren es zehn, dann zwanzig, fünfzig und hundert Murmeln, und der Beutel schien noch viel mehr zu enthalten. Jonathan knüpfte ihn zu, als Dooly den Murmeln nachkroch. Der Käser gab keinen Ton von sich, als er den Kobold packte und ihn in den Fluß warf. Er wünschte sich einen Stein, um ihn dem Wicht nachzuwerfen – obgleich das sinnlos gewesen wäre.

»Den Beutel habe ich gar nicht gesehen«, sagte Escargot und betrachtete ihn genauer. »Sieht aus, als sei er von Elfen hergestellt worden.«

»Er gehörte dem Junker«, sagte Jonathan und ließ sich aufs Deck sinken.

20. Kapitel

Ein Ultimatum

Der Professor zog den Anker an Bord, und zusammen mit Escargot hebelte er das Floß mit den Stangen vom Ufer fort, ließ es ins tiefere Wasser treiben, bevor er den Anker wieder setzte. Den Rest der Nacht verbrachten sie in relativer Ruhe: sie verzichteten sogar darauf, Wachen einzuteilen. Als aus dem Schwarz des Himmels über ihnen ein trübes Grau wurde – ungefähr eine Stunde, bevor die Sonne hinter den Bergen im Osten zum Vorschein kam –, brachen sie wieder auf, nutzten die Morgenbrise aus und segelten weiter flußaufwärts. Den ganzen Tag über ließen sie sich vom Wind nach Norden treiben oder traten in die Pedale der Kurbel, ebenso am nächsten und auch am übernächsten. Des Nachts hörten sie in der Ferne das dumpfe Dröhnen von Koboldtrommeln und vernahmen auch ein leises Schnattern und Grunzen, das immer kurz nach Sonnenuntergang begann. Hier und dort schimmerte das Licht von Koboldfeuern durch den Wald, und diese Erscheinungen nahmen zu, als sie sich dem Koboldwald näherten. Immer wieder sahen sie ganze Gruppen der Wichte über die Uferstraße wandern. Sie schenkten den Flößern so gut wie keine Beachtung, abgesehen von einem, der sich Zeit genug nahm, um Steine nach ihnen zu werfen – alle fielen weit vom Floß entfernt ins Wasser. Die Kobolde zielten auf eine recht merkwürdige Art: Ihre Wurfgeschosse flogen in alle Richtungen, ohne eine bestimmte zu bevorzugen.

Am Nachmittag passierten Jonathan und seine Begleiter die Handelsstation von Weidenwald. Am Erscheinungsbild der leeren Ruinen hatte sich nichts geändert. Stützbalken der zerstörten Kaianlagen ragten hier und dort aus dem grünen Wasser des Orielstroms, und sie sahen auch die Überbleibsel des eingestürzten Bootshauses.

»Was meinen Sie?« wandte sich Jonathan an Escargot. »Sollen wir anlegen und Miles den Magier suchen? Er könnte sich bei dem bevorstehenden Wagnis als nützlich erweisen.«

»Ich glaube, es wäre verdammt töricht von uns, das Floß auch nur in die Nähe des Ufers zu steuern«, erwiderte Escargot, ohne zu zögern. »Außerdem verweilt Miles der Magier nie lange an einem Ort. Bestimmt ist er inzwischen weitergezogen.«

»Er hat recht«, pflichtete Professor Escargot bei. »Eigentlich geht ihn diese Sache gar nichts an, und vermutlich hat er selbst genug eigene Probleme. Außerdem: Es wissen ohnehin schon zu viele Leute über unser Vorhaben Bescheid.«

»Stimmt«, sagte Jonathan. »Andererseits war er ein so netter und umgänglicher Bursche, daß ich mir wünsche, ihn einmal wiederzusehen. Wie dem auch sei: Die derzeitige Situation verlangt nach Eile.« Also machten sie nicht bei der Handelsstation von Weidenwald halt, sondern segelten weiter.

Während jener drei Tage sichteten sie zweimal andere Flöße, die flußabwärts trieben, in Richtung Küste. Das erste war, soweit sie das feststellen konnten, leer. Jedenfalls zeigte sich weder jemand an Deck noch an der Ruderpinne. Das Floß drehte sich langsam um die eigene Achse, während es die Fluten des Orielstroms nach Süden trugen. Dooly rief, als sie sich dem anderen Gefährt näherten, vielleicht in der Hoffnung, daß ein Reisender in der Kabine schlief. Aber wenn sich tatsächlich eine Person unter dem Dach aufhielt, so schien sie kein Interesse an einem Gespräch zu haben – nur Stille antwortete Doolys Rufen. An Bord des zweiten Floßes zeigte sich ein wenig mehr Aktivität. Ein gleichgültiger Bursche mit erstaunlich langem Bart hockte an der Ruderpinne, und ein weiterer schlummerte auf den Planken. Rauch kräuselte aus dem Schornsteinrohr, das aus dem schrägen Pultdach des Aufbaus in der Mitte des Decks ragte. Also war offenbar ein drittes Besatzungsmitglied damit beschäftigt, für die anderen beiden ein Essen zu kochen oder warm zu halten.

Wieder rief Dooly, aber der Steuermann bedachte ihn nur mit einem mürrischen Blick und erweckte nicht den Eindruck, guter Laune zu sein. Er trug sehr ernst wirkende, dunkle Kleidung und auf dem Kopf einen schwarzen Hut mit einer Krempe so groß wie ein Wagenrad. Eine Zeitlang dachte Jonathan daran, den Mann mit dem Witz über die Leichenstarre aufzuheitern, aber das Floß wirkte irgendwie traurig, leer und grau. Hinzu kam, daß die Gestalt an der Ruderpinne in eine Aura engstirniger Humorlosigkeit gehüllt zu sein schien. Der Käser ahnte, selbst mit dem besten aller Witze nicht viel mehr als ein Stirnrunzeln bewirken zu können. Vielleicht wartete der Unbekannte auf eine Gelegenheit überzuschnappen – und daher hielt Jonathan es für besser, ihn sich selbst zu überlassen.

Spät am Nachmittag des zweiten Dezember näherten sie sich dem Koboldwald und damit auch der Stadt Hochturm. Mitten im Fluß setzten sie die Anker, an einer besonders breiten Stelle einige Meilen vom Wald entfernt. Bei Nacht wagten sie sich nicht näher an Hochturm heran. Am nächsten Tag wollten sie mit gutem Wind und fleißig angetriebenem Schaufelrad am Wald vorbeigelangen – was sich durchaus bewerkstelligen ließ, wenn sie früh genug aufbrachen.

Es war inzwischen kühler geworden, so als hätte das Wetter entschieden, den Herbst zu verabschieden und die frostige Herrschaft des Winters zu ermöglichen.

Mit jeder Meile weiter nach Norden sank die Temperatur um etwa ein Grad. Am Morgen glitzerte Eis auf dem Dach der Kabine und Rauhreif auf dem Deck. Wenn es nicht nötig war, die Kurbel des Schaufelrads zu drehen oder das Floß zu steuern, verbrachten Jonathan und die anderen die meiste Zeit in der Kabine und schürten dort das Wärme spendende Feuer im Ofen. Wenn jemand zur Tür schritt, so beschloß Ahab in den meisten Fällen, den Betreffenden zu begleiten; aber wenn der Hund eine Zeitlang draußen gewesen war, hatte er es recht eilig damit, wieder ins Warme zurückzukehren. Nur dem alten Escargot schien die Kälte nichts auszumachen: Er verbrachte ebensoviel Zeit draußen wie in der Kabine – um ›frische Luft zu schnappen‹, wie er es nannte.

Mehrmals sprachen sie über ihre Aufgabe, aber solche Diskussionen brachten nur wenig ein. Jonathan empfand sogar ein gewisses Unbehagen bei der Vorstellung, so etwas wie eine Aufgabe zu haben. Ihm ging es schließlich nur darum, nach Twomblytief heimzukehren, und wenn er bis Weihnachten dort eintreffen wollte, blieben ihm nur noch dreieinhalb Wochen Zeit. An jenem Abend südlich des Koboldwalds beschloß er, die Angelegenheit zu klären. Escargot schien der Ansicht zu sein, daß es ihnen allen darum ging, irgendwie die Burg von Hochturmberg zu erobern und den bösen Zwerg zu verjagen. Der Käser hingegen sah die Sache ein wenig anders.

Als sie am Tisch saßen und in den Resten der Forellen und Bratkartoffeln stocherten, die sie zum Abendessen verspeist hatten, brachte Jonathan diesen Punkt zur Sprache. »Nun«, sagte er und untersuchte eine besonders dicke Gräte, »übermorgen erreichen wir Hochturm. Was genau haben Sie vor, Herr Escargot?«

»Ganz einfach«, erwiderte Doolys Großvater, und seine Worte klangen so sicher, als rechnete er nicht mit irgendwelchen Schwierigkeiten. »Etwa eine Meile südlich der Stadt fließt ein kleiner Fluß. Man könnte ihn mit dem von Mooton vergleichen, in dem wir dummerweise das Floß festmachten. Er ist hier verzeichnet.« Mit der Gabel deutete Escargot auf Twickenhams Karte. »Er wird dort als Hinkelbach bezeichnet, obgleich das eigentlich keine Rolle spielt. Nun, vor einigen Jahren hatte ich allen Grund, mich dort zu verstecken. Drei Tage lang hockte ich in einem verdammten Dickicht und ernährte mich nur von harten Brotkanten – ich konnte froh sein, überhaupt etwas zwischen die Zähne zu bekommen. Ich schlage vor, wir steuern das Floß in die Mündung des Flusses und machen es dreißig oder vierzig Meter weiter fest. Das sollte genügen. Dann verstauen wir alle Wertsachen in der Kabine, schließen die Fensterläden und tarnen das Floß mit Ästen und Zweigen. Anschließend schleichen wir uns in den Ort, um dort festzustellen, woher der Wind weht – wenn Sie verstehen, was ich meine.«

Jonathan verabscheute Auseinandersetzungen. Er zog es immer vor, mit allen Leuten gut auszukommen, auch mit alten Dieben und bösen Zwergen. Aber manchmal ist es besser, die Dinge beim Namen zu nennen und reinen Tisch zu machen. »Um ganz ehrlich zu sein …«, sagte Jonathan langsam. »Ich habe den Eindruck, daß der Professor, Dooly und ich da in etwas hineingeraten sind, das uns gar nicht betrifft. Man bat uns nur darum, Sie nach Hochturm zu bringen, und es hieß, wir könnten unsere Heimreise dann fortsetzen. Wenn wir Glück haben, sind wir eine Woche vor Weihnachten in Twomblytief. Wenn wir aber, wie Sie vorschlagen, das Floß unbewacht im Hinkelbach zurücklassen, werden wir nachher vermutlich feststellen, daß es von Kobolden geplündert und zerstört wurde – was den Fischen Gelegenheit gibt, sich an Ackroyds leckeren Honigkuchen zu erfreuen. Ich will auf folgendes hinaus: Die Sache mit dem Diebstahl der Uhr geht nur Sie etwas an.«

Escargot überlegte. Nach einigen Sekunden stand er auf, schloß die Fensterläden und streifte den Mantel ab – offenbar begriff er, daß es nicht leicht ist, mit einem Unsichtbaren zu sprechen. Dann zündete er sich die Pfeife an und paffte, bis der Tabak so hell glühte wie die Kohlen in einem gut geschürten Feuer.

»Um Twomblytief eine Woche vor Weihnachten zu erreichen, brauchen Sie eine Menge Glück – woran es Ihnen vermutlich fehlen wird«, sagte er und sah Jonathan an. »Was Sie ganz persönlich angeht: Die Sache mit der Taschenuhr *betrifft* Sie, ob Ihnen das nun gefällt oder nicht. Mit dieser Tatsache müssen Sie sich abfinden – andernfalls sind Sie wahrscheinlich gar nicht in der Lage, das Weihnachtsfest bei Ihren Freunden zu verbringen.« Escargots Stimme klang ganz und gar nicht scharf oder gar drohend. Er sprach wie von Unabänderlichkeit, und deshalb hatten seine Worte eine noch größere Wirkung auf den Käser. Der Professor aber schien keineswegs überzeugt zu sein. Er dachte konzentriert nach, als Escargot fortfuhr: »Außerdem brauchen wir vielleicht den Sucher. Wer weiß, wo die verdammte Uhr versteckt ist? Vielleicht hat der Zwerg sie in seiner Tasche, vielleicht auch irgendwo anders. Möglicherweise befindet sie sich hinter einem Stein der Turmmauer. Selbst wenn ich Selznak grün und blau hauen würde – wäre er bestimmt nicht bereit, mir die Uhr auszuhändigen. Nein, ohne den Sucher hat die ganze Sache keinen Sinn.«

»Sie können ihn haben«, erwiderte der Professor. »Nehmen Sie ihn. Ich kann ihn ohnehin nicht gebrauchen. Ist nur ein Kuriosum. Deshalb benötigen Sie unsere Hilfe nicht. Und lassen Sie mich noch etwas hinzufügen, wobei ich, glaube ich, für uns alle spreche: Wir haben keine Angst vor dem bösen Zwerg. Für eine solche Art von Furcht bin ich schon zu alt. Aber, zum Donnerwetter, um die schlichte Wahrheit zu sagen: Sie sind für diese ganze Sache verantwortlich, und deshalb ist es allein Ihre Aufgabe, sie wieder in Ordnung zu bringen! *Sie* müssen das Risiko auf sich nehmen, nicht *wir*.«

Escargot nickte langsam, als pflichtete er Wurzel bei. Nachdenklich paffte er. »Furcht hat mit Ihrer Entscheidung nichts zu tun, das ist mir klar, Professor. Aber durchaus mit meinem Entschluß. Ich will jetzt ganz offen sein. Ich kenne den Zwerg. Ich weiß, wer er ist und was er hat. Und eins sage ich euch, Jungs: Allein gehe ich nicht in den Turm. Nicht, um Ihnen einen Gefallen zu tun. Nicht für Twomblytief und das ganze verdammte Tal. Nein, so etwas käme mir nie in den Sinn.«

»Für Dooly«, schlug der Professor vor. Dooly starrte auf seinen grätenübersäten Teller.

»Der Junge bedeutet mir sehr viel«, erwiderte Escargot. »Und Sie sollten nicht versuchen, mich damit unter Druck zu setzen. Mein Entschluß steht fest: Wenn ich allein bleibe, halte ich mich von Hochturmberg fern. Sie kennen den Zwerg nicht, obgleich Sie ihn schon einmal gesehen haben. Er ist jetzt nicht mehr nur ein Hobbyzauberer. Selbst die Elfen fürchten jene Macht, über die er nun gebietet.«

»Sie irren sich, wenn Sie glauben, ich hätte ihn schon einmal gesehen«, sagte der Professor. »Dieser Ehre kann ich mich nicht rühmen – was ich keineswegs bedauere.«

»Der Affe«, sagte Escargot. »Er war der Herr und Meister des verdammten Beddlington-Affen. Wobei es sich übrigens nicht um einen Affen handelte, zumindest nicht zu dem Zeitpunkt, als Sie ihn sahen. Ich habe keine Ahnung, was es mit dem Geschöpf auf sich hatte. Nur eins weiß ich: Es sprach mit der Stimme eines Menschen. Vielleicht war es nur zur Hälfte ein Affe. Aber es hätte zur Hälfte alles sein können – und war es vermutlich auch.

Schon damals hat der Zwerg versucht, auf Hochturmberg Übles anzustellen, ohne daß jemand etwas davon bemerkte. Alle hielten das mit dem Affen für einen Trick, für Bauchrednerkunst oder etwas in der Art. Nun, es war tatsächlich ein Trick, aber mit der Bauchrednerkunst hatte er nichts zu tun. Und es sind auch nicht nur Tiere, die er beherrscht. Er kann das Wetter beeinflussen. Er ist imstande, es überall im Tal regnen zu lassen; ein Wink mit dem Zauberstab genügt, und Nebel steigt vom Fluß auf.« Escargot legte eine kurze Pause ein und fuhr dann fort:

»Als ich von dem Elfenschiff im Moor hörte, wußte ich, daß Unheil drohte. Daran konnte überhaupt kein Zweifel bestehen. Das Schiff hatte nur einen Grund für die weite Reise nach Norden: Die Besatzung suchte nach der Taschenuhr. Nun, die Suche blieb nicht ohne Erfolg, aber er stellte sich als sehr unangenehm heraus. Wissen Sie, die Uhr kann alles anhalten, einfach alles erstarren lassen. Wer sie besitzt, hat in dieser Hinsicht völlig freie Hand. Ich besaß sie einmal und habe mir damit so manchen Spaß erlaubt. Aber ihre wahre Bedeutung blieb mir schleierhaft. Es ist nicht schwer, mit ihr umzugehen – wenn man aufpaßt. Man muß sich gründlich mit ihr beschäftigen und ein Gefühl dafür bekommen. Ich habe sie nur benutzt, um ein paar Torten und solche Sachen zu stibitzen. Und eigentlich brauchte ich keine magische Uhr, um mir Torten zu besorgen.

Eines Tages begegnete ich Miles dem Magier. Ich verriet ihm nicht, daß ich über die Uhr verfügte, und brachte ihn dazu, über ihre Funktion zu sprechen. Er meinte, sie gibt die Zeit an. Nun, das ist bei jeder Uhr der Fall – vorausgesetzt, sie bedarf keiner Reparatur. Als er diesen Einwand von mir hörte, antwortete Miles: Andere Uhren dienen nur dazu, die Zeit *anzuzeigen;* diese spezielle Taschenuhr aber *gibt die Zeit an*. Verstehen Sie?«

Jonathan war nicht ganz sicher, nickte aber, obgleich

die Geschichte seiner Ansicht nach ein wenig zu phantastisch klang. Der Professor wirkte erstaunt. »Ich weiß nicht, ob ich alles richtig mitbekommen habe. Was hat es konkret zu bedeuten?«

»So ziemlich alles«, erwiderte Escargot geheimnisvoll. »Können Sie sich vorstellen, daß gar keine Zeit existierte, bevor sie nicht von einer Uhr angegeben wurde? Nur einem ganz bestimmten Mann steht jene Uhr zu, und im Besitz des Zwerges sollte sie sich gewiß nicht befinden. Wir können von Glück sagen, daß er noch nicht herausgefunden hat, welche Macht sie darstellt. Miles erklärte mir: Die Zeit ist weitaus mehr, als man gemeinhin glaubt. Sie verkörpert alles – und auch nichts. Wenn man richtig mit der Uhr umzugehen weiß, kann man sie vor- oder zurückstellen oder auch ganz anhalten. Als ich sie zum erstenmal benutzte, schien sie sich nur in einem Umkreis von einigen wenigen Metern auszuwirken. Später, als ich sie verkaufte, konnte ich einen mehr als zehn Meter großen Bereich damit beeinflussen.

Selznak aber ... Er wäre fähig, mit dem Ding unvorstellbares Unheil anzurichten. Mooton sah bereits ganz verfallen aus, als hätten die Bewohner ihre Siedlung schon vor rund zwanzig Jahren verlassen. Der Anblick gefiel mir gar nicht. Und mit Weidenwald verhält es sich ebenso. Männer, Frauen und Kinder sind verschwunden, die Häuser nur noch Ruinen. Für einen Teil davon sind sicher die Kobolde verantwortlich, aber die meiste Schuld trifft Selznak. Ihn und seine verdammte Uhr. Ich bin bereit, mein Versprechen einzulösen und den Versuch zu unternehmen, ihm das Ding zu stehlen – doch ich gehe nicht allein.«

»Aus welchem Grund haben Sie dem Unhold überhaupt die Uhr verkauft?« fragte der Professor. »Ich hoffe, Sie erhielten dafür mehr als nur jenes lächerliche Schwein, von dem wir in der letzten Zeit so oft hörten.«

»Oh, ich bekam wirklich mehr«, erwiderte Escargot doppeldeutig. »Aber trotzdem nicht annähernd genug. Nun, inzwischen ist meine Kehle schon ganz trocken, und wenn Sie keine weiteren Beschwerden vorzubringen haben, möchte ich gern eine der Flaschen Bier öffnen, die wir klugerweise mitgenommen haben.«

»Besser zwei«, sagte Jonathan.

»Noch besser drei«, warf der Professor ein.

Plötzlich wirkten die Teller mit den Gräten geradezu erschreckend auf Jonathan. Er griff nach ihnen, trat an Deck und warf die Überreste der Mahlzeit in den Fluß. Es wehte kein Wind, und die Nacht war grabesstill. Selbst im Koboldwald, der eine dunkle Linie am Flußufer bildete, rührte sich nichts. Nirgends brannten Feuer, und es dröhnten auch keine Trommeln. Die Fluten des Orielstroms glitten dunkel und tief am Floß vorbei. Plötzlich dachte der Käser an folgendes: Dieses Wasser war erst vor einigen Tagen an Twomblytief vorbeigeflossen. Ein Teil davon hatte sicher die Angelleine des Bürgermeisters Bastable berührt und das Rad der Mühle einige Male gedreht. In einigen weiteren Tagen erreichte es die Stadt An-der-Küste, um sich dort mit dem Ozean zu vereinen. Und wer mochte wissen, was für aufregende Abenteuer das Wasser im Meer erlebte? Auf Jonathan hingegen warteten keine maritimen Wunder, sandten das Innere der Burg von Hochturmberg.

In der Kabine genossen der Professor und Escargot ihr Bier. Keiner von ihnen sprach ein Wort; beide waren ganz in Gedanken versunken. Dooly hatte sich von ihnen abgewandt und auf der Koje Platz genommen, wo er weiter an seinem Buch schrieb, das vom Krötenkönig handelte.

Als sich Jonathan setzte, wischte sich Escargot mit dem Ärmel Schaum vom Mund. »Das wär's also, Jungs. Jetzt wißt ihr, wie ich die ganze Sache sehe. In den vergangenen Jahrzehnten habe ich viel erlebt, und ich bin immer nur das gewesen, was ich gewesen bin, das kann ich euch versichern. Tja, und ich habe hier einen Mantel, an dem mir viel mehr liegt als an irgendeiner verdammten Taschenuhr. Und ich habe auch noch das Unterseeboot in der Zuflucht, mit dem der Junge und ich in nur einer Woche zu den Inseln gelangen können. Jenseits davon gibt es noch weitere Inseln, und auch einen Kontinent, und eins sage ich euch: Eines Tages fahre ich dorthin. Ich kann praktisch jederzeit aufbrechen.«

»Wie lange dauert es, dem Zwerg die Uhr abzunehmen?« fragte Jonathan.

»So wie ich das sehe ...«, begann Escargot. »Entweder schaffen wir's, oder wir schaffen's nicht. Wenn wir die Sache verpatzen, dürfte unsere geringste Sorge darin bestehen, bis Weihnachten nach Twomblytief zurückzukehren. Eine zweite Chance bekommen wir nicht – nein, ausgeschlossen. Nun, wenn es uns gelingt, die Uhr zu erbeuten ... Dann sind wir in drei Tagen wieder auf dem Weg nach Norden.«

»In drei Tagen setzen wir die Reise flußaufwärts fort, ob wir die Uhr haben oder nicht«, meinte Jonathan.

»Einverstanden!« Escargot streckte die Hand aus. Dooly sprang von seiner Koje und beteiligte sich an dem allgemeinen Händeschütteln. Seiner Meinung nach half es, wenn man sich zuerst auf die Hand spuckte und sie dann zum Gruß ausstreckte, bevor man ein Abenteuer begann. Der Professor schlug vor, in diesem Fall darauf zu verzichten. Unter den gegenwärtigen Umständen, so meinte er, reiche ein ganz normales Händeschütteln aus. Eigentlich war ihm selbst das schon zuviel.

21. Kapitel

Opossums und Kröten

Sie standen schon vor Morgengrauen auf. Es war ziemlich kalt, aber auf dem Deck zeigte sich kein Eis und nur wenig Rauhreif; deshalb konnte es wohl nicht annähernd so kalt sein, wie sie glaubten. Jonathan war noch nie ein großer Freund des Frostes gewesen und hätte es vorgezogen, Taschenuhren bei freundlichem, warmem Wetter zu stehlen. Deshalb freute es ihn festzustellen, daß ihnen die Kälte einen Aufschub gewährte – hoffentlich kehrte sie nicht so bald zurück. Wind war aufgekommen, wehte flußaufwärts, und als sie das Segel gesetzt und die Anker gelichtet hatten, trieb das Floß geschwind nach Norden.

Die Äste und Zweige der großen, direkt am Flußufer wachsenden Erlen reichten weit übers Wasser hinaus, beschatteten die moosbewachsenen Uferböschungen und verliehen dem Wald einen geradezu undurchdringlichen Eindruck – ewige Finsternis schien dort zu herrschen, der Boden nicht vom Sonnenschein erreicht zu werden. Lange grüne Ranken wanden sich an den Baumstämmen in die Höhe, und an den Enden der Zweige hingen graugrüne Moosfladen, von denen Morgentau tropfte. Sie folgten dem Verlauf einer Flußbiegung und überraschten einen Troll, der vergeblich versuchte, mit seiner Keule einen Fisch zu fangen. Das Geschöpf sah das Floß, während es zwischen seinen Beinen ins Wasser starrte. Es hatte sich tief herabgebeugt, und die Nasenspitze war nur wenige Zoll vom trägen Gurgeln des Orielstroms entfernt. Angesichts der ungewohnten Perspektive erschrak der Troll, stolperte, ruderte mit den Armen, um das Gleichgewicht zu wahren – und fiel kopfüber ins Wasser. Unmittelbar im Anschluß daran sprang er voller Wut auf. Dooly rief ihm etwas zu, hielt sich die Daumen in die Ohren und winkte mit den Fingern, nur um auf diese Weise zu verdeutlichen, daß er keine Angst vor Trollen und bereits Erfahrungen mit ihnen gesammelt hatte. Der Troll aber brach einfach einen Ast von einer in der Nähe wachsenden Erle ab, schleuderte ihn quer über den Fluß und zielte so gut, daß sein Wurfgeschoß an die Wand der Kabine prallte. Dooly warf es zurück, aber bereits nach rund zwanzig Metern fiel es in den Fluß. Inzwischen achtete der Troll gar nicht mehr auf sie, sondern setzte sein Bemühen fort, einen Fisch zu fangen.

Weiter flußaufwärts war es völlig ruhig und still an den Ufern des Orielstroms. Nirgends waren Reiher zu sehen, die durch das seichte Wasser stakten, und es zeigten sich auch keine Biber und Bisamratten, die unterirdische Baue für den Winter vorbereiteten. »Gespenstisch«, bemerkte Jonathan dem Professor gegenüber.

»Je weniger sich hier rührt, desto besser«, erwiderte Wurzel. »Wenn Ihnen der Sinn nach mehr Aktivität steht, Herr Käser, dann sollten Sie diesem Ort bei Nacht einen Besuch abstatten.«

»Nein, vielen Dank«, erwiderte Jonathan. »Mir gefällt es so ganz gut. Allerdings sollten wir vermeiden, am Ufer anzulegen und jenes Dickicht zu durchstreifen. Der Wald scheint selbst unerschrockenen Gemütern Entsetzen lehren zu können.«

»Für einen Pilzsammler wäre er sicher ein Paradies«, meinte der Professor. »Eines Tages kehre ich hierher zurück.«

»Ich begleite Sie«, erklärte sich Jonathan bereit. »Einigen wir uns am besten darauf, daß wir den Ausflug an einem sonnigen Tag in dreißig Jahren unternehmen.«

Escargot blieb den ganzen Nachmittag über in der Kabine. Nur ein einziges Mal verließ er sie im Schutze seines Unsichtbarkeitsmantels und achtete darauf, keine Gegenstände zu tragen und sich dadurch zu verraten. Er erklärte seinen Reisegefährten, er sei die ›Trumpfkarte‹, der ›Joker‹, und sie befänden sich inzwischen zu nahe bei Hochturm, um noch irgendein Risiko einzugehen. Er war davon überzeugt, daß sich im Wald nicht nur einige zu üblen Scherzen aufgelegte Kobolde herumtrieben, sondern im Dickicht auch noch andere, gefährlichere Geschöpfe auf der Lauer verbargen.

Kurz nach Einbruch der Dunkelheit setzten sie südlich von Hochturm die Anker. Jonathan entzündete vorn und hinten die Laternen, und der Professor stimmte mit hoher Fistelstimme einige alte Lieder an, wie um Selbstsicherheit und Zuversicht zu beweisen. Tatsächlich gaben sie sich alle große Mühe, den Eindruck zu erwecken, nichts weiter zu sein als gewöhnliche Reisende, die nur einen Abend am Fluß verbrachten und keine besonderen Absichten verfolgten. Jeder hielt wachsam nach Kobolden Ausschau.

In der Ferne sahen sie den zackigen Gipfel des Hochturmbergs, der wie ein dunkler Schatten aus dem finsteren Wald und dem sumpfigen Tiefland oberhalb der Ortschaft wuchs. Auf dem Gipfel, in der sich verfinsternden Düsternis des Abends nur undeutlich zu erkennen, erhoben sich die Mauern der Burg, die im ganzen hohen Tal schlicht Hochturm genannt wurde. Dünne Rauchfäden trieben über die Zinnen hinweg, und hier und dort sahen sie matten Lichtschimmer – einen ganz oben im höchsten Turm, der die anderen mit steinerner Erhabenheit überragte und sich in der Finsternis kaum von den grauen Granitwänden weiter hinten abhob. Die kleinen gelben Lichtkreise erinnerten Jonathan viel zu deutlich an Augen, und als er beobachtete, wie die Mauern der Feste sich langsam in der Schwärze der Nacht aufzulösen schienen, verblaßte kurz der Lichtschein ganz oben, nur um kurz darauf erneut zu glühen. Seiner Ansicht nach sah es aus, als hätte ihm das Fensterauge zugezwinkert. Eine solche Vorstellung – deren Unsinnigkeit ihm durchaus klar war – gefiel ihm überhaupt nicht, und nach einer Weile beschloß er, die Burg einfach zu ignorieren. Außerdem gab es noch genügend andere Dinge, die ihn beschäftigten.

Gegen elf Uhr abends löschte der Käser das Licht der Laternen und begab sich zusammen mit seinen Begleitern in die Kabine. Beobachter mußten zu dem Schluß gelangen, daß sich die Reisenden nun zur Nachtruhe zurückzogen – und genau darum ging es Jonathan und seinen Gefährten. Sie streckten sich sogar auf den Kojen aus und blieben in der Dunkelheit liegen, obgleich niemand von ihnen in der Lage gewesen wäre zu schlafen. Langsam verstrichen die Stunden, und es wurde erst Mitternacht, dann ein und schließlich zwei Uhr. Etwa um halb drei schlichen Jonathan und Dooly aus der Kabine und nahmen leise auf den Stühlen vor dem Schaufelrad Platz. Dooly preßte sich immer wieder den Zeigefinger an die Lippen, um den Käser daran zu erinnern, wie wichtig es war, jetzt ganz still zu sein. Sie verursachten praktisch keine Geräusche. Escargot wanderte unsichtbar übers Deck, lichtete leise beide Anker und hockte sich dann im Bug des Floßes nieder. Der Professor griff nach der Ruderpinne, und langsam trieb ihr Gefährt wieder flußaufwärts. Nur Ahab schlief auch weiterhin in der Kabine; er hatte kein Interesse daran, mitten in der Nacht durch die Dunkelheit zu schleichen.

Ungefähr zweihundert Meter legten sie zurück, in aller Stille, sah man einmal vom leisen Plätschern des Wassers am Schaufelrad ab. Als der Fluß einen weiten Bogen beschrieb, steuerte der Professor das Floß zur Mündung des Hinkelbaches. Im Sichtschutz hoher

Bäume und des am Ufer wachsenden Dickichts griff Escargot nach einer Stange und hebelte ihr Gefährt durchs seichte Wasser eines rasch schmaler werdenden Kanals. Sie hatten auf diese Weise rund dreißig oder vierzig Meter zurückgelegt, als aus dem Wasser ragende Felsen sowie überhängende Büsche und Sträucher ein weiteres Vorankommen unmöglich machten. Escargot und der Professor banden das Floß fest, und anschließend setzten sie beide Anker. Dann gab es für sie nichts weiter zu tun, als auf den Morgen zu warten.

»Haben wir ihn täuschen können?« fragte Jonathan leise, als sie sich wieder in der Kabine befanden.

»Wenn Sie den Zwerg meinen... Da habe ich so meine Zweifel«, erwiderte Escargot. »Und wenn es uns tatsächlich gelungen sein sollte, dann bestimmt nicht für lange. Selznak weiß ganz genau, was in diesem Flußbereich vor sich geht. Andererseits aber glaube ich nicht, daß er von meiner Anwesenheit erfahren hat. Ja, und das könnte sich als ein großer Vorteil erweisen. Sie nämlich dürften ihn nicht sonderlich interessieren, wenn Sie verstehen, was ich meine.«

Der Professor brummte eine doppeldeutige Antwort, aber Jonathan war sich ziemlich sicher, daß Escargot mit seinen letzten Worten recht hatte. Am kommenden Tag würden sie mehr erfahren. Er beschloß, nicht länger darüber nachzudenken, aber gerade dadurch ließen sich die entsprechenden Gedanken nicht verscheuchen. Um sich abzulenken und endlich Schlaf zu finden, fing er an, die Löcher in einem großen, nur in seiner Phantasie existierenden Käse zu zählen. Als er beim zweiundachtzigsten angelangt war, wurde er allmählich müde. Das dreiundachtzigste Loch zählte er gleich viermal. Anschließend konnte er sich nicht mehr daran erinnern, welche Zahl nach dreiundachtzig kam, vergaß die Löcher im Käse und schlief ein. Als er erwachte, leuchtete die Sonne bereits hoch überm östlichen Horizont.

Dooly schlief noch, aber Escargot und der Professor waren schon auf den Beinen. Die Kabinentür stand offen, und vom Deck her hörte Jonathan leise Stimmen. Er spritzte sich ein wenig Wasser ins Gesicht, putzte sich die Zähne und eilte nach draußen, ohne sich der Mühe einer Rasur zu unterziehen. Entweder war er in ein oder zwei Tagen dazu in der Lage, wieder Ordnung in seinem Gesicht zu schaffen, oder er hockte in irgendeinem dunklen Verlies, und in dem Fall spielte es eigentlich keine Rolle, ob er sich rasiert hatte oder nicht.

Der Himmel zeigte sich grau und bewölkt, aber zum Glück war es nicht besonders kalt. An den Ufern zu beiden Seiten wuchsen Farne, Efeu und kleinere Bäume. Der Professor war an Land gesprungen, hackte mit einer Handaxt auf einen Busch ein und warf die Zweige und Äste mit den meisten Blättern aufs Deck. Escargot, dessen Stimme irgendwo im Bereich des Mastes ihren Ursprung zu haben schien, ließ sich in einer Art Bühnengeflüster vernehmen: »Reichen Sie mir einen der Zweige, Teuerster.«

Jonathan griff nach einem Ast und hielt ihn hoch – eine unsichtbare Hand nahm den Gegenstand entgegen. Der Käser beobachtete, wie sich die Blätter von ganz allein um das Seil des Querbalkens wanden. Er reichte einen weiteren Ast in die gleiche Richtung und half Escargot noch einige Male, bis der Mast nicht mehr wie ein Mast aussah, sondern wie ein Baum. Dann machten sie sich auf dem Vorderdeck an die Arbeit, häuften Buschwerk an und bedeckten auch die Kabine. Anschließend dauerte es nicht mehr lange, bis die Tarnung des Floßes komplett war.

Sie betrachteten es aus verschiedenen Richtungen, änderten hier etwas an der Anordnung der Zweige und fügten dort etwas hinzu. Schließlich waren sie sich einig: Von der Steuerbordseite her, die nach Hochturm zeigte, ließ sich ihr Floß nicht mehr als Floß erkennen. Stand man hingegen weiter flußabwärts, so deutete alles darauf hin, daß jemand mit ziemlich vielen Ästen und Zweigen versucht hatte, ein Floß zu tarnen. Nun, sie mußten sich damit zufriedengeben. Escargot meinte, es seien ohnehin nur sehr wenige Bewohner der Ortschaft zurückgeblieben, so daß kaum die Gefahr einer zufälligen Entdeckung drohte. Die Kobolde bezeichnete er als dumm genug, um praktisch auf alles hereinzufallen. Was den Zwerg betraf... Selznak hatte sicher Besseres zu tun, als das Dickicht an den Ufern des Hinkelbaches auf der Suche nach einem versteckten Floß zu durchstreifen. Also konnten sie davon ausgehen, das Gefährt bei ihrer Rückkehr in seinem gegenwärtigen Zustand vorzufinden.

Eine Weile überlegten sie, ob es besser sei, den ganzen Tag auf dem Floß zu verbringen und den Sonnenuntergang abzuwarten, um anschließend die Ortschaft aufzusuchen. Oder sollte das Tageslicht für eine sofortige Erkundung genutzt werden? Es schien sicherer zu sein, sich bis zum Abend zu gedulden, doch andererseits war es gewiß auch schwieriger, in der Dunkelheit der Nacht durch eine unbekannte Gegend zu marschieren. Schließlich lief das Gespräch darauf hinaus, daß niemand von ihnen einfach herumsitzen und warten wollte. Sie waren zu nervös, und Nervosität führt oft zu Besorgnis und Furcht – Empfindungen, die sich gerade in ihrer Situation als wenig hilfreich erweisen mochten.

Also brachen sie gegen elf Uhr vormittags auf und nahmen in einem Rucksack etwas Proviant mit. Jonathan und der Professor hatten sich mit Knüppeln bewaffnet, und Dooly trug etwas bei sich, das er ›Hauer‹ nannte. Eigentlich handelte es sich dabei nicht so sehr um eine Keule, sondern eher um ein Stück Eichenholz, das aussah wie der Rest eines Ruders oder Bootspaddels. Escargot trug gar nichts, weder eine Waffe noch einen Rucksack, denn in der leeren Luft dahinschwebende Gegenstände hätten mögliche Beobachter sicher sehr erstaunt. Er bestand jedoch darauf, daß Dooly ein Seil mitnahm – offenbar eine unverzichtbare Ausrüstung für Diebe.

Sie stapften am Ufer entlang, achteten sorgfältig darauf, wohin sie traten, und hielten sich an Büschen und aus dem Boden ragenden Wurzeln fest. Einmal sprangen sie von Stein zu Stein, aber die Felsen stellten sich als sehr schlüpfrig heraus, und es dauerte nicht lange, bis mehr als nur einer von ihnen nasse Füße hatte. Ahab lief so gleichmütig, als führte ihn Jonathan während eines gemütlichen Spaziergangs über die Uferpromenade von Twomblytief. Kein Grasfleck oder Stein war zu klein für ihn, um ihm nicht doch Halt zu bieten. Als sie etwa die Hälfte der Strecke bis zum Orielstrom zurückgelegt hatten, verharrte Ahab, schnüffelte an einigen Sträuchern und verschwand im Dickicht. Jonathan wollte seinen Hund nicht aus den Augen verlieren und folgte ihm, nannte mehrmals leise seinen Namen.

Als er ihn wiedersah, lief Ahab gerade über einen schmalen Graspfad in Richtung Fluß und jagte einen dicken Waschbären. Jonathan pfiff, woraufhin Ahab stehenblieb und beobachtete, wie der Waschbär hinter einem Busch verschwand. Dann drehte er sich um und kehrte zu seinem Herrn zurück.

»Hallo, Jonathan«, ertönte vom Ufer des Baches her die Stimme des Professors.

»Es gibt hier einen Pfad«, erwiderte der Käser gedämpft. »Führt in Richtung Strom. Und außer einem Waschbären scheint niemand in der Nähe zu sein.«

Äste und Zweige knackten, und die Blätter eines Strauches raschelten – deutliche Anzeichen dafür, daß Escargot das Bachufer verlassen und den Pfad betreten hatte. Der Professor und Dooly folgten ihm, bahnten sich einen Weg durchs Dickicht. Hintereinander wanderten sie über den schmalen Weg, wobei sie sich bemühten, so wenige Geräusche wie möglich zu verursachen. Nach einer Weile sahen sie die Uferstraße, die sich neben dem Orielstrom durch den Wald wand. Dooly zog sich auf die unteren Äste einer Eiche und kletterte anschließend höher empor, um einen besseren Blick auf die Straße und die umliegenden Bereiche zu haben. Die anderen kauerten sich hinter einen großen Busch und warteten auf den Bericht des jungen Mannes. Für Jonathans Geschmack diente der Busch zu vielen Spinnen als Unterkunft und Jagdrevier; seine Blätter und Zweige waren noch ganz feucht vom Morgentau. Fünf Minuten lang warteten sie, während Dooly sich von der Eiche aus umsah.

»Was kannst du erkennen?« fragte Jonathan schließlich, der sich in dem Dickicht langsam selbst wie eine Spinne vorkam.

»Ein Haus«, erwiderte Dooly mit lautem Flüstern. »Ein großes altes Haus, Herr Käser, und einen Karren davor. Die Fensterläden im Erdgeschoß sind alle verriegelt, aber in der ersten Etage scheint jemand zu wohnen.«

»Woher willst du das wissen, Junge?« fragte Escargot.

»Weil ich einen Burschen sehe, der gerade Wäsche aufhängt«, sagte Dooly. »Man könnte allerdings glauben, er hätte sich die ganze Woche lang nur mit Hüten bekleidet. Andere Sachen hängt er nämlich nicht an die Leine.«

»Nur Hüte?« fragte Jonathan. Er glaubte sich daran zu erinnern, daß sie in der Nähe von Hochturm schon einmal jemandem begegnet waren, der viel mit Hüten zu tun hatte.

»Gosset!« entfuhr es dem Professor. »Während der Reise zur Küste, Jonathan – der Mann in der Schenke.«

»Lonny Gosset«, sagte Jonathan. »Stimmt. Seltsam, daß er weiterhin Hüte herstellt, obwohl es hier niemanden mehr gibt, der sie tragen könnte. Und warum in aller Welt sollte er sie an einer Wäscheleine aufhängen?«

»Um sie zu trocknen«, erwiderte Escargot klugerweise. »Kennen Sie den Burschen?«

»Ich glaube schon«, meinte Jonathan. »Und vielleicht kann er uns helfen. Ich klettere kurz in den Baum und sehe mir die Sache selbst an.«

Und tatsächlich: Auf einer unkrautüberwucherten Lichtung – sie erstreckte sich hinter einigen Eichen und dichtem Gebüsch, war somit vom Fluß her nicht zu sehen – hängte der Hutmacher Lonny Gosset diverse Kopfbedeckungen an einer Wäscheleine auf. Sein Haar wirkte wesentlich zerzauster, als es Jonathan in Erinnerung hatte, und während er Hüte, Mützen und Kappen an der immer mehr durchhängenden Leine befestigte, sah er sich mehrmals nervös um. Dooly und Jonathan beobachteten, wie ein Opossum mit erstaunlich großer Schnauze zwischen zwei Sträuchern zum Vorschein kam. Gosset zuckte zusammen, warf eine eigenartig geformte Kappe – vermutlich eine Nachtmütze – hoch in die Luft und rannte zum Haus. Das Opossum sauste mit geradezu lächerlich winzigen Beinen dahin und schnitt Gosset den Weg ab, indem es zwischen ihn und den an der Veranda lehnenden Stock gelangte, auf den es der Hutmacher offenbar abgesehen hatte. Daraufhin blieb Gosset stehen und beobachtete das Opossum aufmerksam, das sich nun mit der Krallenpfote die Schnauze rieb. Eine Zeitlang geschah nichts – bis ein weiteres Geschöpf aus den Büschen hervorkam, ein Wesen, bei dem es sich um eine riesige Kröte zu handeln schien. Das war Gosset zuviel. Er schob sich langsam zur Tür und ließ die beiden Tiere dabei nicht aus den Augen. Plötzlich erklang von den Bäumen hinter der Wäscheleine schrilles Koboldgelächter, was Gosset veranlaßte, Hals über Kopf ins Haus zu stürmen und die Tür hinter sich zuzuwerfen. Das Opossum und die Kröte wandten sich ab und verschwanden wieder im Wald. Kurze Zeit später tollten drei Kobolde über die Lichtung, heulten und kreischten, rissen Mützen und Hüte von der Wäscheleine und stopften sie in einen Sack. Jonathan konnte Gosset hinter einem Fenster des Obergeschosses sehen. Der Hutmacher beobachtete, wie die Kobolde seine Mützen und Kappen stahlen, dann die Wäscheleine einholten, sie sorgfältig zusammenrollten und in den Brunnen warfen. Ihr Kreischen und Heulen verstummte nicht ein einziges Mal, als sie ihrem boshaften Schabernack nachgingen. Sie stritten sich darum, wer von ihnen das Seil in den Brunnen werfen durfte, rempelten sich an und schlugen sogar aufeinander ein. Schließlich sprangen sie wieder kichernd und lachend in den Wald, und jeder von ihnen trug einen von Gossets Hüten.

Jonathan und Dooly kletterten vom Baum, und der Käser berichtete Escargot und dem Professor, was er gesehen hatte. Als er das Opossum erwähnte, meinte Dooly, dabei handele es sich um ein Tier, das sein Junges auf einem Löffel herumtrüge. Jonathan erinnerte sich daran, in einem Lexikon einmal ein entsprechendes Bild gesehen zu haben: Es zeigte ein Opossum, das drei Junge auf einem Löffel bei sich führte. Der Professor hörte offenbar zum erstenmal davon, denn er wirkte ziemlich verwirrt und warf Dooly einen verblüfften Blick zu.

»Armer Kerl«, sagte Escargot. »Schnappt schon über, wenn er nur ein Opossum und eine Kröte sieht. Ich bezweifle, ob er uns in irgendeiner Weise helfen kann.«

»Wir sollten zumindest mit ihm reden«, meinte Jonathan. »Ganz offensichtlich ist er nicht mit dem Zwerg verbündet.«

»Das stimmt«, sagte der Professor. »Und außerdem war Gosset ganz nett. Wir dürfen ihn nicht einfach sich selbst überlassen.«

»Ich möchte einen der orangefarbenen Hüte«, sagte Dooly.

»Dann sollst du auch einen bekommen, mein Junge«, versprach ihm Escargot. »Obgleich mir die ganze Sache recht komisch vorkommt, mit oder ohne Hut.« Im Anschluß an diese Worte brachen sie auf, schritten durch den Wald und näherten sich Gossets Haus.

22. KAPITEL

Ein Besuch bei Lonny Gosset

Als sie die Lichtung einige Minuten später erreichten, beugte sich Gosset gerade über den Brunnen und versuchte, seine Wäscheleine aus dem Wasser zu fischen. Der eine Fuß des Hutmachers ruhte noch im dichten, hohen Gras, während der andere darüber hin und her schwang. Arme und Oberkörper befanden sich im Brunnen.

Klugerweise sprachen die Flößer kein Wort, bis Gosset das Seil zu fassen bekam und keine Gefahr mehr bestand, ihn so sehr zu erschrecken, daß er den Halt verlor und in den Brunnen fiel – was bestimmt geschehen wäre, hätte er in diesen Augenblicken die Stimme des Professors vernommen. »*Aaah!*« platzte es plötzlich aus Gosset heraus, und er wirbelte um die eigene Achse und taumelte einen Schritt zurück. In der einen Hand hielt er das Ende der Wäscheleine wie eine Waffe und hob sie drohend, während seine Zähne laut klapperten. Was er mit dem Seil anzustellen beabsichtigte, blieb unklar – vielleicht hielt er sich auch nur daran fest.

»Herr Gosset, nehme ich an«, sagte der Professor und streckte die Hand aus. »Erinnern Sie sich nicht mehr an unsere Begegnung?«

Gosset schob sich unsicher am Rande des Brunnens entlang und beobachtete sie aus einem anderen Blickwinkel. Er schien angestrengt nachzudenken – vielleicht fragte er sich, ob Wurzel und seine Begleiter verkleidete Teufel waren oder wirklich die Menschen, als die sie sich seinen Augen präsentierten. »Sie kennen mich?« krächzte er.

»Wir haben in der Schenke miteinander gesprochen«, sagte der Professor. »Vor einigen Wochen.«

»Vor einigen *langen* Wochen«, fügte Gosset hinzu.

»Das stimmt in der Tat«, sagte Jonathan. »Wenn ich mich recht entsinne, stellten Sie sich uns als Hutmacher vor. Und offenbar sind Sie das noch immer, denn wir sahen vorhin die Mützen und Kappen an der Leine.«

Gosset ließ die Wäscheleine fallen und gelangte offenbar zu dem Schluß, daß von den Flößern keine Gefahr ausging. Escargot gab keinen Ton von sich.

»Ach, die verdammten Hüte«, sagte Gosset und zögerte kurz. »Sie lassen einen nie in Ruhe.«

»Wer? Die Hüte?« fragte Dooly, erstaunt von der neuerlichen Furcht in Gossets Gesicht.

»Nein, die Kobolde!« platzte es aus dem Hutmacher heraus. »Sie sind ein Fluch. Haben mir die Fenster zertrümmert, Kröten ins Wohnzimmer geworfen und die ganze Nacht über im Kamin geheult. Dabei kann man einfach keinen Schlaf finden. Ach, sie haben auch meine Kaninchen fortgejagt und Schleim in den Brunnen gegossen. Jetzt muß ich mir das Wasser vom Fluß holen.« Die drei Flößer schüttelten den Kopf und hatten Mitleid mit dem Hutmacher.

»Widerwärtige Geschöpfe«, sagte der Professor.

»Das sind sie wirklich!« erwiderte Gosset ein wenig zu laut. »Oh«, machte er und dämpfte seine Stimme wieder. »Aber sie sind nicht halb so abscheulich wie…«, begann er, unterbrach sich dann aber sofort wieder und sah sich mißtrauisch um. Er schien zu argwöhnen, daß ihn die Bäume des Waldes belauschten. Anschließend kniff er die Augen zusammen, musterte Jonathan, Dooly und den Professor ein weiteres Mal und wollte sich vermutlich vergewissern, daß niemand von ihnen ein verkleideter Zwerg war. Dann zuckte er mit den Schultern und rollte die Wäscheleine auf.

»Wie wer?« fragte der Professor. Er und seine Gefährten beobachteten, wie das Gesicht des Hutmachers so rot wurde wie eine Tomate. Sein Kopf erweckte den Anschein, sich in einen Vulkan zu verwandeln, der gleich Feuer und Rauch spucken mochte.

»Wie Selznak der Zwerg?« fragte Jonathan.

Allein der Name genügte, um Gosset zu entsetzen. Er sprang umher, schlug mit dem Ende des Seils auf die Einfassung des Brunnens. Dann wandte er sich davon ab und trat nach einem schmutzigen Hut, der im Gras lag und von den Kobolden übersehen worden war. Die Flößer sahen überrascht zu, und es dauerte eine Weile, bis Gossets Vorrat an Schrecken und Zorn zur Neige ging. Erschöpft wanderte er mitten auf der Lichtung im Kreis, schien nicht mehr ein noch aus zu wissen. Jonathan und der Professor traten auf ihn zu und führten ihn zum Haus. Sie sprachen dabei kein Wort, aus Furcht, ihn damit erneut zu seinem sonderbaren Verhalten zu veranlassen. Die Tür schloß sich hinter ihnen und Escargot.

Im Erdgeschoß lagen überall Glassplitter am Boden. Ein großer Sessel war regelrecht zerschmettert worden, und irgend jemand hatte lange Fladen aus Fütterungsmaterial an etwas geklebt, bei dem es sich zuvor um eine sehr kunstvolle, auf einem kleinen Hocker in einer Ecke des Zimmers stehenden Marmorbüste gehandelt haben mußte. Jetzt trug sie einen ziemlich langen Fransenbart und einen ebenso wirr aussehenden Haarschopf, was unter anderen Umständen sicher sehr spaßig ausgesehen hätte. Ein Beistelltisch war in den Kamin gerammt und mehrmals angezündet worden, wodurch er kaum mehr darstellte als eine verkohlte Masse. In dem Chaos aus umgestoßenen Möbeln lagen Äste, Zweige, Blätter und sogar ein Baumstumpf.

Gosset fand allmählich wieder zu sich und deutete zu dem Durcheinander. »Sie kamen vor drei Nächten«, sagte er müde. »Insgesamt mehr als zwanzig. Verwüsteten hier alles. Ich schloß mich oben ein. Was hätte ich auch schon gegen so viele Kobolde ausrichten können?«

»Gar nichts«, erwiderte Escargot unüberlegt.

Gosset erstarrte und riß die Augen auf. Seine Stimme war nur noch ein heiseres Flüstern, als er fragte: »Wer hat das gesagt?«

Der Professor beschloß, die Flucht nach vorn anzutreten. »Unser Freund hier«, erwiderte er und deutete in die leere Luft.

Gosset wartete keine weiteren Erklärungen ab, schob sich mit einem Ruck an Jonathan vorbei und rannte kreischend die Treppe hoch. Jonathan sah den Professor an und zuckte mit den Schultern. »Das war ein sehr schlecht gewählter Augenblick, um sich zu erkennen zu geben«, wandte er sich an Escargot.

»Stimmt«, gestand Doolys Großvater. »War ziemlich dumm von mir. Ich hatte diesen blöden Mantel ganz vergessen. Wir sollten Gosset besser folgen.«

»Ich gehe hinauf zu ihm«, sagte Jonathan. »Wenn wir alle kommen, läuft er wahrscheinlich Amok.«

An die Treppe schloß sich ein Flur an, der vom einen Ende des Hauses bis zum anderen reichte. Die Kobolde hatten sich in der oberen Etage ganz offensichtlich ebenso ausgetobt wie im Erdgeschoß, denn überall am Boden verstreut lagen seltsam anmutende Kleidungsstücke und Gardinenfetzen. Einem kleinen Schrank fehlten zwei Beine, und wie eine Barriere lag er im Gang. Der Käser sah auch einige schleimig aussehende Überbleibsel von Fischen.

Der Korridor führte an insgesamt sechs Türen vorbei. Zwei standen offen, aber die andern vier waren verschlossen. Es blieb Jonathan nichts anderes übrig, als sie nacheinander zu öffnen und in jedem Zimmer nach Gosset zu suchen.

»Herr Gosset?« fragte er versuchsweise. »Herr Gosset, hören Sie mich?« Er erhielt keine Antwort.

Jonathan drehte den ersten Knauf, und wie sich herausstellte, war die betreffende Tür nicht abgeschlossen. Er öffnete sie und sah in den Raum. Niemand hielt sich darin auf. Die zweite Tür erwies sich als verriegelt, schien aber nur den Zugang in eine kleine Kammer mit Bettlaken oder Wäsche zu versperren. Er versuchte es mit der dritten Tür, die sich ebenso leicht öffnen ließ wie die erste. »Herr Gosset?« fragte Jonathan erneut und starrte durch den Spalt in das halbdunkle Zimmer. »Wir sind Freunde, Herr Gosset. Wir sind hier, um den Zwerg zu verjagen und die Kobolde aus dem Wald zu vertreiben.«

Es ertönte keine Antwort aus dem Zimmer. Jonathan beugte sich ein wenig vor, bis er ein breites Bett und einen großen Schrank sehen konnte. Direkt neben dem Bett stand ein kleines Nachtschränkchen mit einer Lampe. Auf dem Läufer lagen einige Bücher und eine Kaffeetasse. Jonathan entschied, sich dem vierten Raum zuzuwenden, da es nicht in seiner Absicht lag, zu sehr in die Privatsphäre des Hutmachers einzudringen. Als er jedoch Anstalten machte, in den Flur zurückzutreten, hörte er, wie ein angehaltener Atem mit leisem Zischen entwich. Eine Sekunde später erklang ein wilder Schrei, der von unzureichender Selbstbeherrschung kündete. An der Wand rechts vom Käser Jonathan zitterte Gossets Schatten – die Arme hoch erhoben, in den Händen ein hölzerner Küchenstuhl. Dieser Stuhl sauste nun herab und knallte gegen die Tür, die sich daraufhin ruckartig schloß und Jonathan in den Flur stieß. Er taumelte ans Geländer, das den Korridor vom Treppenhaus trennte. Der Aufprall war so heftig, daß Jonathan einen schrecklichen Augenblick lang befürchtete, das Geländer könnte nachgeben und ihn in die Tiefe stürzen lassen. Aber es knackte, knirschte, knarrte und ächzte nur – und hielt.

Der Professor, Dooly, Ahab und vermutlich auch Escargot liefen die Treppe hoch, doch Jonathan bedeutete ihnen mit einem Wink, unten zu bleiben. Er rollte sich herum und stand wieder auf. Wenn er sich etwas weiter ins Schlafzimmer hineingewagt hätte, wäre er vom Stuhl sicher am Kopf getroffen worden. Er wartete, nur für den Fall, daß sich Gosset zum Angriff entschloß und sein Zimmer verließ. Als nichts geschah, schlich Jonathan zur Tür und klopfte vorsichtig. Er vernahm eine Art gedämpftes Wimmern.

»Herr Gosset?« fragte er. »Der Unsichtbare im Erdgeschoß ist ein Elfenkrieger mit einem magischen Mantel. Er will sich in die Burg Hochturm begeben, um dort ein Wörtchen mit dem Zwerg Selznak zu reden.«

Die Tür öffnete sich einen Spaltbreit, und Gossets Nase kam zum Vorschein, während der Rest seines Körpers im Halbdunkel des Zimmers verblieb. »Was?« fragte Gosset. »Elfen?«

»Das stimmt, Herr Gosset«, sagte Jonathan mit besonderer Freundlichkeit. »Wir haben bedeutende Elfenmagie bei uns. Selznaks Ende steht unmittelbar bevor. Und bis Freitag sind alle Kobolde aus dem hiesigen Wald verschwunden.«

Daraufhin verbreiterte sich der Spalt ein wenig, und Gosset spähte in den Flur. Er schien einige Augenblicke lang nachzudenken, bevor er die Tür ganz aufschwang und Jonathan hereinwinkte. Die Überreste des zerbrochenen Küchenstuhls lagen am Boden hinter der Tür, aber abgesehen davon herrschte keine Unordnung in dem Raum. Es handelte sich um ein recht großes Zimmer, und eine breite Doppeltür verband es mit einer anderen Kammer. Sie diente offenbar als Bibliothek oder Arbeitszimmer, in dem einige Sessel standen, eine sehr bequem wirkende Liege und ein alter, dunkler Schreibtisch. Eine Tür – die vierte von den sechs im Flur – führte in den langen Korridor. Allem Anschein nach war Gosset ein Mann, der Bücher sehr liebte. Die einzelnen Titel deuteten nach

Jonathans Ansicht darauf hin, daß der Hutmacher zu den intelligenteren Lesern gehörte und nur durch das von den Kobolden angerichtete Unheil verwirrt und sogar ein wenig verrückt wirkte.

Gosset griff nach den beiden hinteren, den abgebrochenen Stuhlbeinen, öffnete ein Fenster und warf sie mitsamt den anderen Überbleibseln des Stuhls hinaus. Eine Zeitlang verharrte er dort und fuhr sich mit den Händen durchs Haar, versuchte anscheinend, sich wieder zu fassen. Allmählich beruhigte er sich, aber sein Haar wirkte nach wie vor ziemlich zerzaust – es sah aus, als sei der Hutmacher während eines heftigen Sturms unterwegs gewesen.

Auf dem Schreibtisch im Nebenzimmer standen eine Karaffe und einige Gläser. Jonathan deutete in die entsprechende Richtung, obgleich er damit unter normaleren Umständen kein sonderlich gutes Betragen gezeigt hätte. »Ein ordentlicher Schluck könnte jetzt bestimmt nicht schaden.« Gosset nickte.

Jonathan öffnete die Doppeltür und betrat die Bibliothek. Er zog den gläsernen Stöpsel aus der Karaffe, schnupperte kurz und schenkte dann Brandy in eins der Gläser. Er reichte es Gosset, der es mit einem Zug leerte, keuchte, hustete und einige Sekunden lang nach Luft schnappte.

Jonathan mußte daran denken, daß sich Gossets Wissen um Escargots Präsenz als nachteilig erweisen mochte. Während der Fahrt flußaufwärts hatten sie sich alle Mühe gegeben, seine Gegenwart geheimzuhalten. Und nachdem sie gewissermaßen in die Höhle des Löwen geraten waren, begegneten sie einem Übergeschnappten und verrieten ihm nicht nur, daß sich ein Unsichtbarer in ihrer Begleitung befand, sondern auch, daß er einen Elfenmantel trug. Der Käser fragte sich jetzt, warum sie den Hutmacher überhaupt aufgesucht hatten. Schließlich beabsichtigten sie keineswegs, einen wilden Angriff auf Hochturm durchzuführen oder die Stadt mit einem ganzen Heer heimzusuchen. Sie wollten sich nur heimlich in die Burg schleichen und dort in einem Versteck warten, bis Escargot die Taschenuhr gestohlen hatte. Wenn es nötig war, so überlegte Jonathan, konnten sie Gosset auf einem Stuhl festbinden und knebeln, so daß er nicht dazu in der Lage war, irgend etwas zu verraten. Aber wenn etwas schiefging und sie nicht zurückkehrten, würde Gosset den Rest seines Lebens auf einem Stuhl gefesselt verbringen müssen, und bei dieser Vorstellung regte sich so etwas wie Mitleid in Jonathan.

In diesem Augenblick schaute der Professor zur Tür herein, und Gosset ließ sich müde aufs Bett sinken. Schließlich trafen auch Dooly und Ahab ein, und sie gaben sich große Mühe, möglichst wenig aufzufallen. Gosset schenkte sich ein weiteres Glas Brandy ein und nippte nachdenklich daran. Nach einer Weile seufzte er, strich sich ein weiteres Mal durchs Haar, wonach es noch zerzauster wirkte, und brachte mit vergleichsweise ruhiger Stimme hervor:

»Die Geschöpfe im Wald brauchen Hüte«, sagte er und starrte in sein Glas. »Sie sind ganz wild darauf. Und wenn ich keine Hüte mehr herstelle, so sollte ich besser von hier verschwinden. Das hat er mir gesagt. Seine Kobolde benötigen Hüte. Es ist einfach schrecklich. Sie versuchen, drei gleichzeitig zu tragen, und sie zerfetzen sich gegenseitig die Hüte. Ich könnte eine Million Hüte pro Woche machen, und ich wäre doch nicht fähig, der großen Nachfrage gerecht zu werden. Ich schaffe es nicht. Immer wieder zerreißen sie sich die Hüte. Und sie vergnügen sich prächtig dabei. Was kann Kobolden auch sonst schon an Hüten gelegen sein?

Und dann seine verdammten Dienstkreaturen. Die Kröten und Opossums und all die anderen. Sind völlig irre. Ist seine Schuld. Hat sie mit einem Bann belegt. Ich habe erlebt, wie sie sich durch die Hintertür zu nagen versuchten. Hatten eine Ranke über die Gartenmauer geworfen und kletterten wie verdammte Affen an dem Ding hoch. Genau wie Affen!« Gosset trank einen weiteren Schluck Brandy, schüttelte wie benommen den Kopf und fuhr fort:

»Ich säte gerade Kopfsalat und Zwiebeln für den Winter. Sechs Beete mit Wintererbsen und Gurken hatte ich. Jetzt ist nichts mehr davon übrig. Wohlgemerkt: Die Kobolde haben die Früchte nicht etwa verspeist, sondern die Pflanzen in einer Nacht aus dem Boden gerissen. Sie warfen alles auf einen Haufen und zündeten das Zeug dann an. Und anschließend kamen sechs Wölfe und ungefähr zweihundert Kröten und tanzten wie wild um die Flammen herum. Ja, die Kröten ritten auf den Wölfen und krächzten wie kleine Teufel!

Und dann vor zwei Nächten. In diesem Zimmer. Ich öffnete den Kleiderschrank – und bekam einen Riesenschreck. Motten befanden sich darin. Rund ein Dutzend. Und sie machten sich über meinen auf dem Boden liegenden Pullover her. Mit Messern und Gabeln. Ja, sie veranstalteten ein Festmahl und schnitten gerade den einen Ärmel ab. Motten so groß wie Golfbälle, mit kleinen Armen und Händen. Gespenstisch. Geradezu entsetzlich.« Gosset trank sein Glas leer und schenkte es sich erneut halbvoll.

Der Professor sah Jonathan an und rollte mit den Augen. Mit dem Zeigefinger tippte er sich vielsagend an die Stirn. Jonathan nickte andeutungsweise, um zu verdeutlichen, daß er verstanden hatte. Dooly aber hatte die Augen weit aufgerissen und staunte nur. Gosset bot dem Käser ein wenig von dem Brandy an. Erst wollte Jonathan ablehnen, überlegte es sich dann aber anders und kam zu dem Schluß, daß Gosset vermutlich noch viel mehr Messer und Gabeln schwingende Motten sehen würde, wenn er ihm die Karaffe mit dem Brandy ganz allein überließ. Deshalb griff er nach einem Glas und zwinkerte dem Professor zu, der daraufhin ebenfalls eins nahm. Niemand von ihnen dachte daran, auch Escargot etwas von dem Brandy anzubieten. Jonathan wußte nicht einmal genau, ob sich Doolys Großvater überhaupt im Zimmer befand, und er wollte dieses Thema nicht unbedingt zur Sprache bringen. Als die Karaffe jedoch auf den Tisch zurückgestellt wurde, vernahmen sie ein gedämpftes Räuspern, das seinen Ursprung irgendwo in der Nähe der Doppeltür zu haben schien. Gosset reagierte sofort: Er zitterte heftig am ganzen Leib.

Jonathan fürchtete, daß der Hutmacher erneut überschnappte und floh. »Erlauben Sie mir, Ihnen Herrn Theophil Escargot vorzustellen«, sagte er rasch und winkte in die Richtung, in der er Escargot vermutete.

»Bin hocherfreut«, sagte Doolys Großvater.

Gosset drehte ruckartig den Kopf und sah sich so um, als rechnete er jeden Augenblick damit, daß Selznak erschien. Der Professor überlegte kurz, nahm einen Hut vom Haken des Kleiderrechens in der Nähe und bot ihn dem unsichtbaren Escargot an, der ihn entgegennahm und sich aufsetzte. Gosset seufzte erleichtert. Ein schwebender Hut war seiner Ansicht nach offenbar weitaus weniger sonderbar und erschreckend als eine körperlose Stimme. »Auch ein Gläschen?« wandte sich Gosset an Escargot.

»Mit Vergnügen«, erwiderte der und zog das Glas aus der Hand des Hutmachers. »Ist an einem Tag wie diesem genau das Richtige.«

»Wärmt mich ein wenig auf«, sagte Gosset. »Kann Kälte nicht ausstehen. Konnte es noch nie.« Er ließ sich zurücksinken, wirkte müde und erschöpft. Eine Zeitlang blieb er liegen. Die Stille war irgendwie bedrückend, aber sie dauerte nicht sehr lange. Gosset zuckte plötzlich zusammen und stülpte die eine Hand hinters Ohr, als bemühte er sich, ein weit entferntes und ganz leises Geräusch zu hören. Auf den Zehenspitzen schlich er ans Fenster und flüsterte wie zu sich selbst: »Nebel!« Dann sank er auf die Knie und starrte wie in Trance in Richtung der Uferstraße. Die vier Flößer traten hinter ihn. Und tatsächlich: In der leichten Brise des späten Vormittags trieben fransige Nebelschwaden an den Bäumen vorbei, ein Dunst, der seltsamerweise eine ganz bestimmte Absicht zu verfolgen schien. Und von der Stadt her ertönte ein dumpfes Klopfen, als schlüge jemand eher behutsam mit einem Ast auf einen Baumstumpf ein. Gosset beugte sich vor und preßte Nase und Hände ans Fenster.

Aus dem trüben Grau weiter unten trat ein Zwerg mit einem Schlapphut, und diese Gestalt war es, die das dumpfe Pochen verursachte. Der Zwerg trug einen dunklen Mantel, der fast – aber nicht ganz – schwarz war. Eigentlich wies er jene Art von tiefem Purpur auf, die man in einer Sommernacht am Nachthimmel beobachten kann. Das eine Auge war hinter einer Binde verborgen, und bei der Nase handelte es sich um einen langen und hakenförmigen Zinken, der ihm den Anschein gab, uralt zu sein. Sein Stock maß rund hundertachtzig Zentimeter und war damit doppelt so lang wie er selbst groß. Unterhalb des Mantelsaums zeigten sich spitz zulaufende Schuhe, die auf dem Boden nicht das geringste Geräusch verursachten. Man hörte nur ein sich immer wiederholendes Klacken, wenn der Gehstock an Steine stieß. Im Mund des Zwergs steckte eine lange Pfeife, und aus dem hölzernen Kopf glühte es rötlich durch den grauen Dunst. Weißer Rauch wehte aus ihm hervor und schien für den so plötzlich aufgekommenen Nebel verantwortlich zu sein.

Als sich der Zwerg direkt unter dem Fenster befand, blieb er stehen und sah zum entsetzten Gosset und den sich hinter ihm zusammendrängenden vier Flößern auf. Der Versuch, sich zu verbergen, war vollkommen sinnlos – obgleich sich Escargot klugerweise den Hut vom Kopf riß und ihn aufs Bett warf. Es konnte kein Zweifel daran bestehen, daß Selznak gekommen war, um sich Gossets Gäste anzusehen. Einige Augenblicke lang verharrte er reglos und schien das erschrockene Gesicht des Hutmachers zu mustern. Dann nickte er ganz langsam und hob zwei Finger an die Hutkrempe, als wünschte er ihnen allen einen guten Tag. Anschließend nahm er die Pfeife aus dem Mund und blies drei bläuliche Rauchringe, die zum Fenster emporschwebten, dabei größer wurden und sich in der Morgenbrise langsam verflüchtigten. Als sie auf einer Höhe mit Gosset waren, zerplatzten sie wie Seifenblasen und verschwanden im Dunst.

Der Hutmacher stöhnte und sank so plötzlich zu Boden, als hätte ihn jemand geschlagen. Er schüttelte den Kopf und wischte sich mit dem Ärmel kalten Schweiß von der Stirn. »Verdammter Mistkerl!« flüsterte er kaum hörbar. Dann wiederholte er den Fluch mit lauterer Stimme und preßte sich erneut ans Fenster. Jäh holte er aus, rammte die zur Faust geballte Hand durch eine der Scheiben und schrie in den Nebel hinaus, während Glassplitter auf die Holzplanken der Veranda weiter unten regneten. Aber die Gestalt des Zwergs hatte sich inzwischen fast völlig im Dunst verloren, und das Klacken des Gehstockes entfernte sich in Richtung Fluß.

23. KAPITEL

Was sich im Kleiderschrank befand

Die Karaffe mit dem Brandy schwebte vom Tisch in die Höhe und verharrte einige Sekunden lang in der leeren Luft. Dann neigte sie sich über Gossets Glas und füllte es mit bernsteinfarbener Flüssigkeit. Ein zweites Glas setzte sich ebenfalls wie von Geisterhänden getragen in Bewegung, und wenige Sekunden später war es ebenfalls voll. Anschließend schwebte es noch ein wenig höher empor und hielt dicht unter der Krempe des Hutes inne, den sich Escargot nun wieder auf den Kopf gesetzt hatte. Offenbar betrachtete Doolys Großvater den Brandy eine Zeitlang.

Zunächst herrschte völlige Stille, doch das Schweigen endete, als Escargot sein Glas geleert hatte. »Aahh!« machte er genießerisch. Dann stellte er das Glas auf den Tisch zurück. »Ein eingebildeter Fatzke, was?« meinte er. »Schreitet einfach so umher und scheint sich seiner sehr sicher zu sein.«

»Das kann man wohl sagen«, erwiderte Jonathan. Nie zuvor hatte er jemanden gesehen, der mehr Selbstsicherheit ausstrahlte.

»Morgen wird er eine Überraschung erleben«, sagte Escargot. »Ach, es könnte gar nicht besser laufen. Er wird sich auf den Weg machen und das Floß finden, aber bestimmt ist ihm die ganze Sache ein Rätsel. Er weiß, daß Sie hier sind, aber er kennt nicht den Grund. Hach, kriegt gewiß einen Wutanfall, wenn wir die Trumpfkarte ausspielen und reinen Tisch machen.«

»Der Zwerg ist nicht der einzige, den man als recht selbstbewußt bezeichnen kann«, stellte der Professor fest. »Wir *hoffen*, einen Trumpf zu haben. Ich frage mich, wieviel er weiß.«

»Ich bin dabei«, sagte Gosset und preßte sich einen Kopfkissenbezug auf die blutige Schramme in seinem Handgelenk.

»Bitte?« fragte Escargot.

»Ich bin dabei. Ich helfe Ihnen. Ich habe den letzten Koboldhut hergestellt. Jetzt möchte ich ihnen mal was anderes auf den Kopf geben.«

»Auf keinen Fall«, erwiderte Escargot rasch. »Das gehört nicht zum Plan.«

»Zu welchem Plan?« fragte Jonathan. An der Vorstellung, Gosset mitzunehmen, fand er keinen großen Gefallen. Andererseits hielt er es inzwischen für notwendig, daß sie alle gemeinsam einen Plan entwickelten. Er hatte es satt, dauernd zu irgend etwas gezwungen zu werden, und er mochte es auch nicht, dem Zwerg gegenüber nur als Ablenkung zu dienen.

Escargot gab keine Antwort auf Jonathans Frage – vermutlich deswegen, weil gar kein Plan existierte. Das in der Nähe seines Kopfes schwebende Glas bewegte sich hin und her. Vielleicht wollte Doolys Großvater auf diese Weise verdeutlichen, daß er den armen Gosset für wenig vertrauenswürdig hielt und Jonathan sich wenigstens zum Schein an einen Plan halten sollte, den es gar nicht gab.

»Es kommt in erster Linie auf Geheimhaltung an«, sagte Escargot. »Wenn nichts geheim ist, können wir unser Vorhaben auch gleich aufgeben.«

»Geheimhaltung, o ja«, erwiderte Gosset rasch. »Lonny Gosset ist so schweigsam wie ein Fisch. Nein, von mir erfährt der Zwerg nicht ein verdammtes Wort.«

»Worauf ich hinauswill, Jungs«, fuhr Escargot fort, »ist folgendes: Je mehr von uns den Versuch unternehmen, in die Burg Hochturm zu gelangen, desto geringer wird die Wahrscheinlichkeit, daß wir sie auch wieder verlassen können. Nein, meine Herren. Wir dürfen keine zusätzlichen Risiken eingehen. Gosset, Dooly und der Hund bleiben hier. Es gibt eine Menge für sie zu tun. Wir müssen damit rechnen, insbesondere nach Einbruch der Nacht, daß Kobolde auf dem Floß Schabernack treiben. Und nach unserem Abenteuer in Hochturm brauchen wir es sicher sehr dringend. Vielleicht zwingen uns die Umstände, rasch abzulegen und loszusegeln. Es wäre möglich, daß wir verfolgt werden, und in dem Fall sollte sichergestellt sein, daß wir sofort aufbrechen können. Eine Horde Kobolde, die auf dem Floß ein Bankett veranstaltet, wäre in diesem Sinne recht hinderlich. Drei von uns machen sich auf den Weg ins Schloß, und die anderen drei bleiben hier.«

Jonathan dachte eine Zeitlang darüber nach. Der Professor zündete sich seine Pfeife an und überlegte ebenfalls. Gosset fühlte sich offenbar überhaupt nicht zurückgesetzt. Er nickte sogar. »Kein Wort kommt mir über die Lippen. Hach, Lonny Schweigsam Gosset werde ich genannt. Ich möchte es den Kobolden einmal richtig zeigen. O ja – ich werde die verdammte Burg Stein für Stein abtragen.« Und bei diesen Worten hob er die Hand, zerbrach damit imaginäre Steine.

»Ich stimme dem Plan zu«, sagte Jonathan. »Und bis auf einen Punkt ist er perfekt: Meiner Meinung nach sind nicht zwei von uns notwendig, um den Zwerg abzulenken. Darum kümmere ich mich allein. Der Professor kann hierbleiben und beim Bewachen des Floßes mithelfen. Wenn wir in vierundzwanzig Stunden nicht zurückgekehrt sind, dann setzt die Segel, fahrt nach Twomblytief und stellt dort ein Heer zusammen.«

Professor Wurzel nahm die Pfeife aus dem Mund, sah Jonathan an und lächelte. »Das kommt überhaupt nicht in Frage«, erwiderte er. »Wir sind nur noch eine knappe Meile vom Ziel entfernt, und da soll ich einfach die Hände in den Schoß legen? Wenn sich jemand auf den Weg macht, so bin ich das«, betonte der Professor stolz. »Ich suche die Burg auf, jawohl – schließlich ist sie auch von wissenschaftlichem Interesse. Ansonsten aber stimme ich Jonathan zu. Es ist ein guter Plan. Wir überlassen es Gosset die Sicherheit des Floßes zu gewährleisten. Was meinen Sie dazu, Herr Hutmacher?«

Gosset lächelte geistesabwesend, und sein Blick galt irgendeinem Objekt in weiter Ferne. Er zwinkerte einige Male und sah den Professor an. »Wie? Was? Nein. Worum ging es doch noch gleich?« Er zögerte, schien eine Antwort zu erwarten. Der Professor nickte nur und sagte: »Ruhig, ganz ruhig.« Gosset nickte ebenfalls, und Escargot füllte das leere Glas des Hutmachers.

»Ich weiß eigentlich nicht recht, ob ich lieber hierbleiben oder mit Ihnen kommen möchte«, ließ sich Dooly vernehmen, und er beobachtete Gosset aus dem Augenwinkel. »Vielleicht sollten wir alle zusammen gehen. Ich habe schließlich auch noch meinen Hauer. Wenn wir zum Floß zurückkehren und dort Kobolde antreffen, dann verjagen wir sie einfach. Darin haben wir immerhin schon Übung.«

Jonathan konnte sich nicht mit der Vorstellung anfreunden, Dooly in eine magische Burg mitzuschleppen. Andererseits aber hatte er auch keine Lust, sich ohne Ahab auf den Weg zu machen. Und der Plan, Dooly zusammen mit Gosset als Floßwache zurückzulassen, war ebenso schlecht (wenn nicht gar schlimmer) wie der Vorschlag, ihm ganz allein diese Aufgabe zu übertragen. Die meiste Zeit über würde Dooly nicht auf das Floß, sondern vielmehr auf den Hutmacher achtgeben müssen. Vielleicht sollten sie Gosset an den Hauptmast binden und ihn als eine Art menschliche Koboldscheuche verwenden, indem sie ihm eine große Keule in die Hand drückten. Jonathan zwinkerte

Dooly zu, und der junge Mann verstand, nickte dankbar.

Gossets Verwirrung nahm offenbar immer mehr zu, so als folgten seine Gedanken einem düsteren Pfad, der nur für ihn in eine sinnvolle Richtung führte. Der Glanz seiner Augen trübte sich, und ganz plötzlich stand er auf – wie jemand, der des Nachts einen Einbrecher durch die Vordertür seines Hauses schleichen hört. Ganz langsam und vorsichtig setzte er einen Fuß vor den anderen und hielt auf den großen Kleiderschrank an der gegenüberliegenden Wand zu. Dooly hatte die Augen weit aufgerissen, gab aber keinen Ton von sich, ebensowenig wie die anderen. Jonathan zweifelte inzwischen kaum mehr daran, daß der Hutmacher endgültig den Verstand verloren hatte. Vielleicht brachten die Ereignisses dieses Morgens das nervliche Faß zum Überlaufen, was für Gosset bedeutete, daß er vollkommen ausrastete. Andererseits gab es die – wenn auch sehr unwahrscheinliche – Möglichkeit, daß er aus der Richtung des Kleiderschranks Geräusche gehört hatte, die der Aufmerksamkeit seiner Begleiter entgangen waren. Gosset ging vorsichtig und dennoch zielstrebig weiter, streckte eine Hand nach dem gebogenen Griff aus und riß die Schranktür so plötzlich auf, daß sie sich aus den Angeln löste. Er verlor das Gleichgewicht, taumelte zurück und fiel zusammen mit der Tür zu Boden.

Jonathan und die anderen sprangen auf, eilten zum Schrank und sahen dort eine kleine, rosarote Maus, die durch eine in die Rückwand genagte Öffnung kroch. Nach Gossets Geschichte über mit Messer und Gabel essende Motten wäre Jonathan nicht weiter überrascht gewesen, wenn die Maus einen Überwurf und Schuhe getragen hätte. Aber das war natürlich nicht der Fall. Es handelte sich um eine ganz gewöhnliche Maus, die sich nicht sehr von denen unterschied, die in der Bücherei in An-der-Küste solche Freude am Lesen gefunden hatten. Da Jonathan inzwischen wußte, wie sehr Mäuse Bücher liebten, mochte er diese Tiere eigentlich recht gern. Ahab empfand offenbar ähnlich, denn als die Maus ein wenig unsicher den kleinen Kopf durch das Loch schob und die Schnauze rümpfte, schnüffelte Ahab und wedelte zum Zeichen der Freundschaft mit dem Schwanz. Wie alle Symbole, deren Bedeutung nicht an bestimmte Sprachen gebunden ist, wird die Bedeutung des Schwanzwedelns von Mäusen ganz offensichtlich ohne Schwierigkeiten verstanden. Dieses spezielle Exemplar quiekte einen leisen Gruß und verschwand dann durchs Loch in der Rückwand.

Sie durchsuchten den Kleiderschrank kurz, da sie argwöhnten, etwas anderes als jene so freundliche Maus könnte die neuerliche Panik Gossets verursacht haben. Er lag noch immer unter der umgestürzten Tür am Boden und atmete schwer. Doch der Schrank beinhaltete nichts weiter als einige schon ziemlich abgetragene Schuhe und einen Tweedmantel.

Der Professor räumte die Tür beiseite und öffnete Gossets Hemd, und mit Hilfe seiner Gefährten legte er den Hutmacher aufs Bett, wo er sofort zu schnarchen begann. Die Flößer zogen sich in die Bibliothek zurück und nahmen auf der Liege und in den Sesseln Platz. Escargot meinte, es sei bereits nach zwölf Uhr und somit höchste Zeit fürs Mittagessen. Daraufhin öffneten sie die Rucksäcke und nahmen eine Mahlzeit zu sich, die aus Brot, Käse und Dörrfleisch bestand. Nach dem Essen ließ sich der Professor zu Boden sinken, faltete die Hände auf der Brust und döste ein. Es dauerte nur einige wenige Augenblicke, bis er ebenso laut schnarchte wie auch der Hutmacher. Jonathan beobachtete ihn eine Zeitlang und kam allmählich zu dem Schluß, daß man am besten schnarchen konnte, wenn man auf dem Rücken lag. Wenige Sekunden später fiel ihm ein, daß er normalerweise keine Ruhe fand, wenn er das Zimmer mit einem Schnarcher teilte, aber kaum ging ihm dieser Gedanke durch den Kopf, als er auch schon müde wurde und einschlief. Schließlich hatten sie eine lange Nacht hinter sich, und deshalb war es eigentlich nicht verwunderlich, daß ein Nachmittagsnickerchen besonderen Reiz auf sie ausübte.

Tatsächlich verbrachten sie fast den gesamten Nachmittag damit, zu dösen und in den Büchern Gossets zu blättern. Nach Einbruch der Dunkelheit jedoch breitete sich eine allgemeine Unruhe aus. Das Geräusch von Escargots Schritten erklang zunächst in der einen Ecke des Raumes und dann in der anderen. Jonathan hörte, wie Doolys Großvater einige Male ins Schlafzimmer trat, um nach Gosset zu sehen, der noch immer schnarchend den Schlaf des Gerechten schlief. Sie waren stillschweigend übereingekommen, sich so leise wie möglich zu verhalten. Wenn sie sich unterhielten, so flüsterten sie nur. Sie alle hofften, daß Gosset bis spät in die Nacht schlief, so daß sie sich ohne ihn auf den Weg machen konnten.

Mit gedämpften Stimmen entwickelten sie immer wieder neue Pläne – zumindest Escargot. Jonathan und der Professor hatten sich niemals auch nur in Rufweite des Schlosses auf dem Berg befunden, geschweige denn in seinem Innern, und es fiel ihnen sehr schwer, eigene Pläne zu schmieden oder Escargot zu erklären, warum seine nicht funktionieren konnten. Schließlich fanden sie sich mit dem Umstand ab, daß Escargot ihnen in dieser Hinsicht etwas an Wissen und Erfahrung voraus hatte. Es war seine Idee, sich solange im Wald zu verstecken, bis die anderen Flößer entdeckt worden waren. Daraus sollte Selznak den Schluß ziehen, Jonathan und der Professor hätten es auf ihn abgesehen. Und wenn der Zwerg sicher war, sie in seiner Gewalt zu haben, wollte Escargot die Falle zuschnappen lassen. Was die Falle anging, so erwies er sich als recht wortkarg, obgleich ihn der Professor nach entsprechenden Einzelheiten fragte. Escargot erwiderte schließlich, je weniger sie von seinen Plänen wüßten, desto geringer sei die Wahrscheinlichkeit, sie zu vereiteln. Wenn Jonathan und der Professor in seinen geheimsten Plan eingeweiht wären, müßten sie sich so verhalten, als hätten sie keine Ahnung davon, und das sei, so meinte Escargot, eine sehr riskante Sache. Jonathan vermutete allmählich, daß überhaupt kein Plan existierte. Aber er brachte Escargot zumindest ein gewisses Vertrauen entgegen, denn schließlich hätte sich Doolys Großvater in den vergangenen Tagen jederzeit auf und davon machen können. Statt dessen entschied er, bei ihnen zu bleiben. Wenn man alle Dinge berücksichtigte, so glaubte Jonathan, daß es Escargot um mehr ging als nur darum, die Koboldhorden aus dem Tal zu vertreiben.

Mit geradezu quälender Langsamkeit neigte sich an diesem Tag die Sonne dem Horizont entgegen. Um sieben Uhr abends hing sie noch immer so hoch am westlichen Himmel, als sei sie fest entschlossen, diesmal auch während der Nacht am Firmament zu verharren. Schließlich aber berührte ihr unterer Rand die Gipfel der Weißen Berge, und plötzlich sah sie aus wie eine große Achatmurmel, die auf den Fluten eines Meeres aus Farben schwamm. Die Flößer traten ans Fenster heran und beobachteten, wie der leuchtende Ball hinter den Bergen verschwand. Jener Nebel, der den kurzen Besuch des Zwerges begleitet hatte, war vom Wind längst davongeweht worden. Ein angenehmer Abend begann. Besser gesagt: Der Abend hätte recht angenehm sein können, wenn es in dieser Nacht nicht notwendig gewesen wäre, die Burg von Hochturm aufzusuchen.

Dem Sonnenuntergang folgte ein etwa halbstündiges Zwielicht, und nach und nach wurde der Himmel dunkler. Als im Süden, über An-der-Küste vielleicht, der erste Stern leuchtete, kamen die Flößer zu dem

Schluß, daß sie nun aufbrechen mußten. Betrübt beobachteten sie, wie trotz des vielversprechenden Sonnenuntergangs nach Einbruch der Dunkelheit erste Nebelfinger aus dem nahen Sumpf wuchsen und sich dicht über dem Boden einen Weg durch den Wald tasteten. Der Professor meinte, Moore seien in dieser Hinsicht immer für Überraschungen gut. Nun, aufgrund des Nebels wurde die Nacht dunkler und furchterregender, aber die grauen Schwaden boten auch Schutz vor Entdeckung.

Sie machten sich auf den Weg.

Gosset schnarchte noch immer und schien nun den ganzen versäumten Schlaf nachzuholen. Auf Zehenspitzen schlichen die Flößer die Treppe hinunter und folgten Ahab, der die Spitze übernahm. Durch die offene Tür traten sie in die Nacht. Der Nebel sorgte für sehr feuchte Luft, und in der Finsternis rührte sich nichts. Bis zum Mondaufgang dauerte es noch etwa eine Stunde. Der an Gossets Haus grenzende Wald wirkte wie eine schwarze Wand, in der hier und dort einige gelbe Augen blinzelten.

Die Übereinkunft sah vor, daß Escargot keine Gegenstände trug – er hatte auch Gossets Hut in der Bibliothek zurückgelassen. Er hielt sich dicht hinter Jonathan, und während Dooly und der Professor ihm folgten, gab er dem Käser dann und wann mit flüsternder Stimme nötige Richtungshinweise. Ansonsten sprach er nur, wenn es unbedingt erforderlich war, und auch dann so wenig wie möglich. Keiner der Flößer wandte sich an ihn.

Wenn sie in die Stadt gelangen wollten, blieb ihnen nichts anderes übrig, als dem Verlauf der Uferstraße zu folgen. Angesichts der Dunkelheit war die Wahrscheinlichkeit sehr gering, auf dem Weg anderen Wanderern zu begegnen – es sei denn allerdings, bei den nächtlichen Reisenden handelte es sich um Kobolde. Aber Kobolde tollen immer umher und kichern und kreischen, sind deshalb schon von weitem zu hören, was Jonathan und seinen Begleitern die Möglichkeit gab, sich rechtzeitig zu verstecken und auf diese Weise Schwierigkeiten zu vermeiden.

Noch bevor sie den Platz vor Gossets Haus ganz hinter sich gelassen hatten, stolperte Dooly über eine aus dem Boden ragende Wurzel. Mit einem lauten, weithin hallenden Schrei stolperte er in die Büsche und veranstaltete dabei einen Heidenlärm. Es hatte keinen Sinn, ihm deswegen Vorhaltungen zu machen oder ihn zu ermahnen, vorsichtiger zu sein. Sie halfen ihm einfach wieder auf die Beine, klopften ihm den Schmutz von der Kleidung und horchten einige Augenblicke lang nach verdächtigen Geräuschen in der Nähe. Es blieb alles still, und daraufhin schoben sie sich an den dichten Sträuchern vorbei, erreichten die Uferstraße und wanderten in Richtung der Stadt durch die Finsternis. Sie hatten ungefähr hundert Meter zurückgelegt, als sie hinter sich ein Knallen und dann einen Schrei hörten, an den sich wieder Stille anschloß. Offenbar war Lonny Gosset aufgewacht und hatte sich auf die Suche nach ihnen begeben – oder die Kobolde nahmen sich ein weiteres Mal sein Haus vor. Wenn sie an den mysteriösen Besuch des Zwergs am vergangenen Nachmittag dachten, erschien ihnen letzteres als durchaus denkbar. Was auch der Fall sein mochte: Es blieb ihnen nichts anderes übrig, als dem einmal eingeschlagenen Weg zu folgen, und zwar möglichst rasch.

24. KAPITEL

Hobbs' kurze Hose

Es war nicht sehr weit bis zur Stadt. Nach weiteren hundert Metern sahen die Flößer zwischen den Bäumen weiter vorn den Dachrand des ersten Hauses. Das Gebäude – eigentlich stellte es mehr eine Hütte dar – war dunkel und mit Efeuranken überwachsen, deren Blätter die Größe von Tellern gewonnen hatten. Kurz darauf bemerkten sie weitere Häuser und entdeckten auch einen schmalen Pfad, der zwischen einigen von ihnen hindurchführte. Die Uferstraße beschrieb eine Kurve und wandte sich direkt dem Orielstrom zu.

Auf Escargots Anweisung hin folgten sie dem Verlauf des Pfades und befanden sich kurz darauf in einer Art Tunnel zwischen Gebäuden mit verriegelten Fensterläden. Es gab hier keine Ruinen wie in Weidenwald oder Mooton, aber an einigen Stellen waren die Fensterläden aus den Befestigungen gerissen und die Scheiben dahinter zertrümmert worden. Entweder hatten sich Kobolde irgendwie einen Zugang ins Innere der betreffenden Häuser verschafft, dort herumgetobt und Steine durch die Fenster geworfen, oder dort lebten nun Geschöpfe, die aus irgendeinem seltsamen Grund nicht die Tür benutzten, um ins Innere der Gebäude zu gelangen, sondern die Fenster.

Von menschlichen Bewohnern war weit und breit nichts zu sehen. Der schmale Weg führte an den Hütten vorbei und schließlich ins Zentrum der Ortschaft, eine Ansammlung von Läden, Schenken und dem Hochturmhotel. Auch hier waren die meisten Fensterläden verriegelt. Und an den Türen einiger Geschäfte hingen noch immer die gleichen Schilder, die Jonathan und der Professor schon vor einigen Wochen bemerkt hatten.

Die Schenke des Wirts mit den Drahtzähnen war geschlossen, und vor einem der Fenster baumelte ein Schild mit der schlichten Aufschrift ›Heute nicht geöffnet‹. Sie schritten an Gossets Hutladen vorbei, überquerten die Straße und näherten sich Hobbs' Allgemeinwarenhandlung, einen der wenigen Läden an der Straße, dessen Besitzer nach wie vor versuchte, seiner Arbeit nachzugehen. Im rückwärtigen Bereich des Ladens schimmerte Licht, und durch die offene Tür sah Jonathan Hobbs' Kopf, der sich so hin und her bewegte, als läse er gerade ein Buch. Trotz der Behauptung des Mondmannes, die Bewohner der Stadt seien alle übergeschnappt, freute es Jonathan, daß der alte Hobbs nicht wie die anderen geflohen war. Es hatte ja auch keinen Sinn, einfach alles aufzugeben und fortzulaufen.

»Da vorn ist Hobbs«, wandte sich Jonathan an den Professor. »Sehen Sie ihn?«

»Ja«, erwiderte Wurzel. »Er scheint sehr beschäftigt zu sein. Geht sicher weiterhin seinen Geschäften nach. Vielleicht bringt er gerade seine Buchführung auf den neuesten Stand. Sollen wir ihm einen Besuch abstatten?«

»Warum?« fragte Escargot leise. »Wenn er ebenso schreckhaft ist wie der Narr Gosset, müssen wir mit ihm ringen und ihn anschließend irgendwo einsperren. Nein, auf die fragwürdige Hilfe von Verrückten sollten wir verzichten.«

»Sie werden feststellen, daß Herr Hobbs aus härterem Holz geschnitzt ist als Lonny Gosset«, sagte der Professor. »Und außerdem könnten wir einen Verbündeten gebrauchen. Ich schlage vor, wir erzählen ihm davon, daß wir einen Plan haben. Was nicht bedeutet, daß wir die Einzelheiten verraten.«

Escargot brummte etwas, widersprach aber nicht. Jonathan und seine Begleiter schlichen an der Wand des Ladens zurück. Lampenlicht glänzte durch ein Fenster auf der rückwärtigen Seite, und die Flößer traten darauf zu. Sie wollten sich erst dann zu erkennen geben, wenn sie sicher sein konnten, daß Hobbs auch wirklich allein war. Sie ließen besondere Vorsicht walten, als sie im Geschäft Stimmen hörten – zwei Stimmen, vielleicht auch drei.

Als Jonathan über den Fenstersims hinwegstarrte, rechnete er fast damit, einige Einbrecher zu sehen, die sich über Hobbs' Kleidung hermachten. Aber zu seiner großen Erleichterung sah er nur Hobbs selbst, der ganz ruhig vor einem niedergebrannten Feuer saß und Kupfermünzen zählte. Der Professor lächelte, so als wollte er sagen: »Na bitte.« Eine Zeitlang beobachteten sie den Ladeninhaber.

Hobbs zählte rund zehn Kupfermünzen und errichtete aus ihnen einen ungefähr drei Zentimeter hohen Stapel. Anschließend zählte er zehn weitere und baute aus ihnen einen zweiten Turm. Auf diese Weise ging es weiter, bis er ein halbes Dutzend jener gut einen Zoll hohen Türme konstruiert hatte. Dann legte er ein Lineal darauf, beugte sich nieder, beobachtete sein Werk und schien zu prüfen, ob die Stapel wirklich alle gleich hoch waren. Insgesamt mochten es rund hundert kleine Türme sein; Hobbs lächelte und nickte, als handelte es sich bei den Stapeln um Schulkinder, die diszipliniert Aufstellung bezogen hatten und warteten, um auf einen Spielplatz entlassen zu werden. Vielleicht war das ein Hinweis darauf, daß Hobbs tatsächlich »aus härterem Holz« geschnitzt war. Möglicherweise aber bedeutete es auch etwas ganz anderes. Sie entschieden, noch einige weitere Augenblicke lang still zuzusehen, bevor sie ans Fenster klopfen wollten, um Hobbs' Aufmerksamkeit zu wecken. Dieser Entschluß erwies sich als sehr klug. Während der Inhaber des Ladens die Höhe der Stapel maß, begann er mit sich selbst zu sprechen und sich auch Antwort auf die eigenen Fragen zu geben. Nur hin und wieder unterbrach er dieses lebhafte Selbstgespräch. Nach einer Weile forderte er sich auf, endlich still zu sein, verstummte jäh und rief dann ganz laut: »Ha!«

Er häufte die letzten Kupfermünzen zu einem weiteren Stapel an und machte sich anschließend daran, ein Durcheinander aus weißen Knöpfen und getrockneten Limabohnen zu sortieren. Als er rund fünfzig oder sechzig davon beiseite geschoben hatte, nahm er das Lineal, hackte darauf ein und verrührte Knöpfe, Bohnen und Münzen zu einem sonderbar anmutenden Eintopf. Mit beiden Händen griff er in den Salat, ließ ihn sich langsam auf den Kopf rieseln und heulte die ganze Zeit über. Die einzigen Worte, die Jonathan in dem Kreischen verstehen konnte, lauteten »Reichtum! Reichtum!«, und untermalt wurden sie von den unterschiedlichsten Geräuschen. Hobbs bot dabei einen sehr traurigen Anblick. Er erhob sich von seinem Stuhl und strich die auf dem Tisch liegenden Reste seines Reichtums in einen Sack. Dabei vergaß Dooly alle Vorsicht, zeigte auf ihn und stieß unabsichtlich gegen das geschlossene Fenster. Zur allgemeinen Überraschung trug Hobbs eine getupfte kurze Hose, die er sich mit einem roten Gummiband zusammengebunden hatte. Nackte weiße Beine ragten daraus hervor, und die Füße steckten in Seehundlederstiefeln. Die Flößer gingen sofort in die Hocke, als Dooly das Fenster berührte. Als sie es nach einigen Augenblicken wagten, sich wieder aufzurichten, sahen sie, daß Hobbs erneut mit aller Hingabe seinen eigentümlichen Geschäften nachging.

Jonathan und seine Begleiter kehrten zur Straße zurück und eilten weiter durch die Ortschaft, in Richtung Sumpf und Berge. Erst als sie den Hafen von

Hochturm erreichten, verweilten sie, um wieder Atem zu schöpfen. Escargot bemerkte, er sei froh festgestellt zu haben, daß sich Hobbs tatsächlich um seine Buchführung kümmerte. Dann lachte er leise und krächzend, machte damit deutlich, daß er zu anderen Zeiten lustigere Dinge gesehen hatte. Dooly wollte unbedingt wissen, warum Hobbs jene komische kurze Hose trug, und der Professor sprach in diesem Zusammenhang von einem üblen Koboldstreich: Seiner Ansicht nach war Hobbs gezwungen, jene Hose und keine andere zu tragen. Jonathan hoffte, daß Wurzel recht hatte. Er wollte gern glauben, daß Hobbs sie nicht aus freiem Willen trug.

Oberhalb des Hafens sahen sie den noch rund eine Meile entfernten Hochturmberg. Die Mauern der darauf errichteten Burg erhoben sich dunkel und massiv vor dem Hintergrund des schwarzen Himmels. Zwischen Hafen und Berg erstreckte sich der Sumpf, in dem hier und dort windschiefe Schuppen und große Bäume zu erkennen waren, von deren Ästen und Zweigen große Moosfladen herabhingen. An einigen Stellen schimmerte Licht durch die Fenster der Hütten, und aus der Ferne betrachtet wirkten sie wie die gelben Augen auf der Lauer liegender Ungeheuer. Jetzt war die Nacht nicht mehr still, sondern voller Geräusche. Von den Bäumen her ertönte das schrille Krächzen von Fledermäusen, und von den Felsen des Bergs hallte das Heulen von Wölfen durch die Kühle. Nebel lag über dem Sumpf und wallte in einzelnen Schwaden dicht über dem Boden, so wie eine Decke aus grauem Dunst. Nach Escargots Worten gab es nur einen Weg durchs Moor und zum Berg. Wenn sie von diesem Pfad abwichen, gerieten sie wahrscheinlich in Treibsand beziehungsweise ins Jagdrevier eines Sumpfteufels oder das einer Viper. Außer Escargot konnte niemand von ihnen hoffen, während der Durchquerung des Sumpfes unentdeckt zu bleiben, aber das schien ja gerade ein wesentlicher Bestandteil ihres Planes zu sein. Als der Mond aufging und sein Licht durch Lücken in der Wolkendecke glänzte, machten sie sich auf den Weg. Die Bäume um sie herum kamen massiven Schatten gleich, und Jonathan dachte daran, daß es inzwischen schon fast Mitternacht war.

Im Bereich des zwischen den Bäumen hindurchführenden Weges herrschte fast völlige Finsternis. Manchmal konnten sie durch kleine Öffnungen in dem Blätterdach über ihnen matten Mondschein sehen. Die Bäume wuchsen dicht an dicht und in einzelnen Gruppen aus dem dunklen Morast, der auch Spartgras eine Heimstatt bot. Sie schienen den Unbilden des Sumpfes mit aller Macht trotzen zu wollen, denn ihre Äste und Zweige wucherten wie Efeu, strebten aufeinander zu, verhakten sich miteinander und bildeten auf diese Weise einen fast massiv wirkenden Baldachin über den Häuptern der Wanderer. Mehr als nur einmal glaubte Jonathan, eine Schlange gesehen zu haben – gelegentlich sogar gleich mehrere –, die vom Pfad in den Morast krochen. Lang waren sie und sehr dünn, und sie schienen es nicht sehr eilig damit zu haben, den Weg hinter sich zu bringen. Ahab entdeckte die erste Viper, schenkte ihr aber nur geringe Aufmerksamkeit. Offenbar wußte auch der Hund, daß sie hier Eindringlinge waren und man besser daran tat, die Schlangen so wenig wie möglich zu stören.

Lange Moosfladen hingen von den Zweigen, und gelegentlich tropfte Wasser auf Jonathans Kopf oder Rücken. Sie mußten Escargot vertrauen, als sie auf eine Weggabelung stießen, denn abgesehen von einigen trüben Lichtern irgendwo zwischen den Bäumen gab es nicht die geringsten Anzeichen dafür, daß sie weniger als einige hundert Meilen von der nächsten Ansiedlung entfernt waren. Das Schloß auf dem Berg blieb in der Dunkelheit verborgen.

Als sie ihre Wanderung fortsetzten und jederzeit damit rechneten, einer Gruppe Kobolde zu begegnen – oder einem grauhäutigen Troll, der ihnen plötzlich aus der Finsternis entgegensprang –, verdichtete sich der Nebel einmal, um sie ganz einzuhüllen, und wich dann wieder zurück, um wie abwartend zwischen den Bäumen zu verharren. Die meiste Zeit über hielt sich der Dunst etwa in Höhe ihrer Knie, und man hätte den Eindruck gewinnen können, als durchstreiften sie wie Seelen das finstere Zwielicht irgendeiner Unterwelt. Jonathan fragte sich vergeblich, wie weit sie schon gekommen waren. Sie kletterten über umgestürzte und halb vermoderte Baumstämme hinweg. Der Käser hätte schwören können, daß es jedesmal der gleiche Stamm war – daß sie sich dauernd im Kreis bewegten und in dem dunklen Dunst bereits völlig die Orientierung verloren hatten. Daraufhin entschloß er sich, nach dem umgestürzten Baum Ausschau zu halten. Aber eine ganze Zeitlang stellte sich ihnen kein weiteres Hindernis dieser Art in den Weg, und so gelangte der Käser allmählich zu der Überzeugung, daß ihn seine Sinne getäuscht hatten.

Stunden schienen vergangen zu sein, als sie schließlich leises Ächzen und Knarren im düsteren Wald hörten. Es konnte kaum ein Zweifel daran bestehen, daß diese Geräusche von Kobolden stammten: das hohle Pochen eines Schlegels, der gegen einen eisernen Kessel schlug; das gespenstisch monotone Heulen von Weidenflöten; und das irre, kichernde Lachen der Wichte, die dauernd auf irgendwelchen Schabernack aus waren.

Die Flößer setzten ihren Weg vorsichtig fort, hielten sich von den wenigen Bereichen fern, die vom Mondschein erhellt wurden, und duckten sich in die Schatten, um den finsteren Sumpf zu beobachten. Nach einer Weile schließlich sahen sie zwischen den Bäumen das matte gelbe Licht einer Laterne durch ein Fenster glühen. Es leuchtete im Innern einer schiefen Sumpfhütte mit Lattenwänden und Schindeldach – eines Schuppens, der langsam auseinanderfiel und dringend einer umfassenden Renovierung bedurfte.

Das Laternenlicht erinnerte Jonathan an die Hütte im Wald von Mootonmoor, und er war auf sonderbare Weise versucht, ihr keine Beachtung zu schenken und einfach weiterzugehen. Aber in diesem Fall war das Teufelswerk offensichtlich. Es handelte sich nicht etwa um eine Falle. Rund ein Dutzend Kobolde trieb sich in der Ruine des Schuppens herum. Jonathan dachte daran, daß sie jetzt sicher ›koboldisierte‹ – und das war ein Ausdruck, den der Professor sicher zu schätzen gewußt hätte. Aus dem Schatten einer großen Erle heraus beobachteten die Flößer, wie Wichte auf die Veranda der Hütte sprangen, umhertollten, kicherten, lachten und mit schrillen Stimmen schrien. Sie zerrten am Geländer, auf daß es krachte, und anschließend eilten sie wieder ins Innere des Schuppens. Sie schienen eine Art Treffen zu veranstalten, denn innerhalb von fünf Minuten kamen zwei weitere Koboldgruppen aus dem dunklen Wald marschiert. Einmal stürzten fünf oder sechs Wichte mit viel Geschrei aus der Hütte hervor und sprangen die Verandatreppe herunter, und ein besonders großer Kobold warf ihnen grollend etwas nach – der Gegenstand sah aus wie eine Konservenbüchse.

Kurz darauf erschien eine weitere Gestalt, deren Konturen sich vor dem erhellten Fenster abzeichneten. Jonathan sah, daß sie eine von Lonny Gossets Hüten schief auf dem Kopf trug. Das Geschöpf lachte hysterisch und drehte eine Schublade um, in der sich offenbar Besteck befand, denn ein lautes, metallenes Klirren erklang, als der Inhalt auf den Weg fiel. Dieses Geräusch schien den herumtollenden Kobolden zu gefallen, denn einige der Wichte in der Hütte stimmten eine Art Triumphgeheul an. Einer von ihnen stolperte durch die Tür und die Stufen der Treppe herab, sammelte die Messer und Gabeln wieder ein, kehrte in den Schuppen zurück und warf das Besteck dann aus dem Fenster.

Kurz nach dem erneuten Klirren des Tafelsilbers vernahmen Jonathan und seine Begleiter das Geräusch von zerbrechendem Glas, dann ein gellendes Kreischen und anschließend, nachdem das Besteck zum dritten Mal auf den Weg geschleudert worden war, ein hallendes Kollern. Das Lampenlicht zitterte unstet und verblaßte ganz, als die Laterne sich von ihrem Haken löste und auf dem Boden zerschellte. Die Dunkelheit währte einige Sekunden lang und wurde dann abgelöst von einem gelben und orangefarbenen Schimmern, das an den Innenwänden des Schuppens emporzukriechen schien. Unmittelbar darauf stürmten die Kobolde auf die Veranda, die Treppe herunter und in den Sumpf. Zwei Wichte bildeten die Nachhut, schlugen um sich und standen von Kopf bis Fuß lichterloh in Flammen. Sie warfen sich in einen Tümpel mit Brackwasser, sprangen wieder auf und folgten ihren Gefährten. Als die Flößer ihren Weg fortsetzten, fiel der Schuppen einem hungrigen Feuer zum Opfer.

Jonathan hielt den Zwischenfall für sehr sonderbar, zumal Kobolde eine maßgebliche Rolle dabei gespielt hatten. Er erwog kurz die Möglichkeit, das Feuer zu löschen. Allerdings stellte der Schuppen inzwischen kaum mehr dar als einen glühenden Aschehaufen, und deshalb erschienen entsprechende Bemühungen sinnlos. Also wandte sich der Käser von den Flammen ab und trat zusammen mit den anderen in die Dunkelheit des Sumpfes zurück.

Kurz nachdem sie sich wieder in Bewegung gesetzt hatten, hörten sie erneut das Heulen von Wölfen, das seinen Ursprung mal vor ihnen zu haben schien, mal hinter ihnen und dann von den felsigen Höhen des

Hochturmbergs ertönte. Ab und zu sah Jonathan in der Finsternis rötlich glühende Augenpaare und vernahm ganz in der Nähe das Knacken von Zweigen. Als sie fast das Ende des durch den Sumpf führenden Pfades erreicht hatten, blieben Jonathan und seine Begleiter ruckartig stehen und starrten auf etwas, bei dem es sich um tausend winzige Augen zu handeln schien: Sie blickten durch den vom Mondschein erhellten Nebel, der über dem stinkenden Wasser eines Tümpels wallte. Wie sich herausstellte, waren es *tatsächlich* Augen, und zwar die von Fröschen, die sich in großer Zahl im kleinen Teich zusammendrängten und still in die Finsternis der Nacht sahen.

Die Flößer verweilten nur kurz und eilten dann noch einmal zwei oder drei Minuten lang weiter, bis schließlich die überhängenden Äste der Bäume hinter ihnen zurückblieben und sie wieder den Himmel über sich sahen. Die meisten Sterne waren hinter Wolken verborgen, und voraus erhoben sich die granitenen Grate des Hochturmbergs. Erneut folgten sie dem Verlauf des Pfads, der sich aus dem überm Sumpf liegenden Grau herauswand und an den Schatten der Felsen festzukleben schien. Jonathan lauschte mit wachsendem Unbehagen dem lauter werdenden Heulen der Wölfe, dem sie nun offenbar ein ganzes Stück näher gekommen waren.

Der Käser hielt den Mond für ihren einzigen Verbündeten. Er versuchte sich Mut zu machen, indem er daran dachte, wie über ihnen – wenn die Geschichten tatsächlich der Wahrheit entsprachen – Elfengaleonen durchs Sternenmeer segelten, wunderbare Netz in den Wolkenozeanen ausbrachten und damit die herrlichsten Himmelsjuwelen einfingen. Er gab sich der Vorstellung (beziehungsweise Hoffnung) hin, daß man sie von oben beobachtete, daß sie also in der dunklen Nacht nicht ganz so allein waren, wie es für sie den Anschein haben mochte. Er fühlte sich versucht, die magischen Münzen aus dem Beutel hervorzuholen und sie in der richtigen Art und Weise anzuordnen, nur um den Mondmann wiederzusehen und ihm einmal zuzunicken. Aber über ihnen ragten die Mauern der Burg in die Höhe, und dies war nicht der geeignete Zeitpunkt, um mit den Münzen zu spielen oder sich an einen anderen Ort zu wünschen. Escargot flüsterte den Vorschlag, eine Pause einzulegen und die Lage zu sondieren. Daraufhin hockten sie sich im noch dunkleren Schatten eines kleinen Gehölzes zu Boden, an einer Stelle, von der aus sie die eine Seite und den rückwärtigen Teil der Burg gut beobachten konnten.

Die Mauern bestanden aus großen, grauschwarzen Steinblöcken, die im Verlaufe der Jahrhunderte von Wind und Regen glattgewetzt worden waren. Blaue Flechten sowie grüne und braune Moosfladen bildeten Flecken auf ihnen, die aus irgendeinem Grund wie Pockennarben aussahen. Der Turm selbst wuchs aus den Felsen des Berges, ragte vier oder fünf Stockwerke weit gen Himmel empor. Licht glühte aus den Fensterhöhlen. Jonathan schauderte angesichts der dunklen Höhe des Turms. Er wirkte so düster und unheilverkündend, daß der Käser glaubte, von dem Bauwerk ginge selbst an einem warmen Frühlingstag noch sonnenlose Kühle aus. Hier und dort fehlten einige Steine in den Mauern. Dadurch hatte es den Anschein, als sei der Turm einmal von einem Blitz getroffen oder von den Erschütterungen eines Erdbebens heimgesucht worden. Dicke Ranken tasteten sich an den Flanken in die Höhe, doch größtenteils blieben sie ohne Blätter.

Während Jonathan und seine Begleiter unter den Ästen und Zweigen der Bäume hockten, lauschten sie den Geräuschen um sie herum und dem Heulen der Wölfe weiter oben in den Felsen. Zweimal während einiger langer Minuten sahen sie, wie graue Wölfe aus dem Wald liefen, am Schloß entlangschlichen und dann wieder zwischen den Bäumen verschwanden.

In der Rückwand der Burg zeigte sich ein großes und verstaubtes Fenster. Unstetes Licht schimmerte durch die Bäume, flackerte, trübte sich und wurde in unregelmäßigen Abständen wieder heller – ganz offensichtlich handelte es sich um den Widerschein eines Kaminfeuers. Die Flößer hörten verhaltenes Kichern, Lachen, Kreischen und Schrillen – es klang nach Kobolden, die ein ausgelassenes Fest feierten.

Sie krochen durch die Finsternis und näherten sich dem Fenster, um einen Blick in den entsprechenden Raum zu werfen. Aus einem steinernen Schornstein an der Rückwand des Schlosses stieg dichter Rauch, und manchmal waren auch Funken sowie düstere, unheilvolle Gestalten zu sehen. Der Rauch verschwand sofort in der Nacht, aber die nur undeutlich zu erkennenden Konturen tanzten und schwebten umher, flogen schließlich davon. Einige dieser seltsamen Geschöpfe besaßen große Schwingen, die sich vor dem Nachthimmel abzeichneten. Nach einer Weile hatten die Flößer schließlich die hintere Wand des Schlosses erreicht und verharrten auf einem Felsvorsprung, an den sich der steile Hang des Berges anschloß. Unter ihnen ragten die Gipfel der im Sumpf wachsenden Bäume durch den Nebel, der aus dem Morast langsam in ihre Richtung kroch.

Eine Zeitlang rührten sich Jonathan und seine Gefährten nicht von der Stelle und lauschten dem Heulen der Wölfe, das kurz darauf verstummte und Stille wich. Dann schlichen sie weiter auf das erleuchtete Fenster zu und preßten sich an den kalten Stein der Mauer. Durch das schmutzige Fenster sahen sie einen großen Saal mit gewölbter Decke, die von einigen dicken und mit in den Granit gehauenen Bildnissen geschmückten Säulen gestützt wurde. Rechts führten die breiten Stufen eine Wendeltreppe zu den weiter oben gelegenen Etagen. Weiter vorn erblickten sie einen großen Kamin, der aus den gleichen gewaltigen Steinblöcken bestand wie auch die Burg selbst. Das Feuer darin glühte so, als sei es schon seit Jahren nicht mehr erloschen.

Vor dem Kamin stand Selznak der Zwerg und stocherte mit einem langen, eisernen Schürhaken in der Glut. In seinem Mund steckte die Pfeife, und in der anderen Hand hielt er den langen Gehstock. Sein geradezu riesiger Schlapphut hing an einem Haken neben der dicken, verriegelten Tür.

Es überraschte Jonathan ein wenig, daß der Kopf des Zwergs nur einen dünnen Haarkranz aufwies. Aus irgendeinem Grund faßte der Käser dadurch neuen Mut, und er fragte sich, ob Selznak aufgrund der Glatze ebenso unsicher war wie der Bürgermeister von Twomblytief, ob er – ebenso wie Gilroy Bastable – Essig trank und sich Schlangenöl auf den Kopf rieb, um damit neuen Haarwuchs anzuregen. Er hielt das jedoch für unwahrscheinlich und wunderte sich einmal mehr darüber, daß nicht einmal Zauber und Magie neue Haare wachsen lassen konnten.

Rund ein Dutzend verschieden große Kobolde sprangen in Selznaks Nähe umher, kicherten, hielten Gläser und Becher in den Klauenhänden – allem Anschein nach genossen sie ein berauschendes Getränk. Selznak legte den Schürhaken beiseite und fachte das Feuer anschließend mit einem Blasebalg an, bis die Flammen wieder hoch emporloderten und Funken stoben. Er bückte sich und nahm einige Scheite von einem großen Holzstapel. Jeden einzelnen schien er eingehend zu prüfen, bevor er ihn in die Glut schob, und während er noch damit beschäftigt war, stellte der Käser entsetzt fest, daß es sich bei den Scheiten gar nicht um Holz handelte, sondern um lange, bleiche Knochen. Selznak trat zurück und schürte das Feuer ein weiteres Mal. Dann griff er in eine Tasche seines

Mantels und holte ein Fläschchen hervor. Er entkorkte es und ließ kalkfarbenes Pulver in die Glut rieseln. Lautes Zischen erklang, und eine grüne Stichflamme züngelte in die Höhe, leckte in den Schornstein – und plötzlich blieb vom Feuer nur ein kaum mehr glühender Rest übrig. Mitten in der Asche ächzten und knarrten die Knochen eines gräßlich anzusehenden Skeletts, das wie eine Marionette über den jetzt winzigen Flammen baumelte. Das Ding zitterte und tanzte, und die Kobolde im Saal wurden still und starrten ehrfürchtig, schienen dem Knöchernen großen Respekt entgegenzubringen. Selznak klopfte mit seinem Gehstock dreimal auf den Boden, und das bebende Skelett sprang aus dem Kamin hervor und drehte sich rasch im Kreis, während die fleischlosen Kiefer heftig klapperten. Als Selznak ein weiteres Mal klopfte, verharrte es, preßte sich die knöchernen Hände vors Gesicht und begann zu weinen. Es wandte sich dem Fenster zu, starrte aus leeren Augenhöhlen zwischen den gespreizten Fingern hindurch und grinste.

Jonathans Meinung nach unterschieden sich Skelette kaum voneinander, aber er brauchte nicht lange zu überlegen, um festzustellen: Dieses spezielle Exemplar hatte er schon einmal gesehen – beziehungsweise eins, das sich ähnlich verhalten hatte. Stumm und entsetzt beobachteten er und seine Begleiter, wie der Knöcherne Schritt um Schritt durch den großen Saal auf sie zukam, mal weinte, mal mit den Kiefern knirschte und dann wieder in schallendes Gelächter ausbrach. Die Kobolde wichen hastig beiseite.

Kaum einen Meter von Jonathans Ohr entfernt ertönte ein Schrei, der schrill durch die dunkle Nacht hallte. Das Herz des Käsers begann wild zu pochen, und er sprang mit einem Satz zurück, stieß gegen eine hölzerne Bank, verlor das Gleichgewicht und fiel. Er schlug um sich, in der vagen Hoffnung, den Dämon zu treffen, der ihm in jenem schrecklichen Augenblick direkt ins Ohr gebrüllt hatte. Aber es steckte überhaupt kein Dämon dahinter, sondern Dooly. Und es war Dooly, der nun die Beine in die Hand nahm, um Hals über Kopf in die Richtung zurückzulaufen, aus der sie kamen.

25. Kapitel

Tanzende Skelette

Der Professor half Jonathan auf, und sie hörten, wie Escargots unsichtbare Stiefel über den Boden des Pfades knirschten, als er sich anschickte, Dooly zu folgen. »Jetzt hängt alles von euch ab, Leute!« rief er. »Ich muß den Jungen zur Vernunft bringen!«

Es war nicht der geeignete Zeitpunkt, in Panik zu geraten oder gar ganz überzuschnappen, denn das gräßliche Skelett kletterte gerade mit knarrenden Knochen aus dem Fenster. Und aus dem Feuer des Kamins folgte ihm ein weiteres. Selznak lachte wie ein Teufel und pochte erneut mit seinem Gehstock auf den steinernen Boden, nachdem er noch mehr von dem weißen Pulver in die Glut gestreut hatte. Jonathan widerstand der Versuchung, Escargot zu folgen und den Professor allein zurückzulassen, griff statt dessen nach der Sitzbank, über die er zuvor gefallen war. Der Professor schien in diesen Augenblicken seine Gedanken lesen zu können, denn er packte das andere Ende. Gemeinsam schwangen sie den hölzernen Gegenstand einige Male hin und her, schleuderten ihn dann in Richtung Fenster, wodurch die Knochen des dort ächzenden Skeletts splitterten.

Glas zerbrach, und Holz und Knochen fielen zu Boden, was die Kobolde zum Anlaß nahmen, wild zu heulen. Das zweite Skelett wanderte ziellos umher, und die grünen Flammen im Kamin kündigten weitere an. Jonathan griff nach seinem Knüppel und bedrohte damit den ersten Kobold, der auf das Fenster zusprang. Der Wicht ließ sich jedoch in keiner Weise beeindrucken, und mit ausgestreckten Krallenhänden und knirschenden Zähnen kam er heran. Es blieb Jonathan nichts anderes übrig, als Gebrauch von seinem Knüppel zu machen: Er hämmerte ihn dem Kobold auf den Schädel und schickte den Wicht inmitten der Glas- und Knochensplitter zu Boden. Die anderen Kobolde gerieten ganz außer sich und sprangen wild durcheinander. Selznak hielt das Geschehen offenbar für äußerst amüsant, denn er grinste breit und winkte immer wieder mit dem Gehstock. Das zweite Skelett hatte den Saal inzwischen ganz durchquert, blieb stehen, schien Jonathan zum erstenmal zu sehen und stakte mit knarrenden Knochen auf ihn zu.

Unterdessen hantierte der Professor an dem oboenförmigen Sucher. Die Wirbelfedern drehten sich, und der ganze Apparat begann so heftig zu zittern, als schlüge jemand darauf ein. Während sich Wurzel noch bemühte, die Vorrichtung festzuhalten, entwand sie sich mit einem Ruck seinen Händen und sauste durch das zersplitterte Fenster in den Saal. Kobolde flohen kreischend in alle Richtungen, und selbst das Skelett zögerte, trat einen Schritt zurück. Über dem Feuer fügten sich die Knochen eines weiteren bleichen Unholds zusammen – und fielen in die Glut, als die Flammen plötzlich wieder höher emporzüngelten. Alles im Saal schien die Präsenz von Elfenmagie wahrzunehmen, die nun begann, den thaumaturgischen Dunst bösen und unheilvollen Zaubers zu durchdringen.

Selznak ließ seinen Stock nicht mehr auf den Boden pochen, als sich der Apparat aus den Händen des Professors löste – vermutlich überraschte ihn die jähe Veränderung der allgemeinen magischen Atmosphäre. Vielleicht wußte er gar nicht, was es mit der seltsamen Vorrichtung auf sich hatte, die ihm nun wie eine Mischung aus Tintenfisch und Vogel entgegenflog. Der Sucher sauste zielstrebig durch den Saal, als sei er nun endlich nach Hause gerufen worden, und er prallte direkt gegen die Stirn des bösen Selznaks, wodurch der

Zwerg nach hinten stürzte. Der Sucher hatte seinen Schwung offenbar noch nicht verloren, denn er schwebte weiter, änderte den Kurs und flog nun in Richtung des Skeletts, das einen knöchernen Arm ausstreckte und danach griff. Die Elfenapparatur verharrte nicht, segelte weiter und ließ Knochensplitter zu Boden rieseln, während das Skelett hinter ihr zurückblieb und mit einem bleichen Armstumpf winkte.

Selznak stand auf, verhedderte sich dabei irgendwie in seinem Mantel und wurde wütend. Er griff nach dem Stock, als der Sucher ihn erneut aufs Korn nahm und ihm diesmal die große Nase plattdrückte. Es erstaunte ihn sicher, daß eine so wundervoll aussehende und beharrliche Waffe keine größere Wirkung erzielte. Als der Sucher zum dritten Mal auf ihn zuflog, hämmerte er mit seinem Stock darauf ein und schleuderte ihn an die Wand. Zwei Kobolde eilten herbei und wollten die Elfenapparatur packen, aber als sie das Objekt berührten, zuckten sie so erschrocken zurück, als sei es glühendheiß.

Der Zwerg zerrte an einer Falte seines Mantels, und während er noch mit den Tücken des Umhangs rang, rutschte ihm eins der Fläschchen mit der weißen Substanz aus der Tasche und zersprang am Boden. Das feine Pulver wirbelte im Zug der durchs zerbrochene Fenster wehenden Brise mitten ins Feuer. Es zischte und fauchte; grüne Flammenzungen prasselten geisterhaft in Kamin und Schornstein. Zunächst formten sich die Knochen nur eines Skeletts, rasch darauf aber die eines weiteren. Selznak versuchte zuerst, einen Teil des kalkfarbenen Pulvers einzusammeln, gab dieses Bemühen dann aber auf. Mit dem Stock pochte er auf den Boden, rief den überall herumstehenden und abwartenden Kobolden energische Befehle zu und sorgte dafür, daß ein lautes Durcheinander entstand.

Als Jonathan zum zweiten Mal mit seinem Knüppel ausholte, kam ihm der Gedanke, daß Selznak offenbar seinen Sinn für Humor verlor, wenn er sich lächerlich machte. Aber es blieb dem Käser kaum Zeit, darüber nachzudenken. Bevor er Gelegenheit fand, den Knüppel zum dritten Mal zu verwenden, wurde er von einigen brüllenden, kreischenden und mit den Krallenhänden um sich schlagenden Wichten zu Boden gestoßen.

Er trat und hieb auf die Kobolde ein, aber deren Körper schienen aus Gummi zu bestehen. Wenn einer von ihnen an die Wand taumelte oder Bekanntschaft mit dem Knüppel schloß, erholte er sich ganz schnell wieder und heulte weiter, als sei überhaupt nichts geschehen. Zunächst konnten sich Jonathan und der Professor recht gut behaupten. Als der Kampf begann, hatte es den Anschein, als seien zweimal so viele Wichte erforderlich, um sie zu bezwingen. Aber als Jonathan neuen Mut schöpfte, vernahm er ein hämmerndes Pochen auf dem steinernen Boden. Und kurz darauf stülpte sich der Schatten eines gewaltigen, haarigen Ungeheuers über sie – es mußte fast so groß sein wie ein Troll. Es ging gebeugt, und die Arme waren doppelt so lang, wie es eigentlich der Fall sein sollte; die Fingerknöchel schabten fast über den Boden. Abgesehen von der enormen Größe wirkte es irgendwie absurd: ein Ungeheuer, das sich nicht ganz sicher zu sein schien, wirklich ein Ungeheuer zu sein. Während es noch unschlüssig vor ihnen stand und auf sie herabstarrte, hörte Jonathan das erstaunte Flüstern des Professors: »Das ist der Beddlington-Affe!«

Der Affe streckte eine Hand aus und entwand Jonathan den Knüppel, wobei er unabsichtlich einige Kobolde zur Seite schleuderte. Jonathan dachte rasch nach und gelangte zu dem weisen Schluß, daß es besser war, sich von dem Knüppel zu trennen und keinen sinnlosen Widerstand zu leisten. Es hatte keinen Sinn, gegen dieses Geschöpf zu kämpfen. Einige Kobolde eilten herbei, packten Jonathan und den Professor und trugen sie beide in die Mitte des Saals.

Jonathan hoffte, daß sie für jene Ablenkung gesorgt hatten, die Escargot brauchte, denn abgesehen davon war ihr Erfolgskonto eher bescheiden. Als er daran dachte, hoffte er, daß Escargot auch weiterhin versuchte, seinen Plan zu verwirklichen. Doch je mehr er überlegte, desto mehr Zweifel regte sich in ihm. Vielleicht hatte Escargot beschlossen, die Flucht zu ergreifen und in Richtung Fluß zurückzukehren, möglicherweise in dem Glauben, daß Jonathan und dem Käser nach der Konfrontation mit dem Zwerg gar nichts anderes übrigblieb, als das begonnene Unternehmen zu Ende zu führen. Wer konnte schon wissen, welche Gedanken Doolys Großvater durch den Kopf gingen?

Nachdem die Kobolde Jonathan und Professor Wurzel überwältigt hatten, richteten sie ihre Aufmerksamkeit auf Ahab, der sich offenbar nicht so ohne weiteres einfangen lassen wollte. Er sprang durch den Saal, bellte, biß und schaffte es, nach dem Hosenboden eines Wichts zu schnappen und den Betreffenden zu Boden zu zerren. Da Ahab außerdem vor Knochen – gleich welcher Art – nicht die geringste Furcht hatte, griff er auch das handlose Skelett an und ließ es umstürzen, wodurch sich der lippenlos grinsende Totenschädel vom Torso löste und über den Boden rollte. Dem Kobold gelang es schließlich, sich loszureißen, und schreiend kroch er davon.

Nach einer Weile begriff Ahab allerdings, daß er den Gegnern unterlegen war, und außerdem näherte sich ihm nun das Affenwesen. Der Hund lief die Treppe hoch und verschwand in den oberen Etagen des Turms. Ein halbes Dutzend Kobolde wollte die Verfolgung aufnehmen, aber Selznak pochte nur zornig mit seinem Stock auf den Boden und rief einige seltsam klingende Worte. Daraufhin sprangen die Wichte, die Ahab hatten einfangen wollen, durchs Fenster und liefen in die Nacht hinaus. Der Beddlington-Affe sah ihnen nach, stocherte einige Augenblicke lang mit einem langen Finger im Ohr und torkelte dann hinter ihnen her. Zwar konnte Jonathan nicht ganz sicher sein, aber er gewann den Eindruck, als hätten es sowohl die Kobolde als auch der Affe auf Dooly abgesehen. Der Zwischenfall mit dem Skelett deutete nach Meinung des Käsers auf folgendes hin: Selznak hatte die ganze Zeit über gewußt, daß sie sich dem Schloß näherten, und deshalb lag es sicher in seiner Absicht, auch Dooly in die Gewalt zu bekommen. Als die Wichte durchs Fenster nach draußen sprangen, hoffte Jonathan inständig, daß der Zwerg nichts von Escargot ahnte.

Der Professor, so sah Jonathan, war ziemlich außer sich. Er blickte sich immer wieder aus funkelnden Augen um, schien seinen Zorn kaum noch unter Kontrolle halten zu können und sich nichts sehnlicher zu wünschen, als den Kobolden eine Lektion zu erteilen. Vermutlich war er gegenüber Jonathan im Vorteil, denn er hatte einen wesentlich geringeren Respekt vor Magie, ob sie nun gut war oder schlecht, und deshalb fürchtete er den Zwerg und seinen Stock nicht so sehr wie der Käser.

Vielleicht machten die Wichte den Fehler, den Professor für alt und erschöpft zu halten, denn nur drei hielten ihn fest, während sechs von ihnen Jonathan gepackt hatten. Einige Augenblicke lang gab Wurzel nach und erweckte den Anschein, sich seinem Schicksal zu fügen – dann trat er mit dem rechten Fuß und schickte den Kobold, der sein Bein festhielt, zu Boden. Auch die anderen beiden stieß er fort, bevor der erste Wicht Gelegenheit bekam, wieder aufzuspringen. Anschließend war er mit einem Satz bei den Kobolden, die Jonathan gepackt hatten, und zerrte einen von ihnen aus der Menge. Die Geschöpfe wirkten sehr überrascht und zogen es ganz offensichtlich vor, heulend und kreischend davonzustürmen, als sich an Jonathan festzuklammern und dem Professor zu erlauben, ihnen auf den Kopf zu schlagen.

Selznak stand ganz ruhig vor dem Kamin und beobachtete das Durcheinander. Die ganze Zeit über hatte er nicht ein einziges Wort von sich gegeben. Nach dem ersten Versuch, zumindest einen Teil des weißen Pulvers zu retten, stellte er diese Bemühungen ein und beschränkte sich darauf, hin und wieder mit seinem Stock auf den Boden zu pochen. Er erweckte einen sonderbar gelassenen Eindruck, als sei er nur Zuschauer bei einer Theateraufführung. Hinter ihm prasselten orangefarbene Flammen im großen Kamin, und gelegentlich stoben grünliche Funken davon. Über dem Feuer schwebten und tanzten einige Skelette – immer dann, wenn eine grüne Flamme loderte, gesellte sich ihnen ein weiteres hinzu. Das Pochen von Selznaks Stab veranlaßte die Knochenmänner, aus dem Kamin zu klettern und durch den Saal zu stapfen. Manche Skelette zitterten nur kurz über der Glut und fielen klappernd ins Feuer, wenn die grünen Entladungen weitere Totenschädel gebaren. Einmal sauste ein gelblicher Knochen aus dem Feuer hervor und rutschte über den Boden des Saals. In wachsender Zahl taumelten und stakten die Skelette wie benommen umher. Irgendwann begriff Selznak, daß er nichts gegen die grünen Flammen unternehmen konnte, und daraufhin schenkte er den unheilvollen Gestalten keine Beachtung mehr. Fünf oder sechs von ihnen kletterten schließlich durchs offene Fenster und verschwanden in der Nacht.

Als der Professor sich losriß und die sechs Kobolde angriff, die Jonathan festhielten, herrschte im Saal bereits ein lärmendes Chaos aus grünen und orangefarbenen Funken, umherwankenden Skeletten sowie heulenden und kreischenden Kobolden. In diesem Durcheinander formte Selznaks reglose Gestalt eine Art Ruhepol. Er sah gelassen zu, wie Jonathan den letzten und hartnäckigsten Wicht beiseite stieß, um sich anschließend ihm zuzuwenden, ebenso wie der Professor. Die endgültige Entscheidung bei dieser Konfrontation schien kurz bevorzustehen.

Jonathan wußte nicht so recht, wie er sich jetzt verhalten sollte, doch eins stand für ihn fest: Sie mußten die Sache beenden, bevor der Beddlington-Affe zurückkehrte oder Selznak dazu in der Lage war, einige der noch immer aus dem Feuer kletternden Skelette unter seine Befehlsgewalt zu bringen.

Wenn Twickenham recht hatte und Snoods Apparat tatsächlich in einwandfreiem Zustand war, dann hatte Selznak die Taschenuhr bei sich, vielleicht in einer Tasche seines Mantels; oder er trug sie an einer Halskette. Als sich Jonathan und der Professor umdrehten und den Zwerg ansahen, als der Käser an Snoods Apparat und daran dachte, daß Selznak die Taschenuhr an einer Halskette tragen mochte… Da stellte er fest, daß er sich zumindest zum Teil irrte. Die Taschenuhr hing nicht etwa an einer Halskette, sondern steckte vielmehr – an einer Kette befestigt – in der Tasche einer Weste, die der Zwerg unter seinem Mantel trug.

Tatsächlich hielt Selznak die Uhr jetzt in der einen Hand. Jonathan sah sie nur kurz, und zwar als goldenes Leuchten zwischen den Fingern des Zwergs. Ob sie Zeiger hatte und sie die richtige Zeit angaben, konnte er nicht feststellen; er war jedoch entschlossen, in dieser Hinsicht so schnell wie möglich Aufschluß zu gewinnen. Der Käser lief dem Zwerg entgegen, beobachtete dabei aus den Augenwinkeln, wie ein weiteres Skelett unsicher aus der grünen Glut des Kamins torkelte. Es orientierte sich kurz und hielt dann genau auf ihn zu. Jonathan vermutete, daß ihn dieser Knochenmann daran hindern wollte, den Zwerg zu erreichen – und er irrte sich nicht. Als er und das Skelett zusammenstießen, fielen die einzelnen Knochen der geisterhaften Erscheinung auseinander, und Jonathan verlor den Halt, rutschte mit dem Kopf voran zur Wand und verharrte dort in sitzender Stellung.

Der Käser blieb sitzen. Wurzel war bestrebt, sich auf Selznak zu stürzen – aber plötzlich rührte auch er sich nicht mehr von der Stelle. Er stand nur einfach wie eine seltsam geformte Statue dar, deren Gesicht von Entschlossenheit kündete. Jonathan fragte sich nach dem Grund für die Reglosigkeit des Professors. Dann überlegte er, warum er sich ebenfalls nicht mehr bewegte – warum er an der Wand saß, während der Zwerg stolz und triumphierend umhermarschierte. Die Antwort war natürlich die Taschenuhr, die Selznak nun in die Westentasche zurückschob. Jonathan versuchte aufzustehen. Er konzentrierte seine ganze Willenskraft auf die Beine, und mit aller gedanklichen Energie, die er aufzubringen vermochte, dachte er: *Bewegt euch!* Aber die Beine zuckten nicht einmal. Es war hoffnungslos! Eine Zeitlang sann er nach und fand es sonderbar, daß er immer noch sehen, denken und hören konnte. Übte der Zwerg entsprechende Macht aus? Oder wußte Selznak noch nicht mit dem ganzen Potential der Uhr umzugehen? Jonathan überlegte auch, ob es ein Vorteil sein mochte, nach wie vor sehen, hören und denken zu können. Unter diesen besonderen Umständen war das möglicherweise nicht der Fall.

Hier und dort im Saal standen einzelne erstarrte Skelette, und in der Nähe der Treppe sah Jonathan zwei Kobolde, die offenbar beabsichtigt hatten, in die oberen Etagen zu gelangen. Auch sie wirkten wie Statuen. Ein weiteres Skelett hatte sich halb über den Fenstersims gebeugt, ganz offensichtlich in der Absicht, nach draußen zu klettern und in der Nacht zu verschwinden. Der Widerschein des Feuers glühte durch den Saal, aber die Flammen im Kamin züngelten nicht mehr, und Jonathan gewann den Eindruck, als warteten sie auf irgendwelche Befehle. Ganz oben in der Glut zeigte sich jenes smaragdfarbene Schimmern, das vom magischen Pulver kündete. Und innerhalb des wie eingefrorenen Feuers schwebte ein letztes grinsendes Skelett. Es hatte sich bereits vollständig geformt, war aber wohl dazu verurteilt, im Kamin gefangen zu bleiben.

Überall um Jonathan herum herrschte Stille, und er hörte nur das Pochen des eigenen Herzschlags und ein triumphierendes Lachen, das direkt hinter seiner Stirn erklang und gleichzeitig aus weiter Ferne zu kommen schien. Es war Selznak, der auf diese Weise lachte, und in seinem Gesicht zeigte sich ein boshaftes Grinsen. Einige Augenblicke lang wurde er wieder ernst, streckte die Hand aus und nahm den großen Schlapphut vom Haken, um ihn sich auf den kahlen Kopf zu setzen.

Draußen war es noch immer vollkommen dunkel, und in den wie alles andere auch erstarrten Flammen wartete nach wie vor das letzte Skelett. Jonathan hockte an der Wand. Abgesehen von einigen anderen Dingen hoffte der Käser, daß er nicht zu sabbern begann und sein Haar – durch den Zusammenprall mit dem Knöchernen war es zerzaust – nicht allzu lächerlich wirkte. Es war schon schlimm genug, auf diese Weise am Boden zu sitzen, inmitten der verstreuten Knochen eines auseinandergebrochenen Skeletts; auf weitere Entwürdigungen konnte der Käser gut verzichten.

Zwei Kobolde zeigten sich kurz am Fenster, und einer von ihnen trug einen Hut, der vermutlich von Lonny Gosset stammte. Sie blickten in den Saal und machten sich dann mit lautem Gekreische und wilden Gesten auf und davon. Ein dritter Wicht folgte ihnen, lief so schnell, als sei der Teufel höchstpersönlich hinter ihm her. Dann kam überraschenderweise Lonny Gosset, einen Schrei auf den Lippen und in der rechten Hand eine mächtige Keule. Er nahm sich nicht einmal die Zeit, einen Blick in den Saal zu werfen, sondern war ganz auf die Koboldjagd konzentriert – bei der er offenbar erheblichen Erfolg erzielte. Jonathan fragte sich, wie groß die Macht des Zwerges war und ob es auch in der Nacht draußen erstarrte Wichte, vielleicht sogar einen erstarrten Theophil Escargot gab. Ganz offensichtlich stand die Zeit nicht überall still, denn Gosset war so flink wie ein zorniges Wiesel. Jonathan saß auch weiterhin an der Wand und dachte über diesen seltsamen Umstand nach.

Selznak verschwand und tauchte kurz darauf wieder im Blickfeld des Käsers auf. Der Professor machte nach wie vor ein entschlossenes Gesicht und schien bereit zu sein, von einem Augenblick zum anderen loszuspringen. Lonny Gosset präsentierte sich erneut am Fenster, und diesmal verfolgte er den Beddlington-Affen. Doch von all den Dingen, die Jonathan beobachtete, wirkte ein Seil besonders seltsam: Auf mysteriöse Weise wand es sich am Geländer der Treppe herab. Es brachte ungefähr die Hälfte der Strecke nach unten hinter sich und verharrte dann. Anschließend schwebte es empor, in Richtung der Streben, deren Aufgabe darin bestand, die Stabilität der Saaldecke zu gewährleisten. Es glitt an einer Säule entlang und schlang sich dann um einen dunklen, verwittert anmutenden Querbalken.

Jonathans Blick klebte an dem Seil fest, und er wußte nun: Escargot hatte nicht die Flucht ergriffen und kümmerte sich um seinen Teil des Plans – was auch immer es damit auf sich haben mochte. Vielleicht hatte er die Absicht, die Uhr mit dem Seil einzufangen, sie aus der Westentasche des Zwerges zu ziehen. Jonathan hielt das eigentlich für unwahrscheinlich, doch andererseits spielte es gar keine Rolle, wie er die Erfolgsaussichten eines solchen Vorhabens beurteilte. Er war noch immer in Zeitlosigkeit gefangen und somit gar nicht imstande, Doolys Großvater in irgendeiner Weise zu helfen.

26. Kapitel

Eine Riesenüberraschung

Als das Seil aus dem Blickfeld Jonathans verschwand, fiel dem Käser ein, warum sich Escargot zuvor so rasch auf und davon gemacht hatte. Es stimmte zwar, daß er Dooly gefolgt war, aber andererseits hatte er damit bestimmt die Absicht verfolgt, jenen Bereich zu verlassen, in dem sich die Macht Selznaks und seiner Taschenuhr auswirken konnte. Die Ablenkung, für die Jonathan und der Professor hatten sorgen sollen, diente allein dazu, Selznak zur Benutzung der magischen Uhr herauszufordern. Escargot war es irgendwie gelungen, sich in die oberen Etagen des Turms zu schleichen und anschließend mit einem Seil zurückzukehren. Wenn der Strick halb so lang gewesen wäre, hätte er ihn einfach unter dem Unsichtbarkeitsmantel verbergen und sich durch das offene Fenster in den Saal begeben können. Nach Jonathans Ansicht entsprach das mehr Escargots Stil. Aber sicher lag es Doolys Großvater fern, bei einer so wichtigen Angelegenheit Risiken einzugehen. Seine Furcht vor dem Zwerg, Selznaks Zauber und der magischen Macht der Taschenuhr hatten ihn vorsichtig werden lassen. Außerdem: Escargot neigte zu einem sehr selbstsicheren Auftreten, doch den Eindruck von Tollkühnheit hatte er nie erweckt.

Mit einer gewissen Befriedigung dachte Jonathan über all diese Dinge nach und wurde wieder etwas zuversichtlicher, weil ihm die Situation nun klarer und übersichtlicher erschien. Er hoffte, daß der Professor das schwebende Seil ebenfalls bemerkt hatte, aber dieser Punkt blieb natürlich Mutmaßungen überlassen.

Selznak hatte ganz offensichtlich noch keinen Verdacht geschöpft. Er war in den Saal zurückgekehrt, beschäftigte sich mit zwei Knochen und einem grinsenden Totenschädel und versuchte offenbar, mit Hilfe eines schlangenförmigen Objekts irgendeine Art von Magie zu beschwören. Was er zu bezwecken hoffte … Das wußte nur er allein. Alles deutete darauf hin, daß er sich dann am glücklichsten fühlte, wenn er in seine thaumaturgische Trickkiste greifen konnte – wenn er Nebel wallen ließ, mit Hilfe der Pfeife große Rauchringe blies und tanzende Skelette aus Feuer, grünem Staub und Knochen formte.

Der Zwerg holte eine glühende Kohle aus dem Kamin hervor und schob sie in den fleischlosen Mund des Totenschädels, worauf der von innen heraus wie ein Lampion zu leuchten begann. Dann stopfte er getrocknete Blätter hinterher, die sofort wie Weihrauch dampften. Dunkle Schatten zitterten durch den Saal und erweckten den Anschein, über Schwingen zu verfügen. Sie sahen aus wie die Geister großer Fledermäuse, und während sie umherschwebten, flogen einige von ihnen durchs Fenster hinaus in die Nacht.

Jonathan dachte besorgt daran, daß Selznaks Beschwörungen, das Winken mit dem Schlangenobjekt und die Fledermausschatten nicht nur reines Theater waren – vielleicht gab es einen Zusammenhang mit ihm selbst und dem Professor. Er konnte nur abwarten, zusehen und sich fragen, was Escargot mit dem Seil plante.

Er mußte sich nicht sehr lange gedulden. Als Selznak mit seinem Stock auf den Boden klopfte, etwas von dem Pulver in den Mund des Totenschädels rieseln ließ und einige weitere Blätter nachschob, kam von den Deckenbalken her eine fein säuberlich gebundene Schlinge herab – für Jonathans Geschmack mit geradezu quälender Langsamkeit – und legte sich ganz behutsam um den Hals des Zwerges.

Selznak bemerkte die Schlinge erst, als sie sich ihm bereits um den Hals gelegt hatte. Ruckartig streckte er die rechte Hand aus, nahm den glühenden Totenschädel, das Schlangenobjekt und die Knochen vom kleinen Tisch und warf alles zu Boden. Jonathan beobachtete, wie sich das Gesicht des Zwergs in eine Grimasse verwandelte, die Wut und Überraschung ausdrückte. Er ließ seinen Stock fallen und griff mit beiden Händen nach dem Seil der enger werdenden Schlinge, die ihn vom Boden hochzuheben und zu erdrosseln drohte. Seine knurrenden Beschwörungen fanden ein Ende, und es folgte ein schriller Schrei, während der Zwerg einen Tanz auf den Zehenspitzen vollführte. Trotz des Bartes war ganz deutlich zu erkennen, wie sein Gesicht rot anlief; die Augen traten aus den Höhlen hervor, zwei Murmeln gleich, die jeden Moment zu Boden kullern konnten. Er schnappte nach Luft, tanzte und keuchte, hatte jedoch nicht mehr genug Atem, um erneut zu schreien oder auch nur leise zu fluchen.

Schließlich ließ er die sich um seinen Hals zusammenziehende Schlinge los und griff unter den Mantel, um die magische Uhr aus der Westentasche zu ziehen. Als seine Hand wieder zum Vorschein kam, hielt er die Uhr auf Armeslänge von sich gestreckt. Die Kette hatte er vom Knopf losgerissen, an dem sie befestigt gewesen war, und er bot die Uhr der leeren Luft als eine Art Köder dar. Das Seil lockerte sich, und daraufhin kam der Zwerg wieder ganz auf den Boden; die Augen schienen es sich noch einmal anders zu überlegen und kehrten in ihre Höhlen zurück. Eine Zeitlang geschah nichts, und Selznak atmete schwer, wartete einfach nur ab.

Escargot zog erneut am Seil, nur um den Zwerg an die Schlinge zu erinnern, und Selznak erhob sich wieder auf die Zehenspitzen, während die Augen ein weiteres Mal hervorquollen. Dann lockerte sich das Seil erneut, was dem Zwerg Gelegenheit gab, wieder auf den Füßen zu stehen. Doch es gelang ihm nicht, sich zu entspannen. Er sah Jonathan an, in der Annahme, daß der Käser das andere Ende des Seils in den Händen hielt und jederzeit daran ziehen konnte. Escargots Stimme klang sehr ernst, als er von oben her rief:

»Wenn du dich rührst, bist du erledigt!«

Der Zwerg unternahm den halbherzigen Versuch, zur Decke emporzusehen, aber dadurch bekam er offenbar noch mehr Schwierigkeiten mit der Schlinge. Seine Lage mußte alles andere als angenehm sein. Er starrte zum Stab, der keine zwei Meter entfernt lag. Vorsichtig schob er sich in die entsprechende Richtung, aber der eine Fuß hatte noch keine drei zehn Zentimeter zurückgelegt, als sich das Seil wieder straffte und ihm von der Schlinge die Luft abgeschnürt wurde.

Als sich der Strick anschließend lockerte, versuchte der Zwerg nicht noch einmal, den Stock zu erreichen. Völlig reglos stand er da, während die Minuten verstrichen, und offenbar dachte er nun angestrengt nach. Als er schließlich begriff, daß er bei einem Geduldsduell mit seinem Widersacher unterliegen muß, räusperte er sich vielsagend.

»Habe ich das Vergnügen«, fragte er mit sehr freundlich und höflich klingender Stimme, »mit meinem alten Geschäftsfreund Theophil Escargot zu plaudern?«

»In der Tat«, ertönte es im Bereich der Saaldecke.

»Dachte ich es mir doch«, sagte Selznak. »Du bist immer noch so geschickt wie vor Jahren.«

»Da hast du zweifellos recht«, pflichtete ihm Escargot bei.

»Und der Junge? Wie geht es dem Jungen?«

»Recht gut«, erwiderte Doolys Großvater. »So wie es sich anhört, gibt er deinen Kobolden gerade eins auf die Rübe.«

»Ach, tatsächlich?« Selznak zwinkerte Jonathan zu, so als teilten sie in dieser Hinsicht ein ganz spezielles Geheimnis. »Meine Wichte scheinen durchaus einen gewissen Gefallen daran zu finden. Kobolde sind wirklich komische Geschöpfe. Je mehr Unruhe sie stiften können, desto glücklicher sind sie. Offenbar spielt es dabei gar keine Rolle, wenn sie dabei selbst zu Schaden kommen. Nun, wie steht es denn tatsächlich mit dem Jungen? Freut er sich, wieder im Turm zu sein?«

»Ist ganz begeistert«, sagte Escargot.

»Es hätte ihn bestimmt noch froher gestimmt, wenn er bei seinem ersten Besuch einige Monate länger hiergeblieben wäre. Damals konnte ich ihn viel lehren. Aber vielleicht hole ich das noch nach.«

»Glaube ich eigentlich nicht«, meinte Escargot und zog einmal kurz an dem Seil. »Wenn's hier darum geht, Lektionen zu erteilen, so übernehme ich das. Du bist derzeit mehr fürs Gehorchen zuständig.«

Selznak zuckte mit den Schultern – offenbar meinte es Escargot ernst. *Und* er war im Vorteil. »Hast du was dagegen, wenn ich meine Pfeife rauche?«

»Ganz und gar nicht«, erwiderte Escargot. »Es erleichtert das Nachdenken. Und du hast allen Grund, dir einige Gedanken zu machen.«

Selznak lachte leise und auf eine wenig überzeugende Art. Er schob die Uhr in die Westentasche zurück und holte Pfeife und Tabak hervor. Jonathan rechnete jeden Augenblick damit, daß von irgendwoher Nebel heranwogte, aber nichts dergleichen geschah. Nun, selbst der dichteste Dunst hätte nicht die Schlinge vom Hals des Zwerges entfernen können. Nachdem Selznak schließlich den Tabak festgestopft, angezündet, gepafft und wieder gestopft hatte, steckte er den Beutel, Streichhölzer und Stopfer in die Manteltasche zurück, holte erneut die Uhr hervor und hob sie dicht vor die Augen – er schien feststellen zu wollen, wie spät es war. »Was willst du von mir?« fragte der

Zwerg und nahm die Pfeife aus dem Mund. »Ich dachte eigentlich, zwischen uns sei alles klar. Schließlich haben wir eine Übereinkunft getroffen. Oder hast du die vergessen? Den Jungen für die Uhr. Anschließend hast du dir – ohne mein Einverständnis abzuwarten – erlaubt, den Handel auch aufs Vogelschwein zu beziehen. Und meine Reaktion? Habe ich dich etwa in eine Kröte verwandelt oder die Kobolde auf dich gehetzt? Nein. Ich sagte einfach zu mir selbst: Ach, das ist doch nur einer von Theophils Streichen. Und ich fand mich damit ab. Sogar dein Versteck kannte ich: die Büsche unten am Hinkelbach. Aber habe ich die Sträucher etwa angezündet, um dich auszuräuchern? Nein, keineswegs. Wie du weißt, bin ich Philosoph, und es liegt mir nichts daran, mich für irgendeinen Ärger zu rächen. Nein, nicht Dr. Selznak. Und doch dringst du einfach so in mein bescheidenes Heim ein und legst mir eine Schlinge um den Hals, während ich nur meinen Geschäften nachgehe. Empörend nenne ich so etwas. Einfach empörend.

Aber wie ich schon sagte: Ich bin Philosoph. Und ich erkläre hiermit meine Bereitschaft, diesen unliebsamen Zwischenfall zu vergessen. Allerdings verlange ich Entschädigung von den Halunken dort, die offenbar solche Freude daran hatten, mir das Fenster zu zertrümmern. Vielleicht können wir eine zweite Übereinkunft treffen. Unglücklicherweise sind meine beiden Gäste derzeit nicht in der rechten Stimmung, diese Angelegenheit mit mir zu erörtern. Was hältst du davon, ihre Interessen zu vertreten, hm?«

Escargot gab keine Antwort.

»Leider brauche ich organische Teile«, sagte Selznak. »Oh, keine sehr wichtigen. Keine Herzen, Hirne, Arme oder Beine. Ich benötige nur eine Leber, eine Milz und zehn Meter Adern. Und das können sie sicher entbehren.« Erneut zwinkerte der Zwerg Jonathan zu. Aber diesmal wirkte es gar nicht mehr so freundlich.

»Befreie sie aus der Starre«, sagte Escargot, der offenbar keinen Sinn hatte für solche Späße. »Befreie sie aus der Starre und gib die Uhr dem alten Mann. Wenn du irgendeinen Trick versuchst, wirst du feststellen, daß du auch einen neuen Hals brauchst.«

Selznak lachte, paffte an der Pfeife, zog sie aus dem Mund und starrte in die Tabaksglut, als erwarte er, dort eine wundervolle Offenbarung zu erblicken. »Du warst schon immer recht amüsant. Von Anfang an bin ich der Meinung gewesen, daß Theophil Escargot am besten für gute Stimmung sorgen kann. Du hast mich in dieser Beziehung noch nie enttäuscht, und ganz offensichtlich bist du noch immer in Form. Nun, du warst so freundlich, mir diese sehr interessante Uhr überlassen, und jetzt willst du sie zurück. Bist du bereit, mir als Gegenleistung den Jungen anzubieten? Und diese beiden Narren? Kann ich sie haben?«

»Du kannst dies haben«, entgegnete Escargot, und er zog so heftig an dem Seil, daß die Pfeife aus Selznaks Mund rutschte und zu Boden fiel. Einige glühende Tabaksfladen quollen daraus hervor. Der Zwerg zappelte wild hin und her, aber nach einigen Augenblicken gelang es ihm, mit den Zehenspitzen den Boden zu berühren, woraufhin er sich ein wenig erholte. Die ganze Zeit über schaffte er es, die Uhr festzuhalten. Sein Gesicht kam einer Fratze gleich, als sich das Seil lockerte, und zischend ließ er den Atem entweichen. Als er sich wieder gefaßt hatte, sagte er mit gefährlich ruhiger Stimme: »Wenn du das wiederholst, Theophil, mache ich noch einmal Gebrauch von der Uhr, und dann ergeht es dir ebenso wie deinen beiden Freunden. In einem solchen Fall empfehle ich dir, dich gut zusammenzurollen, bevor du auf den Boden fällst – damit deine inneren Organe nicht zu Schaden kommen. Verschwendung kann ich nicht ausstehen.«

»Zweifellos eine interessante Angelegenheit«, erwiderte Escargot gelassen. »Aber ich werde nicht zu

Boden fallen. Zumindest wäre der Aufprall nicht sonderlich hart. Das andere Ende des Seils ist an meinen Bauch befestigt und über einen Balken geschlungen. Wenn ich falle, saust du zur Decke hoch und wirst erdrosselt.«

»Und du würdest innere Verletzungen davontragen«, bemerkte Selznak. »Was sehr bedauerlich wäre.«

Draußen in der Dunkelheit herrschte lärmende Aktivität. Mehr als nur einmal starrten Kobolde durchs Fenster, beobachteten kurz die herumstehenden Skelette, die beiden Flößer und die anderen, ebenfalls erstarrten Wichte und machten sich dann rasch wieder auf und davon. Ab und zu entfernte sich das Kreischen in Richtung Sumpf. Dann wieder kehrte es zurück zum Turm. Wölfe heulten, Kobolde schrillten, Fledermäuse flogen durchs Fenster herein und wieder hinaus – und gelegentlich stakte ein bleiches Skelett vorbei, wackelte mit dem Totenschädel und sah sich aus leeren Augenhöhlen um, wie auf der Suche nach etwas, das sich erschrecken ließ.

Es war sehr eigenartig, daß Dooly und Lonny Gosset ganz allein eine so große Horde aus Alptraumwesen und Kobolden auf Trab halten konnten. Jonathan rechnete jeden Augenblick damit, daß der Beddlington-Affe durchs Fenster in den Saal kletterte, Dooly unter den einen Arm geklemmt und Lonny Gosset unter den anderen. Wenn es tatsächlich dazu kam, würde sich Escargot rasch eine neue Variante seines Plans einfallen lassen müssen.

Dem Zwerg schienen ähnliche Gedanken durch den Kopf zu gehen. Offenbar wußte er nicht genau, was er mit den Händen anstellen sollte, und er starrte auf die Pfeife, überlegte vielleicht, ob er sie aufheben sollte. Aber abgesehen davon wirkte er ruhig. Vermutlich hoffte er, von seinen dienstbaren Geistern gerettet zu werden.

Das Heulen und Kreischen draußen wurde noch

lauter, als fände in unmittelbarer Nähe des Turms eine erbitterte Schlacht statt. Nachdem es einige Augenblick lang im Saal still geblieben war, sagte Escargot: »Wenn der Junge zu Schaden kommt, wird das üble Konsequenzen für dich haben. Sehr üble.«

»Mein Freund«, erwiderte der Zwerg, und seine Stimme klang so, als hätte er die ganze Sache allmählich satt, »es wird für mehrere Leute übel werden – und einer dieser bedauernswerten Burschen ist ein bekannter Dieb. Es war ein großer Fehler von dir, dich mit diesen Kümmerlingen dort einzulassen. Wir hätten Großes vollbringen können, du und ich, wir beide zusammen. Aber noch ist es nicht zu spät. Du hast keine Ahnung, welche Schätze ich bereits angehäuft habe, Theophil. Du machst dir keine Vorstellung davon.«

»Das hole ich nach, bevor die Nacht um ist«, erwiderte Escargot.

Und so ging es rund eine Stunde lang weiter, bis Jonathan das Gefühl hatte, sich kaum mehr daran erinnern zu können, einmal *nicht* zwischen Knochen an der Wand gehockt und zugehört zu haben, wie Selznak versuchte, sich doch noch mit Escargot zu arrangieren. Schließlich war durch das Fenster zu sehen, wie sich das fast schwarze Blau des Nachthimmels in ein trübes Grau verwandelte. Der Lärm draußen wurde kurz leiser, dann wieder lauter, und plötzlich ertönte ein dumpfes Stampfen außerhalb des Turms.

Eine dröhnende Stimme – sie klang auf sonderbare Weise disharmonisch, so als versuchte irgend etwas, einen menschlichen Tonfall nachzuahmen – durchhallte die dunstige Morgenluft und formulierte die eigentümlichen Worte: »Wehe den Trunkenbolden!« donnerte die Stimme, und sie betonte die zweite Silbe in *Trunkenbold* wie jemand, der Mühe hat, das Wort *Unhold* auszusprechen. »Wehe den Trunkenbolden!« donnerte es erneut. »Wehe! Wehe! Wehe!« Eine kurze Pause schloß sich an, und dann: »Aufgedunsen mit

Bier!« Darauf folgte ein heulendes, langgezogenes »*Weeeeeeehe!*«, und der Beddlington-Affe, zerzaust und verwirrt, schwankte vor das Fenster. Das Gesicht war verzerrt und zornig. Als das Tier seinen Herrn und Meister sah, dessen Kopf in einer Schlinge steckte, knurrte und grollte es, griff in die Tasche eines Kleidungsstücks, das offenbar ein Hemd darstellen sollte und holte nichts anderes als einen Hut hervor, den es sich auf den breiten Schädel preßte.

Selznak richtete einige laute Worte in einer sonderbaren Sprache an das Geschöpf und wandte sich dann dem weit über ihm und dicht unterhalb der Decke befindlichen Escargot zu. »Ich habe jetzt genug. Ein wenig Abwechselung könnte gewiß nicht schaden.« Erneut rief er dem Beddlington-Affen etwas zu, und der bückte sich daraufhin, offensichtlich bestrebt, den Befehlen seines Herrn zu gehorchen und durchs Fenster in den Saal zu klettern.

Jonathan fragte sich, warum Escargot den Zwerg nicht einfach hochzog. Aber wahrscheinlich war das leichter gesagt als getan. Und außerdem: Selbst wenn Selznak hoch oben in der Luft baumelte, sah es für Jonathan und den Professor nach wie vor schlecht aus. Plötzlich kam ihm ein erschreckender Gedanke. Wenn der Zwerg starb, mußten er und der Professor so lange in der Starre verweilen, bis jemand dem Mondmann Bescheid gab, auf daß er sie befreite. Alles in allem gesehen war ihre Lage nicht gerade rosig, als der Beddlington-Affe durchs zersplitterte Fenster kletterte und dabei laut knurrte.

Draußen erklang ein Schrei. Kein erschrockener und jäher Schrei, sondern ein lang anhaltendes und absichtliches Gellen, das den ganzen Turm zu erschüttern schien. Sogar Selznak sah erstaunt auf, ebenso wie der Affe, der mitten im Fenster verharrte, sich umdrehte, um festzustellen, was diesen neuen Aufruhr verursachte – und von einer rund hundert Zentimeter langen, aus hartem Holz bestehenden Keule am Kopf getroffen wurde. Dieser Hieb raubte dem Tier das Gleichgewicht, und hintenüber fiel es aus dem Fenster. Mit einem dumpfen Krachen hämmerte die Keule dann ein zweites Mal auf den haarigen Schädel des Affen, der daraufhin zu Boden sank und jenes Skelett unter sich zermalmte, dem vor fast drei Stunden die Flucht aus dem Saal in die Nacht gelungen war.

Tiefe Stille schloß sich an. Der Affe regte sich kurz und stöhnte: »Wehe!« Er knurrte und heulte auf ziemlich beeindruckende Weise, gab dann auf, blieb einfach liegen und atmete schwer. Kurz darauf regte sich in dem Zwielicht etwas, und der Anblick, der sich Jonathan darbot, war der prächtigste seit langer Zeit. Wenn er in diesen Augenblicken ein Einhorn gesehen hätte, wäre er darüber nicht glücklicher gewesen als über den Junker Myrkel, der auf seine charakteristische Art lachte und so gekleidet war, als zöge er in einen Krieg. Er hatte die Augen ein wenig zusammengekniffen und erweckte ganz den Eindruck, als hielte er nach einem weiteren Gegner Ausschau, den es niederzuschlagen galt. Als sein Blick beim Beddlington-Affen verweilte, richtete er sich auf und machte Anstalten, durch das Fenster in den Saal zu klettern – für den Junker sicher kein leichtes Unterfangen.

Als noch erstaunlicher erwies sich etwas, das nach Jonathans Meinung ein altes Sprichwort bestätigte: »Einmal verloren, zweimal wiedergefunden.« Denn auf dem Kopf des Junkers sah er nichts anderes als den inzwischen zwar recht mitgenommenen, aber durchaus identifizierbaren Hut des Bürgermeisters Bastable. Eigentlich wäre er für den Schädel des Junkers viel zu klein gewesen, hätte sich der massige Kopf nicht nach oben hin verjüngt. Jonathan wußte nicht so recht, welches des größere Wunder sein mochte: das Auftauchen des Junkers oder das des Hutes.

In diesem Augenblick eilten Bufo und Gelbhut herbei und riefen etwas von wilden Leuten, hielten jedoch lange genug inne, um dem Junker durchs Fenster zu helfen und Jonathan und dem Professor zuzunicken, bevor sie wieder davonstürmten. Kurz darauf kehrten sie zurück, zusammen mit Dooly und Stich-den-Busch. Zwischen sich trugen sie einen reglosen Lonny Gosset. An Doolys Stirn zeigte sich eine große Platzwunde, und sowohl das Gesicht als auch das Haar waren mit getrocknetem Blut verschmiert. Gleichzeitig erweckte er den Eindruck, nie glücklicher gewesen zu sein – als sei ein verwunderter und blutiger Kopf zehnmal soviel wert wie einer ohne derartige Zierde. Dooly und die Wanderer kletterten ebenfalls in den Saal und legten Gosset auf den Rücken des zusammengebrochenen Beddlington-Affen. Das gemeinsame Gewicht von Tier und Hutmacher war dem Skelett darunter offenbar zuviel, denn mit lautem Knacken brachen auch die letzten Knochen. Der Totenschädel löste sich von der Wirbelsäule, rollte in den Saal und blieb neben dem Knochenkopf liegen, der vor Stunden aus dem Kamin gekullert war.

Der Junker stieß erst den einen, dann auch den anderen mit seiner Keule an. Dann stellte er den ersten so hin, daß der lippenlos grinsende Mund in Richtung Kamin zeigte, nahm anschließend mit der Keule Maß, so als wollte er Golf spielen. Als er zuschlug, sauste der Totenschädel wie ein Komet empor, raste direkt in die noch immer reglos leuchtende Flamme und prallte gegen den Brustkasten des in der Glut wartenden Skeletts. Die Rippen brachen auseinander und fielen in die Kohlen. Der Junker schüttelte sich vor Lachen. Er griff nach dem zweiten Kopf, setzte kurz Bürgermeister Bastables Hut ab, schob den Schädel hinein und setzte ihn sich wieder auf. Anschließend wandte er sich zu Selznak um und sagte mit fester, selbstsicher klingender Stimme: »Der Junker hat jetzt eine Schädelmütze.« Dann lachte er erneut.

Selznak sah Jonathan an und wirkte fassungslos. Sicher hatte er viele Wunder erlebt, aber mit einer so seltsamen Angelegenheit schien er noch nie zuvor konfrontiert worden zu sein.

Der Junker beugte sich vor und blickte in Jonathans Gesicht. Mit einem dicken Finger berührte er ihn an der Nasenspitze. »Der Käser schläft«, sagte er. »Aber seine Augen sind offen. Das ist wirklich komisch. So etwas hat der Junker noch nie gesehen. Und der Zwerg dort hängt an einem Seil. Ein trauriger Zwerg muß er sein, da er unter Kobolden lebt.«

»Hallo, Junker!« rief Escargot. Myrkel sah zur Decke hoch und konnte natürlich nichts anderes erkennen als nur das herabhängende Seil.

»Das ist Großvater!« rief Dooly. »Er befindet sich dort oben und trägt seinen Unsichtbarkeitsmantel!«

»Kann er denn fliegen?« fragte der Junker.

»Ich weiß nicht«, erwiderte Dooly, der offenbar nicht recht wußte, was er davon halten sollte. »Ich glaube nicht.«

»Nehmt dem Zwerg die Uhr ab«, sagte Escargot. Der Junker schwankte auf Selznak zu und zog ihm die Uhr aus der Hand. Der Zwerg kochte vor Wut. Jonathan hatte den Eindruck, daß jeden Augenblick Dampf aus den Ohren Selznaks wallen konnte, wenn er sich nicht rasch beruhigte. Er stellte sich vor, wie er über das Kopfsteinpflaster schritt und sich Gossets Haus näherte, während Qualm nicht etwa aus dem Pfeifenkopf quoll, sondern aus den Ohren.

Der Junker hielt die Uhr in der rechten Hand, beugte sich nieder und griff nach der am Boden liegenden ausgestopften Schlange. Er betrachtete sie kurz, lachte und hielt sie dem Zwerg vors Gesicht, bevor er sie irgendwo in seinem Mantel verstaute.

»Du willst die verdammte Uhr also unbedingt haben«, sagte Selznak finster. »Und was hast du mit ihr vor?«

»Ich will sie gar nicht«, erwiderte Escargot. »Aber du wirst jetzt den Bann brechen, oder du stirbst, wenn die Sonne überm Wald zum Vorschein kommt.«

»Werd nur nicht theatralisch«, sagte Selznak. »Deine Drohungen können mich nicht beeindrucken. Nur ich kann den Bann brechen, und das weißt du ganz genau.«

»Junker«, meinte Escargot, »schicken Sie Ihre Begleiter die Treppe hoch. Sie sollen den Hund holen. Er schläft im langen Gang der dritten Etage. Im vierten Stock befindet sich ein Zimmer mit Tierkäfigen. Tragt sie herunter und nach draußen und laßt die armen Viecher dort frei. In der fünften Etage ist ein Laboratorium untergebracht. Es sollte zerstört werden. Aber sorgen Sie dafür, daß sich die Wanderer vom sechsten Stock fernhalten, wenn ihnen etwas an ihrem Leben und Verstand liegt.«

Bufo, Gelbhut und Stich-den-Busch machten sich sofort auf den Weg und eilten die Treppe hoch. Kurz darauf kehrte Bufo mit Ahab zurück – der Hund befand sich im gleichen Zustand wie auch Jonathan und der Professor. Bufo legte ihn neben den Käser, der sich sehr darüber freute, ihn gesund wiederzusehen. Eine Weile später trugen die drei Wanderer Käfige mit seltsamen Tieren in den Saal. In einigen befanden sich Kaninchen, Waschbären und Opossums, die durchaus als solche zu erkennen waren, aber viele andere Käfige enthielten Geschöpfe, die außer Selznak noch niemand gesehen hatte. In dem von Escargot erwähnten Zimmer gab es offenbar sehr viele Käfige, denn die drei Wanderer waren eine ganze Zeitlang damit beschäftigt, sie in den Saal und dann nach draußen zu tragen. Immer wieder stiegen sie die Treppe hoch. Der Junker entwickelte großes Interesse an den Tieren, und eins schien ihm besonders zu gefallen: Es handelte sich um ein weiteres geflügeltes Schwein, aber dieses Exemplar hatte die Schnauze eines Opossums und den Schwanz eines Bibers. Der Junker wechselte einige kurze Worte mit Stich-den-Busch, der den entsprechenden Käfig daraufhin in eine Ecke stellte.

Dr. Selznak beobachtete die Geschehnisse und gab sich gleichgültig. Nach einiger Zeit sagte er nur: »Weißt du, Theophil, die Zerstörung meines Laboratoriums bringt dich auch nicht weiter.«

Escargot gab keine Antwort. Der Junker schwankte heran, sah dem Zwerg direkt in die Augen, holte die ausgestopfte Schlange hervor und wedelte damit vor Selznaks Gesicht herum. Der schenkte ihm überhaupt keine Beachtung. »Du kannst den ganzen Turm abreißen – und deine Freunde wären nach wie vor in der Starre gefangen. Ich mache dir einen Vorschlag. Du gibst mir dein Wort, mir nichts zu tun. Ich wecke die beiden Burschen wieder. Anschließend mache ich mich zusammen mit meinem Affen auf und davon, und ihr seht uns nie wieder.«

»Und die Uhr?« fragte Escargot.

»Die gehört mir«, sagte Selznak schlicht.

»Du hast noch immer nicht begriffen«, erwiderte Escargot. Der Junker hielt offenbar den Zeitpunkt für gekommen, den Zwerg mit dem Schwanz der ausgestopften Schlange am Ohr zu kitzeln. »Es gibt noch jemand anders, der die Uhr beherrscht«, sagte Doolys Großvater. »Du weißt, wen ich meine.«

»Und wie willst du ihn herbeirufen?« fragte der Zwerg. »Denkst du daran, einen Reiher zu ihm zu schicken? Oder eine Taube?«

Escargot schwieg.

»Der Junker wird einen Reiher fliegen lassen«, sagte der Junker, der Escargot damit helfen wollte. Erneut stocherte er mit dem Schwanz der komisch anzusehenden Schlange in Selznaks Ohr und kicherte. »Der Junker muß einen Reiher bekommen, den er losschicken kann.«

Dooly beobachtete das Geschehen und achtete darauf, einen drei Meter weiten Sicherheitsabstand zum Zwerg zu wahren. Ohne ihn aus den Augen zu lassen, machte er einen Bogen um ihn und band den Beutel von Jonathans Gürtel los.

Jonathan hätte am liebsten gejubelt, als er begriff, was Dooly beabsichtigte, und er war überglücklich, daß der Junge über die vier Münzen Bescheid wußte. Dieser Frohsinn wich jedoch sofort darauf tiefer Betrübnis, als ihm einfiel, daß Dooly nicht wissen konnte, wie man sie anordnen mußte.

»Zum Donnerwetter, Junge!« platzte es aus Escargot heraus. »Du bist der einzige von uns, dessen Gehirngrütze mehr wiegt als nur ein paar Unzen.«

»Ja, Großvater«, sagte Dooly. »Ich habe wirklich 'ne Menge Grütze im Kopf. Herr Bing meinte einmal, diese Münzen hier seien wie Augen – seine Augen. Aber wenn ich es mir jetzt so überlege, kommen mir doch Zweifel daran.«

Selznak beobachtete ihn spöttisch und konnte natürlich nicht wissen, auf was Dooly aus war. Der Zwerg schien der ganzen Angelegenheit inzwischen ziemlich überdrüssig zu sein und wirkte auch ein wenig nervös. Dooly fand zwei der Münzen und legte sie auf den Kaminsims. Er drehte sie mehrmals um, schob sie hin und her, bestaunte dabei die seltsamen Fischbilder, die bei jedem Drehen verschwanden und neuen wichen. Junker Myrkel sah ihm dabei zu, nickte klug und drehte die Münzen dann selbst einige Male um, wobei er mit großem Interesse zwei besonders merkwürdige Fischgeschöpfe betrachtete.

»Was ist denn nun?« fragte Escargot.

»Nicht viel«, erwiderte Dooly. »Ich bekomme keine Augen zu sehen. Nur Fische.«

»Kennst du die Anordnung?«

»Was für eine Anordnung? Ich habe nur gehört, daß die Münzen Augen zeigen. Von irgendeiner Anordnung hat mir niemand etwas gesagt.«

»Aber es gibt natürlich eine, mein Junge«, beharrte Escargot. »Das ist bei solchen Sachen immer so. Ohne eine gewisse Ordnung funktioniert gar nichts – sieht man einmal von den Kobolden ab. Leg eine der Münzen so hin, daß der sich darauf zeigende Fisch nach Osten schwimmt.«

»Wo ist Osten?« Doolys Stimme klang verwirrt.

»Dort, wo sich das zerbrochene Fenster befindet«, sagte Escargot. »Dreh die Münze so, daß es aussieht, als schwimme der Fisch zum Fenster. Dann nimm die nächste und leg sie so hin, daß der Kopf des betreffenden Fisches zum Kamin zeigt.« Dooly führte die Anweisungen gehorsam aus. »Jetzt nimm die dritte Münze und drehe sie nach Westen, in Richtung der großen Tür dort.«

»Die nächste?« fragte Dooly. »Aber es sind doch nur zwei.«

»Es sind vier«, verbesserte sein Großvater. »Die anderen beiden müssen sich noch im Beutel befinden.«

Dooly griff erneut hinein und holte nacheinander eine rote Bohne, eine Roßkastanie und eine kleine Kugel aus Elfenbein hervor, die an der einen Seite eine Elfenrune aufwies. Erst dann fand er die dritte Münze.

»Hier ist sie«, sagte Dooly und legte sie so neben die beiden anderen, daß der Fischkopf zur Tür zeigte.

»Und jetzt die vierte«, sagte Escargot.

»Die vierte?« fragte Dooly erstaunt. »Jeder hat doch nur zwei Augen. Wer braucht schon vier?«

»Mit weniger als vier Münzen funktioniert die ganze Sache nicht«, sagte Escargot. »Ich kenne mich in dieser Hinsicht aus. Hol die vierte Münze aus dem Beutel und leg sie so auf den Sims, daß sie in den Saal zeigt. Anschließend nimm alle vier Münzen und dreh sie im Uhrzeigersinn, so daß die Fische aufeinander zuschwimmen. So nahe sollen sie sich sein, daß sie sich fast berühren.«

Dooly tastete erneut in dem Beutel herum und förderte noch einige weitere seltsam anmutende Gegenstände zutage, bevor er rief: »Ich habe sie! Sie war in eine Ecke gerutscht!«

Dann geschah etwas sehr Sonderbares. Auf einmal lagen die vier Münzen überhaupt nicht mehr auf dem Kaminsims. Offenbar befanden sie sich nun wieder in Jonathans Beutel – zumindest war nichts mehr von ihnen zu sehen.

Von der Decke her erklang Escargots Stimme: »Meine Güte, warum glotzt ihr denn so? War *er* da?«

»Das schon«, sagte Dooly. »Aber er ist wieder verschwunden.«

»Prächtig«, sagte Escargot. »Wirklich ausgezeichnet. Zum Donnerwetter auch, jetzt kommen wir endlich weiter. Wollen doch mal sehen, ob er uns nun noch austricksen kann!«

Selznak aber schien gar nicht in der Stimmung zu sein, irgend jemanden austricksen zu wollen. Er sah recht hohlwangig aus, als hätte ihn die lange Nacht ziemlich erschöpft. Bufo, Gelbhut und Stich-den-Busch eilten die Treppe hinauf, um weitere Käfige zu holen, brachten sie nach draußen und ließen die gefangenen Tiere dort frei.

»Fisch!« platzte es plötzlich aus dem Junker heraus. »Fisch und Fritten! Fisch und Essig! Austern und Krabben! Hummer und Tintenfisch!« Er sah Selznak an, der ganz offensichtlich überlegte, was er als nächstes unternehmen sollte. »Das esse ich jetzt«, sagte der Junker. Der Zwerg blieb stumm. Einmal ausgesprochen, schien der Junker Myrkel von der Vorstellung einer köstlichen Mahlzeit regelrecht überwältigt zu werden. Als Bufo die Treppe herunterkam und berichtete, das Laboratorium sei zerstört und alle Tiere freigelassen, schien ihn der Junker gar nicht zu hören. »Der Junker wird jetzt essen«, teilte er Bufo mit.

»Ich könnte ebenfalls einen Happen vertragen«, lautete die Antwort. »Am besten sehen wir uns nach der Speisekammer um.«

»Der Junker wird die Speisekammer essen«, verkündete Myrkel. Jonathan glaubte, daß er dazu durchaus fähig gewesen wäre. Bufo wußte genau, daß es keinen Sinn hatte, dem Junker zu widersprechen. Er schritt zu einer vielversprechend aussehenden Nische unweit der Treppe – und die beiden erstarrten Kobolde standen vor ihr. Einer von ihnen hielt noch immer eine Tasse mit jener Flüssigkeit in der Krallenhand, die Selznaks Wichte getrunken hatten, bevor das Fenster von Jonathan und dem Professor zertrümmert worden war. Myrkel stieß einen der Kobolde an, und der Wicht stürzte einfach um, ohne dabei die Haltung zu verändern. Daraufhin schüttelte der Junker den Kopf, als wunderte er sich über die Dummheit der Kobolde. »Da haben wir sie ja schon!« rief Bufo aus der Nische, und der Junker folgte ihm rasch, ganz versessen darauf zu erfahren, was die Speisekammer an Köstlichkeiten präsentierte

»Ich habe langsam genug«, meldete sich Escargot von seiner Position unter der Decke. »Ich kriege Krämpfe in den Beinen, und meine Füße sind schon eingeschlafen. Hast du noch etwas zu sagen, Zwerg?«

Zunächst schien Selznak auch weiterhin schweigen zu wollen, obgleich er den Anschein erweckte, konzentriert nachzudenken. Eigentlich standen ihm nicht mehr viele Möglichkeiten offen. Aus seiner Sicht gesehen war es gewiß keine gute Idee, einfach abzuwarten, bis ein Luftschiff voller unsympathischer Elfen eintraf.

»Vielleicht können wir eine Übereinkunft treffen«, erwiderte er langsam.

»Natürlich können wir das«, bestätigte Escargot. »Jetzt sofort. So viele wie du willst. Aber jede beginnt damit, daß du den Professor und Herrn Bing aus der Starre befreist.«

»Dazu brauche ich die Uhr. Der Dicke hat sie mir

weggenommen – und inzwischen wahrscheinlich schon verspeist.«

»Junker!« rief Escargot. Und es vergingen nur einige wenige Augenblicke, bis sich der Junker durch das Steintor der Nische schob und in den Saal zurückkehrte. In der einen Hand hielt er etwas, das aussah wie eine Truthahnkeule, und mit der anderen umfaßte er einen großen Bierkrug. Unter seinem Arm klemmte ein langer, knuspriger brauner Laib Brot. Myrkels Wangen wölbten sich so, als sei er eine Art menschlicher Hamster, der einen Vorrat für den Winter anlegte.

»Bitte seien Sie so nett und geben Sie Doktor Selznak die Uhr zurück, Junker«, sagte Escargot.

Der Junker schwankte zum Zwerg, dessen Kopf noch immer in der Schlinge steckte, musterte ihn eine Zeitlang, brach ein faustgroßes Stück Brot ab und bot es ihm an. Selznak machte keine Anstalten, es entgegenzunehmen oder abzulehnen. Er stand einfach nur reglos da, preßte die Lippen zusammen und sah den Junker finster an. Myrkel winkte einige Male mit dem Brotstück direkt vor der Nase des Zwergs, biß dann in die Truthahnkeule und kehrte in Richtung Speisekammer zurück.

»Die Uhr, Junker!« rief Escargot.

Der Junker blieb stehen, setzte den Bierkrug ab und kramte in den Taschen seines Mantels. Er holte zuerst die ausgestopfte Schlange hervor, dann eine Eidechse aus Gummi, einige große Murmeln und eine Glaskugel von mehr als zehn Zentimetern Durchmesser – aber keine Taschenuhr. »Was haben Sie da, Junker?« fragte Escargot. »Was hat es mit der Glaskugel auf sich?«

»Es ist keine Uhr, sondern eine Murmel«, erwiderte der Junker und schüttelte den Kopf. »Eine große und wunderbare Murmel. Und sie gehört jetzt dem Junker.« Er hielt das Objekt hoch, und dadurch glänzte das Licht der aufgehenden Sonne direkt durchs Glas.

Daraufhin entfaltete sich ein seltsames Leben in ihrem Innern – ein ganzes Universum schien sich dort zu drehen. Junker Myrkel starrte wie gebannt in die Kugel. Die Truthahnkeule in der einen Hand entfiel seinen Fingern, klatschte auf den steinernen Boden, stieß gegen den Bierkrug und warf ihn um.

»Junker!« rief Escargot. »Die Uhr, Junker!« Aber der Junker schien ihn überhaupt nicht mehr zu hören. Dafür eilte Bufo aus der Speisekammer in den Saal, um zu sehen, was dort geschah. »Wollen Sie die Uhr?« fragte Bufo und hielt die Taschenuhr an der Kette ausgestreckt. »Der Junker hat sie auf dem Sims zurückgelassen. Uhren bedeuten ihm nicht sehr viel; er kann die Zeit nicht von ihnen ablesen. Seiner Ansicht nach braucht er gar nicht zu wissen, wie spät es ist.«

»Geben Sie die Uhr Doktor Selznak«, sagte Escargot. »Und nehmen Sie dem Junker die Kugel weg.«

Bufo kam der Aufforderung nach. Als er dem Junker die Kugel aus der Hand nahm, sah sich Myrkel nach der Truthahnkeule und dem Bierkrug um und verzog verärgert das Gesicht, als er beides am Boden liegen sah. »Wer ist dafür verantwortlich?« fragte er, kniff die Augen zusammen und musterte Bufo argwöhnisch.

»Der Bursche dort drüben«, sagte Bufo rasch und deutete auf ein Skelett. »Der arme Kerl war am Verhungern.«

Der Junker griff nach der Truthahnkeule, strich Staub und Sand davon ab – um das Fleisch dann in den grinsenden Mund des Totenschädels zu stopfen. Daraufhin kippte das Skelett nach hinten, während die Keule zwischen den Zähnen hervorragte. »Der Kerl ist zu dünn«, sagte der Junker, beugte sich nieder und betastete die fleischlosen Rippen. »Und so etwas ist bestimmt nicht gesund.«

»Ganz sicher nicht«, pflichtete ihm Bufo bei. »Lassen Sie uns etwas anderes zu essen holen.« Zusammen mit dem Junker verschwand er erneut in der Nische mit der Speisekammer.

Selznak betastete die Taschenuhr und überlegte, wie er sich aus der Affäre ziehen konnte. Er verabscheute es ganz offensichtlich, einfach so nachzugeben, aber andererseits blieb ihm kaum etwas anderes übrig. Escargot entschloß sich dazu, dem Zwerg noch einmal seine Lage zu verdeutlichen.

»Ich lasse jetzt den Balken los«, sagte Doolys Großvater. »Wenn du nach dem Seil greifst, falle ich, und dann wirst du meinen Sturz abfangen, in dem du nach oben saust. Wenn du versuchst, mich mit der Uhr erstarren zu lassen, verliere ich wahrscheinlich das Gleichgewicht und falle ebenfalls – mit dem gleichen Ergebnis. Hast du verstanden?«

»Du bist verdammt gerissen«, entgegnete Selznak.

»Und ob, Freundchen«, bestätigte Escargot. »Befrei jetzt die beiden Burschen dort aus der Starre und gib dem Professor die Uhr. Ein Trick, mein lieber Selznak, könnte dich das Leben kosten.«

»Was habe ich davon, wenn ich mich füge?« fragte der Zwerg.

»Du darfst mit deinem blöden Affen fortgehen.«

»Ich möchte die Kugel«, sagte Selznak.

»Darüber mußt du mit dem Junker sprechen«, erwiderte Escargot. »Sie gefällt ihm offenbar sehr. Außerdem handelt es sich bei ihr nur um ein Spielzeug. Du kannst den alten Lumbog ja bitten, dir eine andere anzufertigen. Gemeinsam gelingt euch das vermutlich.«

»In Ordnung«, sagte Selznak. »Ich bin einverstanden. Sollen wir die Sache jetzt hinter uns bringen? Ich habe noch eine Menge zu erledigen.«

»Das meiste davon dürfte unerledigt bleiben«, bemerkte Escargot. »Nun, ich bin soweit. Denk daran: keine Tricks – oder du bist die längste Zeit ein Zwerg gewesen.«

Selznak blickte kalt, und mit dem Daumen drückte

er auf die kleine Taste oben an der Uhr. Plötzlich konnte sich Jonathan wieder bewegen, und mit solcher Entschlossenheit kroch er von den Knochen unter ihm, daß er fast mit dem Professor zusammengestoßen wäre, der nun einen vor Stunden begonnenen Sprung beendete und dem Zwerg die Uhr aus der Hand riß.

Es war leichter, als Wurzel angenommen hatte. Es kam zu keinem Kampf, nicht einmal zu Handgreiflichkeiten. Selznak war bereits gefesselt und mußte deshalb nicht extra überwältigt werden. Als er die Uhr an sich genommen hatte, trat der Professor vom Zwerg fort und machte ein verblüfftes Gesicht. »Was zum …«, setzte er an. Dann erblickte er Gelbhut und Stich-den-Busch und schien erst jetzt die Schlinge an Selznaks Hals zu bemerken. Er bekam keine Gelegenheit, ein weiteres Wort zu formulieren.

27. Kapitel

Als der Junker Myrkel kam

Von einem Augenblick zum anderen herrschte wieder ein wildes Durcheinander im Saal. Der neben der Treppe liegende Kobold sprang auf und tanzte mit einem anderen, als hätte er sowohl die Orientierung als auch den Verstand verloren. Auch die Skelette regten sich nun. Eins stand knarrend auf und wunderte sich über die Truthahnkeule in seinem lippenlosen Mund. Es zog sie hervor, verlor dadurch einige Zähne und ließ das Fleisch achtlos zu Boden fallen.

Der Junker und Bufo verließen die Speisekammer und beobachteten voller Erstaunen, wie die Kobolde und Skelette Fenster und Tür fanden, in den kühlen Morgen hinaustraten und -kletterten. Draußen war eine Kakophonie aus lautem Knurren und schrillem Fauchen zu hören, als sich die zuvor in den Käfigen gefangenen Tiere über ihre neue Freiheit freuten und den Kobolden in den Wald folgten. Das Vogelschwein in der einen Ecke des Saals grunzte einmal, sah sich um und versuchte festzustellen, welche Wirkung dieses Geräusch hervorrief. Der Junker näherte sich ihm und schob einige Stücke Brot durch die Gitterstäbe des Käfigs. Daraufhin beruhigte sich das Tier sofort wieder und faßte Vertrauen zu Myrkel. Zumindest bei diesem Geschöpf schien es sich um einen ganz umgänglichen Mutanten zu handeln.

Der Professor hielt die Uhr auf Armeslänge von sich gestreckt und schien das Objekt für einen sehr gefährlichen Unheilsbringer zu halten. »Es war die Uhr!« platzte es aus ihm heraus. »Es muß die Uhr gewesen sein!«

»In der Tat«, sagte Escargot. »Sie haben völlig recht.«

»Das ist wirklich sonderbar«, meinte Professor Wurzel. »Hm, ich konnte mich nicht mehr von der Stelle rühren. Ich weiß nicht einmal, wieviel Zeit verstrichen ist. Wo bin ich gewesen? War ich die ganze Zeit über hier?«

»Ja«, bestätigte Escargot. »Die ganze Zeit über. Sie waren erstarrt.«

»Erstaunlich!« Der Professor betrachtete die Uhr mit neuem Interesse. »Höchst erstaunlich.«

»Achten Sie auf den Zwerg, während ich von der Decke herunterklettere«, sagte Escargot. Kurz darauf erschien er auf der Treppe, den Unsichtbarkeitsmantel unter den einen Arm geklemmt.

»An welchem Ort wähnten Sie sich denn?« wandte sich Jonathan an den Professor.

»Nun, ich weiß nicht«, erwiderte Wurzel. »Vermutlich befand ich mich tatsächlich hier im Saal. Aber im einen Augenblick rutschten Sie in den Knochenhaufen, während ich Anstalten machte, nach der Uhr zu greifen – und im nächsten waren wir plötzlich hier.«

»Dann haben Sie nichts von all dem gesehen?« fragte Jonathan überrascht.

»Von was denn?«

»Vom Junker, dem Affen und Lonny Gosset und allem an deren.«

»Nein, nicht die Spur. Sie denn?«

»Ich war die ganze Zeit über völlig wach und habe alles beobachtet«, sagte der Käser. Er dachte kurz nach und fügte hinzu: »Nun, fast alles. Bei einer Sache bin ich mir nicht ganz sicher ...«

»Seltsam«, erwiderte der Professor. »Ausgesprochen seltsam. Was fangen wir jetzt mit dem Doktor an?«

»Er ist frei und kann gehen«, sagte Escargot schlicht.

»Damit bin ich ganz und gar nicht einverstanden«, wandte der Professor ein. »Wir sollten ihn hier solange festhalten, bis die Elfen eintreffen.«

»Erst erlauben wir ihm zu gehen, und anschließend können Sie ja versuchen, ihn wieder einzufangen. Ich halte mich an mein Versprechen.«

»An was für ein verdammtes Versprechen?« fragte der Professor. »Ich weiß überhaupt nichts von einem Versprechen.«

»Ich meine jenes Versprechen, das ich Selznak gab, während Sie noch erstarrt waren«, erklärte Escargot.

Jonathan und Dooly beugten sich über Lonny Gosset, der allmählich wieder zu sich kam. »Herrn Escargot hat recht«, sagte Jonathan. »Diese Angelegenheit war scheußlich genug. Ziehen wir endlich einen Schlußstrich. Soll er sowohl seinen Hut als auch den Stock bekommen und sich mit dem Affen auf den Weg machen können. Ohne die Uhr stellt er ohnehin keine Gefahr mehr dar.«

»Was veranlaßte Sie, eine solche Übereinkunft mit ihm zu treffen?« wollte der Professor wissen. »Selznak saß in der Falle. Wir hätten ihn einfach fest zusammenschnüren und dann auf die Elfen warten können.«

»Ich beabsichtige nicht, auf irgend etwas zu warten«, erwiderte Escargot. »Sie sind sicher so nett, Twickenham meine besten Grüße zu übermitteln. Sagen Sie ihm, daß ich mir seinen Mantel genommen habe, um ihn zu reinigen – er hat wirklich gut funktioniert. Richten Sie ihm aus, daß er sich an mich wenden soll, wenn er das nächste Mal einen Schurken zur Strecke bringen will. War nett, mit euch zusammenzuarbeiten, Leute. Ich habe es keinen Augenblick lang bereut.«

»Verläßt du uns jetzt, Großvater?« fragte Dooly und wandte sich von Lonny Gosset ab. »Wann kehrst du zurück?«

»Im kommenden Frühling, mein Junge. Im April machen wir beide eine sicher sehr interessante Reise. Na, wie hört sich das an?«

»Prächtig«, erwiderte Dooly stolz. »Laß dich nicht unterkriegen, Großvater.«

»Worauf du dich verlassen kannst. Gegen Theophil Escargot ist kein Kraut gewachsen.« Im Anschluß an diese Worte zog sich Escargot den Mantel über und wurde unsichtbar. Jonathan hörte das Geräusch seiner Schritte: Das leise Knarren und Knirschen näherte sich der Tür zu, kroch dann über die steinerne Treppe hinweg. Stille folgte, als Doolys Großvater das Gras erreichte.

Selznak griff nach Pfeife und Stock, trat zum Beddlington-Affen und stieß ihn an. Wie zuvor Lonny Gosset kam das haarige Wesen wieder zu sich, stand unsicher auf und sah sich verwirrt um. In Begleitung des Affen ging der Zwerg fort, in die Richtung, in die auch Escargot verschwunden war, und er sah weder zu den Flößern noch den Wanderern zurück. Offenbar hatte er es sehr eilig damit, den Turm zu verlassen – bevor doch noch jemand versuchte, ihn bis zur Ankunft der Elfen festzuhalten. Draußen blieb er kurz stehen und klopfte einmal mit dem Stock aufs Kopfsteinpflaster des Weges. Eine kalte Bö fauchte heran, wehte gezackte Blätter von den Eichen und blähte Selznaks Mantel auf. Als das Zischen und Fauchen aufhörte, fehlte von Zwerg und Affe jede Spur.

»Wir hätten ihn nicht gehen lassen sollen«, sagte der Professor.

»Vermutlich können wir von Glück sagen, uns an die Vereinbarung gehalten zu haben«, erwiderte Jonathan. »Wenn wir versucht hätten, ihn festzuhalten ... Wer mag wissen, welches Unheil ihm dann in den Sinn gekommen wäre?«

Lonny Gosset stöhnte und preßte sich die Hände an den Kopf. Der Junker bot ihm einen halben Laib Brot an, aber er achtete gar nicht darauf. Statt dessen musterte er Myrkel verblüfft und nahm auf der Bank

Platz, mit der Jonathan und der Professor das Fenster zerschmettert hatten.

Jonathan kramte in seinem Beutel und holte erneut die vier Münzen hervor. Er legte sie auf den Kaminsims und ordnete sie in der richtigen Weise an. Die Darstellungen der Fische zitterten, verschwammen und verblaßten dann. Kleine Regenbogenfächer entstanden in der Luft, und sie drehten sich, wie von einem unstet umhertanzenden Prisma geschaffen. Die Fische verschwanden ganz, und die Münzen stellten nur mehr einfache Scheiben dar. Kurz darauf jedoch zeigte sich auf jeder das breite Mondgesicht eines Mannes, der eine große Brille mit dicken Gläsern trug. Es konnte kein Zweifel daran bestehen, wer es war, der durch den Aussichtspunkt der vier Münzen in den Saal blickte.

Die Schlinge baumelte leer von der Decke herab. Jonathan und der Professor waren aus der Starre befreit und gesund. Und in Wurzels Hand ruhte die Taschenuhr, die sich nun ganz offensichtlich nicht mehr im Besitz des Zwerges befand. Der Mondmann lächelte, zwinkerte und verschwand.

»Laßt uns gehen«, sagte der Käser. »Wir haben unsere Aufgabe erst vollbracht, wenn die Honigkuchen sicher in Twomblytief angekommen sind.«

Lonny Gosset war nicht in der Verfassung, durch den Sumpf zu marschieren, und deshalb setzten sie ihn auf eins der Wanderer-Ponys. Sie schlossen die eichene Tür des Turms und nahmen sich nicht die Zeit, das Feuer im Kamin zu löschen oder sich die oberen Stockwerke der Burg anzusehen. Jonathan hatte die Nase voll vom Hochturmberg. Professor Wurzel griff nach der beschädigten Oboenapparatur, und als sie gingen, verkündete er die Absicht, im kommenden Frühling zurückzukehren und im Schloß eine gründliche wissenschaftliche Untersuchung stattfinden zu lassen.

Und so machten sie sich auf den Rückweg zur Stadt, dem Verlauf des sich dahinwindenden Pfads folgend. Bei Tageslicht wirkte der Sumpf nicht halb so unheimlich wie in der Nacht. Hobbs saß auf einem Stuhl an der Uferpromenade und trank eine Tasse Kaffee. Er erweckte einen ganz freundlichen und umgänglichen Eindruck, verhielt sich nicht annähernd so verrückt wie am vergangenen Abend. Als er vom Sieg über den Zwerg und seine Kobolde erfuhr, lächelte er, nickte und meinte, Doktor Selznak sei einer seiner besten Kunden gewesen – sogar der einzige, der ihm geblieben war. Jonathan erwiderte, mit ein wenig Glück würde der Handel in den nächsten Wochen eine spürbare Belebung erfahren, und diese Aussicht stimmte Hobbs froh. Sie überließen Lonny Gosset der Obhut des Geschäftsmannes, und nachdem der Junker Hobbs' Vorrat an Pekannüssen aufgekauft und auch einige Dutzend Eier erstanden hatte, setzten sie den Weg in Richtung Hinkelbach fort. Die Eroberung von alten Schlössern hatte auf den Junker offenbar eine sehr appetitanregende Wirkung.

Sie fanden das Floß so vor, wie sie es zurückgelassen hatten. Nach wie vor lag Buschwerk auf dem Deck und rollten sich Blätter um den Mast. Nichts deutete auf Kobolde hin: weder Fischgräten noch die Fetzen irgendwelcher zerrissener Kleidungsstücke. Jonathan, der Professor und Dooly baten die Wanderer, mit ihnen weiter flußaufwärts nach Twomblytief zu reisen und das Weihnachtsfest gemeinsam mit ihnen zu verbringen, aber die Wanderer lehnten höflich ab. Schließlich hatten sie ihre eigenen Familien und mußten zu Hause ebenfalls Festvorbereitungen treffen; außerdem würden sie noch einige Tage lang auf der Uferstraße unterwegs sein, bevor sie in ihre Heimat gelangten. Etwas anderes mochte in diesem Zusammenhang noch wichtiger sein: Von Schnupies Fähre aus hatten sie eine Botschaft losgeschickt, die alle anderen Wanderer aufforderte, ein Heer aufzustellen, das nach Mooton marschieren sollte. Nachdem sie auf dem Weg nach Norden einer Koboldhorde begegnet waren, die dem Junker den Beutel mit den Murmeln gestohlen hatte, trafen sie auf eben jenes Heer. Es geschah nun zum erstenmal, daß der Beutel mit den Murmeln erwähnt wurde, und dieser Umstand brachte Jonathan auf eine recht gute Idee. Bufo wies auf folgendes hin: Selznak war geflohen, und die magische Taschenuhr befand sich nicht mehr in seinem Besitz – dadurch sollte es eigentlich möglich sein, auch ohne das Heer des Junkers mit dem Unheil in Mooton fertig zu werden. Wahrscheinlich hatten die dort hausenden Wichte inzwischen schon damit begonnen, sich in den Koboldwald zurückzuziehen, da der Zauber des Zwergs nicht mehr wirkte. Bufo meinte, Heere seien nicht schlecht, wenn Gefahr drohe – aber nachher hätten sie nur wenig Sinn. Je eher man die Soldaten nach Hause schickte, so meinte er, desto besser seien alle dran.

Das leuchtete sowohl Jonathan als auch den anderen Flößern ein, obgleich sie es andererseits bedauerten, sich nun zum dritten Mal innerhalb weniger Wochen von den fröhlichen Wanderern verabschieden zu müssen. Aber sie gingen tatsächlich auseinander – doch zuvor erledigten sie noch zwei Dinge. Das eine stand im Zusammenhang mit der guten Idee, die dem Käser bei der Erwähnung der Murmeltasche des Junkers gekommen war.

Zwar stand Bürgermeister Bastables Hut dem Junker recht gut, aber er gehörte nach wie vor Gilroy. Jonathan entschied deshalb, einen Tausch vorzuschlagen. Als die Einladung, die Flößer nach Twomblytief zu begleiten und dort den Winter zu verbringen, höflich abgelehnt worden war, holte er den Murmelbeutel hervor, den er im Mootonmoor einem Kobold abgenommen hatte – und bot ihn dem Junker für den Hut an.

»Murmeln!« platzte es freudig aus dem Junker heraus.

»Und zwar jene, die Herr Blump Ihnen in An-der-Küste gab«, sagte Jonathan.

»Ach, der gute alte Blump.« Myrkel strahlte. »Blump, Blump, Blump. Er schenkte dem Junker einmal einen Beutel mit Murmeln, der so aussah wie dieser hier. Genau so.«

»Es ist derselbe«, warf Bufo ein.

»Aber er wurde mir von Schurken gestohlen«, fuhr der Junker fort, »nachdem wir bei Schnupies Fähre ans andere Flußufer gelangten. Ich schleuderte die kleinen Kobolde von der einen Seite des Flusses auf die andere. Habe ihnen die Frechheit ausgeprügelt. Und einem diesen Hut abgenommen.«

»Das hast du, Junker!« rief Bufo bewundernd. »Es war ein prächtiger Anblick, ihr Herren: wie der Junker mit seiner Keule die Fähre verteidigte. Sie steckten Schnupies Bauernhaus in Brand und jagten seine Schweine fort, aber als der Junker auf Riesenroß herangeritten kam, gerieten die Wichte in Panik.« Er deutete zum Pony des Junkers, das ein ganzes Stück größer war als die der anderen Wanderer und darum diesen Namen auch verdiente. »Es waren insgesamt vierzig«, fuhr Bufo fort. »Aber nicht einmal vierhundert hätten den Junker aufhalten können.«

»Nun, vielleicht wäre es ihnen doch gelungen, ihn zumindest *aufzuhalten*«, meinte Stich-den-Busch. Sein gequält wirkender Gesichtsausdruck deutete darauf hin, daß Bufo dick auftrug.

»Nicht ein bißchen«, widersprach Bufo. »Wie dem auch sei: Die üblen Wichte griffen ihn sofort an, heulten und kreischten und kicherten. Aber der Junker hob die Keule und schlug die ganze Meute vom Rücken seines Riesenrosses aus in die Flucht. Jagte ihnen einen furchtbaren Schrecken ein – und ob! Trieb sie über die Uferstraße an Schnupies Bauernhof vorbei und über den Kai. Ja, und er trieb sie geradewegs in den Fluß!«

»Hurra!« juchzte Dooly.

»Trieb und trieb, hieb und hieb!« rief der Junker – womit er sich als ein zumindest mäßig begabter Dichter erwies.

»Aber die verdammten Kerle stahlen ihm den Murmelbeutel«, sagte Gelbhut.

»Und wir fanden ihn in Mooton wieder«, sagte Dooly. »Ich habe selbst einige Kobolde verjagt, mit einer Bratpfanne.«

»Der Käser gibt mir einen neuen Beutel«, jubelte Myrkel, der noch immer nicht ganz verstand, welch komplizierte Wendung die Ereignisse genommen hatten. »Wenn der Junker einen Käse möchte, ist Herr Bing sofort zur Stelle. Und wenn er sich Murmeln wünscht, ist Herr Bing wieder da.« Der Junker streckte Jonathan die Hand entgegen. Als der sie ergriff, pumpte der Junker dreimal und sagte geheimnisvoll »Windmühle, Windmühle, Windmühle«, bevor er sie wieder losließ.

»Das ist einer von Blumps Scherzen«, erklärte Gelbhut.

»Dachte ich mir schon«, sagte Jonathan.

Der Junker sah in den Beutel und schloß ihn rasch wieder, da er es vermeiden wollte, daß die Murmeln in einem endlosen Strom daraus hervorrollten. Dann sah er die Flößer an. »Warum stellt der Elf eine Couch auf seine Veranda, Herr Bing?«

Jonathan argwöhnte, daß die Antwort irgend etwas mit geheimnisvollen wissenschaftlichen Prinzipien zu tun hatte, vielleicht mit der Leichenstarre – obwohl ihm der Zusammenhang ein Rätsel blieb. »Ich habe keine Ahnung«, sagte er schließlich.

»Damit sich der Junker an einem warmen Frühlingsabend daraufsetzen kann«, sagte Myrkel und kicherte. Die anderen lachten ebenfalls, am lautesten Dooly.

Dieser Witz schien dem Jungen weitaus besser zu gefallen als der mit der Leichenstarre. Stich-den-Busch lachte nicht ganz so herzhaft, schien eher verwirrt zu sein. Oder er war von Natur aus nicht so höflich wie die anderen Wanderer.

Nachdem sie alle genügend Gelegenheit gefunden hatten, an der Anekdote des Junkers Gefallen zu finden, räusperte sich Bufo und schien gerade von einer dichterischen Inspiration überwältigt zu werden. »Gump und ich haben uns einige Verse einfallen lassen«, sagte er. »Ich glaube, sie werden den gegenwärtigen Umständen gerecht.«

»Hört, hört!« rief der Professor gutgelaunt.

»Ich bin gespannt«, sagte Jonathan, der nun zum erstenmal Gelbhuts richtigen Namen erfuhr.

Bufo und Gelbhut, beziehungsweise Gump, begannen damit, ihr Gedicht vorzutragen, wobei sie sich mit den einzelnen Versen abwechselten:

»Oh, und die Kobolde lachten auf Schnupies Gut,
Bis schließlich Junker Myrkel kam.
Dann die Flucht sie ergriffen, in voller Hast,
Und gellten ängstlich seinen Nam'.

Um sie herum brannte lichterloh der Stall,
Und die Kobolde stampften und sprangen.
Sie zwangen den armen Schnupie,
Zu einem närrischen Tanzunterfangen.

Ein trauriger Anblick war es an jenem Abend,
Als der Junker über die Straße kam.
Aber die Kobolde duckten sich und wimmerten
Schrill,
Und sie sangen ein Lied furchtsamer Scham.

Als sie ihn sahen durch den Rauch,
Da stoben sie durcheinander und schrien.

Sie stürzten ins nahe Wasser,
Und er lachte, als er sie sah fliehen.

Oh, die Kobolde flohen von Schnupies Gut,
Als der Junker Myrkel kam.
Er wanderte durch das weiche Murmelkraut,
Und er laut rief seinen Nam'!«

»Du hast den letzten Vers ruiniert«, sagte Gump. »Du mußtest unbedingt dein verdammtes Murmelkraut erwähnen und hast damit alles verdorben!«

»Unsinn!« rief der Professor, bevor Bufo noch protestieren konnte. »Es ist ein hervorragendes dichterisches Werk, vom Anfang bis zum Ende. Könnte gar nicht besser sein.« An die begeisterte Reaktion des Professors schloß sich allgemeiner und stürmischer Applaus an. Wurzel betonte noch einmal, daß er die Verse für großartig hielt. Er kündigte an, das Gedicht zusammen mit Jonathan und Dooly nach Twomblytief mitzunehmen, um dort allen Bewohnern von den Heldentaten des Junkers zu berichten.

Anschließend verabschiedeten sie sich, und die drei Flößer versprachen, im nächsten Jahr wieder flußabwärts zu reisen und die Wanderer zu besuchen. Damit machten sich der Junker und seine Begleiter auf den Weg, schritten über die Uferstraße in Richtung Elfen-Hochland.

Jonathan, Dooly und der Professor begannen damit, das Buschwerk vom Deck zu schaffen, und Ahab half dabei, lief umher und schien sich darüber zu freuen, wieder auf dem Fluß zu sein. Etwa gegen zehn Uhr hebelten sie das Floß mit den Stangen in die Mündung des Hinkelbaches. Jonathan und Dooly traten in die Pedale des Schaufelrades, während der Professor hinter die Ruderpinne trat. In den vergangenen rund vierzig Stunden hatte sich niemand von ihnen richtig ausschlafen können, aber die Aussicht, bald wieder zu

Hause zu sein, sowie die Aufregung über den Sieg halfen ihnen, die Müdigkeit zu überwinden und neue Kraft zu finden.

Den ganzen Tag und bis zum Nachmittag des folgenden mußten sie die Kurbel des Schaufelrades drehen. Dann kam ein guter Wind auf, so kalt wie Eis, und sie setzten die Segel, kamen schneller nach Norden voran. Zu jenem Zeitpunkt trugen sie alle dicke Jacken und hatten sich auch noch Decken um die Schultern geschlungen; ständig dampfte Kaffee auf dem Deck, und es lagen auch heiße Kartoffeln bereit, um die Kälte zu vertreiben.

»Ich wünschte, ich hätte mich im Turm nützlicher machen können«, sagte Jonathan, als sie unter dem Baldachin der Ruderpinne hockten und Kartoffeln aßen.

»Ich ebenfalls«, meinte der Professor. »Aber Escargots Plan – wenn er wirklich einen Plan hatte – funktionierte ziemlich gut. Außerdem: Wir beide haben unsere Aufgabe erfüllt.«

»Das stimmt vermutlich«, pflichtete ihm Jonathan bei. »Doch als er seinem Enkel folgte … Daraufhin dachte ich, es sei aus. Ich fürchtete schon, der Zwerg würde uns Flossen und Schnäbel wachsen lassen, um uns an einen Banjomann zu verkaufen.«

»Das Skelettrige …« Dooly sprach das Wort falsch aus. »Es sah wirklich schrecklich aus. Ich dachte, es wollte mich fressen.«

»Es hat die Truthahnkeule des Junkers verspeist«, meinte Jonathan. »Oder war das ein anderes Skelett? Nun, spielt ja auch keine Rolle. Auf jeden Fall war sie ihm ein wenig zu hart für die Zähne.«

»Ich rannte einfach los«, fuhr Dooly fort. »Ohne nachzudenken. Großvater sprach in diesem Zusammenhang von einer *Reaktion*. Ja, ich lief über den Pfad und stieß auf eine Horde Kobolde, die gerade aus dem Sumpf kam. Es herrschte ein ziemliches Durcheinander. Es waren ungefähr sechzig, und sie heulten und kreischten ganz laut. Ja! Und hinter ihnen kam Herr Gosset und schwang wild seine Keule! Das war vielleicht ein Anblick! Ich will eine Landratte sein, wenn das kein Anblick war!«

»Eine Landratte?« fragte Jonathan.

»Das hätte mein Großvater gesagt, der schließlich Pirat werden will. Nun, ich hockte im Gebüsch und zitterte wie verrückt. Und da kam mein Großvater und flüsterte meinen Namen. Ich schrie natürlich auf, und er meinte, ich sollte mich weiterhin verstecken und aus dem Kampf heraushalten – im Turm sei ich nicht sicher. Er meinte auch, Sie würden mich schon finden, wenn alles vorbei wäre.

Nun, einige Minuten lang blieb ich im Gebüsch, und überall heulte, fauchte und kreischte es. Herr Gosset schien den Kobolden eine ordentliche Lektion zu erteilen. Dann plötzlich sah ich den Junker, Stich-den-Busch und die anderen über den Weg kommen, und was soll ich euch sagen: Der Junker sah einfach prächtig aus. Zum Kampf bereit war er! Also sprang ich aus dem Gebüsch und hätte sie fast zu Tode erschreckt. Und wir fünf und Herr Gosset … wir nahmen uns die Wichte vor. Dann erschien plötzlich der Affe wie aus dem Nichts und schlug Herrn Gosset auf den Kopf. Der Junker verkündete, er würde es dem Affen zeigen, und dieses Versprechen löste er auch ein. Ja, das sind meine Erlebnisse, im großen und ganzen.«

»Nun, es freut uns alle, dich gesund und munter bei uns zu haben«, sagte Jonathan. »Ich war überglücklich, als ich dich, den Junker und die anderen sah. Ohne euch hätte es sehr schlecht für uns ausgesehen.«

Der Professor bestätigte das und fügte hinzu, es sei eine ›knappe Sache‹ gewesen. Anschließend trafen sie gemeinsam folgende Feststellung: Der Junker war immer wieder für eine Überraschung gut und überhaupt ein ›prächtiger Kerl‹.

»Ich möchte zu gern wissen, warum Sie das alles beobachten konnten, Jonathan – und ich nicht«, sagte der Professor. »Vielleicht steht das Phänomen in Zusammenhang mit dem atmosphärischen Druck. Der Nebel dringt einem durch die Ohren in den Kopf, drückt aufs Hirn und hat so eine direkte Wirkung auf Augen und Gehör.«

»Davon wußte ich gar nichts«, staunte Jonathan. »Es klingt sehr interessant.«

Wurzel fuhr fort: »Ich habe folgende Theorie. Aufgrund meines ein wenig vorgerückten Alters hat der vom Nebel ausgeübte Druck alle meine Sinne lahmgelegt, und dadurch konnte ich nicht wahrnehmen, was um mich herum geschah.«

»Damit haben Sie wahrscheinlich recht, Professor«, sagte Jonathan. »Obgleich ich von Sinnen, Nebeldruck und solchen Dingen nicht viel verstehe. Wie dem auch sei: Vielleicht bin ich die sprichwörtliche Ausnahme von der Regel gewesen. Vermutlich habe ich kurz das Bewußtsein verloren – oder wie auch immer man es nennen will –, als Dooly die letzte der vier Münzen aus meinem Beutel holte, und ich kam wieder zu mir, als sie in die Tasche zurückkehrten. Meiner Meinung nach hat mir Elfenmagie die Augen offengehalten.«

»Schon wieder Magie«, seufzte der Professor. »Das ist zu einfach. Ein Mann der Wissenschaft zitiert keine Magie, um seltsame Phänomene zu erklären.«

»Aber Sie können nicht leugnen, daß die Münzen funktionierten und die Taschenuhr tatsächlich alles erstarren ließ«, wandte Jonathan ein.

»Nein«, erwiderte der Professor. »Aber ich bin ganz sicher, daß wir bei einer Untersuchung der Uhr einige sehr interessante und wissenschaftlich problemlos zu erklärende Dinge gefunden hätten.« Wurzel klappte sein Taschenmesser auf und schien die Uhr auseinandernehmen zu wollen.

»Professor!« platzte es aus Jonathan heraus. Ihm

graute bei der Vorstellung, daß sich Wurzel an der Uhr zu schaffen machte.

Der Professor lachte und steckte das Messer wieder fort. »Keine Sorge, Jonathan«, sagte er. »Sie sind der Kapitän dieses Floßes. Wenn Ihrer Meinung nach alles nur aufgrund von Magie funktioniert, so soll mir das recht sein.« Er betrachtete die Uhr einige Augenblicke lang und drehte sie hin und her. »Ich frage mich, ob ein solches Objekt in der *Limpus* Erwähnung findet«, brummte er nach einer Weile, suchte kurz die Kabine auf und kam mit einem dicken Band der *Enzyklopädie von Limpus* zurück, auf den er sich so sehr konzentrierte, daß er alles andere um sich herum vergaß.

Anschließend segelten sie noch bis tief in die Nacht hinein flußaufwärts und setzten die Anker dann mitten im Fluß, um auf diese Weise vor unangenehmen Überraschungen einigermaßen sicher zu sein. Der Zwerg war zwar geflohen, aber niemand wußte, ob er nicht doch noch einen üblen Streich im Sinne hatte. Jonathan zweifelte kaum daran, daß sie mit Selznaks Nebel und seinen tanzenden Skeletten ohne große Probleme fertig zu werden vermochten. Und wenn es besonders schlimm kam, hatte der Professor ja noch die Taschenuhr und konnte den Zwerg, seinen Affen oder irgendwelche anderen Unheilswesen erstarren lassen. Dennoch vertraten sie alle die Ansicht, daß sie einige Dutzende Meter von den beiden Flußufern entfernt wesentlich ruhiger schlafen konnten.

Und sie schliefen gut und tief. Niemand von ihnen, nicht einmal Ahab, erwachte vor zehn Uhr am nächsten Morgen. Jonathan wollte gerade aus seiner Koje kriechen, als er daran dachte, daß ihn jenseits der warmen Decke bittere Kälte erwartete. Sein Atem war in der eisigen Morgenluft ebenso deutlich zu sehen wie der Rauch, der aus dem Schornstein einer Schmiede kräuselte, und die Wärme, die sich während der Nacht unter der weichen und dicken Daunendecke angesammelt hatte, verschwand fast sofort. Der Käser streifte sich gleich zwei Paar Socken über – klugerweise hatte er sie die ganze Nacht unter der Decke gelassen –, zog sich dann Pullover und Jacke an. Beide Kleidungsstücke erwiesen sich als erschreckend kalt. Kaum hatte er die Koje verlassen und sich darangemacht, im Ofen ein Feuer anzuzünden, kletterte Ahab ins Bett, kroch unter die Decke und bedachte Jonathan mit einem zufriedenen Blick.

Kaffee und Frühstück weckten die Lebensgeister der Flößer, und anschließend traten sie in den frostigen Morgen hinaus aufs Deck. Der Himmel war grau, stellte Schnee in Aussicht.

An den tiefsten Stellen des Decks hatte sich Eis gebildet, und die Sitze vor den Pedalen der Schaufelradkurbel trugen eine Schicht aus Rauhreif. Die Vorstellung, auf einem der kalten Stühle Platz zu nehmen und die Kurbel zu betätigen, war nicht sonderlich verlockend, aber es blieb ihnen kaum eine Wahl. Es wehte kein nennenswerter Wind, nur eine eiskalte Brise, die einem die Ohren rötete.

Jonathan und Dooly legten Segeltuchkissen auf die Sitze – nachher froren sie zwar noch immer, aber es wäre sicher schlimmer gewesen, auf dem hartgefrorenen Holz zu sitzen. Wie sich herausstellte, tat das Treten in die Pedale recht gut. Nach rund zehn Minuten streifte sich Jonathan die Jacke ab, schob sich die Ärmel des Pullovers hoch und empfand Mitleid für den Professor, der an der Ruderpinne zitterte.

Drei Stunden lang ging es so weiter, und nach dem Mittagessen betätigten sie die Kurbel erneut. Die Ufer erweckten allmählich einen vertrauteren Eindruck – ein sicheres Zeichen dafür, daß sie sich Twomblytief näherten. Die Erlen wiesen zum größten Teil keine Blätter mehr auf, und der Wald zu beiden Seiten des Orielstroms war dunkel und still. Nur wenige Tiere verließen aus irgendwelchen Gründen seine finstere

Geborgenheit. Den meisten von ihnen ging es vermutlich darum, ihren unterirdischen Wohnhöhlen einen weiteren Raum hinzuzufügen sowie die gehorteten Eicheln und Nüsse zu zählen; einige von ihnen fragten sich vielleicht, ob die Vorräte für den Winter ausreichten oder besser noch mehr gesammelt werden sollte. Nur die Algen im Fluß und das an den Ufern wachsende Gras, in dem sich dann und wann etwas bewegte, offenbarten saftiges Grün. Hier und dort watschelten einige Enten in den Oriel, um sich auf dem Wasser schwimmend auszuruhen. Sie quakten und tauchten die Köpfe ins kalte Naß, um zu sehen, was sich in der Unterwasserwelt zutrug. Aber sicher würden sie nicht mehr lange in dieser Region verweilen und bald nach Süden fliegen, um in wärmeren Gefilden zu überwintern.

Die kalte Jahreszeit eignete sich nicht sehr dafür, Abenteuer zu erleben, durch dunkle Wälder zu wandern und über Flüsse zu segeln. Es war vielmehr die Zeit, Holzscheite fürs Kaminfeuer aufzustapeln, die Fensterläden in Erwartung der kommenden Stürme zu reparieren und im Ofen des Ladens eine halbe Stunde vor Arbeitsbeginn ein Feuer anzuzünden. Es war die Zeit, abends vor dem Kamin zu sitzen und froh darüber zu sein, *nicht* über Flüsse segeln und durch dunkle Wälder wandern zu müssen.

Jonathan fragte sich, wohin Escargot jetzt unterwegs sein mochte. Reiste er nach Drosselzuflucht, um den Winter in seinem Unterseeboot zu verbringen? Oder begab er sich an der Küste entlang weiter nach Süden, um den Enten und Vögeln zu folgen? Welches Ziel auch immer ihn lockte: Er trug den Elfenmantel und war unsichtbar, und sicher entwickelte er gerade in diesem Augenblick neue Pläne, während er dem kurvenreichen Verlauf jener Pfade folgte, die durch den Koboldwald führten.

28. Kapitel

Drei Männer und ein Hund

Spät an jenem Nachmittag liefen sie auf eine Sandbank, aber bevor sie ganz festsaßen, hörten Jonathan und Dooly auf, in die Pedale der Kurbel zu treten – und die Strömung drückte das Floß ins tiefere Wasser zurück. Dooly wies als erster darauf hin, daß sie mit eben dieser Sandbank schon einmal Probleme gehabt hatten. Und tatsächlich: Es handelte sich um die Stelle, an der sie auf die Trolle gestoßen waren. Doch jetzt zeigten sich keine solchen Unholde. Abgesehen von einigen vereinzelten Schneetrollen schliefen die meisten von ihnen sicher schon in irgendwelchen Höhlen, um erst im März oder April wieder zu erwachen. In dieser Hinsicht kann man sich ganz auf Trolle verlassen.

Als sie das Floß an der Sandbank vorbeisteuerten, bemerkte Jonathan eine Bewegung zwischen den am Flußufer wachsenden Bäumen. Irgend etwas folgte dort dem Verlauf der Uferstraße und war nach Norden durchs hohe Tal unterwegs. Zuerst dachte Jonathan dabei an Selznak, und er wollte schon an die Seite des Professors treten und ihm zuflüstern, die Ruderpinne zu drehen und Kurs aufs gegenüberliegende Ufer zu nehmen. Aber als er genauer hinsah... Jene Gestalt, die sich gelegentlich zwischen den Bäumen zeigte, konnte gewiß kein Zwerg sein. Sie war viel zu groß und außerdem dürr, trug einen farbenprächtigen Mantel.

»Ich weiß, wer das ist«, verkündete Dooly mit einem lauten Flüstern.

»Ich auch«, antwortete Jonathan. »Mal sehen, ob wir ihn ein Stück mitnehmen können.« Sie riefen beide und winkten. Die Gestalt im bunten Umhang blieb stehen, bahnte sich einen Weg durchs Gebüsch, kletterte die Uferböschung herunter und trat an die Wassergrenze. Ein überhängender Ast stieß ihr den Hut vom Kopf. Es war Miles der Magier, der die Zeichen seines Status als Zauberer trug – oder es wenigstens versuchte. Er winkte und schien sich darüber zu freuen, sie wiederzusehen. Die Flößer steuerten ihr Gefährt um die Sandbank herum und verhinderten mit in den schlammigen Grund gebohrten Stangen, daß es abtrieb, während Miles an Bord kletterte.

»In Twomblytief könnte sich Unheil zusammenbrauen«, sagte er. »Es würde mich nicht wundern. Ich bin auf dem Weg dorthin, um zu sehen, ob alles mit rechten Dingen zugeht.«

Jonathan und seine Begleiter baten ihn um eine Erklärung, als sie das Floß mit den Stangen vom Ufer abstießen; Jonathan und Dooly traten kraftvoll in die Pedale, um das Schaufelrad wieder in Bewegung zu setzen. Miles legte den hohen Hut beiseite, strich sich übers Haar und sank auf einen Stuhl. »Ich habe ihn gestern abend gesehen«, sagte er. »Den Zwerg und seinen Affen. Umwallt von einigen Nebelschwaden wanderten sie über die Uferstraße nach Norden. Sie hatten ein ganz bestimmtes Ziel – da bin ich sicher. Bestimmt beabsichtigten sie, weiter flußaufwärts irgend etwas Böses anzurichten. Sie kamen rasch voran, so als sei Magie dabei im Spiel. Außerdem fielen mir Bewegungen im Wald auf – einige Koboldgruppen, die nach Süden unterwegs waren, in Richtung ihres Waldes, und Trolle, die ihre Höhlen verließen und ebenfalls nach Süden stapften. Spät in der letzten Nacht sah ich zwei Skelette, aber die schienen nicht zu wissen, *wohin* sie sich wenden sollten. Sie erweckten den Eindruck, nur einen Spaziergang zu machen. Etwas muß geschehen sein – etwas, das Selznak und seine Brut ziemlich durcheinanderbrachte.«

Der Professor neigte normalerweise nicht zu theatralischem Gebaren, aber diesmal konnte er der Versuchung nicht widerstehen, zog die Uhr aus der Tasche und ließ sie an der Kette baumeln. Überrascht stand Miles auf, betrachtete sie aus unmittelbarer Nähe und drehte sie, um sich das in die Rückseite gravierte, dickwangige und bebrillte Gesicht des Mondmannes anzusehen.

»Wissen Sie, was das ist?« fragte Miles und setzte wieder den Hut auf.

»Na klar!« platzte es aus Dooly heraus. »Wir haben sie gerade gestohlen. Besser gesagt: mein Großvater hat sie erbeutet. Und wir haben dem Affen eins auf die Rübe gegeben.«

»Potzblitz!« entfuhr es Miles beeindruckt. »Das steckt also dahinter, wie? Kein Wunder, daß es zu Aufregung gekommen ist. Ihr habt dem Zwerg die Hälfte seiner Macht genommen. Eigentlich sogar seinen ganzen Einfluß.«

Anschließend erzählten sie Miles dem Magier von der Begegnung in der Burg Hochturm, von den Heldentaten des Junkers an Schnupies Fähre und wie er so tapfer zum Angriff übergegangen war, nachdem er mit Bufo, Gump und Stich-den-Busch gerade noch rechtzeitig das Schloß erreicht hatte. Schließlich war alles berichtet, und am späten Nachmittag saßen sie auf dem Deck, rauchten ihre Pfeifen und wechselten sich dabei ab, in die Pedale der Schaufelradkurbel zu treten. Alles in allem gesehen kamen sie recht schnell voran.

»Eins erscheint mir noch immer rätselhaft«, meinte der Professor. »Warum hat Theophil Escargot die Taschenuhr überhaupt an den Zwerg verkauft? Ich habe bisher noch keine Antwort auf die Frage nach dem Grund erhalten, und in dieser Beziehung bin ich wirklich sehr neugierig. Ich gebe zu, daß ich ihm zu Anfang mißtraute – sei mir wegen dieser offenen Worte bitte nicht böse, Dooly –, doch jetzt sehe ich die ganze Angelegenheit in einem anderen Licht. Er brauchte seinen Fehler nicht wiedergutzumachen, aber er kehrte trotzdem nach Hochturm zurück.«

Der Professor zögerte und stopfte den Tabak im Pfeifenkopf fest. »Haben Sie schon einmal etwas von der Lumbogkugel gehört, Herr Zauberer?« fragte er.

»Oh, natürlich«, erwiderte Miles, und in seinen Augen leuchtete es. »Ich habe sie einmal gesehen, vor langer Zeit. Sie weist genau die Eigenschaften auf, die man ihr zuschreibt. Das kann ich beschwören. Sie stellt eins der sieben Elfenwunder dar und ist ebenso wertvoll wie die anderen.«

»Und wußten Sie«, fügte der Professor hinzu, »daß sich die Lumbogkugel im Schloß und damit im Besitz des Zwerges befand?«

»Ein solches Gerücht ist mir zu Ohren gekommen«, erwiderte Miles. »Aber dem Zwerg Selznak sagt man eine ganze Menge nach.«

»Nun, dieses Gerücht jedenfalls entsprach der Wahrheit«, stellte Professor Wurzel fest. »Ich habe sie mit eigenen Augen gesehen. Der Junker Myrkel fand sie im Verlauf der Auseinandersetzung. Ganz offensichtlich in der Nähe der Speisekammer. Ich könnte schwören, daß Escargot in erster Linie wegen der Kugel in die Hochturmburg zurückgekehrt ist – um sie an sich zu bringen. Aber er überließ sie dem Junker. Zuckte nicht einmal mit der Wimper. Gab sich ganz so, als sei sie von Anfang an für den Junker bestimmt gewesen. Nein, meine Herren, ich habe den Mann falsch eingeschätzt, und das tut mir leid. Doch dadurch wird alles noch seltsamer. Warum verkaufte er die Uhr dem Zwerg, zum Teufel? Es wäre besser gewesen, wenn er sie einfach weggeworfen hätte.«

»Eigentlich ist die Antwort ganz einfach«, bemerkte

Miles. Die Neugier des Professors schien ihn zu erstaunen. »Er kaufte damit den Jungen hier frei. Es blieb ihm keine andere Wahl.«

»Er kaufte ihn frei?« wiederholte Jonathan.

»Der Junge war entführt worden. Und Escargot wurde erpreßt.«

»Welcher Junge?« fragte Dooly, sah sich um und stellte verwundert fest, daß er weit und breit der einzige Junge war.

»Du natürlich!« sagte Miles und bedachte ihn mit einem mehrdeutigen Blick. »Du erinnerst dich nicht daran. Dabei hatte ich meine Hand im Spiel. War eine Art Zauber. Ich habe dich damals hypnotisiert.«

»Zu welchem Zweck?« fragte der Professor. Sein Gesicht zeigte eine Mischung aus Verwirrung und Interesse.

»Nun«, entgegnete Miles, »ich kann es zwar nicht mit absoluter Sicherheit behaupten, weil ich nie dortgewesen bin. Aber wie mir zu Ohren kam – und eigentlich zweifle ich nicht daran –, haben sich in dem Turm gräßliche Dinge zugetragen, Dinge, an die sich ein Junge besser nicht erinnern sollte, wenn er weiterhin ruhig schlafen will. Verstehen Sie?«

Jonathan und der Professor nickten zustimmend. Sie verstanden ihn ziemlich gut.

»Als Escargot also zu dem bereits erwähnten Handel gezwungen war, brachte er den Jungen zu mir, und ich löschte sein Gedächtnis. In gewisser Weise fegte ich seine Erinnerungen wie Sägespäne vom Boden einer Schreinerei.«

»Da soll mich doch der Klabautermann holen«, sagte der Professor und schüttelte den Kopf. »Hypnose also? Und ganz offensichtlich war sie sehr wirkungsvoll.« Einige Augenblicke lang sah er Dooly so an, als handelte es sich bei ihm um ein besonders faszinierendes wissenschaftliches Ausstellungsstück.

»Ich weiß überhaupt nichts davon«, sagte Dooly.

»Und ich will mich auch gar nicht erinnern. Wenn jemand überhaupt nichts weiß, möchte der Betreffende auch gar nicht mehr wissen.«

»Da gebe ich dir recht«, pflichtete ihm Jonathan bei. »Du hast das ziemlich gut ausgedrückt.« Er hatte diese Worte gerade ausgesprochen, als sie alle auf ein dumpfes Summen aufmerksam wurden, das seinen Ursprung irgendwo über ihnen am grauen Himmel hatte. Diesmal brauchten sie sich nicht lange zu fragen, was ein solches Geräusch verursachen mochte. Es gab nur eine mögliche Antwort. Und tatsächlich: In der Ferne sahen sie einen dunklen Fleck, der dicht unter den Wolken dahinschwebte und dabei dem Ostufer des Orielstroms folgte. Das Luftschiff kam rasch näher, sank bis fast zu den Baumwipfeln herab und segelte über sie hinweg. Twickenham und seine fröhlichen Elfenfreunde winkten den Flößern zu. Im Anschluß daran veränderte das Luftschiff den Kurs und schwebte rasch in Richtung Twomblytief davon.

Am folgenden Tag, als das Floß die ersten Bauernhöfe passierte und in Sichtweite der Witwenmühle geriet, waren die Elfen noch immer da. Das Luftschiff ruhte im grünen Gras unterhalb der Mühle, und viele Dorfbewohner – vermutlich alle – drängten sich am Kai zusammen.

Gilroy Bastable trug eine riesengroße und überhaupt nicht zu ihm passende Pelzmütze und stand Arm in Arm mit Twickenham da. Die Kapelle stimmte das Lied ›Der fröhliche Jägersmann‹ an, und sie veranstaltete einen Höllenlärm, als das Floß durch die letzte Flußbiegung glitt. Hüte flogen hoch in die Luft, und überall ertönten Hurrarufe. Am Flußufer und dem Kai herrschte allgemeine Feststimmung.

Jonathan kannte Bürgermeister Bastable zu gut, um nicht zu argwöhnen, daß er für die Rückkehr der Flößer eine Rede vorbereitet hatte. Professor Wurzel kritzelte eilig Notizen, ein sicherer Hinweis darauf, daß sich die Bewohner von Twomblytief an diesem Nachmittag auch noch eine zweite Ansprache anhören mußten. Und neben dem Bürgermeister und Twickenham stand der alte Beezle. Bei einer derartigen Gelegenheit schwieg Beezle nie und bestand immer darauf, auch einige Worte zu sagen. Vielleicht, so überlegte Jonathan, sollte er den Eindruck erwecken, erschöpft und krank zu sein, um sich dadurch vor der drohenden Zeremonie zu drücken. Aber andererseits: Wenn Twomblytiefs Bürger eine derartige Feier wollten, so blieb dem Käser und seinen Begleitern nichts anderes übrig, als sich zu fügen. Es war besser, sich sofort damit abzufinden und Trost in dem Gedanken zu suchen, daß auch dieser Nachmittag einmal zu Ende ging.

Wie er erwartet hatte, hielten alle eine Rede. Beezles Vortrag erwies sich als besonders erstaunlich, denn er nahm Schaubilder und graphische Darstellungen zu Hilfe. Seine Ansprache endete mit folgendem Hinweis: Nach Beezles Ansicht mußte der Ort im Verlauf der nächsten zehn Jahre auf der Grundlage des von ihm selbst entwickelten und insgesamt sechzehn Punkte umfassenden Plans zu einer Festung ausgebaut werden – angeblich konnte er nur dadurch vor allem Unheil gewappnet sein, das der Orielstrom ins hohe Tal bringen mochte. Der Plan war phänomenal und stellte einen derartigen technischen Geniestreich dar, daß bis auf den Professor niemand auch nur den ersten Punkt verstand. Nachdem Wurzel ganz geduldig Beezles Ausführungen zugehört hatte, flüsterte er Jonathan zu, die ganze Idee sei kompletter Unsinn. Zu Beezles großer Freude klatschten alle, und wie gewöhnlich vergaßen die versammelten Bewohner anschließend seinen Sechzehn-Punkte-Plan.

Dann wurden die Fässer entladen und auf einem Karren ins Rathaus gebracht, wo man die Honigkuchen und Elfengeschenke unter den Dorfbewohnern verteilte. Viele der Geschenke waren eingepackt, manche aber auch nicht. Kinder sprangen überall umher und riefen jedesmal aufgeregt, wenn man den Deckel einer Tonne löste. Im Innern der Behälter befanden sich all jene Dinge, die sie sich erträumt hatten: Kaleidoskope aus Messing mit echten Edelsteinen im Innern; Jo-Jos, die in allen Regenbogenfarben leuchtende Funken versprühten, wenn man sie schwang; zusammenklappbare Schlitten, die von ganz allein Felsen, Bäumen und anderen Hindernissen auswichen; Springteufel, die hervorzuckten, wenn man die entsprechenden Behälter öffnete, aus denen dann bunte Schmetterlinge flogen; und viele Taschen mit Zinnsoldaten, Murmeln und anderen, nicht ganz so magischen Spielzeugen, die jedoch ebenso wundervoll waren.

Bürgermeister Bastable schien überwältigt und an den Spielzeugen ebenso interessiert zu sein wie die Kinder. Schließlich meinte der Professor, es sei besser, die Fässer wieder zu schließen – der Bürgermeister war offenbar bestrebt, in jedes hineinzukriechen um festzustellen, ob man nicht vielleicht etwas darin übersehen hatte. Nach einer Weile rollte er zusammen mit Frau Bastable einen Karren heran, auf dem eine riesige Tonne mit Apfelwein stand und der auch mit so vielen Schokoladenplätzchen beladen war, daß sich niemand mit nur einem Keks begnügen mußte.

Etwas später traten die Dorfbewohner an Jonathan heran und baten ihn darum, ebenfalls eine Rede zu halten. Er dachte eine Zeitlang darüber nach, welche Worte einer solchen Gelegenheit angemessen waren, und nach einigen Sekunden gab er seiner Freude darüber Ausdruck, wieder zu Hause zu sein. Dann gab er Bürgermeister Bastable den Hut zurück. Einige Augenblicke lang erkannte Gilroy seine Kopfbedeckung nicht wieder, denn sie war ganz zerknautscht und schmutzig. Aber als er den Hut einige Male herumgedreht und von allen Seiten betrachtet hatte, platzte es aus ihm heraus: »Lieber Himmel!« Er wirkte sehr zufrieden, reichte die Pelzmütze seiner Frau und setzte den alten Hut auf. »Wie um alles in der Welt ...«, begann er, unterbrach sich wieder, nahm den Hut ab und schüttelte den Kopf.

»Ich weiß es nicht«, erwiderte Jonathan. »Ich kann nur sagen, daß Ihr Hut in den letzten Wochen gleich mehrere verschiedene Besitzer hatte – Bäume, Flüsse, Meere, Wanderer und Kobolde. Ich habe ihn nur zurückgebracht.«

»Erstaunlich!« entfuhr es Gilroy. Alle anderen fanden es ebenfalls bemerkenswert und bestanden darauf, die Flößer vor dem Rathaus auf und ab zu tragen und sie dabei immer wieder hochleben zu lassen. Eine solche Ausgelassenheit entsprach ganz dem Geschmack der Elfen, und begeistert beteiligten sie sich daran, riefen ebenfalls immer wieder Hurra.

Als alle Reden gehalten waren und die allgemeine Fröhlichkeit ein wenig abebbte, kletterte Twickenham mit Thrimp ins Luftschiff und holte eine geradezu riesenhafte Standuhr daraus hervor: Sie war größer als die Elfen und so dick wie ein Baumstamm.

Twickenham stellte sie vor Bürgermeister Bastable ab, der daraufhin eine zweite Rede hielt, in der es in erster Linie um wunderbare Elfen ging, die wundervolle Uhren verschenkten. Gilroy zog sie auf und rückte die Zeiger zur vollen Stunde. Daraufhin ertönte aus dem Innern der Uhr ein tiefer Gong, so dumpf und hallend, als sei die Uhr mindestens so groß wie ein Berg – der Gong schien vom anderen Ende des hohen Tals an die Ohren der Versammelten zu klingen. Vorn zeigte sich die Darstellung eines lächelnden Mondes, dessen Narbengesicht eine große Brille mit dicken Gläsern trug. Es blickte aus einer im Zwielicht liegenden Landschaft herab, deren Häuser und Hütten seltsamerweise alle aus Käse zu bestehen schienen.

Unmittelbar nach dem Gong öffnete sich eine Klappe, und die mechanische Nachbildung eines Zwergs kam zum Vorschein: Die kleine Gestalt war in einen langen Mantel gehüllt, und eine Pfeife steckte in ihrem Mund. Es folgte ein winziges Floß, auf dem drei Männer und ein Hund saßen.

Alle bestaunten die Uhr, und der Bürgermeister entschied, sie im Rathaus aufzustellen, bis für sie auf dem Platz ein kleines Häuschen gebaut worden war. Die Dorfbewohner begrüßten diesen Vorschlag mit lautem Applaus.

Jonathan hielt eine letzte kurze Ansprache und betonte mehrmals, die besonderen Ausschmückungen der Uhr würden den tatsächlichen Geschehnissen nur teilweise gerecht. Immerhin hatten der Professor, Dooly und er selbst sich auf den Weg gemacht, um Käse gegen Honigkuchen zu tauschen; es war ihnen zunächst überhaupt nicht darum gegangen, bösen Zwergen das Handwerk zu legen. Er berichtete, wie sich Theophil Escargot als ihr ›Trumpf‹ erwiesen hatte und der Junker Myrkel gerade noch rechtzeitig eintraf, um den Beddlington-Affen mit seiner Keule niederzuschlagen und sie so alle zu retten. Er beendete den Vortrag mit Bufos Gedicht ›Als der Junker Myrkel kam‹, und das brachte die Anwesenden erneut so in Stimmung, daß sie die Flößer ein weiteres Mal auf ihren Schultern umhertrugen und wieder bejubelten.

Als die Sonne unterging und ein kalter Nordwind ansetzte, kehrten die Bürger von Twomblytief heim. Am nächsten Tag begann das Weihnachtsfest, und dabei machte man es sich am besten in seinem eigenen Heim gemütlich. Jonathan freute sich bereits darauf. Was ihn anging, so konnte er durchaus darauf verzichten, daß man ihm dauernd auf die Schultern klopfte und ihn umhertrug. Er lud sowohl Twickenham und die anderen Elfen als auch Miles den Magier dazu ein, einige Tage in seinem Haus zu verbringen. Aber sie lehnten alle höflich ab. Vermutlich war ihnen klar, daß sie die Gemütlichkeit eher stören würden. Miles meinte, er sei auf dem Weg flußaufwärts zur Stadt der fünf Monolithe, und er fügte hinzu, Selznak und sein Affe strebten wahrscheinlich das gleiche Ziel an – immerhin hatten sie Twomblytief keinen Besuch abgestattet. Die Uhr befand sich jetzt nicht mehr im Besitz des Zwergs, aber Miles hielt es für besser, Selznak im Auge zu behalten.

Die Elfen verabschiedeten sich, ebenso wie Miles. Dooly begab sich zum Haus seiner Schwester. Der Professor schüttelte Jonathan die Hand und ging ebenfalls, nachdem er dem Käser erklärt hatte, er müsse unbedingt noch einige Notizen zu Papier bringen.

Schließlich war es nur Bürgermeister Bastable, der Jonathan begleitete – angeblich wollte er sicherstellen, daß alles in Ordnung war. Sie schoben einen Karren, auf dem nicht nur Jonathans Sachen lagen, sondern auch der schlafende Ahab. Jonathan entzündete die Lampe auf der Veranda, drehte den Schlüssel im Schloß und öffnete die Tür. Genau in der Mitte des Zimmers stand ein großer, geschmückter Weihnachtsbaum, an dessen Nadeln Glaskugeln und Lametta glänzten. Er duftete wie ein Kiefernwald nach einem Herbstregen. »Oh…« Jonathan seufzte. »Aber wieso…?«

»Wir alle haben mit Ihrer Rückkehr gerechnet«, sagte Gilroy Bastable, lächelte, zwinkerte und freute sich riesig über die gelungene Überraschung. »Es hat daran nie auch nur den Hauch eines Zweifels gegeben. Nicht einen Augenblick lang. Morgen beginnt das Weihnachtsfest, und da kommen wir wie üblich alle zusammen, essen Käse und Kuchen und trinken Portwein. Wie in aller Welt könnten Sie mit uns feiern, wenn Sie noch einen Weihnachtsbaum schmücken müßten?«

Jonathan nickte. Das wäre tatsächlich nicht ganz einfach gewesen. Der Bürgermeister half ihm noch dabei, die Sachen vom Karren zu laden. In den Kisten mit den Büchern befanden sich auch noch einige Weihnachtsgeschenke, die Jonathan von An-der-Küste mitgebracht hatte. Einige davon sollten der Bürgermeister und seine Frau erhalten – Gilroy schüttelte sie immer wieder und horchte, ob sich im Innern der Pakete etwas bewegte –, und die anderen waren für Dooly, Wurzel und den Käser selbst bestimmt. Jonathan hatte sogar einige für Besucher vorgesehen, und die trugen keine Namensschildchen. Als er die Geschenke unter den Weihnachtsbaum legte, erstrahlte dessen Pracht noch heller. Er holte zwei alte, eicherne Bücherkisten aus der Dachkammer, und zusammen mit Gilroy Bastable füllte er sie mit den Bänden, die er im Buchladen von An-der-Küste gekauft hatte. Der Bürgermeister nickte anerkennend und trug die Wälzer herbei, und der Käser brachte sie so in den Kisten unter, wie er es für richtig hielt.

Als der Karren leer war, entzündete Jonathan ein großes Feuer im Kamin. Es wäre nicht schlecht gewesen, so überlegte er, wenn er einen Teil des grünen Pulvers mitgenommen hätte, nur um festzustellen, ob er ebenfalls ein Skelett aus den Flammen beschwören und Gilroy damit einen Schrecken einjagen könnte. Aber vermutlich hätte er dazu bleiche Knochen und keine Holzscheite verbrennen müssen, und deshalb vermißte er das magische Pulver eigentlich nicht. Außerdem: Als Jonathan genauer darüber nachdachte, hielt er es für besser, nicht mit Magie zu experimentieren.

Als das Feuer richtig entfacht war, durchsuchte der Käser die Schränke und fand schließlich eine Flasche Brandy sowie eine Büchse mit der vom Bürgermeister bevorzugten Tabaksorte. Gilroy Bastable und Jonathan stopften sich die Pfeifen, schenkten zwei Gläser mit dem Brandy voll, nahmen in den Sesseln Platz und blieben eine Weile einfach nur still und zufrieden sitzen. Alles schien in bester Ordnung zu sein – genau so, wie es nach Jonathans Meinung sein sollte. Die Bücher, der geschmückte Weihnachtsbaum, dessen Glaskugeln im Schein des Feuers glühten, die Pfeife, der Brandy, die Flammen im Kamin, Ahab, der sich auf dem Läufer vor dem Herd zusammengerollt hatte – alles hätte gar nicht besser und gemütlicher sein können.

»Es ist schön, wieder zu Hause zu sein«, sagte Jonathan und nickte sich selbst bestätigend zu. Bürgermeister Bastable bedachte den Käser mit einem verstehenden Blick. Dann zupfte er an seinem lichten Haar und erwiderte: »Sie haben völlig recht.« Woraufhin er zur Flasche mit dem Brandy sah. Jonathan fragte ihn, was er von einem zweiten Glas und einigen Happen Käse hielte. Gilroy Bastable legte die Füße auf einen Stuhl, stopfte den Tabak im Pfeifenkopf fest und meinte, gerade jetzt kämen ihm ein Stück Käse und ein zweites Glas Brandy sehr gelegen.